御製

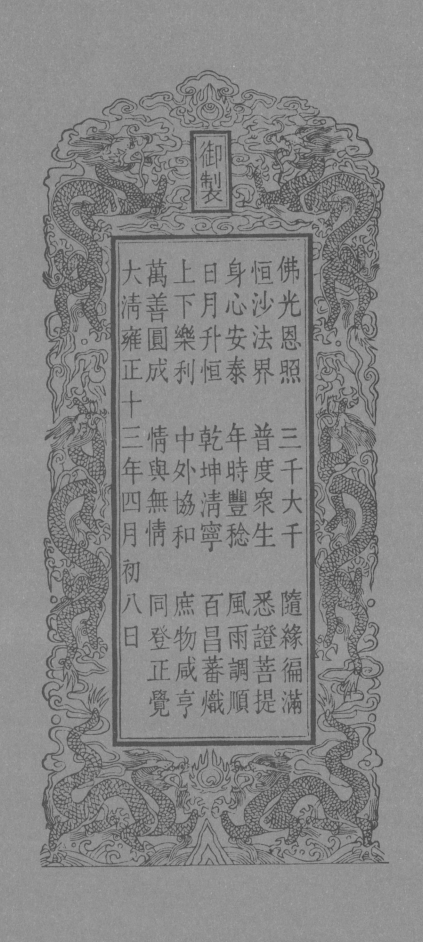

佛光恩照　三千大千　隨緣徧滿
恒沙法界　普度衆生　悉證菩提
身心安泰　年時豐稔　風雨調順
日月升恒　乾坤清寧　百昌蕃熾
上下樂利　中外協和　庶物咸亨
萬善圓成　情與無情　同登正覺
大清雍正十三年四月初八日

第三六冊　大乘經　五大部（五）

佛說藥師如來本願經

隋天竺三藏法師達磨笈多譯

清刻龍藏佛說法變相圖

藥師如來本願功德經序

藥師如來本願經者致福消災之要法也曼殊以慈悲之力請說尊號如來以利物之心盛陳功業十二大願彰因行之弘遠七寶莊嚴顯果德之純淨憶念稱名則衆苦咸脫祈請供養則諸願皆滿至於病士求救應死更生王者禳災轉禍爲福信是消百怪之神符除九橫之妙術矣昔宋孝武之世鹿野寺沙門慧簡已曾譯出在世流行但以梵宋不融文辭雜糅致令轉讀之輩多生疑惑矩早學梵書恒披葉典思遇此經驗其紕繆開皇十七年初獲一本猶恐脫誤未敢即翻至大業十一年復得二本更相讎比方爲楷定遂與三藏法師達磨笈多并大隋翻經沙門法行明則長順海馭等於東都洛水南上林園翻

經館重譯此本深鑑前非方懲後失故一言
出口必三覆乃書傳度幽旨差無大過其年
十二月八日翻勘方了仍爲一卷所願此經
深義人人共解彼佛名號處處徧聞十二夜
又念佛恩而護國七千眷屬承經力以利民
帝祚遐永羣生安樂式貽來世序之云爾

佛說藥師如來本願經

隋天竺三藏法師達磨笈多譯

如是我聞一時婆伽婆遊行人間至毗舍離國住音樂樹下與大比丘衆八千人俱菩薩三萬六千國王大臣婆羅門居士天龍阿脩羅揵達婆伽樓荼緊那羅摩呼羅伽等大衆圍繞於前說法爾時曼殊室利法王子承佛威神即從座起偏露一髆右膝著地向婆伽婆合掌曲躬白言世尊惟願演說諸佛名號及本昔所發殊勝大願令衆生聞已業障消除攝受來世正法壞時諸衆生故爾時婆伽婆讚曼殊室利童子言善哉善哉曼殊室利大慈悲者起無量悲勸請我說爲欲義利種種業障所纏衆生饒益安樂諸天人故曼殊室利當善憶念聽我所說時曼殊室利童子樂聽佛說白言唯然世尊佛告曼殊室利東方過此佛土十恒河沙等佛土之外有世界名淨瑠璃彼土有佛名藥師瑠璃光如來應正遍知明行足善逝世間解無上士調御丈夫天人師佛世尊曼殊室利彼世尊藥師瑠璃光如來本行菩薩行時發十二大願何者十二

第一大願願我來世於佛菩提得正覺時自身光明熾然照曜無量無數無邊世界三十二大丈夫相及八十隨好以爲莊嚴我身既爾令一切衆生如我無異

第二大願願我來世得菩提時身如瑠璃內外清淨無復瑕垢光明曠大威德熾然身善安住焰網莊嚴過於日月若有衆生生世界之間或復人中昏暗及夜莫知方所以我光

故隨意所趣作諸事業

第三大願願我來世得菩提時以無邊無限智慧方便令無量衆生界受用無盡莫令一人有所少乏

第四大願願我來世得菩提時諸有衆生行異道者一切安立菩提道中行聲聞道行辟支佛道者皆以大乘而安立之

第五大願願我來世得菩提時若有衆生於我法中修行梵行此諸衆生無量無邊一切皆得不缺減戒具三聚戒無有破戒起惡道者

第六大願願我來世得菩提時若有衆生其身下劣諸根不具醜陋頑愚聾盲跛躄身攣背傴白癩癲狂若復有餘種種身病聞我名已一切皆得諸根具足身分成滿

第七大願願我來世得菩提時若有衆生諸患逼切無護無依無有住處遠離一切資生醫藥又無親屬貧窮可愍此人若得聞我名號衆患悉除無諸痛惱乃至究竟無上菩提

第八大願願我來世得菩提時若有女人爲婦人百惡所逼惱故厭離女身願捨女形聞我名已轉女人身成丈夫相乃至究竟無上菩提

第九大願願我來世得菩提時令一切衆生解脱魔網若墮種種異見稠林悉當安立置於正見次第示以菩薩行門

第十大願願我來世得菩提時若有衆生種種王法繫縛鞭撻牢獄應死無量災難悲憂煎迫身心受苦此等衆生以我福力皆得解脱一切苦惱

十一大願願我來世得菩提時若有衆生飢火燒身爲求食故作諸惡業我於彼所先以最妙色香味食飽足其身後以法味畢竟安樂而建立之

十二大願願我來世得菩提時若有衆生貧無衣服寒熱蚊䖟日夜逼惱我當施彼隨用衣服種種雜色如其所好亦以一切寶莊嚴具華鬘塗香鼓樂衆妓隨諸衆生所須之具皆令滿足此十二大願是彼世尊藥師瑠璃光如來應正遍知行菩薩時本昔所作復次曼殊室利藥師瑠璃光如來所有諸願及彼佛土功德莊嚴乃至窮劫說不可盡彼佛國土一向清淨無女人形離諸欲惡亦無一切惡道苦聲瑠璃爲地城闕垣墻門牕堂閣柱架斗栱周帀羅網皆七寶成如極樂國淨瑠璃界莊嚴如是於其國中有二菩薩摩訶薩一名日光二名月光於彼無量無數諸菩薩衆最爲上首持彼世尊藥師瑠璃光如來正法之藏是故曼殊室利信心善男子善女人應當願生彼佛國土爾時世尊復告曼殊室利童子言曼殊室利或有衆生不識善惡多貪無厭不知布施及施果報愚癡無智闕於信根聚財護惜不欲分施此等衆生無施心故見乞者來其心不喜如割身肉復有無量慳貪衆生自不受用亦不欲與父母妻子況奴婢作使及餘乞人此等衆生人間命終生餓鬼道或畜生道由昔人間曾得聞彼藥師瑠璃光如來名號故或在鬼道或畜生道如來名號暫得現前即於念時彼處命終還生人道得宿命智怖畏惡趣不樂欲樂好行惠

施讚歎施者一切所有悉能捨施漸以頭目手足血肉身分皆與求者況餘財物復次曼殊室利有諸衆生雖奉如來受持學句然破戒破行破於正見或受學句護持禁戒然不求多聞不解如來所說修多羅中甚深之義或復多聞而增上慢自是非他嫌謗正法爲魔伴黨此等癡人及餘無量百千俱知那由他衆生行邪道者當墮地獄此等衆生應於地獄流轉無期以得聞彼世尊藥師瑠璃光如來名號故於地獄處彼佛威力如來名號暫得現前即時捨命還生人道正見精進淳善淨心便能捨家於如來教中出家學道漸次修行菩薩諸行復次曼殊室利或有衆生以妬忌故但自稱讚不讚他人此諸衆生以自高輕他故於三惡道無量千歲受諸苦毒過無量千歲已於彼命終生畜生趣作牛馬駝驢鞭杖捶擊飢渴逼惱身負重擔隨路而行若生人道常居下賤爲人奴婢受他驅役若昔人中聞彼世尊藥師瑠璃光如來名號者以此善根衆苦解脫諸根猛利聰慧博識恒求善本得與良友常相隨逐能斷魔罥破無明殼竭煩惱河解脫一切生老病死憂悲苦惱復次曼殊室利有諸衆生好喜乖離更相鬪訟此等互起惡心衆生身口及意恒作諸惡爲欲相損各各常以無益相加或告林神樹神山神冢神種種別神殺諸畜生取其血肉祭祀一切夜叉羅刹食血肉者書怨人字并作其形成就種種毒害呪術厭魅蠱道起尸鬼呪欲斷彼命及壞其身由聞世尊藥師瑠璃光如來名號故此諸惡事不能傷損

皆得互起慈心益心無嫌恨心各各歡悦更相攝受復次曼殊室利此諸四衆比丘比丘尼優婆塞優波夷及餘信心善男子善女人等受八分齋或復一年或復三月受持諸戒以此善根隨所喜樂隨所願求若欲往生西方極樂世界阿彌陀如來所者由得聞彼世尊藥師瑠璃光如來名號故於命終時有八菩薩乘空而來示其道徑即於彼界種種異色波頭摩華中自然化生若復此人欲生天上即得往生本昔善根無有窮盡不復更生諸餘惡趣天上命盡當生人間爲轉輪王四洲自在安立無量百千俱知那由他衆生於十善業道或復生於刹利大族婆羅門大族居士大家金銀粟帛倉庫盈滿形色具足自在具足眷屬具足勇健多力如大力士若有女人得聞説此如來名號至心受持此人於後永離女身爾時曼殊室利童子白佛言世尊我於後時以彼世尊藥師瑠璃光如來名號於信心善男子善女人所種種方便流布令聞乃至睡中亦以佛名覺寤其耳若受持此經讀誦宣説或復爲他分別開解若自書若令人書若取經卷五色淨綵以盛裹之灑掃淨處以安置之持種種華種種香塗香華鬘寶幢旛蓋而用供養爾時四大天王與其眷屬并餘百千俱知那由他諸天皆詣其所若此經卷流行之處若復有人誦持此經以得聞彼世尊藥師瑠璃光如來名號及本昔所發殊勝大願故當知是處無復横死亦復不爲諸鬼所持奪其魂魄設已奪者還復如故佛言如是如是曼殊室利如汝所説曼殊

室利信心善男子善女人若欲供養彼如來者此人應作如來形像七日七夜受八分齋食清淨食於清淨處散種種華燒種種香以種種繒綵種種旛幢莊嚴其處澡浴清潔著新淨衣應生無垢濁心無怒害心於一切衆生起利益心慈悲喜捨平等之心鼓樂歌讚右繞佛像應念彼如來本昔大願并解釋此經如所思念如所願求一切所欲皆得圓滿求長壽得長壽求福報得福報求自在得自在求男女得男女或復有人忽得惡夢或見諸惡相或怪鳥來集於其住所百怪出現此人若能以種種衆具供養恭敬彼藥師瑠璃光如來者一切惡夢惡相不吉祥事皆悉隱没或有水怖火怖刀怖毒怖懸險之怖惡象師子虎狼熊羆毒蛇惡蠍蜈蚣蚰蜒如是等怖憶念供養彼如來者一切怖畏皆得解脱若他國侵擾賊盜反亂如是等怖亦應念彼如來恭敬尊重復次曼殊室利若有信心善男子善女人乃至盡形受三歸依不事餘天或持五戒或持十戒或持菩薩一百四戒或復出家受持比丘二百五十戒若比丘尼受持五百戒於隨所受中毁犯禁戒畏墮惡道若能供養彼世尊藥師瑠璃光如來者決定不受三惡道報或有女人臨當産時受於極苦若能稱名供養彼世尊藥師瑠璃光如來者速得解脱所生之子身分具足形色端正見者歡喜利根聰明安隱少病無有非人奪其寬鬼爾時世尊告慧命阿難言阿難如我稱揚彼世尊藥師瑠璃光如來所有功德汝信受耶汝於如是諸佛如來甚深境界多生

疑惑時慧命阿難白佛言大德世尊我於如來所説法中無復疑惑何以故一切如來身口意行無不清淨世尊此日月有如是大神通有如是大威力可令墮落須彌山王可得移動諸佛所言無有差異大德世尊或有衆生信根不具聞説如來佛境界已作是思惟云何但念彼如來名獲爾許功德心不信受生於誹謗此等長夜無義饒益當墮苦趣佛言阿難若彼如來所有名號入其耳中此人墮惡道者無有是處阿難諸佛境界誠爲難信汝今信受應知皆是如來威力非一切聲聞辟支佛地所能信受惟除一生補處菩薩摩訶薩阿難人身難得於三寶中信敬尊重亦難可得聞彼如來名號倍難於此阿難彼世尊藥師瑠璃光如來無量菩薩行無量諸巧便無量曠大願我欲一劫若過一劫説彼如來菩薩行願乃至窮劫説彼世尊藥師瑠璃光如來本昔所行及殊勝大願亦不究盡

爾時衆中有菩薩摩訶薩名曰救脱即從座起偏露一髆右膝著地向婆伽婆合掌曲躬白言大德世尊於未來世當有衆生身嬰重病長患羸瘦不食飢渴喉脣乾燥死相現前目無所見父母親眷朋友知識啼泣圍遶其人尸形卧在本處閻摩使人引其神識置於閻摩法王之前此人背後有同生神隨其所作若罪若福一切皆書盡持授與閻摩法王時閻摩法王推問其人筭計所作隨善隨惡而處分之若能爲此病人歸依彼世尊藥師瑠璃光如來如法供養即得還復此人神識得迴還時如從夢覺皆自憶知或經七日或

二十一日或三十五日或四十九日神識還已具憶所有善惡業報由自證故乃至失命不造惡業是故信心善男子善女人應當供養藥師如來爾時慧命阿難問救脱菩薩言善男子應云何供養彼世尊藥師瑠璃光如來也救脱菩薩言大德阿難若有患人欲脱重病當爲此人七日七夜受八分齋當以飲食及種種衆具隨力所辦供養比丘僧晝夜六時禮拜供養彼世尊藥師瑠璃光如來四十九遍讀誦此經然四十九燈應造七軀彼如來像一一像前各置七燈一一燈量大如車輪或復乃至四十九日光明不絶當造五色綵旛長四十九尺復次大德阿難灌頂刹利王等若災難起時所謂人民疾疫難他方侵逼難自界反逆難星宿變怪難日月薄蝕難非時風雨難過時不雨難爾時此灌頂刹利王當於一切衆生起慈愍心赦諸繫閉依前所說供養法式供養彼世尊藥師瑠璃光如來時灌頂刹利王用此善根由彼世尊藥師瑠璃光如來本昔勝願故其王境界即得安隱風雨以時禾稼成就國土豐熟一切國界所有衆生無病安樂多生歡喜於其國界亦無夜义羅刹毗舍闍等諸惡鬼神擾亂衆生所有惡相皆即不現彼灌頂刹利王壽命色力無病自在並得增益爾時慧命阿難問救脱菩薩言善男子云何已盡之命而可更延救脱菩薩言阿難汝豈不聞如來所說九横死耶是故教以呪藥方便或有衆生得病非重然無醫藥及看病人或復醫人療治失所非時而死是爲初横第二横者王法所殺

第三横者遊獵放逸婬醉無度爲諸非人害其寃鬼第四横者爲火所燒第五横者爲水所溺第六横者入獅子虎豹諸惡獸中第七横者飢渴所困不得飲食因此致死第八横者厭禱毒藥起尸鬼等之所損害第九横者投巖取死是名如來略說大横有此九種其餘復有無量諸横爾時衆中有十二夜叉大將俱在會坐所謂

宫毗羅大將　跋折羅大將　迷佉羅大將
安捺羅大將　安涅羅大將　摩涅羅大將
因陀羅大將　波異羅大將　摩呼羅大將
真達羅大將　招度羅大將　鼻羯羅大將

此等十二夜叉大將一一各有七千夜叉以爲眷屬皆同一聲白世尊言我等今者蒙佛威力得聞世尊藥師瑠璃光如來名號已不復更有惡道之怖我今相與皆同一心乃至壽盡歸依佛歸依法歸依僧皆當荷負一切衆生爲作義利饒益安樂隨於何等村城聚落阿蘭拏處若流布此經若復持彼世尊藥師瑠璃光如來名號親覲供養者我等眷屬衛護是人皆使解脫一切苦難諸有所求悉令滿足爾時世尊讃諸夜叉大將言善哉善哉大夜叉將汝等若念彼世尊藥師瑠璃光如來恩德者當念饒益一切衆生爾時慧命阿難白佛言世尊此經何名云何奉持佛言阿難此法門者名爲藥師瑠璃光如來本昔所發殊勝大願當如是持名爲十二夜叉大將自誓當如是持名爲淨一切業障當如是持時婆伽婆說是語已諸菩薩摩訶薩諸大聲聞國王大臣婆羅門居士及一切大衆阿

脩羅揵達婆等聞佛所說歡喜奉行

佛說藥師如來本願經

音釋

序

雜糅（雜昨答切糅忍九切雜糅謂錯雜紛糅也）紕繆（紕篇夷切疏也繆眉救切戾也）達摩笈多（梵語也此云法密譯師名也笈極曄切）馭（魚據切海馭沙門名也）懲（持陵切戒也）

經

髆（伯各切肩髆也）跛躄（跛補火切足偏廢行不正也躄必益切足不能行也）蚊蝱（蚊音文蝱莫庚切蝱齧人之飛蟲也）罥（規縣切網也）

藥師瑠璃光如來本願功德經

唐三藏法師玄奘奉詔譯

清刻龍藏佛說法變相圖

藥師瑠璃光如來本願功德經

唐三藏法師玄奘奉　詔譯

如是我聞一時薄伽梵遊化諸國至廣嚴城
住樂音樹下與大苾芻衆八千人倶菩薩摩
訶薩三萬六千及國王大臣婆羅門居士天
龍藥叉人非人等無量大衆恭敬圍遶而爲
說法爾時曼殊室利法王子承佛威神從座
而起偏袒一肩右膝著地向薄伽梵曲躬合
掌白言世尊惟願演說如是相類諸佛名號
及本大願殊勝功德令諸聞者業障銷除爲
欲利樂像法轉時諸有情故爾時世尊讚曼
殊室利童子言善哉善哉曼殊室利汝以大
悲勸請我說諸佛名號本願功德爲拔業障
所纏有情利益安樂像法轉時諸有情故汝
今諦聽極善思惟當爲汝說曼殊室利言唯

然願説我等樂聞佛告曼殊室利東方去此過十殑伽沙等佛土有世界名淨瑠璃佛號藥師瑠璃光如來應正等覺明行圓滿善逝世間解無上士調御丈夫天人師佛薄伽梵曼殊室利彼世尊藥師瑠璃光如來本行菩薩道時發十二大願令諸有情所求皆得

第一大願願我來世得阿耨多羅三藐三菩提時自身光明熾然照耀無量無數無邊世界以三十二大丈夫相八十隨好莊嚴其身令一切有情如我無異

第二大願願我來世得菩提時身如瑠璃內外明徹淨無瑕穢光明廣大功德巍巍身善安住焰網莊嚴過於日月幽冥衆生悉蒙開曉隨意所趣作諸事業

第三大願願我來世得菩提時以無量無邊智慧方便令諸有情皆得無盡所受用物莫令衆生有所乏少

第四大願願我來世得菩提時若諸有情行邪道者悉令安住菩提道中若行聲聞獨覺乘者皆以大乘而安立之

第五大願願我來世得菩提時若有無量無邊有情於我法中脩行梵行一切皆令得不缺戒具三聚戒設有毀犯聞我名已還得清淨不墮惡趣

第六大願願我來世得菩提時若諸有情其身下劣諸根不具醜陋頑愚盲聾瘖瘂攣躄背僂白癩癲狂種種病苦聞我名已一切皆得端正黠慧諸根完具無諸疾苦

第七大願願我來世得菩提時若諸有情衆病逼切無救無歸無醫無藥無親無家貧窮

多苦我之名號一經其耳衆病悉除身心安樂家屬資具悉皆豐足乃至證得無上菩提

第八大願願我來世得菩提時若有女人爲女百惡之所逼惱極生厭離願捨女身聞我名已一切皆得轉女成男具丈夫相乃至證得無上菩提

第九大願願我來世得菩提時令諸有情出魔羂網解脫一切外道纏縛若墮種種惡見稠林皆當引攝置於正見漸令修習諸菩薩行速證無上正等菩提

第十大願願我來世得菩提時若諸有情王法所録縲縛鞭撻繫閉牢獄或當刑戮及餘無量災難凌辱悲愁煎迫身心受苦若聞我名以我福德威神力故皆得解脫一切憂苦

第十一大願願我來世得菩提時若諸有情飢渴所惱爲求食故造諸惡業得聞我名專念受持我當先以上妙飲食飽足其身後以法味畢竟安樂而建立之

第十二大願願我來世得菩提時若諸有情貧無衣服蚊䖟寒熱晝夜逼惱若聞我名專念受持如其所好即得種種上妙衣服亦得一切寶莊嚴具華鬘塗香鼓樂衆伎隨心所翫皆令滿足曼殊室利是爲彼世尊藥師瑠璃光如來應正等覺行菩薩道時所發十二微妙上願復次曼殊室利彼世尊藥師瑠璃光如來行菩薩道時所發大願及彼佛土功德莊嚴我若一劫若一劫餘說不能盡然彼佛土一向清淨無有女人亦無惡趣及苦音聲瑠璃爲地金繩界道城闕宮閣軒牕羅網皆七寶成亦如西方極樂世界功德莊嚴等

無差別於其國中有二菩薩摩訶薩一名日光徧照二名月光徧照是彼無量無數菩薩衆之上首悉能持彼世尊藥師瑠璃光如來正法寶藏是故曼殊室利諸有信心善男子善女人等應當願生彼佛世界爾時世尊復告曼殊室利童子言曼殊室利有諸衆生不識善惡唯懷貪悋不知布施及施果報愚癡無智闕於信根多聚財寶勤加守護見乞者來其心不喜設不獲已而行施時如割身肉深生痛惜復有無量慳貪有情積集資財於其自身尚不受用何況能與父母妻子奴婢作使及來乞者彼諸有情從此命終生餓鬼界或旁生趣由昔人間曾得暫聞藥師瑠璃光如來名故今在惡趣暫得憶念彼如來名即於念時從彼處沒還生人中得宿命念畏惡趣苦不樂欲樂好行惠施讚歎施者一切所有悉無貪惜漸次尚能以頭目手足血肉身分施來求者況餘財物復次曼殊室利若諸有情雖於如來受諸學處而破尸羅有雖不破尸羅而破軌則有於尸羅軌則雖得不壞然毀正見有雖不毀正見而棄多聞於佛所說契經深義不能解了有雖多聞而增上慢由增上慢覆蔽心故自是非他嫌謗正法爲魔伴黨如是愚人自行邪見復令無量俱胝有情墮大險坑此諸有情應於地獄旁生鬼趣流轉無窮若得聞此藥師瑠璃光如來名號便捨惡行修諸善法不墮惡趣設有不能捨諸惡行修行善法墮惡趣者以彼如來本願威力令其現前暫聞名號從彼命終還生人趣得正見精進善調意樂便能捨家趣

於非家如來法中受持學處無有毀犯正見多聞解甚深義離增上慢不謗正法不爲魔伴黨漸次修行諸菩薩行速得圓滿復次曼殊室利若諸有情慳貪嫉妬自讚毀他當墮三惡趣中無量千歲受諸劇苦受劇苦已從彼命終來生人間作牛馬駝驢恒被鞭撻飢渴逼惱又常負重隨路而行或得爲人生居下賤作人奴婢受他驅役恒不自在若昔人中曾聞世尊藥師瑠璃光如來名號由此善因今復憶念至心歸依以佛神力衆苦解脫諸根聰利智慧多聞恒求勝法常遇善友永斷魔羂破無明㲉竭煩惱河解脫一切生老病死憂悲苦惱復次曼殊室利若諸有情好喜乖離更相鬭訟惱亂自他以身語意造作增長種種惡業展轉常爲不饒益事互相謀害告召山林樹塚等神殺諸衆生取其血肉祭祀藥叉羅刹婆等書怨人名作其形像以惡呪術而呪咀之厭媚蠱道呪起屍鬼令斷彼命及壞其身是諸有情若得聞此藥師瑠璃光如來名號彼諸惡事悉不能害一切展轉皆起慈心利益安樂無損惱意及嫌恨心各各歡悅於自所受生於喜足不相侵淩互爲饒益復次曼殊室利若有四衆苾芻苾芻尼鄔波索迦鄔波斯迦及餘淨信善男子善女人等有能受持八分齋戒經一年或復三月受持學處以此善根願生西方極樂世界無量壽佛所聽聞正法而未定者若聞世尊藥師瑠璃光如來名號臨命終時有八菩薩乘神通來示其道路即於彼界種種雜色衆寶華中自然化生或有因此生於天上雖生

天中而本善根亦未窮盡不復更生諸餘惡趣天上壽盡還生人間或爲輪王統攝四洲威德自在安立無量百千有情於十善道或生刹帝利婆羅門居士大家多饒財寶倉庫盈溢形相端嚴眷屬具足聰明智慧勇健威猛如大力士若是女人得聞世尊藥師如來名號至心受持於後不復更受女身爾時曼殊室利童子白佛言世尊我當誓於像法轉時以種種方便令諸淨信善男子善女人等得聞世尊藥師瑠璃光如來名號乃至睡中亦以佛名覺悟其耳世尊若於此經受持讀誦或復爲他演說開示若自書若教人書恭敬尊重以種種華香塗香末香燒香華鬘瓔珞幡蓋伎樂而爲供養以五色綵作囊盛之掃灑淨處敷設高座而用安處爾時四大天王與其眷屬及餘無量百千天衆皆詣其所供養守護世尊若此經寶流行之處有能受持以彼世尊藥師瑠璃光如來本願功德及聞名號當知是處無復橫死亦復不爲諸惡鬼神奪其精氣設已奪者還得如故身心安樂佛告曼殊室利如是如是如汝所說曼殊室利若有淨信善男子善女人等欲供養彼世尊藥師瑠璃光如來者應先造立彼佛形像敷清淨座而安處之散種種華燒種種香以種種幢旛莊嚴其處七日七夜受八分齋戒食清淨食澡浴香潔著新淨衣應生無垢濁心無怒害心於一切有情起利益安樂慈悲喜捨平等之心鼓樂歌讚右繞佛像復應念彼如來本願功德讀誦此經思惟其義演說開示隨所樂願一切皆遂求長壽得長壽

求富饒得富饒求官位得官位求男女得男女若復有人忽得惡夢見諸惡相或怪鳥來集或於住處百怪出現此人若以衆妙資具恭敬供養彼世尊藥師瑠璃光如來者惡夢惡相諸不吉祥皆悉隱没不能爲患或有水火刀毒懸嶮惡象獅子虎狼熊羆毒蛇惡蠍蜈蚣蚰蜒蚊蝱等怖若能至心憶念彼佛恭敬供養一切怖畏皆得解脫若他國侵擾盜賊反亂憶念恭敬彼如來者亦皆解脫復次曼殊室利若有淨信善男子善女人等乃至盡形不事餘天惟當一心歸佛法僧受持禁戒若五戒十戒菩薩四百戒苾芻二百五十戒苾芻尼五百戒於所受中或有毀犯怖墮惡趣若能專念彼佛名號恭敬供養者必定不受三惡趣生或有女人臨當產時受於極苦若能至心稱名禮讚恭敬供養彼如來者衆苦皆除所生之子身分具足形色端正見者歡喜利根聰明安隱少病無有非人奪其精氣爾時世尊告阿難言如我稱揚彼佛世尊藥師瑠璃光如來所有功德此是諸佛甚深行處難可解了汝爲信不阿難白言大德世尊我於如來所說契經不生疑惑所以者何一切如來身語意業無不清淨世尊此日月輪可令墮落妙高山王可使傾動諸佛所言無有異也世尊有諸衆生信根不具聞說諸佛甚深行處作是思惟云何但念藥師瑠璃光如來一佛名號便獲爾所功德勝利由此不信返生誹謗彼於長夜失大利樂墮諸惡趣流轉無窮佛告阿難是諸有情若聞世尊藥師瑠璃光如來名號至心受持不生疑

惑墮惡趣者無有是處阿難此是諸佛甚深所行難可信解汝今能受當知皆是如來威力阿難一切聲聞獨覺及未登地諸菩薩等皆悉不能如實信解惟除一生所繫菩薩阿難人身難得於三寶中信敬尊重亦難可得得聞世尊藥師瑠璃光如來名號復難於是阿難彼藥師瑠璃光如來無量菩薩行無量善巧方便無量廣大願我若一劫若一劫餘而廣說者劫可速盡彼佛行願善巧方便無有盡也爾時衆中有一菩薩摩訶薩名曰救脫即從座起偏袒一肩右膝著地曲躬合掌而白佛言大德世尊像法轉時有諸衆生爲種種患之所困厄長病羸瘦不能飲食喉脣乾燥見諸方暗死相現前父母親屬朋友知識啼泣圍繞然彼自身卧在本處見琰魔使引其神識至于琰魔法王之前然諸有情有俱生神隨其所作若罪若福皆具書之盡持授與琰魔法王爾時彼王推問其人筭計所作隨其罪福而處斷之時彼病人親屬知識若能爲彼歸依世尊藥師瑠璃光如來請諸衆僧轉讀此經然七層之燈懸五色續命神旛或有是處彼識得還如在夢中明了自見或經七日或二十一日或三十五日或四十九日彼識還時如從夢覺皆自憶知善不善業所得果報由自證見業果報故乃至命難亦不造作諸惡之業是故淨信善男子善女人等皆應受持藥師瑠璃光如來名號隨力所能恭敬供養爾時阿難問救脫菩薩曰善男子應云何恭敬供養彼世尊藥師瑠璃光如來續命旛燈復云何造救脫菩薩言大德

若有病人欲脫病苦當爲其人七日七夜受持八分齋戒應以飲食及餘資具隨力所辦供養苾芻僧晝夜六時禮拜供養彼世尊藥師瑠璃光如來讀誦此經四十九遍然四十九燈造彼如來形像七軀一一像前各置七燈一一燈量大如車輪乃至四十九日光明不絶造五色綵旛長四十九搩手應放雜類衆生至四十九可得過度危厄之難不爲諸横惡鬼所持復次阿難若刹帝利灌頂王等災難起時所謂人衆疾疫難他國侵逼難自界叛逆難星宿變怪難日月薄蝕難非時風雨難過時不雨難彼刹帝利灌頂王等爾時應於一切有情起慈悲心赦諸繫閉依前所說供養之法供養彼世尊藥師瑠璃光如來由此善根及彼如來本願力故令其國界即得安隱風雨順時穀稼成熟一切有情無病歡樂於其國中無有暴惡藥叉等神惱有情者一切惡相皆即隱没而刹帝利灌頂王等壽命色力無病自在皆得增益阿難若帝后妃主儲君王子大臣輔相中宮婇女百官黎庶爲病所苦及餘厄難亦應造立五色神旛然燈續明放諸生命散雜色華燒衆名香病得除愈衆難解脫爾時阿難問救脫菩薩言善男子云何已盡之命而可增益救脫菩薩言大德汝豈不聞如來說有九横死耶是故勸造續命旛燈修諸福德以修福故盡其壽命不經苦患阿難問言九横云何救脫菩薩言若諸有情得病雖輕然無醫藥及看病者設復遇醫授以非藥實不應死而便横死又信世間邪魔外道妖孽之師妄說禍福便生

恐動心不自正卜問覓禍殺種種衆生解奏神明呼諸魍魎請乞福祐欲冀延年終不能得愚癡迷惑信邪倒見遂令橫死入於地獄無有出期是名初橫二者橫被王法之所誅戮三者畋獵嬉戲躭婬嗜酒放逸無度橫爲非人奪其精氣四者橫爲火焚五者橫爲水溺六者橫爲種種惡獸所噉七者橫墮山崖八者橫爲毒藥厭禱呪咀起屍鬼等之所中害九者飢渴所困不得飲食而便橫死是爲如來略說橫死有此九種其餘復有無量諸橫難可具說復次阿難彼琰魔王主領世間名籍之記若諸有情不孝五逆破辱三寶壞君臣法毀於信戒琰魔法王隨罪輕重考而罰之是故我今勸諸有情然燈造旛放生修福令度苦厄不遭衆難爾時衆中有十二藥叉大將俱在會坐所謂

宮毗羅大將　伐折羅大將　迷企羅大將
安底羅大將　頞你羅大將　珊底羅大將
因達羅大將　波夷羅大將　摩虎羅大將
眞達羅大將　招杜羅大將　毗羯羅大將

此十二藥叉大將一一各有七千藥叉以爲眷屬同時舉聲白佛言世尊我等今者蒙佛威力得聞世尊藥師瑠璃光如來名號不復更有惡趣之怖我等相率皆同一心乃至盡形歸佛法僧誓當荷負一切有情爲作義利饒益安樂隨於何等村城國邑空閑林中若有流布此經或復受持藥師瑠璃光如來名號恭敬供養者我等眷屬衛護是人皆使解脫一切苦難諸有願求悉令滿足或有疾厄求度脫者亦應讀誦此經以五色縷結我名

字得如願已然後解結爾時世尊讚諸藥叉大將言善哉善哉大藥叉將汝等念報世尊藥師瑠璃光如來恩德者常應如是利益安樂一切有情爾時阿難白佛言世尊當何名此法門我等云何奉持佛告阿難此法門名說藥師瑠璃光如來本願功德亦名說十二神將饒益有情結願神呪亦名拔除一切業障應如是持時薄伽梵說是語已諸菩薩摩訶薩及大聲聞國王大臣婆羅門居士天龍藥叉健達縛阿素洛揭路荼緊捺洛莫呼洛伽人非人等一切大衆聞佛所說皆大歡喜信受奉行

藥師瑠璃光如來本願功德經

音釋

背僂僂龍主切脊俯也　癩落蓋切惡疾也　癲多年切狂也　劇竭戟切尤甚也　羂規縣切網也　蠱道蠱果五切惑也　蠍許竭切毒蟲也　轂克角切　搩陟格切張也　薄蝕薄伯各切蝕實職切氣往迫之爲薄虧毀爲蝕　橫死橫戶孟切橫死謂不以理而枉死也　妖孽妖於喬切孽魚列切衣服歌謠之怪謂之妖禽獸蟲蝗之怪謂之孽　魍魎魍文紡切魎里養切山川之精物也　厭禱厭衣檢切禳也禱都老切祈求也　呪咀呪職救切願也咀正作詛莊助切沮也呪咀謂呪願之使沮敗也

藥師瑠璃光七佛本願功德經

唐三藏法師義淨奉　詔譯

清刻龍藏佛說法變相圖

藥師瑠璃光七佛本願功德經卷上

唐三藏法師義淨奉　詔譯

如是我聞一時薄伽梵遊化諸國至廣嚴城在樂音樹下與大苾芻衆八千人俱菩薩摩訶薩三萬六千其名曰曼殊室利菩薩觀自在菩薩慈氏菩薩善現菩薩大慧菩薩明慧菩薩山峯菩薩辯峯菩薩持妙高峯菩薩不空超越菩薩微妙音菩薩常思惟菩薩執金剛菩薩如是等諸大菩薩而爲上首及諸國王大臣婆羅門居士天龍八部人非人等無量大衆恭敬圍繞而爲說法初中後善文義巧妙純一圓滿清淨鮮白梵行之相示教利喜皆令具足微妙行願趣大菩提爾時曼殊室利法王子菩薩摩訶薩承佛威神從座而起偏袒右肩右膝著地合掌恭敬而白佛言

世尊今有無量人天大衆爲聽法故皆已雲集唯佛世尊從初發意乃至於今所有無量塵沙數劫諸佛刹土無不知見願爲我等及未來世像法衆生慈悲演説諸佛名號本願功德國土莊嚴善巧方便差别之相令諸聞者業障消除乃至菩提得不退轉

爾時世尊讃曼殊室利菩薩言善哉善哉曼殊室利汝以大悲愍念無量業障有情種種疾病憂悲苦惱得安樂故勸請我説諸佛名號本願功德國土莊嚴此由如來威神之力令發斯問汝今諦聽善思惟之當爲汝説曼殊室利言唯願爲説我等樂聞佛告曼殊室利東方去此過四殑伽河沙佛土有世界名曰無勝佛號善名稱吉祥王如來應正等覺明行圓滿善逝世間解無上丈夫調御士天人師佛世尊有無量億衆不退菩薩之所圍遶安住七寶勝妙莊嚴師子之座現在説法曼殊室利彼佛國土清淨嚴飾縱廣正等百千踰繕那以贍部金而爲其地平正柔軟氣如天香無諸惡趣及女人名亦無瓦礫沙石棘刺寶樹行列華果滋繁多有浴池皆以金銀眞珠雜寶而爲砌飾曼殊室利彼國菩薩皆於七寶蓮華化生是故淨信善男子善女人皆當願生彼佛國土曼殊室利彼佛如來應正等覺從初發心行菩薩道時發八大願云何爲八

第一大願願我來世得無上菩提時若有衆生爲諸病苦逼切其身熱病諸瘧蠱道魘魅起屍鬼等之所惱害若能至心稱我名者由是力故所有病苦悉皆消滅乃至證得無上

菩提
第二大願願我來世得菩提時若有衆生盲聾瘖瘂白癩癲狂衆病所困若能至心稱我名者由是力故諸根具足衆病消滅乃至菩提
第三大願願我來世得菩提時若有衆生爲貪瞋癡之所纒逼造無間罪及諸惡行誹謗正法不修衆善當墮地獄受諸苦痛若能至心稱我名者由是力故令無間罪及諸業障悉皆消滅無有衆生墮惡趣者常受人天殊勝安樂乃至菩提
第四大願願我來世得菩提時若有衆生少乏衣食瓔珞卧具財貨珍寶香華伎樂若能至心稱我名者由是力故所乏資生皆得充足乃至菩提
第五大願願我來世得菩提時若有衆生或被枷鎖繫縛其身及以鞭撻受諸苦惱若能至心稱我名者由是力故所有苦惱皆得解脱乃至菩提
第六大願願我來世得菩提時若有衆生於險難處爲諸惡獸熊羆獅子虎豹豺狼蚖蛇蝮蝎之所侵惱欲斷其命發聲大叫受此苦時若能至心稱我名者由是力故所有恐怖皆得解脱諸惡獸等悉起慈心常得安樂乃至菩提
第七大願願我來世得菩提時若有衆生鬬諍言訟因生憂惱若能至心稱我名者由是力故鬬訟解散慈心相向乃至菩提
第八大願願我來世得菩提時若有衆生入於江海遭大惡風吹其船舫無有洲渚而作

歸依極生憂怖若能至心稱我名者由是力故皆得隨心至安隱處受諸快樂乃至菩提

曼殊室利是謂彼佛如來應正等覺行菩薩道時所發八種微妙大願又彼世尊從初發心常以定力成就衆生供養諸佛嚴淨佛土菩薩眷屬悉皆圓滿此之福德不可思議一切聲聞及諸獨覺縱經多劫說不能盡唯除如來補處菩薩曼殊室利若有淨信男子女人若王大臣長者居士心希福德斷諸煩惱稱彼佛名讀斯經典於彼如來至心尊重恭敬供養所有一切罪惡業障及諸病苦悉皆消滅諸有願求無不隨意得不退轉乃至菩提

復次曼殊室利東方去此過五殑伽河沙佛土有世界名曰妙寶佛號寶月智嚴光音自在王如來應正等覺有無量億菩薩圍繞現在說法皆演大乘微妙深義曼殊室利彼佛如來從初發心行菩薩道時發八大願云何爲八

第一大願願我來世得菩提時若有衆生爲營農業及商賈事令心擾亂廢修菩提殊勝善法於生死中不能出離各各備受無邊苦惱若能至心稱我名者由是力故衣服飲食資生之具金銀珍寶隨願充足所有善根皆得增長亦不捨離菩提之心諸惡道苦咸蒙解脫乃至菩提

第二大願願我來世得菩提時於十方界所有衆生若爲寒熱飢渴逼身受大苦惱若能至心稱我名者由是力故先世罪業悉皆消滅捨諸苦惱受人天樂乃至菩提

第三大願願我來世得菩提時於十方界若有女人貪婬煩惱常覆其心相續有娠深可厭惡臨當産時受大苦惱聞我名字暫經其耳或復稱念由是力故衆苦皆除捨此身已常爲男子乃至菩提

第四大願願我來世得菩提時若有衆生或與父母兄弟姊妹妻子眷屬及諸親友行險難處爲賊所侵受諸苦惱暫聞我名或復稱念由是力故解脱衆難乃至菩提

第五大願願我來世得菩提時若有衆生行於暗夜作諸事業被惡鬼神之所惱亂極生憂苦暫聞我名或復稱念由是力故從暗遇明諸惡鬼神起慈悲意乃至菩提

第六大願願我來世得菩提時若有衆生行鄙惡事不信三寶智慧鮮少不修善法根力覺道念定總持皆不修習若能至心稱我名者由是力故智慧漸增三十七品悉皆修學深信三寶乃至菩提

第七大願願我來世得菩提時若有衆生意樂鄙劣於二乘道修行而住棄背無上勝妙菩提若能至心稱我名者捨二乘見於無上覺得不退轉乃至菩提

第八大願願我來世得菩提時若有衆生見劫將盡火欲起時生大憂怖苦惱悲泣由彼前身惡業力故受斯衆苦無所歸依若能至心稱我名者所有憂苦悉皆消滅受清涼樂從此命終於我佛土蓮華化生常修善法乃至菩提曼殊室利是爲彼佛如來應正等覺行菩薩道時所發八種微妙大願又彼如來所居佛土廣博嚴淨地平如掌天妙香樹而

爲行列天華遍覆天樂常鳴天妙鈴鐸隨處懸布天寶莊嚴師子之座天寶砌飾諸妙浴池其地柔輭無諸瓦礫亦無女人及諸煩惱皆是不退諸菩薩衆蓮華化生若起念時飲食衣服及諸資具隨意現前是故名爲妙寶世界曼殊室利若有淨信男子女人國王王子大臣輔相中宫婇女晝夜六時慇重至心恭敬供養彼佛世尊及稱名號并造形像香花音樂燒香末香塗香而爲奉獻清淨嚴潔於七日中持八戒齋於諸衆生起慈悲意願生彼土彼佛世尊及諸菩薩護念是人一切罪業悉皆消滅無上菩提得不退轉於貪恚癡漸得微薄無諸病苦增益壽命隨有希求悉皆如意鬪諍怨家咸生歡喜捨此身已往彼刹土蓮華化生當生之時念定總持悉皆明了曼殊室利如是當知彼佛名號無量功德若得聞者所願皆成

復次曼殊室利東方去此過六殑伽河沙佛土有世界名曰圓滿香積佛號金色寶光妙行成就如來應正等覺有無量億萬菩薩圍遶現在說法曼殊室利彼佛如來從初發心行菩薩道時發四大願云何爲四

第一大願願我來世得菩提時若有衆生造作種種屠害之業斷諸生命由斯惡業受地獄苦設得爲人短壽多病或遭水火刀毒所傷當受死苦若聞我名至心稱念由是力故所有惡業悉皆消滅無病長壽不遭横死乃至菩提

第二大願願我來世得菩提時若有衆生作諸惡業盜他財物當墮惡趣設得爲人生貧

窮家乏少衣食常受諸苦若聞我名至心稱念由是力故所有惡業悉皆消滅衣服飲食無所乏少乃至菩提

第三大願願我來世得菩提時若有衆生更相陵慢共爲讎隙若聞我名至心稱念由是力故各起慈心猶如父母乃至菩提

第四大願願我來世得菩提時若有衆生貪欲瞋恚愚癡所纏若出家在家男女七衆毀犯如來所制學處造諸惡業當墮地獄受諸苦報若聞我名至心稱念由是力故所有惡業悉皆消滅斷諸煩惱敬奉尸羅於身語心善能防護永不退轉乃至菩提曼殊室利是爲彼佛如來應正等覺行菩薩道時所發四種微妙大願曼殊室利又彼如來所居佛土廣博嚴淨地平如掌皆以寶成常有香氣如妙栴檀復以香樹而爲行列天妙珠瓔摩尼等寶處處垂下多有浴池天寶嚴飾香水盈滿衆德皆具於其四邊懸妙繒綵街衢八道隨處莊嚴所有衆生無諸煩惱及憂悲苦亦無女人多是住地諸菩薩衆勝妙音樂不鼓自鳴演說大乘微妙深法若有衆生聞此音者得不退轉無上菩提曼殊室利彼佛如來由昔願力善巧方便成就佛土圓滿莊嚴坐菩提座作如是念於未來世若有衆生爲貪瞋癡之所纏繞衆病所逼怨家得便或時橫死復由惡業墮地獄中受大劇苦彼佛見此苦惱衆生爲除業障說此神咒令彼受持於現世中得大利益遠離衆苦住菩提故即說咒曰

呾姪他　悉睇悉睇　蘇悉睇　謨折你

木剎你　目帝毗目帝　菴末麗　毗末麗
忙揭例　呬囒若揭鞞　曷喇怛娜　揭鞞
薩婆頞他　娑但你　鉢囉摩頞他　娑但
你　末捺細　莫訶末捺細　頞步帝　頞
窒步帝　毗多婆曳　蘇跋泥去　跋囉蚶
摩　瞿使去　跋囉蚶摩　柱使帝　薩婆
頞剃數　阿鉢囉市帝　薩跋怛囉　阿鉢
喇底嗷帝　折覩殺瑟檄　敎陀俱胝　婆
使帝　細摩薩婆　但他揭多喃　莎訶

爾時世尊說此大力大明呪時衆中所有諸大菩薩四大天王釋梵王等讚言善哉善哉大悲世尊能說如是過去如來大力神呪爲欲饒益無量衆生竭煩惱海登涅槃岸除去疾病所願皆滿佛告大衆若有淨信男子女人國王王子及以大臣輔相中宮婇女情希福德於此神呪起敬信心若讀若誦若爲他人演說其義於諸含識起大悲心晝夜六時香華燈燭慇重供養清淨澡浴持八戒齋至誠念誦所有極重無邊業障悉皆消滅於現身中離諸煩惱命欲終時諸佛護念即於彼國蓮華化生復次曼殊室利東方去此過七殑伽河沙佛土有世界名曰無憂佛號無憂最勝吉祥如來應正等覺今現在彼爲衆說法又彼如來所居佛土廣博嚴淨地平如掌皆以寶成細滑柔輭常有香氣無憂苦聲離諸煩惱亦無惡趣及女人名處處皆有金砌浴池香水盈滿寶樹行列華果滋茂勝妙音樂不鼓自鳴譬如西方極樂世界無量壽國功德莊嚴曼殊室利彼佛世尊行菩薩道時發四大願云何爲四

第一大願願我來世得菩提時若有衆生常爲憂苦之所纏逼若聞我名至心稱念由是力故所有憂悲及諸苦惱悉皆消滅長壽安隱乃至菩提

第二大願願我來世得菩提時若有衆生造諸惡業生在無間黑暗之處大地獄中受諸苦惱由彼前身聞我名字我於爾時身出光明照受苦者由是力故彼見光時所有業障悉皆消滅解脫衆苦生人天中隨意受樂乃至菩提

第三大願願我來世得菩提時若有衆生造諸惡業殺盜邪婬於其現身受刀杖苦當墮惡趣設得人身短壽多病生貧賤家衣服飲食悉皆乏少常受寒熱飢渴等苦身無光色所感眷屬皆不賢良若聞我名至心稱念由是力故隨所願求飲食衣服悉皆充足如彼諸天身光可愛得善眷屬乃至菩提

第四大願願我來世得菩提時若有衆生常爲藥叉諸惡鬼神之所嬈亂奪其精氣受諸苦惱若聞我名至心稱念由是力故諸藥叉等悉皆消散各起慈心解脫衆苦乃至菩提

曼殊室利是爲彼佛如來應正等覺所發四種微妙大願若有衆生聞彼佛名晝夜六時稱名禮敬至心供養於衆生處起慈悲心業障消滅解脫憂苦無病長壽得宿命智於彼佛土蓮華化生常爲諸天之所衛護曼殊室利稱彼佛名能生如是無量福業而彼佛土願力莊嚴殊勝功德聲聞獨覺所不能知唯除如來應正等覺

復次曼殊室利東方去此過八殑伽河沙佛

土有世界名曰法幢佛號法海雷音如來應正等覺今現說法曼殊室利彼佛世尊所居國土清淨無穢其地平正玻瓈所成常有光明香氣芬馥以帝青寶而爲城郭有八街道砌以金銀樓閣殿堂飛甍戸牖欄楯莊飾皆衆寶成天香寶樹隨處行列於其枝上掛以天繒復有寶鈴處處垂下微風吹動出妙音聲演暢無常苦空無我衆生聞者捨離欲纏習氣漸除證甚深定天妙香華繽紛而下於其四面有八浴池底布金沙香水彌滿曼殊室利於彼佛土無諸惡趣亦無女人蓮華化生無復煩惱彼佛如來行菩薩道時發四大願云何爲四

第一大願願我來世得菩提時若有衆生生邪見家於佛法僧不生淨信遠離無上菩提之心若聞我名至心稱念由是力故無明邪慧日夜消除於三寶所深生正信不復退轉乃至菩提

第二大願願我來世得菩提時若有衆生生在邊地由近惡友造衆罪業不修善品三寶名字曾不經耳命終之後墮三惡趣彼諸衆生暫聞我名由是力故業障消除遇善知識不墮惡趣乃至菩提

第三大願願我來世得菩提時若有衆生衣服飲食卧具醫藥資生所須悉皆乏少由此因緣生大憂苦爲求覓故造衆惡業若聞我名至心稱念由是力故有所乏少隨念皆得乃至菩提

第四大願願我來世得菩提時若有衆生由先惡業共相鬬諍作不饒益弓箭刀杖互爲

傷損若聞我名至心稱念由是力故各起慈心不相傷害不善之念尚自不生況於前人欲斷其命常行喜捨乃至菩提曼殊室利是爲彼佛如來應正等覺行菩薩道時所發四種微妙大願若有淨信男子女人聞彼佛名至心禮敬慇懃供養受持念誦業障消滅得不退轉菩提之心具宿命智所生之處常得見佛無病長壽命終之後生彼國中衣服飲食資生之具隨念皆至無所乏少曼殊室利彼佛世尊具足如是無量功德是故衆生常當憶念勿令忘失

復次曼殊室利東方去此過九殑伽河沙佛土有世界名曰善住寶海佛號法海勝慧遊戲神通如來應正等覺現在說法曼殊室利彼佛如來行菩薩道時發四大願云何爲四

第一大願願我來世得菩提時若有衆生造衆惡業種植耕耘損諸生命或復興易欺誑他人戰陣兵戈常爲殺害若聞我名至心稱念由是力故資生之具不假營求隨心滿足常修衆善乃至菩提

第二大願願我來世得菩提時若有衆生造十惡業殺生等罪由此因緣當墮地獄若聞我名至心稱念於十善道皆得成就不墮惡趣乃至菩提

第三大願願我來世得菩提時若有衆生不得自在繫屬於他或被禁繫杻械枷鎖鞭杖苦楚乃至極刑若聞我名至心稱念由是力故所有厄難皆得解脫乃至菩提

第四大願願我來世得菩提時若有衆生造衆惡業不信三寶隨虛妄見棄背正理愛樂

邪徒謗毀佛經言非聖説外道典籍恭敬受持自作教人俱生迷惑當墮地獄無有出期設得爲人生八難處遠離正道盲無慧目如是之人若聞我名至心稱念由是力故臨命終時正念現前解脱衆難常生中國受勝妙樂乃至菩提曼殊室利是爲彼佛如來應正等覺行菩薩道時所發四種微妙大願曼殊室利彼佛國土功德莊嚴與上妙寶如來世界等無有異

復次曼殊室利東方去此過十殑伽河沙佛土有世界名淨瑠璃佛號藥師瑠璃光如來應正等覺曼殊室利彼佛世尊從初發心行菩薩道時發十二大願云何十二

第一大願願我來世得佛菩提時自身光明照無邊界三十二相八十隨好莊嚴其身令諸有情如我無異

第二大願願我來世得菩提時身如瑠璃内外清徹光明廣大徧滿諸方焰網莊嚴過於日月鐵圍中間幽冥之處互得相見或於此界暗夜遊行斯等衆生見我光明悉蒙開曉隨作衆事

第三大願願我來世得菩提時以無量無邊智慧方便令諸有情所受用物皆得無盡

第四大願願我來世得菩提時若諸有情行邪道者悉令遊履菩提正路若行聲聞獨覺乘者亦令安住大乘法中

第五大願願我來世得菩提時若諸有情於我法中修行梵行一切皆令得不缺戒善防三業無有毀犯墮惡趣者設有毀犯聞我名已專念受持至心發露還得清淨乃至菩提

第六大願願我來世得菩提時若諸有情諸根不具醜陋頑愚聾盲瘖瘂攣躄背傴白癩癲狂種種病苦之所纏逼若聞我名至心稱念皆得端嚴衆病除愈

第七大願願我來世得菩提時若諸有情貧窮困苦無有歸趣衆病所逼無藥無醫暫聞我名衆病消散眷屬增盛資財無乏身心安樂乃至菩提

第八大願願我來世得菩提時若有女人爲女衆苦之所逼切極生厭離願捨女身若聞我名至心稱念即於現身轉成男子具丈夫相乃至菩提

第九大願願我來世得菩提時令諸有情出魔羅網復有種種邪見之徒皆當攝受令生正見漸令修習諸菩薩行乃至菩提

第十大願願我來世得菩提時若諸有情王法所拘幽禁牢獄枷鎖鞭撻乃至極刑復有衆多苦楚之事逼切憂惱無暫樂時若聞我名以我福德威神力故皆得解脫一切憂苦乃至菩提

第十一大願願我來世得菩提時若諸有情飢火所惱爲求食故造諸惡業若聞我名至心稱念我當先與上妙飲食隨意飽滿復以法味令住安樂乃至菩提

第十二大願願我來世得菩提時若諸有情身無衣服蚊䖟寒熱之所逼惱若聞我名至心稱念隨其所好即得種種上妙衣服寶莊嚴具伎樂香華皆令豐足無諸苦惱乃至菩提曼殊室利是爲藥師瑠璃光如來應正等覺行菩薩道時所發十二微妙上願

藥師瑠璃光七佛本願功德經卷上

音釋

瘧逆約切痁病也　魘魅魘於琰切睡中驚魘人之鬼也魅明祕切惑人之精怪也　娠升人切妊也　讎隙讎特流切仇也隙乞逆切怨隙也　甍謨庚切屋棟也

藥師瑠璃光七佛本願功德經卷下

唐三藏法師義淨奉　詔譯

爾時佛告曼殊室利彼藥師瑠璃光如來行菩薩道時所發大願及彼佛土功德莊嚴我於一劫若過一劫說不能盡然彼佛土純一清淨無諸欲染亦無女人及三惡趣苦惱之聲以淨瑠璃而爲其地城闕宮殿及諸廊宇軒牕羅網皆七寶成亦如西方極樂世界功德莊嚴於彼國中有二菩薩一名日光徧照二名月光徧照於彼無量菩薩衆中而爲上首能持彼佛正法寶藏是故曼殊室利若有淨信男子女人應當願生彼佛世界復次曼殊室利若有衆生不識善惡唯懷貪惜不知惠施及施果報愚癡少智無有信心多畜珍財勤勞守護見乞者來心生不喜設不獲已行惠施時如割身肉深生悋惜復有無量慳貪有情積集資財然於自身尚不能用況當供給父母妻子奴婢僕使及來乞者彼諸有情從此命終生餓鬼中或傍生趣由昔人間曾聞藥師瑠璃光如來名故雖在惡趣還得憶念彼如來名即於彼沒生在人中得宿命念畏惡趣苦不樂欲樂好行惠施讚歎施者所有財物無慳悋心漸次尚能以頭目手足血肉身分施來求者況餘財物復次曼殊室利若復有人歸依世尊受諸學處而破戒破威儀及壞正見設有持戒正見不求多聞於佛所說契經深義不能解了雖有多聞而懷憍慢由慢心故自是非他嫌謗正法爲魔伴黨如是愚人自行邪見復令無量百千俱胝有情墮大險坑此諸有情墮於地獄傍生鬼

趣若曾聞此藥師瑠璃光如來名號由彼如來本願威力於地獄中憶佛名號從彼命盡還生人間正見精進意樂調善捨俗出家於佛法中受持學處無有毀犯正見多聞解甚深義離於憍慢不謗正法不爲魔伴漸次修行諸菩薩行乃至菩提復次曼殊室利若諸有情慳貪嫉妬造諸惡業自讃毀他命終當墮三惡趣中無量千歲受諸劇苦從彼終已來生人間或作牛馬駝驢之屬恒被鞭撻飢渴纏心身常負重困苦疲極若得爲人生居下賤奴婢僕使被他驅役恒不自在由昔人中曾聞藥師瑠璃光如來名號彼善根力今復憶念至心歸依以佛神力衆苦解脫諸根聰利智慧多聞恒求勝法常遇善友永斷魔罥破無明殼竭煩惱河解脫一切生老病死憂悲苦惱乃至菩提復次曼殊室利若諸有情好喜乖離更相鬭訟惱亂自他以身語意造諸惡業展轉常爲不饒益事互相謀害告召山林樹塚等神殺諸衆生取其血肉祭祀藥叉羅刹神等書怨人名或作形像以惡呪術而呪詛之厭媚蠱道呪起死屍令斷彼命及壞其身是諸有情若得聞此藥師瑠璃光如來名號彼諸惡緣悉不能害一切展轉皆起慈悲利益安樂無損惱意及嫌恨心於自所有常生喜足復次曼殊室利若有四衆苾芻苾芻尼近事男近事女及餘淨信男子女人若能受持八支齋戒或經一年或復三月受持學處以此善根願生西方極樂世界見無量壽佛若聞藥師瑠璃光如來名號臨命終時有八菩薩乘神通來示其去處即於彼

界種種雜色衆寶華中自然化生或有因此生於天上雖生天中而昔善根亦不窮盡不復更生諸餘惡趣天上壽盡還生人間或爲輪王統攝四洲威德自在勸化無量百千有情於十善道令其修習或生刹帝利婆羅門居士貴族多饒財寶倉庫盈溢形相端嚴眷屬隆盛聰明智慧勇健威猛有大身力若是女人得聞藥師瑠璃光如來名號至心受持於後不復更受女身復次曼殊室利彼藥師瑠璃光如來得菩提時由本願力觀諸有情遇衆病苦瘦瘧乾消黄熱等病或被魘魅蠱道所中或復短命或時横死欲令是等病苦消除所求願滿時彼世尊入三摩地名曰滅除一切衆生苦惱既入定已於肉髻中出大光明光中演說大陀羅尼呪曰

南謨薄伽伐帝　鞞殺社窶嚕　薜瑠璃鉢喇婆　曷囉闍也　呾他揭多也　阿囉喺帝　三藐三敎陀也呾姪他唵　鞞殺逝鞞殺逝　鞞殺社三沒揭帝　莎訶

爾時光中說此呪已大地震動放大光明一切衆病苦惱皆除受安隱樂曼殊室利若見男子女人有病苦者應當一心爲彼病人清淨澡漱或食或藥或無蟲水呪一百八遍與彼服食所有病苦悉皆消滅若有所求至心念誦皆得如意無病延年命終之後生彼世界得不退轉乃至菩提是故曼殊室利若有男子女人於彼藥師瑠璃光如來至心慇重恭敬供養者常持此呪勿令廢忘復次曼殊室利若有淨信男子女人得聞如上七佛如來應正等覺所有名號聞已誦持晨嚼齒木

澡漱清淨以諸香華末香燒香塗香作衆妓樂供養形像於此經典若自書若教人書一心受持聽聞其義於彼法師應修供養一切所有資身之具悉皆施與勿令乏少如是便蒙諸佛護念所求願滿乃至菩提爾時曼殊室利童子白佛言世尊我於末法之時誓以種種方便令諸淨信男子女人得聞七佛如來名號乃至睡中亦以佛名令其覺悟世尊若於此經受持讀誦或復爲他演說開示若自書若教人書恭敬尊重以種種華香塗香末香燒香華鬘瓔珞旛蓋妓樂而爲供養以五色繒綵而裹表之灑掃淨處置高座上是時四大天王與其眷屬及餘無量百千天衆皆詣其所供養守護世尊若此經寶流行之處及受持者以彼七佛如來本願功德及聞名號威神之力當知是處無復橫死亦復不爲諸惡鬼神奪其精氣設已奪者還得如故身心安樂佛告曼殊室利如是如是如汝所說曼殊室利若有淨信男子女人欲供養彼七如來者應先敬造七佛形像安在清淨上妙之座散華燒香以諸幢旛莊嚴其處七日七夜受八戒齋食清淨食澡浴身體著新淨衣心無垢濁亦無恚害於諸有情常起利樂慈悲喜捨平等之心鼓樂絃歌稱讚功德右遶佛像念彼如來所有本願讀誦此經思惟其義演說開示隨其所願求長壽得長壽求富饒得富饒求官位得官位求男女得男女一切皆遂若復有人忽得惡夢見諸惡相或怪鳥來集或於其家百怪出現此人若以衆妙資具恭敬供養彼諸佛者惡夢惡相諸不

吉祥悉皆隱没不能爲患或有水火刀毒懸崖險道惡象獅子虎狼熊羆蛇蠍蜈蚣如是等怖若能至心憶念彼佛恭敬供養一切怖畏皆得解脱若他國侵擾盜賊反亂憶念恭敬彼如來者所有怨敵悉皆退散復次曼殊室利若有淨信男子女人等乃至盡形不事餘天唯當一心歸佛法僧受持禁戒若五戒十戒菩薩四百戒苾芻二百五十戒苾芻尼五百戒於諸戒中或有毀犯怖墮惡趣若能專念彼佛名號恭敬供養者必定不生三惡趣中或有女人臨當產時受於極苦若能至心稱名禮讚恭敬供養七佛如來衆苦皆除所生之子顏貌端正見者歡喜利根聰明少病安樂無有非人奪其精氣爾時世尊告阿難言如我稱揚彼七如來名號功德此是諸佛甚深境界難可了知汝勿生疑阿難白言世尊我於如來所說契經深義不生疑惑所以者何一切如來身語意業皆無虛妄世尊此日月輪可使墮落妙高山王可使傾動諸佛所言終無有異世尊然有衆生信根不具聞說諸佛甚深境界作是思惟云何但念七佛名號便獲爾所功德勝利由此不信便生誹謗彼於長夜失大利樂墮諸惡趣佛告阿難彼諸有情若得耳聞諸佛名號墮惡趣者無有是處唯除定業不可轉者阿難此是諸佛甚深境界難可信解汝能信受當知皆是如來威力阿難一切聲聞獨覺等皆不能知唯除一生補處菩薩阿難人身難得於三寶中信敬尊重亦難可得得聞七佛如來名號復難於是阿難彼諸如來無量菩薩行無量

巧方便無量廣大願如是行願善巧方便我若一劫若過一劫說不能盡爾時衆中有一菩薩摩訶薩名曰救脱即從座起偏袒右肩右膝著地合掌向佛白言世尊於後末世像法起時若有衆生爲諸病苦之所逼惱身形羸瘦不能飲食喉脣乾燥目視皆暗死相現前父母親屬朋友知識啼泣圍繞身卧本處見彼琰魔法王之使引其神識將至王所然諸有情有俱生神隨其所作善惡之業悉皆記録授與彼王王即依法問其所作隨彼罪福而處斷之是時病人親屬知識若能爲彼歸依諸佛種種莊嚴如法供養而彼神識或經七日或二七日乃至七七日如從夢覺復本精神皆自憶知善不善業所得果報由自證見業報不虛乃至命難亦不造惡是故淨信男子女人皆應受持七佛名號隨力所能恭敬供養爾時具壽阿難問救脱菩薩曰善男子恭敬供養彼七如來其法云何救脱菩薩言大德若有病人及餘災厄欲令脱者當爲其人七日七夜持八戒齋應以飲食及餘資具隨其所有供佛及僧晝夜六時恭敬禮拜七佛如來讀誦此經四十九遍然四十九燈造彼如來形像七軀一一像前各置七燈其七燈狀圓若車輪乃至四十九夜光明不絶造雜綵旛四十九首并一長旛四十九尺放四十九生如是即能離諸厄難不爲諸横惡鬼所持大德阿難是爲供養如來法式若有於此七佛之中隨其一佛稱名供養者皆得如是無量功德所求願滿何況盡能具足供養復次大德阿難若刹帝利灌頂王等災

難起時所謂人衆疾疫難他國侵逼難自界叛逆難星宿變怪難日月薄蝕難非時風雨難過時不雨難彼刹帝利灌頂王等爾時當於一切有情起慈悲心放大恩赦脫諸幽厄苦惱衆生如前法式供養諸佛由此善根及彼如來本願力故令其國界即得安隱風雨順時穀稼成熟國內衆生無病安樂又無暴惡藥叉等神共相惱亂一切惡相悉皆隱沒而刹帝利灌頂王等皆得增益壽命色力無病自在大德阿難若帝后妃主儲君王子大臣輔相宮中婇女百官黎庶爲病所苦及餘厄難亦應敬造七佛形像讀誦此經然燈造旛放諸生命至誠供養燒香散華即得病苦銷除解脫衆難爾時具壽阿難問救脫菩薩言善男子云何已盡之命而可增益救脫菩薩言大德仁豈不聞如來說有九橫死耶由是世尊爲說呪藥隨事救療然燈造旛修諸福業以修福故得延壽命阿難問言九橫云何救脫菩薩言一者若諸有情得病雖輕然無醫藥及看病者設復遇醫不授其藥實不應死而便橫死又信世間邪魔外道妖孽之師妄說禍福便生恐動心不自正卜問吉凶殺諸衆生求神解奏呼召魍魎請福祈恩欲冀延年終不能得愚迷倒見遂令橫死入於地獄無有出期二者橫爲王法之所誅戮三者畋獵嬉戲躭婬嗜酒放逸無度橫爲非人奪其精氣四者橫爲火焚五者橫爲水溺六者橫爲種種惡獸所噉七者橫墮山崖八者橫爲毒藥魘禱呪詛起屍鬼等之所中害九者飢渴所困不得飲食而便橫死是爲如來

略說橫死有此九種其餘復有無量諸橫難可具說復次阿難彼琰魔王簿錄世間所有名籍若諸有情不孝五逆毀辱三寶壞君臣法破於禁戒琰魔法王隨罪輕重考而罰之是故我今勸諸有情然燈造旛放生修福令度苦厄不遭衆難爾時衆中有十二藥叉大將俱在會坐其名曰

宮毗羅大將　跋折羅大將　迷企羅大將
頞你羅大將　末你羅大將　娑你羅大將
因陀羅大將　婆夷羅大將　簿呼羅大將
眞達羅大將　朱杜羅大將　毗羯羅大將

此十二藥叉大將一一各有七千藥叉以爲眷屬同時舉聲白佛言世尊我等今者蒙佛威力得聞七佛如來名號於諸惡趣無復怖畏我等相率皆同一心乃至盡形歸佛法僧誓當荷負一切有情爲作義利饒益安樂隨於何處城邑聚落空閑林中若有此經流布讀誦或復受持七佛名號恭敬供養者我等眷屬衛護是人令脫衆難所有願求悉令滿足或有疾厄求度脫者亦應讀誦此經以五色縷結我名字得如願已然後解結爾時世尊讚諸藥叉大將言善哉善哉大藥叉將汝等念報七佛如來恩德者常應如是利益安樂一切有情爾時會中有多天衆智慧鮮少作如是念云何過是殑伽河沙諸佛世界現在如來暫聞名者便獲無邊殊勝功德爾時釋迦牟尼如來知諸天衆心之所念即入驚召一切如來甚深妙定纔入定已一切三千大千世界六種震動雨天妙華及天香末彼七如來見是相已各從其國來至索訶世界

與釋迦如來共相問訊時佛世尊由其先世本願力故各各自於天寶莊嚴師子座上隨處安坐諸菩薩衆天龍八部人非人等國王王子中宮妃主并諸大臣婆羅門長者居士前後圍繞而爲說法時諸天衆見彼如來皆已雲集生大希有疑惑便除時諸大衆歎未曾有同聲讚言善哉善哉釋迦如來饒益我等爲除疑念令彼如來皆至於此時諸大衆各隨自力以妙香華及衆瓔珞諸天妓樂供養如來右繞七帀合掌禮敬讚言希有希有諸佛如來甚深境界不可思議由先願力善巧方便共現如是奇異之相爾時大衆各各發願願諸衆生皆得如是如來勝定爾時曼殊室利即從座起合掌恭敬繞佛七帀禮雙足已白言世尊善哉善哉如來定力不可思議由本願力方便善巧成就衆生唯願爲說大力神呪能令來世薄福衆生病惱所纏日月星辰所有厄難疫疾怨惡及行險道遭諸恐怖爲作歸依令得安隱彼諸衆生於此神呪若自書教人書受持讀誦廣爲他說常蒙諸佛之所護念佛自現身令願滿足不墮惡趣亦無橫死時諸如來讚曼殊室利言善哉善哉此是我等威神之力令汝勸請哀愍衆生離諸苦難爲說神呪汝應諦聽善思念之我當爲說曼殊室利有大神呪名曰如來定力瑠璃光若有男子女人書寫讀誦恭敬供養於諸含識起大悲心所有願求皆得滿足諸佛現身而爲護念離衆障惱當生佛國時七如來以一音聲即說呪曰

呾姪他　具繼具繼　醫尼繼膩呬　末底

末底　駁頞怛他　揭多三摩地　頞提瑟恥帝　頞帝末帝　波例　波跛輸但你薩婆波跛　那世也　敎睇勃圖　嗢答繼鴟謎　矩謎　佛鐸器怛羅　鉢里輸但你　曇謎昵曇謎　謎嚕謎嚕　謎嚧尸揭囉　薩婆哥羅　蜜栗覩庚丁尼婆喇你　敎提蘇敎睇　佛陀　頞提瑟侘泥娜　曷喀叉覩謎　薩婆提婆　三謎頞三謎　三曼㨄奴和切讙嚂覩謎　薩婆佛陀　菩提薩埵　苫謎苫謎　鉢喇苫曼　覩謎　薩婆伊底鴟波達婆　薩婆毗何大也　薩婆薩埵者晡闌泥晡嚂泥去　晡嚂也謎　薩婆阿舍薜瑠璃也　鉢喇底婆細　薩婆波跛　差楊羯囉　莎訶

爾時七佛說此咒時光明普照大地震動種種神變一時俱現時諸大衆見此事已各各隨力以天香華塗香末香奉上彼佛咸唱善哉右繞七帀彼佛世尊同聲唱言汝等一切人天大衆應如是知若有善男子善女人若王王子妃后大臣寮庶之類若於此咒受持讀誦聽聞演說以妙香華供養經卷著新淨衣在清淨處持八戒齋於諸含識常生慈愍如是供養得無量福若復有人有所祈願應當造此七佛形像可於淨處以諸香華懸繒旛蓋上妙飲食及諸妓樂而爲供養幷復供養菩薩諸天在佛像前端坐誦咒於七日中持八戒齋誦滿一千八遍彼諸如來及諸菩薩悉皆護念執金剛菩薩幷諸釋梵四天王等亦來擁衛此人所有五無間罪一切業障悉皆消滅無病延年亦無橫死及諸疾疫他

方賊盜欲來侵境鬬諍戰陣言訟讎隙飢儉旱澇如是等怖一切皆除共起慈心猶如父母有所願求無不遂意爾時執金剛菩薩釋梵四天從座而起合掌恭敬禮釋迦牟尼佛足白言世尊我等大衆皆已得聞諸佛本願殊勝功德及見諸佛慈悲至此令我衆生親承供養世尊若於其處有此經典及七佛名陀羅尼法流通供養乃至書寫我等悉皆承佛威力即往其處擁護於彼國王大臣城邑聚落男子女人勿令衆苦及諸疾病之所惱亂常得安隱財食豐足我等即是報諸佛恩世尊我等親於佛前自立要誓若有淨信男子女人憶念我者應誦此呪即說呪曰

呾姪他 要窶莫窶 呾囉窶 麼麼窶具 囇 訶呼去 醯去 末囉末囉末囉 竪樹囇布囇 莎訶

若有淨信男子女人國王王子大臣輔相中宮婇女誦七佛名及此神呪讀誦書寫恭敬供養現世皆得無病長壽離衆苦惱不墮三途得不退轉乃至菩提彼諸佛土隨意受生常見諸佛得宿命智念定總持無不具足若患鬼瘧等病當書此呪繫之肘後病若差已置清淨處爾時執金剛菩薩詣七佛所右繞三帀各申禮敬白言世尊惟願慈悲護念於我我令爲欲饒益未來男子女人持是經者我更爲說陀羅尼呪時彼七佛讚執金剛言善哉善哉執金剛我加護汝可說神呪爲護未來持經之人令無衆惱所求滿足時執金剛菩薩即說呪曰

南麼颯多喃 三藐三佛陀喃 南麼薩婆

跋折囉達囉喃　呾姪他唵　跋折　跋折囇　莫訶跋折囇　跋折囉波捨　陀喇你三麽　三麽　三曼頞　阿鉢喇底　嗢多跋折囇　苫麽苫麽　鉢囉苫曼覩謎　薩婆阿大也　矩嚕矩嚕　薩婆羯麽阿代喇拏你叉也　三麽也末奴三末囉簿伽畔跋折囉波你　薩婆舍謎鉢哩　晡喇也莎訶

世尊若復有人持七佛名憶念彼佛本願功德并持此呪讀誦演說我令彼人所願滿足無所乏少若欲見我問善惡者應當書寫此經造七佛像并執金剛菩薩像皆於像身安佛舍利於此像前如上所說種種供養禮拜旋繞於衆生處起慈悲心受八戒齋日別三時澡浴清淨三昧衣別從白月八日至十五日每日誦呪一百八遍心無散亂我於夢中即自現身共爲言說隨所求者皆令滿足時大會中有諸菩薩皆悉唱言善哉善哉執金剛此陀羅尼不可思議實爲善說時七如來作如是語我等護汝所說神呪爲欲饒益一切衆生皆得安樂所求願滿不令此呪隱沒於世爾時七佛告諸菩薩釋梵四天王曰我今以此神呪付囑汝等并此經卷於未來世後五百歲法欲滅時汝等皆應護持是經此經威神利益甚多能除衆罪善願皆遂勿於薄福衆生誹謗正法毀賢聖者授與斯經令法速滅爾時東方七佛世尊見此大衆所作已辦機緣滿足無復疑心各還本土於其座上忽然不現爾時具壽阿難陀即從座起禮佛雙足右膝著地合掌恭敬而白佛言世尊當何名此經我等云何受持佛告阿難陀此

經名爲七佛如來應正等覺本願功德殊勝莊嚴亦名曼殊室利所問亦名藥師瑠璃光如來本願功德亦名執金剛菩薩發願要期亦名淨除一切業障亦名所有願求皆得圓滿亦名十二大將發願護持如是名字汝當奉持時薄伽梵說是經已諸大菩薩及聲聞衆天龍藥叉揵闥婆阿蘇羅揭路茶緊那羅莫呼洛伽人非人等一切大衆聞佛所說皆大歡喜信受奉行

藥師瑠璃光七佛本願功德經卷下

音釋

慳悋 慳丘閑切亦悋也悋良刃切靳惜也 嫌謗 嫌賢兼切疑也又不平於心也謗補曠切毁也訕也 嫉妬 嫉昨悉切妬都故切嫉妬害賢曰嫉害色曰妬

澡漱 澡子皓切澡洗也漱先奏切盪口也 裹袠 裹古火切包裹也袠直質切書衣也 熊羆 熊胡弓切猛獸也羆班糜切似熊而頭長 澇 郎到切霪雨也

番字藥師七佛本願功德經

唐三藏法師義淨奉 詔譯

清刻龍藏佛說法變相圖

༄༅། ། ཨོཾ ། །རྒྱ་གར་སྐད་དུ། ཨཱརྱ་ས་པྟ་ཏ་ཐཱ་ག་ཏ་པཱུརྦ་པྲ་ཎི་དྷཱ་ན་བི་ཤེ་ཥ་
བི་སྟ་ར་ན་མ་མ་ཧཱ་ཡཱ་ན་སཱུ་ཏྲ། །བོད་སྐད་དུ། འཕགས་པ་དེ་བཞིན་གཤེགས་པ་
བདུན་གྱི་སྔོན་གྱི་སྨོན་ལམ་གྱི་ཁྱད་པར་རྒྱས་པ་ཞེས་བྱ་བ་ཐེག་པ་ཆེན་པོའི་མདོ། །
བམ་པོ་དང་པོ། །སངས་རྒྱས་དང་བྱང་ཆུབ་སེམས་དཔའ་ཐམས་ཅད་ལ་ཕྱག
འཚལ་ལོ། །འདི་སྐད་བདག་གིས་ཐོས་པ་དུས་གཅིག་ན། བཅོམ་ལྡན་འདས
ཡུལ་རྒྱུ་ཞིང་ཡངས་པ་ཅན་དུ་བྱོན་ཏེ། ཡངས་པ་ཅན་ན་རོལ་མོའི་སྒྲ་ཅན
གྱི་ཤིང་ལྗོན་པའི་དྲུང་ན། དགེ་སློང་བརྒྱད་སྟོང་གི་དགེ་སློང་གི་དགེ་འདུན་ཆེན་པོ
དང་། བྱང་ཆུབ་སེམས་དཔའ་སུམ་ཁྲི་དྲུག་སྟོང་ལ་འདི་ལྟ་སྟེ། བྱང་ཆུབ་སེམས་དཔའ
སེམས་དཔའ་ཆེན་པོ་སྤྱན་རས་གཟིགས་དབང་ཕྱུག་དང་། བྱང་ཆུབ་སེམས་དཔའ
སེམས་དཔའ་ཆེན་པོ་བློ་གྲོས་ཆེན་པོ་དང་། བྱང་ཆུབ་སེམས་དཔའ་སེམས་དཔའ
ཆེན་པོ་བྱམས་པ་དང་། བྱང་ཆུབ་སེམས་དཔའ་སེམས་དཔའ་ཆེན་པོ་སྤོབས་པ
བརྩེགས་དང་། བྱང་ཆུབ་སེམས་དཔའ་སེམས་དཔའ་ཆེན་པོ་རྣམ་པར་གནོན་པ་དོན
ཡོད་དང་། བྱང་ཆུབ་སེམས་དཔའ་སེམས་དཔའ་ཆེན་པོ་བལྟན་སྟུག་དང་། བྱང་ཆུབ
སེམས་དཔའ་སེམས་དཔའ་ཆེན་པོ་མུན་པ་མུན་ནག་ཐམས་ཅད་ངེས་པར་འཇོམས
པའི་བློ་གྲོས་དང་། བྱང་ཆུབ་སེམས་དཔའ་སེམས་དཔའ་ཆེན་པོ་བསམ་པ་ལེགས་པར
རྣམ་པར་སེམས་པ་དང་། བྱང་ཆུབ་སེམས་དཔའ་སེམས་དཔའ་ཆེན་པོ་ལྷུན་པོ་བརྩེགས
དང་། བྱང་ཆུབ་སེམས་དཔའ་སེམས་དཔའ་ཆེན་པོ་སངས་སང་པོའི་དབྱངས་དང་། བྱང་ཆུབ
སེམས་དཔའ་སེམས་དཔའ་ཆེན་པོ་ལྷུན་པོ་ཆེན་པོའི་རྩེ་འཛིན་རྒྱལ་པོ་དང་། བྱང་ཆུབ
སེམས་དཔའ་སེམས་དཔའ་ཆེན་པོ་ལག་ན་རྡོ་རྗེ་དང་། དེ་དག་ལ་སོགས་པ་བྱང་ཆུབ་སེམས
དཔའ་སུམ་ཁྲི་དྲུག་སྟོང་དང་ཐབས་གཅིག་ཏུ་བཞུགས་ཏེ། ལྷ་དང་། ཀླུ་དང་། གནོད་སྦྱིན་དང་།
དྲི་ཟ་དང་། ལྷ་མ་ཡིན་དང་། ནམ་མཁའ་ལྡིང་དང་། མིའམ་ཅི་དང་། ལྟོ་འཕྱེ་ཆེན་པོ་དང་།

རྒྱལ་པོ་དང་། བློན་པོ་དང་། བྲམ་ཟེ་དང་། རྒྱལ་རིགས་དང་། ཁྱིམ་བདག་ཐམས་ཅད་ཀྱིས་ཡོངས་
སུ་བསྐོར་ཅིང་མདུན་གྱིས་བལྟས་ཏེ། ཐོག་མར་དགེ་བ། བར་དུ་དགེ་བ། ཐ་མར་དགེ་བ།
དོན་བཟང་པོ། ཚིག་འབྲུ་བཟང་པོའི་ཆོས་སྟོན་ཅིང་། ཆོས་ཀྱི་གཏམ་གྱིས་སེམས་ཅན་རྣམས
ཚིམ་པར་མཛད། ཡང་དག་པར་དགའ་བར་མཛད། སངས་རྒྱས་ཀྱི་བྱང་ཆུབ་ལ་དགོད་
པར་མཛད་དེ། །དེ་ནས་བྱང་ཆུབ་སེམས་དཔའ་སེམས་དཔའ་ཆེན་པོ་ཆོས་ཀྱི་རྒྱལ་བུ་འཇམ་
དཔལ་སྟན་ལས་ལངས་ཏེ། བླ་གོས་ཕྲག་པ་གཅིག་ཏུ་གཟར་ནས། པུས་མོ་གཡས་པའི་
ལྷ་ང་ས་ལ་བཙུགས་ཏེ། བཅོམ་ལྡན་འདས་ག་ལ་བ་དེ་ལོགས་སུ་ཐལ་མོ་སྦྱར་བ་བཏུད་
ནས། བཅོམ་ལྡན་འདས་ལ་འདི་སྐད་ཅེས་གསོལ་ཏོ། །བཅོམ་ལྡན་འདས་ལྷ་དང་། ཀླུ་དང་།
གནོད་སྦྱིན་དང་། སྲིན་པོ་དང་། ནམ་མཁའ་ལྡིང་དང་། མི་འམ་ཅི་དང་། ལྟོ་འཕྱེ་
ཆེན་པོ་དང་། དགེ་སློང་དང་། བྲམ་ཟེ་དང་། རྒྱལ་པོ་དང་། བློན་པོ་དང་། ཁྱིམ་བདག
དང་། མི་དང་། མི་མ་ལགས་པ་མང་པོ་དག་ཚོགས་ཤིང་ཉན་པའི་སླད་དུ་འདུས་ཤིང་མཆིས
ལགས་ན། དེའི་སླད་དུ་བཅོམ་ལྡན་འདས་ཀྱིས་ཐུགས་བརྩེ་བར་དགོངས་ཏེ། ཐོས་
ནས་ཅི་ནས་སེམས་ཅན་ཐམས་ཅད་བླ་ན་མེད་པ་ཡང་དག་པར་རྫོགས་པའི་བྱང་ཆུབ
ལས་སླར་མི་ལྡོག་པར་འགྱུར་བ་དང་། སྡིག་པ་ཐམས་ཅད་དང་། ལས་ཀྱི་སྒྲིབ་པ་ཐམས་
ཅད་ཡོངས་སུ་བྱང་ཞིང་ཡོངས་སུ་དག་པར་འགྱུར་བ་དང་། བདུད་སྡིག་ཅན་གྱིས་མི་བཟད་པར
འགྱུར་བར་དེ་བཞིན་གཤེགས་པ་དེ་དག་གི་མཚན་དང་། སྔོན་གྱི་སྨོན་ལམ་གྱི་ཁྱད་པར
རྒྱས་པ་དང་། སངས་རྒྱས་ཀྱི་ཞིང་གི་ཡོན་ཏན་བཀོད་པའི་གནས་རྣམས་བཤད་དུ་གསོལ།
བཅོམ་ལྡན་འདས་དེ་བཞིན་གཤེགས་པ་རྣམས་ལ་ནི་མ་གཟིགས་པའམ། མ་གསན་པའམ།
རྣམ་པར་མི་མཁྱེན་པ་མི་མངའ་ནས། བསྐལ་པ་བྱེ་བ་ཁྲག་ཁྲིག་བརྒྱ་སྟོང་གང་གའི་ཀླུང་གི
བྱེ་མའི་རྡུལ་ཕྲ་རབ་ཀྱི་རྡུལ་སྙེད་དག་ཀྱང་། དཔེར་ན་དེ་རིང་ངམ་སང་གི་ལྟར་དགོངས་པ་ལགས
ཏེ། དེ་བཞིན་གཤེགས་པ་དེ་དག་གིས་དང་པོ་བྱང་ཆུབ་ཀྱི་ཐུགས་ཡིད་ལ་མཛད་པ་དང་།

སྔོན་གྱི་སྨོན་ལམ་དང་། དེ་བཞིན་གཤེགས་པ་རྣམས་ཀྱི་སངས་རྒྱས་ཀྱི་ཞིང་གི་ཡོན
ཏན་བཀོད་པ་དག་བརྗོད་པ་དང་། ཡང་དག་པར་བསྟན་པར་སྤྲོ་ན། བཅོམ་ལྡན་འདས་སླད
མའི་ཚེ་སླད་མའི་དུས་ལྔ་བརྒྱ་པ་ཐ་མ་ལ་དམ་པའི་ཆོས་ཀྱི་གཟུགས་བརྙན་ཆོས་ལྟར་བཅོས
པ་འབྱུང་བ་ན། སེམས་ཅན་ཐམས་ཅད་རྗེས་སུ་གཟུང་བའི་སླད་དུ། དེ་བཞིན་གཤེགས་པ
རྣམས་ཀྱི་ཐབས་མཁས་པ་མང་པོ་དང་། སྔོན་གྱི་སྨོན་ལམ་གྱི་ཁྱད་པར་རྒྱས་པ་བཅོམ་ལྡན
འདས་ཀྱིས་བཤད་དུ་གསོལ། །དེ་ནས་བཅོམ་ལྡན་འདས་དེ་བཞིན་གཤེགས་པས་ཀ་ལ
ཀིང་ཀའི་སྒྲ་སྐད་དང་དབྱངས་ཀྱིས་འཇམ་དཔལ་གཞོན་ནུར་གྱུར་པ་ལ་ལེགས་སོ་ཞེས་བྱ
བ་གནང་སྟེ། འཇམ་དཔལ་ལེགས་སོ་ལེགས་སོ། །འཇམ་དཔལ་ཁྱོད་སྙིང་རྗེ་དང་ལྡན
པ་སྟེ། འཇམ་དཔལ་ཁྱོད་ཀྱིས་སྙིང་རྗེ་དཔག་ཏུ་མེད་པ་བསྐྱེད་ནས་སེམས་ཅན་ཐམས
ཅད་ཀྱི་དོན་དང་། སེམས་ཅན་ལས་ཀྱི་སྒྲིབ་པ་སྣ་ཚོགས་ཀྱིས་བསྒྲིབས་པ་ནད་སྣ་ཚོགས
ཀྱིས་ལུས་ཡོངས་སུ་གཟིར་བ། མྱ་ངན་དང་སྡུག་བསྔལ་སྣ་ཚོགས་ཀྱིས་གཙེས་པའི་ལྷ
དང་མི་རྣམས་ཀྱི་དོན་དང་ཕན་པ་དང་བདེ་བའི་ཕྱིར་གསོལ་བ་འདེབས་པ་ནི་ཡང་ལེགས
སོ། །འཇམ་དཔལ་དེ་བཞིན་གཤེགས་པ་རྣམས་ཀྱི་བྱིན་གྱིས་བརླབས་ཀྱིས་ཁྱོད་ཀྱི་སྤོབས་པ་འདི
སྐྱེས་སོ། །འཇམ་དཔལ་དེའི་ཕྱིར་ལེགས་པར་རབ་ཏུ་ཉོན་ལ་ཡིད་ལ་ཟུང་ཤིག་དང་ངས་བཤད།
འཇམ་དཔལ་གཞོན་ནུར་གྱུར་པས་བཅོམ་ལྡན་འདས་དེ་བཞིན་ནོ་ཞེས་གསོལ་ནས་བཅོམ
ལྡན་འདས་ཀྱི་ལྟར་མཉན་པ་དང་། བཅོམ་ལྡན་འདས་ཀྱིས་དེ་ལ་འདི་སྐད་ཅེས་བཀའ
སྩལ་ཏོ། །འཇམ་དཔལ་ཤར་ཕྱོགས་ལོགས་སུ་སངས་རྒྱས་ཀྱི་ཞིང་འདི་ནས་སངས་རྒྱས
ཀྱི་ཞིང་གང་གའི་ཀླུང་གི་བྱེ་མ་སྙེད་འདས་པ་ན། འཇིག་རྟེན་གྱི་ཁམས་གཞན་གྱིས་མི་ཐུབ
པ་ན། དེ་བཞིན་གཤེགས་པ་དགྲ་བཅོམ་པ་ཡང་དག་པར་རྫོགས་པའི་སངས་རྒྱས
མཚན་ལེགས་པར་ཡོངས་བསྒྲགས་དཔལ་གྱི་རྒྱལ་པོ་ཞེས་བྱ་བ། །ཞམ་རིང་བ་བྱང་ཆུབ
སེམས་དཔའ་བྱེ་བ་ཁྲག་ཁྲིག་བརྒྱ་སྟོང་ཕྲག་དུ་མ་དང་ལྡན་པ་བཞུགས་ཏེ་འཚོ་ཞིང་གཞེས

ལ་ཆོས་ཀྱང་སྟོན་པ་ཡོད་དོ། །འཇམ་དཔལ་དེ་བཞིན་གཤེགས་པ་དགྲ་བཅོམ་པ་ཡང་
དག་པར་རྫོགས་པའི་སངས་རྒྱས་མཚན་ལེགས་པར་ཡོངས་བསྒྲགས་དཔལ་གྱི་རྒྱལ་པོ་
དེའི་སངས་རྒྱས་ཀྱི་ཞིང་དེ་ནི་ཤིན་ཏུ་ཡོངས་སུ་དག་པ། ཐ་གྲུར་དཔག་ཚད་བརྒྱ་སྟོང་དུ་
མ་ཡོད་པ། ལག་འཐིལ་ལྟར་མཉམ་པར་གྱུར་པ། ངན་སོང་དང་སྡུག་བསྔལ་གྱི་སྒྲ་མེད་
པ། བུད་མེད་ཀྱི་དངོས་པོ་མེད་པ། ཚེར་མ་དང་གཡང་ས་མེད་པ། རི་དང་རྡོ་དང་གསེག་མ་
དང་གྱོ་མོ་མེད་པ། འཇམ་པ། སའི་ངོས་རེག་ན་བདེ་བ། ལྷའི་དྲི་བསུང་དང་ལྡན་པ། །ལྷའི་
རིན་པོ་ཆེའི་ཤིང་ལྗོན་པ་དང་མེ་ཏོག་དང་འབྲས་བུས་མཛེས་པར་བྱས་པ། །རིན་པོ་ཆེའི་
སེང་གེའི་ཁྲིས་ལེགས་པར་བརྒྱན་པ། །བྱང་ཆུབ་སེམས་དཔའ་དག་པ་ཕྱིར་མི་ལྡོག་པའོ།
།འཛམ་བུའི་ཆུ་བོའི་གསེར་དང་ནོར་བུ་དང་མུ་ཏིག་གིས་བརྒྱན་པའི་ཁྱིམ་གྱིས་མཛེས་པར་
བྱས་པའོ། །འཇམ་དཔལ་འཇིག་རྟེན་གྱི་ཁམས་དེ་ན་བྱང་ཆུབ་སེམས་དཔའ་གང་དག
འཁོད་པ་དེ་དག་ཐམས་ཅད་ནི་བརྫུས་ཏེ་སྐྱེས་པ། །རིན་པོ་ཆེ་སྣ་བདུན་གྱི་པདྨ་ལས་བྱུང་
བ་ཞིག་སྟེ། །དེ་ལྟ་བས་ན་རིགས་ཀྱི་བུ་འམ་རིགས་ཀྱི་བུ་མོ་དད་པས་སངས་རྒྱས་ཀྱི་ཞིང་
དེར་སྐྱེ་བར་སྨོན་ལམ་གདབ་ཤིག །འཇམ་དཔལ་དེ་བཞིན་གཤེགས་པ་དགྲ་བཅོམ་པ་ཡང་
དག་པར་རྫོགས་པའི་སངས་རྒྱས་མཚན་ལེགས་པར་ཡོངས་བསྒྲགས་དཔལ་གྱི་རྒྱལ་
པོ་དེ་ཐུགས་དང་པོ་བསྐྱེད་པ་ནས་བཟུང་སྟེ། བྱང་ཆུབ་སེམས་དཔའི་སྤྱོད་པ་སྤྱོད་པ་ན་
དེས་སྨོན་ལམ་ཆེན་པོ་བརྒྱད་རྒྱུན་མཆད་བར་བཏབ་བོ། །བརྒྱད་གང་ཞེ་ན། དེའི་སྨོན་ལམ་
ཆེན་པོ་དང་པོ་ནི། གང་གི་ཚེ་བདག་མ་འོངས་པའི་དུས་ན། བླ་ན་མེད་པ་ཡང་དག་པར་
རྫོགས་པའི་བྱང་ཆུབ་མངོན་པར་རྫོགས་པར་སངས་རྒྱས་པ་དེ་ན། སེམས་ཅན་གང་ལ་ལ
དགའ་བའི་ནད་སྣ་ཚོགས་ཀྱིས་ལུས་ཡོངས་སུ་གཟིར་ཏེ། རིམས་དང་། ག་ཤེད་བྱེད་དང་།
བྱད་དང་། རོ་ལངས་དང་། འབྱུང་པོ་བརྒྱམས་ཀྱིས་གཙེས་པ་དེ་དག་བདག་གི་མཚན་བདག་
གི་མིང་ཡིད་ལ་གནས་ཤིང་བདག་གི་མིང་ལན་བདུན་བརྗོད་པས་དེ་དག་གི་ནད་ཐམས་

ཅད་རབ་ཏུ་ཞི་བར་གྱུར་ཅིག །བྱང་ཆུབ་ཀྱི་མཐར་ཐུག་གི་བར་དུ་རིམས་དང་ཕོག་པ་ཅན་གྱི་
གདོན་རྣམས་མེད་པར་གྱུར་ཅིག །རབ་ཏུ་ཞི་བར་གྱུར་ཅིག །ཅེས་བཏབ་བོ། །དེའི་སྨོན་ལམ་
ཆེན་པོ་གཉིས་པ་ནི། གང་གི་ཚེ་བདག་མ་འོངས་པའི་དུས་ན། བླ་ན་མེད་པ་ཡང་དག་པར་
རྫོགས་པའི་བྱང་ཆུབ་མངོན་པར་རྫོགས་པར་སངས་རྒྱས་པ་དེ་ན། སེམས་ཅན་གང་དག
ལོང་བ་དང་། འོན་པ་དང་། སྨྱོས་པ་དང་། ཞ་བ་ཀུ་ཙཱ་ནཀ་དང་ཚ་བ་ཆེན་པོས་བཏབ་པར་
གྱུར་པ་དེ་དག་བདག་གི་མཚན་བདག་གི་མིང་ཡིད་ལ་གནས་ཤིང་བདག་གི་མིང་ལན་བདུན
བརྗོད་པས་དེ་དག་བྱང་ཆུབ་ཀྱི་མཐར་ཐུག་གི་བར་དུ་དབང་པོ་ཐམས་ཅད་ཡོངས་སུ་ཚང
བར་གྱུར་ཅིག །སྡུག་བསྔལ་དང་ནད་ཐམས་ཅད་རྒྱུན་ཆད་པར་གྱུར་ཅིག །ཅེས་བཏབ་བོ། །དེའི་
སྨོན་ལམ་ཆེན་པོ་གསུམ་པ་ནི། གང་གི་ཚེ་བདག་མ་འོངས་པའི་དུས་ན། བླ་ན་མེད་པ་
ཡང་དག་པར་རྫོགས་པའི་བྱང་ཆུབ་མངོན་པར་རྫོགས་པར་སངས་རྒྱས་པ་དེ་ན། སེམས་ཅན
གང་དག་འདོད་ཆགས་དང་ཞེ་སྡང་དང་གཏི་མུག་གིས་བསྒྲིབས་པ། མཚམས་མེད་པ་ལྔ་
བྱེད་པ། བྱ་བས་ཡིན་པ་སྨོད་པ་མང་བ། དམ་པའི་ཆོས་སྤོང་བ། སྡིག་པ་མི་དགེ་བའི་
ལས་སྣ་ཚོགས་བྱེད་པ། ངན་སོང་གསུམ་དང་སེམས་ཅན་དམྱལ་བར་འགྲོ་བ་དེ་དག་སེམས་
ཅན་དམྱལ་བ་ཆེན་པོར་སྐྱེས་ནས། སྡུག་བསྔལ་གྱི་ཚོར་བ་མྱོང་བ་དེ་དག་བདག་གི་མཚན
བདག་གི་མིང་ཡིད་ལ་གནས་ཤིང་བདག་གི་མིང་ཡིད་ཀྱིས་བརྗོད་པས། དེ་དག་གི་མཚམས
མེད་པ་ལྔ་ལ་སྩོགས་པ་ལས་ཀྱི་སྒྲིབ་པ་ཐམས་ཅད་ཡོངས་སུ་བྱང་ཞིང་ཡོངས་སུ་ཟད
པར་གྱུར་ཅིག །བླ་ན་མེད་པ་ཡང་དག་པར་རྫོགས་པའི་བྱང་ཆུབ་མངོན་པར་རྫོགས་པར
སངས་རྒྱས་ཀྱི་བར་དུ་ཡང་སེམས་ཅན་དམྱལ་བ་དང་ངན་འགྲོར་འགྲོ་བར་མ་གྱུར་ཅིག
ལྷ་ཡུལ་བའི་ལྷའི་བདེ་བ་དང་། མིའི་བདེ་བ་ཉམས་སུ་མྱོང་བར་གྱུར་ཅིག །ཅེས་བཏབ་བོ།
དེའི་སྨོན་ལམ་ཆེན་པོ་བཞི་པ་ནི། གང་གི་ཚེ་བདག་མ་འོངས་པའི་དུས་ན། བླ་ན་མེད་པ
ཡང་དག་པར་རྫོགས་པའི་བྱང་ཆུབ་མངོན་པར་རྫོགས་པར་སངས་རྒྱས་པ་དེ་ན། སེམས

ཅན་གང་སུ་དག་དབུལ་པོར་གྱུར་ཏེ། ཟས་དང་༡ སྐོམ་དང་༢ གོས་དང་༣ ནོར་དང་༤ འབྲུ་དང་།
མཐའ་དང་༥ སྤོས་དང་། ཕྲེང་བ་མི་བརྟོག་པ་དེ་དག་བདག་གི་མཐུས་བདག་གི་མིང་ཡིད་
ལ་གནས་ཤིང་བདག་གི་མིང་ཡིད་ཀྱིས་བརྗོད་པས། དེ་དག་བྱང་ཆུབ་ཀྱི་མཐར་ཐུག་གི
བར་དུ་དཔྱིག་དང་༡ གོས་དང་༢ ནོར་དང་༣ འབྲུ་དང་༤ མཐའ་དང་༥ སྤོས་དང་༦ ཕྲེང་བ་དང་
རྒྱན་དང་ཡོ་བྱད་ཐམས་ཅད་ཡལ་བར་འགྱུར་ཅིག་ཅེས་བཏབ་པོ། དེའི་སྨོན་ལམ་ཆེན་པོ་ལྔ་པ་ནི། གང་གི་ཚེ་བདག
མ་འོངས་པའི་དུས་ན། བླ་ན་མེད་པ་ཡང་དག་པར་རྫོགས་པའི་བྱང་ཆུབ་མངོན་པར་རྫོགས
པར་སངས་རྒྱས་པ་དེ་ན། སེམས་ཅན་གང་དག་བཅིང་བ་དང་༡ བརྡེག་པ་དང་ཀོར་གཞུག
པ་དང་༢ མཚོན་ཆའི་ཚོགས་རྣམ་པ་སྣ་ཚོགས་ཀྱིས་ལུས་ཡོངས་སུ་གཟིར་བ་དེ་དག་བདག
གི་མཐུས་བདག་གི་མིང་ཡིད་ལ་གནས་ཤིང་བདག་གི་མིང་ཡིད་ཀྱིས་བརྗོད་པས། དེ་དག
བྱང་ཆུབ་ཀྱི་མཐར་ཐུག་གི་བར་དུ་བཅིང་བ་དང་། བརྡེག་པ་ཐམས་ཅད་ལས་ཡོངས་སུ
ཐར་པར་གྱུར་ཅིག །ལུས་ཀྱི་གདུང་བ་ཐམས་ཅད་རྒྱུན་ཆད་པར་གྱུར་ཅིག །ཅེས་བཏབ་པོ།།
དེའི་སྨོན་ལམ་ཆེན་པོ་དྲུག་པ་ནི། གང་གི་ཚེ་བདག་མ་འོངས་པའི་དུས་ན། བླ་ན་མེད་པ
ཡང་དག་པར་རྫོགས་པའི་བྱང་ཆུབ་མངོན་པར་རྫོགས་པར་སངས་རྒྱས་པ་དེ་ན། སེམས
ཅན་གང་དག་མགོན་མེད་པར་གྱུར་པ། ལུས་ལ་གདུང་བའི་མེ་འབར་བ་དང་། སེང་གེ་དང་
སྟག་དང་༡ དོམ་དང་༢ དྲེད་དང་༣ སྦྲུལ་གདུག་པ་ནི་ནང་དུ་ཆུད་དེ་ཕྱོག་ལ་བབ་ནས་འཇིགས་སྐྲག་ཅིང
མགོན་མེད་དེ་སྡུག་བསྔལ་སྣ་ཚོགས་འདྲེན་པ་དེ་དག་བདག་གི་མཐུས་བདག་གི་མིང་ཡིད
ལ་གནས་ཤིང་བདག་གི་མིང་ལན་བདུན་ཡིད་ཀྱིས་བརྗོད་པས། དེ་དག་བྱང་ཆུབ་ཀྱི་མཐར
ཐུག་གི་བར་དུ་ལུས་ལ་གདུང་བའི་མེ་ཐམས་ཅད་ཞི་བར་གྱུར་ཅིག །སེང་གེ་དང་༡ སྟག་དང་༢
དོམ་དང་༣ དྲེད་དང་༤ སྦྲུལ་གདུག་པ་དེ་དག་ཀྱང་བྱམས་པ་ལ་གནས་པར་གྱུར་ཅིག །
འཇིགས་པ་མེད་པ་དང་ཞི་བའི་གནས་ལ་གནས་པར་གྱུར་ཅིག །ཅེས་བཏབ་པོ།། དེའི་སྨོན
ལམ་ཆེན་པོ་བདུན་པ་ནི། གང་གི་ཚེ་བདག་མ་འོངས་པའི་དུས་ན། བླ་ན་མེད་པ་ཡང

དག་པར་རྫོགས་པའི་བྱང་ཆུབ་མངོན་པར་རྫོགས་པར་སངས་རྒྱས་པ་དེ་ན། སེམས་ཅན
གང་དག་ཕན་ཚུན་འཐབ་པ་དང་འཐབ་མོ་དང་རྩོད་པ་དང་འཁྲིད་པར་གྱུར་ཏེ༑ འཁྲུགས
ཤིང་འཇིགས་སྐྲག་ནས་དངངས་པ་དེ་དག་བདག་གི་མཐུས་བདག་གི་མིང་ཡིད་ལ་གནས
ཤིང་བདག་གི་མིང་ལན་བདུན་ཡིད་ཀྱིས་བརྗོད་པས། དེ་དག་བྱང་ཆུབ་ཀྱི་མཐར་ཐུག་གི
བར་དུ་འཐབ་པ་དང་འཐབ་མོ་དང་རྩོད་པ་དང་། འཁྲུག་པ་ཐམས་ཅད་རབ་ཏུ་ཞི་བར་གྱུར་ཅིག
ཕན་ཚུན་བྱམས་པ་ལ་གནས་པར་གྱུར་ཅིག །ཅེས་བཏབ་པོ། །དེའི་སྨོན་ལམ་ཆེན་པོ
བརྒྱད་པ་ནི། གང་གི་ཚེ་བདག་མ་འོངས་པའི་དུས་ན། བླ་ན་མེད་པ་ཡང་དག་པར་རྫོགས
པའི་བྱང་ཆུབ་མངོན་པར་རྫོགས་པར་སངས་རྒྱས་པ་དེ་ན། སེམས་ཅན་གང་དག་ཆུའི
ནང་དུ་སོང་སྟེ་གྲུར་ཞུགས་པ། གླིང་མེད་པར་ཕྱིན་པ་༡ ཕྱོག་འཁོར་བ་ཆུ་རླུང་དང་རྒྱ་མཚོའི་ནང
དུ་སོང་སྟེ་༢ སྡུག་བསྔལ་སྣ་ཚོགས་འདྲེན་པ་དེ་དག་བདག་གི་མཐུས་བདག་གི་མིང་ཡིད་ལ་གནས
ཤིང་བདག་གི་མིང་ཡིད་ཀྱིས་ལན་བདུན་བརྗོད་པས། དེ་དག་བྱང་ཆུབ་ཀྱི་མཐར་ཐུག་གི
བར་དུ་ཆུ་ཀླུང་ཆེན་པོ་དེར་དབུགས་འབྱིན་པ་ཕྱིན་པར་གྱུར་ཅིག །འཇིགས་པ་མེད་པར་རྒྱལ
བར་གྱུར་ཅིག །ཅེས་བཏབ་སྟེ།། འཇམ་དཔལ་བཅོམ་ལྡན་འདས་དེ་བཞིན་གཤེགས་པ
མཚན་ལེགས་པར་ཡོངས་བསྒྲགས་དཔལ་གྱི་རྒྱལ་པོ་དེས་སྨོན་ལམ་ཆེན་པོ་བརྒྱད་པོ་དེ
དག་བཏབ་པོ།། འཇམ་དཔལ་དེ་བས་ན༑ བཅོམ་ལྡན་འདས་དེ་བཞིན་གཤེགས་པ་མཚན
ལེགས་པར་ཡོངས་བསྒྲགས་དཔལ་གྱི་རྒྱལ་པོ་དེའི་ཞིང་དང་པོ་བཀོད་པ་དང་ནས་བཟུང
སྟེ་༡ སྨོན་ལམ་དང་ཏིང་ངེ་འཛིན་གྱི་སྟོབས་ཀྱི་གནས་དང་། སེམས་ཅན་ཡོངས་སུ་སྨིན་པར
མཛད་པ་དང་། བྱང་ཆུབ་སེམས་དཔའི་སྤྱོད་པ་དང་། དེ་བཞིན་གཤེགས་པ་ལ་མཆོད་པ
དང་༢ རིམ་གྲོ་མཛད་པ་དང་། རྣམ་པར་འཕྲུལ་པ་དང་༣ སངས་རྒྱས་ཀྱི་ཞིང་ཡོངས་སུ་དག
པ་དང་༤ ཞམ་ཕྱིང་པ་བྱང་ཆུབ་སེམས་དཔའ་ཁྱུམ་སུ་མཆོགས་པ་གང་ཡིན་པ་དེ་ནི།
བཞིན་གཤེགས་པ་དགྲ་བཅོམ་པ་ཡང་དག་པར་རྫོགས་པའི་སངས་རྒྱས་དང་བྱང་ཆུབ

སེམས་ངན་བ་ཞེས་བྱ་བ་ལ་གནས་པ་རྣམས་མ་གཏོགས་པར་ཉན་ཐོས་དང་རང་སངས་རྒྱས་ཐམས་ཅད་ཀྱིས་ཀྱང་བསྐྱར་ཡང་བརྗོད་པར་མི་ནུས་སོ། །འཇམ་དཔལ་དེ་ལྟ་བས་ན་དད་པའི་རིགས་ཀྱི་བུའམ་རིགས་ཀྱི་བུ་མོའམ། རྒྱལ་པོའམ། བློན་པོའམ། ཁྱིམ་བདག་ཡོན་ཏན་དོན་དུ་གཉེར་བ་རྣམས་ཀྱིས་ཞེ་སྡང་དང་ཉོན་མོངས་པ་ཐམས་ཅད་དང་བྲལ་བར་དེ་བཞིན་གཤེགས་པ་དེའི་མཚན་གཟུང་བར་བྱ། ལྷག་པར་བྱ་སྟེ་རབ་ཏུ་གུས་པར་དེ་བཞིན་གཤེགས་པ་དེ་ལ་མཆོད་པ་བྱས་ན་དེའི་སྡིག་པ་ཐམས་ཅད་དང་། ལས་ཀྱི་སྒྲིབ་པ་ཐམས་ཅད་དང་། ནད་ཐམས་ཅད་རབ་ཏུ་ཞི་བར་འགྱུར། རེ་བ་ཐམས་ཅད་ཡོངས་སུ་རྫོགས་པར་འགྱུར། སངས་རྒྱས་ཀྱི་བྱང་ཆུབ་ལས་ཕྱིར་མི་ལྡོག་པར་འགྱུར་རོ།། །།འཇམ་དཔལ་ཤར་ཕྱོགས་ལོགས་སུ་སངས་རྒྱས་ཀྱི་ཞིང་འདི་ནས་སངས་རྒྱས་ཀྱི་ཞིང་གང་གཱའི་ཀླུང་བདུན་གྱི་བྱེ་མ་སྙེད་འདས་པ་ན། འཇིག་རྟེན་གྱི་ཁམས་རིན་པོ་ཆེ་དང་ལྡན་པ་ན། དེ་བཞིན་གཤེགས་པ་དགྲ་བཅོམ་པ་ཡང་དག་པར་རྫོགས་པའི་སངས་རྒྱས་རིན་པོ་ཆེ་དང་ཟླ་བ་དང་པདྨས་རབ་ཏུ་བརྒྱན་པ་མཁས་པ་གཟི་བརྗིད་སྒྲ་དབྱངས་ཀྱི་རྒྱལ་པོ་ཞེས་བྱ་བ་བཞུགས་ཏེ། འཚོ་ཞིང་གཞེས་ཤིང་ཆོས་ཀྱང་སྟོན་ཅིང་། བྱང་ཆུབ་སེམས་དཔའ་རྣམས་ལ་ཐེག་པ་ཆེན་པོའི་གཏམ་རབ་ཞིག་སྟོན་པ་ཡིན་ནོ། །འཇམ་དཔལ་དེ་བཞིན་གཤེགས་པ་དགྲ་བཅོམ་པ་ཡང་དག་པར་རྫོགས་པའི་སངས་རྒྱས་དེ་སྔོན་བྱང་ཆུབ་སེམས་དཔའི་སྤྱོད་པ་སྤྱོད་པ་ན། སྨོན་ལམ་ཆེན་པོ་བརྒྱད་བཏབ་པོ། །བརྒྱད་གང་ཞེ་ན། དེའི་སྨོན་ལམ་ཆེན་པོ་དང་པོ་ནི། གང་གི་ཚེ་བདག་མ་འོངས་པའི་དུས་ན། བླ་ན་མེད་པ་ཡང་དག་པར་རྫོགས་པའི་བྱང་ཆུབ་མངོན་པར་རྫོགས་པར་སངས་རྒྱས་པ་དེ་ན། སེམས་ཅན་གང་དག་ཞིང་ལས་ཀྱི་ལས་ཀྱི་མཐའ་དང་ཚོང་ལ་དགའ་སྟེ། གཡེང་བས་ནོར་མང་པས་དགེ་བའི་ཆོས་རྣམས་ལས་ཡོངས་སུ་ཉམས་པ་དང་། བྱང་ཆུབ་ཀྱི་སེམས་ཡིད་ལ་བྱེད་པ་ལས་ཡོངས་སུ་ཉམས་ཏེ། དེ་དག་འཁོར་བའི་སྡུག་བསྔལ་རྣམས་ལས་ཡོངས་སུ་མ་ཐར་བར་གྱུར་ཅིང་

སོ་སོར་འཁོར་བའི་སྡུག་བསྔལ་རྣམས་སྤྱོད་པ་དང་། རྒ་བ་དང་འཆི་བ་དང་། མྱ་ངན་དང་། སྨྲེ་སྔགས་འདོན་པ་དང་། སྡུག་བསྔལ་བ་དང་། ཡིད་མི་བདེ་བ་དང་། འཁྲུག་པ་རྣམས་སྤྱོད་པ་དེ་དག་བདག་གི་མཐུས་བདག་གི་མིང་ཡིད་ལ་གནས་ཤིང་བདག་གི་མིང་ཡིད་ཀྱིས་བརྗོད་པས། དེ་དག་བླ་ན་མེད་པ་ཡང་དག་པར་རྫོགས་པའི་བྱང་ཆུབ་མངོན་པར་རྫོགས་པར་སངས་རྒྱས་ཀྱི་བར་དུ་བསམས་མ་ཐག་ཏུ་བགོ་བ་དང་། བཟའ་བ་དང་། བཏུང་བ་དང་། ལོངས་སྤྱོད་དང་། ཡོངས་སུ་སྤྱད་པ་དང་། ནོར་དང་། འབྲུ་དང་། དབྱིག་དང་། གསེར་རྣམས་འབྱུང་བར་གྱུར་ཅིག །དགེ་བའི་ཆོས་རྣམས་ཀྱང་རྣམ་པར་འཕེལ་བར་གྱུར་ཅིག །བྱང་ཆུབ་ཀྱི་སེམས་ཡིད་ལ་བྱེད་པ་དང་མི་འབྲལ་བར་གྱུར་ཅིག །ངན་སོང་གསུམ་དང་། སེམས་ཅན་དམྱལ་བའི་སྡུག་བསྔལ་ཐམས་ཅད་ལས་ཡོངས་སུ་ཐར་བར་གྱུར་ཅིག །ཅེས་བཏབ་པོ། །དེའི་སྨོན་ལམ་ཆེན་པོ་གཉིས་པ་ནི། གང་གི་ཚེ་བདག་མ་འོངས་པའི་དུས་ན། བླ་ན་མེད་པ་ཡང་དག་པར་རྫོགས་པའི་བྱང་ཆུབ་མངོན་པར་རྫོགས་པར་སངས་རྒྱས་པ་དེ་ན། སྟོང་གསུམ་གྱི་སྟོང་ཆེན་པོའི་འཇིག་རྟེན་གྱི་ཁམས་ན། སྒོང་ང་ལས་སྐྱེས་པའམ། མངལ་ལས་སྐྱེ་བའམ། དྲོད་གཤེར་ལས་སྐྱེ་བའམ། རྫུས་ཏེ་སྐྱེ་བའི་སེམས་ཅན་གང་དག་གྲང་བ་དང་། ཚ་བ་དང་། བཀྲེས་པ་དང་། སྐོམ་པས་ཉམས་ཡོངས་སུ་གདུངས་ཤིང་། སྡུག་བསྔལ་གྱི་ཚོར་བས་ཉམས་ཐག་པ་དེ་དག་བདག་གི་མཐུས་བདག་གི་མིང་རྣ་ལམ་དུ་གྲག་ཅིང་། དེ་དག་གིས་བདག་གི་མིང་དྲན་པ་དང་བརྗོད་པས། སྔོན་གྱི་ལས་ཀྱི་སྒྲིབ་པ་དེ་ཡོངས་སུ་བྱང་བར་གྱུར་ཅིག །སྐྱེ་བ་དེ་ཡང་ཐམ་པར་གྱུར་ཅིག །བླ་ན་མེད་པ་ཡང་དག་པར་རྫོགས་པའི་བྱང་ཆུབ་མངོན་པར་རྫོགས་པར་སངས་རྒྱས་ཀྱི་བར་དུ་སྐྱེ་བའི་སྡུག་བསྔལ་ཐམས་ཅད་ལས་ཡོངས་སུ་ཐར་བར་གྱུར་ཅིག །ལྷ་ཡུལ་བའི་ལྷའི་བདེ་བ་ཉམས་སུ་མྱོང་བར་གྱུར་ཅིག །ཅེས་བཏབ་པོ། །དེའི་སྨོན་ལམ་ཆེན་པོ་གསུམ་པ

ནི༔ གང་གི་ཚེ་བདག་མ་འོངས་པའི་དུས་ན། བླ་ན་མེད་པ་ཡང་དག་པར་རྫོགས
པའི་བྱང་ཆུབ་མངོན་པར་རྫོགས་པར་སངས་རྒྱས་པ་དེ་ན། སྟོང་གསུམ་གྱི་སྟོང་
ཆེན་པོའི་འཇིག་རྟེན་གྱི་ཁམས་གང་ན། བུད་མེད་གང་དག་ཀུན་ནས་ཉོན་མོངས་པ
སྣ་ཚོགས་ཀྱིས་ལུས་ཡོངས་སུ་གདུང་ཞིང་བུད་མེད་ཀྱི་སྐྱེ་གནས་ལ་སྐྱོང་བ་དང་།
གང་དག་བཙས་པའི་དུས་ན་སྡུག་བསྔལ་གྱི་ཚོར་བ་མྱོང་བ་དེ་དག་བདག་གི་མཚན
བདག་གི་མིང་རྣ་ལམ་དུ་གྲག་ཅིང་། དེ་དག་གིས་བདག་གི་མིང་འཛིན་པ་དང་བརྗོད་པས
ཚོར་བ་ཐམས་ཅད་དང་སྡུག་བསྔལ་ཐམས་ཅད་རྒྱུན་ཆད་པར་གྱུར་ཅིག །སྐྱེ་བ་དེ་ཡང

ཐ་མ་པར་གྱུར་ཅིག །བྱང་ཆུབ་ཀྱི་མཐར་ཐུག་གི་བར་དུ་སྐྱེས་པ་ཉིད་ཐོབ་པར་གྱུར
ཅིག༔ ཅེས་བཏབ་བོ། །དེའི་སྨོན་ལམ་ཆེན་པོ་བཞི་པ་ནི། གང་གི་ཚེ་བདག་མ་འོངས
པའི་དུས་ན། བླ་ན་མེད་པ་ཡང་དག་པར་རྫོགས་པའི་བྱང་ཆུབ་མངོན་པར་རྫོགས
པར་སངས་རྒྱས་པ་དེ་ན། སེམས་ཅན་གང་དག་འཆི་བ་དང་དགྲ་དང་དགོན་པའི་གནོད
པས་གཙེས་པ་དང༔ ཕར་ཕྱིན་དུ་ཕ་མ་དང་སྲིང་མོ་དང་མཛའ་བཤེས་དང་ཉེ་དུའི་མྱ
ངན་སྐྱོང་ཞིང་སྡུག་བསྔལ་དང་མྱ་ངན་གྱི་ཟུག་རྔུས་ལུས་ལ་ཟུག་པ་དེ་དག་བདག་གི་མཚན
བདག་གི་མིང་རྣ་ལམ་དུ་གྲག་ཅིང་། དེ་དག་གི་རྣ་ལམ་དུ་བདག་གི་མིང་གྲག་པ་དང་། ཁ་ཏོན

དུ་བཏོན་པས་བྱང་ཆུབ་ཀྱི་མཐར་ཐུག་གི་བར་དུ་འཆི་བ་དང་དགྲ་དང་དགོན་པའི་གནོད
པ་ཐམས་ཅད་རབ་ཏུ་ཞི་བར་གྱུར་ཅིག །མྱ་ངན་དང་སྡུག་བསྔལ་དང་བྲལ་བར་གྱུར་ཅིག །
ཅེས་བཏབ་བོ། །དེའི་སྨོན་ལམ་ཆེན་པོ་ལྔ་པ་ནི། གང་གི་ཚེ་བདག་མ་འོངས་པའི་དུས
ན༔ བླ་ན་མེད་པ་ཡང་དག་པར་རྫོགས་པའི་བྱང་ཆུབ་མངོན་པར་རྫོགས་པར་སངས་རྒྱས
པ་དེ་ན༔ སེམས་ཅན་གང་དག་མཚན་མོ་མུན་པ་མུན་ནག་ན་རྣམ་པར་རྒྱུ་བ། ལས
ཀྱི་མཐའ་རྣམ་པ་སྣ་ཚོགས་ལ་ཞུགས་པ། སྡིག་པ་ཅན་གྱི་གདོན་སྣ་ཚོགས་ཀྱིས་གཙེས
པ༔ འཇིགས་པས་སྐྱོ་སྐྲགས་སྣ་ཚོགས་འཛིན་པ་དེ་དག་བདག་གི་མཚན་བདག་གི

མིང་ཡིད་ལ་གནས་ཤིང་བདག་གི་མིང་ཡིད་ཀྱིས་བརྗོད་པས། བྱང་ཆུབ་ཀྱི་མཐར༔
ཐུག་གི་བར་དུ་མུན་པ་མུན་ནག་ཐམས་ཅད་མེད་པར་གྱུར་ཅིག༔ སྡིག་པ་ཅན་གྱི་གདོན
ཐམས་ཅད་བྱམས་པ་ལ་གནས་པར་གྱུར་ཅིག །མཆོད་པ་དང་རིམ་གྲོ་བྱ་བ་རྣམ་པ
སྣ་ཚོགས་ལ་མངོན་པར་བརྩོན་པར་གྱུར་ཅིག །ཅེས་བཏབ་བོ། །དེའི་སྨོན་ལམ་ཆེན
པོ་དྲུག་པ་ནི། གང་གི་ཚེ་བདག་མ་འོངས་པའི་དུས་ན། བླ་ན་མེད་པ་ཡང་དག་པར་རྫོགས
པའི་བྱང་ཆུབ་མངོན་པར་རྫོགས་པར་སངས་རྒྱས་པ་དེ་ན། སེམས་ཅན་གང་དག
དམན་པ་ལ་མོས་ཤིང་། ཤེས་རབ་ཆུང་ལ་བརྩོན་པ་བསྐྱངས་ཏེ་དགེ་བའི་ཆོས་རྣམས་དང་།

སྤོབས་དང༔ བྱང་ཆུབ་ཀྱི་ཡན་ལག་དང་། ཏིང་ངེ་འཛིན་དང༔ གཟུངས་ཀྱི་སྒོ་རྣམས
དང༔ སངས་རྒྱས་དང་ཆོས་དང་དགེ་འདུན་རྗེས་སུ་དྲན་པ་ལས་ཡོངས་སུ་ཉམས་པ
དེ་དག་བདག་གི་མཚན་བདག་གི་མིང་ཡིད་ལ་གནས་ཤིང་། བདག་གི་མིང་ཡིད་ཀྱིས་བརྗོད་
པས༔ དེ་དག་བྱང་ཆུབ་ཀྱི་མཐར་ཐུག་གི་བར་དུ་ཏིང་ངེ་འཛིན་དང་། དྲན་པ་དང༔ སྤོབས
དང༔ བྱང་ཆུབ་ཀྱི་ཡན་ལག་དང་། གཟུངས་ཀྱི་སྒོ་རྣམས་མངོན་དུ་གྱུར་ཅིག །ཤེས
རབ་ཆེན་པོ་རྗེས་སུ་རྒྱུ་བར་གྱུར་ཅིག །ཅེས་བཏབ་བོ། །དེའི་སྨོན་ལམ་ཆེན་པོ་བདུན
པ་ནི༔ གང་གི་ཚེ་བདག་མ་འོངས་པའི་དུས་ན། བླ་ན་མེད་པ་ཡང་དག་པར་རྫོགས་པའི

བྱང་ཆུབ་མངོན་པར་རྫོགས་པར་སངས་རྒྱས་པ་དེ་ན། སེམས་ཅན་གང་དག་དམན་པ
ལ་མོས་ཤིང་ཉན་ཐོས་ཀྱི་ཐེག་པ་དང་རང་སངས་རྒྱས་ཀྱི་ཐེག་པ་ལ་འདོད་པ་བསྐྱེད་དེ།
དེ་ལ་གནས་ཤིང་བླ་ན་མེད་པ་ཡང་དག་པར་རྫོགས་པའི་བྱང་ཆུབ་ལ་རྒྱབ་ཀྱིས་ཕྱོགས
པར་གྱུར་པ་དེ་དག་བདག་གི་མཚན་བདག་གི་མིང་ཡིད་ལ་གནས་ཤིང་། བདག་གི་མིང
ཡིད་ཀྱིས་བརྗོད་པས། དེ་དག་བླ་ན་མེད་པ་ཡང་དག་པར་རྫོགས་པའི་བྱང་ཆུབ་ལས
ཕྱིར་མི་ལྡོག་པར་གྱུར་ཅིག །ཉན་ཐོས་དང་རང་སངས་རྒྱས་ཀྱི་ས་ལ་རྒྱབ་ཀྱིས་ཕྱོགས
པར་གྱུར་ཅིག །བྱང་ཆུབ་ཀྱི་སེམས་ཡིད་ལ་བྱེད་པ་དང་མི་འབྲལ་བར་གྱུར་ཅིག །

ཅེས་བཏབ་བོ། །དེའི་སྨོན་ལམ་ཆེན་པོ་བརྒྱད་པའོ། །གང་གི་ཚེ་བདག་མ་འོངས་
པའི་དུས་ན། བླ་ན་མེད་པ་ཡང་དག་པར་རྫོགས་པའི་བྱང་ཆུབ་མངོན་པར་རྫོགས་
པར་སངས་རྒྱས་པ་དེ་ན། སེམས་ཅན་གང་དག་བསྐལ་པ་ཆེན་པོ་ཟད་པའི་ཚེ
འཛམ་བུའི་གླིང་ཀུན་དུ་འབར་ཞིང་རབ་ཏུ་འབར་བས་འཇིགས་པར་གྱུར་ཏེ། དུ་ཞིང་
མྱ་ངན་བྱེད་ལ་སྔོན་གྱི་མི་དགེ་བའི་ལས་ཀྱི་རྒྱུས་སྡུག་བསྔལ་མྱོང་ཞིང་སྐྱབས་མེད་ །
མགོན་མེད་པའི་སེམས་ཅན་དེ་དག་བདག་གི་མཐུས་བདག་གི་མིང་ཡིད་ལ་གནས་ཤིང་
བདག་གི་མིང་ཡིད་ཀྱིས་བརྗོད་པས། དེ་དག་སྡུག་བསྔལ་དང་། མྱ་ངན་ཐམས་ཅད་དང་

བྲལ་བར་གྱུར་ཅིག །བསིལ་བའི་དངོས་པོ་ཐོབ་པར་གྱུར་ཅིག །དེ་ནས་ཤི་འཕོས་ནས་
བདག་གི་སངས་རྒྱས་ཀྱི་ཞིང་དུ་པད་མའི་སྙིང་པོའི་སེང་གེའི་ཁྲི་ལ་བརྫུས་ཏེ་སྐྱེ་བར་
གྱུར་ཅིག་ཅེས་བཏབ་སྟེ། འཇམ་དཔལ་བཅོམ་ལྡན་འདས་དེ་སྔོན་བྱང་ཆུབ་སེམས་དཔའི
སྤྱད་པ་སྤྱོད་པ་ན་སྨོན་ལམ་ཆེན་པོ་བརྒྱད་པོ་དེ་དག་བཏབ་བོ། །འཇམ་དཔལ་དེ་བཞིན
གཤེགས་པ་དགྲ་བཅོམ་པ་ཡང་དག་པར་རྫོགས་པའི་སངས་རྒྱས་རིན་པོ་ཆེ་དང་ཟླ་
བ་དང་པད་མས་རབ་ཏུ་བརྒྱན་པ་མཁས་པ་གཟི་བརྗིད་སྒྲ་དབྱངས་ཀྱི་རྒྱལ་པོ་དེའི
སངས་རྒྱས་ཀྱི་ཞིང་དེ་ནི་མཉམ་པ། ཐག་གྲུ་ཆེ་བ༑ ཡངས་པ་ལག་མཐིལ་ལྟར་མཉེ

བར་གྱུར་པ་ལྷའི་སྤོས་ཀྱི་ཤིང་ལྗོན་པ་རྣམས་ཀྱིས་རབ་ཏུ་བརྒྱན་པ། སྤོས་གཙང་
ཞིང་སྐྱོན་མེད་པ་དང་། ལྷའི་སྤོས་དང་མེ་ཏོག་གིས་རབ་ཏུ་བརྒྱན་པ༑ ལྷའི་རོལ་མོའི
སྒྲ་སྐད་དང་གླུའི་ང་རོ་འབྱུང་བ། ལྷའི་རིན་པོ་ཆེའི་དྲིལ་བུ་ཡང་ཁའི་དྲ་བས་ལེགས་
པར་བརྒྱན་པ། ལྷའི་རིན་པོ་ཆེའི་སེང་གེའི་ཁྲིས་མཛེས་པར་བྱས་པ། ལྷའི་རིན་པོ་ཆེའི
རྫིང་གིས་རབ་ཏུ་བརྒྱན་པ། ས་གཞི་འཇམ་ཞིང་སྙི་བ༑ རི་དང་རྡོ་དང་གསེག་མ་དང་
ཚེར་མ་མེད་པ་བུད་མེད་ཀྱི་དངོས་པོ་མེད་པ། ཉེ་བའི་ཉོན་མོངས་པ་མེད་པ་ཕྱིར་མི
ལྡོག་པའི་བྱང་ཆུབ་སེམས་དཔའི་སར་གྱུར་པའོ། །བྱང་ཆུབ་སེམས་དཔའ་དེ་དག

ཐམས་ཅད་ཀྱང་པད་མའི་སྙིང་པོའི་སེང་གེའི་ཁྲི་ལ་བརྫུས་ཏེ་བྱུང་བ། ལྷའི་རིན་པོ་
ཆེའི་རྒྱན་དང་། གོས་ཀྱིས་ལུས་ལེགས་པར་བརྒྱན་པ་ཤ་སྟག་གོ །སངས་རྒྱས་ཀྱི་ཞིང་
དེ་ན་བསམས་མ་ཐག་བཙམ་གྱིས་གོས་དང་༑ ཟས་དང་༑ སྨན་དང་༑ མལ་ཆ་དང་།
སྤོས་དང་༑ མེ་ཏོག་དང་༑ ཕྲེང་བ་དང་རྒྱན་དང་། བྱང་ཆུབ་སེམས་དཔའི་ལོངས་སྤྱོད་
ཐམས་ཅད་དང་༑ སེམས་ཅན་གྱི་འཚོག་ཆས་ཐམས་ཅད་དང་། ལྷའི་རིན་པོ་ཆེའི་ལོངས
སྤྱོད་ཐམས་ཅད་འབྱུང་སྟེ། དེའི་ཕྱིར་འཇིག་རྟེན་གྱི་ཁམས་དེ་རིན་པོ་ཆེ་དང་ལྡན་པ
ཞེས་བྱའོ། །འཇམ་དཔལ་དེ་ལྟ་བས་ན། དང་བའི་རིགས་ཀྱི་བུའམ༑ རིགས་ཀྱི་བུ

མོའམ༑ རྒྱལ་པོའམ༑ རྒྱལ་བུ་དག་གིས་བཅོམ་ལྡན་འདས་དེ་བཞིན་གཤེགས་
པ་རིན་པོ་ཆེ་དང་ཟླ་བ་དང་པད་མས་རབ་ཏུ་བརྒྱན་པ་མཁས་པ་གཟི་བརྗིད་སྒྲ
དབྱངས་ཀྱི་རྒྱལ་པོ་དེའི་མཚན་ཉིན་ལན་གསུམ་མཚན་ལན་གསུམ་དུ་ཡིད་ལ་བྱ།
རབ་ཏུ་གུས་པ་བསྙེན་བཀུར་བར་བྱ། དད་པར་བྱ། །དེ་བཞིན་གཤེགས་པའི་སྐུ
གཟུགས་ཀྱང་བྱེད་དུ་གཞུག ། མེ་ཏོག་དང་༑ བདུག་པ་དང་༑ སྤོས་དང་། ཕྲེང་བ་དང་༑
ཕྱུག་པ་དང་༑ རོལ་མོའི་སྒྲ་དང་༑ མར་མེ་རྣམས་ཀྱིས་མཆོད་པར་བྱ༑ ཡན་ལག
བརྒྱད་པའི་བསྙེན་གནས་ལ་ཉེ་བར་གནས་ལ་ཉི་མ་བདུན་གཙང་མར་བྱས་ཏེ །

ས་ཕྱོགས་གཙང་མར་གནས་པར་བྱ། སངས་རྒྱས་ཀྱི་ཞིང་དེར་སྐྱེ་བར་སྨོན་ལམ
གདབ་ཅིང་སེམས་ཅན་ཐམས་ཅད་ལ་བྱམས་པ་དང་སྙིང་རྗེ་བའི་སེམས་སུ་བྱས་ན
དེ་ལ་དེ་བཞིན་གཤེགས་པ་དེ་དགོངས་པར་འགྱུར་རོ། །བྱང་ཆུབ་སེམས་དཔའ་སེམས
དཔའ་ཆེན་པོ་རྣམས་ཀྱང་སེམས་པར་འགྱུར་རོ། །སྡིག་པ་ཐམས་ཅད་དང་ལས་ཀྱི
སྒྲིབ་པ་ཐམས་ཅད་ཀྱང་ཡོངས་སུ་བྱང་བར་འགྱུར་རོ། །བྱང་ཆུབ་ཀྱི་སེམས་ཡིད་ལ
བྱེད་པ་དང་མི་འབྲལ་བར་འགྱུར་རོ། །འདོད་ཆགས་དང་ཞེ་སྡང་དང་གཏི་མུག་བསྲབ
པར་འགྱུར་རོ། །ཡུན་རིང་དུ་འཚོ་ཞིང་ནད་མེད་པར་འགྱུར་རོ། །གང་བསམས་པའི

བསམ་པ་དེ་དག་ཐམས་ཅད་ཡོངས་སུ་རྫོགས་པར་འགྱུར་རོ། །འཐབ་པ་དང་ཐབ་མོ་
དང་རྩོད་པ་དང་། འགྱེད་པ་ཐམས་ཅད་ཀྱང་ཉེ་བར་ཞི་བར་འགྱུར་རོ། །འདི་ནས་ཤི་འཕོས་
ནས་སྡིག་པ་ཐམས་ཅད་ཟད་པར་འགྱུར་ཏེ་སངས་རྒྱས་ཀྱི་ཞིང་དེ་ར་པད་མའི་སྙིང་པོ་
སེང་གེའི་ཁྲི་ལ་བརྫུས་ཏེ་སྐྱེ་བར་འགྱུར་རོ། །སྐྱེས་མ་ཐག་ཏུ་ཏིང་ངེ་འཛིན་དང་། གཟུངས་
ཀྱི་སྒོ་རྣམས་མངོན་དུ་འགྱུར་རོ། །འཇམ་དཔལ་བཅོམ་ལྡན་འདས་དེ་བཞིན་གཤེགས་
པ་དེའི་མཚན་འཛིན་པ་འདི་ནི་དེ་ལྟར་ཡོན་ཏན་མང་པོ་དང་ལྡན་པ་ཡིན་ནོ། །འཇམ་
དཔལ། ཤར་ཕྱོགས་ལོགས་སུ་སངས་རྒྱས་ཀྱི་ཞིང་འདི་ནས་སངས་རྒྱས་ཀྱི་ཞིང་གང་གཱའི

ཀླུང་ལྔའི་བྱེ་མ་སྙེད་འདས་པ་ན། འཇིག་རྟེན་གྱི་ཁམས་སྤོས་ཀྱིས་ཡོངས་གང་རིན་
ཆེན་པོ་བརྩེགས་པ་ན། དེ་བཞིན་གཤེགས་པ་དགྲ་བཅོམ་པ་ཡང་དག་པར་རྫོགས་
པའི་སངས་རྒྱས་གསེར་བཟང་དྲི་མེད་རིན་ཆེན་སྣང་བརྟུལ་ཞུགས་གྲུབ་པ་ཞེས་བྱ་
བ་བཞུགས་ཏེ། འཚོ་ཞིང་གཞེས་ལ་ཆོས་ཀྱང་སྟོན་ཏོ། བྱང་ཆུབ་སེམས་དཔའ་བྱེ་
བ་ཁྲག་ཁྲིག་བརྒྱ་སྟོང་དུ་མས་ཀུན་ནས་བསྐོར་བ་ཡིན་ནོ། །འཇམ་དཔལ་བཅོམ་
ལྡན་འདས་དེ་བཞིན་གཤེགས་པ་དགྲ་བཅོམ་པ་ཡང་དག་པར་རྫོགས་པའི་སངས་
རྒྱས་དེ་སྔོན་བྱང་ཆུབ་སེམས་དཔའི་སྤྱོད་པ་སྤྱོད་པ་ན་སྨོན་ལམ་ཆེན་པོ་བཞི་བཏབ་

པོ། །བཞི་གང་ཞེ་ན། དེའི་སྨོན་ལམ་ཆེན་པོ་དང་པོ་ནི། གང་གི་ཚེ་བདག་མ་འོངས་
པའི་དུས་ན་བླ་ན་མེད་པ་ཡང་དག་པར་རྫོགས་པའི་བྱང་ཆུབ་མངོན་པར་རྫོགས་
པར་སངས་རྒྱས་པ་དེ་ན། སེམས་ཅན་གང་དག་སྲོག་གཅོད་པ། སྲོག་གཅོད་པའི་
ཕྱིར་ངེས་པའི་ལས་རྣམ་པ་སྣ་ཚོགས་བྱེད་པ། སྲོག་ཆགས་རྣམ་པ་སྣ་ཚོགས་ཀྱི་
སྲོག་གཅོད་པ་དེ་དག་སྲོག་གཅོད་པ་བྱས་པས་ཚེ་ཐུང་ཞིང་ནད་མང་བ་དང་། ཆུ་དང་
དུག་དང་མཚོན་དང་མེ་དང་ནད་ སྣ་ཚོགས་ཀྱིས་འཚེ་བར་འགྱུར་བ་དེ་དག་གིས
བདག་གི་མིང་ཐོས་ནས་འཛིན་པ་དང་། མཆོད་པས་ལས་ཀྱི་སྒྲིབ་པ་དེ་ཡོངས་སུ་བྱང་

སྟེ། ཚེ་རིང་བར་གྱུར་ཅིག །ནད་མེད་པར་གྱུར་ཅིག །སུ་ཡང་དུས་མ་ཡིན་པར་འཆི་
བས་ འཆི་བའི་དུས་བྱེད་པར་མ་གྱུར་ཅིག་ཅེས་བཏབ་པོ། །དེའི་སྨོན་ལམ་ཆེན་པོ་གཉིས་
པ་ནི། གང་གི་ཚེ་བདག་མ་འོངས་པའི་དུས་ན། བླ་ན་མེད་པ་ཡང་དག་པར་རྫོགས་པའི་
བྱང་ཆུབ་མངོན་པར་རྫོགས་པར་སངས་རྒྱས་པ་དེ་ན། སེམས་ཅན་གང་དག་ཕོངས་
པ་མི་དགེ་བ་སྣ་ཚོགས་བྱས་ཏེ། གཞན་གྱི་རྫས་ཕྲོགས་པས་དབུལ་པོའི་ཁྱིམ་དུ་སྐྱེས་
ཏེ། སྐྱེར་མོ་དང་བཀྲེས་པ་དང་། སྐོམ་པས་ལུས་ཡོངས་སུ་གདུངས་ཤིང་སྡུག་བསྔལ་
སྤྱོད་པ་དེ་དག་གིས་བདག་གི་མིང་ཐོས་ནས་བཟུང་བས། བླ་ན་མེད་པ་ཡང་དག་པར་རྫོགས

པའི་བྱང་ཆུབ་མངོན་པར་རྫོགས་པར་སངས་རྒྱས་ཀྱི་བར་དུ་ཕོངས་པ་ཐམས་ཅད་བྱང་བར་གྱུར་ཅིག དཔལ་ཕྱུག
ལྷུན་སུམ་ཚོགས་པ་མཆོག་བ་མེད་པ་ཐོབ་པར་གྱུར་ཅིག ཅེས་བཏབ་པོ། །དེའི་སྨོན་ལམ་ཆེན་པོ་
གསུམ་པ་ནི། གང་གི་ཚེ་བདག་མ་འོངས་པའི་དུས་ན། བླ་ན་མེད་པ་ཡང་དག་པར་རྫོགས་
པའི་བྱང་ཆུབ་མངོན་པར་རྫོགས་པར་སངས་རྒྱས་པ་དེ་ན། སེམས་ཅན་གང་དག་
གཅིག་ལ་གཅིག་ཀུན་ཏུ་གནོད་སེམས་དང་ལྡན་ཞིང་ཕན་ཚུན་སྲོག་གཅོད་པ་བྱེད་པ་
དང་། འཐབ་པ་དེ་དག་གིས་བདག་གི་མིང་ཐོས་པས། བླ་ན་མེད་པ་ཡང་དག་པར་
རྫོགས་པའི་བྱང་ཆུབ་མངོན་པར་སངས་རྒྱས་ཀྱི་བར་དུ་ཕན་ཚུན་པ་མ་ལུས་བྱམས་པ

ལ་གནས་པར་གྱུར་ཅིག་ཅེས་བཏབ་པོ། །དེའི་སྨོན་ལམ་ཆེན་པོ་བཞི་པ་ནི། གང་གི་ཚེ་
བདག་མ་འོངས་པའི་དུས་ན། བླ་ན་མེད་པ་ཡང་དག་པར་རྫོགས་པའི་བྱང་ཆུབ་མངོན་
པར་རྫོགས་པར་སངས་རྒྱས་པ་དེ་ན། སེམས་ཅན་གང་དག་འདོད་ཆགས་དང་ཞེ་
སྡང་དང་གཏི་མུག་གིས་བསྒྲིབས་ཏེ་ཚུལ་ཁྲིམས་འཆལ་བར་གྱུར་ནས། །དེ་དག
སྡིག་པ་ཀུན་ཏུ་སྤྱོད་དེ། དེ་བཞིན་གཤེགས་པའི་བསླབ་པ་བཏུལ་བས་ངན་སོང་
གསུམ་དུ་ལྷུང་བ་དང་། སེམས་ཅན་དམྱལ་བར་འགྲོ་བར་འགྱུར་བ་དེ་དག་བདག
གི་མཐར་ བདག་གི་མིང་ཐོས་ནས་བླ་ན་མེད་པ་ཡང་དག་པར་རྫོགས་པའི་བྱང་

རྒྱུ་བ་མངོན་པར་རྫོགས་པར་སངས་རྒྱས་ཀྱི་བར་དུ་ལས་ཀྱི་སྒྲིབ་པ་ཐམས་ཅད་
ཡོངས་སུ་བྱང་བར་གྱུར་ཅིག །ཉེ་བའི་ཉོན་མོངས་པ་རྣམས་དང་བྲལ་བར་གྱུར་ཅིག
ཚུལ་ཁྲིམས་ཡང་དག་པར་འཛིན་ཅིང་ལུས་དང་ངག་དང་ཡིད་སྡོམ་པ་ལ་གནས་
པར་གྱུར་ཅིག །བྱང་ཆུབ་ཀྱི་སེམས་ཡིད་ལ་བྱེད་པ་དང་མི་འབྲལ་བར་གྱུར་
ཅིག་ཅེས་བཏབ་སྟེ། །འཇམ་དཔལ་བཅོམ་ལྡན་འདས་དེ་བཞིན་གཤེགས་པ་
དགྲ་བཅོམ་པ་ཡང་དག་པར་རྫོགས་པའི་སངས་རྒྱས་གསེར་བཟང་ དྲི་མེད་
རིན་ཆེན་སྣང་བརྟུལ་ཞུགས་གྲུབ་པ་དེ་སྔོན་བྱང་ཆུབ་སེམས་དཔའི་སྤྱོད་པ་
སྤྱོད་པ་ན། སྨོན་ལམ་ཆེན་པོ་བཞི་པོ་དེ་དག་བཏབ་པོ། །འཇམ་དཔལ་བཅོམ་ལྡན་
འདས་དེ་བཞིན་གཤེགས་པ་དགྲ་བཅོམ་པ་ཡང་དག་པར་རྫོགས་པའི་སངས་རྒྱས་
གསེར་བཟང་ དྲི་མེད་རིན་ཆེན་སྣང་བརྟུལ་ཞུགས་གྲུབ་པ་དེའི་སངས་རྒྱས་ཀྱི་ཞིང་
དེ་ནི་ས་གཞི་ལ་རིན་པོ་ཆེའི་སྤོས་སྣ་ཚོགས་གནས་པ། ཙན་དན་སྦྲུལ་གྱི་སྙིང་པོའི་དྲི་
དང་ལྡན་པ། མཉམ་པ། ཡངས་པ། ཐ་ གྲུ་ཆེ་བ། ཙན་དན་སྦྲུལ་གྱི་སྙིང་པོའི་དྲིའི་
ཤིང་ལྗོན་པས་མཛེས་པར་བྱས་པ། ལྷའི་ནོར་བུ་དང་མུ་ཏིག་གི་རྒྱན་ཕྲེང་དང་། རིན་པོ་
ཆེ་དཔྱངས་པ། ལྷའི་ནོར་བུ་རིན་པོ་ཆེའི་སྤོས་ཆུས་ཡོངས་སུ་གང་བས་མཛེས་པར་
བྱས་པ། དར་གྱི་ལྡ་ལྡི་བྲེས་ཤིང་ཕྱུངས་པ། རིན་པོ་ཆེའི་སྐུད་པས་མིག་མངས་རིས་
སུ་བྲིས་པ། ཉེ་བའི་ཉོན་མོངས་པ་དང་བྲལ་བ། སྡུག་བསྔལ་དང་ཡིད་མི་བདེ་བ་མེད་
པ། བུད་མེད་ཀྱི་དངོས་པོ་མེད་པ། བྱང་ཆུབ་སེམས་དཔའ་དག་པ་རྣམས་ཀྱིས། ཕོ་ལ་
མོའི་སྒྲ་དང་སིལ་སྙན་དང་གླུ་དབྱངས་མ་བླངས་པར་སྒྲ་འབྱུང་བ། སིལ་སྙན་དེ་དག་
ལས་དངོས་པོ་མེད་པའི་ངོ་བོ་ཉིད་ཀྱི་སྒྲ་དང་། ཐེག་པ་ཆེན་པོའི་གཏམ་གྱི་སྒྲ་འབྱུང་བ།
སྒྲ་དེ་ཐོས་པས་སེམས་ཅན་ཐམས་ཅད་སངས་རྒྱས་ཀྱི་བྱང་ཆུབ་ལས་ཕྱིར་མི་ལྡོག་པར་
འགྱུར་བའོ། །འཇམ་དཔལ་བཅོམ་ལྡན་འདས་དེ་ནི་སྔོན་གྱི་སྨོན་ལམ་གྱི་ཐབས་མཁས་

པ་དང་། སངས་རྒྱས་ཀྱི་ཞིང་གི་ཡོན་ཏན་བཀོད་པ་དུ་མ་ཕུན་སུམ་ཚོགས་པ་ནི་དེ་
ལྟ་བུའོ། །བཅོམ་ལྡན་འདས་དེ་བཞིན་གཤེགས་པ་གསེར་བཟང་ དྲི་མེད་རིན་ཆེན་
སྣང་བརྟུལ་ཞུགས་གྲུབ་པ་དེས་བླ་ན་མེད་པ་ཡང་དག་པར་རྫོགས་པའི་བྱང་ཆུབ་ཏུ་
མངོན་པར་རྫོགས་པར་སངས་རྒྱས་ནས། སྔོན་གྱི་སྨོན་ལམ་གྱི་སྟོབས་ཀྱིས་བྱང་ཆུབ་ཀྱི་
ཤིང་དྲུང་དུ་བཞུགས་ཏེ། སེམས་ཅན་འདོད་ཆགས་དང་ཞེ་སྡང་དང་གཏི་མུག་གིས་
བསྒྲིབས་པ་རྣམས་གཟིགས་ཤིང་། ནད་སྣ་ཚོགས་ཀྱིས་ལུས་གཟིར་བ། འཆི་བ་དང་དགྲ་
དང་དགོན་པའི་གནོད་པར་གྱུར་པ། ཚེ་བསྐལ་བར་ཐུབ་པའི་སེམས་ཅན་དཀྱིལ་བར་
གསོལ་བའི་སེམས་ཅན་རྣམས་གཟིགས་ནས་སེམས་ཅན་དེ་དག་གི་དོན་དང་། སངས་
རྒྱས་ཀྱི་བྱང་ཆུབ་ལ་དགོད་པ་དང་། ལས་ཀྱིས་སྒྲིབ་པ་ཐམས་ཅད་ཡོངས་སུ་བྱང་བར་བྱ་
བའི་ཕྱིར་གཟུངས་སྔགས་ཀྱི་གཞི་འདི་དག་གསུངས་སོ། །ཏདྱཐཱ། སིདྡྷེ་སིདྡྷེ།
སུ་སིདྡྷེ། མོ་ཙ་ནི་མོཀྵ་ཎི། མུཀྟེ། བི་མུཀྟེ། ཨ་མ་ལེ། བི་མ་ལེ། མངྒ་ལྱེ། །
ཧི་ར་ཎྱ་གརྦྷེ། རཏྣ་གརྦྷེ། སརྦ་ཨརྠ་སཱ་དྷ་ནི། པ་ར་མཱརྠ་སཱ་དྷ་ནི། མ་ན་སེ། མ་ཧཱ་
མ་ན་སེ། ཨད་བྷུ་ཏེ། ཨཏྱད་བྷུ་ཏེ། བཱི་ཏ་བྷ་ཡེ། སུ་ཝརྞེ། བྲཧྨ་གྷོ་ཥེ། བྲཧྨ་ཛུ
ཥྚེ། སརྦ་ཨརྠེ་ཥྭ་པ་རཱ་ཛི་ཏེ། སརྦ་ཏྲ་ཨ་པྲ་ཏི་ཧ་ཏེ། སརྦ་བུདྡྷ་
ཙ་ཏུཿ་ཥཥྚི་བུདྡྷ་ཀོ་ཊི་བྷཱ་ཥི་ཏེ། ནམཿ སརྦ་ཏ་ཐཱ་ག་ཏཱ་ནཱཾ་སྭཱ་ཧཱ།། །།བཅོམ་ལྡན་འདས་ཀྱིས
གཟུངས་སྔགས་འདི་གསུངས་པ་ན། བྱང་ཆུབ་སེམས་དཔའི་འཁོར་འདུས་པ་ཐམས་
ཅད་དང་། བརྒྱ་བྱིན་དང་ཚངས་པ་དང་འཇིག་རྟེན་སྐྱོང་བ་ཐམས་ཅད་ཀྱིས་བཅོམ
ལྡན་འདས་དེ་ལ་ལེགས་སོ་ཞེས་བྱ་བ་གསོལ་ཏེ། བཅོམ་ལྡན་འདས་ཁྱོད་ཀྱིས
སེམས་ཅན་ཐམས་ཅད་ལ་ཐུགས་བརྩེ་བའི་སླད་དུ་སྡིག་པ་ཐམས་ཅད་བསལ་བ
དང་། ནད་ཐམས་ཅད་རབ་ཏུ་ཞི་བར་མཛད་པ་དང་། རེ་བ་ཐམས་ཅད་ཡོངས་སུ་བསྐང་
བའི་སླད་དུ་གཟུངས་སྔགས་ཀྱི་ཚིག་འདི་ལྟ་བུ་འདི་དག་བཀའ་སྩལ་བ་ལེགས་སོ།།

ལེགས་སོ། །བཅོམ་ལྡན་འདས་ཀྱིས་བཀའ་སྩལ་པ། །གྲོགས་པོ་དག་རིགས་ཀྱི་
བུ་འམ་རིགས་ཀྱི་བུ་མོ་འམ། །རྒྱལ་པོ་འམ། །རྒྱལ་བུ་འམ། །དགེ་བསྙེན་ནམ། །དགེ་
བསྙེན་མ་ཡོན་ཏན་དེ་ནོར་དུ་གཅེར་བ་གང་སུ་ཡང་རུང་སྟེ། །གཟུངས་ཀྱི་ཚིག་འདི་དག
འཛིན་པ་དང་། །ཀློག་པ་དང་། །ཀུན་ཆུབ་པར་བྱེད་པ་དང་། །དང་པར་བྱེད་པ་དང་། །ཉིན་
ལན་གསུམ་མཚན་ལན་གསུམ་དུ་སེམས་ཅན་ཐམས་ཅད་ལ་སྙིང་རྗེ་བའི་སེམས་ཡིད་
ལ་བྱེད་པ་དང་། །མེ་ཏོག་དང་། །བདུག་པ་དང་། །སྤོས་དང་། །མར་མེ་རྣམས་ཀྱིས་མཆོད་
པ་དང་། །གཙང་མར་བྱས་ཏེ་འཕགས་པའི་ལམ་ཡན་ལག་བརྒྱད་པ་དང་ལྡན་པར་བྱས

ན། །དེའི་མཚམས་སུ་སོ་བ་ལྷ་ལ་སྒྲོགས་པ་སྡིག་པ་ཐམས་ཅད་ཡོངས་སུ་བྱང་བར་འགྱུར
འདི་ནས་ཤི་འཕོས་ནས་འཇིག་རྟེན་གྱི་ཁམས་དེར་སྐྱེ་བར་འགྱུར་ཏེ། །བུད་མའི་སྙིང་
པོ་སོང་གི་ཁྲི་ཕབ་རྫུས་ཏེ་སྐྱེ་བར་འགྱུར། །ནད་ཐམས་ཅད་རབ་ཏུ་ཞི་བར་འགྱུར།
འཆི་བ་དང་དགྲ་དང་དགོན་པའི་གནོད་པ་ཐམས་ཅད་རབ་ཏུ་ཞི་བར་འགྱུར། །འཆི་བའི
དུས་ཀྱི་ཚེ་ཡང་དེ་བཞིན་གཤེགས་པ་སླར་དགོངས་པར་འགྱུར། །རེ་བ་དང་བསམ་པ
ཐམས་ཅད་ཡོངས་སུ་རྫོགས་པར་འགྱུར་རོ།། །།འཇམ་དཔལ་ཤར་ཕྱོགས་ལོགས་
སུ་འཇིག་རྟེན་གྱི་ཁམས་གང་གཱ་གྱི་ཀླུང་བདུན་གྱི་བྱེ་མ་སྙེད་འདས་པ་ན། །འཇིག་རྟེན

གྱི་ཁམས་མྱ་ངན་མེད་པ་ན། །དེ་བཞིན་གཤེགས་པ་དགྲ་བཅོམ་པ་ཡང་དག་པར
རྫོགས་པའི་སངས་རྒྱས་མྱ་ངན་མེད་མཆོག་དཔལ་ཞེས་བྱ་བ་བཞུགས་ཏེ། །འཚོ
ཞིང་གཞེས་ལ་ཆོས་ཀྱང་སྟོན་པ་ཡོད་དོ། །འཇམ་དཔལ་བཅོམ་ལྡན་འདས་དེ་བཞིན
གཤེགས་པ་དགྲ་བཅོམ་པ་ཡང་དག་པར་རྫོགས་པའི་སངས་རྒྱས་མྱ་ངན་མེད
མཆོག་དཔལ་དེའི་སངས་རྒྱས་ཀྱི་ཞིང་དེ་ནི་ལག་མཐིལ་ལྟར་མཉམ་པ། ཐ་གྲུ
ཆེ་བ། །ཡངས་པ། །མྱ་ངན་དང་ཉོན་མོངས་དང་སྡུག་བསྔལ་གྱི་སྒྲ་མེད་པ། །བུད་མེད
ཀྱི་ངོ་བོ་མེད་པ། །ས་གཞི་འཇམ་ཞིང་ཤིན་ཏུ་སྙི་བ། །ལྷའི་སྤོས་ཀྱིས་བདུག

པ་ལྷའི་ནོར་བུ་རིན་པོ་ཆེའི་ཤིང་མང་པོ་ཡང་དག་པར་མཛེས་པར་བརྒྱུས་པ། །ལྷའི་འཛོ
བུའི་རྒྱུ་བོའི་གསེར་གྱི་རྡོ་ང་སྤོས་ཆུས་ཡོངས་སུ་གང་བ་རིན་པོ་ཆེ་སྣ་བདུན་གྱི་ཤིང་ལྗོན་པ
དང་། །མེ་ཏོག་དང་། །འབྲས་བུ་དང་ལྡན་པ། །ལྷའི་རོལ་མོའི་སྒྲ་དང་། །སིལ་སྙན་གྱི་སྒྲ་དང་
ལྡན་པ་སྟེ། །འཇམ་དཔལ་དེ་བཞིན་གཤེགས་པ་དགྲ་བཅོམ་པ་ཡང་དག་པར་རྫོགས་
པའི་སངས་རྒྱས་འོད་དང་བག་མེད་གྲགས་སངས་རྒྱས་ཀྱི་ཞིང་འཇིག་རྟེན་གྱི་ཁམས་
བདེ་བ་ཅན་ཇི་ལྟ་བ་བཞིན་དུ། །འཇམ་དཔལ་དེ་བཞིན་གཤེགས་པ་དགྲ་བཅོམ
པ་ཡང་དག་པར་རྫོགས་པའི་སངས་རྒྱས་མྱ་ངན་མེད་མཆོག་དཔལ་གྱི་སངས

རྒྱས་ཀྱི་ཞིང་དེའི་ཡོན་ཏན་བཀོད་པ་ཡང་དེ་འདྲའོ། །འཇམ་དཔལ་བཅོམ་ལྡན
འདས་དེ་བཞིན་གཤེགས་པ་དགྲ་བཅོམ་པ་ཡང་དག་པར་རྫོགས་པའི་སངས
རྒྱས་མྱ་ངན་མེད་མཆོག་དཔལ་དེ། །སྔོན་བྱང་ཆུབ་སེམས་དཔའི་སྤྱོད་པ་སྤྱོད་པ
ན། །སྨོན་ལམ་ཆེན་པོ་བཞི་བཏབ་བོ། །བཞི་གང་ཞེ་ན། །དེའི་སྨོན་ལམ་ཆེན་པོ
དང་པོ་ནི། །གང་གི་ཚེ་བདག་མ་འོངས་པའི་དུས་ན། །བླ་ན་མེད་པ་ཡང་དག་པར
རྫོགས་པའི་བྱང་ཆུབ་མངོན་པར་རྫོགས་པར་སངས་རྒྱས་པ་དེ་ན། །སེམས་ཅན་གང
དག་མྱ་ངན་དང་སྡུག་བསྔལ་དང་ཡིད་མི་བདེ་བ་དང་། །འཁྲུག་པ་མང་པ། །སྡུག་བསྔལ

རྣམ་པ་སྣ་ཚོགས་མྱོང་བ་དེར་སེམས་ཅན་གང་དག་གིས་བདག་གི་མིང་ཐོས་ལ། །
ཐོས་ནས་ཀྱང་ཡིད་ལ་བྱེད་པ་དེ་དག་བདག་གི་མཐུས་མྱ་ངན་དང་སྡུག་བསྔལ་དང་། །
ཡིད་མི་བདེ་བ་དང་འཁྲུག་པ་ཐམས་ཅད་རབ་ཏུ་ཞི་བར་གྱུར་ཅིག །སུ་ཡང་སྡུག་པ
དང་བྲལ་བའི་སྡུག་བསྔལ་མྱོང་བར་མ་གྱུར་ཅིག །ཚེ་རིང་པོར་གྱུར་ཅིག་ཅེས་བཏབ
པོ། །དེའི་སྨོན་ལམ་ཆེན་པོ་གཉིས་པ་ནི། །གང་གི་ཚེ་བདག་མ་འོངས་པའི་དུས་ན། །
བླ་ན་མེད་པ་ཡང་དག་པར་རྫོགས་པའི་བྱང་ཆུབ་མངོན་པར་རྫོགས་པར་སངས་རྒྱས
པ་དེ་ན། །སེམས་ཅན་གང་དག་སྡིག་པ་མི་དགེ་བ་རྣམ་པ་སྣ་ཚོགས་བྱས་ཏེ། །སེམས

ཅན་དམྱལ་བ་ཆེན་པོ་སྣང་མེད་པ་ཆེན་པོ་མུན་པ་མུན་ནག་ཅན་དུ་སྐྱེས་པ་དེ་དག་ལ
བདག་གི་མཐུས་བདག་གི་ལུས་ལས་འོད་ཟེར་གྱི་སྣང་བ་འདི་ལྟ་བུ་བྱུང་སྟེ། དེས
སེམས་ཅན་དམྱལ་བ་འདི་དག་ལ་རེག་ཅིང་མཐོང་མ་ཐག་ཏུ་སྡིག་པ་ཐམས་ཅད་བྱང་
ནས། སེམས་ཅན་དམྱལ་བ་ཆེན་པོའི་སྡུག་བསྔལ་དེ་དག་ལས་ཡོངས་སུ་ཐར་པར
གྱུར་ཅིག །སྡུག་བསྔལ་གྱི་ཚོར་བ་ཐམས་ཅད་རྒྱུན་ཆད་པར་གྱུར་ཅིག །བླ་ན
མེད་པ་ཡང་དག་པར་རྫོགས་པའི་བྱང་ཆུབ་མངོན་པར་རྫོགས་པར་སངས་རྒྱས
ཀྱི་བར་དུ་ལྷ་དང་མི་ཡི་བདེ་བ་མྱོང་བར་གྱུར་ཅིག་ཅེས་བཏབ་བོ། །དེའི་སྨོན་ལམ་ཆེན
པོ་གསུམ་པ་ནི། གང་གི་ཚེ་བདག་མ་འོངས་པའི་དུས་ན། བླ་ན་མེད་པ་ཡང་དག་པར
རྫོགས་པའི་བྱང་ཆུབ་མངོན་པར་རྫོགས་པར་སངས་རྒྱས་པ་དེ་ན། སེམས་ཅན་གང
དག་སྔོན་སྡིག་པ་མི་དགེ་བ་བྱས་ཏེ། གཞན་གྱི་རྫས་འཕྲོགས་པས་དབུལ་པོ་དམན
པའི་ཁྱིམ་དུ་སྐྱེས་ནས་གོས་དང་། བཟའ་བ་དང་། བཏུང་བ་དང་མལ་ཆ་དང་། རྒྱན
མི་བདོག་པ། གྲང་བ་དང་ཚ་བའི་སྡུག་བསྔལ་མྱོང་བ། བཀྲེས་པ་དང་། སྐོམ་པས
ལུས་གཟིར་ཅིང་མདོག་ངན་པ་དེ་དག་གིས་བདག་གི་མིང་ཐོས་ནས་བརྗོད་པས། བླ
ན་མེད་པ་ཡང་དག་པར་རྫོགས་པའི་བྱང་ཆུབ་མངོན་པར་རྫོགས་པར་སངས་རྒྱས
ཀྱི་བར་དུ་བགོ་བ་དང་། བཟའ་བ་དང་། བཏུང་བ་དང་མལ་ཆ་ཐམས་ཅད་ལ་ལོངས
སུ་སྤྱོད་པར་གྱུར་ཅིག །ལུས་ལ་ལྷའི་ལུས་ཀྱི་ཁ་དོག་གིས་བརྒྱན་པར་གྱུར་ཅིག
ཅེས་བཏབ་བོ། །དེའི་སྨོན་ལམ་ཆེན་པོ་བཞི་པ་ནི། གང་གི་ཚེ་བདག་མ་འོངས་པའི
དུས་ན། བླ་ན་མེད་པ་ཡང་དག་པར་རྫོགས་པའི་བྱང་ཆུབ་མངོན་པར་རྫོགས་པར
སངས་རྒྱས་པ་དེ་ན། སེམས་ཅན་གང་དག་གནོད་སྦྱིན་དང་། སྲིན་པོ་དང་།
འབྱུང་པོ་དང་། ཤ་ཟ་མས་ཀྱིས་གཙེས་ཤིང་མངས་ཐོགས་ཏེ། ནད་ཀྱི་སྡུག
བསྔལ་སྣ་ཚོགས་མྱོང་བ། དེ་དག་གིས་བདག་གི་མིང་ཐོས་ནས་བདག་གི་མཐུས

བླ་ན་མེད་པ་ཡང་དག་པར་རྫོགས་པའི་བྱང་ཆུབ་མངོན་པར་རྫོགས་པར་སངས
རྒྱས་ཀྱི་བར་དུ་གནོད་སྦྱིན་དང་། སྲིན་པོ་དང་། འབྱུང་པོ་དང་། ཤ་ཟ་མ་དངས
འཕྲོག་པ་ཐམས་ཅད་རབ་ཏུ་ཞི་བར་གྱུར་ཅིག །བྱམས་པ་ལ་གནས་པར་གྱུར
ཅིག །ནད་ཀྱི་སྡུག་བསྔལ་སྣ་ཚོགས་ལས་ཡོངས་སུ་ཐར་པར་གྱུར་ཅིག་ཅེས
བཏབ་པ་སྟེ། འཇམ་དཔལ་ལ་བཅོམ་ལྡན་འདས་དེས་སྨོན་ལམ་ཆེན་པོ་བཞི
པོ་དེ་དག་བཏབ་པོ། །འཇམ་དཔལ་གང་དག་གིས་བཅོམ་ལྡན་འདས་དེ་བཞིན
གཤེགས་པ་དགྲ་བཅོམ་པ་ཡང་དག་པར་རྫོགས་པའི་སངས་རྒྱས་མྱ་ངན་མེད
མཆོག་དཔལ་ལ་དེའི་མཚན་ཐོས་ཏེ། ཉིན་ལན་གསུམ་མཚན་ལན་གསུམ་བརྗོད་པ
དང་། སེམས་ཅན་ཐམས་ཅད་ལ་བྱམས་པར་གནས་པར་བྱས་ཏེ། དེ་བཞིན་གཤེགས
པ་དེ་ལ་ཡང་མཆོད་པ་བྱེད་པ་དེ་དག་གི་ལས་ཀྱི་སྒྲིབ་པ་ཐམས་ཅད་ཡོངས
སུ་བྱང་བར་འགྱུར། མྱ་ངན་དང་། སྡུག་བསྔལ་བ་དང་། ཡིད་མི་བདེ་བ་དང་
འཁྲུག་པ་ཐམས་ཅད་ལས་ཡོངས་སུ་ཐར་པར་འགྱུར། རྟག་ཏུ་ནད་མེད་པ་དང
ལྡན་པར་འགྱུར། ཡུན་རིང་དུ་འཚོ་ཞིང་ནད་ཐམས་ཅད་ལས་ཡོངས་སུ་ཐར་བར
འགྱུར། བྱང་ཆུབ་ཀྱི་མཐར་ཐུག་གི་བར་དུ། ངན་འགྲོ་ལོག་པར་ལྟུང་བར་འགྲོ་བར
མི་འགྱུར། སྐྱེ་བ་དྲན་པར་འགྱུར། དེ་བཞིན་གཤེགས་པ་དེའི་སངས་རྒྱས་ཀྱི་ཞིང
རིན་པོ་ཆེ་སྣ་བདུན་གྱི་པད་མའི་སྙིང་པོའི་སེང་གེའི་ཁྲི་ལ་བརྫུས་ཏེ་སྐྱེ་བར་འགྱུར།
ལྷ་ཐམས་ཅད་ཀྱིས་རྗེས་སུ་བསྲུང་བར་འགྱུར་ཏེ། འཇམ་དཔལ་བཅོམ་ལྡན་འདས
དེའི་མཚན་ཐོས་པ་ནི། དེ་ལྟར་ཡོན་ཏན་མང་པོ་དག་དང་ལྡན་ནོ། །འཇམ་དཔལ།
བཅོམ་ལྡན་འདས་དེའི་སངས་རྒྱས་ཀྱི་ཞིང་གི་ཡོན་ཏན་བཀོད་པ་ཕུན་སུམ
ཚོགས་པ་དང་། བྱང་ཆུབ་སེམས་དཔའི་སྔོན་གྱི་སྨོན་ལམ་གྱི་ཁྱད་པར་རྒྱས
པ་གང་ཡིན་པ་དེ་ནི། དེ་བཞིན་གཤེགས་པ་དགྲ་བཅོམ་པ་ཡང་དག་པར་རྫོགས

པའི་སངས་རྒྱས་རྣམས་མ་གཏོགས་པ་བར་ཉན་ཐོས་དང་། རང་སངས་རྒྱས་ཐམས་ཅད
ཀྱིས་བརྗོད་པར་མི་ནུས་སོ།། །།འཇམ་དཔལ་ཤར་ཕྱོགས་ལོགས་སུ་སངས་
རྒྱས་ཀྱི་ཞིང་གང་གའི་ཀླུང་བཅྱད་ཀྱི་བྱེ་མ་སྙེད་འདས་པ་ན་འཇིག་རྟེན་གྱི་ཁམས
ཆོས་ཀྱི་རྒྱལ་མཚན་ན། དེ་བཞིན་གཤེགས་པ་དགྲ་བཅོམ་པ་ཡང་དག་པར
རྫོགས་པའི་སངས་རྒྱས་ཆོས་བསྒྲགས་རྒྱ་མཚོའི་དབྱངས་ཞེས་བྱ་བ་བཞུགས
ཏེ། འཚོ་ཞིང་གཞེས་ལ་ཆོས་ཀྱང་སྟོན་པ་ཡོད་དོ། །འཇམ་དཔལ་བཅོམ
ལྡན་འདས་དེ་བཞིན་གཤེགས་པ་དགྲ་བཅོམ་པ་ཡང་དག་པར་རྫོགས་པའི

སངས་རྒྱས་ཆོས་བསྒྲགས་རྒྱ་མཚོའི་དབྱངས་དེའི་སངས་རྒྱས་ཀྱི་ཞིང་དེ་ནི་ཤིན
ཏུ་ཡོངས་སུ་དག་པ། མཉམ་པ་དྲི་མ་མེད་པ། འོད་གསལ་བ། ཨ་ན་ད་སྐྱི
ཀྱི་རང་བཞིན་ཅན་རྩིག་པ་དང་། ར་བ་དང་། སྐར་ཁུང་དང་། རྟ་བབས་དང་། དྲ་བ་དང་
བ་གམ་ནི་ཤེལ་ལས་གྲུབ་པ། ས་གཞི་ནི་ལྷའི་རིན་པོ་ཆེ་ནི་ཤིང་ལྗོན་པས
མཛེས་པར་བྱས་པ། གསེར་གྱི་སྒྲུབ་པས་མིག་མངས་རིས་སུ་བྲིས་པ། རིན
པོ་ཆེའི་ཤིང་ལྗོན་པ་ཐམས་ཅད་ལ་ཡང་དྲིལ་བུ་གཡེར་ཁའི་དྲ་བ་བྲེས་ཤིང
བསྒྲེངས་པ། ལྷའི་དར་གྱི་ལྡ་ལྡི་དང་། ལྷའི་མེ་ཏོག་དང་སྤོས་ཀྱིས་མཛེས་པར་བྱས

པ། རིན་པོ་ཆེ་སྣ་བདུན་གྱི་རྫིང་ལྷའི་སྤོས་ཆུས་ཡོངས་སུ་གང་བ། དྲིལ་བུ
གཡེར་ཁའི་དྲ་བ་དེ་དག་ཀྱང་རླུང་གིས་བསྐྱོད་ཅིང་བསྐུལ་བ་ན་ལྷའི་སྒྲ་དབྱངས་ཡིད་དུ་འོང་
བ། སེམས་ཅན་ཐམས་ཅད་ཡང་དག་པར་དགའ་བར་བྱེད་པ། དངོས་པོ་མེད
པའི་ངོ་བོ་ཉིད་ཀྱི་ཆོས་ཀྱི་སྒྲ་སྐད་འབྱུང་བ། ལྷའི་སིལ་སྙན་དང་རོལ་མོའི་སྒྲ་རྣམས
ལས་ཐེག་པ་ཆེན་པོའི་ཆོས་ཀྱི་སྒྲ་སྐད་འབྱུང་བ། སེམས་ཅན་གང་དག་གིས
ཆོས་ཀྱི་སྒྲ་དེ་ཐོས་པ་དེ་དག་འདོད་ཆགས་དང་ཞེ་སྡང་དང་གཏི་མུག་དང་བྲལ་བར
འགྱུར་བ། བྱང་ཆུབ་ཀྱི་སེམས་མི་བརྗེད་པ་ཞེས་བྱ་བའི་ཏིང་ངེ་འཛིན་ཐོབ་པར

འགྱུར་བའོ། །འཇམ་དཔལ་འཇིག་རྟེན་གྱི་ཁམས་དེ་ན་ངན་སོང་དང་སྡུག་བསྔལ་
གྱི་སྒྲ་མེད་པ། ཉ་བའི་ཉོན་མོངས་པ་མེད་པ། བུད་མེད་ཀྱི་དངོས་པོ་མེད་པའོ།།
བཅོམ་ལྡན་འདས་དེ་སྔོན་བྱང་ཆུབ་སེམས་དཔའི་སྤྱོད་པ་སྤྱོད་པ་ན་སྨོན་ལམ
ཆེན་པོ་བཞི་བཏབ་བོ། །བཞི་གང་ཞེ་ན། དེའི་སྨོན་ལམ་ཆེན་པོ་དང་པོ་ནི།
གང་གི་ཚེ་བདག་མ་འོངས་པའི་དུས་ན་བླ་ན་མེད་པ་ཡང་དག་པར་རྫོགས་པའི་བྱང
ཆུབ་མངོན་པར་རྫོགས་པར་སངས་རྒྱས་པ་དེ་ན། སེམས་ཅན་གང་དག་ལོག
པར་ལྟ་བ་ཅན་གྱི་ཁྱིམ་དུ་སྐྱེས་པས། སངས་རྒྱས་དང་ཆོས་དང་དགེ་འདུན

ལ་སེམས་མ་དད་པ་བྱང་ཆུབ་ཀྱི་སེམས་ཡིད་ལ་བྱེད་པ་ལས་རིང་དུ་གྱུར་པ་དེ
དག་གིས་བདག་གི་མིང་ཐོས་ནས་བདག་གི་མཐུས། ལས་ཀྱི་སྒྲིབ་པ་དེ་ཟད་པར་གྱུར
ནས་བྱང་ཆུབ་ཀྱི་མཐར་ཐུག་གི་བར་དུ་ཡང་དག་པའི་ལྟ་བ་ཅན་དུ་གྱུར་ཅིག །སངས
རྒྱས་དང་ཆོས་དང་དགེ་འདུན་ལ་དད་པ་མི་ཕྱེད་པ་དང་ལྡན་པར་གྱུར་ཅིག་བྱང་ཆུབ
ཀྱི་སེམས་ ཡིད་ལ་བྱེད་པ་ལས་ཕྱིར་མི་ལྡོག་པར་གྱུར་ཅིག་ཅེས་བཏབ་བོ། དེའི
སྨོན་ལམ་ཆེན་པོ་གཉིས་པ་ནི། གང་གི་ཚེ་བདག་མ་འོངས་པའི་དུས་ན། བླ་ན
མེད་པ་ཡང་དག་པར་རྫོགས་པའི་བྱང་ཆུབ་མངོན་པར་རྫོགས་པར་སངས་རྒྱས

པ་དེ་ན། སེམས་ཅན་གང་དག་གང་ན་སངས་རྒྱས་ཀྱི་སྒྲ་མི་གྲག་པ། ཆོས་ཀྱི
སྒྲ་མི་གྲག་པ། དགེ་འདུན་གྱི་སྒྲ་མི་གྲག་པ། ཡུལ་མཐའ་འཁོབ་དག་ཏུ་སྐྱེས
ཏེ། མི་དགེ་བའི་བཤེས་གཉེན་གྱི་རྒྱུས། སྡིག་པའི་ལས་བྱེད་པ་དེ་དག་དེ་ནས
ཤི་འཕོས་ནས་ངན་སོང་གསུམ་དུ་ལྟུང་ཞིང་། དགེ་བའི་ཆོས་རྣམས་ལས་ཡོངས
སུ་ཉམས་པར་འགྱུར་བ་དེ་དག་ལ་བདག་གི་མཐུས་བདག་གི་མིང་རྣ་ལམ་དུ་གྲག་ཅིང་
ཆོས་ཀྱི་སྤྲིན་དང་རྒྱ་མཚོའི་སྒྲ་འབྱུང་བར་གྱུར་ཅིག། །དེ་དག་གིས་ཆོས་ཀྱི་སྒྲ་དེ་ཐོས
ནས་སྡིག་གི་ལས་ཟད་པར་གྱུར་ཏེ། བྱང་ཆུབ་ཀྱི་མཐར་ཐུག་གི་བར་དུ་བྱང་ཆུབ་

ཀྱི་སེམས་ཡིད་ལ་བྱེད་པ་དང་མི་འབྲལ་བར་གྱུར་ཅིག་ཅེས་བཏབ་བོ། །དེའི
སྨོན་ལམ་ཆེན་པོ་གསུམ་པའོ། །གང་གི་ཚེ་བདག་མ་འོངས་པའི་དུས་ན་བླ་ན
མེད་པ་ཡང་དག་པར་རྫོགས་པའི་བྱང་ཆུབ་མངོན་པར་རྫོགས་པར་སངས་རྒྱས
པ་དེ་ན། སེམས་ཅན་གང་དག་གོས་དང་རྒྱན་དང་། སྤོས་དང་ཕྲེང་བ་དང་། བྱུག་པ
དང་མལ་ཆ་དང་ན་བའི་གསོས་སྨན་དང་བྲལ་ཞིང་མི་ལྡན་པའི་དབང་གིས་སྡུག
བསྔལ་མྱོང་ཞིང་། སྡིག་པ་བྱེད་པ་དེ་དག་བདག་གི་མཐུས་གོས་དང་། རྒྱན་དང་
སྤོས་དང་། ཕྲེང་བ་དང་། བྱུག་པ་དང་། མལ་ཆ་དང་། ན་བའི་གསོས་སྨན་དང་
ཡོངས་སུ་སྤྱད་པ་དང་། ལོངས་སྤྱོད་རྣམས་བསམ་མ་ཐག་ཏུ་འབྱུང་ཞིང་མི་ལྡན
པ་མེད་པར་གྱུར་ཅིག །བྱང་ཆུབ་ཀྱི་མཐར་ཐུག་གི་བར་དུ་ཡང་དང་ཡང
མི་ལྡན་པ་མེད་པར་གྱུར་ཅིག་ཅེས་བཏབ་བོ། །དེའི་སྨོན་ལམ་ཆེན་པོ་བཞི་པའོ།
གང་གི་ཚེ་བདག་མ་འོངས་པའི་དུས་ན་བླ་ན་མེད་པ་ཡང་དག་པར་རྫོགས་པའི་བྱང
ཆུབ་མངོན་པར་རྫོགས་པར་སངས་རྒྱས་པ་དེ་ན། སེམས་ཅན་གང་དག་སྔོན
གྱི་ལས་ཀྱི་རྣམ་པར་སྨིན་པས་བཙན་རྩུན་ཐབ་མོ་དང་འཐབ་པ་དང་། རྩོད་པ
དང་འཁྲིར་བར་གྱུར་ཅིང་གཅིག་ལ་གཅིག་གནོད་པ་བྱེད་པ་དང་། །གསད་པར་བྱ་བའི་ཕྱིར
རྡུལ་བ། མཚོན་དང་མདའ་དང་། དབྱུག་པ་དག་གིས་བསྣུན་པ་དེ་ན། གང
དག་གིས་དེའི་ཚེ་བདག་གི་མིང་ཐོས་ཤིང་ཡིད་ལ་གནས་པ་དེ་དག་བདག་གི
མཐུས་ཡིད་ཀྱིས་བརྗོད་ན། མདའ་དང་མཚོན་དང་དབྱུག་པ་ལ་སོགས་པ་བསྣར
ལོག་པར་གྱུར་ཅིག །ཁྲིར་བྲོགས་པར་གྱུར་ཅིག །དགྲ་ཐམས་ཅད་ཀྱང་བྱམས
པ་ལ་གནས་པར་གྱུར་ཅིག། སྲུའི་སྒྲོག་གི་དབང་པོ་ཡང་འགག་པར་མ་གྱུར་ཅིག།
བྱང་ཆུབ་ཀྱི་མཐར་ཐུག་གི་བར་དུ་རང་རང་གི་ཟས་དང་ལོངས་སྤྱོད་དང་དབང་ཕྱུག
དག་གིས་ཚིམ་ཤེས་པར་གྱུར་ཅིག་ཅེས་བཏབ་བོ། །འཇམ་དཔལ་བཅོམ་ལྡན

འདས་དེ་བཞིན་གཤེགས་པ་དགྲ་བཅོམ་པ་ཡང་དག་པར་རྫོགས་པའི་སངས
རྒྱས་ཆོས་བསྒྲགས་རྒྱ་མཚོའི་དབྱངས་དེ་སྔོན་བྱང་ཆུབ་སེམས་དཔའི་སྤྱོད་པ
སྤྱོད་པ་ན་སྨོན་ལམ་ཆེན་པོ་བཞི་པོ་དེ་དག་བཏབ་བོ། །འཇམ་དཔལ་གང་ལ་ལ
ཞིག་བཅོམ་ལྡན་འདས་དེ་བཞིན་གཤེགས་པ་དགྲ་བཅོམ་པ་ཡང་དག་པར་རྫོགས
པའི་སངས་རྒྱས་ཆོས་བསྒྲགས་རྒྱ་མཚོའི་དབྱངས་དེའི་མཚན་ཐོས་ནས་འཛིན
པ་དང་། དང་བར་བྱེད་པ་དང་། རབ་ཏུ་གུས་པས་མཆོད་པར་བྱེད་པ་དེ།
སྡིག་པ་ཐམས་ཅད་ཡོངས་སུ་བྱང་ནས། སངས་རྒྱས་ཀྱི་བྱང་ཆུབ་ལས་ཕྱིར་མི
ལྡོག་པར་འགྱུར། ཚེ་རབས་ཐམས་ཅད་དུ་ཚེ་རབས་དྲན་པར་འགྱུར། ནམ་དུ
ཡང་བྱང་ཆུབ་ཀྱི་སེམས་ཡིད་ལ་བྱེད་པ་དང་མི་འབྲལ་བར་འགྱུར། སྐྱེ་བ་ཐམས
ཅད་དུ་དེ་བཞིན་གཤེགས་པ་དང་མཇལ་བར་འགྱུར། རྟག་ཏུ་ནད་མེད་ཅིང་ཚེ་རིང
བར་འགྱུར། འདི་ནས་ཤི་འཕོས་ནས་ཀྱང་འཇིག་རྟེན་གྱི་ཁམས་དེར་སྐྱེ་བར
འགྱུར། གཞན་ཡང་ལོག་པར་ལྟུང་བར་འགྲོ་བར་མི་འགྱུར། གང་དང་གང་དུ
སྐྱེས་པར་བསམས་མ་ཐག་ཏུ་གོས་དང་། རྒྱན་དང་སྤོས་དང་། ཕྲེང་བ་དང་། བྱུག
པ་དང་། མལ་ཆ་དང་། ན་བའི་གསོས་སྨན་དང་། ཡོ་བྱད་དང་། ལོངས་སྤྱོད
དང་། དབང་ཕྱུག་དང་ལྡན་པར་འགྱུར་རོ། །འཇམ་དཔལ་བཅོམ་ལྡན་འདས་དེ་བཞིན
གཤེགས་པ་དགྲ་བཅོམ་པ་ཡང་དག་པར་རྫོགས་པའི་སངས་རྒྱས་ཆོས་བསྒྲགས
རྒྱ་མཚོའི་དབྱངས་དེའི་མཚན་འཛིན་པ་དང་ཉན་པ་དེ་ནི་དེ་ལྟར་ཡོན་ཏན་མང་པོ་དག
དང་ལྡན་ནོ། །འཇམ་དཔལ་ཤར་ཕྱོགས་ལོགས་སུ་སངས་རྒྱས་ཀྱི་ཞིང་འདི་ནས
སངས་རྒྱས་ཀྱི་ཞིང་གང་གཱའི་ཀླུང་དགུའི་བྱེ་མ་སྙེད་འདས་པ་ན། འཇིག་རྟེན་གྱི
ཁམས་རིན་པོ་ཆེའི་རྒྱ་མཚོར་ཞུགས་པར་གནས་པ་ན། བཅོམ་ལྡན་འདས་དེ
བཞིན་གཤེགས་པ་དགྲ་བཅོམ་པ་ཡང་དག་པར་རྫོགས་པའི་སངས་རྒྱས་ཆོས

རྒྱ་མཚོའི་མཆོག་གི་བློས་རྣམ་པར་རོལ་པ་མངོན་པར་མཁྱེན་ པ་ཞེས་བྱ་བ་བཞུགས་
ཏེ། འཚོ་ཞིང་། གཞེས་ལ་ཆོས་ཀྱང་སྟོན་པ་ཡོད་དོ། །འཇམ་དཔལ་ལ་བཅོམ་ལྡན་འདས
དེ་སྔོན་བྱང་ཆུབ་སེམས་དཔའི་སྤྱད་པ་སྤྱོད་པ་ན་སྨོན་ལམ་ཆེན་པོ་བཞི་བཏབ་པོ། །
བཞི་གང་ཞེ་ན། དེའི་སྨོན་ལམ་ཆེན་པོ་དང་པོ་ནི། གང་གི་ཚེ་བདག་མ་འོངས་པའི་དུས་
ན། བླ་ན་མེད་པ་ཡང་དག་པར་རྫོགས་པའི་བྱང་ཆུབ་མངོན་པར་རྫོགས་པར་སངས
རྒྱས་པ་དེའི་ཚེ་བདག་བྱང་ཆུབ་ཐོབ་པ་ན། སེམས་ཅན་གང་སུ་དག་ཞིང་ལས
དང་ནོར་འདེབས་པ་དང་། ཚོང་བྱེད་པ་དང་ཐབ་མོ་དང་རྩོད་པ་ལ་སྦྱོ་བ། སྡིག

པའི་ལས་བྱེད་པ་དེ་དག་ཐམས་ཅད་ཀྱིས་བདག་གི་མིང་ཐོས་ནས་བདག་གི
མཐུས། བསམ་པ་ཐག་ཏུ་འཚོག་ཆས་ཐམས་ཅད་འབྱོར་པར་གྱུར་ཅིག །གནོད
སེམས་མེད་པར་ གྱུར་ཅིག །རྟག་ཏུ་དགེ་བའི་ཆོས་སྤྱོད་པར་གྱུར་ཅིག་ཅེས
བཏབ་བོ། །དེའི་སྨོན་ལམ་ཆེན་པོ་གཉིས་པ་ནི། གང་གི་ཚེ་བདག་མ་འོངས་པའི་དུས
ན། བླ་ན་མེད་པ་ཡང་དག་པར་རྫོགས་པའི་བྱང་ཆུབ་མངོན་པར་སངས་རྒྱས་པ་དེའི
ཚེ་བདག་བྱང་ཆུབ་ཐོབ་པ་ན། སེམས་ཅན་གང་སུ་དག་མི་དགེ་བ་བཅུའི་ལས་ཀྱི་ལམ
ཡང་དག་པར་བླངས་ཏེ། ཡང་དག་པར་བླངས་པས་སེམས་ཅན་དམྱལ་བར་འགྲོ་བར

གྱུར་པ་དེ་དག་གིས་བདག་གི་མིང་ཐོས་ནས་བདག་གི་མཐུས་དགེ་བ་བཅུའི་ལས་ཀྱི་ལམ
དང་ལྡན་པར་གྱུར་ཅིག །སེམས་ཅན་གང་ཡང་སེམས་ཅན་དམྱལ་བར་འགྲོ
བར་མ་གྱུར་ཅིག་ཅེས་བཏབ་བོ། །དེའི་སྨོན་ལམ་ཆེན་པོ་གསུམ་པ་ནི །གང་གི
ཚེ་བདག་མ་འོངས་པའི་དུས་ན་བླ་ན་མེད་པ་ཡང་དག་པར་རྫོགས་པའི་བྱང་ཆུབ་མངོན
པར་རྫོགས་པར་སངས་རྒྱས་པ་དེའི་ཚེ་བདག་བྱང་ཆུབ་ཐོབ་པ་ན། །སེམས་ཅན
གང་ཇི་སྙེད་ཅིག་གཞན་གྱི་དབང་དུ་སོང་སྟེ། ཆད་པས་གཅད་པ་དང་། བཏེགས
པ་དང་། གོ་རར་གཞུག་པ་དང་གསད་པར་འོས་པ་དེ་དག་གིས་བདག་གི་མིང་ཐོས

ནས། །བདག་གི་འོད་ཀྱིས་བྱང་ཆུབ་ཀྱི་མཐར་ཐུག་གི་བར་དུ་བཅིང་བ་དང་། བརྡེག་པ
དེ་དག་གི་རྒྱུན་ཆད་པར་གྱུར་ཅིག་ཅེས་བཏབ་བོ། །དེ་བྱང་ཆུབ་སེམས་དཔའི་སྤྱད་པ་སྤྱོད་པའི
ཚེ་སྨོན་ལམ་ཆེན་པོ་བཞི་པ་བཏབ་པ་ནི། གང་གི་ཚེ་བདག་མ་འོངས་པའི་དུས་ན་བླ་ན
མེད་པ་ཡང་དག་པར་རྫོགས་པའི་བྱང་ཆུབ་མངོན་པར་རྫོགས་པར་སངས་རྒྱས
པ་དེའི་ཚེ་བདག་བྱང་ཆུབ་ཐོབ་བ་ན་སེམས་ཅན་གང་སུ་དག་ཚེ་ཐུང་བར་འགྱུར་བའི
སྡིག་པ་མི་དགེ་བ་བརྣམ་པ་སྣ་ཚོགས་བྱས་ཏེ། འཆི་བར་འགྱུར་པ་དེ་དག་འཆི་བའི
དུས་ཀྱི་ཚེ་བདག་གི་མིང་རྣ་ལམ་དུ་གྲག་པར་གྱུར་ཅིག ། དེ་དག་གིས་བདག་གི

མིང་ཐོས་ནས་བདེ་འགྲོ་མཐོ་རིས་ཀྱི་འཇིག་རྟེན་དུ་སྐྱེ་བར་གྱུར་ཅིག །བྱང་ཆུབ
ཀྱི་མཐར་ཐུག་གི་བར་དུ་ལྷ་དང་མིའི་བདེ་བ་སྤྱོད་པར་གྱུར་ཅིག །སྡིག་པའི་ལས་ཐམས
ཅད་ཡོངས་སུ་བྱང་བར་གྱུར་ཅིག་ཅེས་བཏབ་སྟེ། །འཇམ་དཔལ་བཅོམ་ལྡན
འདས་དེ་བཞིན་གཤེགས་པ་དགྲ་བཅོམ་པ་ཡང་དག་པར་རྫོགས་པའི་སངས་རྒྱས་ཆོས
རྒྱ་མཚོ་མཆོག་གི་བློས་རྣམ་པར་རོལ་པ་མངོན་པར་མཁྱེན་པ་དེས། སྔོན་བྱང་ཆུབ་སེམས
དཔའི་སྤྱད་པ་སྤྱོད་པ་ན་སྨོན་ལམ་ཆེན་པོ་བཞི་པོ་དེ་དག་བཏབ་བོ། །འཇམ་དཔལ
འཇིག་རྟེན་གྱི་ཁམས་རིན་པོ་ཆེའི་རྒྱ་མཚོར་ལེགས་པར་གནས་པ་དེའི་སངས་རྒྱས

ཀྱི་ཞིང་གི་ཡོན་ཏན་བཀོད་པ་ནི་འཇིག་རྟེན་གྱི་ཁམས་རིན་པོ་ཆེ་དང་ལྡན་པ་ན་ཅི་འདྲ་བ
ཡོད་པ་དེ་འདྲའོ། །འཇམ་དཔལ་ལ་གཞན་ཡང་རིགས་ཀྱི་བུའམ། རིགས་ཀྱི་བུ་མོ་གང
ལ་ལ་ཞིག་གིས་ཡང་དག་པར་རྫོགས་པའི་སངས་རྒྱས་བདུན་པོ་དེ་དག་གི་མཚན
ཐོས་ལ། ཐོས་ནས་ཀྱང་འཛིན་པ་དང་། ནང་པར་ལངས་ནས་ཡིད་ལ་བྱེད་པ
དང་། དད་པར་བྱེད་པ་དང་། མེ་ཏོག་དང་། བདུག་པ་དང་། སྤོས་དང་། ཕྲེང་བ་དང་།
བྱུག་པ་དང་། རོལ་མོའི་སྒྲ་དང་། སིལ་སྙན་དང་། ཕྱག་རྗེ་བ་པ་དག་གིས་མཆོད་པ་དང་།
གླེགས་བམ་ལ་བྲིས་ཏེ་འཆང་བ་དང་། ཆོས་ཀྱི་རྣམ་གྲངས་འདི་ཡི་གེར་འདྲི་བ

དང་། ཡི་གེར་འབྲིར་འཇུག་པ་དང་། སེམས་བསྐྱེད་དེ་གཞན་ལས་ཉན་པ་དང་། ཆོས་སྨྲ་བ་དེ་དག་ལ་ཡང་འཚོག་ཆས་དང་། ཡོ་བྱད་ཐམས་ཅད་ཀྱིས་མཆོད་པ་བྱེད་པ་དེ། སངས་རྒྱས་ཐམས་ཅད་ཀྱིས་བྱིན་གྱིས་བརླབས་པར་འགྱུར་ཏེ། སངས་རྒྱས་ཀྱི་བྱང་ཆུབ་ཀྱི་བར་དུ་མངོན་པར་རྫོགས་པར་འཚང་རྒྱ་བར་འགྱུར་རོ།། འཕགས་པ་དེ་བཞིན་གཤེགས་པ་བདུན་གྱི་སྔོན་གྱི་སྨོན་ལམ་གྱི་ཁྱད་པར་རྒྱས་པ་བམ་པོ་གཉིས་པ་སྟེ་ཐ་མ་པའོ།། འཇམ་དཔལ་ཤར་ཕྱོགས་ལོགས་སུ་སངས་རྒྱས་ཀྱི་ཞིང་འདི་ནས་སངས་རྒྱས་ཀྱི་ཞིང་གང་གཱའི་ཀླུང་བཅུའི་བྱེ་མ་སྙེད་འདས་པ་ན་འཇིག་རྟེན་གྱི་ཁམས་བཻ་ཌཱུརྱ་སྣང་ཞེས་བྱ་བ་ཡོད་དེ། དེ་ན་དེ་བཞིན་གཤེགས་པ་དགྲ་བཅོམ་པ་ཡང་དག་པར་རྫོགས་པའི་སངས་རྒྱས་རིག་པ་དང་ཞབས་སུ་ལྡན་པ། བདེ་བར་གཤེགས་པ། འཇིག་རྟེན་མཁྱེན་པ། སྐྱེས་བུ་འདུལ་བའི་ཁ་ལོ་སྒྱུར་བ་བླ་ན་མེད་པ། ལྷ་དང་མི་རྣམས་ཀྱི་སྟོན་པ་སངས་རྒྱས་བཅོམ་ལྡན་འདས་སྨན་གྱི་བླ་བཻ་ཌཱུརྱའི་འོད་ཀྱི་རྒྱལ་པོ་ཞེས་བྱ་བ་བཞུགས་ཏེ། འཇམ་དཔལ་བཅོམ་ལྡན་འདས་དེ་བཞིན་གཤེགས་པ་སྨན་གྱི་བླ་བཻ་ཌཱུརྱའི་འོད་ཀྱི་རྒྱལ་པོ་དེ་སྔོན་བྱང་ཆུབ་སེམས་དཔའི་སྤྱད་པ་སྤྱོད་པ་ན་སྨོན་ལམ་ཆེན་པོ་བཅུ་གཉིས་པོ་འདི་དག་བཏབ་བོ།། བཅུ་གཉིས་གང་ཞེ་ན། དེའི་སྨོན་ལམ་ཆེན་པོ་དང་པོ་ནི། གང་གི་ཚེ་བདག་མ་འོངས་པའི་དུས་ན་བླ་ན་མེད་པ་ཡང་དག་པར་རྫོགས་པའི་བྱང་ཆུབ་མངོན་པར་རྫོགས་པར་སངས་རྒྱས་པ་དེའི་ཚེ་བདག་བྱང་ཆུབ་ཐོབ་པ་ན། བདག་གི་ལུས་ཀྱི་འོད་ཀྱིས་འཇིག་རྟེན་གྱི་ཁམས་གྲངས་མེད་དཔག་ཏུ་མེད་ཅིང་དཔག་གིས་མི་ལང་བ་རྣམས་ལྷམ་མེ་ལྷན་ནེ་ལྷང་ངེར་གྱུར་ཅིག། སེམས་ཅན་ཐམས་ཅད་སྐྱེས་བུ་ཆེན་པོའི་མཚན་སུམ་ཅུ་རྩ་གཉིས་དང་དཔེ་བྱད་བཟང་པོ་བརྒྱད་ཅུས་ལེགས་པར་བརྒྱན་པར་གྱུར་ཏེ། བདག་ཅི་འདྲ་བ་དེ་བཞིན་དུ་སེམས་ཅན་ཐམས་ཅད་ཀྱང་དེ་འདྲ་བར་གྱུར་ཅིག་ཅེས་བཏབ་བོ།། དེའི་སྨོན་ལམ་ཆེན་པོ་གཉིས་པ་ནི་གང་གི་ཚེ་བདག་མ་འོངས་པའི་དུས་ན་བླ་ན་མེད་པ་ཡང་དག་པར་རྫོགས་པའི་བྱང་ཆུབ་མངོན་པར་རྫོགས་པར་སངས་རྒྱས་པ་དེའི་ཚེ་བདག་བྱང་ཆུབ་ཐོབ་པ་ན། ལུས་ནོར་བུ་རིན་པོ་ཆེ་བཻ་ཌཱུརྱ་ཅི་འདྲ་བ་དེ་འདྲ་བར་ཕྱི་ནང་ཤིན་ཏུ་ཡོངས་སུ་དག་པ་དང་། དྲི་མ་མེད་ལ་འོད་གསལ་བ་དང་། ཁོ་ལག་ཡངས་ཤིང་ཆེ་བ་དང་། དཔལ་དང་གཟི་བརྗིད་འབར་བ་དང་། ལེགས་པར་གནས་པ་དང་། ཉི་མ་དང་ཟླ་བ་པས་ལྷག་པའི་འོད་ཟེར་གྱི་དྲྭ་བ་རྣམས་ཀྱིས་ལེགས་པར་བརྒྱན་པར་གྱུར་ཅིག། དེ་ན་སེམས་ཅན་གང་དག་འཇིག་རྟེན་གྱི་བར་དག་ཏུ་སྐྱེས་པ་དག་དང་། གང་དག་ཡང་མིའི་འཇིག་རྟེན་འདི་ན་མཚན་མོ་མུན་པ་མུན་ནག་གི་ནང་ན་ཕྱོགས་ཐ་དད་པར་འགྲོ་བ་དེ་དག་བདག་གི་འོད་ཀྱིས་ཕྱོགས་དགའ་མགུར་འགྲོ་བར་འགྱུར་ཅིག། དགེ་བའི་ལས་རྣམས་ཀྱང་བྱེད་པར་གྱུར་ཅིག་ཅེས་བཏབ་བོ།། དེའི་སྨོན་ལམ་ཆེན་པོ་གསུམ་པ་ནི། གང་གི་ཚེ་བདག་མ་འོངས་པའི་དུས་ན་བླ་ན་མེད་པ་ཡང་དག་པར་རྫོགས་པའི་བྱང་ཆུབ་མངོན་པར་རྫོགས་པར་སངས་རྒྱས་པ་དེའི་ཚེ་བདག་བྱང་ཆུབ་ཐོབ་པ་ན། བདག་གི་ཤེས་རབ་དང་། ཐབས་དཔག་ཏུ་མེད་པས་སེམས་ཅན་གྱི་ཁམས་དཔག་གིས་མི་ལང་བ་དག་ལོངས་སྤྱོད་མི་ཟད་པ་དང་ལྡན་པར་གྱུར་ཏེ། སུ་ཡང་ཅིས་ཀྱང་བྲེལ་བ་མེད་པར་གྱུར་ཅིག་ཅེས་བཏབ་བོ།། དེའི་སྨོན་ལམ་ཆེན་པོ་བཞི་པ་ནི། གང་གི་ཚེ་བདག་མ་འོངས་པའི་དུས་ན་བླ་ན་མེད་པ་ཡང་དག་པར་རྫོགས་པའི་བྱང་ཆུབ་མངོན་པར་རྫོགས་པར་སངས་རྒྱས་པ་དེའི་ཚེ་བདག་བྱང་ཆུབ་ཐོབ་པ་ན། སེམས་ཅན་གང་དག་ལམ་ངན་པར་ཞུགས་པ་དེ་དག་བྱང་ཆུབ་ཀྱི་ལམ་ལ་དགོད་པར་བྱའོ།། ཉན་ཐོས་དང་རང་སངས་རྒྱས་ཀྱི་ལམ་དུ་ཞུགས་པ་དེ་དག་ཐམས་ཅད་ཀྱང་ཐེག་པ་ཆེན་པོ་ལ་གཟུང་བར་བྱའོ་ཞེས་བཏབ་བོ།། དེའི་སྨོན་ལམ་ཆེན་པོ་ལྔ་པ་ནི། གང་གི་ཚེ་བདག་མ་འོངས་པའི་དུས་ན་བླ་ན་མེད་པ་ཡང་དག་པར་རྫོགས་པའི་བྱང་ཆུབ་མངོན་པར་རྫོགས་པར་སངས་རྒྱས་པ་དེའི་ཚེ་བདག་བྱང་ཆུབ་ཐོབ་

པ་ན། སེམས་ཅན་གང་དག་བདག་གི་གན་ན་ཚངས་པར་སྤྱད་པ་སྤྱོད་པ་དང་ །
དེ་བཞིན་དུ་སེམས་ཅན་གཞན་དཔག་ཏུ་མེད་ཅིང་དཔག་གིས་མི་ལང་པ་དེ་དག་ཐམས
ཅད་ཀྱང་བདག་གི་མིང་ཐོས་ནས་བདག་གི་མཐུས་སྡོམ་པ་གསུམ་གྱིས་བསྡམས
པ་དང ། ཚུལ་ཁྲིམས་ཉམས་པ་མེད་པར་གྱུར་ཅིག ། སུ་ཡང་ཚུལ་ཁྲིམས་
ལོག་པར་ལྷུགས་ཏེ་ངན་འགྲོར་འགྲོ་བར་མ་གྱུར་ཅིག་ཅེས་བཏབ་པོ། །དེའི་སྨོན་
ལམ་ཆེན་པོ་དྲུག་པ་ནི། གང་གི་ཚེ་བདག་མ་འོངས་པའི་དུས་ན་བླ་ན་མེད་པ་ཡང
དག་པར་རྫོགས་པའི་བྱང་ཆུབ་མངོན་པར་རྫོགས་པར་སངས་རྒྱས་པ་དེའི་ཚེ་བདག་

བྱང་ཆུབ་ཐོབ་པ་ན། སེམས་ཅན་གང་སུ་དག་ལུས་ངན་པ་དང་། དབང་པོ་མ་ཚང་
བ་དང་། མདོག་མི་སྡུག་པ་དང་།ཞེམས་པོ་དང་།ཡན་ལག་སྐྱོན་ཅན་དང་།སྒུར་པོ་དང་།
ཤ་བཀྲ་ཅན་དང་།ཞར་བ་དང་།ལོང་བ་དང་། འོན་པ་དང་།སྨྱོན་པར་གྱུར་པ་དང་།གཞན
ཡང་གང་དག་ལུས་ལ་ནད་ཀྱིས་བཏབ་པ་དེ་དག་བདག་གི་མིང་ཐོས་ནས་ཐམས་ཅད
དབང་པོ་ཚང་ཞིང་ཡན་ལག་ཡོངས་སུ་རྫོགས་པར་གྱུར་ཅིག་ཅེས་བཏབ་པོ །
དེའི་སྨོན་ལམ་ཆེན་པོ་བདུན་པ་ནི། གང་གི་ཚེ་བདག་མ་འོངས་པའི་དུས་ན་བླ་ན་མེད
པ་ཡང་དག་པར་རྫོགས་པའི་བྱང་ཆུབ་མངོན་པར་རྫོགས་པར་སངས་རྒྱས་པ་དེའི་ཚེ

བདག་བྱང་ཆུབ་ཐོབ་པ་ན།སེམས་ཅན་གང་སུ་དག་ནད་སྣ་ཚོགས་ཀྱིས་ལུས་ཡོངས
སུ་གཟིར་བ། སྐྱབས་མེད་པ། མགོན་མེད་པ། འཚོ་བ་ཆས་དང་སྨན་མི་བདོག
པ། དཔུང་གཉེན་མེད་པ། དབུལ་བ། སྡུག་བསྔལ་བ་གང་དག་གི་རྣ་ལམ་དུ
བདག་གི་མིང་གྲག་པ་དེ་དག་ནད་ཐམས་ཅད་རབ་ཏུ་ཞི་བར་གྱུར་ཅིག །བྱང་ཆུབ
ཀྱི་མཐར་ཐུག་གི་བར་དུ་ནད་མེད་ཅིང་གནོད་པ་མེད་པར་གནས་པར་གྱུར་ཅིག་ཅེས
བཏབ་བོ། །དེའི་སྨོན་ལམ་ཆེན་པོ་བརྒྱད་པ་ནི། གང་གི་ཚེ་བདག་མ་འོངས་པའི
དུས་ན་བླ་ན་མེད་པ་ཡང་དག་པར་རྫོགས་པའི་བྱང་ཆུབ་མངོན་པར་རྫོགས་པར:

སངས་རྒྱས་པ་དེའི་ཚེ་བདག་བྱང་ཆུབ་ཐོབ་པ་ན། བུད་མེད་གང་ལ་ལ་བུད་མེད་
ཀྱི་སྐྱོན་བརྒྱ་དག་གིས་ཀུན་ནས་ཉོན་མོངས་པར་གྱུར་བ། བུད་མེད་ཀྱི་དངོས་པོ་ལ་
སྐྱོད་པ། བུད་མེད་ཀྱི་སྐྱེ་གནས་ལས་ཡོངས་སུ་ཐར་པར་འདོད་པ་དེ་དག་བུད་མེད་
ཀྱི་དངོས་པོ་ལས་ལོག་པར་གྱུར་ཅིག །བྱང་ཆུབ་ཀྱི་མཐར་ཐུག་གི་བར་དུ་སྐྱེས་པའི
དབང་པོ་འབྱུང་བར་གྱུར་ཅིག་ཅེས་བཏབ་བོ། །དེའི་སྨོན་ལམ་ཆེན་པོ་དགུ་པ་ནི །
གང་གི་ཚེ་བདག་མ་འོངས་པའི་དུས་ན་བླ་ན་མེད་པ་ཡང་དག་པར་རྫོགས་པའི་བྱང་ཆུབ་
མངོན་པར་རྫོགས་པར་སངས་རྒྱས་པ་དེའི་ཚེ་བདག་བྱང་ཆུབ་ཐོབ་པ་ན །

སེམས་ཅན་ཐམས་ཅད་བདུད་ཀྱི་ཞགས་པ་རྣམས་ལས་ཡོངས་སུ་ཐར་བར་བྱའོ །
ལྟ་བ་ཐ་དད་པ་མི་མཐུན་པ་གཟེང་གཟེང་པས་མི་མཐུན་པར་གྱུར་བ་དག་ཡང་དག
པའི་ལྟ་བ་ལ་དགོད་པར་བྱའོ། །མཐར་གྱིས་བྱང་ཆུབ་སེམས་དཔའི་སྤྱོད་པ་བསྟན
པར་བྱའོ་ཞེས་བཏབ་བོ། །དེའི་སྨོན་ལམ་ཆེན་པོ་བཅུ་པ་ནི་གང་གི་ཚེ་བདག་མ་
འོངས་པའི་དུས་ན་བླ་ན་མེད་པ་ཡང་དག་པར་རྫོགས་པའི་བྱང་ཆུབ་མངོན་པར་
རྫོགས་པར་སངས་རྒྱས་པ་དེའི་ཚེ་བདག་བྱང་ཆུབ་ཐོབ་པ་ན །སེམས་ཅན་གང་སུ་
དག་རྒྱལ་པོའི་འཇིགས་པས་སྐྲག་པ་དང་། གང་དག་བཅིངས་པ་དང་།བརྡེག་པ་དང་།

བཙོན་རར་གཞུག་པ་དང་གསད་པར་འོས་པ། རྒྱུད་མང་ཀུན་དུ་གཙེས་པ་དང་ཁྲལ་དང་
ཕྱལ་བ། ལུས་དང་ངག་དང་སེམས་སྡུག་བསྔལ་གྱིས་ཉེན་པ་དེ་དག་བདག་གི་བསོད་
ནམས་ཀྱི་མཐུས་གནོད་པ་ཐམས་ཅད་ལས་ཡོངས་སུ་ཐར་བར་གྱུར་ཅིག་ཅེས་བཏབ
བོ། །དེའི་སྨོན་ལམ་ཆེན་པོ་བཅུ་གཅིག་པ་ནི་གང་གི་ཚེ་བདག་མ་འོངས་པའི་དུས་ན་བླ
ན་མེད་པ་ཡང་དག་པར་རྫོགས་པའི་བྱང་ཆུབ་མངོན་པར་རྫོགས་པར་སངས་རྒྱས་པ་
དེའི་ཚེ་བདག་བྱང་ཆུབ་ཐོབ་པ་ན །སེམས་ཅན་གང་སུ་དག་བཀྲེས་པ་དང་། སྐོམ
པའི་མེ་རབ་ཏུ་འབར་བ ། ཁ་ཟས་ཚོལ་བ་ལ་རབ་ཏུ་བརྩོན་པ ། སྡིག་པའི་

ལས་བྱེད་པ་དེ་དག་བདག་གིས་ཁ་དོག་དང་དྲི་དང་རོ་ལྡན་པའི་ཁ་ཟས་ཀྱིས་ལུས
ཚིམ་པར་བྱས་ཏེ། ཕྱིས་ཆོས་ཀྱི་རོས་ཤིན་ཏུ་བདེ་བ་ལ་དགོད་པར་བྱའོ་ཞེས
བཏབ་བོ། །དེ་བཞིན་གཤེགས་པ་དེའི་སྨོན་ལམ་ཆེན་པོ་བཅུ་གཉིས་པ་ནི།
གང་གི་ཚེ་བདག་མ་འོངས་པའི་དུས་ན་བླ་ན་མེད་པ་ཡང་དག་པར་རྫོགས་པའི
བྱང་ཆུབ་མངོན་པར་རྫོགས་པར་སངས་རྒྱས་པ་དེའི་ཚེ་བདག་བྱང་ཆུབ་ཐོབ་པ
ན་སེམས་ཅན་གང་སུ་དག་སྒྲེན་མོ། །བགོ་བ་མེད་པ། དབུལ་བསྡུག་བསྔལ
བ། གྲང་བ་དང་། ཚ་བ་དང་། སྦྲང་བུ་དང་། ཤ་སྦྲང་དག་གིས་ཉིན་མཚན་དུ་སྡུག

བསྔལ་གྱི་ཚོར་བ་མྱོང་བ་དེ་དག་བདག་གིས་གོས་ཡོངས་སུ་སྦྱང་པར་འཚོས་པ་ཚོན
སྣ་ཚོགས་སུ་ཁ་བསྒྱུར་བ་དག་སྦྱིན་པར་བྱའོ། །ཇི་ལྟར་འདོད་པ་བཞིན་དུ་རིན་པོ་ཆེའི
རྒྱན་སྣ་ཚོགས་དང་། སྤུད་པ་དང་། ཕྲེང་བ་དང་། སྤོས་དང་། བྱུག་པ་དང་། རོལ་མོའི
སྒྲ་དང་། སིལ་སྙན་དང་། ཕེག་རྡོབ་པ་རྣམས་ཀྱིས་སེམས་ཅན་རྣམས་ཀྱི་བསམ་པ
ཐམས་ཅད་ཡོངས་སུ་རྫོགས་པར་གྱུར་ཅིག་ཅེས་བཏབ་པ་སྟེ། །འཇམ་དཔལ་བཅོམ
ལྡན་འདས་དེ་བཞིན་གཤེགས་པ་དགྲ་བཅོམ་པ་ཡང་དག་པར་རྫོགས་པའི
སངས་རྒྱས་སྨན་གྱི་བླ་བཻ་ཌཱུ་རྱའི་འོད་ཀྱི་རྒྱལ་པོ་དེ་སྔོན་བྱང་ཆུབ་སེམས་དཔའི

སྤྱོད་པ་སྤྱོད་པ་ན་སྨོན་ལམ་ཆེན་པོ་བཅུ་གཉིས་པོ་དེ་དག་བཏབ་པར་གྱུར་ཏོ། །འཇམ
དཔལ་དེ་བཞིན་གཤེགས་པ་དགྲ་བཅོམ་པ་ཡང་དག་པར་རྫོགས་པའི་སངས་རྒྱས
སྨན་གྱི་བླ་བཻ་ཌཱུ་རྱའི་འོད་ཀྱི་རྒྱལ་པོ་དེའི་སྨོན་ལམ་གང་ཡིན་པ་དང་། སངས་རྒྱས་ཀྱི
ཞིང་གི་ཡོན་ཏན་བཀོད་པ་གང་ཡིན་པ་དེ་ནི་བསྐལ་པའམ་བསྐལ་པ་ལས་ལྷག
པར་ཡང་ཟད་པར་བྱར་མི་ནུས་སོ། །སངས་རྒྱས་ཀྱི་ཞིང་དེ་ནི་ཤིན་ཏུ་ཡོངས་སུ་དག
པ་སྟེ། རྡོ་དང་གསེག་མ་དང་གྱོ་མོ་མེད་པ། འདོད་པའི་སྐྱོན་མེད་པ། ངན་སོང་དང་
སྡུག་བསྔལ་གྱི་སྒྲ་མེད་པ། བུད་མེད་ཀྱི་དངོས་པོ་མེད་པ་ས་དེ་དག་ཕྱུག་པ་དང་རབ

དང་རྟ་བབས་དང་སྐར་ཁུང་གི་དྲ་བ་དང་། བ་གམ་ནི་བཻ་ཌཱུ་རྱའི་རང་བཞིན་ཅན། །
གཞི་ནི་རིན་པོ་ཆེ་སྣ་བདུན་གྱི་རང་བཞིན་ཅན་ཏེ་འཇིག་རྟེན་གྱི་ཁམས་བདེ་བ་ཅན་ཅི
འདྲ་བ་བཞིན་དུ་འཇིག་རྟེན་གྱི་ཁམས་བཻ་ཌཱུར་སྣང་བའི་སངས་རྒྱས་ཀྱི་ཞིང་གི་ཡོན
ཏན་བཀོད་པ་ཡང་དེ་འདྲའོ། །འཇིག་རྟེན་གྱི་ཁམས་དེ་ན་བྱང་ཆུབ་སེམས་དཔའ་གྲངས
མེད་དཔག་ཏུ་མེད་པ་དེ་དག་གི་ནང་ན་བྱང་ཆུབ་སེམས་དཔའ་སེམས་དཔའ་ཆེན་པོ་གཙོ
བོ་གཉིས་ཡོད་དེ། གཅིག་གི་མིང་ནི་ཉི་མ་ལྟར་རྣམ་པར་སྣང་བྱེད་ཅེས་བྱ། གཉིས་པའི
མིང་ནི་ཟླ་བ་ལྟར་རྣམ་པར་སྣང་བྱེད་ཅེས་བྱ་སྟེ། དེ་དག་ནི་བཅོམ་ལྡན་འདས་དེ་བཞིན

གཤེགས་པ་སྨན་གྱི་བླ་བཻ་ཌཱུ་རྱའི་འོད་ཀྱི་རྒྱལ་པོ་དེའི་དམ་པའི་ཆོས་ཀྱི་མཛོད་འཛིན
པའོ། །འཇམ་དཔལ་དེ་ལྟ་བས་ན་དད་པའི་རིགས་ཀྱི་བུའམ་རིགས་ཀྱི་བུ་མོས་སངས
རྒྱས་ཀྱི་ཞིང་དེར་སྐྱེ་བར་སྨོན་ལམ་ཐོབ་ཤིག། །ཡང་བཅོམ་ལྡན་འདས་ཀྱིས་འཇམ
དཔལ་ལ་གཞོན་ནུར་གྱུར་པ་ལ་བཀའ་སྩལ་པ། འཇམ་དཔལ་སེམས་ཅན་སོ་སོའི
སྐྱེ་བོ། །གང་དག་དགེ་བ་དང་། མི་དགེ་བ་མི་ཤེས་པ་དག་ཡོད་དེ། །དེ་དག་ནི་ཆགས
པས་ཟིལ་གྱིས་ནོན་པ། སྦྱིན་པ་དང་སྦྱིན་པའི་འབྲས་བུ་རྣམ་པར་སྨིན་པ་མི་ཤེས་པའོ།།
དེ་དག་ནི་བྱིས་པ། གླེན་པ་གཏོང་བའི་དབང་པོ་དང་བྲལ་བ། ནོར་སྡུགས་ཤིང་བསྲུང་བ་ལ

མངོན་པར་བརྩོན་གྱིས། སྦྱིན་པ་ཡང་དག་པར་འཕྲོད་པ་ལ་དེ་དག་གི་སེམས
མི་འགྲོ་བ་སྟེ། སྦྱིན་པའི་དུས་ཉེ་བར་གནས་པ་ན་རང་གི་ལུས་ཀྱི་ཤ་ལས་བཅད་ང
བཞིན་དུ་ཡིད་མི་དགའ་བར་འགྱུར་བའོ། །སེམས་ཅན་དེ་དག་ནི་བདག་ཉིད་ཀྱང་དུས
ཡོངས་སུ་མི་སྤྱོད་ན། ཕ་མ་དང་ཆུང་མ་དང་བུ་དང་བུ་མོ་ལ་སྟེར་བ་ལྟ་སྨོས་ཀྱང་ཅི
དགོས། བྲན་ཕོ་དང་བྲན་མོ་དང་ལས་བྱེད་པ་རྣམས་ལ་ལྟ་སྨོས་ཀྱང་ཅི་དགོས། །
གཞན་སློང་བ་རྣམས་ལ་ལྟ་སྨོས་ཀྱང་ཅི་དགོས། སེམས་ཅན་དེ་ལྟ་བུ་དག་ནི་འདི
ནས་ཤི་འཕོས་ནས་ཡི་དགས་ཀྱི་འཇིག་རྟེན་དུ་སྐྱེ་བར་འགྱུར་རོ། །ཡང་ན་དུད་འགྲོའི

སྐྱེ་གནས་སུ་སྐྱེ་བར་འགྱུར་རོ། །དེ་ལ་གང་དག་སྔོན་མིར་གྱུར་པ་ན་བཅོམ་ལྡན་འདས་དེ་བཞིན་གཤེགས་པ་སྨན་གྱི་བླ་བཻ་ཌཱུརྱའི་འོད་ཀྱི་རྒྱལ་པོ་དེའི་མཚན་ཐོས་པར་གྱུར་པ་དེ་དག་ནི་གཤིན་རྗེའི་འཇིག་རྟེན་ན་གནས་ཀྱང་རུང་། དུད་འགྲོའི་སྐྱེ་གནས་ན་གནས་ཀྱང་རུང་སྟེ། དེ་དེ་བཞིན་གཤེགས་པ་དེའི་མཚན་མངོན་དུ་འགྱུར་ཞིང་དྲན་མ་ཐག་ཏུ་རིམས་ཀྱིས་དེ་ནས་ཤི་འཕོས་ནས་ཡང་མིའི་འཇིག་རྟེན་དུ་སྐྱེ་བར་འགྱུར་ལ། ཚེ་རབས་དྲན་པར་འགྱུར་རོ། །ངན་འགྲོའི་འཇིགས་པས་སྐྲག་ནས་ཡང་འདོད་པའི་ཡོན་ཏན་དག་དོན་དུ་མི་གཉེར་བ་དང་། སྦྱིན་པ་ལ་མངོན་པར་དགའ་བ་དང་། སྦྱིན་པའི་བསྔགས་པ་བརྗོད་པ་དང་། བདོག་པ་ཐམས་ཅད་ཡོངས་སུ་གཏོང་བར་འགྱུར་ཏེ། རིམ་ཀྱིས་རང་གི་མགོ་དང་། ལག་པ་དང་། རྐང་པ་དང་། མིག་དང་། ཤ་དང་། ཁྲག་ཀྱང་སློང་བ་རྣམས་ལ་རབ་ཏུ་སྦྱིན་པར་འགྱུར་ན། ནོར་གྱི་ཕུང་པོ་གཞན་ལྟ་སྨོས་ཀྱང་ཅི་དགོས། འཇམ་དཔལ་གཞན་ཡང་སེམས་ཅན་གང་དག་དེ་བཞིན་གཤེགས་པ་རྣམས་ཀྱི་བསླབ་པའི་གནས་འཛིན་དག་ཡོད། དེ་དག་ཚུལ་ཁྲིམས་ལོག་པར་ཞུགས་ཤིང་། ལྟ་བ་ལོག་པར་ཞུགས་ནས་གང་དག་ཚུལ་ཁྲིམས་དང་ལྡན་པ་དེ་དག་ནི་ཚུལ་ཁྲིམས་སྲུང་ཞིང་མང་དུ་ཐོས་པ་ཡང་ཡོངས་སུ་མི་ཚོལ་ཏེ། དེ་བཞིན་གཤེགས་པས་གསུངས་པའི་མདོ་སྡེ་རྣམས་ཀྱི་དོན་ཟབ་མོ་མི་ཤེས། གང་དག་མང་དུ་ཐོས་པ་དེ་དག་ནི་ལྷག་པའི་ང་རྒྱལ་ཅན་དུ་གྱུར་ཏེ། ང་རྒྱལ་གྱིས་ནོན་པས་གཞན་དག་ལ་ཕྲག་དོག་བྱེད་ཅིང་དམ་པའི་ཆོས་ལ་དབང་ཟབ་འགྱུར། སྤོང་བར་འགྱུར་རོ། །མི་བླུན་པོ་དེ་ལྟ་བུ་དེ་དག་ནི་བདུད་ཀྱི་ཕྱོགས་པ་སྟེ། བདག་ཀྱང་ལམ་ངན་པར་ཞུགས་ནས་སེམས་ཅན་གཞན་བྱེ་བ་ཁྲག་ཁྲིག་བརྒྱ་སྟོང་དུ་མ་དག་ཀྱང་གཡང་ས་ཆེན་པོར་ལྟུང་བར་བྱེད་དོ།། སེམས་ཅན་དེ་ལྟ་བུ་དེ་དག་ནི་སེམས་ཅན་དམྱལ་བ་མི་བཟད་པར་འགྱུར་རོ། གང་དག་སྔོན་མིར་གྱུར་པ་ན་བཅོམ་ལྡན་འདས་དེ་བཞིན་གཤེགས་པ་སྨན་

གྱི་བླ་བཻ་ཌཱུརྱའི་འོད་ཀྱི་རྒྱལ་པོ་དེའི་མཚན་ཐོས་པར་གྱུར་པ་དེ་དག་ནི། སེམས་ཅན་དམྱལ་བ་ན་གནས་ཀྱང་དེར་སངས་རྒྱས་ཀྱི་མཐུས་དེ་བཞིན་གཤེགས་པ་དེའི་མཚན་མངོན་དུ་འགྱུར་ཏེ། དེ་དག་དེ་ནས་ཤི་འཕོས་ནས་ཡང་མིའི་འཇིག་རྟེན་དུ་སྐྱེ་བར་འགྱུར། ཡང་དག་པའི་ལྟ་བ་ཅན་དང་བརྩོན་འགྲུས་དང་ལྡན་པ་དང་། དགེ་བའི་བསམ་པ་ཅན་དུ་འགྱུར་རོ། །དེ་དག་ཁྱིམ་སྤངས་ཏེ་དེ་བཞིན་གཤེགས་པའི་བསྟན་པ་ལ་རབ་ཏུ་བྱུང་ནས་མཐར་གྱིས་བྱང་ཆུབ་སེམས་དཔའི་སྤྱོད་ལ་སྤྱོད་པར་འགྱུར་རོ། །འཇམ་དཔལ་གཞན་ཡང་སེམས་ཅན་གང་དག་བདག་གི་བསྔགས་པ་བརྗོད་ཅིང་ཕྲག་དོག་གིས་གཞན་དག་ལ་མི་སྙན་པ་བརྗོད་པ་ཡོད་དེ། །བདག་ལ་སྟོད་ཅིང་གཞན་ལ་སྨོད་པའི་སེམས་ཅན་དེ་དག་ངན་སོང་གསུམ་པོ་དག་ཏུ་ལོ་སྟོང་ཕྲག་མང་པོར་སྡུག་བསྔལ་མྱོང་བར་འགྱུར་རོ། །དེ་དག་ལོ་སྟོང་ཕྲག་དུ་མ་འདས་ནས་དེ་ནས་ཤི་འཕོས་ནས་བ་ལང་དང་རྟ་དང་རྔ་མོ་དང་བོང་བུ་ལ་སོགས་པ་དུད་འགྲོའི་སྐྱེ་གནས་རྣམས་སུ་སྐྱེ་བར་འགྱུར། ལྕག་ལྕག་དང་དབྱིག་ལྕག་རྣམས་ཀྱིས་བརྡེག་པ་དང་། བཀྲེས་པ་དང་སྐོམ་པས་ལུས་ཉམ་པ་དང་། ཁལ་ཆེན་པོ་བཀལ་ཏེ་ལམ་དུ་འགྲོ་བར་འགྱུར་རོ། །གལ་ཏེ་བརྒྱ་ལ་མིའི་སྐྱེ་བ་བརྙེད་ན་ཡང་རྟག་ཏུ་རིགས་དམན་པ་རྣམས་ཀྱི་ནང་དུ་སྐྱེ་བར་འགྱུར། བྲན་དུ་འགྱུར་ཞིང་གཞན་གྱི་དབང་དུ་འགྱུར་རོ། །གང་དག་སྔོན་མིར་གྱུར་པ་ན་བཅོམ་ལྡན་འདས་དེ་བཞིན་གཤེགས་པ་སྨན་གྱི་བླ་བཻ་ཌཱུརྱའི་འོད་ཀྱི་རྒྱལ་པོ་དེའི་མཚན་ཐོས་པར་གྱུར་པ་དེ་དག་ནི་དགེ་བའི་རྩ་བ་དེས་སྡུག་བསྔལ་ཐམས་ཅད་ལས་ཡོངས་སུ་ཐར་བར་འགྱུར་ཞིང་དབང་པོ་རྣོ་བར་འགྱུར། མཁས་པ་དང་གསལ་བ་དང་ཡིད་གཞུངས་པ་དང་དགེ་བ་ཡོངས་སུ་ཚོལ་བ་ལ་མངོན་པར་བརྩོན་པ་དང་། རྟག་ཏུ་དགེ་བའི་བཤེས་གཉེན་དང་འགྲོགས་པ་བརྙེད་པར་འགྱུར་ཞིང་བདུད་ཀྱི་ཞགས་པ་གཅོད་པ་དང་། མ་རིག་པའི་སྒོང་ང་འི་སྦུབས་གཅོག

པ་དང་། ཉོན་མོངས་པའི་རྒྱ་ཀྱང་སྐྲོམས་པར་འགྱུར། སྐྱེ་བ་དང་། རྒ་ཤི་དང་། མྱ་ངན་
དང་། སྨྲེ་སྔགས་འདོན་པ་དང་། སྡུག་བསྔལ་བ་དང་། ཡིད་མི་བདེ་བ་དང་། འཁྲུག་
པ་རྣམས་ལས་ཡོངས་སུ་ཐར་བར་འགྱུར་རོ། །འཇམ་དཔལ་གཞན་ཡང་སེམས་
ཅན་གང་དག་ཁྲམ་ལ་མངོན་པར་དགའ་ཞིང་སེམས་ཅན་དག་ཕན་ཚུན་འཐབ་པ་དང་
རྩོད་པ་དང་། འཁྲུགས་པར་བྱེད་དུ་འཇུག་པ་དག་ཡོད་དེ། སེམས་ཅན་དེ་དག་རྣམ་པར་
རྩོང་བའི་སེམས་སུ་གྱུར་པས་ལུས་དང་ངག་དང་ཡིད་ཀྱིས་མི་དགེ་བ་རྣམ་པ་
སྣ་ཚོགས་མངོན་པར་འདུ་བྱེད་དོ། །གཅིག་ལ་གཅིག་ཕན་པ་མ་ཡིན་པ་འདོད་

ཅིང་རྟག་ཏུ་ཕན་ཚུན་གནོད་པར་བྱ་བའི་ཕྱིར་བརྩོན་ཏེ། དེ་དག་ནགས་ཚལ་གྱི་ལྷ་
དང་། ཤིང་གི་ལྷ་དང་། རིའི་ལྷ་འགུགས་པར་བྱེད། དུར་ཁྲོད་རྣམས་སུ་འབྱུང་པོ་ཐ་
དད་པ་དག་འགུགས་པར་བྱེད། དུད་འགྲོའི་སྐྱེ་གནས་སུ་སོང་བའི་སྲོག་ཆགས་
རྣམས་ཀྱི་སྲོག་གཅོད་ཅིང་། ཤ་དང་ཁྲག་ཟ་བའི་གནོད་སྦྱིན་དང་། སྲིན་པོ་རྣམས་
མཆོད་པར་བྱེད་དེ། དགྲ་བོ་དེའི་མིང་ནས་བརྗོད་པ་འམ། གཟུགས་བྱས་ནས་
དེ་ར་རིག་སྔགས་དྲག་པོ་སྒྲུབ་ཅིང་། བྱད་སྟོམ་དང་རོ་ལངས་ཀྱི་སྦྱོར་བས་སྲོག་གི་
བར་ཆད་བྱ་བ་དང་། ལུས་རྣམ་པར་གཞིག་པར་འདོད་པ་ལ། གང་དག་གིས་

བཅོམ་ལྡན་འདས་དེ་བཞིན་གཤེགས་པ་སྨན་གྱི་བླ་བཻ་ཌཱུརྱའི་འོད་ཀྱི་རྒྱལ་པོ་
དེའི་མཚན་ཐོས་པར་གྱུར་པ་དེ་དག་ལ་གང་གིས་ཀྱང་བར་ཆད་བྱ་བར་མི་ནུས་
ཏེ། དེ་དག་ཕན་ཚུན་བྱམས་པའི་སེམས་དང་། ཕན་པའི་སེམས་དང་གནོད་
སེམས་མེད་པའི་སེམས་སུ་གནས་པར་འགྱུར། རང་རང་གི་བདོག་པས་
ཆོག་ཤེས་པར་འགྱུར་རོ། །འཇམ་དཔལ་གཞན་ཡང་འཁོར་བཞི་པོ་དགེ་
སློང་དང་། དགེ་སློང་མ་དང་། དགེ་བསྙེན་དང་། དགེ་བསྙེན་མ་དེ་དག་དང་ །
གཞན་ཡང་དད་པའི་རིགས་ཀྱི་བུ་འམ། རིགས་ཀྱི་བུ་མོ་གང་དག་ཡན་ལག་

བརྒྱད་དང་ལྡན་པའི་བསྙེན་གནས་ལ་ཉེ་བར་གནས་ཏེ། ལོ་གཅིག་གམ། ཟླ་བ་
གསུམ་དུ་བསླབ་པའི་གཞི་རྣམས་འཛིན་ཅིང་། གང་རྟག་གི་བསམ་པས་བདག་གི་
དགེ་བའི་རྩ་བ་འདིས་ནུབ་ཕྱོགས་གང་ན། དེ་བཞིན་གཤེགས་པ་ཚེ་དཔག་མེད་
བཞུགས་པའི་འཇིག་རྟེན་གྱི་ཁམས་བདེ་བ་ཅན་དུ་སྐྱེ་བར་ཤོག་ཤིག་ཅེས་སྨོན་
ལམ་དེ་ལྟ་བུ་བཏབ་པ་དག་ལས། གང་དག་གིས་བཅོམ་ལྡན་འདས་དེ་བཞིན་གཤེགས་
པ་སྨན་གྱི་བླ་བཻ་ཌཱུརྱའི་འོད་ཀྱི་རྒྱལ་པོ་དེའི་མཚན་ཐོས་པར་གྱུར་པ་དེ་དག་འཆི་བའི་
དུས་ཀྱི་ཚེ་བྱང་ཆུབ་སེམས་དཔའ་བརྒྱད་རྫུ་འཕྲུལ་གྱིས་ལྷགས་ནས་ལམ་སྟོན་པར་

འགྱུར་ཏེ། དེ་དག་དེར་པད་མ་ཚོན་ཁ་དོག་སྣ་ཚོགས་རྣམས་ལ་བརྫུས་ཏེ་སྐྱེ་བར་
འགྱུར་རོ། །གང་ལ་ལ་དག་ལྷའི་འཇིག་རྟེན་དུ་སྐྱེ་བར་འགྱུར་བ་དེ་དག་ནི་དེར་སྐྱེས་
ནས། སྔོན་གྱི་དགེ་བའི་རྩ་བ་དེ་ཟད་པར་མི་འགྱུར་ཞིང་ངན་འགྲོར་འགྲོ་བར་མི་
འགྱུར་རོ། །དེ་ནས་ཤི་འཕོས་ནས་ཀྱང་མིའི་འཇིག་རྟེན་འདིར་གླིང་བཞི་པའི་
དབང་ཕྱུག་འཁོར་ལོས་སྒྱུར་བའི་རྒྱལ་པོར་འགྱུར་ཏེ། སེམས་ཅན་བྱེ་བ་ཁྲག་
ཁྲིག་བརྒྱ་སྟོང་དུ་མ་དག་དགེ་བ་བཅུ་འི་ལས་ཀྱི་ལམ་ལ་འགོད་པར་འགྱུར་རོ།།
གཞན་དུ་ན་ཡང་རྒྱལ་རིགས་ཤིང་སཱ་ལ་ཆེན་པོ་ལྟ་བུའི་ཁྱིམ་དག་ཏུ་སྐྱེ་བར་འགྱུར།

བྲམ་ཟེ་ཤིང་སཱ་ལ་ཆེན་པོ་ལྟ་བུའི་ཁྱིམ་དག་དང་། ཁྱིམ་བདག་ཤིང་སཱ་ལ་ཆེན་པོ་
ལྟ་བུའི་ཁྱིམ་དག་དང་། ནོར་དང་འབྲུ་དང་མཛོད་དང་བང་བ་མང་པོ་འབྱོར་པའི་ཁྱིམ་
དག་ཏུ་སྐྱེ་བར་འགྱུར་ཏེ། གཟུགས་ཕུན་སུམ་ཚོགས་པ་དང་། དབང་ཕྱུག་ཕུན་
སུམ་ཚོགས་པ་དང་། གཡོག་ཕུན་སུམ་ཚོགས་པ་དང་། དཔའ་བ་དང་རྩལ་ཡོད་
པ་དང་། ཚན་པོ་ཆེ་ཆེན་པོའི་སྟོབས་ཀྱི་ཤུགས་དང་ལྡན་པར་འགྱུར་རོ། །བུད་
མེད་གང་གིས་དེ་བཞིན་གཤེགས་པ་དེའི་མཚན་ཐོས་ཤིང་བཟུང་བ་དེའི་བུད་མེད་
ཀྱི་དངོས་པོ་དེ་ཐམ་པ་ཡིན་པར་ཤེས་པར་བྱའོ། །དེ་ནས་བཅོམ་ལྡན་འདས་ལ

འཇམ་དཔལ་གཞོན་ནུར་གྱུར་པས་འདི་སྐད་ཅེས་གསོལ་ཏོ། །བཅོམ་ལྡན་འདས་
སྙིགས་མའི་ཚེ་སྙིགས་མའི་དུས་ན་གང་དག་མདོ་འདི་འཆང་བ་དང་། ཀློག་པ་དང་། འཆད་
པ་དང་། གཞན་དག་ལ་རྒྱ་ཆེར་ཡང་དག་པར་སྟོན་པ་དང་། ཡི་གེར་འདྲི་བ་དང་། ཡི་
གེར་འདྲིར་སྩལ་བ་དང་། གླེགས་བམ་ལ་བྲིས་ཏེ་མེ་ཏོག་དང་བདུག་པ་དང་སྤོས་
དང་ཕྲེང་བ་དང་། བྱུག་པ་དང་། གདུགས་དང་རྒྱལ་མཚན་རྣམས་ཀྱིས་བཀུར་
བསྟི་བགྱིད་པའི་དད་པའི་རིགས་ཀྱི་བུ་དང་། རིགས་ཀྱི་བུ་མོ་དེ་དག་ལ་བདག་
གིས་བཅོམ་ལྡན་འདས་དེ་བཞིན་གཤེགས་པ་སྨན་གྱི་བླ་བཻ་ཌཱུརྱའི་འོད་ཀྱི་རྒྱལ་

པོ་དེའི་མཚན་རྣ་བ་སྣ་ཚོགས་སུ་བསྒྲག་པར་བགྱིའོ། །ཐ་ན་རྨི་ལམ་དུ་
ཡང་སངས་རྒྱས་ཀྱི་མཚན་རྣ་ལམ་དུ་ཡང་ཉེ་བར་བསྒྲག་པར་བགྱིའོ། །ཆེན་
སྣ་ལྷའི་གོས་རྣམས་ཀྱིས་བཀྲིས་ཏེ་ཕྱོགས་གཙང་མར་བཞག་ན། །གང་ན་མདོ་
སྡེ་འདི་གནས་པ་དེར་རྒྱལ་པོ་ཆེན་པོ་བཞི་འཁོར་དང་བཅས་པ་དང་། ལྷ་བརྒྱ་
ཕྲག་ཕྲག་བརྒྱ་སྟོང་གཞན་ཡང་མཆི་བར་འགྱུར་རོ། །གང་དག་བཅོམ་ལྡན་འདས་
དེ་བཞིན་གཤེགས་པ་སྨན་གྱི་བླ་བཻ་ཌཱུརྱའི་འོད་ཀྱི་རྒྱལ་པོ་དེའི་མཚན་དང་། སྔོན་གྱི་སྨོན་
ལམ་གྱི་ཁྱད་པར་རྒྱས་པའི་མདོ་སྡེ་འདི་འཛིན་པ་དེ་དག་དུས་མ་ཡིན་པར་འཆི་

བར་མི་འགྱུར། སུས་ཀྱང་མདངས་འཕྲོག་པར་མི་ནུས་ཏེ་ཕྲོགས་ན་ཡང་སླར་
འཕྲོག་པར་འགྱུར་རོ། །བཅོམ་ལྡན་འདས་ཀྱིས་བཀའ་སྩལ་པ། །འཇམ་དཔལ་
དེ་དེ་བཞིན་ནོ། །ཇི་སྐད་སྨྲས་པ་བཞིན་ནོ། །འཇམ་དཔལ་དད་པའི་རིགས་ཀྱི་
བུའམ་རིགས་ཀྱི་བུ་མོ་གང་དག་དེ་བཞིན་གཤེགས་པ་དེ་ལ་མཆོད་པ་བྱེད་པར་འདོད་པ་
དག་གིས་དེ་བཞིན་གཤེགས་པ་དེའི་སྐུ་གཟུགས་བྱ། ཞག་བདུན་དུ་འཕགས་
པའི་ལམ་ཡན་ལག་བརྒྱད་དང་ལྡན་པའི་བསྙེན་གནས་ལ་ཉེ་བར་གནས་པར་
བྱ། ཁ་ཟས་གཙང་མ་བཟའ་ཞིང་ལུས་ལེགས་པར་བཀྲུས་ཏེ་གོས་བཟང་

པོ་དྲི་མ་མེད་པ་བགོ་ཞིང་ཕྱོགས་གཙང་མར་མེ་ཏོག་སྣ་ཚོགས་སིལ་མར་
བཀྲམ་པ། སྤོས་སྣ་ཚོགས་ཀྱིས་བདུགས་པ། རས་དང་གདུགས་དང་རྒྱལ་
མཚན་སྣ་ཚོགས་ཀྱིས་ལེགས་པར་བརྒྱན་པའི་ཕྱོགས་སུ་དྲི་མ་མེད་པའི་
སེམས་དང་། རྙོག་པ་མེད་པའི་སེམས་དང་། གནོད་སེམས་མེད་པའི་སེམས་དང་
བྱམས་པའི་སེམས་དང་། བཏང་སྙོམས་ཀྱི་སེམས་དང་། མཉམ་པའི་སེམས་སུ་
བྱ། རོལ་མོའི་སྒྲ་དང་སིལ་སྙན་དང་གླུ་དབྱངས་བླང་ཞིང་དེ་བཞིན་གཤེགས་
པའི་སྐུ་གཟུགས་དེ་ལ་བསྐོར་བ་བྱ་སྟེ། །དེའི་སྔོན་གྱི་སྨོན་ལམ་ཡང་ཡིད་ལ་

བྱ་ཞིང་མདོ་སྡེ་འདི་ཡང་ཀློག་ཅིང་བསམས་པ་དང་། གང་སྨོན་པའི་
བསམ་པ་དེ་ཐམས་ཅད་ཡོངས་སུ་རྫོགས་པར་འགྱུར་ཏེ། །གལ་ཏེ་ཚེ་རིང་
བར་སྨོན་ན་ནི་ཚེ་རིང་བར་འགྱུར་རོ། །གལ་ཏེ་ལོངས་སྤྱོད་དང་ལྡན་པར་སྨོན་
ན་ནི་ལོངས་སྤྱོད་འབྱོར་པར་འགྱུར་རོ། །གལ་ཏེ་དབང་ཕྱུག་དང་ལྡན་པར་
སྨོན་ན་ནི་ཚོགས་ཕྱུག་དུ་རྙེད་པར་འགྱུར་རོ། །གལ་ཏེ་བུ་འདོད་ན་ནི་བུ་རྙེད་པར་
འགྱུར་རོ། །གང་དག་སྡིག་པ་ཅན་གྱི་རྨི་ལམ་རྨིས་སམ་གང་དུ་བྱ་ཁྲ་དང་ལྟས་ངན་
པ་མཐོང་ངམ། །གནས་གང་དུ་བཀྲ་མི་ཤིས་པ་བརྒྱ་དག་གནས་པར་གྱུར་པ་ལ།

གང་དག་བཅོམ་ལྡན་འདས་དེ་བཞིན་གཤེགས་པ་སྨན་གྱི་བླ་བཻ་ཌཱུརྱའི་འོད་ཀྱི་
རྒྱལ་པོ་དེ་ལ་མཆོད་པ་རྒྱ་ཆེན་པོ་སྣ་ཚོགས་ཀྱིས་བཀུར་སྟི་བྱེད་ན་རྨི་ལམ་
ངན་པ་དང་ལྟས་ངན་པ་དང་བཀྲ་མི་ཤིས་པའི་དངོས་པོ་ཐམས་ཅད་མཐོང་བར་
མི་འགྱུར་རོ། །གང་དག་ཆུས་འཇིགས་པ་དང་། མེས་འཇིགས་པ་དང་། མཚོན་
གྱིས་འཇིགས་པ་དང་། དུག་གིས་འཇིགས་པ་དང་། གཡང་ས་ལ་འཇིགས་པ་དང་
གླང་པོ་ཆེ་གདུག་པས་འཇིགས་པ་དང་། སེང་གེས་འཇིགས་པ་དང་། སྟག་གིས་
འཇིགས་པ་དང་། དོམ་དང་དྲེད་དང་སྦྲུལ་གདུག་པས་འཇིགས་པ་དང་། སྡིག་པ་དང་

ཀྵང་ཡག་བརྒྱ་པས་འཇིགས་པ་དེ་དག་གིས་དེ་བཞིན་གཤེགས་པ་དེ་ལ་མཆོད་པ
བྱས་ན་འཇིགས་པ་ཐམས་ཅད་ལས་ཡོངས་སུ་ཐར་བར་འགྱུར་རོ། །གང་དག
ཕ་རོལ་གྱི་དམག་ཚོགས་ཀྱིས་འཇིགས་པ་དང་། རྐུན་པོས་འཇིགས་པ་དང་། ཆོམ
པོས་འཇིགས་པ་དེ་དག་གིས་ཀྱང་དེ་བཞིན་གཤེགས་པ་དེ་ལ་མཆོད་པར་བྱའོ། །
འཇམ་དཔལ་གཞན་ཡང་དད་པའི་རིགས་ཀྱི་བུ་འམ་རིགས་ཀྱི་བུ་མོ་གང་དག་ཇི
སྲིད་འཚོའི་བར་དུ་གསུམ་ལ་སྐྱབས་སུ་འཛིན་ཅིང་ལྷ་གཞན་མི་འཛིན་པ་དང་།
གང་དག་ཡང་བསླབ་པའི་གཞི་ལྔ་པོ་དག་འཛིན་པ་དང་། གང་དག་བསླབ་པའི་གཞི
བཅུ་པོ་དག་འཛིན་པ་དང་། གང་དག་བྱང་ཆུབ་སེམས་དཔའི་སྡོམ་པའི་བསླབ་པའི་གཞི
བཞི་བརྒྱ་པོ་དག་འཛིན་པ་དང་། ཁྱིམ་གྱི་གནས་ནས་བྱུང་བའི་དགེ་སློང་གང་དག་བསླབ
པའི་གཞི་ཉིས་བརྒྱ་ལྔ་བཅུ་པོ་དག་འཛིན་པ་དང་། དགེ་སློང་མ་གང་དག་བསླབ་པའི
གཞི་ལྔ་བརྒྱ་པོ་དག་འཛིན་པ་དང་། གང་དག་ཇི་ལྟར་ཡོངས་སུ་བཟུང་བའི་བསླབ
པའི་སྡོམ་པ་དེ་དག་གི་ནང་ནས། བསླབ་པའི་གཞི་གང་ཡང་རུང་བ་ཞིག་ལས
ཉམས་པར་གྱུར་ཏེ། ངན་འགྲོ་ངན་སོང་གིས་འཇིགས་སྐྲག་པ་གང་དག་བཅོམ
ལྡན་འདས་དེ་བཞིན་གཤེགས་པ་སྨན་གྱི་བླ་བཻ་ཌཱུརྱའི་འོད་ཀྱི་རྒྱལ་པོ་དེ་ལ་མཆོད
པ་རྣམ་པ་སྣ་ཚོགས་བྱེད་ན། དེ་དག་ལ་ངན་སོང་གསུམ་གྱི་སྡུག་བསྔལ་མྱོང
བར་ཤེས་པར་བྱའོ། །བུད་མེད་གང་ལ་ལ་ཞིག་བཙའ་བའི་དུས་ན་སྡུག་བསྔལ
མ་ཏུངས་པ་དྲག་པོ་མི་བཟད་པ་མྱོང་བ་ན། བཅོམ་ལྡན་འདས་དེ་བཞིན་གཤེགས
པ་སྨན་གྱི་བླ་བཻ་ཌཱུརྱའི་འོད་ཀྱི་རྒྱལ་པོ་དེ་ལ་མཆོད་ན་ངེས་པར་དུ་ཡོངས་སུ་ཐར
པར་འགྱུར། བུ་ཡང་ཡན་ལག་ཡོངས་སུ་ཚང་བར་བཙའ་ཞིང་གཟུགས་བཟང
པ་དང་། མཛེས་ཤིང་བལྟ་ན་སྡུག་པ་དང་། དབང་པོ་རྣོ་བ་དང་། བློ་དང་ལྡན་པ
དང་། ནད་མེད་ཅིང་གནོད་པ་ཉུང་བར་འགྱུར་རོ། །དེ་ལ་མི་མ་ཡིན་པས་ཀྱང

འཕྲོག་པར་མི་ནུས་སོ། །དེ་ནས་བཅོམ་ལྡན་འདས་ཀྱིས་ཚེ་དང་ལྡན་པ་ཀུན
དགའ་བོ་ལ་བཀའ་སྩལ་པ། ཀུན་དགའ་བོ་གང་གི་ཕྱིར་ང་བཅོམ་ལྡན་འདས་དེ
བཞིན་གཤེགས་པ་སྨན་གྱི་བླ་བཻ་ཌཱུརྱའི་འོད་ཀྱི་རྒྱལ་པོ་དེའི་ཡོན་ཏན་བརྗོད་པས
ཁྱོད་དད་དམ། ཡིད་ཆེས་སམ། ཡང་ན་ཁྱོད་སངས་རྒྱས་ཀྱི་སྤྱོད་ཡུལ་ཟབ་མོ
འདི་ལ་ཡིད་གཉིས་སམ། སོམ་ཉི་འམ། ཐེ་ཚོམ་ཟ་བ་མེད་དམ། དེ་ནས་བཅོམ་ལྡན
འདས་ལ་ཚེ་དང་ལྡན་པ་ཀུན་དགའ་བོས་འདི་སྐད་ཅེས་གསོལ་ཏོ། །བཙུན་པ
བཅོམ་ལྡན་འདས་བདག་དེ་བཞིན་གཤེགས་པས་གསུངས་པའི་ཆོས་རྣམས་ལ
ཡིད་གཉིས་སམ། སོམ་ཉི་འམ། ཐེ་ཚོམ་ཟ་བ་མ་མཆིས་སོ། །དེ་ཅིའི་སླད
དུ་ཞེ་ན། དེ་བཞིན་གཤེགས་པ་རྣམས་ལ་སྐུ་དང་གསུང་དང་ཐུགས་ཀྱི་ཀུན་དུ་སྤྱོད
པ་ཡོངས་སུ་མ་དག་པ་མི་མངའ་བའི་སླད་དུའོ། །བཅོམ་ལྡན་འདས་གདུགས་དང
དཀྱིལ་ཟླ་འདི་ལྟར་རྫུ་འཕྲུལ་ཆེ་ཞིང་འདི་ལྟར་མཐུ་ཆེ་བ་འདི་གཉིས་ནི་དོགས་ལ་ལྟུང
ཡང་གདའ། རི་ཡི་རྒྱལ་པོ་རི་རབ་ནི་གནས་ནས་འཕོ་བ་ཡང་གདའ་ཡི། སངས
རྒྱས་རྣམས་ཀྱི་བཀའ་ནི་གཞན་དུ་མི་འགྱུར་ལགས་སོ། །བཙུན་པ་བཅོམ་ལྡན
འདས་དེ་ལྟར་ལགས་ཀྱིས་ཀྱང་སེམས་ཅན་དད་པའི་དབང་པོ་དང་བྲལ་བ་དག
མཆིས་ཏེ། སངས་རྒྱས་རྣམས་ཀྱིས་སངས་རྒྱས་ཀྱི་སྤྱོད་ཡུལ་འདི་ཐོས་ན་དེ
དག་འདི་སྙམ་དུ་སེམས་པར་འགྱུར་ཏེ། དེ་བཞིན་གཤེགས་པ་དེའི་མཚན་འདི
དྲན་པ་ཙམ་གྱིས། ཇི་ལྟར་ཤིན་ཏུ་ཡོན་ཏན་དང་ལྡན་པ་ཡོད་དུ་འགྱུར་སྙམ་ནས་དེ
དག་མི་དད་ཅིང་ཡིད་མི་ཆེས་ཏེ། སྤོང་བས་ཡུན་རིང་པོར་གནོད་པ་དང་མི་སྨན
པ་དང་མི་བདེ་བ་དང་ཕོག་པར་ལྟུང་བར་འགྱུར་རོ། །བཅོམ་ལྡན་འདས་ཀྱིས་བཀའ
སྩལ་པ། ཀུན་དགའ་བོ་དེ་བཞིན་གཤེགས་པ་དེའི་མཚན་སུ་ཞིག་ལམ་དུ་གྲག་པར་གྱུར
པ་དེ་དག་འགྲོ་ངན་སོང་དུ་འགྲོ་བར་འགྱུར་བ་ནི་གནས་མེད་དེ། ཀོ་སྐབས་མ་ཡིན་ནོ༎

ཀུན་དགའ་བོ་སངས་རྒྱས་རྣམས་ཀྱི་སྤྱོད་ཡུལ་ནི་ཡིད་ཆེས་པར་དཀའ་བའོ། །ཀུན
དགའ་བོ་ཁྱོད་དད་ཅིང་ཡིད་ཆེས་པ་གང་ཡིན་པ་དེ་ནི་དེ་བཞིན་གཤེགས་པའི་མཐུ་ཡིན
པར་བལྟའོ། །བྱང་ཆུབ་སེམས་དཔའ་སེམས་དཔའ་ཆེན་པོ་སྐྱེ་བ་གཅིག་གིས་ཐོགས
པ་རྣམས་མ་གཏོགས་པར་འདི་ནི་ཉན་ཐོས་དང་། རང་སངས་རྒྱས་ཐམས་ཅད་ཀྱིས་མ
ཡིན་ནོ། །ཀུན་དགའ་བོ་མིར་གྱུར་པ་རྙེད་པ་ནི་རྙེད་པར་དཀའོ། །དཀོན་མཆོག་གསུམ
ལ་དད་ཅིང་གུས་པ་ཡང་རྙེད་པར་དཀའོ། །དེ་བཞིན་གཤེགས་པ་དེའི་མཚན་ཐོས
པ་ཡང་རྙེད་པར་ཤིན་ཏུ་དཀའོ། །ཀུན་དགའ་བོ་བཅོམ་ལྡན་འདས་དེ་བཞིན

གཤེགས་པ་སྨན་གྱི་བླ་བཻ་ཌཱུར་ཡའི་འོད་ཀྱི་རྒྱལ་པོ་དེའི་བྱང་ཆུབ་སེམས་དཔའི་སྤྱོད་པ
ཚད་མེད་དོ། །ཐབས་ལ་མཁས་པ་ཡང་ཚད་མེད་དོ། །སྨོན་ལམ་གྱི་ཁྱད་པར་རྒྱས
པ་ཡང་ཚད་མེད་དོ། །ངའི་དེ་བཞིན་གཤེགས་པ་དེའི་བྱང་ཆུབ་སེམས་དཔའ་སྤྱོད
པ་བསྐལ་པ་འམ་བསྐལ་པ་ལས་ལྷག་པར་རྒྱ་ཆེར་ཡང་དག་པར་བཤད་པར་འདོད
ཀྱང་བསྐལ་པ་བཟད་པར་འགྱུར་གྱི། བཅོམ་ལྡན་འདས་དེ་བཞིན་གཤེགས་པ་དགྲ
བཅོམ་པ་ཡང་དག་པར་རྫོགས་པའི་སངས་རྒྱས་སྨན་གྱི་བླ་བཻ་ཌཱུར་ཡའི་འོད་ཀྱི་རྒྱལ
པོ་དེའི་སྤྱོད་ཀྱི་སྨོན་ལམ་གྱི་ཁྱད་པར་རྒྱས་པའི་མཐའ་རྟོགས་པར་ནི་མི་འགྱུར

རོ།། ཡང་དེའི་ཚེ་འཁོར་དེའི་ནང་ནས་བྱང་ཆུབ་སེམས་དཔའ་སེམས་དཔའ་ཆེན
པོ་སྐྱབས་གྲོལ་ཞེས་བྱ་བ་སྟན་ལས་ལངས་ཏེ་བླ་གོས་ཕྲག་པ་གཅིག་ཏུ་གཟར་ནས
པུས་མོ་གཡས་པའི་ལྷ་ང་ས་ལ་བཙུགས་ཏེ། བཅོམ་ལྡན་འདས་ག་ལ་བ་དེ་ལོགས
སུ་ཐལ་མོ་སྦྱར་བ་བཏུད་དེ། བཅོམ་ལྡན་འདས་ལ་འདི་སྐད་ཅེས་གསོལ་ཏོ། །བཙུན
པ་བཅོམ་ལྡན་འདས་ཕྱི་མའི་ཚེ་ཕྱི་མའི་དུས་ན་སེམས་ཅན་བྲེ་ནད་སྣ་ཚོགས
ཀྱིས་ལུས་ཡོངས་སུ་གཟིར་ཏེ། ཡུན་རིང་པོའི་ནད་ཀྱིས་ལུས་ཀྱི་ཤ་བས
ཤིང་བསྐམས་པ་དང་། སྐོམ་པས་ཁ་དང་མཆུ་ནི་སྐམས། འགུམ་པ་ལ་ཉེ་མཆི

ཏུ་ཕྱོགས། མཛའ་བཤེས་དང་ཉེ་དུ་དང་སྡུག་གི་གཉེན་མཚམས་ཏུ་བ་རྣམས་ཀྱིས
ནི་བསྐོར། ཕྱོགས་རྣམས་ནི་མུན་པར་མཐོང་། གཤིན་རྗེའི་མི་རྣམས་ཀྱིས་ནི
དྲངས་ཏེ་དེའི་ལུས་འདི་ཉལ་ཡང་རྣམ་པར་ཤེས་པ་ཆོས་ཀྱི་རྒྱལ་པོ་གཤིན
རྗེའི་མདུན་དུ་ཁྲིད་ཅིང་། མི་དེ་དང་ལྷན་ཅིག་སྐྱེས་པའི་ལྷ་སྲུང་བཞིན་འབྲང་བ་གང
ལགས་པ་དེས་ནི། དེས་དགེ་བ་འམ། མི་དགེ་བའི་ལས་བགྱིས་པ་དེ་ཐམས་ཅད
ལེགས་པར་ཡི་གེར་བྲིས་ནས་ཆོས་ཀྱི་རྒྱལ་པོ་གཤིན་རྗེ་ལ་ཕུལ་བ་དང་། ཆོས
ཀྱི་རྒྱལ་པོ་གཤིན་རྗེས་དེ་ལ་དྲིས་ཤིང་བརྟགས་ནས། དགེ་བ་འམ་མི་དགེ་བ

ཇི་ལྟར་བགྱིས་པ་དེ་བཞིན་དུ་བསྒོ་བ་ལ། གང་དག་ནད་པ་དེའི་དོན་དུ་བཅོམ་ལྡན
འདས་དེ་བཞིན་གཤེགས་པ་སྨན་གྱི་བླ་བཻ་ཌཱུར་ཡའི་འོད་ཀྱི་རྒྱལ་པོ་དེ་ལ་སྐྱབས་སུ
མཆི་ཞིང་འདི་འདྲ་བའི་ཕྱིར་བས་མཆོད་པ་བགྱིད་ན་དེའི་རྣམ་པར་ཤེས་པ་སླར
ལྡོག་ཅིང་རྨི་ལམ་རྨིས་པ་བཞིན་དུ་བདག་ཉིད་ཀྱིས་འཚལ་བའི་གནས་དེར་མཆིས
ཏེ། ཡང་ན་ནི་གདུགས་བདུན། ཡང་ན་ནི་གདུགས་ཉི་ཤུ་རྩ་གཅིག ཡང་ན་ནི་གདུགས
སུམ་བཅུ་རྩ་ལྔ། ཡང་ན་ནི་གདུགས་བཞི་བཅུ་རྩ་དགུ་ལ་དེའི་རྣམ་པར་ཤེས་པ་སླར
ལྡོག་ཅིང་དྲན་པ་རྙེད་ལ། དེ་དགེ་བའམ་མི་དགེ་བའི་ལས་ཀྱི་རྣམ་པར་སྨིན་པ་བདག

ཉིད་ཀྱི་མངོན་སུམ་དུ་གྱུར་ཏེ། སྲོག་གི་ཕྱིར་དུ་ཡང་སྡིག་པའི་ལས་མི་བགྱིད་དོ། །དེ་ལྟ
ལགས་པས་དད་པའི་རིགས་ཀྱི་བུ་འམ། རིགས་ཀྱི་བུ་མོས་དེ་བཞིན་གཤེགས
པ་དེ་ལ་མཆོད་པར་བགྱིའོ། །དེ་ནས་ཚེ་དང་ལྡན་པ་ཀུན་དགའ་བོས་བྱང་ཆུབ་སེམས
དཔའ་སྐྱབས་གྲོལ་ལ་འདི་སྐད་ཅེས་སྨྲས་སོ། །རིགས་ཀྱི་བུ། བཅོམ་ལྡན་འདས
དེ་བཞིན་གཤེགས་པ་སྨན་གྱི་བླ་བཻ་ཌཱུར་ཡའི་འོད་ཀྱི་རྒྱལ་པོ་དེ་ལ་ཇི་ལྟར་མཆོད་པར
བྱ། བྱང་ཆུབ་སེམས་དཔའ་སྐྱབས་གྲོལ་གྱིས་སྨྲས་པ། བཙུན་པ་ཀུན་དགའ་བོ
གང་དག་ནད་ཆེན་པོ་ལས་ཡོངས་སུ་ཐར་པར་འདོད་པ་དེ་དག་གིས་ནད་པ་དེའི

དོན་དུ་ཉིན་བདུན་མཚན་བདུན་དུ་ཡན་ལག་བརྒྱད་དང་ལྡན་པའི་གསོ་སྦྱོང་གི་སྡོམ
པ་བླང་བར་བྱའོ། །དགེ་སློང་གི་དགེ་འདུན་ལ་ཟས་དང་སྐོམ་རྣམས་དང་ཡོ་བྱད
ཐམས་ཅད་ཀྱིས་ཅི་ནུས་སུ་མཆོད་པ་དང་རིམ་གྲོ་བྱའོ། །ཉིན་ལན་གསུམ་མཚན་ལན
གསུམ་དུ་བཅོམ་ལྡན་འདས་དེ་བཞིན་གཤེགས་པ་སྨན་གྱི་བླ་བཻ་ཌཱུ་རྱའི་འོད་ཀྱི་རྒྱལ
པོ་དེའི་མཚན་ཡིད་ལ་བྱའོ། །མདོ་འདི་ལན་བཞི་བཅུ་རྩ་དགུར་གདོན་པར་བྱའོ། །
ཞག་བཞི་བཅུ་རྩ་དགུར་མར་མེ་བུད་པར་བྱའོ། །སྐུ་གཟུགས་བདུན་བྱའོ། །སྐུ་གཟུགས
རེ་རེའི་སྤྱན་སྔར་ཡང་མར་མེ་བདུན་བདུན་བཞག་གོ། །མར་མེ་རེ་རེ་ལ་ཚེ་ཀྱང

ཤིང་རྟའི་ཕང་ལོ་ཙམ་དུ་བྱས་ཏེ་ཅི་ནས་ཀྱང་ཞག་བཞི་བཅུ་རྩ་དགུར་མར་མེ་མི་ཟད
པར་བྱའོ། །ཚོན་སྣ་ལྔ་པའི་བ་དན་བཞི་བཅུ་རྩ་དགུ་ལས་ལྷག་པར་བྱའོ། །བཙུན
པ་ཀུན་དགའ་བོ་གཞན་ཡང་རྒྱལ་པོ་རྒྱལ་རིགས་སྤྱི་བོ་ནས་དབང་བསྐུར་བ
རྣམས་ལ་ནད་ཀྱི་གནོད་པ་འམ། །རང་གི་དམག་ཚོགས་སམ། །ཕ་རོལ་གྱི་དམག
ཚོགས་ཀྱིས་གནོད་པ་འམ། །རྒྱུ་སྐར་གྱི་གནོད་པ་འམ། །གཟའ་ཟླ་བའི་གནོད་པ་འམ།
གཟའ་ཉི་མའི་གནོད་པ་འམ། །དུས་མ་ཡིན་པའི་རླུང་དང་ཆར་གྱི་གནོད་པ་འམ། །ཐན
པའི་གནོད་པ་ཡང་རུང་སྟེ། །གནོད་པ་དང་ནད་འགོ་བ་དང་། །འཁྲུག་པ་ཞིག་ཉེ་བར

གནས་པར་གྱུར་ན། །རྒྱལ་པོ་རྒྱལ་རིགས་སྤྱི་བོ་ནས་དབང་བསྐུར་བ་དེས་སེམས
ཅན་ཐམས་ཅད་ལ་བྱམས་པའི་སེམས་སུ་བྱ། །བཙོན་དུ་བཟུང་བ་རྣམས་བཏང་བར
བྱ་ཞིང་། །གོང་དུ་སྨོས་པ་བཞིན་དུ་བཅོམ་ལྡན་འདས་དེ་བཞིན་གཤེགས་པ་སྨན་གྱི
བླ་བཻ་ཌཱུ་རྱའི་འོད་ཀྱི་རྒྱལ་པོ་དེ་ལ་དེ་ལྟ་བུས་མཆོད་པར་བྱས་ན་རྒྱལ་པོ་རྒྱལ་རིགས
སྤྱི་བོ་ནས་དབང་བསྐུར་བ་དེའི་དགེ་བའི་རྩ་བ་དེ་དང་། །བཅོམ་ལྡན་འདས་དེ་བཞིན
གཤེགས་པ་སྨན་གྱི་བླ་བཻ་ཌཱུ་རྱའི་འོད་ཀྱི་རྒྱལ་པོ་དེའི་སྔོན་གྱི་སྨོན་ལམ་གྱི་ཁྱད
པར་གྱིས་ཡུལ་བདེ་བ་དང་ལོ་ལེགས་པར་འགྱུར། །རླུང་དང་ཆར་དུས་སུ་ལྡོད་ཞིང

ལོ་ཏོག་འགྲུབ་པར་འགྱུར། །ཡུལ་དེ་ན་གནས་པའི་སེམས་ཅན་ཐམས་ཅད་ཀྱང
ནད་མེད་པ་དང་བདེ་བ་དང་མཆོག་ཏུ་དགའ་བ་མང་བར་འགྱུར་རོ། །ཡུལ་དེར
གནོད་སྦྱིན་དང་སྲིན་པོ་དང་འབྱུང་པོ་དང་ཤ་ཟ་མ་རུངས་པས་སེམས་ཅན་རྣམས
ལ་གཙེ་བར་མི་འགྱུར་རོ། །ལྟས་ངན་པ་ཐམས་ཅད་མཐོང་བར་མི་འགྱུར་རོ། །རྒྱལ
པོ་རྒྱལ་རིགས་སྤྱི་བོ་ནས་དབང་བསྐུར་བ་དེའི་ཚེ་དང་མདོག་དང་སྟོབས་དང་ནད་མེད
པ་དང་དབང་ཕྱུག་རྣམས་མངོན་པར་འཕེལ་བར་འགྱུར་རོ། །དེ་ནས་ཚེ་དང་ལྡན་པ
ཀུན་དགའ་བོས་བྱང་ཆུབ་སེམས་དཔའ་སྐྱབས་གྲོལ་ལ་འདི་སྐད་ཅེས་སྨྲས་སོ། །

རིགས་ཀྱི་བུ་ཇི་ལྟར་ན་ཚེ་ཡོངས་སུ་ཟད་ནས་ཡང་མངོན་པར་སྤེ། །བྱང་ཆུབ་སེམས
དཔའ་སྐྱབས་གྲོལ་གྱིས་སྨྲས་པ། །བཙུན་པ་ཀུན་དགའ་བོ་དུས་མ་ཡིན་པར་འཆི
བ་དགུ་ཡོད་པར་ཁྱོད་ཀྱིས་དེ་བཞིན་གཤེགས་པ་ལས་མ་ཐོས་སམ། །དེའི་ཕྱིར་སྔགས
དང་སྨན་གྱི་སྦྱོར་བ་རྣམས་བསྟན་ཏོ། །སེམས་ཅན་ནད་ཀྱིས་བཏབ་ལ་དེ་ནད་ཚབས
མི་ཆེ་ཡང་སྨན་དང་རིམ་གྲོ་བྱེད་པ་དང་མི་ལྡན་ནམ། །ཡང་ན་སྨན་པས་སྨན་མ་ཡིན
པ་བྱེད་པ་ཡང་ཡོད་དེ། །འདི་ནི་དུས་མ་ཡིན་པར་འཆི་བ་དང་པོའོ། །དུས་མ་ཡིན
པར་འཆི་བ་གཉིས་པ་ནི། །གང་དག་རྒྱལ་པོའི་ཆད་པས་འཆི་བའི་དུས་བྱེད་པའོ། །

དུས་མ་ཡིན་པར་འཆི་བ་གསུམ་པ་ནི། །གང་དག་རྔ་ཅང་བག་མེད་དེ། །བག་མེད་པར
གནས་པ་དེ་དག་ལ་མི་མ་ཡིན་པ་དག་གིས་མདངས་འཕྲོག་པའོ། །དུས་མ་ཡིན
པར་འཆི་བ་བཞི་པ་ནི། །གང་དག་མེས་ཚིག་ཏེ་འཆི་བའི་དུས་བྱེད་པའོ། །དུས་མ
ཡིན་པར་འཆི་བ་ལྔ་པ་ནི། །གང་དག་ཆུས་འཆི་བའོ། །དུས་མ་ཡིན་པར་འཆི་བ
དྲུག་པ་ནི། །གང་དག་སེང་གེ་དང་སྟག་དང་དྲེད་དང་སྦྲུལ་དང་གཅན་ཟན་ཁྲོ་བོ་དེ་ནང
དུ་ཆུད་དེ་འཆི་བའོ། །དུས་མ་ཡིན་པར་འཆི་བ་བདུན་པ་ནི། །གང་དག་རི་ཁ་ནས
གཡང་དུ་ལྷུང་བའོ། །དུས་མ་ཡིན་པར་འཆི་བ་བརྒྱད་པ་ནི། །གང་དག་དུག་དང་བྱད་སྟེམ

དང་རོ་ལངས་ཀྱི་སྦྱོར་བས་གསོད་པའོ། །དུས་མ་ཡིན་པར་འཆི་བ་དགུ་པ་ནི། གང་དག་ཟས་དང་སྐོམ་མ་རྙེད་ནས་བཀྲེས་པ་དང་སྐོམ་པས་ཉེན་ཏེ་འཆི་བའི་དུས་བྱེད་པའོ། །མདོར་ན་འདི་དག་ནི་དེ་བཞིན་གཤེགས་པས་དུས་མ་ཡིན་པར་འཆི་བ་ཆེན་པོར་བསྟན་པ་སྟེ། གཞན་ཡང་དུས་མ་ཡིན་པར་འཆི་བ་ནི་གྲངས་མེད་དཔག་ཏུ་མེད་དོ། །དེ་ནས་འཁོར་དེར་གནོད་སྦྱིན་གྱི་སྡེ་དཔོན་ཆེན་པོ་བཅུ་གཉིས་འདུས་པར་གྱུར་ཏེ། གནོད་སྦྱིན་གྱི་སྡེ་དཔོན་ཆེན་པོ་ཙི་འཇིགས་དང་། གནོད་སྦྱིན་གྱི་སྡེ་དཔོན་ཆེན་པོ་རྡོ་རྗེ་དང་། གནོད་སྦྱིན་གྱི་སྡེ་དཔོན་ཆེན་པོ་རྒྱན་འཛིན་དང་། གནོད་སྦྱིན་གྱི་སྡེ་དཔོན་ཆེན་པོ་གཟའ་འཛིན་དང་། གནོད་སྦྱིན་གྱི་སྡེ་དཔོན་ཆེན་པོ་རླུང་དང་། གནོད་སྦྱིན་གྱི་སྡེ་དཔོན་ཆེན་པོ་གནས་བཅས་དང་། གནོད་སྦྱིན་གྱི་སྡེ་དཔོན་ཆེན་པོ་དབང་འཛིན་དང་། གནོད་སྦྱིན་གྱི་སྡེ་དཔོན་ཆེན་པོ་བཏུང་འཛིན་དང་། གནོད་སྦྱིན་གྱི་སྡེ་དཔོན་ཆེན་པོ་སྨྲ་འཛིན་དང་། གནོད་སྦྱིན་གྱི་སྡེ་དཔོན་ཆེན་པོ་བསམ་འཛིན་དང་། གནོད་སྦྱིན་གྱི་སྡེ་དཔོན་ཆེན་པོ་གཡོ་བ་འཛིན་དང་། གནོད་སྦྱིན་གྱི་སྡེ་དཔོན་ཆེན་པོ་རྟོགས་བྱེད་དེ། གནོད་སྦྱིན་གྱི་སྡེ་དཔོན་ཆེན་པོ་བཅུ་གཉིས་པོ་དེ་དག་གོ། །གནོད་སྦྱིན་གྱི་སྡེ་དཔོན་ཆེན་པོ་རེ་རེ་ལ་ཡང་གཡོག་གནོད་སྦྱིན་བདུན་འབུམ་བདུན་འབུམ་ཡོད་པ་སྟེ། དེ་དག་གིས་ཚིག་གཅིག་ཏུ་བཅོམ་ལྡན་འདས་ལ་འདི་སྐད་ཅེས་གསོལ་ཏོ། །བཅོམ་ལྡན་འདས་སངས་རྒྱས་ཀྱི་མཐུས་བདག་ཅག་གིས་བཅོམ་ལྡན་འདས་དེ་བཞིན་གཤེགས་པ་སྨན་གྱི་བླ་བཻཌཱུརྱའི་འོད་ཀྱི་རྒྱལ་པོ་དེའི་མཚན་ཐོས་ཏེ། བདག་ཅག་ལ་ཡང་ངན་འགྲོར་མཆི་བའི་འཇིགས་པ་འབྱུང་བར་མི་འགྱུར་རོ། །དེས་ན་བདག་ཅག་ལྷན་ཅིག་ཏུ་མཐུན་པར་ཇི་སྲིད་འཚོའི་བར་དུ་སངས་རྒྱས་ལ་སྐྱབས་སུ་མཆིའོ། །ཆོས་ལ་སྐྱབས་སུ་མཆིའོ། །དགེ་འདུན་ལ་སྐྱབས་སུ་མཆིའོ། །སེམས་ཅན་ཐམས་ཅད་ཀྱི་དོན་དང་ཕན་པ་དང་བདེ་བའི་སླད་དུ་སྤྱོད་པར་བགྱིའོ། །ཕྱི་ཐག་ཏུན་གྲོང་དམ། །གྲོང་ཁྱེར་རམ་གྲོང་རྡལ་ལམ་དགོན་པའི་གནས་གང་ན་མདོ་སྡེ་འདི་སྤྱོད་པ་དང་། གང་བཅོམ་ལྡན་འདས་དེ་བཞིན་གཤེགས་པ་སྨན་གྱི་བླ་བཻཌཱུརྱའི་འོད་ཀྱི་རྒྱལ་པོ་དེའི་མཚན་འཛིན་པ་དང་། མཆོད་པ་དང་རིམ་གྲོ་བགྱིད་པའི་སེམས་ཅན་དེ་དག་ལ་བདག་ཅག་གིས་བསྲུང་བར་བགྱིའོ། །ཡོངས་སུ་བསྐྱང་བར་བགྱིའོ། །གནོད་པ་ཐམས་ཅད་ལས་ཡོངས་སུ་ཐར་བར་བགྱིའོ། །བསམ་པ་ཐམས་ཅད་ཡོངས་སུ་རྫོགས་པར་བགྱིའོ། །དེ་ནས་བཅོམ་ལྡན་འདས་ཀྱིས་གནོད་སྦྱིན་གྱི་སྡེ་དཔོན་ཆེན་པོ་དེ་དག་ལ་ལེགས་སོ་ཞེས་བྱ་བ་གནང་སྟེ། གནོད་སྦྱིན་གྱི་སྡེ་དཔོན་ཆེན་པོ་དག་གང་གི་ཕྱིར་ཁྱེད་བཅོམ་ལྡན་འདས་དེ་བཞིན་གཤེགས་པ་སྨན་གྱི་བླ་བཻཌཱུརྱའི་འོད་ཀྱི་རྒྱལ་པོ་དེ་ལ་བྱས་པ་གཟོ་ཞིང་རྗེས་སུ་དྲན་ལ། སེམས་ཅན་ཐམས་ཅད་ལ་ཕན་པའི་ཕྱིར་ཞུགས་པ་ལེགས་སོ་ལེགས་སོ། །དེ་ནས་འཁོར་དེའི་ནང་ནས་ལྷའི་བུ་ཤེས་རབ་ཆུང་ངུ་ཁ་ཅིག་འདི་སྙམ་དུ་སེམས་ཏེ། ཇི་ལྟར་ན་སངས་རྒྱས་ཀྱི་ཞིང་གང་གཞི་ཁུང་གི་ཁྱེ་མ་སྐྱིད་འདས་པ་ན་རྣམ་པར་བཞུགས་པའི་དེ་བཞིན་གཤེགས་པ་དེ་དག་གི་མཚན་ཐོས་པ་དང་། བཟུང་བ་ཙམ་གྱིས་སེམས་ཅན་ཐམས་ཅད་ཀྱིས་ཡོན་ཏན་གྱི་ཁྱད་པར་འདི་ལྟ་བུར་འགྱུར་སྙམ་མོ། །དེ་ནས་བཅོམ་ལྡན་འདས་དེ་བཞིན་གཤེགས་པ་ཤཱཀྱ་ཐུབ་པས་[illegible]ཀྱིས་ཆུང་བ་དེ་ང་ལ་གི་སེམས་ཀྱི་ཡོངས་སུ་རྟོག་པ་[illegible]མ་ཁྱེན་ནས། དེ་བཞིན་[illegible]ཐམས་ཅད་ཀྱི་སངས་རྒྱས་ཀྱི་ཞིང་བསྐྱལ་བ་ཞེས་བྱ་བའི་ཏིང་ངེ་འཛིན་ལ་སྙོམས་པར་ཞུགས་སོ། །བཅོམ་ལྡན་འདས་ཀྱིས་ཏིང་ངེ་འཛིན་དེ་ལ་མཉམ་པར་གཞག་མ་ཐག་ཏུ་སྟོང་གསུམ་གྱི་སྟོང་ཆེན་པོའི་འཇིག་རྟེན་གྱི་ཁམས་ཐམས་ཅད་རབ་ཏུ་གཡོས་སོ། །ལྷའི་ཙན་དན་གྱི་ཕྱེ་མ་དང་། མེ་ཏོག་གི་སྤྲིན་གྱི་ཆར་ཡང་བབ་བོ། །དེ་བཞིན་གཤེགས་པ་བདུན་པོ་དེ་དག་ཀྱང་འཇིག་རྟེན་གྱི་ཁམས་མི་མཇེད་འདིར་གཤེགས་ཏེ། དེ་བཞིན་གཤེགས

པའི་སྨོན་ཀྱི་དགེ་བའི་རྩ་བ་ལས་བྱུང་བའི་ལྷུན་ཞིང་སེང་གེའི་ཁྲི་ལ་བཞུགས་ཤིང་།
བྱང་ཆུབ་སེམས་དཔའ་ཐམས་ཅད་ཀྱིས་རྣམ་པར་བསྐོར། ལྷ་དང་ཀླུ་དང་གནོད་སྦྱིན་
དང་དྲི་ཟ་དང་། ལྷ་མ་ཡིན་དང་། ནམ་མཁའ་ལྡིང་དང་། མིའམ་ཅི་དང་། ལྟོ་འཕྱེ་
ཆེན་པོ་དང་། རྒྱལ་པོ་དང་བློན་པོ་དང་། བྲམ་ཟེ་དང་ཁྱིམ་བདག་རྣམས་ཀྱིས་ཡོངས་
སུ་བསྐོར་ཏེ་ཆོས་སྟོན་ཅིང་། བཅོམ་ལྡན་འདས་དེ་བཞིན་གཤེགས་པ་ཤཱཀྱ་ཐུ
བ་པ་དང་ཐབས་གཅིག་ཏུ་ཀུན་ཏུ་སྣང་ངོ་། །དེ་ནས་ལྷའི་བུ་ངེ་ག་དང་ཐམས་ཅད་
ལྡན་པའི་འཁོར་དེ་ངོ་མཚར་དུ་གྱུར་ནས་ལེགས་སོ་ཞེས་བྱ་བ་གསོལ་ཏོ། །བཅོམ་ལྡན་
འདས་དེ་བཞིན་གཤེགས་པ་ཤཱཀྱ་ཐུབ་པ་ལ་ལེགས་སོ་ལེགས་སོ་ཞེས་གསོལ་
ནས། འཁོར་དེ་ཐམས་ཅད་ཀྱིས་རང་རང་གི་དགེ་བའི་རྩ་བའི་བསོད་ནམས་ལས་ངེས་
པར་བྱུང་བའི་མེ་ཏོག་དང་། བདུག་པ་དང་སྤོས་དང་། ཕྲེང་བ་དང་། བྱུག་པ་དང་། ཕྱུར་
པ་དང་། རྒྱན་རྣམས་དང་། ལྷའི་རོལ་མོའི་སྒྲ་རྣམས་ཀྱིས་དེ་བཞིན་གཤེགས་པ་དེ་དག་
ལ་མཆོད་པར་མཆོད་དེ། ལན་གསུམ་བསྐོར་བ་བྱས་ནས་ཚིག་འདི་སྐད་ཅེས་གསོལ་ཏོ།
ཀྱེ་མ་སངས་རྒྱས་བཅོམ་ལྡན་འདས་རྣམས་ཀྱིས་སངས་རྒྱས་ཀྱི་ཡུལ་དང་། སྔོན་གྱི་
སྨོན་ལམ་གྱི་ཁྱད་པར་དང་ཐབས་ལ་མཁས་པ་ནི་ངོ་མཚར་དུ་བགྱི་བ་ལགས་ཏེ། །
སེམས་ཅན་ཐམས་ཅད་སངས་རྒྱས་ཀྱི་ཡུལ་གྱི་ཏིང་ངེ་འཛིན་འདི་ལྟ་བུ་ཐོབ་པར་གྱུར་
ཅིག་ཅེས་སེམས་ཅན་དེ་དག་ཐམས་ཅད་ཀྱིས་སྨོན་ལམ་དེ་སྐད་བཏབ་བོ། །དེ་ནས
འཇམ་དཔལ་གཞོན་ནུར་གྱུར་པ་སྟན་ལས་ལངས་ཏེ། ཐལ་མོ་སྦྱར་ནས་དེ་བཞིན
གཤེགས་པ་དེ་དག་ལ་ལན་བདུན་བསྐོར་བ་བྱས་ཏེ། དེ་བཞིན་གཤེགས་པ་དེ་དག
ལ་འདི་སྐད་ཅེས་གསོལ་ཏོ། །ཀྱེ་མ་དེ་བཞིན་གཤེགས་པ་རྣམས་ཀྱི་ཏིང་ངེ་འཛིན
གྱི་བྱིན་གྱི་རླབས་དང་། ཐབས་ལ་མཁས་པ་དང་། སེམས་ཅན་ཡོངས་སུ་སྨིན
པར་མཛད་པ་ནི་བསམ་གྱིས་མི་ཁྱབ་བོ། །ཡང་བཅོམ་ལྡན་འདས་ཇི་ལྟར་སྔར་ཅའི

ཆེ་སྤྱོད་མའི་དུས་ན་སེམས་ཅན་བསོད་ནམས་ཆུང་བ། ཕྲ་ནད་ཀྱིས་ཡུས་ཡོངས
སུ་གཟིར་བ། གནོད་སེམས་སུ་གྱུར་པ། གཟའ་དང་རྒྱུ་སྐར་གྱི་གནོད་པ་བྱུང་བ།
འཆི་བ་དང་དགྲ་དང་དགོན་པ་ལས་གནོད་པར་གྱུར་པ་ཐམས་ཅད་འཇིགས་པ་ཐམས
ཅད་ལས་བསྐྱབ་པ་དང་། མགོན་བགྱི་བ་དང་། སེམས་ཅན་དེ་དག་གིས་འཆངས་སམ།
བཀླགས་སམ། ཡི་གེར་བྲིས་སམ། ཡི་གེར་བྲིར་བཅུག་ན། འདོད་ན་དེ་བཞིན་གཤེགས་
པ་རྣམས་དྲན་པ་དང་། དེ་བཞིན་གཤེགས་པ་མཐོང་བ་དང་། བསམ་པ་ཐམས་ཅད
ཡོངས་སུ་རྫོགས་པར་འགྱུར་བ་དང་། ལོག་པར་ལྟུང་བར་ཅི་མཆིས་པ། དེ་ཉམས་མ་ལྷ
ཡང་འགྲུམ་པར་མི་འགྱུར་བར་དེ་བཞིན་གཤེགས་པའི་སྔོན་གྱི་སྨོན་ལམ་གྱིས་བྱིན
གྱིས་བརླབས་ཏེ་གཟུངས་ཀྱི་ཚིག་དེ་ལྟ་བུ་བཤད་དུ་གསོལ། །དེ་ནས་སངས་རྒྱས
བཅོམ་ལྡན་འདས་དེ་དག་གིས་འཇམ་དཔལ་གཞོན་ནུར་གྱུར་པ་ལ་ལེགས་སོ
ཞེས་བྱ་བ་གནང་སྟེ། །འཇམ་དཔལ་ལེགས་སོ་ལེགས་སོ། །འཇམ་དཔལ་སེམས
ཅན་ཐམས་ཅད་ཀྱི་དོན་དང་སྙིང་རྗེ་བའི་ཕྱིར་ཁྱོད་ཀྱི་ཞུ་བས་བདེ་ནི་དེ་བཞིན་གཤེ
གས་པའི་བྱིན་གྱིས་རླབས་ཀྱིས་སླུས་སོ། །ཡང་ལེགས་པར་རབ་ཏུ་ཉོན་ལ་ཡིད་ལ་ཟུང
ཤིག་དང་བཤད་དོ། །འཇམ་དཔལ་དེ་བཞིན་གཤེགས་པའི་ཏིང་ངེ་འཛིན་གྱི་སྟོབས
བསྐྱེད་པ་ཡིད་དུ་ནི་འོད་ཅེས་བྱ་བའི་གཟུངས་ཡོད་དེ། །རིགས་ཀྱི་བུའམ་རིགས
ཀྱི་བུ་མོས་སེམས་ཅན་ཐམས་ཅད་ལ་སྙིང་བརྩེ་བའི་སེམས་ཀྱིས་གཟུངས་དེ་གཟུངས་སམ
བཀླགས་སམ། མཆོད་ན་བསམ་པ་ཐམས་ཅད་ཡོངས་སུ་རྫོགས་པར་འགྱུར། དེ
བཞིན་གཤེགས་པས་དགོངས་ཤིང་དེ་བཞིན་གཤེགས་པ་མཐོང་བར་འགྱུར།
དེ་ལས་ཀྱི་སྒྲིབ་པ་ཐམས་ཅད་རྣམ་པར་དག་པའི་སངས་རྒྱས་ཀྱི་ཞིང་དུ་སྐྱེ་བར
འགྱུར་རོ། །འཇམ་དཔལ་ལ་གྲིས་གསོལ་བ། །བཅོམ་ལྡན་འདས་དེ་བཞིན་གཤེགས
པའི་ཏིང་ངེ་འཛིན་གྱི་སྟོབས་བསྐྱེད་པ་ཡིད་དུ་ནི་འོད་ཅེས་བགྱི་བའི་གཟུངས་དེ་

གང་ལགས་༔ དེ་ནས་དེ་བཞིན་གཤེགས་པ་དེ་དག་གིས་གསུང་དབྱངས་གཅིག་
གིས་གཟུངས་ཀྱི་ཚིག་འདི་དག་བཀའ་སྩལ་ཏོ། ཏད་ཡ་ཐཱ། གྷུ་མེ་གྷུ་མེ། ཨི་མི་ནི་
ཧི་ཧི་མ་ཏི་མ་ཏི། ས་པ་ཏ་ཏ་ཐཱ་ག་ཏ། ས་མཱ་དྷྱ་དྷི་ཥྛི་ཏེ། ཨ་ཏེ་མ་ཏེ་པཱ་ལེ།
པཱ་པ་ཤོ་དྷ་ནི། སརྦ་པཱ་པཾ་ནཱ་ཤ་ཡ། མ་མ་བུདྡྷེ། བུདྡྷོཏྟ་མེ། ཨུ་མེ་ཀུ་མེ།
བུདྡྷ། ཀྵེ་ཏྲ་པ་རི་ཤོ་དྷ་ནི། དྷ་མེ་ནི་དྷ་མེ། མེ་རུ་མེ་རུ་མེ་རུ་ཤི་ཁ་རེ། སརྦ་ཨ་ཀཱ
ལ་མྲྀ་ཏྱུ་ནི་ཝཱ་ར་ཎི། བུདྡྷེ་སུ་བུདྡྷེ། བུདྡྷ་ཨ་དྷི་ཥྛི་ཏེ་ན་ར་ ཀྵནྟུ་མེ། སརྦ
དེ་ཝ། ས་མེ་ཨ་ས་མེ་ས་མནྟཱ་ ཧ་རནྟུ་མེ། སརྦ་བུདྡྷ། བོ་དྷི་སཏྭ། ཤ་མེ་ཤ་མེ།

པྲ་ཤ་མནྟུ་མེ། སརྦ་ཨཱི་ཏྱུ་པ་དྲ་ཝ་བྱཱ་དྷ་ཡཿ། པཱུ་ར་ཎེ་པཱུ་ར་ཎེ། པཱུ་ར་ཡ་མེ། སརྦ
ཨཱ་ཤཱ་ཡ། བཻ་ཌཱུཪྻ་པྲ་ཏི་བྷཱ་སེ། སརྦ་པཱ་པཾ། ཀྵ་ཡཾ་ཀ་རི་སྭཱ་ཧཱ། །གཟུངས་འདི
བཀའ་སྩལ་པའི་ཚེ་སྣང་བ་ཆེན་པོ་བྱུང་སྟེ། ས་ཆེན་པོ་གཡོས་ནས་རྫུ་འཕྲུལ་
རྣམ་པར་སྤྲུལ་པ་དག་སྣང་ངོ་། །འཁོར་དེ་ལྟར་ལྟུགས་པ་དེས་ཀྱང་ལྷའི་སྤོས་
དང༔ བདུག་པ་རྣམས་ཀྱིས་དེ་བཞིན་གཤེགས་པ་དེ་དག་ལ་མཆོད་ནས་ལེགས
སོ་ཞེས་བྱ་བ་གསོལ་ཏེ། ལན་བདུན་བསྐོར་བ་བྱས་སོ། །དེ་ནས་སངས་རྒྱས་བཅོམ་
ལྡན་འདས་དེ་དག་གིས་འདི་སྐད་ཅེས་བཀའ་སྩལ་ཏོ། །རིགས་ཀྱི་བུ་འམ་རིགས

ཀྱི་བུ་མོ་གང་ལ་ལ་ཞིག་གཟུངས་འདི་འཆང་ངམ་ཀློག་གམ། མཆོད་དམ་གཙང་མར
བྱས་ཏེ། ཕྱོགས་གཙང་མར་འཕགས་པའི་ཡན་ལག་བརྒྱད་དང་ལྡན་པར་བྱས་ལ།
སེམས་ཅན་ཐམས་ཅད་ལ་མཆོག་ཏུ་སྙིང་རྗེ་བས་ངེས་དེ་བཞིན་གཤེགས་པ་བདུན
པོ་དེ་དག་གི་སྐུ་གཟུགས་བྲིས་ལ། དེ་བཞིན་གཤེགས་པ་དེ་དག་ལ་མེ་ཏོག་དང་
བདུག་པ་དང་། སྤོས་དང་མར་མེ་དང་། ཕྲེང་བ་དང་རོལ་མོའི་སྒྲ་དང་། རྒྱལ་མཚན
དང་། བ་དན་རྣམས་ཀྱིས་མཆོད་པ་བྱེད་ཅིང་། ཉི་མ་བདུན་དུ་[illegible]
ལག་ཀྲུང་མ་གཡེང་ཏེ། གཟུངས་ཀྱི་ཚིག་འདི་དག་ལན་སྟོང་དུ་[illegible]

དེ་ལ་དེ་བཞིན་གཤེགས་པ་རྣམས་དགོངས་པར་འགྱུར། བྱང་ཆུབ་སེམས་དཔའ་ཐམས
ཅད་སེམས་པར་འགྱུར། རྡོ་རྗེ་འཛིན་པ་ཐམས་ཅད་ཀྱང་ཡང་དག་པར་བསྲུང་བར་
འགྱུར། ལྷ་ཐམས་ཅད་དང་། བརྒྱ་བྱིན་དང་། ཚངས་པ་ཐམས་ཅད་དང་། རྒྱལ་པོ་ཆེན
པོ་བཞི་པོ་དག་གིས་ཀྱང་ཡོངས་སུ་བསྲུང་བར་འགྱུར། མཚམས་མེད་པ་ལྔ་ལ་སྩོགས་
པ་ལས་ཀྱི་སྒྲིབ་པ་ཐམས་ཅད་ཀྱང་ཡོངས་སུ་བྱང་བར་འགྱུར། ནད་ཐམས་ཅད
ཀྱིས་མི་བཏབ་པར་འགྱུར་རིང་དུ་འཚོ་བར་འགྱུར། དུས་མ་ཡིན་པར་འཆི་བའི་འཇིགས
པ་ཐམས་ཅད་ལས་ཡོངས་སུ་ཐར་བར་འགྱུར། འཆི་བ་དང་དགྲ་དང་དགོན་པའི་གནོད

པ་དང་འཐབ་པ་དང་རྩོད་པ་དང་འཁྲུག་པ་ཐམས་ཅད་རབ་ཏུ་ཞི་བར་འགྱུར། དགྲ་ཐམས
ཅད་ཀྱི་དབང་དུ་མི་འགྲོ་བར་འགྱུར། ཅི་བསམས་པའི་བསམ་པ་ཐམས་ཅད་ཡོངས
སུ་རྫོགས་པར་འགྱུར་རོ། །དེ་ནས་བྱང་ཆུབ་སེམས་དཔའ་ལག་ན་རྡོ་རྗེ་དང་། ལྷའི་དབང
པོ་བརྒྱ་བྱིན་དང་། རྒྱལ་པོ་ཆེན་པོ་བཞི་པོ་དག་གིས་བཅོམ་ལྡན་འདས་ག་ལ་བ་དེར
ལོགས་སུ་ཐལ་མོ་སྦྱར་བ་བཏུད་ནས་བཅོམ་ལྡན་འདས་ལ་འདི་སྐད་ཅེས་གསོལ
ཏོ༔ བཅོམ་ལྡན་འདས་བདག་ཅག་གིས་དེ་བཞིན་གཤེགས་པ་རྣམས་ཀྱི་སྔོན་གྱི
སྨོན་ལམ་གྱི་ཁྱད་པར་རྒྱས་པ་ཡང་ཐོས། བཅོམ་ལྡན་འདས་དེ་བཞིན་གཤེགས་པ

རྣམས་ཀྱང་མངོན་དུ་མཐོང་སྟེ་མཆོད་པ་བགྱིས་སོ། །ཡང་བཅོམ་ལྡན་འདས་ས
ཕྱོགས་གང་ན་དེ་བཞིན་གཤེགས་པ་རྣམས་ཀྱི་མཚན་དང་གཟུངས་ཀྱི་ཚིག་འདི
དག་སྤྱོད་པ་དེར་བདག་ཅག་གཡོག་དང་བཅས་ཏེ་མཆི་བར་བགྱིའོ། །རིགས་ཀྱི་བུ
འམ་རིགས་ཀྱི་བུ་མོ་གང་ཞིག་འཆང་བ་དང་། ཀློག་པ་དང་། མཆོད་པ་བགྱིད་པ་དང་།
ཡི་གེར་འདྲི་བ་དང་། ཡི་གེར་འདྲིར་སྩོལ་བ་དེར། བདག་ཅག་མཐུན་པར་ལྷན་ཅིག
ཏུ་མཆིས་ཏེ་རིགས་ཀྱི་བུ་འམ་རིགས་ཀྱི་བུ་མོ་འམ་རྒྱལ་པོ་འམ་རྒྱལ་པོའི་བློན་པོ
མདོ་སྡེའི་དབང་པོ་འཛིན་པ་དང་། འདྲི་པ་དེ་ལ་དེ་བཞིན་གཤེགས་པའི་བྱིན་གྱིས་རླབས

ཀྱིས་བསྲུང་བར་བགྱིའོ། །གྲོང་དང་གྲོང་ཁྱེར་དང་ཕྱོགས་ཀྱང་ཡོངས་སུ་བསྐྱང་བར་
བགྱིའོ། །འཆི་བ་དང་དགྲ་དང་དགོན་པའི་གནོད་པ་དང་ནད་ཐམས་ཅད་རབ་ཏུ་ཞི་
བར་བགྱིའོ། །བདག་ཅག་ནི་དེ་བཞིན་གཤེགས་པ་དང་སེམས་ཅན་ཐམས་ཅད་
ལ་བྱས་པ་གཟོ་བ་ལགས་ཏེ་དུས་མ་ལགས་པར་འགུམ་པ་ཐམས་ཅད་བཟློག་པར་
བགྱིའོ། །འཐབ་པ་དང་འཐབ་མོ་དང་རྩོད་པ་དང་འཁྲུག་པ་ཐམས་ཅད་རབ་ཏུ་ཞི་
བར་བགྱིའོ། །ཇི་ལྟར་བསམས་པ་དང་། སེམས་ཡིད་བདེ་བ་དང་། ལོངས་སྤྱོད་དང་
དབང་ཕྱུག་དང་ནོར་འབྲུ་རྣམས་འཕེལ་བར་བགྱིའོ། །དུས་ཐམས་ཅད་དུ་བསྲུང་

བར་བགྱིའོ། །བཅོམ་ལྡན་འདས་བདག་ཅག་གིས་རང་གི་བློ་ཐོར་བ་དང་། དམ་བཅས་
པ་འདི་དག་རིགས་ཀྱི་བུ་འམ་རིགས་ཀྱི་བུ་མོ་དེས་རྗེས་སུ་དྲན་པར་བགྱིའོ།། ཏད་ཡ་
ཐཱ༔ ཨ་གྲུ་མ་གྲུ་ཏ་ར་གྲུ། མ་མ་གྲུ་གྲུ་མེ་དྷ་རུ་ཧེ། །ཀྲུ་ཀྲུ་ཀྲུ་ཀྲུ། །ཧུ་ཧུ་རེ། །ཧ་རི་སྭཱ་ཧཱ།།
གང་ལ་ལ་ཞིག་དེ་བཞིན་གཤེགས་པའི་མཚན་རྣམས་དང་། །གཟུངས་ཀྱི་ཚིག་འདི་
དག་འཆང་བ་དང་། ཀློག་པ་དང་། ཡི་གེར་འབྲི་བ་དང་། ཡི་གེར་འབྲིར་འཇུག་པ་དང་། རབ་
ཏུ་ཀུན་པས་མཆོད་པར་བགྱིད་པ་དེ་ནི་ངན་སོང་གསུམ་དུ་མི་མཆི་བར་རིག་པར་བགྱི་
སྟེ༔ དེ་བླ་ན་མེད་པ་ཡང་དག་པར་རྫོགས་པའི་བྱང་ཆུབ་ལས་ཕྱིར་མི་ལྡོག་པར་འགྱུར

ཇི་ལྟར་འཚལ་བའི་སངས་རྒྱས་ཀྱི་ཞིང་དེ་དག་ཏུ་སྐྱེ་བར་འགྱུར། དེ་བཞིན་གཤེགས
པ་རྣམས་མཐོང་བར་འགྱུར། ཚེ་རབས་དྲན་པར་འགྱུར། ཏིང་ངེ་འཛིན་དང་གཟུངས
ཀྱང་ཐོབ་པར་འགྱུར་རོ། །དེ་ནས་བྱང་ཆུབ་སེམས་དཔའ་ལག་ན་རྡོ་རྗེས་དེ་བཞིན
གཤེགས་པ་དེ་དག་ལ་འདི་སྐད་ཅེས་གསོལ་ཏོ། །རིགས་ཀྱི་བུ་འམ་རིགས་ཀྱི་བུ
མོ་མདོ་སྡེའི་དབང་པོ་འཛིན་པ་དེ་དག་གི་དོན་དུ་བདག་གིས་གཟུངས་ཀྱི་གསང
སྔགས་ཀྱི་གཞི་རྣམས་རབ་ཏུ་སྟོལ་བར་བགྱི་ཡིས། །སངས་རྒྱས་བཅོམ་ལྡན
འདས་རྣམས་བདག་ལ་དགོངས་སུ་གསོལ། །དེ་ནས་སངས་རྒྱས་བཅོམ་ལྡན་འདས

དེ་དག་གིས་གསུང་ཅིག་གིས་བྱང་ཆུབ་སེམས་དཔའ་ལག་ན་རྡོ་རྗེ་ལ་ལེགས་སོ
ཞེས་བྱ་བ་གནང་སྟེ། །ལག་ན་རྡོ་རྗེ་ལེགས་སོ་ལེགས་སོ། །ལག་ན་རྡོ་རྗེ་ཁྱོད་ལ་དགོངས
བྱིན་གྱིས་མདོ་སྡེའི་དབང་པོ་འཛིན་པ་དེ་དག་ལ་ཕན་པར་འདོད་པ་དང་། རེ་བ་ཐམས་
ཅད་ཡོངས་སུ་རྫོགས་པར་བྱ་བའི་ཕྱིར་གཟུངས་ཀྱི་གསང་སྔགས་ཀྱི་གཞི་དེ་དག
སྨྲོས་ཤིག །དེ་ནས་བྱང་ཆུབ་སེམས་དཔའ་སེམས་དཔའ་ཆེན་པོ་ལག་ན་རྡོ་རྗེས
གཟུངས་ཀྱི་གསང་སྔགས་ཀྱི་གཞི་འདི་དག་སྨྲས་སོ། །ཡང་དག་པར་རྫོགས་པའི
སངས་རྒྱས་བདུན་པོ་ དག་ལ་ཕྱག་འཚལ་ལོ། །རྡོ་རྗེ་ འཛིན་པ་ཐམས་ཅད་ལ

ཕྱག་འཚལ་ལོ། །ཏད་ཡ་ཐཱ། ཨོཾ་བཛྲེ་བཛྲེ། མ་ཧཱ་བཛྲེ། བཛྲ་པཱ་ཤ་དྷཱ་རི་ཎི། སམ་ས
མ༔ སམནྟ། ཨ་པྲ་ཏི་ཧ་ཏ་བཛྲེ་ཤ་མ་ཤ་མ། པྲ་ཤ་མནྟུ། སརྦ་བྱཱ་དྷ་ཡཿ། ཀུ་རུ་ཀུ
རུ༔ སརྦ་ཀརྨཱ། སམ་ཡ་མ་ནུ་སྨ་ར་བུདྡྷ་བོ་ཏ་བཛྲ་པཱ་ཎི། སརྦ་ཨཱ་ཤཱ་མེ། པ་རི་པཱུ
ར་ཡ་སྭཱ་ཧཱ།། བཅོམ་ལྡན་འདས་གང་ལ་ལ་ཞིག་དེ་བཞིན་གཤེགས་པ་འདི་དག་གི་མཚན
དང་། སྔོན་གྱི་སྨོན་ལམ་གྱི་ཁྱད་པར་རྒྱས་པའི་ཆོས་ཀྱི་རྣམ་གྲངས་འདི་འཆང་བ་དང་།
ཀློག་པ་དེའི་རེ་བ་ཐམས་ཅད་བདག་གིས་ཡོངས་སུ་བསྐང་བར་བགྱིདོན་ཐམས་ཅད་
ཀྱང་བསྒྲུབ་པར་བགྱིའོ། །གལ་ཏེ་དེས་བདག་མཐོང་བར་འཚལ་ན་ཆོས་ཀྱི་རྣམ་གྲངས་འདི

ཡི་གེར་འདྲིར་སྟོལ་བར་བགྱི། །དེ་བཞིན་གཤེགས་པ་འདི་དག་གི་སྐུ་གཟུགས་བདུན
ཡང་བགྱི། །རྡོ་རྗེ་འཛིན་ཀྱང་སྐུ་གདུང་དང་བཅས་པ་བགྱི། །གཞན་ཡང་དེ་བཞིན་གཤེགས
པ་དེ་དག་ལ་ཡང་ཇི་སྐད་གོང་དུ་སྨོས་པ་བཞིན་དུ་སྤོས་དང་། བདུག་པ་དང་། །མར་མེ་དང་
ཕྲེང་བ་དང་། རྒྱན་དང་རོལ་མོའི་སྒྲ་དང་། སིལ་སྙན་དང་། པག་རྗོབ་པ་རྣམས་ཀྱིས
མཆོད་དེ་བསྐོར་བར་བགྱི། །གཟུངས་ཀྱི་གསང་སྔགས་ཀྱི་གཞི་འདི་དག་ཀྱང་བཟླས་པར
བགྱི༔ སེམས་ཅན་ཐམས་ཅད་ལ་ཡང་ཕན་པའི་སེམས་དང་བྱམས་པའི་སེམས
སུ་བགྱི༔ འཕགས་པའི་ཡན་ལག་བརྒྱད་པའི་བསྙེན་གནས་ལ་གནས་ཏེ། །ལན

གསུམ་དུ་ཁྲུས་བགྱི་ཞིང་གོས་ལན་གསུམ་བརྗེ་བར་བགྱི། །ཚེས་བརྒྱད་ནས་བརྩམས་
ཏེ་ཟླ་བ་ ཕྱི་མའི་བཅོ་ལྔ་ཉའི་བར་དུ་ཉིན་ཅིག་བཞིན་དུ་རིགས་སྔགས་ལན་བརྒྱ་རྩ་
བརྒྱད་བཟླས་ན་དེ་ལ་བདག་གིས་རྨི་ལམ་དུ་མཐོང་བ་སྟོན་པར་བགྱི། །འཕེལ་བའི་
བཀའ་མཆིད་ཀྱང་བགྱི། །རེ་བ་ཐམས་ཅད་ཀྱང་ཡོངས་སུ་བསྐང་བར་བགྱིའོ། །དེ་
ནས་བྱང་ཆུབ་སེམས་དཔའི་འཁོར་དེ་ཐམས་ཅད་ཀྱིས་བྱང་ཆུབ་སེམས་དཔའ་
ལག་ན་རྡོ་རྗེ་ལ་ལེགས་སོ་ཞེས་བྱ་བ་བྱིན་ཏེ། ལག་ན་རྡོ་རྗེ་ཁྱོད་ཀྱིས་གཟུངས་
ཀྱི་གསང་སྔགས་ཀྱི་གཞི་འདི་དག་ལེགས་པར་སྨྲས་པ་ལེགས་སོ་ལེགས་སོ།།

དེ་བཞིན་གཤེགས་པ་དེ་དག་གིས་ཀྱང་འདི་སྐད་ཅེས་བཀའ་སྩལ་ཏོ། །ལག་ན་
རྡོ་རྗེ་ཁྱོད་ཀྱིས་སེམས་ཅན་ཐམས་ཅད་ཀྱི་དོན་དང་ཕན་པ་དང་རེ་བ་ཐམས་ཅད་
ཡོངས་སུ་བསྐང་བའི་ཕྱིར། །གཟུངས་ཀྱི་གསང་སྔགས་ཀྱི་གཞི་འདི་དག་བྱིན་གྱིས་
བརླབས་སོ། །དེ་ནས་སངས་རྒྱས་བཅོམ་ལྡན་འདས་དེ་དག་གིས་བརྒྱ་བྱིན་དང་
ཚངས་པ་དང་འཇིག་རྟེན་སྐྱོང་བ་རྣམས་ལ་བོས་ཏེ་བཀའ་སྩལ་པ། གྲོགས་པོ་
དག་ཁྱོད་ལ་ཆོས་ཀྱི་རྣམ་གྲངས་འདི་རྗེས་སུ་གཏད་ཀྱིས། ཁྱོད་ཀྱིས་ཅི་ནས་ཀྱང་
ཆོས་ཀྱི་རྣམ་གྲངས་ཆེན་པོ་དེ་བཞིན་གཤེགས་པ་དང་མཚུངས་པ་སྡིག་པ་ཐམས

ཅད་བྱང་བར་བྱེད་པ། རེ་བ་ཐམས་ཅད་ཡོངས་སུ་སྐོང་བ་འདི་ཕྱི་མའི་ཚེ་ཕྱི་མའི་
དུས་ལྔ་བརྒྱ་པ་ཐ་མ་ལ། སེམས་ཅན་བསོད་ནམས་ཆུང་ངུ་དམ་པའི་ཆོས་སྤོང་བ་འཕགས་
པ་ལ་སྐུར་བ་འདེབས་པ་རྣམས་ཀྱི་ལག་ཏུ་སྤྱད་དུ་ཐུབ་པར་མི་འགྱུར་བར་སྲུངས་
ཤིག །དེ་ནས་ཚེ་དང་ལྡན་པ་ཀུན་དགའ་བོ་སྟན་ལས་ལངས་ཏེ། །བླ་གོས་ཕྲག་པ་
གཅིག་ཏུ་གཟར་ཏེ་པུས་མོ་གཡས་པའི་ལྷ་ང་ས་ལ་བཙུགས་ཏེ་བཅོམ་ལྡན་འདས་
ག་ལ་བ་དེ་ལོགས་སུ་ཐལ་མོ་སྦྱར་བ་བཏུད་ནས། །བཅོམ་ལྡན་འདས་ལ་འདི་
སྐད་ཅེས་གསོལ་ཏོ། །བཅོམ་ལྡན་འདས་ཆོས་ཀྱི་རྣམ་གྲངས་འདི་ཡི་མིང་ཅི

ལགས། འདི་ཇི་ལྟར་གཟུང་བར་བགྱི། བཅོམ་ལྡན་འདས་ཀྱིས་བཀའ་སྩལ་པ།
ཀུན་དགའ་བོ་དེའི་ཕྱིར་ཆོས་ཀྱི་རྣམ་གྲངས་འདི་དེ་བཞིན་གཤེགས་པ་དགྲ་བཅོམ་
པ་ཡང་དག་པར་རྫོགས་པའི་སངས་རྒྱས་བདུན་གྱི་སྔོན་གྱི་སྨོན་ལམ་གྱི་ཁྱད་
པར་རྒྱས་པ་ཞེས་བྱ་བར་ཡང་ཟུང་ཤིག །བྱང་ཆུབ་སེམས་དཔའ་ལག་ན་རྡོ་རྗེས་
དམ་བཅས་པ་ཞེས་བྱ་བར་ཡང་ཟུང་ཤིག །ལས་ཀྱི་སྒྲིབ་པ་ཐམས་ཅད་རྣམ་
པར་སྦྱོང་ཞིང་རེ་བ་ཐམས་ཅད་ཡོངས་སུ་སྐོང་བ་ཞེས་བྱ་བར་ཡང་ཟུང་ཤིག །གནོད་
སྦྱིན་གྱི་སྡེ་དཔོན་ཆེན་པོ་བཅུ་གཉིས་ཀྱིས་དམ་བཅས་པ་ཞེས་བྱ་བར་ཡང་ཟུང་

ཤིག །བཅོམ་ལྡན་འདས་ཀྱིས་དེ་སྐད་ཅེས་བཀའ་སྩལ་ནས། །འཇམ་དཔལ
གཞོན་ནུར་གྱུར་པ་དང་། བྱང་ཆུབ་སེམས་དཔའ་དེ་དག་དང་། །གསང་བའི་བདག
པོ་ལག་ན་རྡོ་རྗེ་དང་། ཐམས་ཅད་དང་ལྡན་པའི་འཁོར་དེ་དག་དང་། ལྷ་དང་མི
དང་། ལྷ་མ་ཡིན་དང་། དྲི་ཟར་བཅས་པའི་འཇིག་རྟེན་ཡི་རངས་ཏེ། །བཅོམ
ལྡན་འདས་ཀྱིས་གསུངས་པ་ལ་མངོན་པར་བསྟོད་དོ། །འཕགས་པ་དེ་བཞིན་གཤེགས་
པ་བདུན་གྱི་སྔོན་གྱི་སྨོན་ལམ་གྱི་ཁྱད་པར་རྒྱས་པ་ཞེས་བྱ་བ་ཐེག་པ་ཆེན་པོའི་མདོ་
བརྒྱད་བརྒྱ་པ་ རྫོགས་སོ།། །།རྒྱ་གར་གྱི་མཁན་པོ་ ཛི་ན་མི་ཏྲ་དང་། དཱ་ན་

ཤཱི་ལ་དང་། ཤཱི་ལེནྡྲ་བོ་དྷི་དང་། ཞུ་ཆེན་གྱི་ལོ་ཙཱ་བ་བནྡེ་ཡེ་ཤེས་སྡེས་བསྒྱུར་
ཅིང་ཞུས་ཏེ་སྐད་གསར་ཆད་ཀྱིས་ཀྱང་བཅོས་ནས་གཏན་ལ་ཕབ་པའོ།། ན་མོ་
རྩ་བ་དང་། རྒྱུད་པར་བཅས་པའི་བླ་མ་དམ་པ་རྣམས་དང་། ཕྱོགས་བཅུ་དུས་གསུམ
གྱི་རྒྱལ་བ་སྲས་དང་བཅས་པ་རྒྱ་མཚོའི་ཚོགས་སུ་གྱུར་པ་དང་། དཔལ་དམ་པ་
ཆོས་སྐྱོང་བའི་སྲུང་མ་དང་བཅས་པ། །ཁྱེད་རྣམས་ལ་མཁྱེན་པའི་ཡེ་ཤེས། །
བརྩེ་བའི་ཐུགས་རྗེ་མཛད་པའི་འཕྲིན་ལས། །ནུས་པའི་ཁྱད་པར་བསམ་གྱིས་མི
ཁྱབ་པ་མངའ་བ་ལགས་པས། །སངས་རྒྱས་ཀྱི་བསྟན་པ་རིན་པོ་ཆེ་དར་ཞིང་རྒྱས

པར་བྱིན་གྱིས་བརླབ་ཏུ་གསོལ། །དམ་པའི་ཆོས་བསྟན་པར་མཛད་པའི་བླ་མ་དགེ་
བའི་བཤེས་གཉེན་རྣམས་སྐུ་ཁམས་བཟང་ཞིང་། །ཐུགས་ཀྱི་དགོངས་པ་ཡོངས་སུ་
རྫོགས་པར་བྱིན་གྱིས་བརླབ་ཏུ་གསོལ། །རྒྱལ་པོ་ཆེན་པོ་ཡབ་སྲས་བཙུན་མོ་དང་བཅས་
པ་ཐམས་ཅད་སྐུ་ཁམས་བཟང་ཞིང་ཆབ་སྲིད་བརྟན་པར་བྱིན་གྱིས་བརླབ་ཏུ་གསོལ། ཁྱད་
པར་དུ་ཡང་ཡོན་གྱི་བདག་པོ་རྒྱལ་བུ་བྱང་ཆུབ་སེམས་དཔའ་ཧེན་ཀྱིན་ཡབ་ཡུམ་སྲས་
དང་བཅས་པ་རྣམས་ཀྱི་ཕྱི་དང་ནང་གི་བར་དུ་གཅོད་པ་ཐམས་ཅད་ཞི་བ་དང་བསམ་
པའི་དོན་ཐམས་ཅད་ཆོས་བཞིན་དུ་འགྲུབ་པར་བྱིན་གྱིས་བརླབ་ཏུ་གསོལ། །ཡུལ་
ཕྱོགས་ཐམས་ཅད་དུ་ཡང་། མུ་གེ་དང་། ནད་ཡམས་དང་། འཁྲུག་པ་དང་། རྩོད་པ་
དང་། ཐན་པ་དང་། སད་དང་། སེར་བ་དང་། ཕ་རོལ་གྱི་དམག་ཚོགས་ལ་སོགས་
པའི་གནོད་པ་དང་ཉེ་བར་འཚེ་བ་ཐམས་ཅད་ཞི་ཞིང་ཆར་ཆུ་དུས་སུ་བབ་སྟེ། །ལོ་ཕྱུག་
རྟག་ཏུ་ལེགས་པ་ལ་སོགས་པ། །བཀྲ་ཤིས་དང་བདེ་ལེགས་ཕུན་སུམ་ཚོགས་པ་
མཐའ་དག་འབྱུང་བར་བྱིན་གྱིས་བརླབ་ཏུ་གསོལ། །ཡོན་གྱི་བདག་པོ་རྣམས་ཀྱིས་
གཙོ་བྱས་པའི་ནམ་མཁའི་མཐའ་དང་མཉམ་པའི་སེམས་ཅན་ཐམས་ཅད་ཀྱི། །
སྡིག་པ་དང་། སྒྲིབ་པ་ཐམས་ཅད་བྱང་ཞིང་ཚོགས་གཉིས་མྱུར་དུ་རྫོགས་ནས་རྣམ་
པ་ཐམས་ཅད་མཁྱེན་པའི་སངས་རྒྱས་ཀྱི་གོ་འཕང་མྱུར་དུ་ཐོབ་པར་བྱིན་གྱིས་བརླབ་
ཏུ་གསོལ།། །།བྱ་ལོ་ཟླ་བ་བཅུ་གཅིག་པའི་ཚེས་བཅུ་ལ་ཏའི་ཏུའི་མཆོད་རྟེན་ནང་དུ་མདོ་
སྡེ་རིན་པོ་ཆེ་འདི་པར་དུ་བསྒྲུབས་པའི་ཡོན་བདག་ལྷུ་ས་བ་ཤྲ་ཀུ་བཟང་པོ་དག་བྱས་
ལག་ལེན་དགེ་སློང་རིན་ཆེན་དཔལ། །དཾ་ཀ་སློབ་མ་དཀོན་མཆོག་དཔལ་གྱིས་ཡི་
གེར་བྲིས། །རྒྱ་ནག་བཟོ་འབོགས་མ་ལུས་སེམས་ཅན་གྱི། །ལྷག་བསམ་དྲི་མེད་
གླུ་དབང་གིས་སྤྲུལ་རྣམ་དཔྱོད་ཆུ་འཛིན་སྤུབས་པའི་གློག་འོད་ཀུན་ནས་རབ་འགྱུ་
པ་ལས། །ཀུན་ཏུ་བཟང་པོའི་རྣམ་འཕྲུལ་ཇི་བཞིན་ཀུན་ནས་དག་པའི་སེམས་ཀྱིས་

སྤྲུལ་པའི་དྲི་མེད་མཆོད་པའི་ཆར་རྒྱུན་གང་། །ཏེ་བར་ཕབ་པས་སྐྱེ་དགུའི་ཡིད་ཀྱི་
དད་བརྩེའི་ཆུ་ཀླུང་རྣམ་པར་འཕེལ་བས་བྱང་སེམས་པོན་བརྟན་བྱས་ནས། །འགྲོ་
བའི་ཕྲུ་གུ་རྣམ་པར་གྲོལ་བའི་མེ་ཏོག་གིས་བཀྲ་བྱང་ཆུབ་དམ་པའི་འབྲས་བུས་
བརྒྱན་པ་སྨིན་གྱུར་ཅིག །ཕྱོགས་དང་། དུས་དང་། གནས་སྐབས་ཐམས་ཅད་
དུ་བཀྲ་ཤིས་ཤིང་རྒྱལ་བར་གྱུར་ཅིག། ཉིན་དུ་བཀྲ་ཤིས་པར་གྱུར་ཅིག། །ཨོཾ་ན་མོ་
བྷ་ག་ཝ་ཏེ། བྷཻ་ཥ་ཛྱ་གུ་རུ་བཻ་ཌཱུརྱ་པྲ་བྷཱ་རཱ་ཛཱ་ཡ། ཏ་ཐཱ་ག་ཏཱ་ཡ། ཨརྷ་ཏེ་སམྱཀ་
སམ་བུདྡྷཱ་ཡ། ཏདྱ་ཐཱ། ཨོཾ་བྷཻ་ཥ་ཛྱེ་བྷཻ་ཥ་ཛྱེ་མ་ཧཱ་བྷཻ་ཥ་ཛྱེ་བྷཻ་ཥ་ཛྱ་རཱ་ཛ་ས་མུད་ག་ཏེ་སྭཱ་ཧཱ། །

佛說阿闍世王經

後漢月支三藏法師支婁迦讖譯

清刻龍藏佛說法變相圖

佛說阿闍世王經卷上

後漢月支三藏法師支婁迦讖譯

聞如是一時佛在羅閱祇耆闍崛山中萬二千比丘俱菩薩八萬四千一一尊復尊諸菩薩摩訶薩悉得諸總持悉得無所罣礙悉得無所從生法而得如三昧慧悉得知一切人心之所行如所欲以法教令各得其所諸四天王及天帝釋釋天及諸天子龍閱叉揵陀羅阿須倫迦留羅真陀羅摩休勒人非人悉來會時文殊師利在山一面異處與二十五上人俱何謂二十五人者悉是菩薩各各有名名曰若那師利那羅達師利三波師利劫波頭師利波頭師利劫闍陀因陀樓陀羅尼陀樓羅陀波尼羅陀牟訶多私訶末師訶惟迦闍俱羅伽那迦闍沙訶質兜波沉摩遮迦

波括鎮遮薩和波陀波坻槃拘利沙竭末摩訶麑樓耆非陀遍阿難陀譬叉波留耆羅耶阿難陀阿藍惟訶羅摩坻吒沙牟迦坻陀阿俞達薩和頞悉是爲二十五上人名四兜術天子來到文殊師利所欲聞法故其天子名沙摩陀鳩遬摩羅無拘遬摩漫那羅揵陀沙訶漚衔曇惟訶是爲四天子復有異天子少少來到文殊師利所欲聽法故上人諸天子悉坐各各説佛智慧甚尊無有極不可議不可度不可量不可以凡而應僧那皆言當何作法證方便而至無極智慧乃至佛一切智不可議慧首菩薩言於功德無有厭於諸功德無所希望作是者可至無極慧惠施菩薩言等心如寂其心悅懌柔輭自隨其教便持薩芸若心而堅固於僧那僧涅作是者可至無極慧具足平等菩薩言不計校劫數其當來劫無央數不可以爲計是爲僧那於僧那不自貢高作是者可至無極慧具足行菩薩言不自念安可至無極慧所以者何欲令一切皆安故作是念者不求復悉安一切作是者可至無極慧蓮華具足菩薩言其不自伏意者亦不能伏他人意其能自伏意者乃能伏他人意作是者可至無極慧蓮華具行劫菩薩言其有隨欲者不可度欲不隨欲者是乃度欲其菩薩者有得利不得利其心無有異若苦若樂若謗若歎若惡若善於是無所著所以者何亦不憂亦不喜作是者可至無極慧制持諸根菩薩言不念他人作功德我可得作是者不入無極慧當念獨而無有伴所以者何念於一切故諸不辦者我當辦之

須臾之精進不以懈怠欲教一切作是者可至無極慧持行如地菩薩言譬若如地一切草木藥舍宅城郭無不因地而住者地亦無所置一切仰而得活亦不以為煩苛菩薩者亦當如是持心當若地亦不喜怒持心當令一切各各得其所亦不念還復其作是者可至無極慧寶願菩薩言當持心如尊不自卑於夢中亦無二心所以者何無羅漢辟支佛意其所作者譬若如寶不離薩芸若不失一切人心於珍寶心無所貪惜其從索者皆開導為摩訶衍所以者何無心與心等者無心慧與是心慧等者亦無所增無所減其心無所貪惜作是者可至無極慧寶印手菩薩言視五道生死人譬如墮海菩薩若心而愍念之當以手授之所以者何為無黠者作黠首其貪者為作無所惜首其不持戒者為作戒首其瞋怒者為作忍辱首其懈怠者為作精進首其亂意者為作一心首其無慧者為作智慧首其無功德者為作功德首以功德首印三法寶何謂三令一切具足佛智慧教化而造作自解其身珍寶功德念一切諸法譬如空是故為法寶之首是為三其作是者可至無極慧師子意菩薩言其身作是僧那者無所恐懼亦不畏亦不却亦不解衣毛不復起所以者何於生死無有惡故亦不作於泥洹等住於苦樂不作二心作是者可至無極慧師子步過無懼菩薩言其弱劣者不能逮此皆是大士之所作所以者何以捨衆惡以不諛諂以應質朴則不貢高無瞋恚之心所作不從非法所以者何用忠正故則無婬泆

以無惡心其愚癡若冥以無此者其身口意以平等所語如語不失其意甚尊所作欲成所以者何用至誠故俱以法自娛樂以如法者不貪惜壽命所以者何不貪軀命不捨一切故所施與無所貪惜欲令人得其所故所入者正則非邪道其貧者爲作珍寶藏其有病者則爲作醫其恐懼者則爲作護其劣者則爲作道地其入邪者則爲作正導其無智者則爲作智一切諸順何所恨起意大士以度脱此中忍所受法本如住作是者乃至無極慧紫磨金色菩薩言所念譬如空所以者何無所不徧以大哀無所不覆其心常喜面顔而悦諸欲所樂者其心不在其中所施與譬如天無所不蔽其戒忍辱精進一心智慧亦復如是作是者可至無極慧發意即轉法輪菩薩言其有新發意者不當令魔得其便不失諸佛天神意作心住者以應法輪轉所以者何用發好心故所以者何一切諸法無所生其作是者可至無極慧諸語自然普無不入菩薩言當持心無所不入所以者何諸法自然其本悉空一切所語皆空譬若虛空無所不入菩薩者當復如是其心無所不入有所作如語其智無所不曉其作是者可至無極慧樂不動菩薩言諸所有音無有音諸所有聲而不可得以知是者亦不以喜亦不以憂亦不懈怠所以者何譬若大山而得風亦無所動諸好音惡音菩薩心亦不喜歡亦不以憂慼所以者何無所著無所著謂佛語若異道語俱空無所有視諸欲有所作者皆有盡以知盡而不貢高作是法者疾成至佛

海意菩薩言其心當如海所受慧而無極譬
如海受於衆流合爲一味菩薩以諸所有合
爲一法所以者何用微妙故不與十二因緣
有所變念法身亦不增亦不減爲一切作功
德所作功德欲令一切皆得是爲不可盡功
德當護不著不斷以意力制身諸所有所作
皆等無有異作是故發意慧者具足可至無
極慧大光明菩薩言當持心其智慧其光明
如佛非俗人之所作其意習光明無所不照
所以者何欲令世間知以爲法則其意習施
與光明無所不照習戒光明無所不照忍辱
精進一心智慧悉習其光明無所不照作是
者可至無極慧談明菩薩言以功德慧心爲
眼清淨所視色無有惡聲香味細滑法亦復
如是以淨於六事何謂六眼耳鼻舌身意諸

所可者不那中作樂用心淨故所視人欲令
悉入佛法其不正者以法率化所有好物人
來索之無所愛惜既與不從後悔作是者可
至無極慧可意王菩薩言其有罵詈撾捶者
亦不瞋恚但念其法以何念法何所罵者何
所瞋者其撾捶亦爾以內空無所得於外空
無所疑身於身無所見亦不見於他人所以
者何其索手腳者歡喜與之其欲取頭者其
心倍悅若索城及珍寶其有索者無所貪惜
其求妻子即持施與無有異心若諷誦起是
經得一章歡喜不樂爲金輪王歡樂爲一切
人說法而不作釋顏樂遣一人發心爲菩薩
不作梵天願樂見佛不貪三千大千剎土之
珍寶作是者常無懈怠如是歡喜可至無極
慧所視無底菩薩言視一切諸所有不念是

我所悉清淨刹土不念有與無見諸佛不想色求所以者何用法身故視一切人心不求一切人之所有所以者何其德眼逮得清淨便有道眼神足備具以得慧眼便知所有無所可貪便得佛眼十八法悉具以得法眼者具足十種力其作如僧那僧涅者便至無極慧作無底行菩薩言一切所作如薩芸若所作何以故無所住故以無所住但念諸法菩薩作是者不以諸順何爲隨亦不以罪隨亦不以魔事隨所以者何不捨法故不犯非法以故致是以度罪所作魔事以應是者可至無極慧説息愛意菩薩言一切所有者亦不從人受以所作便唵嗒諸魔以自知者無所有亦無所復作以知無所復作便制五陰以知五陰者無有魔事以度魔界者所作中道

無所覆蔽已度無所覆蔽菩薩摩訶薩作是者可至無極慧所起即悔菩薩言諸所作非法意而悔之所作如法其心無異所以者何常當專心作善其身有所作不欲令人不可若口若意所作不欲令人有不可其有愁憂者以法寬大令不愁憂作是者是爲菩薩摩訶薩可至無極慧得一切願菩薩言其有如淨戒者所願必得以如淨戒者不復犯俗不犯俗者以應三十七品根株如薩芸若其以如淨戒者不犯三十七品是爲菩薩摩訶薩所作以至無極慧普等華天子言譬如樹有華其見莫不歡喜所作功德一切莫不蒙者譬若忉利天上枸耆樹而有華熾盛諸天莫不愛樂菩薩以法爲一切作眼譬若華若天上摩尼之寶而無瑕穢菩薩清淨其心如是

其作是者可至無極慧光明華天子言譬若如日出衆冥索盡所有諸色悉見菩薩以智慧無所不照其諸愚癡冥盡索爲開闢所以者何終不而當明故其在冥者見明便得道徑菩薩以住道徑者其忘失道徑者指示道路以如是者可至無極慧天香華天子言譬如曼陀羅華其香聞縱廣上下四維各四十里菩薩以所聞淨戒三昧持智慧以爲香三千大千無不聞者是香愈無央數人病其以所聞淨戒三昧智慧菩薩以住是者便至無極慧信法行得天子言當作法當所作者以如菩薩法者常不復懈怠無所復懈無復念便當得十事習六波羅蜜以四等心五旬四事總三脫忍辱利令人發意其身不離以漚和拘舍羅教悉持諸法要所信無有異是爲十事其作是者可至無極慧文殊師利謂諸上人及諸天子菩薩住無所住何謂住無所住於三界不以三界作習不習者是爲內亦不求習者是爲外雖外不惰弟子無所習復不惰辟支佛地習謂生死所學習謂無所知習者是爲名所學習是爲色習者是因緣所學習謂有所見習者謂愛所學習謂有所根習者謂有我所學習謂非我習者貪所學習所施與無有異習者謂犯戒所學習不於戒自貢高習者謂瞋怒所學習忍辱而不貢高習者無精進所學習精進而不自貢高習者謂亂意所學習爲一心而不自貢高習者謂無知所學習智慧不貢高習者謂無功德所學習謂作功德而不貢高習者謂俗法所學習謂道法不自貢高習者謂無脫所學習謂

得脫而具足不貢高習者謂有罪所學習無有罪亦不貢高習者謂有餘所學習無有餘盡亦不貢高菩薩習無所習一切護亦不著亦不斷作是者便至無極慧諸法一切無所得所以者何無所入亦無所不入故是一切智便至一切智無所得者一切智得一切智不可以色計痛癢思想生死識亦爾不從法數亦不從非法數亦不一切智施與爲數所以者何施與者亦不離一切智戒忍辱精進一心智慧亦不爲數何以故一切智從智慧一切智者無所不入亦不過去當來亦不入現在所以者何以過三世故一切智者不以眼而視之耳鼻舌身意亦爾所以者何以過諸界故若男子女人欲求一切智者當如一切智住當云何住於諸法一切無所住是爲一切智住不自念法是我所作是者爲一切智一切人法佛法等如是無有異是爲一切智其求欲得一切智者會從四大得所以者何爲身不作身計所以者何不以作因緣故其有功德法無有功德法其所有是爲我所者皆非我所我者無所生無所生者無有計其計者是爲不生其示若見者是皆無有生以知無生無所生慧作是等者是爲薩芸若文殊師利說是事時二千天子悉得無所從生法忍萬二千人悉發無上平等道意樂不動菩薩謂文殊師利共到佛所問菩薩當云何住應時文殊師利化作如來在衆會中而坐其形狀被服如釋迦文佛文殊師利謂波坻槃拘利菩薩言屬之所問今佛在是可問菩薩住波坻槃拘利菩薩不知是爲化佛前

長跪問怛薩阿竭菩薩當云何有所住化佛言如我所作菩薩當如是住復問云何如佛其佛言亦不從施與亦不從戒忍辱精進一心智慧亦不從欲亦不從色亦不從無色亦不從身行亦不從口行亦不從意行諸所行無所著故其佛問波坻槃拘利化者而有所從行不則答言無所從行其佛言如化無所從行菩薩當作是行波坻槃拘利菩薩復問文殊師利是佛當無化佛乎文殊師利答言若自知諸法如化不則答言諸法實如化文殊師利言以知諸法化何爲復問如來化文殊師利言仁者謂以諸佛悉化則復問文殊師利其佛者從何所化文殊師利言所作本清淨以故而有化文殊師利言故佛無有吾無有我無有人無有壽無有命亦不依佛住亦不依凡人住波坻槃拘利菩薩復問化佛本何所學自致得佛其佛言無所學是菩薩學何以故亦不自念我欲求是亦不求是亦不憂亦不喜亦不緣亦不所化亦無所見亦無處所亦無有想亦無有字亦無有色一切無所希望是菩薩學作是學者以爲等學作是學者無所著無所縛作是學者無有欲無有怒無有癡作是學者無所愛無所憎其學是者不自念我作是學是爲學作是學作是學者不墮惡道其佛言若有求阿耨多羅三藐三菩提心欲成至佛者當作如我學復問何所是佛學其佛言亦不作罪亦不墮罪亦無所與亦無所持亦無所不持亦不持戒亦無有戒亦不忍辱亦不惡意亦不精進亦無懈怠亦不禪亦不亂意亦不智慧亦無所知

亦無所學亦無有所學亦無所成亦無有所成亦不菩薩亦不佛法亦不自念有身亦不念他人有身其所見者無有想亦不法想亦不無法想不想無想其佛言曉了是者菩薩當作是學所以者何諸法一切如幻是爲相諸法一切皆合所以者何雖無央數事念之皆空無所有合則爲空諸法不可見所以者何諸法等而無差特諸法悉默所以者何不語不言是故無有處所所以故諸法無所生其信是者亦不念行亦不念得脱亦不菩薩自貢高其佛言若聞是學者不恐不怖不畏是故名爲菩薩譬若空不畏火不畏風不畏雨不畏煙不畏雲亦不畏雷亦不畏電所以者何是空法故菩薩者當如是一切無所畏懼菩薩心以如空者乃伏衆魔便能爲佛能爲一切作護其化佛説是語竟便不復現波坻槃拘利菩薩問文殊師利令怛薩阿竭所湊則答言所從來處而所湊所湊處從是來波坻槃拘利謂文殊師利其化者無所從來無所從去何謂從來文殊師利答言譬若如化來無道徑去無道徑諸法亦爾無所從來無所從去波坻槃拘利復問何所是諸法之處則答言自然住是之處復問一切何所處是其處如所作是其處復問諸法無所作無有罪文殊師利言如是者諸法無所作無有罪其法者亦無有作者無有作罪者諸所有悉入法身則復問文殊師利無有作無有罪何以言人隨其所作文殊師利言審如所問人亦無所作亦無有罪所以者何是人之法法身故亦無有作亦無有罪如所作如所得

是三者等波坻槃拘利菩薩復問是三事等乎文殊師利言怛薩阿竭等故三事適等復問怛薩阿竭者無作無罪無得是三事何緣與等文殊師利言怛薩阿竭無作無罪無得其作其罪其得如所爲以故等其罪以過了不見罪已過當來亦不離怛薩阿竭故説是時如在釋迦文佛所尊者舍利弗阿難及諸尊比丘悉承佛威神皆聞文殊師利所説舍利弗言善哉善哉上人之所作以法無所不感動不離法身其有智者聞是莫不發意佛言審如所語菩薩者學無所學所語平等無有異如所種得其實其菩薩者所學慧如是所説如慧佛語舍利弗汝若所學自致是慧頂中光明菩薩白佛何所聲聞所學何所菩薩所學佛言有限有著故爲弟子學無有限無有礙是爲菩薩學如聲聞者其學小其智少菩薩者學廣大其所知無無有極所説無所罣礙光智菩薩白佛唯怛薩阿竭作感應令文殊師利衆會悉來到是所以者何其在是會皆令得無所亡失所以者何文殊師利所説甚深微妙其欲聞者隨其所欲各令得所佛即感動文殊師利應時與二十五上人及諸天子俱到佛所前作禮而住光智菩薩問文殊師利佛在是間而若何緣得在異處而説法文殊師利言所以不在是間者佛甚尊不可當或所語可怛薩阿竭意或不可意故在一面其菩薩復問説何所法而可怛薩阿竭者文殊師利答言佛自知之復言雖爾會説其意文殊師利則言如我所知少當説則言何言是文殊師利言如所説所説法而不

異如怛薩阿竭如本際而不可議如法住如法說爲怛薩阿竭意無所止無所斷亦不緣亦不所緣亦無所增亦無所減作是說而不失怛薩阿竭意亦於身無所失亦不令他人有所失亦不亡法亦不亡生死亦不亡泥洹作是說者亦不失怛薩阿竭意佛言善哉善哉如文殊師利所說以可怛薩阿竭意所以者何亦不過亦不減適在中無所想所以者何文殊師利續三昧說事如故不見諸法有所增者有所減者如文殊師利所語不失怛薩阿竭意說是語時八百天子皆得無所從生法忍爾時衆會中復有二百天子皆前以發菩薩意而未堅固皆欲墮落各各有念佛法無有極難得至佛我等不在菩薩學中不如取羅漢辟支佛而般泥洹佛悉知是人可成爲菩薩而中欲意轉佛便化作一迦羅越持百味食滿鉢齎到佛所前而作禮以鉢上佛唯加哀受之佛即受鉢文殊師利便從座起叉手白佛雖食當念故恩舍利弗心念佛本作何等而文殊師利言當念故恩乎即問佛文殊師利本有何功德而置怛薩阿竭佛言且忍今爲汝決狐疑即以鉢捨地其鉢便下沒過諸佛剎直下過七十二恒邊沙等剎土剎土名曰漚呵沙其佛號荼毗羅耶今現在其鉢在彼佛剎住止空中亦無持者鉢所過諸佛剎其佛侍者皆問佛是鉢從何所來諸佛言上方有剎名曰沙呵佛號字釋迦文鉢從彼來所以者何救護墮落菩薩意故以變化感動佛語舍利弗行求鉢來舍利弗即承佛威神自以慧力入萬三昧過萬佛剎亦

不見亦不得從三昧還白佛求之不見不得佛言且捨佛復謂大目揵連行求索鉢則承佛威神自㨾神足力入八千三昧過八千佛刹無所見無所得則從三昧還白佛求之不見不能得佛語須菩提行求鉢來則入萬二千三昧過萬二千佛刹亦不見亦不得即從三昧還白佛求之不見不能得則五百尊比丘各各以神足行求索鉢亦不能見亦不能得須菩提從座起白彌勒菩薩仁者高才一生補處現當來佛吾等行求鉢不能得唯行求之彌勒則荅言如若所說實一生補處今者不及文殊師利所作三昧及其名字聽我所言我作佛時如恒邊沙等悉為文殊師利復不能知我行步舉足下足之事如今者實不逮及不如報文殊師利而行求之則須菩提白佛唯恒薩阿竭當令文殊師利而行求鉢佛即謂文殊師利行求鉢來文殊師利即默聲以受教即自思念而不起座不離佛不捨衆會於是便能致鉢即時三昧為無所不徧入即於衆會以手指地其手而下行所過佛刹悉為諸佛接其足下方莫不聞其聲道釋迦文佛致問其臂者一一毛放億百千光明一一明者有億百千蓮華一一蓮華上者皆有菩薩其菩薩者皆各各歎釋迦文佛是所過刹土皆為六反震動其刹土皆嚴莊幢旛而起所過處悉皆見文殊師利以右手悉接諸佛足皆言釋迦文佛之所致問過七十二恒邊沙等刹到明闓闢刹土乃至荼毗羅耶佛所前作禮為釋迦文佛致問其臂上毛一一毛有億百千光明億百千蓮華一一蓮

華上有坐菩薩悉歎釋迦文佛功德其菩薩光明彼佛光明而不相錯各各自見光明王佛邊有侍者而尊菩薩名曰光尊自問其佛是誰手臂姝好乃爾其毛光明蓮華菩薩之所歌歎彼佛功德其佛言上方過七十二恒邊沙等刹土名曰沙呵其佛號字釋迦文佛今現在前有菩薩名文殊師利不可思議僧涅其智無所不度以續在彼佛前坐用鉢故而投手乃到是間其菩薩悉作是念皆白其佛譬如渴人欲得飲願欲得見釋迦文佛文殊師利及其刹土其佛即以兩眉中央相而放光明徹照過七十二恒邊沙刹乃至沙呵刹悉爲開闢其有人見其光明者皆得安隱其身譬如遮迦越羅其有凡比丘者得須陀洹其過三道上者皆有八惟務禪應時得羅漢其菩薩身得是光明者皆逮得日明三昧荼毗羅耶佛刹諸菩薩從彼間悉見是間及諸聲聞諸菩薩以見是間刹土則是淚出便言若瑠璃清淨及其摩尼墮其汙泥誠可惜之所以者何沙呵刹土諸菩薩誠可惜之而生彼間荼毗羅耶佛謂波羇頭菩薩汝不曉是勿得說之所以者何我刹土十劫行禪不如彼佛刹人行慈從日出至食其所功德過倍是間彼之菩薩雖有宿命行法如彈指頃者其罪盡索是間菩薩悉問佛是光明從何所來今身皆安隱佛則言下方過七十二恒邊沙等佛刹土名漚呵沙何佛者號字荼毗羅耶放兩眉中央相光明菩薩悉白佛願聞欲見漚呵沙刹土及怛薩阿竭荼毗羅耶應時釋迦文放足下光明照下方過七十二恒

邊沙等刹漚呵沙刹土及荼毗羅耶佛盡爲開闢彼刹菩薩見其光明入其身悉得摩仳低三昧具足三昧是閒菩薩盡見彼佛及刹譬如在地住者莫不見日月星宿下方見是間亦如是閒下方荼毗羅耶漚呵沙刹土文殊師利以右手取其鉢與無央數拘利那術百千菩薩俱而來上所過諸刹土其蓮華一一毛光明稍稍而盡其鉢便在手中是閒文殊師利則從座起爲佛作禮以鉢授佛佛則受之其菩薩從下上者悉作禮各各自以佛名謝釋迦文佛怛薩阿竭即時各令就座悉皆受教各各而坐佛謂舍利弗屬之所問用文殊師利所問故今爲汝說之已過去無央數不可計阿僧祇劫爾時有佛號字勇莫能勝其刹名無常爾特諸聲聞八萬四千人菩薩萬二千人俱悉會其佛爲三道家而說法佛言時怛薩阿竭勇莫能勝於五惡世而作佛有比丘比丘名慧王明於經法持鉢入惟致國中而行分衛得百味飯若干種食爾時有尊者子名離垢王爲乳母所抱持在城門外而住其兒遥見明經比丘欲從抱下得下便趣之求其食比丘即以蜜餅授與之其兒則食之知味甘美隨比丘而行不顧念乳母便隨至勇莫能勝佛所則爲佛作禮而坐一面若那羅耶比丘以所持鉢得食而與是兒令上其佛兒則受之以上怛薩阿竭其佛受食鉢則爲滿其兒所持鉢食續如故復以是食徧八萬四千比丘及菩薩萬二千人各各悉飽滿其兒所持食續復如故佛以威神令兒歡喜并蒙本之功德即爲盡信便前而住

即歎其佛所持鉢食而奉上以應時滿其所持者亦不缺減徧比丘及諸菩薩其食續在乃知佛尊亦不盡索而復增益其供養佛者功德可重而增佛語舍利弗是兒以一鉢食乃至七日其食不減滿則如故其佛阿波羅耆陀教導其兒自歸佛及法比丘僧授與五戒教令悔過勸助功德乃發阿耨多羅三藐三菩提心其兒父母求索子無所不徧乃至怛薩阿竭所前爲佛作禮而住其子見父母前爲作禮而譽言我今入菩薩法用一切故願復發意所以者何難值佛故語其父母視佛相及其種好其慧無所不徧其道以度願欲我身令得作沙門所以者何難與怛薩阿竭會故父母即言善哉善哉隨子之所欲歡樂子之所求悉如子之願吾等亦復發心當從汝爲法則今悉放其舍宅亦復效汝而爲沙門佛語舍利弗是兒之所言父母及五百人悉發阿耨多羅三藐三菩提心悉於阿波羅耆陀佛所皆作沙門佛語舍利弗汝之所疑者即若那羅耶比丘者文殊師利是其時兒尊者子惟摩羅和耶者則是我身文殊師利以食與我作其功德而令發心是則本之初發阿耨多羅三耶三菩心因佛語舍利弗汝欲知其今佛十種力四事無所畏其智慧不可議悉文殊師利之所發動所以者何心則是根本佛復語舍利弗如我身等不可數阿僧祇剎土諸佛悉爲文殊師利之所發動號悉字釋迦文佛如是佛數復有號爲提式佛復有號式佛復有號提和竭佛復有號惟衛佛佛語舍利弗悉說是諸佛字從劫

至劫未有竟時皆悉文殊師利之所發動今現在悉轉法輪中有般泥洹者中有行菩薩道者中有在兜術天上者中有在母腹中者中有生者中有捨家求佛者中有坐佛樹下者中有成佛者猶不可盡佛謂舍利弗文殊師利者是菩薩之父母是則爲迦羅蜜屬所問者何緣而置怛薩阿竭而我之所得悉蒙文殊師利恩以爲是恩故其二百天子即時自念諸法學者乃可有所成吾等尚可所以者何今是釋迦文佛爲文殊師利所發意自致成佛我等何爲懈怠用是念故其心則堅悉得盡信阿耨多羅三耶三菩心文殊師利以手變化而得鉢無所不感動是謂本之學習從是剎土乃到下方過不可數人皆悉發阿耨多羅三耶三菩心十方今現在諸佛皆以珍寶華蓋用供養法故悉覆三千大千之剎土從其華蓋盡聞其音如釋迦文佛之所言皆文殊師利之所感動佛語舍利弗若男子女人欲疾般泥洹者當發阿耨多羅三耶三菩心所以者何有人畏生死而不能發心爲阿耨多羅三耶三菩心欲求聲聞作阿羅漢早取般泥洹其作是言者我續見在於生死中有菩薩而精進者已成至佛所以者何以過去無央數不可計阿僧祇劫爾時有佛號字一切度壽一萬歲有百億弟子有尊比丘名莫能勝其智慧甚巍巍後有尊比丘名得大願其神足亦甚巍巍爾時怛薩阿竭整衣服持鉢與比丘俱入常名聞國分衛其尊比丘智慧備足者在佛之右其神足比丘在佛之左有尊比丘名悔智隨佛後而侍之八

千菩薩而在前導中有如釋者中有如天子被服者中有如天者中有如四天王者皆悉令人治道用怛薩阿竭故佛語舍利弗時佛以入城道徑而過於市有三尊者子各各尚小莊嚴被服甚姝好而共坐戲是一兒遥見佛且未及諸比丘菩薩光明甚巍巍其小兒謂二兒以手遥指示之乃見怛薩阿竭來光明與相隨者不甚好乃爾其二兒則言已見之是一兒便言此者一切之中極尊而無與等者吾等當共供養所以者何其福無量其二兒則答言亦無華香當何以供之其一兒則脱著身白珠著手中便報謂二兒是猶可以供佛智者見怛薩阿竭不當作貪財其二兒效解取著頭上白珠著其手中即各歎言行至佛所譬若渡水所以者何以其心淨而

等住故是一兒復問二兒持是功德以何求索其一兒言願如佛右面尊比丘其一兒言願如左面神足比丘是二兒各各有是願已復共問一兒若願何等即報言我欲如佛其光明無比如師子獨步常有衆而隨我是兒作是説時虚空中八千天子皆言善哉善哉如若之所言天上天下一切蒙若恩是三兒相將來至佛前其怛薩阿竭呼侍者沙竭汝乃見是三兒而持白珠來者不其中央行小兒悅心精進來行舉其一足時却其罪百劫如下一足後事事當更百遮迦越羅如是數當復更釋亦如是其梵天亦等如是其一舉足之功德中百見佛語適竟是三兒已到前爲怛薩阿竭作禮各各以其白珠散佛上其二兒發聲聞意者所散珠各在佛上肩昇其

一兒發阿耨多羅三耶三菩心者而散白珠在佛頭上而在虛空化爲珠華交露之帳正等而四方中有牀怛薩阿竭而坐之其佛則時笑沙竭勅問佛怛薩阿竭所笑會當有意願聞其說佛言見二兒發聲聞意者不所以者何皆畏生死之懼故是以不發菩薩心所以者何欲疾般泥洹故其侍者問其一兒當云何佛復謂言是中央兒以後自致成佛是二兒乃爲作聲聞其一者智慧甚當尊一者神足亦復爾釋迦文佛問舍利弗汝乃知是中央兒不舍利弗言不及佛言則我身是乃知右面之兒不舍利弗言不及爾時右面之兒則舍利弗是其左面之兒則摩訶目揵連是佛謂舍利弗汝等本畏生死故不發菩薩心而欲疾般泥洹觀其一兒發阿耨多羅三耶三菩心者今我自致成佛如汝等不離吾法而作聲聞乃得解脫佛復謂舍利弗其欲疾般泥洹者當發意求佛如我屬之所說其疾者無過薩芸若所以者何無所罣礙故用特尊故用無盡故用阿耨多羅三耶三菩心故莫能有及等故特有好故以過諸聲聞辟支佛故其欲作者便得薩芸若意亦復如是說摩訶衍品時萬人悉發阿耨多羅三耶三菩心其一一尊比丘舍利弗摩訶目揵連阿難舍比摩訶迦葉螺越難頭耶和致離分陀頭陀須菩提等悉以頭面著佛足皆舉言若男子女人欲求道者當發尊意所以者何如佛百千法以爲吾等說不能復發作菩薩心皆而有悔爲羅漢故不如本作五逆惡其罪猶有解脫可發心爲阿耨多羅三耶三菩心

今者以無所益所以者何違離佛種故其器者以不堪菩薩心所以者何譬若死人無益於生者今吾等以得脫無益於天上天下有兩足若四足者皆依地而得活其有發心爲阿耨多羅三耶三菩心者諸天及人皆蒙其恩爾時阿闍世王乘駟馬車與羣臣俱出而到佛所前爲作禮而住白佛言一切人從何因緣而作罪佛語阿闍世以住吾我人者便作罪貪身故而有身用是故不離其中阿闍世王復問助貪愛者根爲在何所佛言無黠是則復問誰是無黠根佛言所作與念異是故根復問何所與念異者佛言其本異所作謂是復問本異者何謂是佛言如幻所化無所有是故異復問誰化者佛言無有造者是故化復問無所生無所有當云何計佛言用無有生無所有故不可計復問所疑從何因緣起佛言無所據故何謂無所據佛言如所說聞之則疑是謂不據復問何所是道何所爲信佛言脫於婬怒癡是爲道何所是信佛言不得諸法根本其心不異是故爲信阿闍世王即言善哉善哉如怛薩阿竭所說一切人所以不信者何自作故今我用惡人之言勑令臣下自殺其父用貪利國故用貪財寶故用貪利宰民故用貪利尊貴故今我使臣下而害其父貪身狐疑不能自解若飲若食在戲樂若在正殿聽省國事若在中宮五欲之樂若獨與衆俱晝夜而不忘飲食則不能消亦無其卧顏色亦無和悅時其心常怖懅知不離於泥犁則復陳言若盲者承佛所得眼目若爲水所溺者依佛而得脫其有苦痛

者佛而令得安其有恐懅者佛而爲作護其有貧窮者佛能爲作珍寶其有失道徑者能示於道路佛以加大哀不以爲勤劇等心於一切堅固而作厚常忍於苦樂不捨於一切人令我身如怖懅唯佛當加護令危者而得安身無有能救者唯願而得濟無所歸者唯願受其歸令譬若無眼目唯得而視瞻如人之欲躃唯令而得住令當入阿鼻乃至大泥犁願令得不入唯怛薩阿竭令當爲我解說吾之狐疑令心而得開至死無餘疑令重罪而得微輕佛念阿闍世王其所說甚深而微妙是病莫能療之者獨佛文殊師利而有感應舍利弗承佛威神謂阿闍世欲決狐疑者明旦作食請文殊師利等令到其宮受之者其若之官屬皆當得其福并羅閱國諸民皆因是功德可而爲本阿闍世王則白文殊師利唯加大恩明旦屈德就宫而食則文殊師利答言以足可爲供養已文殊師利復言佛法非以衣食故阿闍世即白當何以施之則答言若深入微妙其事審諦無所汙亦無所著亦無所疑無所難無所畏無所一懼如是者以爲得哀文殊師利復語阿闍世念諸法亦不念有亦不念無是者以爲得哀不當念過去意亦不當念當來意亦不當念現在意作是者以得加哀汝不當念一切之所可見者亦不誠作是者以得加哀阿闍世王復白文殊師利如所言悉法之所載無有異唯以身故當加哀受其請文殊師利復言且止其道者非以是故若飲若食若王不念有吾有我壽命人以念是者以得加哀若心無所持

亦無所縁亦不四大亦不五陰亦不六衰亦不持三界亦不於功德亦不念無有功德亦不於俗亦不於道亦不於罪亦不於無罪亦不於餘亦不於無餘亦不於脱亦不於無脱亦不於生死亦不於泥洹作如是者以得加哀阿闍世王復白文殊師利聞是法倍復踊躍以是故欲請之令我縁是而得安隱文殊師利答言汝希望有所縁欲得安隱是以不縁則無安隱所以者何因其法無所縁無有安不念是亦不貢高一切無所念是故縁是故安於是中無惡意後復無災變者後有災變者是則不安從本至竟無有異是乃爲安阿闍世復問説何所法而無異可得安文殊師利言若空無作者無有能作者無有相無有願無有作亦無有作者其有念我有所作無所作是故爲異亦不求無所縁身口意是爲作所以者何無生死相是故諸法若有所縁當知悉無所縁阿闍世復問何謂生死無生死則言不念過去已盡亦不念當來未至亦不念今現在而無常於諸法不念有所增有所滅作者是生死則無生死阿闍世復問未脱者當云何與道合文殊師利言汝知日明與冥合不阿闍世言不合所以者何日出衆冥悉闢文殊師利復問寧知冥在何所處則答言不可見處而在何所處文殊師利言所謂道智來時譬若日出不可知衆冥所在如是時亦不知未脱所在文殊師利復言道與未脱等未脱與道等何以故俱空故未脱與道等故諸法平等其知是者未脱則爲作道何以故求不脱不知處是故曰道其求不

脫處而不可見是則道阿闍世復問云何不脫而爲道文殊師利言於不脫而爲道文殊師利言於不脫是爲道不作是者爲道阿闍世復問其道者當云何學則答言如學諸法阿闍世復問以學諸法寧有處所不文殊師利言作是學道不可至阿闍世復問其學者當至泥洹不文殊師利言乃有法從泥洹來言我從泥洹來阿闍世即言亦無往者亦無來者文殊師利謂阿闍世其學道知無處所是故道阿闍世復問當何所住道而學作是則答言無所住是爲學道阿闍世復問其學道者不作淨戒三昧智慧住即答言其道者不緣戒不求三昧不貢高於智慧住文殊師利謂阿闍世乃可緣戒求三昧貢高於智慧作如是則有住處不阿闍世言無文殊師利言故當知道無所住阿闍世復問若男子女人當云何自前於道文殊師利言其欲學道者不見法有常無常不見法有脫無有脫亦不見法安若苦者亦不見法是我若一切人亦不見法在生死至泥洹者作是學道者爲以前阿闍世王即言善哉善哉如文殊師利菩薩之所言唯願受其請所以者何用狐疑故熟自思念如諸法無吾無我無壽無命而我有狐疑文殊師利言如無者不可令有以無者亦不脫亦不無所脫其說我而有脫者以無有脫者亦不脫亦無所脫所以者何諸法悉脫故佛謂文殊師利受阿闍世王請用無央數人故文殊師利則言唯受怛薩阿竭教所以者何不違教故阿闍世則踊躍歡喜便從座起爲佛諸比丘及文殊師利作禮而

去阿闍世行且問舍利弗文殊師利等輩者幾人舍利弗言五百人悉令於宮食便從道歸於城即勑大官令作百味之食即日治其殿上施其幢旛帷帳華蓋以華布其地悉持名香而熏之設五百高牀皆亦布珠綩綖其色若干合宮之內悉皆嚴治以華香徧之勑令城郭諸街市里皆而掃除以華香從之道邊者皆施帷帳幢旛而起除之其里之門皆施雙結華令諸人民明旦皆當導迎供養文殊師利即初夜文殊自念我與少少俱出至請亦無他感動乃可到他方剎土請諸菩薩往到彼所令就請復悉聽其所說法作是念時應時如伸臂之頃便從是不現到東方過八萬二千佛剎其剎名常名聞其佛號字惟淨首今現在有衆菩薩無異道其剎土常轉阿惟致法輪其土諸樹悉皆衆寶其華葉實無央數色風一起時吹其諸樹但聞佛音但聞法音及阿惟越致僧音用是常聞三寶聲故其剎土名曰沙陀惟瞿吒文殊師利已在彼所爲佛作禮白其怛薩阿竭願用我故盡令菩薩到沙呵剎土至阿闍世所而就食佛則謂之其欲行者便可往

佛說阿闍世王經卷上

音釋

嶶懌 嶶音速懌夷益切樂也　煩苛 煩符袁切不簡也苛寒歌合可二切急也細也　撾捶 撾職瓜切擊也捶主蘂切亦擊也　漚呵沙 梵語也此云明開闢　荼毗羅耶 梵語也此云光明王　摩仳低 梵語也此云須彌光明仳匹婢切　怖懅 怖普故切惶也懅其據切懼也　綩綖 綩於阮切綖音延綩綖坐溽也

佛說阿闍世王經卷下

後漢月支三藏法師支婁迦讖譯

應時二萬二千菩薩同共發聲我等欲與文殊師利俱行即時如其數菩薩與文殊師利俱悅忽以在沙呵刹土其處而坐其處者謂室中所以能容者是菩薩威神故悉共坐已文殊師利說其法其法名曰陀隣尼文殊師利謂諸菩薩乃知何所法名陀隣尼者而言解一切諸法故其意無所望故所作無有異所念應時足所知如智慧其法者悉知其本所語如諦自護不墮用轉上故悉入諸法行陀隣尼者則道之元不斷佛元持法之元總持僧之元於諸法無有殆在人之所問即能知報答見衆而不却所以者何無所畏故欲教化諸天隨天之所欲而悉教之令各各得解及龍閱叉阿須倫迦留羅眞陀羅摩休勒人非人及釋梵下至一切諸蟲獸鳥獸各各知其意隨其所欲而悉教化令得其所悉曉了有功德無功德者盡知一切人之行住其心譬如地於世不以八事中有順何所作功德不離於道教照於人隨其所樂令一切皆蒙其恩所作戒令一切悉在中其慧無所不徧入爲一切之所重而不以爲勤苦其心無有異其法者知而本所教化承其教常以法而施與不以爲厭所說法不望當得其復不斷菩薩善根本所以者何以精進而養成其根故所施與不以爲厭足用薩芸若故以戒不以爲厭足所以者何恭敬一切人故忍辱不以爲厭足便逮得佛身故以精進不以爲厭足合會諸功德故以禪不以爲厭足無所

希望故以慧無厭足所以者何無所不念故以法爲俸祿而自依爲得活一切無所豫其如是者是故爲陀隣尼陀隣尼者悉總持諸法故云何持空無相無願無欲無所著無所見故以是持無所生無所造爲作是持法亦不來亦不去亦不住亦不亂亦不起亦不壞亦無所持亦無所掌於脫不想脫亦無所住亦不當住亦無吾亦無我亦無壽亦無人亦無所執亦無放亦不誠亦不虛亦無所聞亦無所見亦如虛空無所稱譽亦無所觸亦無所覺持一切諸法故曰陀隣尼復有陀隣尼者持諸法如幻譬若如夢若野馬譬若水中聚沫如水泡譬若化悉持諸法故曰陀隣尼復有陀隣尼以無常持諸法若所見無我而寂諸法根本悉脫其中於法無所爭亦不墮亦無期以是持一切諸法故曰陀隣尼譬若如地無所不持不以爲勤劇菩薩以逮得陀隣尼者爲一切作本阿僧祇劫諸所作功德悉能合會發薩芸若心無所不持亦不放亦不以爲煩苛所以者何若地爲一切之所載仰菩薩以逮得陀隣尼者饒益於一切若樹木萬物因地而生菩薩以逮得陀隣尼者悉生諸功德法譬若如地亦不動亦不搖亦無所適亦無所憎譬若如地受一切雨亦無厭極菩薩以逮得陀隣尼者一切諸佛菩薩聲聞辟支佛所問法亦無厭足爲一切說法亦無厭極譬若如地含裹諸種皆得時出菩薩以逮得陀隣尼者悉含裹諸功德法種亦不失時輙如時具足諸法乃坐佛樹不離薩芸若菩薩已得陀隣尼者勇猛如將兵中之率

無所不伏菩薩以逮得陀隣尼者坐於佛樹降伏衆魔故曰陀隣尼復有陀隣尼於諸法無所持何以故於有常無常故亦無樂亦無苦有身無有身無有人無有常一切諸法無所持所以者何無有二心故譬若如地不持空陀隣尼一切諸法無所持譬若空不持有所有陀隣尼者於諸法亦無所持譬若水不持諸垢濁陀隣尼者於諸法亦無所持譬若有所至無處所故陀隣尼無所持故陀隣尼者不可盡無有盡不可度故無所不入無所不入故是爲空界陀隣尼與空等說陀隣尼時五百菩薩悉得陀隣尼法文殊師利於二夜說菩薩藏諸法莫不從是若功德法若無功德法若俗若道若有罪若無罪若有餘若無餘若脱若不說一切盡入是藏何以故用諸法故無所不得故譬若三千大千刹土舍受百億國土百億日月百億須彌山百億大海盡入三千大千亦不凡法亦不道法盡入其中聲聞辟支佛法若菩薩法盡入其中何以故悉總持諸行故持聲聞持辟支佛持菩薩若如樹其根堅住者本莖枝葉華實皆而成好菩薩藏者無所不持無所不成一切持諸功德法悉持薩芸若心其菩薩藏者若器名曰受不可數譬若海含受衆水受於珍寶龍閱叉揵陀羅眞陀羅摩休勒無不包裹爲一切作其處其藏沓因緣不可數亦如是受無數戒其聞三昧智慧所見其器無所不受而見故曰菩薩藏譬若如海其往生者不飲餘水所以者何皆因海故其在是藏者皆因是法不在外道所以者何盡受薩芸若法味

故故曰爲菩薩藏是者爲三藏何謂三藏聲聞藏辟支佛藏菩薩藏聲聞藏者從他人聞故所以者何聞其音故辟支佛藏者緣十二因緣故以因緣盡而致是菩薩藏者入無央數法而自然逮成佛其聲聞若辟支佛其三藏者非聲聞辟支佛所有也説是法時其三藏者各得如所行所以者何説是時其聲聞辟支佛菩薩各得其行故曰三藏其逮得菩薩法者便有三藏所以者何聲聞辟支佛不離佛法故復有三藏學何謂三藏有聲聞學有辟支佛學有菩薩學聲聞學者用有度故但自明故辟支佛學者是謂中學無有大哀菩薩法不可度入法身故用大哀故聲聞者不學辟支佛事亦不了辟支佛事辟支佛不學菩薩事亦不了菩薩事菩薩者知聲聞所學不以爲樂不於是中有所希望亦不於是中而求脱亦知辟支佛所學不以爲樂不於是中而求脱而知菩薩所學樂於所學而自歡樂當因於中得脱故教聲聞而示現以其行教化之其辟支佛亦爾是菩薩作故名曰菩薩藏譬若以器受其瑠璃用瑠璃故其器亦作瑠璃之色菩薩以逮入藏者以諸法所見不離佛菩薩以逮藏者諸所見法悉見於佛法菩薩悉無所不學諸法所以者何無有異所見諸法悉如佛證其菩薩藏者無央數字而教不可度處所以者何無增減故不可議光明悉照於冥所作者有惠利無有極入薩芸若無所不入其學是學乃爲學悉入藏故便入摩訶若那摩訶若那者無極慧以入者其未入者而入之爾時文殊師利爲諸菩

薩說其藏事已復於三處說阿惟越致輪金剛行說是時其聞者悉逮得是事其輪者亦無所轉阿惟越致輪者無所希望於一切其心無有異所以者何不念善惡以等心學法見諸佛剎亦復等視不著其好醜以諸佛等無有異其輪者無所不徧入所以者何不壞法身故以是故爲阿惟越致法輪其輪者無斷絶處所以者何無二心故其輪者如所見何以故以法輪致佛故是名曰阿惟越致法輪其從阿惟越致輪者悉以脫諸想故其信是者悉當得如佛不以二事故從一事脫所脫如怛薩阿竭所因脫其脫者無想是故諸法其有想無有脫何以故其脫無有二所以者何無身口意故所以者何其脫者亦不從身口意故曰脫作是者以爲自從不從他人故曰阿惟越致輪其輪者不轉色所以者何其色自然故痛癢思想生死識亦不轉所以者何識自然故一切法亦不轉所以者何法身無法轉故是曰阿惟越致輪其輪者所入無有際何以故無有斷絶故其輪亦無所著亦無有斷何以故其輪無有門故所以者何不二心故其諦亦無轉者所以者何不可說故其輪亦無有能解者所以者何亦不有其音何得見其形故其諦以空可致其脫者莫能有逮譬若如空無所不入何以故無所不入用脫於本故其輪者亦能行亦能步何謂行何謂步如金剛鑽穿衆寶云何可以鑽穿其法譬若以空鑽穿一切所以故是名曰法爲無所想是故金剛所以者何鑽穿一切諸所求故無願者若鑽金剛穿諸所未脫令而

得脫法身者若金剛諸所亂者而空理之怛薩阿竭者如金剛悉穿無所有其脫如金剛過於諸不脫者泥洹者見諸自然法文殊師利爲諸菩薩說是阿惟越致法輪時菩薩悉得羅毗拘逮三昧得是三昧已其菩薩身一一毛者放億百千光明其一光明者見坐億百千佛一一佛者到他方其求佛道而往教化明日旦阿闍世王遣使者到文殊師利所唯哀用時與等人自屈摩訶迦葉時與五百比丘俱欲入城而分衛以行道半念尚早而旋還與比丘俱過候文殊師利已到所皆住於門外文殊師利問摩訶迦葉今早欲到何所則言欲行分衛故文殊師利復謂摩訶迦葉我今與汝分衛摩訶迦葉則言已具足爲供已所以者何以法到是不以食故文殊師利

謂摩訶迦葉與諸比丘俱就是當用法故亦當用食故所以者何今亦不失其法亦令不失其食故合兩以作一摩訶迦葉則答言吾等常當忍不食當聽其法何以故一一諸深法常從是聞摩訶迦葉則復問今日與諸摩訶薩俱而食文殊師利言今所食處其人亦不離生死亦不入泥洹亦不過欲事亦不以道證所食處其食亦無所增無所減亦於諸法無所持亦無所捨摩訶迦葉言其作是施與者是爲無極施與則言諾受所請文殊師利則自念今當入城所作當如佛之感動作是念時便得無所不感動三昧則時沙呵刹土平等如鏡諸丘墟山陵一切不現其光明無所不接其在泥犁勤苦其痛則除悉得安隱是剎諸人用是時悉無婬怒癡亦無姤心

亦無貢高亦無起意爾時諸人皆有慈心展轉相視若父若母應時地爲六反震動諸欲天子諸色天子以百種妓樂而供養文殊師利并雨天華而散其上從文殊師利所止乃到城門盡索嚴治以衆華結爲交露挾道兩邊以名殊華悉布其地以衆絶寶而爲帳幔覆蓋其上其道廣六丈三尺兩邊悉有欄楯以衆寶華而作樹間間行列挾道兩邊則以寶作繩連縛諸樹展轉相連其一樹者香四面聞四十里兩樹間化有水池周帀其邊悉有衆寶以爲擁障以瑠璃爲飾其水之沙者悉金其水有八味衆華悉生其中鳬鴈鴛鴦而走戲其間一一樹下當其根上而有衆寶之垛其垛上者皆以珍寶而爲香爐皆燒名香一一垛者其女百人各以蓮華擎持栴檀名香文殊師利作是三昧時其威神無所不變化文殊師利從座起著衣服謂摩訶迦葉便而前行我今從後何以故其年尊老故復先佛法作沙門以是故當在前摩訶迦葉則時答言其法者亦無前後不計年歲而有尊幼文殊師利言當何謂爲尊老摩訶迦葉答言智慧是尊學問甚多是則爲尊在所作爲是則爲尊索知一切人之所行是則爲尊摩訶迦葉復言文殊師利亦有智慧學問具足在所作爲曉了一切人之所行以是當爲尊摩訶迦葉復言今若其年亦復爲大亦復爲尊故當在前願樂在後今欲說譬喻唯願聽之若師子之子其膽勢氣力不如於大雖小蒙大者之香諸禽獸聞其臭者莫不恐怖譬若大象而有六牙其歲六十若人以華而爲

繩縛繫其象師子之子於革繩之所大象聞之臭便奔走入山雖菩薩發意未成力勢非聲聞辟支佛之所而當衆魔莫不驚動縮腰而怖其師子之子見大者而鳴呼有所作爲其心不恐亦不畏懅所以者何倍復歡喜今如是菩薩見佛有所作爲其心不恐亦不怖懅所以者何倍復歡喜今我敢亦當如是舍利弗言欲計其尊者若聲聞若辟支佛其發菩薩心者是則爲尊所以者何其有所求皆從菩薩心而起摩訶迦葉言故文殊師利以是爲尊續當在前吾等承後文殊師利便在前諸菩薩在後聲聞悉從亦在後便向道天則雨華地爲六反震動諸天於上以妓樂而娛樂應時光明一切莫不明者便至羅閱祇未入城門王阿闍世聞文殊師利且到從菩

薩二萬三千五百人其比丘者五百人俱王自念吾作五百人具今當云何供當坐何所應時天王名曰休息心與尊閱叉名曰金剛鈚與俱而來與阿闍世王相見則言勿恐勿懅勿以爲難則答曰當云何而不以爲難則報言文殊師利者作漚惒拘舍羅無極智慧以功德光明具足而來神足功德其以一飯與文殊師利若有三千大千一切人索飯食者悉能飽之其食不盡索是二萬三千人何足可憂是故勿以爲難所以者何今皆可而悉足文殊師利者其功德甚尊而不可盡阿闍世應時而歡喜其心無異踊躍倍喜而設所作便將妓樂擎其華香而自出迎文殊師利等而俱入宮時於菩薩中有一菩薩名曰普視悉見則文殊師利勑三摩陀阿樓耆陀

令嚴治其處可容來者其菩薩受教應時四面而視瞻則時悉巳辦於衆會中復有菩薩名曰法來則得勑令而具牀座應時受教彈指頃有二萬三千牀座其綩綖若干種色名殊好繡綺異色物悉布在上文殊師利及諸菩薩聲聞一切皆悉就座阿闍世前白文殊師利所作供具甚少願忍須臾今更欲辦其具則答言所作已可自足勿復勞意天王惟沙門與家室僕從悉來而謁皆恭事左右釋提桓因自與大夫人名曰首耶及與天女皆持名香供養散文殊師利及諸菩薩比丘僧上其諸菩薩亦不以天女亦不以妓樂亦不以華香有所轉動梵天而自化作年少婆羅門甚姝端正持扇住文殊師利之右侍而扇之諸梵天子悉復供侍諸菩薩比丘僧住於之左持扇而事阿耨達龍王其在衆會虛空之上而無見者持把貫珠垂颾若旛從其貫珠其水流下水有八味若欲所當作悉取是水文殊師利及諸菩薩比丘僧人人前有垂珠水從中出悉給所當得阿闍世復念諸來會者而不持鉢今當以何器而食之文殊師利知王之所念則言菩薩者不齎鉢行而所食處念鉢便從其刹土鉢自而來在其手中阿闍世復問文殊師利是諸菩薩悉從何刹土而來到是其佛號字文殊師利則言其刹土名沙陀惟瞿吒其佛號字惟首陀尸利從彼間而來到是食於仁所以者何故來欲聞法聽仁之所狐疑諸菩薩念鉢應時鉢而飛來行伍而到阿耨達皆自淨洗盛滿其水諸龍婇女皆擎持二萬三千鉢而來授與瞿吒

剎土菩薩人人著其手中阿闍世住侍文殊師利文殊師利則謂阿闍世可分布飯食應時受教分布而徧其食不減如故阿闍世復白其食悉徧無所鈌減則復如故文殊師利言今爲盡不則答言不盡所以未盡者以若疑故諸菩薩飯已持鉢掉擲虛空行列而住亦不墮地亦不動摇阿闍世復問是鉢云何住而依何等文殊師利答言是鉢所住如若狐疑所住阿闍世復言是鉢亦無所住處亦不在地亦不所依亦無有處所文殊師利則言如若狐疑亦無所住諸法亦復如鉢無所住無所墮飯事既訖阿闍世則取一几坐文殊師利前自白言願解我狐疑文殊師利則言若恒邊沙等佛不能爲若説是狐疑阿闍世應時驚怖從几而墮若大樹躃地摩訶迦葉謂阿闍世勿恐無懼所以者何文殊師利入漚惒拘舍羅甚深以是故説是徐可而問阿闍世則問言屬所説何所恒邊沙等佛不能説我之所狐疑文殊師利言仁者謂已從心因緣而可見佛王即答言不用心心生故爲可見佛王言不用有心故爲可見佛王言不生死與脫是二事持是作佛王言不而有法言從蒙是法王言不其作如是法者能可爲決説王言不以是故吾説若之狐疑恒邊沙等佛而不能説所以者何若人言我能以塵汙於虛空乃能爲不王言不若有人言我能却虛空之垢能却不王言不能文殊師利言佛之諸法一切悉若虛空所以者何脫於本故亦不見諸法有本若有脫者以故我言若王之狐疑非恒邊沙等佛之所能説文殊

師利復言怛薩阿竭者不得內外心何所當作狐疑所以者何一切諸法本悉脱何以故復有狐疑文殊師利復言其脱本者已不復著空本無所有諸法故曰脱亦不自然不有所成無所不見諸法有所有無所有諸法無所見故無所可見諸法謂默然故是謂想不可知諸法無想已過自然故以過度諸法者謂生死斷故諸法無處所謂無有願故諸法無有願謂無有生死故等諸法無所著謂清淨故諸法悉清淨謂本中外悉淨故諸法無有雙者謂無有侶諸法無有侶謂一心故諸法一心謂脱故諸法無有極謂無所斷故諸法無有邊幅謂無有度故諸法不可見其度者謂所作異故諸法謂所作異者求慧謂不能得安故諸法無常謂無二心故諸法悉安謂過淨故諸法悉決謂無所求故無自然法謂不可得身故諸法無狐疑謂內寂故奇哉諸法謂無諦故諸法寂者謂怕然故諸法無吾謂無是我所故諸法無餘謂脱故諸法無所轉會上謂無有念故諸法盡信無所著斷故諸法一味謂脱故諸法安隱謂無有相故諸法無有相謂無所懷故諸法悉空度諸求故諸法無有願謂三界故諸法以斷三界謂不著過去當來今現在一切諸法若泥洹謂以生未生者文殊師利謂阿闍世無所生無所生者乃可令淨王言不文殊師利言佛知諸法如泥洹故不可脱其所狐疑所以者何當直住視諸法視諸法已亦無所取無所捨亦不於諸法有所止處已無所止諸法是故安已安者便無有疑已無有疑者便無所有

作無所有作者謂無有主於是中當作是忍何以故不自念我用諸法故忍諸法不可作謂可爲是不可爲諸法無有作無有作無所作是故泥洹其信是者以爲等脫亦無所增亦無所滅諸法本無故無有作而能作者悉本無其本無者亦非是亦不非是故本無無有異已信無有異者諸狐疑已索盡其眼者亦無垢亦無淨眼之自然是故本無本無自然故曰眼耳鼻口身意亦無有垢亦無有淨其意者自然是故本無本無自然故曰意色亦本無本無自然色痛癢思想生死識亦無有垢亦無有淨識者自然本無本無自然故曰識諸法一切無有垢無有淨諸法自然本無本無自然故曰諸法其心亦不可見色亦不可得持何以故譬若幻不可言用內故亦不可言用外故所以者何本淨故以是無有垢其心本者亦不以受亦不以增亦不以減亦不以憂亦不以愁聞是法者無所疑本異而念異故而有垢當知本異而念異其無是者不可以令有王不當念有是譬若人言我能令空有垢以煙若塵作是而可令空有垢不王言不文殊師利言其心本以清淨者婬怒癡無來何復言譬若空現於五事一者灰二者塵三者煙四者霧五者雲盡索可見不可言爲空作垢如人言是我所作非我所便有婬怒癡於心本而不作垢亦不作狐疑所以者何心本有所作亦不能防後心後心有所作不礙於前心令現在心亦無處所其智者已曉是所作而不有希望無所希望是故清淨相一切諸法無有垢無所不明無所生

無有處所無有處所是佛生地生地者謂爲諸法諸法者是故生地故不可説其智慧者諸法無有脱以法爲脱諸疑以無所有無有法度者故狐疑屬法身故曰法身無所不入諸法亦不見法身有所入何以故諸法是法身如諸法等故法身亦等故曰法身所入説是時阿闍世王得所喜信忍則歡喜踴躍則言善哉善哉解我狐疑文殊師利則答是爲大狐疑屬所説諸法無有本何從得狐疑當從何所聞狐疑阿闍世王則言蒙大恩而得小差令我命盡者不憂不至泥洹文殊師利言如王之所希望者是無有本所以者何諸法本泥洹故無所生阿闍世王則從座起取名好奇氎其價直億百千持繞文殊師利身應時文殊師利身不現其氎續在處於虚空

但聞其聲不見形則聞其音説如見文殊師利身王自見狐疑不以見狐疑者爲以見諸法如所見是爲復從空中聞其聲謂王有所見便以氎而與之次文殊師利坐處有菩薩名得上願阿闍世復欲持是氎而奉上之其菩薩言若其求脱泥洹者我不從是有所受亦不受凡人有所有何以故凡人者謂有俗間事故而不受亦不從求羅漢辟支佛有所受亦不從怛薩阿竭法有所受其有不近是法不離是法而我受是物其與者亦無二心其受者亦無二心故曰所受過於脱王則以衣著菩薩上忽然不現不知處但聞其音不現形説言其所現身以衣與之而是菩薩坐次復有菩薩名曰見諸幻阿闍世王復以是衣如奉上之其菩薩言若有計他人有我者

我不受是物亦不從有所玷汙亦不從以得
脫從是而受物亦不從定意者亦不從亂意
者而受是物亦不從智慧者亦不從無智慧
者而受是物阿闍世便以衣擲牀上其菩薩
即不現復聞其音不見其形説言其有現者
以衣與之而是菩薩坐處有菩薩名曰不見
幻至泥洹阿闍世以手摩衣而往趣之上座
已去仁者可受其菩薩言若有自著他人者
我不受是物其不著五陰四大六衰亦不著
佛亦不著法亦不著僧何以故諸法無所著
故王阿闍世便持衣欲著菩薩上應時而不
現但聞其音而不現形説言其有現者以衣
與之而是坐次有菩薩名曰私呵末阿闍世
則以衣奉上其菩薩言其無瞻者我不受物
今汝發菩薩意持心如菩薩其心等諸法亦
等於諸佛法亦無所取無所捨於諸法亦無
疑亦無有疑亦不念諸法有我不念諸法有
所脫有是意者乃受是物王阿闍世則而以
衣著菩薩上應時不現形但聞其音説言其
有現者以衣與之而是菩薩坐次有菩薩名
三昧拘遬摩阿闍世持衣欲奉上其菩薩言
若有如是三昧無所疑乃受其物本三昧悉
知諸法無所脫我乃受是物王阿闍世便持
衣著其上應時不現但聞其音言其有現者
以衣與之而是坐次有菩薩名無量精進言
一切諸音字聲而不可得其作是者我乃受
是物王阿闍世復以衣起著其上則時不現
形但聞其音言其有現者以衣與之而是坐
次有菩薩名離所作垢阿闍世欲以衣上之
是菩薩言其有自念我身與之亦不念有人

從我取亦不念當有利其無是者我乃受是物王復以衣著其上應時不現其形但聞其音言其有現者以衣與之而是坐次有菩薩名曇摩惟瞿和那羅耶阿闍世復以衣奉上之其菩薩言若於聲聞示現而不般泥洹於辟支佛示現而不般泥洹亦不住於生死亦不至泥洹我乃受其物王阿闍世便以衣著其上忽然而不現但聞其音言其有現者以衣與之如是一一以衣與之應時不現其牀几坐處悉亦不現復聞其音言其所現者以衣與之阿闍世語摩訶迦葉我從佛聞仁特尊今以衣奉上唯當受之摩訶迦葉而不肯受所以者何我婬怒癡未盡索故不可受亦不離無黠亦不離惡亦不離苦知亦不習亦不離亦不導亦不以盡爲證亦不有道念亦

不見怛薩阿竭亦不聞法亦不屬比丘僧亦不慧生亦不眼淨亦不以識有所住而作其與我物者其德不能大亦不能得尊脱摩訶迦葉言如仁作意如我者我乃受之王阿闍世便以衣著其上應時而不見但聞其音言其有現者以衣與之便復以衣次第與諸比丘一一不見盡索五百人悉亦不現但聞其音言其有現者以衣與之王阿闍世熟自思念諸菩薩比丘僧悉亡當已衣與誰還自與中宮極夫人其夫人亦不現應時阿闍世王便得三昧不見諸色亦不見母人亦不見男子亦不見男兒亦不見女兒亦不見垣牆亦不見樹木亦不見室宅亦不見城郭尚有餘念謂有我身諸色識悉止復聞其音如一切有所見當自見其狐疑如所見狐疑見一切

諸法亦復如是所見當作是視無所視當作是視無所視法是為視法其有所見者便以與之王了無所復見便取其衣還欲自著亦復不見其身心意識諸所想已無是名曰脫於想脫於狐疑則從三昧還見衆菩薩比丘僧諸官屬所有一切如故阿闍世復白文殊師利屬諸衆會所在而我不見文殊師利言如仁之狐疑處屬衆會在彼問文殊師利復言乃見衆會不阿闍世則言云何見如我所見狐疑見衆會如是文殊師利復問乃見衆會不阿闍世則言見云何如我所見狐疑見衆會如是文殊師利復問云何見狐疑如我屬不見衆會者是狐疑於內外亦無所見文殊師利言乃聞佛所言其作逆惡當入大泥犁不王言聞文殊師利復謂王汝自知當入泥犁不阿闍世復問其佛得佛時乃有法上天入泥犁者不乃有安隱當至泥洹者不文殊師利則言無王言我知諸法悉空故所以者何泥犁亦復已空上天安亦空諸法無所可壞敗是故入法身法身者亦無天上亦無人間亦無泥犁禽獸薜荔其逆者亦不離法身其所作逆者身悉法身之所入諸逆之本悉諸法之本已去當來無去來者諸法亦無去來已知是者亦不入泥犁亦不上天亦不泥洹文殊師利復問佛說有逆如何今說無有王則答言我不違佛所語云何王言無我是佛之說諦其以無我是則無人亦不作罪者亦無受罪者文殊師利復問王已脫於狐疑不則答言從本已脫以來亦脫文殊師利言其疑以盡未王言已從久遠盡文殊師利

復問云何衆會而知王有逆無逆脱是中王言以尊法持我故知無逆譬若菩薩已得忍辱悉持諸惡菩薩若慧好願那羂頭契耶謂阿闍世諸逆已淨以得是忍王言一切諸法悉淨無所玷汙故是法亦不可汙所以者何其道無有瑕穢故以入大逆道者不去生死不見泥洹所以者何其道無已可往者而可近者説是語時阿闍世王便得疾信忍則時三十二人於文殊師利前皆發阿耨多羅三耶三菩心五百臣下悉得須陀洹道其羅閱國民闐滿宮門欲見文殊師利説法文殊師利則時以足大指按地宮殿及地悉爲瑠璃一切在外皆見宮中諸菩薩比丘僧若人照鏡自見其形爾時所視悉亦了了皆聽文殊師利所説法八萬四千人悉得須陀洹道復有五百人悉發阿耨多羅三耶三菩心文殊師利爲王及宮中臣下諸人説法已各令安隱便從座起與諸菩薩比丘僧俱而出宮門王阿闍世及宮中官屬俱而送之出於城門之外見樹下有人而大呼我自殺其母是人當得脱者文殊師利化作一人與父母俱行父母言是正道可從是行其子言非是正道如是至再三與父母共諍便起意還殺父母前殺呼母者見是人而殺父母便於邊舉聲而哭與其化人殺父母者便自陳説我所作爲非法所載怨殺父母其一人則念我獨殺母耳是人殺父母其罪甚重如子所受我尚輕微化人則語一人我不如往到佛所佛者無所歸者而受其歸而無護者而爲作護如佛所語我當承教不敢違失其化人便向道

其一人即隨其後如是人所受法我亦如是雖爾我尚嗟之俱共啼哭而行已到佛所前作禮而住便自白我作非法而妄殺父母佛言善哉善哉如子之所言至誠無異所以者何不覆藏其罪故乃至怛薩阿竭前所說如事佛則言勿恐莫懅隨我所言其化人言如佛所教唯哀加護佛言還自觀心之法視持過去當來今現在心持何等心而殺父母佛則復言已過去心已滅已盡亦不可見處亦不可見所在當來心不可說所以者何未生未有故無有故無有想無有念今現在心亦無所住止若心起意則滅亦不合聚亦不可知去至何所從何所來亦不可知青亦不知亦白黃黑心者不可見亦無有形亦復不可得持亦無有伴譬如幻於身亦不可見在內亦不見在外亦不見中間佛言心者亦不可從愛可見亦不可從瞋怒可見若卧出於夢可見其心若作若無所作心亦無所與無所得心者本淨故亦無有玷汙亦無有而淨者佛復言其心亦非是間亦非彼間譬若如幻不可得持所以者何無伴侶故其知如是者不作是想亦不念有我無我亦不念有所見亦不念有所住諸法寂寞無有作者其信是者不復受惡道所以者何無所玷汙故其心法者亦無所生亦無所著其化人則言善哉善哉如怛薩阿竭以法身而自成佛今知如佛所說以信不疑無作罪者無受罪者無所生者無所滅者如諸法願樂得爲沙門佛言如子之願應時其化人便如沙門即白佛我所犯罪殺父母已脫而得阿羅漢今欲般泥

洹佛言從意如所欲是化比丘飛去地二十丈在於虛空便般泥洹從身火出還自燒身其殺母者見是人已般泥洹具足聞怛薩阿竭所說則自念言其人所作甚逆今作沙門而得度脫般泥洹我罪尚可行何爲不自歸佛亦可致是便前爲佛作禮自白我所作非法自殺我母今以身自歸佛言善哉善哉所語至誠無有異所說如言見怛薩阿竭說所作罪而不覆藏且觀心法念以過去當以來今現在心何所心殺其母者過去心以滅盡亦不外亦不內亦無處所當來心不可說亦未生亦未有亦無有想亦無有所想今現在心亦無所住止心有所生則破壞亦無所聚亦不見有所至處亦不可見有所從來處其心者亦不青赤黄白黑其心者無有形不可見不可得持亦不可聽聞所以者何無有聲故亦不可得獲亦無有伴譬若幻亦不於外見身於內亦無所得於中間無有處其心者亦無玷汙亦無有惡亦無有疑其心無所作亦不有所作亦無所與亦無所得心者本淨故亦無玷汙亦復無淨其心亦不在是是不是其心若空亦不可得獲亦無有伴其智者不念是想亦不作縛亦不作淨不作有所見亦不作處亦不有所止處亦不有而心著脫者是故無所礙亦不生惡處何以故其心法亦無所著亦無所至湊亦不在生死之所止其殺母者應時身諸毛孔一一孔泥犁之火從其孔出痛不可言則自陳說今自歸怛薩阿竭唯哀加護令得安隱佛則時以金手著其人頭上應時火滅苦痛則除便前長跪願

欲作沙門佛言如所欲則時以爲沙門怛薩阿竭以四諦法而説之應時得法眼深入其事則得阿羅漢便白佛言今我欲般泥洹佛言如所欲飛在虚空去地百四十丈便於是上其身火出還自燒身諸天億百千人悉飛而來供養舍利弗白佛怛薩阿竭實尊所以者何而作惡令得解脱誰而解者獨佛若文殊師利及諸菩薩深入僧那僧涅者而知是事非羅漢辟支佛之所而堪知其中事若一切人之所行悉不而及逮佛語舍利弗其怛薩阿竭士者是菩薩之所可忍非羅漢辟支佛地及非一切人之所行所以者何若有一人所作異而當得異如是若曹見作罪者知當入泥犁我而令不入泥犁可至泥洹如若曹所知當有般泥洹者我知當入泥犁何以故若曹而不及知一切人之所行佛語舍利弗若見其殺母人而般泥洹者不則答言見佛言是人以供養五百佛盡索從一一佛聞心法本淨何以故今復聞是法而般泥洹其有知深法入其微妙歡喜踊躍其心無懼若爲惡師所誤若其心不足者而所犯罪會當解脱其以信心法本淨是人不墮惡道所以者何無以礙故文殊師利即與諸菩薩摩訶迦葉比丘僧王阿闍世及羣臣官屬來到佛所舍利弗問阿闍世今以聞狐疑解不則答言已聞知云何聞其説法時無所得亦無所不得亦無所持亦無所捨聞是時從今以去無有玷汙時舍利弗問佛阿闍世餘罪有幾所佛言所聞法譬若一芥子能盡須彌山之罪舍利弗問佛王阿闍世當入泥犁不譬若

忉利天子被服名衆好寶來下到是則還處所阿闍世者亦以衣服珍寶莊嚴譬若是天子從上來下雖入泥犁泥犁名賔頭入中無有苦痛則爲苦天子上歸本處舍利弗白佛甚善阿闍世所作罪而得微輕佛謂舍利弗汝乃知是王不則言不知是阿闍世王以供養七十三億佛各從諸佛常聞深法其心不離阿耨多羅三耶三菩心佛復問舍利弗乃見文殊師利不則言見是本發阿闍世而令爲阿耨多羅三耶三菩心爾時久遠過去時有佛號字安隱覺劫名無塵垢用是劫中而有三億億人皆文殊師利之所勸而轉法輪佛語舍利弗譬若如恒邊沙等佛爲阿闍世說法而不解其狐疑所以者何是文殊師利之所發意故當從是解世世常從文殊師利聞甚深法佛言菩薩本有所造作其人必當因本所發意而得解今阿闍世雖入泥犁還上生天上方去是五百四十五剎土號字名惟位其佛號字羅陀那羇頭亦於彼當與文殊師利相得從其剎欲會聞所說法則當得無所從生法忍彌勒於是作佛阿闍世從彼剎來生是間爾時當名阿伽佉鈚菩薩彌勒佛從是因緣以法教諸菩薩所說法亦不過亦不短適平等爾時當說阿伽佉鈚者以過去釋迦文佛時有王名阿闍世用惡人言而殺其父從文殊師利聞諸法聞已則歡喜信忍所作罪應時盡索彌勒佛說是時八千菩薩悉得無所從生法忍却後八阿僧祇劫阿伽佉鈚當行菩薩道而教化人亦當淨剎土其有人從其聞法者若作聲聞若作辟支佛

若菩薩法者皆當無瑕穢一切無所礙諸人悉當明於智慧無所狐疑其王阿闍世過如所說八阿僧祇劫以後當得爲佛其劫當名唾曰鈚陀遍其剎土名阿迦雲其怛薩阿竭當號字惟首陀惟沙耶爾時壽四小劫當有七十萬聲聞悉已從慧得解皆當知八惟務禪爾時當有十二億菩薩一切皆入諸慧曉了漚惒拘舍佛般泥洹以後其法住乃至億萬歲已後乃盡其剎土一切人至死無狐疑者壽終已後不生八惡趣所以者何用從佛聞深法故諸垢濁不復著佛語舍利弗人而不可輕所以者何而從輕得其罪佛言我知人而所作而餘無知者而所趣向其有佛者乃知之舍利弗從其衆會言是事微妙快乃知是則言從今已去不敢復說是者罪人是者福人所以者何一切人之所行不可議故如佛屬所說阿闍世而得決爾時萬二千天子皆發阿耨多羅三耶三菩心各各同願惟首陀惟沙耶作佛時我生其剎土佛悉與決其作佛時而當往生彼剎土王阿闍世有子年八歲名曰栴檀師利應時取身上珍寶解散佛上則言以是發阿耨多羅三耶三菩心若惟首陀惟沙耶而作佛時我願爲遮迦越羅其佛般泥洹已後我願承其後作佛所散寶物悉化作七寶交露縱廣正等中有座牀具足若干之寶其綩綖幨亦復如是佛坐其牀上應時佛笑無央數色光明而從口出遍於十方還繞身三帀從頂上而入阿難從座起白佛怛薩阿竭不妄笑當有意阿難歎佛其智慧甚尊無所罣礙悉知一切人心之所

行隨其所欲教詔令各得所天上天下而獨特尊所因緣笑故唯願欲聞若十方一切人悉在前住一一人問億百千那術事悉則發遣而無留難屬之所笑唯聞其說已過去當來今現在佛悉而具足無所罣礙屬之所笑願決其疑其光明悉適於日月過於釋梵凡壞諸遮迦和山令一切悉見其光明見其光明者人則無所復著所以者何佛以無瑕穢故屬之所笑唯願發遣佛告阿難是栴檀師利者已供養我而發阿耨多羅三耶三菩心稍稍而至惟首陀惟沙耶作佛時而生彼刹當作遮迦越羅舉家室僕從當供養其佛比丘僧至竟無有已其佛般泥洹已是兒當襲其後便於遮迦越羅壽盡當至兜術天上從上竟壽而下當生彼佛刹而自成佛號字栴檀

罽尊所有一切如前佛無異其壽適等諸聲聞菩薩亦復適等其從阿闍世所諸餘菩薩悉皆言若文殊師利在所方面亦復如佛無有空時所以者何有所作爲與佛無異其有菩薩爲文殊師利所教者無所復畏何以故無復生於惡處者不畏衆魔亦不畏罪不有所玷汙若城郭郡國縣邑丘聚若有學其法者若有持是經諷誦讀者若書者見是輩人當如見佛無有異在所方面而聞法則當念則是佛處佛謂諸菩薩審如若之所言所以者何已過去無央數阿僧祇劫有佛號字提惒竭則與我決當爲阿耨多羅三耶三菩心而成爲佛我以髮布地令怛薩阿竭而蹈之正於是處而得決言汝過阿僧祇劫後而當爲佛號字釋迦文時提惒竭佛謂諸比丘僧

是所受決處不當以足蹈其地所以者何是則極尊神處諸天人民一切當共事是處誰有於是而起塔者應時八十億天皆念言我而起之有迦羅越名颰陀調則白言我欲於是起塔則時便作七寶塔莊嚴甚好事已訖竟至提惒竭所白言所作塔已成問怛薩阿竭其福如何提惒竭言若菩薩在所處得法忍圓如車輪而起作塔下行盡地際諸天鬼神一切當以其土供養當如舍利無異如是菩薩所受決得法忍處圓如車輪滿中七寶上至三十三天持施與佛有作是塔者其福出是上其佛言如我授摩納決而後當作釋迦文佛汝作是塔因是功德當從釋迦文佛受決却後阿僧祇劫亦當成佛佛語衆會者乃知時迦羅越颰陀調不諸會者不及佛即

言今在會中迦羅越子名曰作羅一耶闍是應時怛薩阿竭而與決言汝當作佛號字須陀扇佛復言若比丘比丘尼優婆塞優婆夷而書是經若諷誦讀爲一切人說解其法處圓如車輪塵等下盡地際上至三十三天其智者取中一塵而供養之所以者何菩薩從是法而得忍故佛言若男子女人以七寶滿三千大千佛刹土日三反持是施與但專念是其所復作如是百劫千劫若復至百千劫其有諷誦讀阿闍世品者若恭若事若諷誦爲一切說而解其中慧者其心信向無有異是福出彼所作施與功德上若男子女人於百劫而持淨戒卒聞是法信樂喜心其福出彼淨戒功德上雖爲人所撾捶罵詈百劫亦不起意是爲忍辱其聞是法信向於中作忍

出彼忍辱上於百劫而精進恭事一切人亦不以爲勤苦不惜身命其聞是法信而爲一切人解其中事其福出彼精進上其身於百劫守禪不如以是法而教一切人其功德出彼守禪上若有百劫而行智慧聞是法解心本事淨其功德出彼上諸菩薩皆白佛吾等悉當奉行所至到諸佛刹當以法而化人佛語諸菩薩汝所至奉行法教一切所作如佛無異所以者何是法悉解佛事故一切諸會菩薩悉以華供養散怛薩阿竭上徧三千大千刹土諸菩薩各自說是法實尊其釋迦文佛之所說當久在閻浮利地而與明文殊師利者常當久住所以者何常當從聞深妙之法諸菩薩言搥身末而報其恩佛言若男子女人從人聞是法亦不以身報其恩欲見怛薩阿竭者視其男子女人所聞法處當供養如佛其有信於是法者視其人當如見佛諸菩薩從座起爲釋迦文佛作禮於是恍惚而不見各各還其刹土以是法自於處所爲一切具足解說是慧其聞是法者無央數人悉發阿耨多羅三耶三菩心佛語彌勒菩薩持是法當諷誦讀當爲一切廣說其事當加哀天上天下及一切彌勒菩薩白佛我以從過去諸佛所已聞是法持諷誦讀已今復還聞是法今亦當廣爲一切說法雖怛薩阿竭般泥洹已後我在兜術天上若男子女人欲學是法我勸助護之後末世法一切欲盡時其有聞其處所有是經當知我之所護若有魔中道而欲壞敗我當護之令不得其便佛語釋提桓因當持是法諷誦讀決諸狐疑若阿

須倫興師起兵欲來擊天帝當念是經應時得勝其兵即却佛復言若有郡國縣邑丘聚其奉事是經皆當往護其遭縣官者若入縣官者當念是經行賊中當念是經若爲賊所拘繫當念是經若在曠野當念是經若見怨家若與怨家相得當念是經其有至心於是法者無而得其便佛語阿難持是法諷誦讀當爲一切說解其法若有男子女人從若聞是法便無狐疑諸狐疑索盡則不復爲罪所覆亦不爲生死之所覆亦不中道離法之所覆一切其有作邪道者則爲不行終不與魔事而相當值所以者何用聞是法故其已作逆惡者聞是法信樂喜則已無逆惡亦不受逆之罪摩訶迦葉白佛我證知是法屬文殊師利於阿闍世所食時說是法解作逆惡之事應時得歡喜信忍悉爲解狐疑我今說之其有犯逆者從是法忍悉得解脫亦當如阿闍世應時摩訶迦葉復言一切人本悉淨而自作反是我所非我所亦不而自知其本淨悉以曉了本淨者所作罪則解脫無有而知如阿闍世者是以一切愚人所作反還自殺身便因是而得勤苦便入泥犁摩訶迦葉言其奉事信樂是法吾等證之不復墮惡道佛言如汝之所說一切諸佛菩薩心無瑕穢阿難復白佛唯怛薩阿竭令後世人見是法怛薩阿竭應時從身之相放光明照無央數佛剎諸垣墻樹木皆有音聲其法當爾所以者何若劫盡火起其當聞者會聞是法若當聞是法雖在於海中會還得聞是法佛語阿難如垣墻樹木之所聞聲審如其言其已作功

德者已作摩訶衍者後世皆還得聞是法說是經時諸天及人九萬六千悉得須陀洹道七萬八千人悉發阿耨多羅三耶三菩心二千菩薩得無所從生法樂忍八千人皆得阿羅漢道是三千大千剎六反震動衆冥悉開闢而悉明諸欲天子諸色天子以若干妓樂而供養之皆以天華天香共散之言所謂法輪聞是法者已爲逮法輪轉諸外道者聞是法即而自知是故因爲伏是者則菩薩印其得是印者乃到佛樹下佛說是經王阿闍世諸菩薩文殊師利是爲本諸聲聞舍利弗摩訶目揵連阿難等是其本諸天揵陀羅一切人聞佛所說前已頭面作禮而去

佛說阿闍世王經下

音釋

怳忽怳許往切怳忽不明貌　羅毗拘速梵語也此云日光明華　鈚篇迷切　惟位梵語也此云莊嚴　羅陀那羇頭梵語也此云寶好　唾日鈚陀遍梵語也此云歡喜見　阿迦雲梵語也此云藥王　惟首陀惟沙耶梵語也此云淨其所部　幨蚩占切車幨謂之裳幃　颰蒲撥切　須陀扇梵語也此云決見

楞伽阿跋多羅寶經

宋天竺三藏求那跋陀羅譯

清刻龍藏佛說法變相圖

楞伽阿跋多羅寶經卷第一

宋天竺三藏求那跋陀羅譯

一切佛語心品之一

如是我聞一時佛住南海濱楞伽山頂種種寶華以爲莊嚴與大比丘僧及大菩薩衆俱從彼種種異佛刹來是諸菩薩摩訶薩無量三昧自在之力神通遊戲大慧菩薩摩訶薩而爲上首一切諸佛手灌其頂自心現境界善解其義種種衆生種種心色無量度門隨類普現於五法自性識二種無我究竟通達

爾時大慧菩薩與摩帝菩薩俱遊一切諸佛刹土承佛神力從坐而起偏袒右肩右膝著地合掌恭敬以偈讚曰

世間離生滅　猶如虛空華　智不得有無
而興大悲心　一切法如幻　遠離於心識

智不得有無　而興大悲心　遠離於斷常
世間恒如夢　智不得有無　而興大悲心
知人法無我　煩惱及爾焰　常清淨無相
而興大悲心　一切無涅槃　無有涅槃佛
無有佛涅槃　遠離覺所覺　若有若無有
是二悉俱離　牟尼寂靜觀　是則遠離生
是名爲不取　今世後世淨
爾時大慧菩薩偈讚佛已自説姓名
我名爲大慧　通達於大乘　今以百八義
仰諮尊中上　世間解之士　聞彼所説偈
觀察一切衆　告諸佛子言　汝等諸佛子
今皆恣所問　我當爲汝説　自覺之境界
爾時大慧菩薩摩訶薩承佛所聽頂禮佛足
合掌恭敬以偈問曰
云何淨其念　云何念增長　云何見癡惑
云何惑增長　何故刹土化　相及諸外道
云何無受次　何故名無受　何故名佛子
解脱至何所　誰縛誰解脱　何等禪境界
云何有三乘　唯願爲解説　緣起何所生
云何作所作　云何俱異説　云何爲增長
云何無色定　及以滅正受　云何爲想滅
何因從定覺　云何所作生　進去及持身
云何現分別　云何生諸地　破三有者誰
何處身云何　往生何所至　云何最勝子
何因得神通　及自在三昧　云何三昧心
最勝爲我説　云何名爲藏　云何意及識
云何生與滅　云何見已還　云何爲種姓
非種及心量　云何建立相　及與非我義
云何無衆生　云何世俗説　云何爲斷見
及常見不生　云何佛外道　其相不相違

云何當來世　種種諸異部　云何空何因
云何剎那壞　云何胎藏生　云何世不動
何因如幻夢　及揵闥婆城　世間熱時炎
及與水月光　何因說覺支　及與菩提分
云何國土亂　云何作有見　云何不生滅
世如虛空華　云何覺世間　云何說離字
離妄想者誰　云何虛空譬　如實有幾種
幾波羅蜜心　何因度諸地　誰至無所受
何等二無我　云何爾炎淨　諸智有幾種
幾戒衆生性　誰生諸寶性　摩尼眞珠等
誰生諸語言　衆生種種性　明處及伎術
誰之所顯示　伽陀有幾種　長頌及短句
成爲有幾種　云何名爲論　云何生飲食
及生諸愛欲　云何名爲王　轉輪及小王
云何守護國　諸天有幾種　云何名爲地
星宿及日月　解脫修行者　是各有幾種
弟子有幾種　云何阿闍梨　佛復有幾種
復有幾種生　魔及諸異學　彼各有幾種
自性及與心　彼復各幾種　云何施設量
唯願最勝說　云何空風雲　云何念聰明
云何爲林樹　云何爲蔓草　云何象馬鹿
云何而捕取　云何爲卑陋　何因而卑陋
云何六節攝　云何一闡提　男女及不男
斯皆云何生　云何修行退　云何修行生
禪師以何法　建立何等人　衆生生諸趣
何相何像類　云何爲財富　何因致財富
云何爲釋種　何因有釋種　云何甘蔗種
無上尊願說　云何長苦仙　彼云何教授
如來云何於　一切時剎現　種種名色類
最勝子圍繞　云何不食肉　云何制斷肉

食肉諸種類　何因故食肉　云何日月形
須彌及蓮華　師子勝相剎　側住覆世界
如因陀羅網　或悉諸珍寶　箜篌細腰鼓
狀種種諸華　或離日月光　如是等無量
云何爲化佛　云何報生佛　云何如如佛
云何智慧佛　云何於欲界　不成等正覺
何故色究竟　離欲得菩提　善逝般涅槃
誰當持正法　天師住久如　正法幾時住
悉檀及與見　各復有幾種　毗尼比丘分
云何何因緣　彼諸最勝子　緣覺及聲聞
何因百變易　云何百無受　云何世俗通
云何出世間　云何爲七地　唯願爲演說
僧伽有幾種　云何爲壞僧　云何醫方論
是復何因緣　何故大牟尼　唱說如是言
迦葉拘留孫　拘那含是我　何故說斷常
及與我無我　何不一切時　演說眞實義
而復爲衆生　分別說心量　何因男女林
訶梨阿摩勒　雞羅及鐵圍　金剛等諸山
無量寶莊嚴　仙闥婆充滿　無上世間解
聞彼所說偈　大乘諸度門　諸佛心第一
善哉善哉問　大慧善諦聽　我今當次第
如汝所問說　生及與不生　涅槃空剎那
趣至無自性　佛諸波羅蜜　佛子與聲聞
緣覺諸外道　及與無色行　如是種種事
須彌巨海山　洲渚剎土地　星宿及日月
外道天脩羅　解脫自在通　力禪三摩提
滅及如意足　覺支及道品　諸禪定無量
諸陰身往來　正受滅盡定　三昧起心說
心意及與識　無我法有五　自性想所想
及與現二見　乘及諸種姓　金銀摩尼等

一闡提大種　荒亂及一佛　智爾焰得向
衆生有無有　象馬諸禽獸　云何而捕取
譬因成悉檀　及與作所作　鬱林迷惑通
心量不現有　諸地不相至　百變百無受
醫方工巧論　伎術諸明處　諸山須彌地
巨海日月量　下中上衆生　身各幾微塵
一一剎微塵　弓弓數有幾　肘步拘樓舍
半由延由延　兎毫牕塵蟣　羊毛麵麥塵
鉢他幾麵麥　阿羅麵麥幾　獨籠那佉梨
勒叉及舉利　乃至頻婆羅　是各有幾數
爲有幾阿㝹　名舍梨沙婆　幾舍梨沙婆
名爲一賴提　幾賴提摩沙　幾摩沙陀那
復有幾賴提　爲摩沙陀那　幾摩沙陀那
名爲陀那羅　復幾陀那羅　爲迦梨沙那
幾迦梨沙那　爲成一波羅　此等積聚相
幾波羅彌樓　是等所應請　何須問餘事
聲聞辟支佛　佛及最勝子　身各有幾數
何故不問此　火焰幾阿㝹　風阿㝹復幾
根根幾阿㝹　毛孔眉毛幾　護財自在王
轉輪聖帝王　云何王守護　云何爲解脫
廣說及句說　如汝之所問　衆生種種欲
種種諸飲食　云何男女林　金剛堅固山
云何如幻夢　野鹿渴愛譬　云何山天仙
揵闥婆莊嚴　解脫至何所　誰縛誰解脫
云何禪境界　變化及外道　云何無因作
云何有因作　有因無因作　及非有無因
云何現已滅　云何淨諸覺　云何諸覺轉
及轉諸所作　云何斷諸想　云何三昧起
破三有者誰　何處爲何身　云何無衆生
而說有吾我　云何世俗說　唯願廣分別

所問相云何　及所問非我　云何爲胎藏
及種種異身　云何斷常見　云何心得定
言說及諸智　戒種性佛子　云何成及論
云何師弟子　種種諸衆生　斯等復云何
云何爲飲食　聰明廣施設　云何樹葛藤
最勝子所問　云何種種刹　仙人長苦行
云何爲族姓　從何師受學　云何爲醜陋
云何人修行　欲界何不覺　阿迦膩吒成
云何俗神通　云何爲比丘　云何爲化佛
云何爲報佛　云何爲如如　平等智慧佛
云何爲衆僧　佛子如是問　箜篌腰鼓華
刹土離光明　心地者有七　所問皆如實
此及餘衆多　佛子所應問　一一相相應
遠離諸見過　悉檀離言說　我今當顯示
次第建立句　佛子善諦聽　此上百八句

如諸佛所說

不生句生句常句無常句相句無相句住異句非住異句刹那句非刹那句自性句離自性句空句不空句斷句不斷句邊句非邊句中句非中句常句非常句緣句非緣句因句非因句煩惱句非煩惱句愛句非愛句方便句非方便句巧句非巧句淨句非淨句成句非成句譬句非譬句弟子句非弟子句師句非師句種性句非種性句三乘句非三乘句所有句無所有句願句非願句三輪句非三輪句相句非相句有品句非有品句俱句非俱句緣自聖智現法樂句非現法樂句刹土句非刹土句阿㝹句非阿㝹句水句非水句弓句非弓句實句非實句數句非數句數句非數句明句非明句虛空句非虛空句雲句

非雲句工巧伎術明處句非明處句風句非風句地句非地句心句非心句施設句非施設句自性句非自性句陰句非陰句衆生句非衆生句慧句非慧句涅槃句非涅槃句爾焰句非爾焰句外道句非外道句荒亂句非荒亂句幻句非幻句夢句非夢句焰句非焰句像句非像句輪句非輪句揵闥婆句非揵闥婆句天句非天句飲食句非飲食句婬欲句非婬欲句見句非見句波羅蜜句非波羅蜜句戒句非戒句日月星宿句非日月星宿句諦句非諦句果句非果句滅起句非滅起句治句非治句相句非相句支句非支句巧明處句非巧明處句禪句非禪句迷句非迷句現句非現句護句非護句族句非族句仙句非仙句王句非王句攝受句非攝受句寶句非寶句記句非記句一闡提句非一闡提句女男不男句非女男不男句味句非味句事句非事句身句非身句覺句非覺句動句非動句根句非根句有爲句非有爲句無爲句非無爲句因果句非因果句色究竟句非色究竟句節句非節句欝樹藤句非欝樹藤句雜句非雜句說句非說句毗尼句非毗尼句比丘句非比丘句處句非處句字句非字句大慧是百八句先佛所說汝及諸菩薩摩訶薩應當修學

爾時大慧菩薩摩訶薩復白佛言世尊諸識有幾種生住滅佛告大慧諸識有二種生住滅非思量所知諸識有二種生謂流注生及相生有二種住謂流注住及相住有二種滅謂流注滅及相滅諸識有三種相謂轉相業

相眞相大慧略說有三種識廣說有八相何等爲三謂眞識現識及分別事識大慧譬如明鏡持諸色像現識處現亦復如是大慧現識及分別事識此二壞不壞相展轉因大慧不思議薫及不思議變是現識因大慧取種種塵及無始妄想薫是分別事識因大慧若覆彼眞識種種不實諸虛妄滅則一切根識滅大慧是名相滅大慧相續滅者相續所因滅則相續滅所從滅及所緣滅則相續滅大慧所以者何是其所依故依者謂無始妄想薫緣者謂自心見等識境妄想大慧譬如泥團微塵非異非不異金莊嚴具亦復如是大慧若泥團微塵異者非彼所成而實彼成是故不異若不異者則泥團微塵應無分別如是大慧轉識藏識眞相若異者藏識非因若不異者轉識滅藏識亦應滅而自眞相實不滅是故大慧非自眞相識滅但業相滅若自眞相滅者藏識則滅大慧藏識滅者不異外道斷見論議大慧彼諸外道作如是論謂攝受境界滅識流注亦滅若識流注滅者無始流注應斷大慧外道說流注生因非眼識色明集會而生更有異因大慧彼因者說言若勝妙若士夫若自在若時若微塵

復次大慧有七種性自性所謂集性自性性自性相性自性大種性自性因性自性緣性自性成性自性復次大慧有七種第一義所謂心境界慧境界智境界見境界超二見境界超子地境界如來自到境界大慧此是過去未來現在諸如來應供等正覺性自性第一義心以性自性第一義心成就如來世間

出世間出世間上上法聖慧眼入自共相建立如所建立不與外道論惡見共大慧云何外道論惡見共所謂自境界女想見不覺識自心所現分齊不通大慧愚癡凡夫性無性自性第一義作二見論復次大慧妄想三有苦滅無知愛業緣滅自心所現幻境隨見今當說大慧若有沙門婆羅門欲令無種有種因果現及事時住緣陰界入生住或言生已滅大慧彼若相續若事若生若有若涅槃若道若業若果若諦破壞斷滅論所以者何以此現前不可得及見始非分故大慧譬如破缾不作缾事亦如焦種不作芽事如是大慧若陰界入性已滅今滅當滅自心妄想見無因故彼無次第生大慧若復說無種有種識三緣合生者龜應生毛沙應出油汝宗則壞違決定義有種無種說有如是過所作事業悉空無義大慧彼諸外道說有三緣合生者所作方便因果自相過去未來現在有種無種相從本已來成事相承覺想地轉自見過習氣作如是說如是大慧愚癡凡夫惡見所噬邪曲迷醉無智妄稱一切智說大慧若復諸餘沙門婆羅門見離自性浮雲火輪揵闥婆城無生幻焰水月及夢內外心現妄想無始虛偽不離自心妄想因緣滅盡離妄想說所說觀所觀受用建立身之藏識於識境界攝受及攝受者不相應無所有境界離生住滅自心起隨入分別大慧彼菩薩不久當得生死涅槃平等大悲巧方便無開發方便大慧彼一切衆生界皆悉如幻不勤因緣遠離內外境界心外無所見次第隨入無相處次

第隨入從地至地三昧境界解三界如幻分別觀察當得如幻三昧度自心現無所有得住般若波羅蜜捨離彼生所作方便金剛喻三摩提隨入如來身隨入如如化神通自在慈悲方便具足莊嚴等入一切佛剎外道入處離心意意識是菩薩漸次轉身得如來身大慧是故欲得如來隨入身者當遠離陰界入心因緣所作方便生住滅妄想虛偽唯心直進觀察無始虛偽過妄想習氣因三有思惟無所有佛地無生到自覺聖趣自心自在到無開發行如隨衆色摩尼隨入衆生微細之心而以化身隨心量度諸地漸次相續建立是故大慧自悉檀善應當修學爾時大慧菩薩復白佛言世尊所說心意意識五法自性相一切諸佛菩薩所行自心見等所緣境界不和合顯示一切說成眞實相一切佛語心爲楞伽國摩羅山海中住處諸大菩薩說如來所歎海浪藏識境界法身爾時世尊告大慧菩薩言四因緣故眼識轉何等爲四謂自心現攝受不覺無始虛偽過色習氣計著識性自性欲見種種色相大慧是名四種因緣水流處藏識轉識浪生大慧如眼識一切諸根微塵毛孔俱生隨次境界生亦復如是譬如明鏡現衆色像大慧猶如猛風吹大海水外境界風飄蕩心海識浪不斷因所作相異不異合業生相深入計著不能了知色等自性故五識身轉大慧即彼五識身俱因差別分段相知當知是意識因彼身轉彼不作是念我展轉相因自心現妄想計著轉而彼各各壞相俱轉分別境界分段差別謂彼轉

如修行者入禪三昧微細習氣轉而不覺知而作是念識滅然後入禪正受實不識滅而入正受以習氣種子不滅故不滅以境界轉攝受不具故滅大慧如是微細藏識究竟邊際除諸如來及住地菩薩諸聲聞緣覺外道修行所得三昧智慧之力一切不能測量決了餘地相智慧巧便分別決斷句義最勝無邊善根成熟離自心現妄想虛偽宴坐山林下中上修能見自心妄想流注無量剎土諸佛灌頂得自在力神通三昧諸善知識佛子眷屬彼心意意識自心所現自性境界虛妄之想生死有海業愛無知如是等因悉以超度是故大慧諸修行者應當親近最勝知識

爾時世尊欲重宣此義而說偈言

譬如巨海浪　斯由猛風起　洪波鼓冥壑
無有斷絕時　藏識海常住　境界風所動
種種諸識浪　騰躍而轉生　青赤種種色
珂乳及石蜜　淡味衆華果　日月與光明
非異非不異　海水起波浪　七識亦如是
心俱和合生　譬如海水變　種種波浪轉
七識亦如是　心俱和合生　謂彼藏識處
種種諸識轉　謂以彼意識　思惟諸相義
不壞相有八　無相亦無相　譬如海波浪
是則無差別　諸識心如是　異亦不可得
心名採集業　意名廣採集　諸識識所識
現等境說五

爾時大慧菩薩以偈問曰

青赤諸色像　衆生發諸識　如浪種種法
云何唯願說

爾時世尊以偈答曰

青赤諸雜色　波浪悉無有　採集業說心
開悟諸凡夫　彼業悉無有　自心所攝離
所攝無所攝　與彼波浪同　受用建立身
是衆生現識　於彼現諸業　譬如水波浪
爾時大慧菩薩復說偈言
大海波浪性　鼓躍可分別　藏與業如是
何故不覺知
爾時世尊以偈答曰
凡夫無智慧　藏識如巨海　業相猶波浪
依彼譬類通
爾時大慧菩薩復說偈言
日出光等照　下中上衆生　如來照世間
爲愚說眞實　已分部諸法　何故不說實
爾時世尊以偈答曰
若說眞實者　彼心無眞實　譬如海波浪
鏡中像及夢　一切俱時現　心境界亦然
境界不具故　次第業轉生　識者識所識
意者意謂然　五則以顯現　無有定次第
譬如工畫師　及與畫弟子　布彩圖衆形
我說亦如是　彩色本無文　非筆亦非素
爲悅衆生故　綺錯繪衆像　言說別施行
眞實離名字　分別應初業　修行示眞實
眞實自悟處　覺想所覺離　此爲佛子說
愚者廣分別　種種皆如幻　雖現無眞實
如是種種說　隨事別施設　所說非所應
於彼爲非說　彼彼諸病人　良醫隨處方
如來爲衆生　隨心應量說　妄想非境界
聲聞亦非分　哀愍者所說　自覺之境界

復次大慧若菩薩摩訶薩欲知自心現攝受及攝受者妄想境界當離羣聚習俗睡眠初

中後夜常自覺悟修行方便當離惡見經論言說及諸聲聞緣覺乘相當通達自心現妄想之相復次大慧菩薩摩訶薩建立智慧相住已於上聖智三相當勤修學何等爲聖智三相當勤修學所謂無所有相一切諸佛自願處相自覺聖智究竟之相修行得此已能捨跛驢心慧智相得最勝子第八之地則於彼上三相修生大慧無所有相者謂聲聞緣覺及外道相彼修習生大慧自願處相者謂諸先佛自願處修生大慧自覺聖智究竟相者一切法相無所計著得如幻三昧身諸佛地處進趣行生大慧是名聖智三相若成就此聖智三相者能到自覺聖智境界是故大慧聖智三相當勤修學爾時大慧菩薩摩訶薩知大菩薩衆心之所念名聖智事分別自

性經承一切佛威神之力而白佛言世尊唯願爲說聖智事分別自性經百八句分別所依如來應供等正覺依此分別說菩薩摩訶薩入自相共相妄想自性以分別說妄想自性故則能善知周徧觀察人法無我淨除妄想照明諸地超越一切聲聞緣覺及諸外道諸禪定樂觀察如來不可思議所行境界畢定捨離五法自性諸佛如來法身智慧善自莊嚴起幻境界昇一切佛刹兜率天宮乃至色究竟天宮逮得如來常住法身佛告大慧有一種外道作無所有妄想計著覺知因盡兎無角想如兎無角一切法亦復如是大慧復有餘外道見種求那極微陀羅驃形處横法各各差别見已計著無兎角横法作牛有角想大慧彼墮二見不解心量自心境界妄

想增長身受用建立妄想限量大慧一切法性亦復如是離有無不應作想大慧若復離有無而作兎無角想是名邪想彼因待觀故兎無角不應作想乃至微塵分別事性悉不可得大慧聖境界離不應作牛有角想爾時大慧菩薩摩訶薩白佛言世尊得無妄想者見不生想已隨比思量觀察不生妄想言無耶佛告大慧非觀察不生妄想言無所以者何妄想者因彼生故依彼角生妄想以依角生妄想是故言依因故離異不異故非觀察不生妄想言無角大慧若復妄想異角者則不因角生若不異者則因彼故乃至微塵分析推求悉不可得不異角故彼亦非性二俱無性者何法何故而言無耶大慧若無故無角觀有故言兎無角者不應作想大慧不正因故而說有無二俱不成大慧復有餘外道見計著色空事形處橫法不能善知虛空分齊言色離虛空起分齊見妄想大慧虛空是色隨入色種大慧色是虛空持所持處所建立性色空事分別當知大慧四大種生時自相各別亦不住虛空非彼無虛空如是大慧觀牛有角故兎無角大慧又牛角者析為微塵又分別微塵剎那不住彼何所觀故而言無耶若言觀餘物者彼法亦然爾時世尊告大慧菩薩摩訶薩言當離兎角牛角虛空形色異見妄想汝等諸菩薩摩訶薩當思惟自心現妄想隨入為一切剎土最勝子以自心現方便而教授之爾時世尊欲重宣此義而說偈言

色等及心無　色等長養心　身受用安立

識藏現衆生　心意及與識　自性法有五
無我二種淨　廣說者所說　長短有無等
展轉互相生　以無故成有　以有故成無
微塵分別事　不起色妄想　心量安立處
惡見所不樂　覺想非境界　聲聞亦復然
救世之所說　自覺之境界

爾時大慧菩薩爲淨除自心現流故復請如來白佛言世尊云何淨除一切衆生自心現流爲頓爲漸耶佛告大慧漸淨非頓如菴羅果漸熟非頓如來淨除一切衆生自心現流亦復如是漸淨非頓譬如陶家造作諸器漸成非頓如來淨除一切衆生自心現流亦復如是漸淨非頓譬如大地漸生萬物非頓生也如來淨除一切衆生自心現流亦復如是漸淨非頓譬如人學音樂書畫種種伎術漸成非頓如來淨除一切衆生自心現流亦復如是漸淨非頓譬如明鏡頓現一切無相色像如來淨除一切衆生自心現流亦復如是頓現無相無有所有清淨境界如日月輪頓照顯示一切色像如來爲離自心現習氣過患衆生亦復如是頓爲顯示不思議智最勝境界譬如藏識頓分別知自心現及身安立受用境界彼諸依佛亦復如是頓熟衆生所處境界以修行者安處於彼色究竟天譬如法佛所作依佛光明照曜自覺聖趣亦復如是彼於法相有性無性惡見妄想照令除滅大慧法依佛說一切法入自相共相自心現習氣因相續妄想自性計著因種種無實幻種種計著不可得復次大慧計著緣起自性生妄想自性相大慧如二幻師依草木瓦石

作種種幻起一切衆生若干形色起種種妄想彼諸妄想亦無眞實如是大慧依緣起自性起妄想自性種種妄想心種種相行事妄想相計著習氣妄想大慧是爲妄想自性相生大慧是名依佛說法大慧法佛者離心自性相自覺聖所緣境界建立施作大慧化佛者說施戒忍精進禪定及心智慧離陰界入解脫識相分別觀察建立超外道見無色見大慧又佛法者離攀緣攀緣離一切所作根量相滅非諸凡夫聲聞緣覺外道計著我相所著境界自覺聖究竟差別相建立是故大慧自覺聖差別相當勤修學自心現見應當除滅復次大慧有二種聲聞乘通分別相謂得自覺聖差別相及性妄想自性計著相云何時自覺聖差別相聲聞謂無常苦空無我境界眞諦離欲寂滅息陰界入自共相外不壞相如實知心得寂止心寂止已禪定解脫三昧道果正受解脫不離習氣不思議變易死得自覺聖樂住聲聞是名得自覺聖差別相聲聞大慧得自覺聖差別樂住菩薩摩訶薩非滅門樂正受樂顧愍衆生及本願不作證大慧是名聲聞得自覺聖差別相樂菩薩摩訶薩於彼得自覺聖差別相樂不應修學大慧云何性妄想自性計著相聲聞所謂大種青黃赤白堅濕煖動非作生自相共相先勝善說見已於彼起自性妄想菩薩摩訶薩於彼應知應捨隨入法無我想滅人無我相見漸次諸地相續建立是名諸聲聞性妄想自性計著相爾時大慧菩薩摩訶薩白佛言世尊世尊所說常及不思議自覺聖趣境界

及第一義境界世尊非諸外道所說常不思議因緣耶佛告大慧非諸外道因緣得常不思議所以者何諸外道常不思議不因自相成若常不思議不因自相成者何因顯現常不思議復次大慧不思議若因自相成者彼則應常由作者因相故常不思議不成大慧我第一義常不思議第一義因相成離性非性得自覺相故有相第一義智因故有因離性非性故譬如無作虛空涅槃滅盡故常如是大慧不同外道常不思議論如是大慧此常不思議諸如來自覺聖智所得如是故常不思議自覺聖智所得應得修學復次大慧外道常不思議無常性異相因故非自作因相力故常復次大慧諸外道常不思議於所作性非性無常見已思量計常大慧我亦以如是因緣所作者性非性無常見已自覺聖境界說彼常無因故大慧若復諸外道因相成常不思議因自相性非性同於兎角此常不思議但言說妄想諸外道輩有如是過所以者何謂但言說妄想同於兎角自因相非分大慧我常不思議因自覺得相故離所作性非性故常非外性非性無常思量計常大慧若復外性非性無常思量計常不思議常而彼不知常不思議自因之相去得自覺聖智境界相遠彼不應說復次大慧諸聲聞畏生死妄想苦而求涅槃不知生死涅槃差別一切性妄想非性未來諸根境界休息作涅槃想非自覺聖智趣藏識轉是故凡愚說有三乘說心量趣無所有是故大慧彼不知過去未來現在諸如來自心現境界計著外心

現境界生死輪常轉復次大慧一切法不生是過去未來現在諸如來所說所以者何謂自心現性非性離有非有生故大慧一切性不生一切法如兎馬等角愚癡凡夫不實妄想自性妄想故大慧一切法不生自覺聖智趣境界者一切性自性相不生非彼愚夫妄想二境界自性身財建立趣自性相大慧藏識攝所攝相轉愚夫墮生住滅二見希望一切性生有非有妄想生非賢聖也大慧於彼應當修學復次大慧有五無間種性云何爲五謂聲聞乘無間種性緣覺乘無間種性如來乘無間種性不定種性各別種性云何知聲聞乘無間種性若聞說得陰界入自共相斷知時舉身毛孔熈怡欣悅及樂修相智不修緣起發悟之相是名聲聞乘無間種性聲聞無間見第八地起煩惱斷習氣煩惱不斷不度不思議變易死度分段死正師子吼我生已盡梵行已立不受後有如實知修習人無我乃至得般涅槃覺大慧各別無間者我人衆生壽命長養士夫彼諸衆生作如是覺求般涅槃復有異外道說悉由作者見一切性已言此是般涅槃作如是覺法無我見非分彼無解脫大慧此諸聲聞乘無間外道種性不出出覺爲轉彼惡見故應當修學大慧緣覺乘無間種性者若聞說各別緣無間舉身毛竪悲泣流淚不相近緣所有不著種種自身種種神通若離若合種種變化聞說是時其心隨入若知彼緣覺乘無間種性已隨順爲說緣覺之乘是名緣覺乘無間種性相大慧彼如來乘無間種性有四種謂自性法

無間種性離自相法無間種性得自覺聖無間種性外刹殊勝無間種性大慧若聞此四事一一說時及說自心現身財建立不思議境界時心不驚怖者是名如來乘無間種性相大慧不定種性者謂說彼三種時隨說而入隨彼而成大慧此是初治地者謂種性建立爲超入無所有地故作是建立彼自覺藏者自煩惱習淨見法無我得三昧樂住聲聞當得如來最勝之身爾時世尊欲重宣此義而說偈言

須陀槃那果　往來及不還　逮得阿羅漢
是等心惑亂　三乘與一乘　非乘我所說
愚夫少智慧　諸聖遠離寂　第一義法門
遠離於二教　住於無所有　何建立三乘
諸禪無量等　無色三摩提　受想悉寂滅
亦無有心量

大慧彼一闡提非一闡提世間解脱誰轉大慧一闡提有二種一者捨一切善根及於無始衆生發願云何捨一切善根謂謗菩薩藏及作惡言此非隨順修多羅毗尼解脱之說捨一切善根故不般涅槃二者菩薩本自願方便故非不般涅槃一切衆生而般涅槃大慧彼般涅槃是名不般涅槃法相此亦到一闡提趣大慧白佛言世尊此中云何畢竟不般涅槃佛告大慧菩薩一闡提者知一切法本來般涅槃已畢竟不般涅槃而非捨一切善根一闡提也大慧捨一切善根一闡提者復以如來神力故或時善根生所以者何謂如來不捨一切衆生故以是故菩薩一闡提不般涅槃復次大慧菩薩摩訶薩當善三自

性云何三自性謂妄想自性緣起自性成自性大慧妄想自性從相生大慧白佛言世尊云何妄想自性從相生佛告大慧緣起自性事相相行顯現事相相計著有二種妄想自性如來應供等正覺之所建立謂名相計著相及事相計著相名相計著相者謂內外法計著事相計著相者謂即彼如是內外自共相計著是名二種妄想自性相若依若緣生是名緣起云何成自性謂離名相事相妄想聖智所得及自覺聖智趣所生境界是名成自性如來藏心爾時世尊欲重宣此義而說偈言

名相覺想　自性二相　正智如如　是則成相

大慧是名觀察五法自性相經自覺聖智趣所行境界汝等諸菩薩摩訶薩應當修學復次大慧菩薩摩訶薩善觀二種無我相云何二種無我相謂人無我及法無我云何人無我謂離我我所陰界入聚無知業愛生眼色等攝受計著生識一切諸根自心現器身等藏自妄想相施設顯示如河流如種子如燈如風如雲剎那展轉壞躁動如猨猴樂不淨處如飛蠅無厭足如風火無始虛偽習氣因如汲水輪生死趣有輪種種身色幻術神呪機發像起善彼相知是名人無我智云何法無我智謂覺陰界入妄想相自性如陰界入離我我所陰界入積聚因業愛繩縛展轉相緣生無動搖諸法亦爾離自共相不實妄想相妄想力是凡夫生非聖賢也心意識五法自性離故大慧菩薩摩訶薩當善分別一切法無我善法無我菩薩摩訶薩不久當得初

地菩薩無所有觀地相觀察開覺歡喜次第漸進超九地相明得法雲地於彼建立無量寶莊嚴大寶蓮華王像大寶宮殿幻自性境界修習生於彼而坐同一像類諸最勝子眷屬圍繞從一切佛剎來佛手灌頂如轉輪聖王太子灌頂超佛子地到自覺聖法趣當得如來自在法身見法無我故是名法無我相汝等諸菩薩摩訶薩應當修學爾時大慧菩薩摩訶薩復白佛言世尊建立誹謗相唯願說之令我及諸菩薩摩訶薩離建立誹謗二邊惡見疾得阿耨多羅三藐三菩提覺已離常建立斷誹謗見不謗正法爾時世尊受大慧菩薩請已而說偈言

建立及誹謗　無有彼心量　身受用建立
及心不能知　愚癡無智慧　建立及誹謗

爾時世尊於此偈義復重顯示告大慧言有四種非有建立云何爲四謂非有相建立非有見建立非有因建立非有性建立是名四種建立又誹謗者謂於彼所立無所得觀察非分而起誹謗是名建立誹謗相復次大慧云何非有相建立相謂陰界入非有自共相而起計著此如是此不異是名非有相建立相此非有相建立妄想無始虛僞過種種習氣計著生大慧非有見建立相者若彼如是陰界入我人衆生壽命長養士夫見建立是名非有見建立相大慧非有因建立相者謂初識無因生後不實如幻本不生眼色明界念前生生已實已還壞是名非有因建立相大慧非有性建立相者謂虛空滅般涅槃非作計著性建立此離性非性一切法如兎馬

等角如垂髮現離有非有建立及誹謗愚夫妄想不善觀察自心現量非賢聖也是名非有性建立相是故離建立誹謗惡見應當修學復次大慧菩薩摩訶薩善知心意意識五法自性二無我相趣究竟爲安衆生故作種種類像如妄想自性處依於緣起譬如衆色如意寶珠普現一切諸佛刹土一切如來大衆集會悉於其中聽受經法所謂一切法如幻如夢光影水月於一切法離生滅斷常及離聲聞緣覺之法得百千三昧乃至百千億那由他三昧得三昧已遊諸佛刹供養諸佛生諸天宮宣揚三寶示現佛身聲聞菩薩大衆圍遶以自心現量度脫衆生分別演說外性無性悉令遠離有無等見爾時世尊欲重宣此義而說偈言

心量世間　佛子觀察　種類之身　離所作行

得力神通　自在成就

爾時大慧菩薩摩訶薩復請佛言惟願世尊爲我等說一切法空無生無二離自性相我等及餘諸菩薩衆覺悟是空無生無二離自性相已離有無妄想疾得阿耨多羅三藐三菩提爾時世尊告大慧菩薩摩訶薩言諦聽諦聽善思念之今當爲汝廣分別說大慧白佛言善哉世尊唯然受教佛告大慧空空者即是妄想自性處大慧妄想自性計著者說空無生無二離自性相大慧彼略說七種空謂相空性自性空行空無行空一切法離言說空第一義聖智大空彼彼空云何相空謂一切性自共相空觀展轉積聚故分別無性自共相不生自他俱性無性故相不住是故

說一切性相空是名相空云何性自性空謂自已性自性不生是名一切法性自性空是故說性自性空云何行空謂陰離我我所因所成所作業方便生是名行空大慧即此如是行空展轉緣起自性無性是名無行空云何一切法離言說空謂妄想自性無言說故一切法離言說是名一切法離言說空云何一切法第一義聖智大空謂得自覺聖智一切見過習氣空是名一切法第一義聖智大空云何彼彼空謂於彼無彼空是名彼彼空大慧譬如鹿子母舍無象馬牛羊等非無比丘衆而說彼空非舍舍性空亦非比丘比丘性空非餘處無象馬是名一切法自相彼於彼無彼是名彼彼空是名七種空彼彼空者是空最麤汝當遠離大慧不自生非不生除住三昧是名無生離自性即是無生離自性刹那相續流注及異性現一切性離自性是故一切性離自性云何無二謂一切法如陰熱如長短如黑白大慧一切法無二非於涅槃彼生死非於生死彼涅槃異相因有性故是名無二如涅槃生死一切法亦如是是故空無生無二離自性相應當修學爾時世尊欲重宣此義而說偈言

我常說空法　遠離於斷常　生死如幻夢
而彼業不壞　虛空及涅槃　滅二亦如是
愚夫作妄想　諸聖離無有

爾時世尊復告大慧菩薩摩訶薩言大慧空無生無二離自性相普入諸佛一切修多羅凡所有經悉說此義諸修多羅悉隨衆生希望心故爲分別說顯示其義而非眞實在於

言說如鹿渴想誑惑羣鹿鹿於彼相計著水性而彼無水如是一切修多羅所說諸法爲令愚夫發歡喜故非實聖智在於言說是故當依於義莫著言說

楞伽阿跋多羅寶經卷第一

音釋

楞伽梵語正云駿迦此云不可往蓋山名也楞盧登切阿跋多羅梵語也此云又云無上跋蒲撥切揵闥婆城梵語無翻謂蜃氣所現幻作城郭但可眼見而無有實揵巨焉切闥他達切甘蔗種蔗之夜切種音踵初大茅草王得成王仙壽命極長老不能行時諸弟子出求飲食以籠盛之懸樹枝上獵師遥見謂鳥射之血滴于地生二甘蔗日炙開剖一出童男一出童女男名善生受灌頂位名甘蔗王女名善賢爲第一妃此蓋佛稱甘蔗種之本因也箜篌箜枯公切篌胡溝切箜篌樂器也䵃古猛切麥也阿㝹㝹奴鈎切數句非數句此凡二句上句數字物之數也下句數字霜縷切焦種焦茲消切種主勇切焦種謂焦壞之種不能萌芽也噬時制切噉也驃毗召切分齊分扶問切齊才詣切分齊謂限量也依佛依佛者謂依佛法身之佛即應化身之佛也躁動躁則到切不安靜也猨猴猨于元切猨猴也猴胡鈎切獼猴也

楞伽阿跋多羅寶經卷第二

宋天竺三藏求那跋陀羅譯

一切佛語心品之二

爾時大慧菩薩摩訶薩白佛言世尊世尊修多羅說如來藏自性清淨轉三十二相入於一切衆生身中如大價寶垢衣所纏如來之藏常住不變亦復如是而陰界入垢衣所纏貪欲恚癡不實妄想塵勞所汙一切諸佛之所演說云何世尊同外道說我言有如來藏耶世尊外道亦說有常作者離於求那周徧不滅世尊彼說有我佛告大慧我說如來藏不同外道所說之我大慧有時說空無相無願如實際法性法身涅槃離自性不生不滅本來寂靜自性涅槃如是等句說如來藏已如來應供等正覺爲斷愚夫畏無我句故說離妄想無所有境界如來藏門大慧未來現在菩薩摩訶薩不應作我見計著譬如陶家於一泥聚以人工水木輪繩方便作種種器如來亦復如是於法無我離一切妄想相以種種智慧善巧方便或說如來藏或說無我以是因緣故說如來藏不同外道所說之我是名說如來藏開引計我諸外道故說如來藏令離不實我見妄想入三解脫門境界希望疾得阿耨多羅三藐三菩提是故如來應供等正覺作如是說如來之藏若不如是則同外道是故大慧爲離外道見故當依無我如來之藏爾時世尊欲重宣此義而說偈言

人相續陰　緣與微塵　勝自在作　心量妄想

爾時大慧菩薩摩訶薩觀未來衆生復請世尊惟願爲說修行無間如諸菩薩摩訶薩修

行者大方便佛告大慧菩薩摩訶薩成就四法得修行者大方便云何爲四謂善分別自心現觀外性非性離生住滅見得自覺聖智善樂是名菩薩摩訶薩成就四法得修行者大方便云何菩薩摩訶薩善分別自心現謂如是觀三界唯心分齊離我我所無動摇離去來無始虛僞習氣所薰三界種種色行繫縛身財建立妄想隨入現是名菩薩摩訶薩善分別自心現云何菩薩摩訶薩善觀外性非性謂焰夢等一切性無始虛僞妄想習因觀一切性自性菩薩摩訶薩作如是善觀外性非性是名菩薩摩訶薩善觀外性非性云何菩薩摩訶薩善離生住滅見謂如幻夢一切性自他俱性不生隨入自心分齊故見外性非性見識不生及緣不積聚見妄想緣生

於三界内外一切法不可得見離自性生見悉滅知如幻等諸法自性得無生法忍得無生法忍已離生住滅見是名菩薩摩訶薩善分別離生住滅見云何菩薩摩訶薩得自覺聖智善樂謂得無生法忍住第八菩薩地得離心意意識五法自性二無我相得意生身世尊意生身者何因緣佛告大慧意生身者譬如意去迅疾無礙故名意生譬如意去石壁無礙於彼異方無量由延因先所見憶念不忘自心流注不絶於身無障礙生大慧如是意生身得一時俱菩薩摩訶薩意生身如幻三昧力自在神通妙相莊嚴聖種類身一時俱生猶如意生無有障礙隨所憶念本願境界爲成就衆生得自覺聖智善樂如是菩薩摩訶薩得無生法忍住第八菩薩地轉捨

心意意識五法自性二無我相身及得意生身得自覺聖智善樂是名菩薩摩訶薩成就四法得修行者大方便當如是學爾時大慧菩薩摩訶薩復請世尊惟願爲說一切諸法緣因之相以覺緣因相故我及諸菩薩離一切性有無妄見無妄想見漸次俱生佛告大慧一切法二種緣相謂外及内外緣者謂泥團柱輪繩水木人工諸方便緣有缾生如泥缾縷疊草席種芽酪酥等方便緣生亦復如是是名外緣前後轉生云何内緣謂無明愛業等法得緣名從彼生陰界入法得緣所起名彼無差別而愚夫妄想是名内緣法大慧彼因者有六種謂當有因相續因相因作因顯示因待因當有因者作因已内外法生相續因者作攀緣已内外法生陰種子等相因者作無間相相續生作因者作增上事如轉輪王顯示因者妄想事生已相現作所作如燈照色等待因者滅時作相續斷不妄想性生大慧彼自妄想相愚夫不漸次生不俱生所以者何若復俱生者作所作無分別不得因相故若漸次生者不得相我故漸次生不生如不生子無父名大慧漸次生相續方便不然但妄想耳因攀緣次第增上緣等生所生故大慧漸次生不生妄想自性計著相故漸次俱不生自心現受用故自相共相外性非性大慧漸次俱不生除自心現不覺妄想故相生是故因緣作事方便相當離漸次俱見爾時世尊欲重宣此義而說偈言

一切都無生　亦無因緣滅　於彼生滅中

而起因緣想　非遮滅復生　相續因緣起

唯爲斷凡愚　癡惑妄想緣　有無緣起法
是悉無有生　習氣所迷轉　從是三有現
眞實無生緣　亦復無有滅　觀一切有爲
猶如虛空華　攝受及所攝　捨離惑亂見
非已生當生　亦復無因緣　一切無所有
斯皆是言説

爾時大慧菩薩摩訶薩復白佛言世尊惟願爲説言説妄想相心經世尊我及餘菩薩摩訶薩若善知言説妄想相心經則能通達言説所説二種義疾得阿耨多羅三藐三菩提以言説所説二種趣淨一切衆生佛告大慧諦聽諦聽善思念之當爲汝説大慧白佛言善哉世尊唯然受教佛告大慧有四種言説妄想相謂相言説夢言説過妄想計著言説無始妄想言説相言説者從自妄想色相計著生夢言説者先所經境界隨憶念生從覺已境界無性生過妄想計著言説者先怨所作業隨憶念生無始妄想言説者無始虛僞計著過自種習氣生是名四種言説妄想相

爾時大慧菩薩摩訶薩復以此義勸請世尊惟願更説言説妄想所現境界世尊何處何故云何何因衆生妄想言説生佛告大慧頭胸喉鼻脣舌齗齒和合出音聲大慧白佛言世尊言説妄想爲異爲不異佛告大慧言説妄想非異非不異所以者何謂彼因生相故大慧若言説妄想異者妄想不應是因若不異者語不顯義而有顯示是故非異非不異大慧復白佛言世尊爲言説即是第一義爲所説者是第一義佛告大慧非言説是第一義亦非所説是第一義所以者何謂第一義

聖樂言說所入是第一義非言說是第一義第一義者聖智自覺所得非言說妄想覺境界是故言說妄想不顯示第一義言說者生滅動摇展轉因緣起若展轉因緣起者彼不顯示第一義大慧自他相無性故言說相不顯示第一義復次大慧隨入自心現量故種種相外性非性言說妄想不顯示第一義是故大慧當離言說諸妄想相爾時世尊欲重宣此義而說偈言

諸性無自性　亦復無言說　甚深空空義
愚夫不能了　一切性自性　言說法如影
自覺聖智子　實際我所說

爾時大慧菩薩摩訶薩復白佛言世尊惟願爲說離有無一異俱不俱非有非無常無常一切外道所不行自覺聖智所行離妄想自相共相入於第一眞實之義諸地相續漸次上上增進清淨之相隨入如來地相無開發本願譬如衆色摩尼境界無邊相行自心現趣部分之相一切諸法我及餘菩薩摩訶薩離如是等妄想自性自共相見疾得阿耨多羅三藐三菩提令一切衆生一切安樂具足充滿佛告大慧善哉善哉汝能問我如是之義多所安樂多所饒益哀愍一切諸天世人佛告大慧諦聽諦聽善思念之吾當爲汝分別解說大慧白佛言善哉世尊唯然受教佛告大慧不知心量愚癡凡夫取內外性依於一異俱不俱有無非有非無常無常自性習因計著妄想譬如羣鹿爲渴所逼見春時焰而作水想迷亂馳趣不知非水如是愚夫無始虛僞妄想所薰習三毒燒心樂色境界見

生住滅取內外性墮於一異俱不俱有無非有非無常無常想妄見攝受如乾闥婆城凡愚無智而起城想無始習氣計著想現彼非有城非無城如是外道無始虛僞習氣計著依於一異俱不俱有無非有非無常無常見不能了知自心現量譬如有人夢見男女象馬車步城邑園林山河浴池種種莊嚴自身入中覺已憶念大慧於意云何如是士夫於前所夢憶念不捨爲黠慧不大慧白佛言不也世尊佛告大慧如是凡夫惡見所噬外道智慧不知如夢自心現性依於一異俱不俱有無非有非無常無常見譬如畫像不高不下而彼凡愚作高下想如是未來外道惡見習氣充滿依於一異俱不俱有無非有非無常無常見自壞壞他餘離有無無生之論亦說言無謗因果見拔善根本壞清淨因勝求者當遠離去作如是說彼墮自他俱見有無妄想已墮建立誹謗以是惡見當墮地獄譬如翳目見有垂髮謂衆人言汝等觀此而是垂髮畢竟非性非無性見不見故如是外道妄見希望依於一異俱不俱有無非有非無常無常見誹謗正法自陷陷他譬如火輪非輪愚夫輪想非有智者如是外道惡見希望依於一異俱不俱有無非有非無常無常想一切性生譬如水泡似摩尼珠愚小無智作摩尼想計著追逐而彼水泡非摩尼非非摩尼取不取故如是外道惡見妄想習氣所熏於無所有說有生緣有者言滅復次大慧有三種量五分論各建立已得聖智自覺離二自性事而作有性妄想計著大慧心意意識

身心轉變自心現攝所攝諸妄想斷如來地自覺聖智修行者不於彼作性非性想若復修行者如是境界性非性攝取想生者彼即取長養及取我人大慧若說彼性自性自共相一切皆是化佛所說非法佛說又諸言說悉由愚夫希望見生不爲別建立趣自性法得聖智自覺三昧樂住者分別顯示譬如水中有樹影現彼非影非非影非樹形非非樹形如是外道見習所薰妄想計著依於一異俱不俱有無非有非無常無常想而不能知自心現量譬如明鏡隨緣顯現一切色像而無妄想彼非像非非像而見像非像妄想愚夫而作像想如是外道惡見自心像現妄想計著依於一異俱不俱有無非有非無常無常見譬如風水和合出聲彼非性非非性如是外道惡見妄想依於一異俱不俱有無非有非無常無常見譬如大地無草木處熱焰川流洪浪雲擁彼非性非非性貪無貪故如是愚夫無始虛僞習氣所薰妄想計著依生住滅一異俱不俱有無非有非無常無常緣自住事門亦復如彼熱焰波浪譬如有人呪術機發以非衆生數毗舍闍鬼方便合成動搖云爲凡愚妄想計著往來如是外道惡見希望依於一異俱不俱有無非有非無常無常見戲論計著不實建立大慧是故欲得自覺聖智事當離生住滅一異俱不俱有無非有非無常無常等惡見妄想爾時世尊欲重宣此義而說偈言

幻夢水樹影　垂髮熱時焰　如是觀三有
究竟得解脫　譬如鹿渴想　動轉迷亂心

鹿想謂爲水　而實無水事　如是識種子
動轉見境界　愚夫妄想生　如爲翳所翳
於無始生死　計著攝受性　如逆楔出楔
捨離貪攝受　如幻咒機發　浮雲夢電光
觀是得解脫　永斷三相續　於彼無有作
猶如焰虛空　如是知諸法　則爲無所知
言教唯假名　彼亦無有相　於彼起妄想
陰行如垂髮　如畫垂髮幻　夢乾闥婆城
火輪熱時焰　無而現衆生　常無常一異
俱不俱亦然　無始過相續　愚夫癡妄想
明鏡水淨眼　摩尼妙寶珠　於中現衆色
而實無所有　一切性顯現　如畫熱時焰
種種衆色現　如夢無所有
復次大慧如來說法離如是四句謂一異俱不俱有無非有非無常無常離於有無建立誹謗分別結集眞諦緣起道滅解脫如來說法以是爲首非性非自在非無因非微塵非時非自性相續而爲說法復次大慧爲淨煩惱爾焰障故譬如商主次第建立百八句無所有善分別諸乘及諸地相復次大慧有四種禪云何爲四謂愚夫所行禪觀察義禪攀緣如禪如來禪云何愚夫所行禪謂聲聞緣覺外道修行者觀人無我性自相共相骨鎖無常苦不淨相計著爲首如是相不異觀前後轉進想不除滅是名愚夫所行禪云何觀察義禪謂人無我自相共相外道自他俱無性已觀法無我彼地相義漸次增進是名觀察義禪云何攀緣如禪謂妄想二無我妄想如實處不生妄想是名攀緣如禪云何如來禪謂入如來地得自覺聖智相三種樂住成

辨衆生不思議事是名如來禪爾時世尊欲重宣此義而說偈言

凡夫所行禪　觀察相義禪　攀緣如實禪
如來清淨禪　譬如日月形　鉢頭摩深險
如虛空火燼　修行者觀察　如是種種相
外道道通禪　亦復墮聲聞　及緣覺境界
捨離彼一切　則是無所有　一切刹諸佛
以不思議手　一時摩其頂　隨順入如相

爾時大慧菩薩摩訶薩復白佛言世尊般涅槃者說何等法謂爲涅槃佛告大慧一切自性習氣藏意意識見習轉變名爲涅槃諸佛及我涅槃自性空事境界復次大慧涅槃者聖智自覺境界離斷常妄想性非性云何非常謂自相共相妄想斷故非常云何非斷謂一切聖去來現在得自覺故非斷大慧涅槃不壞不死若涅槃死者復應受生相續若壞者應墮有爲相是故涅槃離壞離死是故修行者之所歸依復次大慧涅槃非斷非得非斷非常非一義非種種義是名涅槃復次大慧聲聞緣覺涅槃者覺自相共相不習近境界不顛倒見妄想不生彼等於彼作涅槃覺復次大慧二種自性相云何爲二謂言說自性相計著事自性相計著言說自性相計著者從無始言說虛僞習氣計著生事自性相計著者從不覺自心現分齊生復次大慧如來以二種神力建立菩薩摩訶薩頂禮諸佛聽受問義云何二種神力建立謂三昧正受爲現一切身面言說神力及手灌頂神力大慧菩薩摩訶薩初菩薩地住佛神力所謂入菩薩大乘照明三昧入是三昧已十方世界

一切諸佛以神通力爲現一切身面言說如金剛藏菩薩摩訶薩及餘如是相功德成就菩薩摩訶薩大慧是名初菩薩地菩薩摩訶薩得菩薩三昧正受神力於百千劫積集善根之所成就次第諸地對治所治相通達究竟至法雲地住大蓮華微妙宮殿坐大蓮華寶師子座同類菩薩摩訶薩眷屬圍繞衆寶瓔珞莊嚴其身如黄金薝蔔日月光明諸最勝子從十方來就大蓮華宮殿座上而灌其頂譬如自在轉輪聖王及天帝釋太子灌頂是名菩薩手灌頂神力大慧是名菩薩摩訶薩二種神力若菩薩摩訶薩住二種神力面見諸佛如來若不如是則不能見復次大慧菩薩摩訶薩凡所分別三昧神足說法之行是等一切悉住如來二種神力大慧若菩薩摩訶薩離佛神力能辯說者一切凡夫亦應能說所以者何謂不住神力故大慧山石樹木及諸樂器城郭宮殿以如來入城威神力故皆自然出音樂之聲何況有心者聾盲瘖瘂無量衆苦皆得解脱如來有如是等無量神力利安衆生大慧菩薩復白佛言世尊以何因緣如來應供等正覺菩薩摩訶薩住三昧正受時及勝進地灌頂時加其神力佛告大慧爲離魔業煩惱故及不墮聲聞地禪故爲得如來自覺地故及增進所得法故是故如來應供等正覺咸以神力建立諸菩薩摩訶薩若不以神力建立者則墮外道惡見妄想及諸聲聞衆魔希望不得阿耨多羅三藐三菩提以是故諸佛如來咸以神力攝受諸菩薩摩訶薩爾時世尊欲重宣此義而說偈

言

神力人中尊　大願悉清淨　三摩提灌頂

初地及十地

爾時大慧菩薩摩訶薩復白佛言世尊佛說緣起即是說因緣不自說道世尊外道亦說因緣謂勝自在時微塵生如是諸性生然世尊所謂因緣生諸性言說有間悉檀無間悉檀世尊外道亦說有無有生世尊亦說無有生生已滅如世尊所說無明緣行乃至老死此是世尊無因說非有因說世尊建立作如是說此有故彼有非建立漸生觀外道說勝非如來也所以者何世尊外道說因不從緣生而有所生世尊說觀因有事觀事有因如是因緣雜亂如是展轉無窮佛告大慧我非無因說及因緣雜亂說此有故彼有者攝所攝非性覺自心現量大慧若攝所攝計著不覺自心現量外境界性非性彼有如是過非我說緣起我常說言因緣和合而生諸法非無因生大慧復白佛言世尊非言說有性有一切性耶世尊若無性者言說不生世尊是故言說有性有一切性佛告大慧無性而作言說謂兔角龜毛等世間現言說大慧非性非非性但言說耳如汝所說言說有性有一切性者汝論則壞大慧非一切刹土有言說言說者是作耳或有佛刹瞻視顯法或有作相或有揚眉或有動睛或笑或欠或謦欬或念刹土或動搖大慧如瞻視及香積世界普賢如來國土但以瞻視令諸菩薩得無生法忍及諸勝三昧是故非言說有性有一切性大慧見此世界蚊蚋蟲蟻是等衆生無有言

說而各辨事爾時世尊欲重宣此義而說偈
言
如虛空兔角　及與槃大子　無而有言說
如是性妄想　因緣和合法　凡愚起妄想
不能如實知　輪回三有宅
爾時大慧菩薩摩訶薩復白佛言世尊常聲者何事說佛告大慧爲惑亂以彼惑亂諸聖亦現而非顛倒大慧如春時焰火輪垂髮乾闥婆城幻夢鏡像世間顛倒非明智也然非不現大慧彼惑亂者有種種現非惑亂作無常所以者何謂離性非性故大慧云何離性非性惑亂謂一切愚夫種種境界故如彼恒河餓鬼見不見故無惑亂性於餘現故非無性如是惑亂諸聖離顛倒不顛倒是故惑亂常謂相相不壞故大慧非惑亂種種相妄想相壞是故惑亂常大慧云何惑亂眞實若復因緣諸聖於此惑亂不起顛倒覺非不顛倒覺大慧除諸聖於此惑亂有少分想非聖智事想大慧凡有者愚夫妄說非聖言說彼惑亂者倒不倒妄想起一種種性謂聖種性及愚夫種性聖種性者三種分別謂聲聞乘緣覺乘佛乘云何愚夫妄想起聲聞乘種性謂自共相計著起聲聞乘種性是名妄想起聲聞乘種性大慧即彼惑亂妄想起緣覺乘種性謂即彼惑亂自共相不親計著起緣覺乘種性云何智者即彼惑亂起佛乘種性謂覺自心現量外性非性不妄想相起佛乘種性是名即彼惑亂起佛乘種性又種種事性凡夫惑想起愚夫種性彼非有事非無事是名種性義大慧即彼惑亂不妄想諸聖心意意

識過習氣自性法轉變性是名爲如是故說如離心我說此句顯示離想即說離一切想大慧白佛言世尊惑亂爲有爲無佛告大慧如幻無計著相若惑亂有計著相者計著性不可滅緣起應如外道說因緣生法大慧白佛言世尊若惑亂如幻者復當與餘惑作因佛告大慧非幻惑因不起過故大慧幻不起過無有妄想大慧幻者從他明處生非自妄想過習氣處生是故不起過大慧此是愚夫心惑計著非聖賢也爾時世尊欲重宣此義而說偈言

聖不見惑亂　中間亦無實　中間若眞實
惑亂即眞實　捨離一切惑　若有相生者
是亦爲惑亂　不淨猶如翳

復次大慧非幻無有相似見一切法如幻大慧白佛言世尊爲種種幻相計著言一切法如幻爲異相計著若種種幻相計著言一切性如幻者世尊有性不如幻者所以者何謂色種種相非因世尊無有因色種種相現如幻世尊是故無種種幻相計著相似性如幻佛告大慧非種種幻相計著相似一切法如幻大慧然不實一切法速滅如電是則如幻大慧譬如電光刹那頃現現已即滅非愚夫現如是一切性自妄想自共相觀察無性非現色相計著爾時世尊欲重宣此義而說偈言

非幻無有譬　說法性如幻　不實速如電
是故說如幻

大慧復白佛言如世尊所說一切性無生及如幻將無世尊前後所說自相違耶說無生

性如幻佛告大慧非我說無生性如幻前後相違過所以者何謂生無生覺自心現量有非有外性非性無生現大慧非我前後說相違過然壞外道因生故我說一切性無生大慧外道癡聚欲令有無有生非自妄想種種計著緣大慧我非有無有生是故我以無生說而說大慧說性者爲攝受生死故壞無見斷見故爲我弟子攝受種種業受生處故以聲性說攝受生死大慧說幻性自性相爲離性自性相故墮愚夫惡見相希望不知自心現量壞因所作生緣自性相計著說幻夢自性相一切法不令愚夫惡見希望計著自及他一切法如實處見作不正論大慧如實處見一切法者謂超自心現量爾時世尊欲重宣此義而說偈言

無生作非性　有性攝生死　觀察如幻等
於相不妄想

復次大慧當說名句形身相善觀名句形身菩薩摩訶薩隨入義句形身疾得阿耨多羅三藐三菩提如是覺已覺一切衆生大慧名身者謂若依事立名是名名身句身者謂句有義身自性決定究竟是名句身形身者謂顯示名句是名形身又形身者謂長短高下又句身者謂徑跡如象馬人獸等所行徑跡得句身名大慧名及形者謂以名說無色四陰故說名自相現故說形是名名句形身說名句形身相分齊應當修學爾時世尊欲重宣此義而說偈言

名身與句身　及形身差別　凡夫愚計著
如象溺深泥

復次大慧未來世智者當以離一異俱不俱見相我所通義問無智者彼即答言此非正問謂色等常無常爲異不異如是涅槃諸行相所相求那所求那造所造見所見塵及微塵修與修者如是比展轉相如是等問而言佛說無記止論非彼癡人之所能知謂聞慧不具故如來應供等正覺令彼離恐怖句故說言無記不爲記說又止外道見論故而不爲說大慧外道作如是說謂命即是身如是等無記論大慧彼諸外道愚癡於因作無記論非我所說大慧我所說者離攝所攝妄想不生云何止彼大慧若攝所攝計著者不知自心現量故止彼大慧如來應供等正覺以四種記論爲衆生說法大慧止記論者我時時說爲根未熟不爲熟者復次大慧一切法離所作因緣不生無作者故一切法不生大慧何故一切性離自性以自覺觀時自共性相不可得故說一切法不生何故一切法不可持來不可持去以自共相欲持來無所來欲持去無所去是故一切法離持來去大慧何故一切諸法不滅謂性自性相無故一切法不可得故一切法不滅大慧何故一切法無常謂相起無常性是故說一切法無常大慧何故一切法常謂相起無生性無常常故說一切法常爾時世尊欲重宣此義而說偈言

記論有四種　一向反詰問　分別及止論
以制諸外道　有及非有生　僧佉毗舍師
一切悉無記　彼如是顯示　正覺所分別
自性不可得　以離於言說　故說離自性

爾時大慧菩薩摩訶薩復白佛言世尊惟願爲說諸須陀洹須陀洹趣差別通相若菩薩摩訶薩善解須陀洹趣差別通相及斯陀含阿那含阿羅漢方便相分別知已如是如是爲衆生說法謂二無我相及二障淨度諸地相究竟通達得諸如來不思議究竟境界如衆色摩尼善能饒益一切衆生以一切法境界無盡身財攝養一切佛告大慧諦聽諦聽善思念之今爲汝說大慧白佛言善哉世尊唯然聽受佛告大慧有三種須陀洹須陀洹果差別云何爲三謂下中上下者極七有生中者三五有生而般涅槃上者即彼生而般涅槃此三種有三結下中上云何三結謂身見疑戒取是三結差別上上昇進得阿羅漢大慧身見有二種謂俱生及妄想如緣起妄想自性妄想譬如依緣起自性種種妄想自性計著生以彼非有非無非有無無實妄想相故愚夫妄想種種妄想自性相計著如熱時焰鹿渴水想是須陀洹妄想身見彼以人無我攝受無性斷除久遠無知計著大慧俱生者須陀洹身見自他身等四陰無色相故色生造及所造故展轉相因相故大種及色不集故須陀洹觀有無品不現身見則斷如是身見斷貪則不生是名身見相大慧疑相者謂得法善見相故及先二種身見妄想斷故疑法不生不於餘處起大師見爲淨不淨是名疑相須陀洹斷大慧戒取者云何須陀洹不取戒謂善見受生處苦相故是故不取大慧取者謂愚夫決定受習苦行爲衆樂具故求受生彼則不取除回向自覺勝離妄想

無漏法相行方便受持戒支是名須陀洹取戒相斷須陀洹斷三結貪癡不生若須陀洹作是念此諸結我不成就者應有二過墮身見及諸結不斷大慧白佛言世尊世尊說衆多貪欲彼何者貪斷佛告大慧愛樂女人纏綿貪著種種方便身口惡業受現在樂種未來苦彼則不生所以者何得三昧正受樂故是故彼斷非趣涅槃貪斷大慧云何斯陀含相謂頓照色相妄想生相見相不生善見禪趣相故頓來此世盡苦際得涅槃是故名斯陀含大慧云何阿那含謂過去未來現在色相性非性生見過患使妄想不生故及結斷故名阿那含大慧阿羅漢者謂諸禪三昧解脫力明煩惱苦妄想非性故名阿羅漢大慧白佛言世尊世尊說三種阿羅漢此說何等阿羅漢世尊爲得寂靜一乘道爲菩薩摩訶薩方便示現阿羅漢爲佛化作佛告大慧得寂靜一乘道聲聞非餘餘者行菩薩行及佛化作巧方便本願故於大衆中示現受生爲莊嚴佛眷屬故大慧於妄想處種種說法謂得果得禪禪者入禪悉遠離故示現得自心現量得果相說名得果復次大慧欲超禪無量無色界者當離自心現量相大慧受想正受超自心現量者不然何以故有心量故爾時世尊欲重宣此義而說偈言

諸禪四無量　無色三摩提　一切受想滅
心量彼無有　須陀槃那果　往來及不還
及與阿羅漢　斯等心惑亂　禪者禪及緣
斷知見眞諦　此則妄想量　若覺得解脫

復次大慧有二種覺謂觀察覺及妄想相攝

受計著建立覺大慧觀察覺者謂若覺性自性相選擇離四句不可得是名觀察覺大慧彼四句者謂離一異俱不俱有無非有非無常無常是名四句大慧此四句離是名一切法大慧此四句觀察一切法應當修學大慧云何妄想相攝受計著建立覺謂妄想相攝受計著堅濕煖動不實妄想相四大種宗因想譬喻計著不實建立而建立是名妄想相攝受計著建立覺是名二種覺相若菩薩摩訶薩成就此二覺相人法無我相究竟善知方便無所有覺觀察行地得初地入百三昧得差別三昧見百佛及百菩薩知前後際各百劫事光照百剎土知上上地相大願殊勝神力自在法雲灌頂當得如來自覺地善繫心十無盡句成熟衆生種種變化光明莊嚴

得自覺聖樂三昧正受復次大慧菩薩摩訶薩當善四大造色云何菩薩善四大造色大慧菩薩摩訶薩作是覺彼眞諦者四大不生於彼四大不生作如是觀察觀察已覺名相妄想分齊自心現分齊外性非性是名心現妄想分齊謂三界觀彼四大造色性離四句通淨離我我所如實相自相分段住無生自相成大慧彼四大種云何生造色謂津潤妄想大種生內外水界堪能妄想大種生內外火界飄動妄想大種生內外風界斷截色妄想大種生內外地界色及虛空俱計著邪諦五陰集聚四大造色生大慧識者因樂種種跡境界故餘趣相續大慧地等四大及造色等有四大緣非彼四大緣所以者何謂性形相處所作方便無性大種不生大慧性形相

處所作方便和合生非無形是故四大造色相外道妄想非我復次大慧當說諸陰自性相云何諸陰自性相謂五陰云何五謂色受想行識彼四陰非色謂受想行識大慧色者四大及造色各各異相大慧非無色有四數如虛空譬如虛空過數相離於數而妄想言一虛空大慧如是陰過數相離於數離性非性離四句數相者愚夫言說所說非聖賢也大慧聖者如幻種種色像離異不異施設又如夢影士夫身離異不異故大慧聖智趣同陰妄想現是名諸陰自性相汝當除滅滅已說寂靜法斷一切佛刹諸外道見大慧說寂靜時法無我見淨及入不動地入不動地已無量三昧自在及得意生身得如幻三昧通達究竟力明自在救攝饒益一切衆生猶如大地載育衆生菩薩摩訶薩普濟衆生亦復如是復次大慧諸外道有四種涅槃云何爲四謂性自性非性涅槃種種相性非性涅槃自相自性非性覺涅槃諸陰自共相相續流注斷涅槃是名諸外道四種涅槃非我所說法大慧我所說者妄想識滅名爲涅槃大慧白佛言世尊不建立八識耶佛言建立大慧白佛言若建立者云何離意識非七識佛告大慧彼因及彼攀緣故七識不生意識者境界分段計著生習氣長養藏識意俱我我所計著思惟因緣生不壞身相藏識因攀緣自心現境界計著心衆生展轉相因譬如海浪自心現境界風吹若生若滅亦如是是故意識滅七識亦滅爾時世尊欲重宣此義而說偈言

我不涅槃性　所作及與相　妄想爾焰識
此滅我涅槃　彼因彼攀緣　意趣等成身
與因者是心　爲識之所依　如水大流盡
波浪則不起　如是意識滅　種種識不生

復次大慧今當說妄想自性分別通相若妄想自性分別通相善分別汝及餘菩薩摩訶薩離妄想到自覺聖外道通趣善見覺攝所攝妄想斷緣起種種相妄想自性行不復妄想大慧云何妄想自性分別通相謂言說妄想所說事妄想相妄想利妄想自性妄想因妄想見妄想成妄想生妄想不生妄想相續妄想縛不縛妄想是名妄想自性分別通相大慧云何言說妄想謂種種妙音歌詠之聲美樂計著是名言說妄想大慧云何所說事妄想謂有所說事自性聖智所知依彼而生言說妄想是名所說事妄想大慧云何相妄想謂即彼所說事如鹿渴想種種計著而計著謂堅濕煖動相一切性妄想是名相妄想大慧云何利妄想謂樂種種金銀珍寶是名利妄想大慧云何自性妄想謂自性持此如是不異惡見妄想是名自性妄想大慧云何因妄想謂若因若緣有無分別因相生是名因妄想大慧云何見妄想謂有無一異俱不俱惡見外道妄想計著妄想是名見妄想大慧云何成妄想謂我我所想成決定論是名成妄想大慧云何生妄想謂緣有無性生計著是名生妄想大慧云何不生妄想謂一切性本無生無種因緣生無因身是名不生妄想大慧云何相續妄想謂彼俱相續如金縷是名相續妄想大慧云何縛不縛妄想謂縛

不縛因緣計著如士夫方便若縛若解是名縛不縛妄想於此妄想自性分別通相一切愚夫計著有無大慧計著緣起而計著者種種妄想計著自性如幻示現種種之身凡夫妄想見種種異幻大慧幻與種種非異非不異若異者幻非種種因若不異者幻與種種無差別而見差別是故非異非不異是故大慧汝及餘菩薩摩訶薩如幻緣起妄想自性異不異有無莫計著爾時世尊欲重宣此義而說偈言

心縛於境界　覺想智隨轉　無所有及勝
平等智慧生　妄想自性有　於緣起則無
妄想或攝受　緣起非妄想　種種支分生
如幻則不成　彼相有種種　妄想則不成
彼相則是過　皆從心縛生　妄想無所知
於緣起妄想　此諸妄想性　即是彼緣起
妄想有種種　於緣起妄想　世諦第一義
第三無因生　妄想說世諦　斷於聖境界
譬如修行事　於一種種現　於彼無種種
妄想相如是　譬如種種翳　妄想衆色現
翳無色非色　緣起不覺然　譬如鍊眞金
遠離諸垢穢　虛空無雲翳　妄想淨亦然
無有妄想性　及有彼緣起　建立及誹謗
悉由妄想壞　妄想若無性　而有緣起性
無性而有性　有性無性生　依因於妄想
而得彼緣起　相名常相隨　而生諸妄想
究竟不成就　則度諸妄想　然後智淸淨
是名第一義　妄想有十二　緣起有六種
自覺知爾焰　彼無有差別　五法爲眞實
自性有三種　修行分別此　不越於如如

衆相及緣起　彼名起妄想　彼諸妄想相
從彼緣起生　覺慧善觀察　無緣無妄想
成已無有性　云何妄想覺　彼妄想自性
建立二自性　妄想種種現　清淨聖境界
妄想如畫色　緣起計妄想　若異妄想者
則依外道論　妄想說所想　因見和合生
離二妄想者　如是則爲成
大慧菩薩摩訶薩復白佛言世尊惟願爲說
自覺聖智相及一乘若自覺聖智相及一乘
我及餘菩薩善自覺聖智相及一乘不由於
他通達佛法佛告大慧諦聽諦聽善思念之
當爲汝說大慧白佛言唯然受教佛告大慧
前聖所知轉相傳授妄想無性菩薩摩訶薩
獨一靜處自覺觀察不由於他離見妄想上
上昇進入如來地是名自覺聖智相大慧云
何一乘相謂得一乘道覺我說一乘云何得
一乘道覺謂攝所攝妄想如實處不生妄想
是名一乘覺大慧一乘覺者非餘外道聲聞
緣覺梵天王等之所能得唯除如來以是故
說名一乘大慧白佛言世尊何故說三乘而
不說一乘佛告大慧不自般涅槃法故不說
一切聲聞緣覺一乘以一切聲聞緣覺如來
調伏授寂靜方便而得解脫非自己力是故
不說一乘復次大慧煩惱障業習氣不斷故
不說一切聲聞緣覺一乘不覺法無我不離
分段死故說三乘大慧彼諸一切起煩惱過
習氣斷及覺法無我彼一切起煩惱過習氣
斷三昧樂味著非性無漏界覺覺已復入出
世間上上無漏界滿足衆具當得如來不思
議自在法身爾時世尊欲重宣此義而說偈

言
諸天及梵乘　聲聞緣覺乘　諸佛如來乘
我說此諸乘　乃至有心轉　諸乘非究竟
若彼心滅盡　無乘及乘者　無有乘建立
我說爲一乘　引導衆生故　分別說諸乘
解脫有三種　及與法無我　煩惱智慧等
解脫則遠離　譬如海浮木　常隨波浪轉
聲聞愚亦然　相風所漂蕩　彼起煩惱滅
除習煩惱愚　味著三昧樂　安住無漏界
無有究竟趣　亦復不退還　得諸三昧身
乃至劫不覺　譬如昏醉人　酒消然後覺
彼覺法亦然　得佛無上身

楞伽阿跋多羅寶經卷第二

音釋

恚癡 恚於避切恨怒也癡超之切不慧也 迅 思晉切疾速也 齗 魚巾切齒根肉也 楔 先結切櫼也 鎖 損果切正作瑣謂交加連瑣也 悉檀 悉是華言檀是梵語華梵兼稱也悉之言徧檀之言施 謦欬 謦棄挺切欬口溉切謦欬逆氣聲也小曰謦大曰欬 形身 謂名身句身文身今言形身者即文身也

楞伽阿跋多羅寶經卷第三

宋天竺三藏求那跋陀羅譯

一切佛語心品之三

爾時世尊告大慧菩薩摩訶薩言意生身分別通相我今當說諦聽諦聽善思念之大慧白佛言善哉世尊唯然受教佛告大慧有三種意生身云何為三所謂三昧樂正受意生身覺法自性性意生身種類俱生無行作意生身修行者了知初地上增進相得三種身大慧云何三昧樂正受意生身謂第三第四第五地三昧樂正受故種種自心寂靜安住心海起浪識相不生知自心現境界性非性是名三昧樂正受意生身大慧云何覺法自性性意生身謂第八地觀察覺了如幻等法悉無所有身心轉變得如幻三昧及餘三昧門無量相力自在明如妙華莊嚴迅疾如意猶如幻夢水月鏡像非造非所造如造所造一切色種種支分具足莊嚴隨入一切佛剎大衆通達自性法故是名覺法自性性意生身大慧云何種類俱生無行作意生身所謂覺一切佛法緣自得樂相是名種類俱生無行作意生身大慧於彼三種身相觀察覺了應當修學爾時世尊欲重宣此義而說偈言

非我乘大乘　非說亦非字　非諦非解脫
非無有境界　然乘摩訶衍　三摩提自在
種種意生身　自在華莊嚴

爾時大慧菩薩摩訶薩白佛言世尊如世尊說若男子女人行五無間業不入無擇地獄世尊云何男子女人行五無間業不入無擇地獄佛告大慧諦聽諦聽善思念之當為汝

說大慧白佛言善哉世尊唯然受教佛告大慧云何五無間業所謂殺父母及害羅漢破壞衆僧惡心出佛身血大慧云何衆生母謂愛更受生貪喜俱如緣母立無明爲父生入處聚落斷二根本名害父母彼諸使不現如鼠毒發諸法究竟斷彼名害羅漢云何破僧謂異相諸陰和合積聚究竟斷彼名爲破僧大慧不覺外自共相自心現量七識身以三解脫無漏惡想究竟斷彼七種識身名爲惡心出佛身血若男子女人行此無間者名五無間事亦名無間等復次大慧有外無間今當演說汝及餘菩薩摩訶薩聞是義已於未來世不墮愚癡云何五無間謂先所說無間若行此者於三解脫一一不得無間等法除此已餘化神力現無間等謂聲聞化神力菩薩化神力如來化神力爲餘作無間罪者除疑悔過爲勸發故神力變化現無間等無有一向作無間事不得無間等除覺自心現量離身財妄想離我我所攝受或時遇善知識解脫餘趣相續妄想心爾時世尊欲重宣此義而說偈言

貪愛名爲母　無明則爲父　覺境識爲佛
諸使爲羅漢　陰集名爲僧　無間次第斷
謂是五無間　不入無擇獄

爾時大慧菩薩復白佛言世尊惟願爲說佛之知覺世尊何等是佛之知覺佛告大慧覺人法無我了知二障離二種死斷二煩惱是名佛之知覺聲聞緣覺得此法者亦名爲佛以是因緣故我說一乘爾時世尊欲重宣此義而說偈言

善知二無我　二障煩惱斷　永離二種死
是名佛知覺

爾時大慧菩薩白佛言世尊何故世尊於大衆中唱如是言我是過去一切佛及種種受生我爾時作漫陀轉輪聖王六牙大象及鸚鵡鳥釋提桓因善眼仙人如是等百千生經說佛告大慧以四等故如來應供等正覺於大衆中唱如是言我爾時作拘留孫拘那含牟尼迦葉佛云何四等謂字等語等法等身等是名四等以四種等故如來應供等正覺於大衆中唱如是言云何字等若字稱我爲佛彼字亦稱一切諸佛彼字自性無有差別是名字等云何語等謂我六十四種梵音言語相生彼諸如來應供等正覺亦如是六十四種梵音言語相生無增無減無有差別迦陵頻伽梵音聲性云何身等謂我與諸佛法身及色身相好無有差別除爲調伏彼彼諸趣差別衆生故示現種種差別色身是名身等云何法等謂我及彼佛得三十七菩提分法略說佛法無障礙智是名四等是故如來應供等正覺於大衆中唱如是言爾時世尊欲重宣此義而說偈言

迦葉拘留孫　拘那含是我　以此四種等
我爲佛子說

大慧復白佛言如世尊所說我從某夜得最正覺乃至某夜入般涅槃於其中間乃至不說一字亦不已說當說不說是佛說大慧白佛言世尊如來應供等正覺何因說言不說是佛說佛告大慧我因二法故作如是說云何二法謂緣自得法及本住法是名二法因

此二法故我如是說云何緣自得法若彼如來所得我亦得之無增無減緣自得法究竟境界離言說妄想離字二趣云何本住法謂古先聖道如金銀等性法界常住若如來出世若不出世法界常住如趣彼城道譬如士夫行曠野中見向古城平坦正道即隨入城受如意樂大慧於意云何彼作是道及城中種種樂耶答言不也佛告大慧我及過去一切諸佛法界常住亦復如是是故說言我從某夜得最正覺乃至某夜入般涅槃於其中間不說一字亦不已說當說爾時世尊欲重宣此義而說偈言

我某夜成道　至某夜涅槃　於此二中間
我都無所說　緣自得法住　故我作是說
彼佛及與我　悉無有差別

爾時大慧菩薩復請世尊惟願爲說一切法有無有相令我及餘菩薩摩訶薩離有無有相疾得阿耨多羅三藐三菩提佛告大慧諦聽諦聽善思念之當爲汝說大慧白佛言善哉世尊唯然受教佛告大慧此世間依有二種謂依有及墮性非性欲見不離離相大慧云何世間依有謂有世間因緣生非不有從有生非無有生大慧彼如是說者是說世間無因大慧云何世間依無謂受貪恚癡性已然後妄想計著貪恚癡性非性大慧若不取有性者性相寂靜故謂諸如來聲聞緣覺不取貪恚癡性爲有爲無大慧此中何等爲壞者大慧白佛言世尊若彼取貪恚癡性後不復取佛告大慧善哉善哉汝如是解大慧非但貪恚癡性非性爲壞者於聲聞緣覺及佛

亦是壞者所以者何謂内外不可得故煩惱性異不異故大慧貪恚癡若内若外不可得貪恚癡性無身故無取故非佛聲聞緣覺是壞者佛聲聞緣覺自性解脱故縛與縛因非性故大慧若有縛者應有縛是縛因故大慧如是説壞者是名無有相大慧因是故我説寧取人見如須彌山不起無所有增上慢空見大慧無所有增上慢者是名爲壞墮自共相見希望不知自心現量見外性無常刹那展轉壞陰界入相續流注變滅離文字相妄想是名壞者爾時世尊欲重宣此義而説偈言

有無是二邊　乃至心境界　淨除彼境界
平等心寂滅　無取境界性　滅非無所有
有事悉如如　如賢聖境界　無種而有生
生已而復滅　因緣有非有　不住我教法
非外道非佛　非我亦非餘　因緣所集起
云何而得無　誰集因緣有　而復説言無
邪見論生法　妄想計有無　若知無所生
亦復無所滅　觀世悉空寂　有無二俱離

爾時大慧菩薩復白佛言世尊惟願爲我及諸菩薩説宗通相若善分别宗通相者我及諸菩薩通達是相通是相已速成阿耨多羅三藐三菩提不隨覺想及衆魔外道佛告大慧諦聽諦聽善思念之當爲汝説大慧白佛言唯然受教佛告大慧一切聲聞緣覺菩薩有二種通相謂宗通及説通大慧宗通者謂緣自得勝進相遠離言説文字妄想趣無漏界自覺地自相遠離一切虚妄覺想降伏一切外道衆魔自覺趣光明輝發是名宗通相

云何說通相謂說九部種種教法離異不異有無等相以巧方便隨順衆生如應說法令得度脫是名說通相大慧汝及餘菩薩應當修學爾時世尊欲重宣此義而說偈言

宗及說通相　緣自與教法　若見善分別
不隨諸覺想　非有眞實性　如愚夫妄想
云何起欲想　非性爲解脫　觀察諸有爲
生滅等相續　增長於二見　顛倒無所知
一是爲眞諦　無罪爲涅槃　觀察世妄想
如幻夢芭蕉　雖有貪恚癡　而實無有人
從愛生諸陰　有皆如幻夢

爾時大慧菩薩白佛言世尊惟願爲說不實妄想相不實妄想云何而生說何等法名不實妄想於何等法中不實妄想佛告大慧善哉善哉能問如來如是之義多所饒益多所安樂哀愍世間一切天人諦聽諦聽善思念之當爲汝說大慧白佛言善哉世尊唯然受教佛告大慧種種義種種不實妄想計著妄想生大慧攝所攝計著不知自心現量及墮有無見增長外道見妄想習氣計著外種種義心心數妄想計著我我所生大慧白佛言世尊若種種義種種不實妄想計著妄想生攝所攝計著不知自心現量及墮有無見增長外道見妄想習氣計著外種種義心心數妄想我我所計著生世尊若如是外種種義相墮有無相離性非性離見相世尊第一義亦如是離量根分譬因相世尊何故一處妄想不實義種種性計著妄想生非計著第一義處相妄想生將無世尊說邪因論耶說一生一不生佛告大慧非妄想一生一不生所以者何謂有無妄想不生故外現性非性覺自心現量妄想不生大慧我說餘愚夫自心種種妄想相故事業在前種種妄想性相計著生云何愚夫得離我我所計著

見離作所作因緣過覺自妄想心量身心轉變究竟明解一切地如來自覺境界離五法自性事見妄想以是因緣故我說妄想從種種不實義計著生知如實義得解脫自心種種妄想爾時世尊欲重宣此義而說偈言

諸因及與緣　從此生世間　妄想著四句
不知我所通　世間非有生　亦復非無生
不從有無生　亦非非有無　諸因及與緣
云何愚妄想　非有亦非無　亦復非有無
如是觀世間　心轉得無我　一切性不生
以從緣生故　一切緣所作　所作非自有
事不自生事　有二事過故　無二事過故
非有性可得　觀諸有爲法　離攀緣所緣
無心之心量　我說爲心量　量者自性處
緣性二俱離　性究竟妙淨　我說名爲量
施設世諦我　彼則無實事　諸陰陰施設
無事亦復然　有四種平等　相及因性生
第三無我等　第四修修者　妄想習氣轉
有種種心生　境界於外現　是世俗心量
外現而非有　心見彼種種　建立於身財
我說爲心量　離一切諸見　及離想所想
無得亦無生　我說爲心量　非性非非性
性非性悉離　謂彼心解脫　我說爲心量
如如與空際　涅槃及法界　種種意生身
我說爲心量

爾時大慧菩薩白佛言世尊如世尊所說菩薩摩訶薩當善語義云何爲菩薩善語義云何爲語云何爲義佛告大慧諦聽諦聽善思念之當爲汝說大慧白佛言善哉世尊唯然受教佛告大慧云何爲語謂言字妄想和合

依咽喉脣舌齒齗頰輔因彼我言說妄想習氣計著生是名爲語大慧云何爲義謂離一切妄想相言說相是名爲義大慧菩薩摩訶薩於如是義獨一靜處聞思修慧緣自覺了向涅槃城習氣身轉變已自覺境界觀地地中間勝進義相是名菩薩摩訶薩善義復次大慧善語義菩薩摩訶薩觀語與義非異非不異觀義與語亦復如是若語異義者則不因語辯義而以語入義如燈照色復次大慧不生不滅自性涅槃三乘一乘心自性等如緣言說義計著墮建立及誹謗見異建立異妄想如幻種種妄想現譬如種種幻凡愚衆生作異妄想非聖賢也爾時世尊欲重宣此義而說偈言

彼言說妄想　建立於諸法　以彼建立故
死墮泥犁中　陰中無有我　陰非即是我
不如彼妄想　亦復非無我　一切悉有性
如凡愚妄想　若如彼所見　一切應見諦
一切法無性　淨穢悉無有　不實如彼見
亦非無所有

復次大慧智識相今當說若善分別智識相者汝及諸菩薩則能通達智識之相疾成阿耨多羅三藐三菩提大慧彼智有三種謂世間出世間出世間上上智云何世間智謂一切外道凡夫計著有無云何出世間智謂一切聲聞緣覺墮自共相希望計著云何出世間上上智謂諸佛菩薩觀無所有法見不生不滅離有無品如來地人法無我緣自得生大慧彼生滅者是識不生不滅者是智復次墮相無相及墮有無種種相因是識超有無

相是智復次長養相是識非長養相是智復次有三種智謂知生滅知自共相知不生不滅復次無礙相是智境界種種礙相是識復次三事和合生方便相是識無事方便自性相是智復次得相是識不得相是智自得聖智境界不出不入故如水中月爾時世尊欲重宣此義而說偈言

採集業爲識　不採集爲智　觀察一切法
通達無所有　逮得自在力　是則名爲慧
縛境界爲心　覺想生爲智　無所有及勝
慧則從是生　心意及與識　遠離思惟想
得無思想法　佛子非聲聞　寂靜勝進忍
如來清淨智　生於善勝義　所行悉遠離
我有三種智　聖開發眞實　於彼想思惟
悉攝受諸性　二乘不相應　智離諸所有
計著於自性　從諸聲聞生　超度諸心量
如來智清淨

復次大慧外道有九種轉變論外道轉變見生所謂形處轉變相轉變因轉變成轉變見轉變性轉變緣分明轉變所作分明轉變事轉變大慧是名九種轉變見一切外道因是起有無生轉變論云何形處轉變謂形處異見譬如金變作諸器物則有種種形處顯現非金性變一切性變亦復如是或有外道作如是妄想乃至事變妄想彼非如非異妄想故如是一切性轉變當知如乳酪酒果等熟外道轉變妄想彼亦無有轉變若有若無自心現外性非性大慧如是凡愚衆生自妄想修習生大慧無有法若生若滅如見幻夢色生爾時世尊欲重宣此義而說偈言

形處時轉變　四大種諸根　中陰漸次生
妄想非明智　最勝於緣起　非如彼妄想
然世間緣起　如乾闥婆城

爾時大慧菩薩復白佛言世尊惟願爲說一切法相續義解脫義若善分別一切法相續不相續相我及諸菩薩善解一切相續巧方便不墮如所說義計著相續善於一切諸法相續不相續相及離言說文字妄想覺遊行一切諸佛刹土無量大衆力自在通總持之印種種變化光明照耀覺慧善入十無盡句無方便行猶如日月摩尼四大於一切地離自妄想相見見一切法如幻夢等入佛地身於一切衆生界隨其所應而爲說法而引導之悉令安住一切諸法如幻夢等離有無品及生滅妄想異言說義其身轉勝佛告大慧善哉善哉諦聽諦聽善思念之當爲汝說大慧白佛言唯然受教佛告大慧無量一切諸法如所說義計著相續所謂相計著相續緣計著相續性非性計著相續生不生妄想計著相續滅不滅妄想計著相續乘非乘妄想計著相續有爲無爲妄想計著相續地地自相妄想計著相續自妄想無間妄想計著相續有無品外道依妄想計著相續三乘一乘無間妄想計著相續復次大慧此及餘凡愚衆生自妄想相續以此相續故凡愚妄想如蠶作繭以妄想絲自纏纏他有無相續相計著復次大慧彼中亦無相續不相續相見一切法寂靜妄想不生故菩薩摩訶薩見一切法寂靜復次大慧覺外性非性自心現相無所有隨顯觀察自心現量有無一切性無相

見相續寂靜故於一切法無相續不相續相復次大慧彼中無有若縛若解餘墮不如實覺知有縛有解所以者何謂於一切法有無有無衆生可得故復次大慧愚夫有三相續謂貪恚癡及愛未來有喜愛俱以此相續故有趣相續彼相續者續五趣大慧相續斷者無有相續不相續相復次大慧三和合緣作方便計著識相續無間生方便計著則有相續三和合緣識斷見三解脫一切相續不生

爾時世尊欲重宣此義而說偈言

不眞實妄想　是說相續相　若知彼眞實
相續網則斷　於諸性無知　隨言說攝受
譬如彼蠶蟲　結網而自纏　愚夫妄想縛
相續不觀察

大慧復白佛言如世尊所說以彼彼妄想妄想彼彼性非有彼自性但妄想自性耳大慧白佛言世尊若但妄想自性非性自性相待者非爲世尊如是說煩惱清淨無性過耶一切法妄想自性非性故佛告大慧如是如是如汝所說大慧非如愚夫性自性妄想眞實此妄想自性非有性自性相然大慧如聖智有性自性聖知聖見聖慧眼如是性自性知大慧白佛言若使如聖以聖知聖見聖慧眼非天眼非肉眼性自性如是知非如愚夫妄想世尊云何愚夫離是妄想不覺聖性事故世尊彼亦非顛倒非不顛倒所以者何謂不覺聖事性自性故不見離有無相故世尊聖亦不如是見如事妄想不以自相境界爲境界故世尊彼亦性自性相妄想自性如是現不說因無因故謂墮性相見故異境界非如

彼等如是無窮過世尊不覺性自性相故世尊亦非妄想自性因性自性相彼云何妄想非妄想如實知妄想世尊妄想異自性相異世尊不相似因妄想自性相彼云何各各不妄想愚夫不如實知然爲衆生離妄想故說如妄想相不如實有世尊何故遮衆生有無有見事自性計著聖智所行境界計著墮有見說空法非性而說聖智自性事佛告大慧非我說空法非性亦不墮有見說聖智自性事然爲令衆生離恐怖句故衆生無始以來計著性自性相聖智事自性計著相見說空法大慧我不說性自性相大慧但我住自得如實空法離惑亂相見離自心現性非性見得三解脫如實印所印於性自性得緣自覺觀察住離有無事見相復次大慧一切法不生者菩薩摩訶薩不應立是宗所以者何謂宗一切性非性故及彼因生相故說一切法不生宗彼宗則壞彼宗一切法不生彼宗壞者以宗有待而生故又彼宗不生入一切法故不壞相不生故立一切法不生宗者彼說則壞大慧有無不生宗彼宗入一切性有無相不可得大慧若使彼宗不生一切性不生而立宗如是彼宗壞以有無性相不生故不應立宗五分論多過故展轉因異相故及爲作故不應立宗分謂一切法不生如是一切法空如是一切法無自性不應立宗大慧然菩薩摩訶薩說一切法如幻夢現不現相故及見覺過故當說一切法如幻夢性除爲愚夫離恐怖句故大慧愚夫墮有無見莫令彼恐怖遠離摩訶衍爾時世尊欲重宣此義而

說偈言

無自性無說　無事無相續　彼愚夫妄想
如死屍惡覺　一切法不生　非彼外道宗
至竟無所生　性緣所成就　一切法不生
慧者不作想　彼宗因生故　覺者悉除滅
譬如翳目視　妄見垂髮相　計著性亦然
愚夫邪妄想　施設於三有　無有事自性
施設事自性　思惟起妄想　相事設言教
意亂極震掉　佛子能超出　遠離諸妄想
非水水相受　斯從渴愛生　愚夫如是惑
聖見則不然　聖人見清淨　三脫三昧生
遠離於生死　遊行無所畏　修行無所有
亦無性非性　性非性平等　從是生聖果
云何性非性　云何爲平等　謂彼心不知
內外極漂動　若能壞彼者　心則平等見

爾時大慧菩薩白佛言世尊如世尊說如攀緣事智慧不得是施設量建立施設所攝受非性攝受亦非性以無攝故智則不生唯施設名耳云何世尊爲不覺性自相共相異不異故智不得耶爲自相共相種種性自性相隱蔽故智不得耶爲山巖石壁地水火風障故智不得耶爲極遠極近故智不得耶爲老小盲冥諸根不具故智不得耶世尊若不覺自共相異不異智不得者不應說智應說無智以有事不得故若復種種自共相性自性相隱蔽故智不得者彼亦無智非是智世尊有爾焰故智生非無性會爾焰故名爲智若山巖石壁地水火風極遠極近老小盲冥諸根不具智不得者此亦非智應是無智以有事不可得故佛告大慧不如是無智應是智

非非智我不如是隱覆說攀緣事智慧不得是施設量建立覺自心現量有無有外性非性知而事不得不得故智於爾焰不生順三解脫智亦不得非妄想者無始性非性虛僞習智作如是知是知彼不知故於外事處所相性無性妄想不斷自心量建立說我我所相攝受計著不覺自心現量於智爾焰而起妄想妄想故外性非性觀察不得依於斷見

爾時世尊欲重宣此義而說偈言

有諸攀緣事　智慧不觀察　此無智非智
是妄想者說　於不異相性　智慧不觀察
障礙及遠近　是名爲邪智　老小諸根冥
而智慧不生　而實有爾焰　是亦說邪智

復次大慧愚癡凡夫無始虛僞惡邪妄想之所迴轉迴轉時自宗通及說通不善了知著自心現外性相故著方便說於自宗四句清淨通相不善分別大慧白佛言誠如尊教惟願世尊爲我分別說通及宗通我及餘菩薩摩訶薩善於二通來世凡夫聲聞緣覺不得其短佛告大慧善哉善哉諦聽諦聽善思念之當爲汝說大慧白佛言唯然受教佛告大慧三世如來有二種法通謂說通及自宗通說通者謂隨衆生心之所應爲說種種衆具契經是名說通自宗通者謂修行者離自心現種種妄想謂不墮一異俱不俱品超度一切心意意識自覺聖境離因成見相一切外道聲聞緣覺墮二邊者所不能知我說是名自宗通法大慧是名自宗通及說通相汝及餘菩薩摩訶薩應當修學爾時世尊欲重宣此義而說偈言

我謂二種通　宗通及言説　説者授童蒙
宗爲修行者
爾時大慧菩薩白佛言世尊如世尊一時説言世間諸論種種辯説慎勿習近若習近者攝受貪欲不攝受法世尊何故作如是説佛告大慧世間言論種種句味因緣譬喻採集莊嚴誘引誑惑愚癡凡夫不入真實自通不覺一切法妄想顛倒墮於二邊凡愚癡惑而自破壞諸趣相續不得解脱不能覺知自心現量不離外性自性妄想計著是故世間言論種種辯説不脱生老病死憂悲苦惱誑惑迷亂大慧釋提桓因廣解衆論自造聲論彼世論者有一弟子持龍形像詣釋天宫建立論宗要壞帝釋千輻之輪隨我不如斷一一頭以謝所屈作是要已即以釋法摧伏帝釋釋墮負處即壞其車還來人間如是大慧世間言論因譬莊嚴乃至畜生亦能以種種句味惑彼諸天及阿脩羅著生滅見而況於人是故大慧世間言論應當遠離以能招致苦生因故慎勿習近大慧世論者惟説身覺境界而已大慧彼世論者乃有百千但於後時後五十年當破壞結集惡覺因見盛故惡弟子受如是大慧世論破壞結集種種句味因譬莊嚴説外道事著自因緣無有自通大慧彼諸外道無自通論於餘世論廣説無量百千事門無有自通亦不自知愚癡世論爾時大慧白佛言世尊若外道世論種種句味因譬莊嚴無有自通自事計著者世尊亦説世論爲種種異方諸來會衆天人阿脩羅廣説無量種種句味亦非自通耶亦入一切外道

智慧言說數耶佛告大慧我不說世論亦無來去唯說不來不去大慧來者趣聚會生去者散壞不來不去者是不生不滅我所說不墮世論妄想數中所以者何謂不計著外性非性自心現處二邊妄想所不能轉相境非性覺自心現則自心現妄想不生妄想不生者空無相無作入三脫門名爲解脫大慧我念一時於一處住有世論婆羅門來詣我所不請空閑便問我言瞿曇一切所作耶我時答言婆羅門一切所作是初世論彼復問言一切非所作耶我復報言一切非所作是第二世論彼復問言一切常耶一切無常耶一切生耶一切不生耶我時報言是六世論大慧彼復問我言一切一耶一切異耶一切俱耶一切不俱耶一切因種種受生現耶我時報言是十一世論大慧彼復問言一切無記耶一切記耶有我耶無我耶有此世耶無此世耶有他世耶無他世耶有解脫耶無解脫耶一切刹那耶一切不刹那耶虛空耶非數滅耶涅槃耶瞿曇作耶非作耶有中陰耶無中陰耶大慧我時報言婆羅門如是說者悉是世論非我所說是汝世論我唯說無始虛僞妄想習氣種種諸惡三有之因不能覺知自心現量而生妄想攀緣外性如外道法我諸根義三合智生我不如是婆羅門我不說因不說無因惟說妄想攝所攝性施設緣起非汝所及餘墮受我見相續者所能覺知大慧涅槃虛空滅非有三種但數有三耳復次大慧爾時世論婆羅門復問我言癡愛業因故有三有耶爲無因耶我時報言此二者亦

是世論耳彼復問言一切性皆入自共相耶我復報言此亦世論婆羅門乃至意流妄計外塵皆是世論復次大慧爾時世論婆羅門復問我言頗有非世論者不我是一切外道之宗說種種句味因緣譬喻莊嚴我復報言婆羅門有非汝有者非為非宗非說非不說種種句味非不因譬莊嚴婆羅門言何等為非世論非非宗非非說我時報言婆羅門有非世論汝諸外道所不能知以為外性不實妄想虛偽計著故謂妄想不生覺了有無自心現量妄想不生不受外塵妄想永息是名非世論此是我法非汝有也婆羅門略說彼識若來若去若死若生若樂若苦若溺若見若觸若著種種相若和合相續若愛若因計著婆羅門如是比皆是汝等世論非是我有

大慧世論婆羅門作如是問我如是答彼即默然不辭而退思自通處作是念言沙門釋子出於通外說無生無相無因覺自妄想現妄想不生大慧此即是汝向所問我何故說習近世論種種辯說攝受貪欲不攝受法大慧白佛言世尊攝受貪欲及法有何句義佛告大慧善哉善哉汝乃能為未來衆生思惟諮問如是句義諦聽諦聽善思念之當為汝說大慧白佛言唯然受教佛告大慧所謂貪者若取若捨若觸若味繫著外塵墮二邊見復生苦陰生老病死憂悲苦惱如是諸患皆從愛起斯由習近世論及世論者我及諸佛說名為貪是名攝受貪欲不攝受法大慧云何攝受法謂善覺知自心現量見人無我及法無我相妄想不生善知上上地離心意意

識一切諸佛智慧灌頂具足攝受十無盡句於一切法無開發自在是名爲法所謂不墮一切見一切虛僞一切妄想一切性一切二邊大慧多有外道癡人墮於二邊若常若斷非黠慧者受無因論則起常見外因壞因緣非性則起斷見大慧我不見生住滅故說名爲法大慧是名貪欲及法汝及餘菩薩摩訶薩應當修學爾時世尊欲重宣此義而說偈言

一切世間論　外道虛妄說　妄見作所作
彼則無自宗　惟我一自宗　離於作所作
爲諸弟子說　遠離諸世論　心量不可見
不觀察二心　攝所攝非性　斷常二俱離
乃至心流轉　是則爲世論　妄想不轉者
是人見自心　來者謂事生　去者事不現
明了知去來　妄想不復生　有常及無常
所作無所作　此世他世等　斯皆世論通

爾時大慧菩薩復白佛言世尊所言涅槃者爲何等法名爲涅槃而諸外道各起妄想佛告大慧諦聽諦聽善思念之當爲汝說如諸外道妄想涅槃非彼妄想隨順涅槃大慧白佛言唯然受教佛告大慧或有外道陰界入滅境界離欲見法無常心心法品不生不念去來現在境界諸受陰盡如燈火滅如種子壞妄想不生斯等於此作涅槃想大慧非以見壞名爲涅槃大慧或以從方至方名爲解脫境界想滅猶如風止或復以覺所覺見壞名爲解脫或見常無常作解脫想或見種種相想招致苦生因思惟是已不善覺知自心現量怖畏於相而見無相深生愛樂作涅槃

想或有覺知内外諸法自相共相去來現在有性不壞作涅槃想或謂我人衆生壽命一切法壞作涅槃想或以外道惡燒智慧見自性及士夫彼二有間士夫所出名爲自性如冥初比求那轉變求那是作者作涅槃想或謂福非福盡或謂諸煩惱盡或謂智慧或見自在是眞實作生死者作涅槃想或謂展轉相生生死更無餘因如是即是計著因而彼愚癡不能覺知不知故作涅槃想或有外道言得眞諦道作涅槃想或見功德功德所起和合一異俱不俱作涅槃想或見自性所起孔雀文彩種種雜寶及利刺等性見已作涅槃想大慧或有覺二十五眞實或王守護國受六德論作涅槃想或見時是作者時節世間如是覺者作涅槃想或謂性或謂非性或謂知性非性或見有覺與涅槃差別作涅槃想有如是比種種妄想外道所說不成所成智者所棄大慧如是一切悉墮二邊作涅槃想如是等外道涅槃妄想彼中都無若生若滅大慧彼一一外道涅槃彼等自論智慧觀察都無所立如彼妄想心意來去漂馳流動一切無有得涅槃者大慧如我所說涅槃者謂善覺知自心現量不著外性離於四句見如實處不隨自心現妄想二邊攝所攝不可得一切度量不見所成愚於眞實不應攝受棄捨彼已得自覺聖法知二無我離二煩惱淨除二障永離二死上上地如來地如影幻等諸深三昧離心意意識說名涅槃大慧汝等及餘菩薩摩訶薩應當修學當疾遠離一切外道諸涅槃見爾時世尊欲重宣此義而

說偈言

外道涅槃見　各各起妄想　斯從心想生
無解脫方便　愚於縛縛者　遠離善方便
外道解脫想　解脫終不生　衆智各異趣
外道所見通　彼悉無解脫　愚癡妄想故
一切癡外道　妄見作所作　有無有品論
彼悉無解脫　凡愚樂妄想　不聞眞實慧
言語三苦本　眞實滅苦因　譬如鏡中像
雖現而非有　於妄想心鏡　愚夫見有二
不識心及緣　則起二妄想　了心及境界
妄想則不生　心者即種種　遠離相所相
事現而無現　如彼愚妄想　三有惟妄想
外義悉無有　妄想種種現　凡愚不能了
經經說妄想　終不出於名　若離於言語
亦無有所說

楞伽阿跋多羅寶經卷第三

音釋

芭蕉 芭邦加切蕉茲消切芭蕉草名

頰輔 頰吉協切面旁也輔奉甫切頰骨也

楞伽阿跋多羅寶經卷第四

宋天竺三藏求那跋陀羅譯

一切佛語心品之四

爾時大慧菩薩白佛言世尊惟願爲說三藐三佛陀我及餘菩薩摩訶薩善於如來自性自覺覺他佛告大慧恣所欲問我當爲汝隨所問說大慧白佛言世尊如來應供等正覺爲作耶爲不作耶爲事耶爲因耶爲相耶爲所相耶爲說耶爲所說耶爲覺耶爲所覺耶如是等辭句爲異爲不異佛告大慧如來應供等正覺於如是等辭句非事非因所以者何俱有過故大慧若如來是事者或作或無常無常故一切事應是如來我及諸佛皆所不欲若非所作者無所得故方便則空同於兎角槃大之子以無所有故大慧若無事無因者則非有非無若非有非無則出於四句四句者是世間言說若出四句者則不墮四句不墮故智者所取一切如來句義亦如是慧者當知如我所說一切法無我當知此義無我性是無我一切法有自性無他性如牛馬大慧譬如非牛馬性非馬牛性其實非有非無彼非無自相如是大慧一切諸法非無自相有自相但非無我愚夫之所能知以妄想故如是一切法空無生無自性當如是知如是如來與陰非異非不異若不異陰者應是無常若異者方便則空若二者應有異如牛角相似故不異長短差別有異一切法亦如是大慧如牛右角異左角左角異右角如是長短種種色各各異大慧如來於陰界入非異非不異如是如來解脫非異非不異如

是如來以解脱名說若如來異解脱者應色相成色相成故應無常若不異者修行者得相應無分别而修行者見分别是故非異非不異如是智及爾焰非異非不異大慧智及爾焰非異非不異者非常非無常非作非所作非有爲非無爲非覺非所覺非相非所相非陰非異陰非說非所說非一非異非俱非不俱非一非異非俱非不俱故悉離一切量離一切量則無言說無言說則無生無生則無滅無滅則寂滅寂滅則自性涅槃自性涅槃則無事無因無事無因則無攀緣無攀緣則出過一切虚僞出過一切虚僞則是如來如來則是三藐三佛陀大慧是名三藐三佛陀佛陀大慧三藐三佛陀佛陀者離一切根量爾時世尊欲重宣此義而說偈言

悉離諸根量　無事亦無因　已離覺所覺
亦離相所相　陰緣等正覺　一異莫能見
若無有見者　云何而分别　非作非不作
非事亦非因　非陰不在陰　亦非有餘離
亦非有諸性　如彼妄想見　當知亦非無
此法法自爾　以有故有無　以無故有有
若無不應受　若有不應想　或於我非我
言說量留連　沉溺於二邊　自壞壞世間
解脱一切過　正觀察我通　是名爲正觀
不毁大導師

爾時大慧菩薩復白佛言世尊如世尊說修多羅攝受不生不滅又世尊說不生不滅是如來異名云何世尊爲無性故說不生不滅爲是如來異名佛告大慧我說一切法不生不滅有無品不現大慧白佛言世尊若一切

法不生者則攝受法不可得一切法不生故若名字中有法者惟願爲説佛告大慧善哉善哉諦聽善思念之吾當爲汝分別解説大慧白佛言唯然受教佛告大慧我説如來非無性亦非不生不滅攝一切法亦不待緣故不生不滅亦非無義大慧我説意生法身如來名號彼不生者一切外道聲聞緣覺七住菩薩非其境界大慧彼不生即如來異名大慧譬如因陀羅釋迦不蘭陀羅如是等諸物亦各有多名亦非多名而有多性亦非無自性如是大慧我於此娑呵世界有三阿僧祇百千名號愚夫悉聞各説我名而不解我如來異名大慧或有衆生知我如來者有知一切智者有知佛者有知救世者有知自覺者有知導師者有知廣導者有知一切導者有知仙人者有知梵者有知毗紐者有知自在者有知勝者有知迦毗羅者有知眞實邊者有知月者有知日者有知生者有知無生者有知無滅者有知空者有知如如者有知諦者有知實際者有知法性者有知涅槃者有知常者有知平等者有知不二者有知無相者有知解脱者有知道者有知意生者大慧如是等三阿僧祇百千名號不增不減此及餘世界皆悉知我如水中月不出不入彼諸愚夫不能知我墮二邊故然悉恭敬供養於我而不善解知辭句義趣不分別名不解自通計著種種言説章句於不生不滅作無性想不知如來名號差別如因陀羅釋迦不蘭陀羅不解自通會歸終極於一切法隨説計著大慧彼諸癡人作如是言義如言説義説

無異所以者何謂義無身故言說之外更無餘義惟止言說大慧彼惡燒智不知言說自性不知言說生滅義不生滅大慧一切言說墮於文字義則不墮離性非性故無受生亦無身大慧如來不說墮文字法文字有無不可得故除不墮文字大慧若有說言如來說墮文字法者此則妄說法離文字故是故大慧我等及諸菩薩不說一字不答一字所以者何法離文字故非不饒益義說言說者衆生妄想故大慧若不說一切法者教法則壞教法壞者則無諸佛菩薩緣覺聲聞若無者誰說爲誰是故大慧菩薩摩訶薩莫著言說隨宜方便廣說經法以衆生希望煩惱不一故我及諸佛爲彼種種異解衆生而說諸法令離心意意識故不爲得自覺聖智處大慧於一切法無所有覺自心現量離二妄想諸菩薩摩訶薩依於義不依文字若善男子善女人依文字者自壞第一義亦不能覺他墮惡見相續而爲衆說不善了知一切法一切地一切相亦不知章句若善一切法一切地一切相通達章句具足性義彼則能以正無相樂而自娛樂平等大乘建立衆生大慧攝受大乘者則攝受諸佛菩薩緣覺聲聞攝受諸佛菩薩緣覺聲聞者則攝受一切衆生攝受一切衆生者則攝受正法攝受正法者則佛種不斷佛種不斷者則能了知得殊勝入處知得殊勝入處菩薩摩訶薩常得化生建立大乘十自在力現衆色像通達衆生形類希望煩惱諸相如實說法如實者不異如實者不來不去相一切虛僞息是名如實大慧

善男子善女人不應攝受隨說計著眞實者離名字故大慧如爲愚夫以指指物愚夫觀指不得實義如是愚夫隨言說指攝受計著至竟不捨終不能得離言說指第一實義大慧譬如嬰兒應食熟食不應食生若食生者則令發狂不知次第方便熟故大慧如是不生不滅不方便修則爲不善是故應當善修方便莫隨言說如視指端是故大慧於眞實義當方便修眞實義者微妙寂靜是涅槃因言說者妄想合妄想者集生死大慧實義者從多聞者得大慧多聞者謂善於義非善言說善義者不墮一切外道經論身自不隨亦不令他隨是則名曰大德多聞是故欲求義者當親近多聞所謂善義與此相違計著言說應當遠離爾時大慧菩薩復承佛威神而白佛言世尊世尊顯示不生不滅無有奇特所以者何一切外道因亦不生不滅世尊亦說虛空非數緣滅及涅槃界不生不滅世尊外道說因生諸世間世尊亦說無明愛業妄想爲緣生諸世間彼因此緣名差別耳外物因緣亦如是世尊與外道論無有差別微塵勝妙自在衆生主等如是九物不生不滅世尊亦說一切性不生不滅有無不可得外道亦說四大不壞自性不生不滅四大常是四大乃至周流諸趣不捨自性世尊所說亦復如是是故我言無有奇特惟願世尊爲說差別所以奇特勝諸外道若無差別者一切外道皆亦是佛以不生不滅故而世尊說一世界中多佛出世者無有是處如向所說一世界中應有多佛無差別故佛告大慧我說不

生不滅不同外道不生不滅所以者何彼諸外道有性自性得不生不變相我不如是墮有無品大慧我者離有無品離生滅非性非無性如種種幻夢現故非無性云何無性謂色無自性相攝受現不現故攝不攝故以是故一切性無性非無性但覺自心現量妄想不生安隱快樂世事永息愚癡凡夫妄想作事非諸賢聖不實妄想如揵闥婆城及幻化人大慧如揵闥婆城及幻化人種種衆生商賈出入愚夫妄想謂眞出入而實無有出者入者但彼妄想故如是大慧愚癡凡夫起不生不滅彼亦無有有爲無爲如幻人生其實無有若生若滅性無性無所有故一切法亦如是離於生滅愚癡凡夫墮不如實起生滅妄想非諸賢聖不如實者不爾如性自性妄想亦不異若異妄想者計著一切性自性不見寂靜不見寂靜者終不離妄想是故大慧無相見勝非相見相者受生因故不勝大慧無相者妄想不生不起不滅我說涅槃大慧涅槃者如眞實義見離先妄想心心數法逮得如來自覺聖智我說是涅槃爾時世尊欲重宣此義而說偈言

滅除彼生論　建立不生義　我說如是法
愚夫不能知　一切法不生　無性無所有
揵闥婆幻夢　有性者無因　不生無自性
何因空當說　以離於和合　覺知性不現
是故空不生　我說無自性　謂一一和合
性現而非有　分析無和合　非如外道見
夢幻及垂髮　野馬揵闥婆　世間種種事
無因而相現　折伏有因論　申暢無生義

申暢無生者　法流永不斷　熾然無因論
恐怖諸外道
爾時大慧以偈問曰
云何何所因　彼以何故生　於何處和合
而作無因論
爾時世尊復以偈答
觀察有爲法　非無因有因　彼生滅論者
所見從是滅
爾時大慧說偈問曰
云何爲無生　爲是無性耶　爲顧視諸緣
有法名無生　名不應無義　惟爲分別說
爾時世尊復以偈答
非無性無生　亦非顧諸緣　非有性而名
名亦非無義　一切諸外道　聲聞及緣覺
七住非境界　是名無生相　遠離諸因緣
亦離一切事　唯有微心住　想所想俱離
其身隨轉變　我說是無生　無外性無性
亦無心攝受　斷除一切見　我說是無生
如是無自性　空等應分別　非空故說空
無生故說空　因緣數和合　則有生有滅
離諸因緣數　無別有生滅　捨離因緣數
更無有異性　若言一異者　是外道妄想
有無性不生　非有亦非無　除其數轉變
是悉不可得　但有諸俗數　展轉爲鉤鎖
離彼因緣鎖　生義不可得　生無性不起
離諸外道過　但說緣鉤鎖　凡愚不能了
若離緣鉤鎖　別有生性者　是則無因論
破壞鉤鎖義　如燈顯衆像　鉤鎖現若然
是則離鉤鎖　別更有諸性　無性無有生
如虛空自性　若離於鉤鎖　慧無所分別

復有餘無生　賢聖所得法　彼生無生者
是則無生忍　若使諸世間　觀察鉤鎖者
一切離鉤鎖　從是得三昧　癡愛諸業等
是則內鉤鎖　鑽燧泥團輪　種子等名外
若使有他性　而從因緣生　彼非鉤鎖義
是則不成就　若生無自性　彼爲誰鉤鎖
展轉相生故　當知因緣義　堅濕煖動法
凡愚生妄想　離數無異法　是則說無性
如醫療眾病　無有若干論　以病差別法
爲設種種治　我爲彼眾生　破壞諸煩惱
知其根優劣　爲彼說度門　非煩惱根異
而有種種法　唯說一乘法　是則爲大乘

爾時大慧菩薩摩訶薩復白佛言世尊一切外道皆起無常妄想世尊亦說一切行無常是生滅法此義云何爲邪爲正爲有幾種無常佛告大慧一切外道有七種無常非我法也何等爲七彼有說言作已而捨是名無常有說形處壞是名無常有說即色是無常有說色轉變中間是名無常無間自之散壞如乳酪等轉變中間不可見無常毀壞一切性轉有說性無常有說性無性無常有說一切法不生無常入一切法大慧性無性無常謂四大及所造自相壞四大自性不可得不生彼不生無常者非常無常一切法有無不生分析乃至微塵不可見是不生義非生是名不生無常相若不覺此者墮一切外道生無常義大慧性無常者是自心妄想非常無常性所以者何謂無常自性不壞大慧此是一切性無性無常事除無常無有能令一切法性無性者如杖瓦石破壞諸物現見各各不

異是性無常事非作所作有差別此是無常
此是事作所作無異者一切性常無因性大
慧一切性無性有因非凡愚所知非因不相
似事生若生者一切性悉皆無常是不相似
事作所作無有別異而悉見有異若性無常
者墮作因性相若墮者一切性不究竟一切
性作因相墮者自無常應無常無常無常故
一切性不無常應是常若無常入一切性者
應墮三世彼過去色與壞俱未來不生色不
生故現在色與壞相俱色者四大積集差別
四大及造色自性不壞離異不異故一切外
道一切四大不壞一切三有四大及造色在
所知有生滅離四大造色一切外道於何所
思惟無常四大不生自性相不壞故離始造
無常者非四大復有異四大各各異相自相
故非差別可得彼無差別斯等不更造二方
便不作當知是無常彼形處壞無常者謂四
大及造色不壞至竟不壞大慧竟者分析乃
至微塵觀察壞四大及造色形處異見長短
不可得非四大四大不壞形處壞現墮在數
論色即無常者謂色即是無常彼則形處無
常非四大若四大無常者非俗數言說世俗
言說非性者則墮世論見一切性但有言說
不見自相生轉變無常者謂色異性現非四
大如金作莊嚴具轉變現非金性壞但莊嚴
具處所壞如是餘性轉變等亦如是如是等
種種外道無常見妄想火燒四大時自相不
燒各各自相相壞者四大造色應斷大慧我
法起非常非無常所以者何謂外性不決定
故唯說三有微心不說種種相有生有滅四

大合會差別四大及造色故妄想二種事攝所攝知二種妄想離外性無性二種見覺自心現量妄想者思想作行生非不作行離心性無性妄想世間出世間上上一切法非常非無常不覺自心現量墮二邊惡見相續一切外道不覺自妄想此凡夫無有根本謂世間出世間上上從說妄想生非凡愚所覺爾時世尊欲重宣此義而說偈言

遠離於始造　及與形處異　性與色無常
外道愚妄想　諸性無有壞　大大自性住
外道無常想　沒在種種見　彼諸外道等
無若生若滅　大大性自常　何謂無常想
一切唯心量　二種心流轉　攝受及所攝
無有我我所　梵天爲樹根　枝條普周徧
如是我所說　唯是彼心量

爾時大慧菩薩復白佛言世尊惟願爲說一切菩薩聲聞緣覺滅正受次第相續若善於滅正受次第相續相者我及餘菩薩終不妄捨滅正受樂門不墮一切聲聞緣覺外道愚癡佛告大慧諦聽諦聽善思念之當爲汝說大慧白佛言世尊惟願爲說佛告大慧六地起菩薩摩訶薩及聲聞緣覺入滅正受第七地菩薩摩訶薩念念正受離一切性自性相正受非聲聞緣覺諸聲聞緣覺墮有行攝所攝相滅正受是故七地非念正受得一切法無差別相非分得種種相性覺一切法善不善性相正受是故七地無善念正受大慧八地菩薩及聲聞緣覺心意意識妄想相滅初地乃至七地菩薩摩訶薩觀三界心意意識量離我我所自妄想修墮外性種種相愚夫

二種自心攝所攝向無知不覺無始過惡虛僞習氣所薰大慧八地菩薩摩訶薩聲聞緣覺涅槃菩薩者三昧覺所持是故三昧門樂不般涅槃若不持者如來地不滿足棄捨一切爲衆生事佛種則斷諸佛世尊爲示如來不可思議無量功德聲聞緣覺三昧門得樂所牽故作涅槃想大慧我分部七地善修心意意識相善修我我所攝受人法無我生滅自共相善四無礙決定力三昧門地次第相續入道品法不令菩薩摩訶薩不覺自共相不善七地墮外道邪徑故立地次第大慧彼實無有若生若滅除自心現量所謂地次第相續及三界種種行愚夫所不覺愚夫所不覺者謂我及諸佛說地次第相續及說三界種種行復次大慧聲聞緣覺第八菩薩地滅

三昧樂門醉所醉不善自心現量自共相習氣所障墮人法無我法攝受見妄想涅槃想非寂滅智慧覺大慧菩薩者見滅三昧門樂本願哀愍大悲成就知分別十無盡句不妄想涅槃想彼已涅槃妄想不生故離攝所攝妄想覺了自心現量一切諸法妄想不生不墮心意意識外性自性相計著妄想非佛法因不生隨智慧生得如來自覺地如人夢中方便度水未度而覺覺已思惟爲正爲邪非正非邪餘無始見聞覺識因想種種習氣種種形處墮有無想心意意識夢現大慧如是菩薩摩訶薩於第八菩薩地見妄想生從初地轉進至第七地見一切法如幻等方便度攝所攝心妄想行已作佛法方便未得者令得大慧此是菩薩涅槃方便不壞離心意意

識得無生法忍大慧於第一義無次第相續說無所有妄想寂滅法爾時世尊欲重宣此義而說偈言

心量無所有　此住及佛地　去來及現在
三世諸佛說　心量地第七　無所有第八
二地名爲住　佛地名最勝　自覺知及淨
此則是我地　自在最勝處　清淨妙莊嚴
照耀如盛火　光明悉徧至　熾焰不壞目
周輪化三有　化現在三有　或有先時化
於彼演說乘　皆是如來地　十地則爲初
初則爲八地　第九則爲七　七亦復爲八
第二爲第三　第四爲第五　第三爲第六
無所有何次

爾時大慧菩薩復白佛言世尊如來應供等正覺爲常無常佛告大慧如來應供等正覺非常非無常謂二俱有過常者有作主過常者一切外道說作者無所作是故如來常非常非作常有過故若如來無常者有作無常過陰所相相無性陰壞則應斷而如來不斷大慧一切所作皆無常如餅衣等一切皆無常過一切智衆具方便應無義以所作故一切所作皆應是如來無差別因性故是故大慧如來非常非無常復次大慧如來非如虛空常如虛空常者自覺聖智衆具無義過大慧譬如虛空非常非無常離常無常一異俱不俱常無常過故不可說是故如來非常復次大慧若如來無生常者如兎馬等角以無生常過故方便無義以無生常過故如來非常復次大慧更有餘事知如來常所以者何謂無間所得智常故如來常大慧若如來出

世若不出世法畢定住聲聞緣覺諸佛如來無間住不住虛空亦非愚夫之所覺知大慧如來所得智是般若所薰大慧如來非心意意識彼識陰界入處所薰大慧一切三有皆是不實妄想所生如來不從不實虛妄想生大慧以二法故有常無常非不二不二者寂靜一切法無二生相故是故如來應供等正覺非常非無常大慧乃至言說分別生則有常無常過分別覺滅者則離愚夫常無常見不寂靜慧者永離常無常非常無常薰爾時世尊欲重宣此義而說偈言

衆具無義者　生常無常過　若無分別覺
永離常無常　從其所立宗　則有衆雜義
等觀自心量　言說不可得

爾時大慧菩薩復白佛言世尊惟願世尊更爲我說陰界入生滅彼無有我誰生誰滅愚夫者依於生滅不覺苦盡不識涅槃佛言善哉諦聽當爲汝說大慧白佛言唯然受教佛告大慧如來之藏是善不善因能徧興造一切趣生譬如伎兒變現諸趣離我我所不覺彼故三緣和合方便而生外道不覺計著作者爲無始虛僞惡習所薰名爲識藏生無明住地與七識俱如海浪身常生不斷離無常過離於我論自性無垢畢竟清淨其諸餘識有生有滅意意識等念念有七因不實妄想取諸境界種種形處計著名相不覺自心所現色相不覺苦樂不至解脫名相諸纏貪生生貪若因若攀緣彼諸受根滅次第不生餘自心妄想不知苦樂入滅受想正受第四禪善眞諦解脫修行者作解脫想不所不轉名

如來藏識藏七識流轉不滅所以者何彼因攀緣諸識生故非聲聞緣覺修行境界不覺無我自共相攝受生陰界入見如來藏五法自性人法無我則滅地次第相續轉進餘外道見不能傾動是名住菩薩不動地得十三昧道門樂三昧覺所持觀察不思議佛法自願不受三昧門樂及實際向自覺聖趣不共一切聲聞緣覺及諸外道所修行道得十賢聖種性道及身智意生離三昧行是故大慧菩薩摩訶薩欲求勝進者當淨如來藏及藏識名大慧若無識藏名如來藏者則無生滅大慧然諸凡聖悉有生滅修行者自覺聖趣現法樂住不捨方便大慧此如來藏識藏一切聲聞緣覺心想所見雖自性淨客塵所覆故猶見不淨非諸如來大慧如來者現前境界猶如掌中視阿摩勒果大慧我於此義以神力建立令勝鬘夫人及利智滿足諸菩薩等宣揚演說如來藏及識藏名七識俱生聲聞計著見人法無我故勝鬘夫人承佛威神說如來境界非聲聞緣覺及外道境界如來藏識藏餘佛及餘利智依義菩薩智慧境界是故汝及餘菩薩摩訶薩於如來藏識藏當勤修學莫但聞覺作知足想爾時世尊欲重宣此義而說偈言

甚深如來藏　而與七識俱　二種攝受生
知者則遠離　如鏡像現心　無始習所薰
如實觀察者　諸事悉無事　如愚見指月
觀指不觀月　計著名字者　不見我眞實
心爲工伎兒　意如和伎者　五識爲伴侶
妄想觀衆伎

爾時大慧菩薩白佛言世尊惟願爲說五法自性識二種無我究竟分別相我及餘菩薩摩訶薩於一切地次第相續分別此法入一切佛法入一切佛法者乃至如來自覺地佛告大慧諦聽諦聽善思念之大慧白佛唯然受教佛告大慧五法自性識二無我分別趣相者謂名相妄想正智如如若修行者修行入如來自覺聖趣離於斷常有無等見現法樂正受住現在前大慧不覺彼五法自性識二無我自心現外性凡夫妄想非諸賢聖大慧白佛言世尊云何愚夫妄想生非諸賢聖佛告大慧愚夫計著俗數名相隨心流散流散已種種相像貌墮我我所見希望計著妙色計著已無知覆障生染著染著已貪恚所生業積集積集已妄想自纏如蠶作繭墮生死海諸趣曠野如汲井輪以愚癡故不能知如幻野馬水月自性離我我所起於一切不實妄想離相所相及生住滅從自心妄想生非自在時節微塵勝妙生愚癡凡夫隨名相流大慧彼相者眼識所照名爲色耳鼻舌身意意識所照名爲聲香味觸法是名爲相大慧彼妄想者施設衆名顯示諸相如此不異象馬車步男女等名是名妄想大慧正智者彼名相不可得猶如過客諸識不生不斷不常不墮一切外道聲聞緣覺之地復次大慧菩薩摩訶薩以此正智不立名相非不立名相捨離二見建立及誹謗知名相不生是名如如大慧菩薩摩訶薩住如如者得無所有境界故得菩薩歡喜地得菩薩歡喜地已永離一切外道惡趣正住出世間趣法相成熟

分別幻等一切法自覺法趣相離諸妄想見性異相次第乃至法雲地於其中間三昧力自在神通開敷得如來地已種種變化圓照示現成熟衆生如水中月善究竟滿足十無盡句爲種種意解衆生分別說法法身離意所作是名菩薩入如如所得爾時大慧菩薩白佛言世尊云何世尊爲三種自性入於五法爲各有自相宗佛告大慧三種自性及八識二種無我悉入五法大慧彼名及相是妄想自性大慧若依彼妄想生心心法名俱時生如日光俱種種相各別分別持是名緣起自性大慧正智如如者不可壞故名成自性復次大慧自心現妄想八種分別謂識藏意意識及五識身相者不實相妄想故我我所二攝受滅二無我生是故大慧此五法者聲聞緣覺菩薩如來自覺聖智諸地相續次第一切佛法悉入其中復次大慧五法者相名妄想如如正智大慧相者若處所形相色像等現是名爲相若彼有如是相名爲缾等即此非餘是說爲名施設衆名顯示諸相缾等心心法是名妄想彼名彼相畢竟不可得始終無覺於諸法無展轉離不實妄想是名如如眞實決定究竟自性不可得彼是如相我及諸佛隨順入處普爲衆生如實演說施設顯示於彼隨入正覺不斷不常妄想不起隨順自覺聖趣一切外道聲聞緣覺所不得相是名正智大慧是名五法三種自性八識二種無我一切佛法悉入其中是故大慧當自方便學亦教他人勿隨於他爾時世尊欲重宣此義而說偈言

五法三自性　及與八種識　二種無有我
悉攝摩訶衍　名相虛妄想　自性二種相
正智及如如　是則爲成相

爾時大慧菩薩復白佛言世尊如世尊所說句過去諸佛如恒河沙未來現在亦復如是云何世尊爲如說而受爲更有餘義惟願如來哀愍解說佛告大慧莫如說受三世諸佛量非如恒河沙所以者何過世間望非譬所譬以凡愚計常外道妄想長養惡見生死無窮欲令厭離生死趣輪精勤勝進故爲彼說言諸佛易見非如優曇鉢華難得見故息方便求有時復觀諸受化者作是說言佛難值遇如優曇鉢華優曇鉢華無已見今見當見如來者世間悉見不以建立自通故說言如來出世如優曇鉢華大慧自建立自通者過世間望彼諸凡愚所不能信自覺聖智境界無以爲譬眞實如來過心意意識所見之相不可爲譬大慧然我說譬佛如恒沙無有過咎大慧譬如恒沙一切魚鼈輸收魔羅師子象馬人獸踐踏沙不念言彼惱亂我而生妄想自性清淨無諸垢汙如來應供等正覺聖智恒河大力神通自在等沙一切外道諸人獸等一切惱亂如來不念而生妄想如來寂然無有念想如來本願以三昧樂安衆生故無有惱亂猶如恒沙等無有異又斷貪恚故譬如恒沙是地自性劫盡燒時燒一切地而彼地大不捨自性與火大俱生故其餘愚夫作地燒想而地不燒以火因故如是大慧如來法身如恒沙不壞大慧譬如恒沙無有限量如來光明亦復如是無有限量爲成熟衆

生故普照一切諸佛大衆大慧譬如恒沙別求異沙永不可得如是大慧如來應供等正覺無生死生滅有因縁斷故大慧譬如恒河沙增減不可得知如是大慧如來智慧成熟衆生不增不減非身法故身法者有壞如來法身非是身法如壓恒沙油不可得如是一切極苦衆生逼迫如來乃至衆生未得涅槃不捨法界自三昧願樂以大悲故大慧譬如恒沙隨水而流非無水也如是大慧如來所說一切諸法隨涅槃流是故說言如恒河沙如來不隨諸去流轉去是壞義故大慧生死本際不可知不知故云何說去大慧去者斷義而愚夫不知大慧白佛言世尊若衆生生死際不可知者云何解脱可知佛告大慧無始虚僞過惡妄想習氣因滅自心現知外義妄想身轉解脱不滅是故無邊非都無所有爲彼妄想作無邊等異名觀察内外離於妄想無異衆生智及爾焰一切諸法悉皆寂靜不識自心現妄想故妄想生若識則滅爾時世尊欲重宣此義而說偈言

觀察諸導師　猶如恒河沙　不壞亦不去
亦復不究竟　是則爲平等　觀察諸如來
猶如恒沙等　悉離一切過　隨流而性常
是則佛正覺

爾時大慧菩薩復白佛言惟願爲說一切諸法刹那壞相世尊云何一切法刹那佛告大慧諦聽諦聽善思念之當爲汝說佛告大慧一切法者謂善不善無記有爲無爲世間出世間有罪無罪有漏無漏受不受大慧略說心意意識及習氣是五受陰因是心意意識

習氣長養凡愚善不善妄想大慧修三昧樂三昧正受現法樂住賢聖名爲善無漏大慧善不善者謂八識何等爲八謂如來藏名識藏心意意識及五識身非外道所說大慧五識身者心意意識俱善不善相展轉變壞相續流注不壞身生亦生亦滅不覺自心現次第滅餘識生形相差別攝受意識俱相應生刹那時不住名爲刹那大慧刹那者名識藏如來藏意俱生識習氣刹那無漏習氣非刹那非凡愚所覺計著刹那論故不覺一切法刹那非刹那以斷見壞無爲法大慧七識不流轉不受苦樂非涅槃因大慧如來藏者受苦樂與因俱若生若滅四住地無明住地所醉凡愚不覺刹那見妄想熏心復次大慧如金金剛佛舍利得奇特性終不損壞大慧若得無間有刹那者聖應非聖而聖未曾不聖如金金剛雖經劫數稱量不減云何凡愚不善於我隱覆之說於内外一切法作刹那想

大慧菩薩復白佛言世尊如世尊說六波羅蜜滿足得成正覺何等爲六佛告大慧波羅蜜有三種分別謂世間出世間出世間上上大慧世間波羅蜜者我我所攝受計著攝受二邊爲種種受生處樂色聲香味觸故滿足檀波羅蜜戒忍精進禪定智慧亦如是凡夫神通及生梵天大慧出世間波羅蜜者聲聞緣覺墮攝受涅槃故行六波羅蜜樂自己涅槃樂出世間上上波羅蜜者覺自心現妄想量攝受及自心二故不生妄想於諸趣攝受非分自心色相不計著爲安樂一切衆生故生檀波羅蜜起上方便即於彼緣妄想不生

戒是尸波羅蜜即彼妄想不生忍知攝所攝是羼提波羅蜜初中後夜精勤方便隨順修行方便妄想不生是毗梨耶波羅蜜妄想悉滅不墮聲聞涅槃攝受是禪波羅蜜自心妄想非性智慧觀察不墮二邊先身轉勝而不可壞得自覺聖趣是般若波羅蜜爾時世尊欲重宣此義而説偈言

空無常刹那　愚夫妄想作　如河燈種子
而作刹那想　刹那息煩亂　寂靜離所作
一切法不生　我説刹那義　物生則有滅
不爲愚者説　無間相續性　妄想之所熏
無明爲其因　心則從彼生　乃至色未生
中間有何分　相續次第滅　餘心隨彼生
不住於色時　何所緣而生　以從彼生故
不如實因生　云何無所成　而知刹那壞
修行者正受　金剛佛舍利　光音天宮殿
世間不壞事　住於正法得　如來智具足
比丘得平等　云何見刹那　乾闥婆幻等
色無有刹那　於不實色等　視之若眞實

爾時大慧菩薩復白佛言世尊世尊記阿羅漢得成阿耨多羅三藐三菩提與諸菩薩等無差別一切衆生法不涅槃誰至佛道從初得佛至般涅槃於其中間不説一字亦無所答如來常定故亦無慮亦無察化佛化作佛事何故説識刹那展轉壞相金剛力士常隨侍衛不施設本際現魔魔業惡業果報旃遮摩納孫陀利女空鉢而出惡業障現云何如來得一切種智而不離諸過佛告大慧諦聽諦聽善思念之當爲汝説大慧白佛善哉世尊唯然受教佛告大慧爲無餘涅槃故説誘

進行菩薩行者故此及餘世界修菩薩行者樂聲聞乘涅槃爲令離聲聞乘進向大乘化佛授聲聞記非是法佛大慧因是故記諸聲聞與菩薩不異大慧不異者聲聞緣覺諸佛如來煩惱障斷解脫一味非智障斷大慧智障者見法無我殊勝清淨煩惱障者先習見人無我斷七識滅法障解脫識藏習滅究竟清淨因本住法故前後非性無盡本願故如來無慮無察而演說法正智所化故念不忘故無慮無察四住地無明住地習氣斷故二煩惱斷離二死覺人法無我及二障斷大慧心意意識眼識等七刹那習氣因離善無漏品離不復輪轉大慧如來藏者輪轉涅槃苦樂因空亂意大慧愚癡凡夫所不能覺大慧金剛力士所隨護者是化佛耳非眞如來大慧眞如來者離一切根量一切凡夫聲聞緣覺及外道根量悉滅得現法樂住無間法智忍故非金剛力士所護一切化佛不從業生化化佛者非佛不離佛因陶家輪等衆生所作相而說法非自通處說自覺境界復次大慧愚夫依七識身滅起斷見不覺識藏故起常見自妄想故不知本際自妄想慧滅故解脫四住地無明住地習氣斷故一切過斷爾時世尊欲重宣此義而說偈言

三乘亦非乘　如來不磨滅　一切佛所說
說離諸過惡　爲諸無間智　及無餘涅槃
誘進諸下劣　是故隱覆說　諸佛所起智
即分別說道　諸乘非爲乘　彼則非涅槃
欲色有及見　說是四住地　意識之所起
識宅意所住　意及眼識等　斷滅說無常

或作涅槃見　而爲説常住

爾時大慧菩薩以偈問言

彼諸菩薩等　志求佛道者　酒肉及與葱
飲食爲云何　惟願無上尊　哀愍爲演説
愚夫所貪著　臭穢無名稱　虎狼所甘嗜
云何而可食　食者生諸過　不食爲福善
惟願爲我説　食不食罪福

大慧菩薩説偈問已復白佛言惟願世尊爲我等説食不食肉功德過惡我及諸菩薩於現在未來當爲種種希望食肉衆生分別説法令彼衆生慈心相向得慈心已各於住地清淨明了疾得究竟無上菩提聲聞緣覺自地止息已亦復逮成無上菩提惡邪論法諸外道輩邪見斷常顛倒計著尚有遮法不聽食肉況復如來世間救護正法成就而食肉耶佛告大慧善哉善哉諦聽諦聽善思念之當爲汝説大慧白佛唯然受教佛告大慧有無量因緣不應食肉然我今當爲汝略説謂一切衆生從本已來展轉因緣常爲六親以親想故不應食肉驢騾駱駝狐狗牛馬人獸等肉屠者雜賣故不應食肉不淨氣分所生長故不應食肉衆生聞氣悉生恐怖如旃陀羅及譚婆等狗見憎惡驚怖羣吠故不應食肉又令修行者慈心不生故不應食肉凡愚所嗜臭穢不淨無善名稱故不應食肉令諸呪術不成就故不應食肉以殺生者見形起識深味著故不應食肉彼食肉者諸天所棄故不應食肉令口氣臭故不應食肉多惡夢故不應食肉空閑林中虎狼聞香故不應食肉令飲食無節量故不應食肉令修行者不

生猒離故不應食肉我常說言凡所飲食作食子肉想作服藥想故不應食肉聽食肉者無有是處復次大慧過去有王名師子蘇陀娑食種種肉遂至食人臣民不堪即便謀反斷其俸祿以食肉者有如是過故不應食肉復次大慧凡諸殺者爲財利故殺生屠販彼諸愚癡食肉衆生以錢爲網而捕諸肉彼殺生者若以財物若以鉤網取彼空行水陸衆生種種殺害屠販求利大慧亦無不教不求不想而有魚肉以是義故不應食肉大慧我有時說遮五種肉或制十種今於此經一切種一切時開除方便一切悉斷大慧如來應供等正覺尚無所食況食魚肉亦不教人以大悲前行故視一切衆生猶如一子是故不聽令食子肉爾時世尊欲重宣此義而說偈言

曾悉爲親屬　鄙穢不淨雜　不淨所生長
聞氣悉恐怖　一切肉與葱　及諸韭蒜等
種種放逸酒　修行常遠離　亦常離麻油
及諸穿孔牀　以彼諸細蟲　於中極恐怖
飲食生放逸　放逸生諸覺　從覺生貪欲
是故不應食　由食生貪欲　貪令心迷醉
迷醉長愛欲　生死不解脫　爲利殺衆生
以財網諸肉　二俱是惡業　死墮叫呼獄
若無教想求　則無三淨肉　彼非無因有
是故不應食　彼諸修行者　由是悉遠離
十方佛世尊　一切咸呵責　展轉更相食
死墮虎狼類　臭穢不猒惡　所生常愚癡
多生旃陀羅　獵師譚婆種　或生陀夷尼
及諸食肉性　羅刹猫狸等　徧於是中生

縛象與大雲　央掘利魔羅　及此楞伽經
我悉制斷肉　諸佛及菩薩　聲聞所呵責
食已無慚愧　生生常癡冥　先說見聞疑
已斷一切肉　妄想不覺知　故生食肉處
如彼貪欲過　障礙聖解脫　酒肉葱韭蒜
悉爲聖道障　未來世衆生　於肉愚癡說
言此淨無罪　佛聽我等食　食如服藥想
亦如食子肉　知足生厭離　修行行乞食
安住慈心者　我說常厭離　虎狼諸惡獸
恒可同遊止　若食諸血肉　衆生悉恐怖
是故修行者　慈心不食肉　食肉無慈悲
永背正解脫　及違聖表相　是故不應食
得生梵志種　及諸修行處　智慧富貴家
斯由不食肉

楞伽阿跋多羅寶經卷第四

音釋

娑呵世界　西域記云索訶世界三千大千國土爲一佛之化攝也舊曰娑婆又曰娑呵皆訛索訶此云能忍謂此土衆生能忍受三毒煩惱故也
鑽燧　鑽祖官切燧徐醉切鑽燧謂鑽木取火也
韭　已有切菜名也
蒜　蘇貫切葷菜也

入楞伽經

元魏天竺三藏法師菩提留支譯

清刻龍藏佛說法變相圖

入楞伽經卷第一

元魏天竺三藏法師菩提留支譯

請佛品第一

歸命大智慧海毗盧遮那佛

如是我聞一時婆伽婆住大海畔摩羅耶山頂上楞伽城中彼山種種寶性所成諸寶間錯光明赫焰如百千日照曜金山復有無量華園香樹皆寶香林微風吹擊搖枝動葉百千妙香一時流布百千妙音一時俱發重巖屈曲處處皆有仙堂靈室龕窟無數衆寶所成內外明徹日月光暉不能復現皆是古昔諸仙賢聖思如實法得道之處與大比丘僧及大菩薩衆皆從種種他方佛土俱來集會是諸菩薩具足無量自在三昧神通之力奮迅遊化善知五法自性識二種無我究竟通

遶大慧菩薩摩訶薩而爲上首一切諸佛手灌其頂而授佛位自心爲境善解其義種種衆生種種心色隨種種心種種異念無量度門隨所應度隨所應見而爲普現爾時婆伽婆於大海龍王宫說法滿七日已渡至南岸時有無量那由他釋梵天王諸龍王等無邊大衆悉皆隨從向海南岸爾時婆伽婆遥望觀察摩羅耶山楞伽城光顔舒悅如動金山熈怡微笑而作是言過去諸佛應正遍知於彼摩羅耶山頂上楞伽城中說自内身聖智證法離於一切邪見覺觀非諸外道聲聞辟支佛等修行境界我亦應彼摩羅耶山楞伽城中爲羅婆那夜义王上首說於此法爾時羅婆那夜义王以佛神力聞如來聲時婆伽婆離海龍王宫度大海已與諸那由他無量釋梵天王諸龍王等圍遶恭敬爾時如來觀察衆生阿梨耶識大海水波爲諸境界猛風吹動轉識波浪隨緣而起爾時羅婆那夜义王而自歎言我應請如來入楞伽城令我長夜於天人中與諸人天得大利益快得安樂爾時楞伽城主羅婆那夜义王與諸眷屬乘華宫殿至如來所與諸眷屬從宫殿下遶佛三帀以種種妓樂樂於如來所持樂器皆是大青因陀羅寶而用造作大毗瑠璃碼碯諸寶以爲間錯無價色衣以用纏裹以梵聲等無量種音歌歎如來一切功德而說偈言

心具於法藏　離無我見垢　世尊說諸行
内心所知法　白法得佛身　内身所證法
化身示化身　時到入楞伽　今此楞伽城
過去無量佛　及諸佛子等　無量身受用

世尊若說法　無量諸夜义　能現無量身
欲聞說法聲
爾時羅婆那楞伽王以都咤迦種種妙聲歌歎如來諸功德已復更以伽陀妙聲歌歎如來而說偈言
如來於七日　大海惡獸中　渡海到彼岸
出已即便住　羅婆那王共　妻子夜义等
及無量眷屬　大智諸大臣　叔迦婆羅那
如是等大衆　各各悉皆現　無量諸神通
乘妙華宮殿　俱來到佛所　到已下華殿
禮拜供養佛　依佛住持力　即於如來前
自說已名字　我十頭羅剎　願垂哀愍我
及此城衆生　受此楞伽城　摩羅耶寶山
過去無量佛　於此楞伽城　種種寶山上
說身所證法　如來亦應爾　於此寶山中
同諸過去佛　亦說如是法　願共諸佛子
說此清淨法　我及楞伽衆　咸皆欲聽聞
入楞伽經典　過去佛讚歎　內身智境界
離所說名字　我念過去世　無量諸如來
諸佛子圍遶　說此修多羅　如來於今日
亦應爲我等　及諸一切衆　說此甚深法
未來諸世尊　及諸佛子等　於此寶山上
亦說此深法　今此楞伽城　微妙過天宮
牆壁非土石　諸寶羅網覆　此諸夜义等
已於過去佛　修行離諸過　畢竟住大乘
內心善思惟　如實念相應　願佛憐愍故
爲諸夜义說　願佛天人師　入摩羅耶山
夜义及妻子　欲得摩訶衍　甕耳等羅剎
亦住此城中　曾供養過去　無量億諸佛
今復願供養　現在大法王　欲聞內心行

欲得摩訶衍　願佛憐愍我　及諸夜义衆
共諸佛子等　入此楞伽城　我所有宫殿
妻子及眷屬　寶冠諸瓔珞　種種莊嚴具
阿舒迦園林　種種皆可樂　及所乘華殿
施佛及大衆　我於如來所　無有不捨物
願大牟尼尊　哀愍我受用　我及諸佛子
受佛所説法　願佛垂哀愍　爲我受用説
爾時三界尊　聞夜义請已　即爲夜义説
過去未來佛　夜义過去佛　此勝寶山中
憐愍夜义故　説内身證法　未來佛亦爾
於此寶山中　爲諸夜义等　亦説此深法
夜义此寶山　如實修行人　現見法行人
乃能住此處　夜义今告汝　我及諸佛子
憐愍汝等故　受汝施請説　如來略答竟
寂靜嘿然住　羅婆那羅刹　奉佛華宫殿
如來及佛子　受已即皆乘　羅婆那夜义
亦自乘華殿　以諸婇女樂　樂佛到彼城
到彼妙城已　羅婆那夜义　及諸夜义妻
夜义男女等　更持勝供具　種種皆微妙
供養於如來　及諸佛子等　諸佛及菩薩
皆受彼供養　羅婆那等衆　供養説法者
觀察所説法　内身證境界　供養大慧士
數數而請言　大士能問佛　内身行境界
我與夜义衆　及諸佛子等　一切諸聽者
咸請仁者問　大士説法勝　修行亦最勝
我尊重大士　請問佛勝行　離諸外道邊
亦離二乘過　説内法清淨　究竟如來地
爾時佛神力　復化作山城　崔嵬百千相
嚴飾對須彌　無量億華園　皆是衆寶林
香氣廣流布　芬馥未曾聞　一一寶山中

皆示現佛身　亦有羅婆那　夜叉衆等住
十方佛國土　及於諸佛身　佛子夜叉王
皆來集彼山　而此楞伽城　所有諸衆等
皆悉見自身　入化楞伽中　如來神力作
亦同彼楞伽　諸山及園林　寶莊嚴亦爾
一一山中佛　皆有大慧問　如來悉爲說
內身所證法　出百千妙聲　說此經法已
佛及諸佛子　一切隱不現　羅婆那夜叉
忽然見自身　在已本宮殿　更不見餘物
而作是思惟　向見者誰作　說法者爲誰
是誰而聽聞　我所見何法　而有此等事
彼諸佛國土　及諸如來身　如此諸妙事
今皆何處去　爲是夢所憶　爲是幻所作
爲是實城邑　爲乾闥婆城　爲是翳妄見
爲是陽焰起　爲夢石女生　爲我見火輪
爲見火輪烟　我所見云何　復自深思惟
諸法體如是　唯自心境界　內心能證知
而諸凡夫等　無明所覆障　虛妄心分別
而不能覺知　能見及所見　一切不可得
說者及所說　如是等亦無　佛法眞實體
非有亦非無　法相恒如是　唯自心分別
如見物爲實　彼人不見佛　不住分別心
亦不能見佛　不見有諸行　如是名爲佛
若能如是見　彼人見如來　智者如是觀
一切諸境界　轉身得妙身　即是佛菩提

爾時羅婆那十頭羅刹楞伽王見分別心過而不住於分別心中以過去世善根力故如實覺知一切諸論如實能見諸法實相不隨他教善自思惟覺知諸法能離一切邪見覺知善能修行如實行法於自身中能現一切

種種色像而得究竟大方便解善知一切諸地上上自體相貌樂觀心意意識自體見於三界相續身斷離諸外道常見因知如實善知如來之藏善住佛地內心實智聞虛空中及自身中出於妙聲而作是言善哉善哉楞伽王諸修行者悉應如汝之所修學復作是言善哉楞伽王諸佛如來法及非法如汝所見若不如汝之所見者名爲斷見楞伽王汝應遠離心意意識如實修行諸法實相汝今應當修行內法莫著外義邪見之相楞伽王汝莫修行聲聞緣覺諸外道等修行境界汝不應住一切外道諸餘三昧汝不應樂一切外道種種戲論汝不應住一切外道圍陀邪見汝不應著王位放逸自在力中汝不應著禪定神通自在力中楞伽王如此等事皆是如實修行者行能降一切外道邪論能破一切虛妄邪見能轉一切見我見過能轉一切微細識行修大乘行楞伽王汝應內身入如來地修如實行如是修行者得轉上上清淨之法楞伽王汝莫捨汝所證之道善修三昧三摩跋提莫著聲聞緣覺外道三昧境界以爲勝樂如毛道凡夫外道修行者汝莫分別楞伽王外道著我見有我相故虛妄分別外道見有四大之相而著色聲香味觸法以爲實有聲聞緣覺見無明緣行以爲實有起執著心離如實空虛妄分別專著有法而墮能見所見心中楞伽王此勝道法能令衆生內身覺觀能令衆生得勝大乘能出三有楞伽王此入大乘行能破衆生種種翳膜種種識波不墮外道諸見行中楞伽王此是入大乘

行非入外道行外道行者依於内身有我而行見識色二法以爲實有故見有生滅善哉楞伽王思惟此義如汝思惟即是見佛爾時羅婆那楞伽王復作是念我應問佛如實行法轉於一切諸外道行内心修行所觀境界離於應佛所作應事更有勝法所謂如實修行者證於法時所得三昧究竟之樂若得彼樂是則名爲如實修行者是故我應問大慈悲如來世尊如來能燒煩惱薪盡及諸佛子亦能燒盡如來能知一切衆生心使煩惱如來遍至一切智處如來如實善能知解是相非相我今應以妙神通力見於如來見如來已未得者得已得者不退得無分別三昧三摩跋提得增長滿足如來行處爾時世尊如實照知楞伽王應證無生法忍時至憐愍十頭羅刹王故所隱宫殿還復如本身於種種寶網莊嚴山城中現爾時十頭羅刹楞伽王見諸宫殿還復如本一一山中處處皆見有佛世尊應正遍知三十二相妙莊嚴身而在山中自見已身遍諸佛前又見一切諸佛國土及諸國王念身無常由貪王位妻子眷屬五欲相縛無解脱期便捨國土宫殿妻妾象馬珍寶施佛及僧入於山林出家學道又見佛子在山林中勇猛精進投身餓虎師子羅刹以求佛道又見佛子在林樹下讀誦經典爲人演説以求佛道又見菩薩念苦衆生坐於道場菩提樹下思惟佛道又見一一佛前皆有聖者大慧菩薩説於内身修行境界亦見一切夜叉眷屬圍繞而説名字章句爾時世尊智慧觀察現在大衆非肉眼觀如師子

王奮迅視眄呵呵大笑頂上肉髻放無量光肩脇腰髀胷卍德處及諸毛孔皆放一切無量光明如空中虹如日千光如劫盡時大火熾然猛焰之相帝釋梵王四天王等於虛空中觀察如來見佛坐於須彌相對楞伽山頂上呵呵大笑爾時大菩薩衆帝釋梵天四天王等作是思惟何因何緣如來應正遍知於一切法中而得自在未曾如是呵呵大笑復於自身出無量光默然而住專念內身智慧境界不以爲勝如師子視觀楞伽王念如實行爾時聖者大慧菩薩摩訶薩先受楞伽羅婆那王所啓請已念楞伽王知諸一切大菩薩衆心行之法觀察未來一切衆生心皆樂於名字說法心迷生疑如說而取著於一切聲聞緣覺外道之行諸佛世尊離諸一切心識之行能笑大笑爲彼大衆斷於疑心而問佛言如來何因何緣何事呵呵大笑佛告聖者大慧菩薩善哉善哉善哉大慧復言善哉大慧汝能觀察世間妄想分別之心邪見顛倒汝實能知三世之事而問此事如汝所問智者之問亦復如是爲自利利他故大慧此楞伽王曾問過去一切諸佛應正遍知如是二法今復現在亦欲問我如是二法此二法者一切聲聞緣覺外道未曾知此二法之相大慧此十頭羅剎亦問未來一切諸佛如此二法爾時如來知而故問羅婆那王而作是言楞伽王汝欲問我隨汝疑心今悉可問我悉能答斷汝疑心令得懽喜楞伽王汝斷虛妄分別之心得地對治方便觀察如實智慧能入內身如實之相三昧樂行三昧佛即攝

取汝身善住奢摩他樂境界中過諸聲聞緣覺三昧不淨之垢能住不動善慧法雲等地善知如實無我之法大寶蓮華王座上而坐得無量三昧而受佛職楞伽王汝當不久自見已身亦在如是蓮華王座上而坐法爾住持無量蓮華王眷屬無量菩薩眷屬各各皆坐蓮華王座而自圍繞迭相瞻視各各不久皆得住彼不可思議境界所謂起一行方便行住諸地中能見不可思議境界見如來地無量無邊種種法相一切聲聞緣覺四天王帝釋梵王等所未曾見爾時楞伽王聞佛世尊聽已問已彼於無垢無量光明大寶蓮華衆寶莊嚴山上無量天女而自圍繞現於無量種種異華種種異香散香塗香寶幢旛蓋寶冠瓔珞莊嚴身具復現世間未曾聞見種種勝妙莊嚴之具復現無量種種樂器過諸天龍夜义乾闥婆阿修羅迦樓羅緊那羅摩睺羅伽人非人等所有樂具復隨三界欲界色無色界所有樂具皆悉化作復隨十方諸佛國土所有種種勝妙樂具皆悉化作化作無量大寶羅網遍覆一切諸佛菩薩大衆之上復現無量種種寶幢羅婆那王作如是等變化事已身昇虛空高七多羅樹住虛空中雨種種伎樂雨種種華雨種種香雨種種衣滿虛空中如澍大雨以用供養佛及佛子雨供養已從上而下於虛空中即坐第二電光明大寶蓮華王種種寶山上爾時如來見其坐已發於微笑聽楞伽王問二種法時楞伽王白佛言世尊此二種法我已曾問過去諸佛應正遍知彼佛世尊已為我說世尊我今

現在依名字章句亦問如來如來畢竟應為我說世尊應化化佛說此二法非根本如來世尊根本如來修行三昧樂境界者不說心識外諸境界善哉世尊如來自身於一切法而得自在唯願世尊應正遍知說此二法一切佛子及我已身亦願欲聞爾時世尊知而即告楞伽王言楞伽王汝問此二法爾時夜叉王更著種種金冠瓔珞金莊嚴具而作是言如來常說法尚應捨何況非法世尊云何言二法捨世尊何者是法何者非法世尊捨法云何有二以墮分別相中虛妄分別是有無法無大有大世尊阿梨耶識知名識相所有體相如虛空中有毛輪住不淨盡智所知境界世尊法若如是云何而捨佛告楞伽王楞伽王汝不見瓶等無常敗壞之法毛道凡夫分別境界差別之相楞伽王何故不如是取有法非法差別之相依毛道凡夫分別心有非聖證智以為可見楞伽王且置瓶等種種相事毛道凡夫心謂為有非謂聖人以為有法楞伽王譬如一火焚燒宮殿園林草木見種種火光明色焰各各差別依種種薪草木長短分別見有勝負之相此中何故不如是知有法非法差別之相楞伽王非但火焰依一相續身中見有種種諸相差別楞伽王如一種子一相續生芽莖枝葉華果樹林種種異相如是內外所生諸法無明及行陰界入等一切諸法三界所生差別之相現樂形相言語去來勝智異相一相境界而取於相見下中上勝相染淨善不善相楞伽王非但種種法中見差別相覺如實道者內證行中

亦有見於種種異相何况法非法無分別種種差別相楞伽王有法非法種種差別相楞伽王何者爲法所謂一切外道聲聞緣覺毛道凡夫分別之見從因實物以爲根本生種種法如是等法應捨應離莫取於相而生分別見自心法計以爲實楞伽王無瓶實法而毛道凡夫虛妄分別法本無相如實智觀名捨諸法楞伽王何者爲非法所謂無有身相唯自心滅妄想分別而諸凡夫見實法非實法菩薩如實見如實捨非法復次楞伽王何者復爲非法所謂兔馬駝驢角石女兒等無身無相而毛道凡夫取以爲無爲世間義說於名字非取相如彼瓶等法可捨智者不取如是虛妄分別兔角等名字法亦是可捨是故捨法及非法楞伽王汝今問我法及非法云何捨我已說竟楞伽王汝言我於過去應正遍知已問此法彼諸如來已爲我說楞伽王汝言過去者即分別相未來現在分別亦爾楞伽王我說真如法體是如實者亦是分別如分別色爲實際爲證實智樂修行無相智慧是故莫分別如來爲智身智體心中莫分別意中莫取我人命等云何不分別意識中取種種境界如色形相如是莫取莫分別可分別復次楞伽王譬如壁上畫種種相一切衆生亦復如是楞伽王一切衆生猶如草木無業無行楞伽王一切法非法無聞無說楞伽王一切世間法皆如幻而諸外道凡夫不知楞伽王若能如是見如實見者名爲正見若異見者名爲邪見若分別者名爲取二楞伽王譬如鏡中像自見像譬如水中影自

見影如月燈光在屋室中影自見影如空中響聲自出聲取以爲聲若如是取法與非法皆是虛妄妄想分別是故不知法及非法增長虛妄不得寂滅寂滅者名爲一心一心者名如來藏如來藏者入自內身智慧境界得無生法忍三昧

問答品第二

爾時聖者大慧菩薩與諸一切大慧菩薩俱遊一切諸佛國土承佛神力從座而起更整衣服右膝著地合掌恭敬以偈讚佛

佛慧大悲觀　世間離生滅　猶如虛空華
有無不可得　佛慧大悲觀　一切法如幻
遠離心意識　有無不可得　佛慧大悲觀
世間猶如夢　遠離於斷常　有無不可得
佛慧大悲觀　煩惱障智障　二無我清淨
有無不可得　佛不入不滅　涅槃亦不住
離覺所覺法　有無二俱離　若如是觀佛
寂靜離生滅　彼人今後世　離垢無染取

爾時大慧菩薩摩訶薩如法偈讚佛已自說姓名

我名爲大慧　願通達大乘　今以百八問
仰諮無上尊　最勝世間解　聞彼大慧問
觀察諸衆生　告諸佛子言　汝等諸佛子
及大慧諮問　我當爲汝說　自覺之境界

爾時聖者大慧菩薩摩訶薩聞佛聽問頂禮佛足合掌恭敬以偈問曰

云何淨諸覺　何因而有覺　何因見迷惑
何因有迷惑　何因有國土　化相諸外道
云何名佛子　寂靜及次第　解脫至何所
誰縛何因脫　禪者觀何法　何因有三乘

何因緣生法　何因作所作　何因俱異說
何因無而現　何因無色定　及與滅盡定
何因想滅定　何因從定覺　云何因生果
何因身去住　何因觀所見　何因生諸地
破三有者誰　何身至何所　云何處而住
云何諸佛子　何因得神通　及自在三昧
何因得定心　最勝爲我說　何因爲藏識
何因意及識　何因見諸法　何因斷所見
云何性非性　云何心無法　何因說法相
云何名無我　何因無衆生　何因有世諦
何因不見常　何因不見斷　云何佛外道
二相不相違　何因當來世　種種諸異部
云何名爲空　何因念不住　何因有胎藏
何因世不動　云何如幻夢　說如揵闥婆
陽焰水中月　世尊爲我說　云何說覺支
何因菩提分　何因國亂動　何因作有見
何因不生滅　何因如空華　何因覺世間
何因無字說　云何無分別　何因如虛空
真如有幾種　何名心幾岸　何因地次第
真如無次第　何因二無我　何因境界淨
幾種智幾戒　何因衆生生　誰作諸寶性
金摩尼珠等　誰生於語言　衆生種種異
五明處技術　誰能如是說　伽陀有幾種
云何長短句　法復有幾種　解義復有幾
何因飲食種　何因生愛欲　云何名爲王
轉輪及小王　何因護國土　諸天有幾種
何因而有地　何因星日月　解脫有幾種
行者有幾種　弟子有幾種　阿闍梨幾種
如來有幾種　本生有幾種　摩羅有幾種
異學有幾種　自性有幾種　心復有幾種

云何施假名　世尊爲我說　何因有風雲
何因有黠慧　何因有樹林　世尊爲我說
何因象馬鹿　何因人捕取　何因爲痤陋
世尊爲我說　何因有六時　何因成闡提
男女及不男　爲我說其生　何因修行退
何因修行進　教何等人修　令住何等法
諸衆生去來　何相何像類　何因致財富
世尊爲我說　云何爲釋種　何因有釋種
何因甘蔗種　何因長壽仙　長壽仙何親
云何彼教授　世尊如虛空　爲我分別說
何因佛世尊　一切時刹現　種種名色類
佛子衆圍繞　何因不食肉　云何制斷肉
食肉諸種類　何因故食肉　何因日月形
須彌及蓮華　師子形勝相　國土爲我說
亂側覆世界　如因陀羅網　一切寶國土

何因爲我說　如箜篌琵琶　鼓種種華形
離日月光土　何因爲我說　何等爲化佛
何等爲報佛　何等如智佛　何因爲我說
云何於欲界　不成等正覺　云何色究竟
離欲中得道　如來般涅槃　何人持正法
世尊住久如　正法幾時住　如來立幾法
各見有幾種　毗尼及比丘　世尊爲我說
何因百變易　何因百寂靜　聲聞辟支佛
世尊爲我說　何因世間通　何因出世通
何因七地心　世尊爲我說　僧伽有幾種
何因爲破僧　云何醫方論　世尊爲我說
迦葉拘留孫　拘那含是我　常爲諸佛子
何故如是說　何故說人我　何故說斷常
何故不但說　唯有於一心　何因男女林
訶梨阿摩勒　雞羅及鐵圍　金剛等諸山

次及無量山　種種寶莊嚴　仙樂人充滿
世尊爲我說　大天佛聞彼　所說諸偈句
大乘諸度門　諸佛心第一　善哉善哉問
大慧善諦聽　我今當次第　如汝問而說
生及與不生　涅槃空刹那　趣至無自體
佛波羅蜜子　聲聞辟支佛　外道無色者
須彌海及山　四天下土地　日月諸星宿
外道天脩羅　解脫自在通　力思惟寂定
滅及如意足　覺支及道品　諸禪定無量
五陰及去來　四空定滅盡　發起心而說
心意及意識　無我法有五　自性相所想
所見能見二　云何種種乘　金摩尼珠性
一闡提四大　荒亂及一佛　智境界教得
衆生有無有　象馬諸禽獸　云何而捕取
譬喻因相應　力說法云何　何因有因果
相迷惑如實　但心無境界　諸地無次第
百變及無相　醫方工巧論　呪術諸明處
何故而問我　諸山須彌地　其形量大小
大海日月星　云何而問我　上中下衆生
身各幾微塵　肘步至十里　二十及四十
兔毫牕塵蟣　羊毛麵麥塵　一升幾麵麥
半升幾頭數　一斛及十斛　百萬及一億
頻婆羅幾塵　芥子幾微塵　幾芥成草子
幾草子成豆　幾銖成一兩　幾兩成一斤
如是次第數　幾分成須彌　佛子今何故
不如是問我　緣覺聲聞等　諸佛及弟子
身幾微塵成　何故不問此　火焰有幾塵
風微塵有幾　根根幾塵數　毛孔眉幾塵
何因財自在　轉輪聖帝主　何因王守護
解脫廣略說　種種衆生欲　云何而問我

何因諸飲食　何因男女林　金剛堅固山
爲我說云何　何因如幻夢　野鹿渴愛譬
何因而有雲　何因有六時　何因種種味
男女非男女　何因諸莊嚴　佛子何因問
云何諸妙山　仙樂人莊嚴　解說至何所
誰縛云何縛　云何禪境界　涅槃及外道
云何無因作　何因可見轉　何因淨諸覺
何因有諸覺　何因轉所作　唯願爲我說
何因斷諸相　何因出三昧　破三有者誰
何因身何處　云何無人我　何因依世說
何因問我相　云何問無我　云何爲胎藏
汝何因問我　何因斷常見　何因心得定
何因言及智　界性諸佛子　勘解師弟子
種種諸衆生　云何飲食魔　虛空聰明施
何因有樹林　佛子何因問　云何種種刹
何因長壽仙　何因種種師　汝何因問我
何因有醜陋　修行不欲成　色究竟成道
云何而問我　何因世間通　何因爲比丘
云何化報佛　何因而問我　云何如智佛
云何爲衆僧　箜篌鼓華刹　云何離光明
云何爲心地　佛子而問我　此及餘衆多
佛子所應問　一一相相應　遠離諸見過
離諸外道法　我說汝諦聽　此上百八見
如諸佛所說　我今說少分　佛子善諦聽

生見不生見常見無常見相見無相見住異見非住異見刹那見非刹那見離自性見非離自性見空見不空見斷見非斷見心見非心見邊見非邊見中見非中見變見非變見緣見非緣見因見非因見煩惱見非煩惱見愛見非愛見方便見非方便見巧見非巧見

淨見非淨見相應見非相應見譬喻見非譬
喻見弟子見非弟子見師見非師見性見非
性見乘見非乘見寂靜見非寂靜見願見非
願見三輪見非三輪見相見非相見有無立
見非有無立見有二見無二見緣內身聖見
非緣內身聖見現法樂見非現法樂見國土
見非國土見微塵見非微塵見水見非水見
弓見非弓見四大見非四大見數見非數見
通見非通見虛妄見非虛妄見雲見非雲見
工巧見非工巧見明處見非明處見風見非
風見地見非地見心見非心見假名見非假
名見自性見非自性見陰見非陰見衆生見
非衆生見智見非智見涅槃見非涅槃見境
界見非境界見外道見非外道見亂見非亂
見幻見非幻見夢見非夢見陽焰見非陽焰
見像見非像見輪見非輪見揵闥婆見非揵
闥婆見天見非天見飲食見非飲食見婬欲
見非婬欲見見見非見見波羅蜜見非波羅
蜜見戒見非戒見日月星宿見非日月星宿
見諦見非諦見果見非果見滅見非滅見起
滅盡定見非起滅盡定見治見非治是相見
非相見支見非支見巧明見非巧明見禪見
非禪見迷見非迷見現見非現見護見
非護見族姓見非族姓見仙人見非仙人見
王見非王見捕取見非捕取見實見非實見
記見非記見一闡提見非一闡提見男女見
非男女見味見非味見作見非作見身見非
身見覺見非覺見動見非動見根見非根見
有為見非有為見因果見非因果見色究竟
見非色究竟見時見非時見林樹見非林樹

見種種見非種種見說見非說見毗尼見非毗尼見比丘見非比丘見住持見非住持見字見非字見大慧此百八見過去諸佛所說汝及諸菩薩當如是學

入楞伽經卷第一

音釋

龕窟 龕口含切窟苦骨切穴也 崔嵬 崔昨回切嵬五灰切崔嵬高峻貌 翳膜 翳於計切鄣也膜末各切肢膜也 痤 昨和切 蟣 舉豈切 穬 古猛切麥也

入楞伽經卷第二

元魏天竺三藏法師菩提留支譯

集一切佛法品第三之一

爾時聖者大慧菩薩復白佛言世尊諸識有幾種生住滅佛告聖者大慧菩薩言大慧諸識各有二種生住滅非思量者之所能知大慧諸識有二種滅何等二種一者相滅二者相續滅大慧諸識有二種生何等爲二一者相生二者相續生大慧諸識有二種住何等爲二一者相住二者相續住大慧識有三種何等三種一者轉相識二者業相識三者智相識大慧有八種識略說有二種何等爲二一者了別識二者分別事識大慧如明鏡中見諸色像大慧了別識亦如是見種種鏡像大慧了別識分別事識彼二種識無差別相遞共爲因大慧了別識不可思議熏變因大慧分別事識分別取境界因無始來戲論熏習大慧阿梨耶識虛妄分別種種熏滅諸根亦滅大慧是名相滅大慧相續滅者相續因滅則相續滅因滅緣滅則相續滅大慧所謂依法依緣言依法者謂無始戲論妄想熏習言依緣者謂自心識見境界分別大慧譬如泥團微塵非異非不異金莊嚴具亦如是非異非不異大慧若泥團異者非彼所成而實彼成是故不異若不異者泥團微塵應無分別大慧如是轉識阿梨耶識若異相者不從阿梨耶識生若不異者轉識滅阿梨耶識亦應滅而自相阿梨耶識不滅是故大慧諸識自相滅自相滅者業相滅若自相滅者阿梨耶識應滅大慧若阿梨耶識滅者此不異外

道斷見戲論大慧彼諸外道作如是說所謂離諸境界相續識滅相續識滅已即滅諸識大慧若相續識滅者無始世來諸識應滅大慧諸外道說相續諸識從作者生不說識依眼色空明和合而生而說有作者大慧何者是外道作者勝人自在時微塵是能作者復次大慧外道有七種自性何等爲七一者集性自性二者性自性三者相性自性四者大性自性五者因性自性六者緣性自性七者成性自性復次大慧我有七種第一義何等爲七一者心境界二者智境界三者慧境界四者二見境界五者過二見境界六者過佛子地境界七者入如來地內行境界大慧此是過去未來現在諸佛如來應正遍知性自性第一義心大慧依此性自性第一義心諸佛如來畢竟得於世間出世間諸佛智慧眼同相別相諸法建立如所建立不與外道邪見共同大慧云何不與外道邪見共同所謂分別自心境界妄想見而不覺知自心想見大慧諸愚癡凡夫無有實體以爲第一義說二見論復次大慧汝今諦聽我爲汝說虛妄分別以爲有物爲斷三種苦何等爲三謂無知愛業因緣滅自心所見如幻境界大慧諸沙門婆羅門作如是說本無始生依因果而現復作是說實有物住依諸緣故有陰界入生住滅故以生者滅故大慧彼沙門婆羅門說相續體本無始有若生若滅若涅槃若道若業若果若諦破壞諸法是斷滅論非我所說何以故以現法不可得故不見根本故大慧譬如瓶破不得瓶用大慧譬如燋種不生

芽等大慧彼陰界入是滅過去陰界入滅現在未來亦滅何以故因自心虛妄分別見故大慧無彼陰界入相續體故大慧若本無始生依三法生種種識者龜毛何故不生沙不出油汝之所立決定之義是即自壞汝說有無說生所成因果亦壞大慧若如是依三法因緣應生諸法因果自相過去現在未來有無諸相譬喻及阿含自覺觀地依自見熏心作如是說大慧愚癡凡夫亦復如是惡見所害邪見迷意無智妄稱一切智說大慧若復有沙門婆羅門見諸法離自性故如雲火輪揵闥婆城不生不滅故如幻陽焰水中月故如寢內外心依無始世來虛妄分別戲論而現故離自心虛妄分別可見因緣故離滅盡妄想說所說法故離身資生持用法故離阿梨耶識取境界相應故入寂靜境界故離生住滅法故如是思惟觀察自心以為生故大慧如是菩薩不久當得世間涅槃平等之心大慧汝巧方便開發方便觀察一切諸眾生界皆悉如幻如鏡中像故無因緣起遠離內外境界故自心見外境界故次第隨入無相處故次第隨入從地至地三昧境界故信三界自心幻故大慧如是修行者當得如幻三昧故入自心寂靜境界故到彼岸境界故離作者生法故得金剛三昧故入如來身故入如來化身故入諸力通自在大慈大悲莊嚴身故入一切佛國土故入一切眾生所樂故離心意意識境界故轉身得妙身故大慧諸菩薩摩訶薩如是修行者必得如來無上妙身故大慧菩薩欲證如來身者當遠離陰界

入心因緣和合法故遠離生住滅虛妄分別戲論故諸法惟心當如是知見三界因無始世來虛妄分別戲論而有故觀如來地寂靜不生故進趣內身聖行故大慧汝當不久得心自在無功用行究竟故如衆色隨摩尼寶化身入諸衆生微細心故以入隨心地故令諸衆生次第入地故是故大慧諸菩薩摩訶薩應當善知諸菩薩修自行內法故爾時聖者大慧菩薩摩訶薩復白佛言世尊惟願為諸菩薩摩訶薩說心意意識五法自體相等法門諸佛菩薩修行之處遠離自心邪見境界和合故能破一切言語譬喻體相故一切諸佛所說法心為楞伽城摩羅耶山大海中諸菩薩說觀察阿梨耶識大海波境界說法身如來所說法故爾時佛告聖者大慧菩薩

摩訶薩言大慧有四因緣眼識生何等為四一者不覺自內身取境界故二者無始世來虛妄分別色境界熏習執著戲論故三者識自性體如是故四者樂見種種色相故大慧是名四種因緣於阿梨耶識海起大湧波能生轉識大慧如眼識起識一切諸根毛孔一時轉識生如鏡中像多少一時復有隨因緣次第生大慧猶如猛風吹境心海而識波生不斷因事相故遞共不相離故業體相使縛故不覺色體故而五識身轉故大慧不離彼五識因了別識相名為意識共彼因常轉故大慧五識及心識不作是念我遞共為因自心見虛妄分別取諸境界而彼各各不異相俱現分別境界如是彼識微細生滅以入修行三昧者不覺不知微細熏習而修行者作

是念我滅諸識入三昧而修行者不滅諸識入三昧大慧熏習種子心不滅取外境界諸識滅大慧如是微細阿梨耶識行惟除佛如來入地諸菩薩摩訶薩諸餘聲聞辟支佛外道修行者不能知故入三昧智力亦不能覺以其不知諸地相故以不能知智慧方便差別善決定故以不能覺諸佛如來集諸善根故以不能知自心現境界分別戲論故以不能入種種稠林阿梨耶識窟故大慧依下中上如實修行者乃能分別見自心中虛妄見故能於無量國土爲諸如來授位故得無量自在力神通三昧故依善知識佛子眷屬而能得見心意意識自心自體境界故分別生死大海以業愛無知以爲因有故大慧是故如實修行者應推覓親近善知識故爾時世尊而說偈言

譬如巨海浪　斯由猛風起　洪波鼓冥壑
無有斷絕時　梨耶識亦爾　境界風吹動
種種諸識浪　騰躍而轉生　青赤鹽珂乳
味及於石蜜　衆華與果實　如日月光明
非異非不異　海水起波浪　七識亦如是
心俱和合生　譬如海水動　種種波浪轉
梨耶識亦爾　種種諸識生　心意及意識
爲諸相故說　諸識無別相　非見所見相
譬如海水波　是則無差別　諸識心如是
異亦不可得　心能集諸業　意能觀集境
識能了所識　五識現分別

爾時聖者大慧菩薩摩訶薩以偈問佛

青赤諸色像　目識如是見　水波相對法
何故如是說

爾時世尊以偈答曰

青赤諸雜色　波中悉皆無　說轉識心中
為凡夫相說　彼業悉皆無　自心離可取
可取及能取　與彼波浪同　身資生住持
衆生惟識見　是故現轉識　水波浪相似
大海波浪動　鼓躍可分別　阿棃耶識轉
何故不覺知　凡夫無智慧　棃耶識如海
波浪轉對法　是故譬喻說

爾時聖者大慧菩薩摩訶薩復說偈言

日出光等照　下中上衆生　如來出世間
為凡夫說實　佛得究竟法　何故不說實
若說真實者　彼心無真實

爾時世尊以偈答曰

譬如海波浪　鏡中像及夢　俱時而得現
心境界亦然　境界不具故　是故次第現
識者識所識　意者然不然　五則以現見
定中無如是　譬如巧畫師　及畫師弟子
布彩圖衆像　我說法亦爾　彩色本無文
非筆亦非器　為衆生說故　綺錯畫衆像
言說離真實　真實離名字　我得真實處
如實內身知　離覺所覺相　解如實為說
此為佛子說　愚者與分別　種種皆如幻
惟見非真實　如是種種說　隨事實不實
為此人故說　於彼為非說　彼彼諸病人
良醫隨處藥　如來為衆生　惟心應器說
妄想非境界　聲聞亦非分　諸如來世尊
自覺境界說

復次大慧若菩薩摩訶薩欲知自心離虛妄分別能取可取境界相者當離憒閙離睡眠蓋初夜後夜常自覺悟修行方便離諸外道

一切戲論離聲聞緣覺乘相當通達自心現見虛妄分別之相復次大慧菩薩摩訶薩建立住持智慧心相者於上聖智三相當勤修學大慧何等爲上聖智三相所謂無所有相一切諸佛自願住持相內身聖智自覺知相修行此已能捨跛驢智慧之相得勝子第八地三相修行大慧何者無所有相謂觀聲聞緣覺外道相大慧何者一切諸佛自願住持相謂諸佛本自作願住持諸法大慧何者內身聖智自覺知相一切法相無所執著得如幻三昧身諸佛地處進趣修行大慧是名上聖智三相若成就此三相者能到自覺聖智境界是故大慧諸菩薩摩訶薩求上聖智三相者當如是學爾時聖者大慧菩薩知諸大菩薩摩訶薩心之所念承佛如來住持之力問於如來名聖智行分別法門體世尊願爲我說名聖智行分別法門體依百八句分別說如來應正遍知依此百八句爲諸菩薩摩訶薩分別說自相同相妄想分別體修行差別法諸菩薩善得此妄想分別自體法行差別能清淨人無我法無我善解諸地過諸聲聞辟支佛禪定三摩跋提之樂得諸佛如來不可思議境界修行故得離五法自體相行入諸佛法身體眞實行故得如來法身善決定處如幻境界所成故一切國土從兜率天阿迦尼吒處得如來身故佛告聖者大慧菩薩有一種外道邪見執著空無所有妄想分別智因有二自體無體分別兔角無如兔角無諸法亦無大慧復有餘外道見四大功德實有物見各各有差別相實無兔角虛妄執

著妄想分別實有牛角大慧彼諸外道墮於二見不知唯心妄想分別增長自心界大慧如身資生器世間等唯是心分別不得分別兔角離於有無大慧不得分別一切諸法離於有無大慧若有人離於有無作如是言無有有兔角分別不得分別無有有兔角彼人見相待因不得分別無兔角何以故大慧乃至觀察微細微塵不見實事離聖人智境界不得分別有牛角爾時聖者大慧菩薩摩訶薩白佛言世尊世尊愚癡凡夫不見分別相而比智分別彼人見無佛告聖者大慧菩薩大慧非觀分別心彼人無相何以故因虛妄分別心依角有分別心大慧依止虛妄角有分別心是故依依止因離相待法非見法彼無角大慧若離分別心更有分別應離角有非因角有大慧若不離彼分別心彼法乃至觀察微塵不見有實物大慧不離於心彼法應無以彼二法有無不可得若爾見何等法有何等法無大慧若不如是見有無不得分別有無此義云何見有牛角見無兔角不得如是分別大慧以因不相似故有無義不成以諸外道凡夫聲聞說有無義二俱不成故大慧復有餘外道見色有因妄想執著形相長短見虛空無形相分齊見諸色相異於虛空有其分齊大慧虛空即是色以色大入虛空故大慧色即是虛空依此法有彼法依彼法有此法故以依色分別虛空依虛空分別色故大慧四大種生自相各別不住虛空而四大中非無虛空大慧兔角亦如是因牛角有言兔角無大慧又彼牛角析爲微塵分別

微塵相不可得見彼何等何等法有何等何等法無而言有耶無耶若如是觀餘法亦然爾時佛告聖者大慧菩薩言大慧汝當應離兎角牛角虛空色異妄想見等大慧汝亦應爲諸菩薩說離兎角等相大慧汝應當知自心所見虛妄分別之相大慧汝當於諸佛國土中爲諸佛子說汝自心現見一切虛妄境界爾時世尊重說偈言

色於心中無　心依境見有　內識衆生見
身資生住處　心意與意識　自性及五法
二種無我淨　如來如是說　長短有無等
展轉互相生　以無故成有　以有故成無
分別微塵體　不起色妄想　但心安住處
惡見不能淨　非妄智境界　聲聞亦不知
如來之所說　自覺之境界

爾時聖者大慧菩薩摩訶薩爲淨自心現流復請如來而作是言世尊云何淨除自心現流爲次第淨爲一時耶佛告聖者大慧菩薩摩訶薩言大慧淨自心現流次第漸淨非爲一時大慧譬如菴摩羅果漸次成熟非爲一時大慧衆生清淨自心現流亦復如是漸次清淨非爲一時譬如陶師造作諸器漸次成就非爲一時大慧諸佛如來淨諸衆生自心現流亦復如是漸次而淨非一時淨大慧譬如大地生諸樹林藥草萬物漸次增長非一時成大慧諸佛如來淨諸衆生自心現流亦復如是漸次而淨非一時淨大慧譬如有人學諸音樂歌舞書畫種種技術漸次而解非一時知大慧諸佛如來淨諸衆生自心現流亦復如是漸次而淨非一時淨大慧譬如明

鏡無分別心一時俱現一切色像如來世尊亦復如是無有分別淨諸衆生自心現流一時清淨非漸次淨令住寂靜無分別處大慧譬如日月輪相光明一時遍照一切色像非爲前後大慧如來世尊亦復如是爲令衆生遠離自心煩惱見熏習氣過患一時示現不思議智最勝境界大慧譬如阿梨耶識分別現境自身資生器世間等一時而知非是前後大慧報佛如來亦復如是一時成熟諸衆生界置究竟天淨妙宫殿修行清淨之處大慧譬如法佛報佛放諸光明有應化佛照諸世間大慧内身聖行光明法體照除世間有無邪見亦復如是復次大慧法佛報佛說一切法自相同相故因故自心現見熏習相故因虚妄分別戲論相縛故如所說法無如是體故大慧譬如幻師幻作一切種種形像諸愚癡人取以爲實而彼諸像實不可得復次大慧虚妄法體依因緣法執著有實分別而生大慧如巧幻師依草木瓦石作種種事依於呪術人工之力成就一切衆生形色身分之相名幻人像衆生見幻種種形色執著爲人而實無人大慧衆生雖見以爲是人無實人體大慧因緣法體隨心分別亦復如是以見心相種種幻故何以故以執著虚妄相因分別心熏習故大慧是名分別虚妄體相大慧是名報佛說法之相大慧法佛說法者離心相應體故内證聖行境界故大慧是名法佛說法之相大慧應化佛所作應佛說施戒忍精進禪定智慧故陰界入解脫故建立識想差別行故說諸外道無色三摩跋提次第

相大慧是各應佛所作應佛說法相復次大慧法佛說法者離攀緣故離能觀所觀故離所作相量相故大慧非諸凡夫聲聞緣覺外道境界故以諸外道執著虛妄我相故是故大慧如是內身自覺修行勝相當如是學大慧汝當應離見自心相以爲非實復次大慧聲聞乘有二種差別相謂於內身證得聖相故執著虛妄相分別有物故大慧何者聲聞內身證得聖相謂無常苦空無我境界故眞諦離欲寂滅故陰界入故自相同相故內外不滅相故見如實法故得心三昧得心三昧已得禪定解脫三昧道果三摩跋提不退解脫故未得不可思議熏習變易死故內身證得聖樂行法住聲聞地故大慧是名聲聞內身證得聖相大慧菩薩摩訶薩入諸聲聞內證聖行三昧樂法而不取寂滅空門樂不取三摩跋提樂以憐愍衆生故起本願力行是故雖知不取爲究竟大慧是名聲聞內身證聖修行樂相大慧菩薩摩訶薩應當修行內身證聖修行樂門而不取著大慧何者是聲聞分別有物執著虛妄相謂於四大堅濕熱動相青黃赤白等相故無作者而有生故自相同相故斟量相應阿含先勝見善說故依彼法虛妄執著以爲實有大慧是名聲聞分別有物執著虛妄相大慧菩薩摩訶薩於彼聲聞法應知而捨捨已入法無我相入法無我相已入人無我觀察無我相已次第入諸地大慧是名聲聞分別有物執著虛妄相大慧所言聲聞乘有二種相者我已說竟爾時聖者大慧菩薩摩訶薩復白佛言世尊世尊

所說常不可思議法內身證聖境界法第一義法世尊外道亦說常不可思議因果此義云何佛告聖者大慧菩薩言大慧諸外道說常不可思議因果不成何以故大慧諸外道說常不可思議非因自相相應故大慧諸外道說常不可思議若因自相相應者此何等法何等法了出是故外道不得言常不可思議復次大慧諸外道說常不可思議者若因自相相應者應成無常不可思議以有因相故是故不成常不可思議大慧我說常不可思議第一義常不可思議與第一義相因果相應以離有無故以內身證相故以有彼相故以第一義智因相應故以離有無故以非所作故與虛空涅槃寂滅譬喻相應故是故常不可思議是故大慧我說常不可思議不同外道常不可思議論大慧此常不可思議諸佛如來應正徧知實是常法以諸佛聖智內身證得故非心意意識境界故大慧是故菩薩摩訶薩應當修行常不可思議內身所證聖智行法復次大慧諸外道常不可思議無常法相因相應故是故無常非因相而得名故是故常法不可思議大慧若諸外道常不可思議見有無法而言常以彼法比智知言有常大慧我亦如是即因此法作有無見無常應常何以故以無因相故復次大慧諸外道說若因相相應成常不可思議以彼外道言因自相有無故者同於兎角大慧此常不可思議諸外道等但虛妄分别何以故以無兎角但虛妄分别故自因相無故大慧我常不可思議唯內身證相因故離作有無法

故是故常不可思議以無外相故常法相應故大慧諸外道等見無外相比智知常不可思議以爲常彼外道等不知常不可思議自因相彼因相故以內身聖智證境界相故大慧彼諸外道外於我法不應爲說復次大慧諸聲聞辟支佛畏生死妄想苦而求涅槃不知世間涅槃無差別故分別一切法與非法而滅諸相不取未來境界妄取以爲涅槃不知內身證修行法故不知阿梨耶識轉故大慧是故彼愚癡人說有三乘法而不能知惟心相滅得寂靜法是故彼無智愚人不知過去未來現在諸佛如來應正徧知自心見境界故執著外心境界故是故大慧彼愚癡人於世間生死輪中常轉不住復次大慧過去未來現在一切諸佛皆說諸法不生何以故謂自心見有無法故若離有無諸法不生故是故大慧一切法不生大慧一切法如兔馬驢駝角等大慧愚癡凡夫妄想分別分別諸法是故一切諸法不生大慧一切諸法自體相不生是內身證聖智境界故非諸凡夫自體分別二境界故大慧是阿梨耶識身資生器世間去來自體相故見能取可取轉故諸凡夫墮於生住滅二相心故分別諸法生有無故大慧汝應知如是法故復次大慧我說五種乘性證法何等爲五一者聲聞乘性證法二者辟支佛乘性證法三者如來乘性證法四者不定乘性證法五者無性證法大慧何者聲聞乘性證法謂說陰界入法故說自相同相證智法故彼身毛孔熈怡欣悅樂修相智不修因緣不相離相故大慧是名聲聞

乘性證法故彼聲聞人邪見證智離起麤煩惱不離無明熏習煩惱見已身證相謂初地中乃至五地六地離諸煩惱同已所離故熏習無明煩惱故墮不可思議變易死故而作是言我生已盡梵行已立所作已辦不受後有如是等得入人無我乃至生心以爲得涅槃故大慧復有餘外道求證涅槃而作是言覺知我人衆生壽命作者受者丈夫以爲涅槃大慧復有餘外道見一切諸法依因而有生涅槃心故大慧彼諸外道無涅槃解脫以不見法無我故大慧是名聲聞乘外道性於非離處而生離想大慧汝應轉此邪見修行如實行故大慧何者辟支佛乘性證法謂聞說緣覺證法舉身毛竪悲泣流淚不樂憒鬧故觀察諸因緣法故不著諸因緣法故聞說自身種種神通若離若合種種變化其心隨入故大慧是名緣覺乘性證法汝當應知隨順緣覺說大慧何者如來乘性證法大慧如來乘性證法有四種何等爲四一者證實法性二者離實法證性三者自身內證聖智性四者外諸國土勝妙莊嚴證法性大慧若聞說此一一法時但阿梨耶心見外身所依資生器世間不可思議境界不驚不怖不畏者大慧當知是證如來乘性人大慧是名如來乘性證法人相大慧何者不定乘性證法大慧若人聞說此三種法於一一中有所樂者隨順爲說大慧說三乘者爲發起修行地故說諸性差別非究竟地爲欲建立畢竟能取寂靜之地故大慧彼三種人離煩惱障熏習得清淨故見法無我得三昧樂行故聲聞緣

覺畢竟證得如來法身故爾時世尊重説偈言

逆流修無漏　往來及不還　應供阿羅漢
是等心亂惑　我説於三乘　一乘及非乘
諸聖如實解　凡夫不能知　第一義法門
遠離於二教　建立於三乘　爲住寂靜處
諸禪及無量　無色三摩提　無想定滅盡
亦皆心中無

大慧何者無性乘謂一闡提大慧一闡提者無涅槃性何以故於解脱中不生信心不入涅槃大慧一闡提者有二種何等爲二一者焚燒一切善根二者憐愍一切衆生作盡一切衆生界願大慧云何焚燒一切善根謂謗菩薩藏作如是言彼非隨順修多羅毗尼解脱説捨諸善根是故不得涅槃大慧憐愍衆生作盡衆生界願者是爲菩薩大慧菩薩方便作願若諸衆生不入涅槃者我亦不入涅槃是故菩薩摩訶薩不入涅槃大慧是名二種一闡提無涅槃性以是義故決定取一闡提行大慧菩薩白佛言世尊此二種一闡提何等一闡提常不入涅槃佛告大慧菩薩摩訶薩一闡提常不入涅槃何以故以能善知一切諸法本來涅槃是故不入涅槃非捨一切善根闡提何以故大慧彼捨一切善根闡提若值諸佛善知識等發菩提心生諸善根便證涅槃何以故大慧諸佛如來不捨一切諸衆生故是故大慧菩薩一闡提常不入涅槃

入楞伽經卷第二

音釋

遞大計切更迭也㝱莫鳳切寐也稠直由切密也壑呵各切憒

閙憒古對切心亂也閙奴教切不靜也跛布火切行不正也析先擊切分

也熙怡熙許羈切怡弋支切熙怡和樂貌

入楞伽經卷第三

元魏天竺三藏法師菩提留支譯

集一切佛法品第三之二

復次大慧菩薩摩訶薩當善知三法自體相大慧何等三法自體相一者虛妄分別名字相二者因緣法體自相相三者第一義諦法體相大慧何者虛妄分別名字相謂從名字虛妄分別一切法相是名虛妄分別名字之相大慧何者因緣法體自相相大慧因緣法體自相相者從境界事生故大慧因緣法體境界事相諸佛如來應正徧知說虛妄分別差別有二種何等二種一者妄執名字戲論分別二者妄執名字相分別境界相事相大慧何者妄執名字相境界相事相謂即彼內外法自相同相大慧是名因緣法體二種自相相以依彼法觀彼法生故大慧是名因緣法體自相相大慧何者第一義諦法體相謂諸佛如來離名字相境界相事相相聖智修行境界行處大慧是名第一義諦相諸佛如來藏心爾時世尊重說偈言

名相分別事　及法有二相　真如正妙智
是第一義相

大慧是名觀察五法自相法門諸佛菩薩修行內證境界之相汝及諸菩薩應如是學復次大慧菩薩摩訶薩應當善觀二無我相大慧何等二種一者人無我智二者法無我智云何人無我智謂離我我所陰界入聚故無智業愛生故依眼色等虛妄執著故自心現見一切諸根器身屋宅故自心分別分別故分別分別識故如河流種子燈焰風雲念念

展轉前後差別輕躁動轉如猨猴蠅等愛樂不淨境界處故無猒足如火故因無始來戲論境界熏習故猶如轆轤車輪機關於三界中生種種色種種身如幻起屍大慧如是觀諸法相巧方便智是名善知人無我智境界之相大慧何者法無我智謂如實分別陰界入相大慧菩薩觀察陰界入等無我我所陰界入聚因業愛繩遞共相縛因緣生故無我無作者大慧陰界入等離同相異相故依不實相分別得名愚癡凡夫妄想分別以爲有故非證實者見以爲有大慧菩薩如是觀察心意意識五法體相一切離故諸因緣無是名善知諸法無我智境界相大慧菩薩善知諸法無我已觀察眞如修寂靜行不久當得初歡喜地善能觀察歡喜地已如是諸地次第轉明乃至得證法雲之地菩薩住彼法雲地已無量諸寶間錯莊嚴大蓮華王座大寶宫殿如實業幻境界所生而坐其上一切同行諸佛子等恭敬圍遶十方諸佛申手灌頂授於佛位如轉輪王灌太子頂過佛子地過佛子地已觀諸佛法如實修行於諸法中而得自在得自在已名得如來無上法身以見法無我故大慧是名如實法無我相大慧汝及諸菩薩應如是學爾時聖者大慧菩薩復白佛言世尊世尊有無謗相願爲我說世尊我及諸菩薩摩訶薩若聞得離有無邪見速得阿耨多羅三藐三菩提得阿耨多羅三藐三菩提已遠離斷常邪見建立便能建立諸佛正法爾時世尊復受聖者大慧菩薩摩訶薩請已而說偈言

心中無斷常　身資生住處　惟心愚無智
無物而見有
爾時世尊於此偈義復重宣說告聖者大慧菩薩言大慧有四種建立謗相何等爲四一者建立非有相二者建立非正見相三者建立非有因相四者建立非有體相大慧是名四種建立大慧何者是謗相大慧觀察邪見所建立法不見實相即謗諸法言一切無大慧是名建立謗相復次大慧何者建立非有相謂分別陰界入非有法無始來戲論非有實故而執著同相異相此法如是如是畢竟不異大慧依此無量世來煩惱熏習執著而起大慧是名建立非有相大慧何者建立非正見相大慧彼陰界入中無我人衆生壽者作者受者而建立邪見謂有我等故大慧是名建立非正見相大慧何者建立非有因相謂初識不從因生本不生後時生如幻本無因物而有因眼色明念故識生生已還滅大慧是名建立非有因相大慧何者建立非有體謗法相謂虛空滅涅槃無作無物建立執著大慧彼三法離有無故大慧一切諸法如兎馬驢駝角毛輪等故離有無建立相故大慧建立謗相者諸凡夫虛妄分別故不知但是心見諸法是有非聖人所見故大慧是名建立非有體謗法相大慧汝當遠離不正見建立謗法相故復次大慧諸菩薩摩訶薩如實知心意意識五法體相二種無我爲安隱衆生現種種類像如彼虛妄無所分別依因緣法而有種種大慧菩薩摩訶薩亦復如是依衆生現種種色如如意寶隨諸一切衆生

心念於諸佛土大衆中現如幻如夢如響如水中月鏡中像故遠離諸法不生不滅非常非斷故現佛如來離諸聲聞緣覺乘故聞諸佛法即得無量百千萬億諸深三昧得三昧已依三昧力從一佛土至一佛土供養諸佛示現生於諸宮殿中讃歎三寶現作佛身菩薩聲聞大衆圍遶令諸一切衆生得入自心見境爲說外境無物有物令得遠離建立有無法故爾時世尊重說偈言

佛子見世間　惟心無諸法　種類非身作
得力自在成

爾時聖者大慧菩薩復請佛言惟願世尊爲我等說一切法空無生無二離自體相我及一切諸菩薩衆知諸法空無生無二離自體相已離有無妄想速得阿耨多羅三藐三菩提爾時佛告聖者大慧菩薩摩訶薩言善哉善哉善哉大慧諦聽諦聽我今爲汝廣分別說大慧白佛言善哉世尊唯然受教佛告大慧言大慧空者即是妄想法體句大慧依執著妄想法體說空無生無體相不二大慧空有七種何等爲七一者相空二者一切法有物無物空三者行空四者不行空五者一切法無言空六者第一義聖智大空七者彼彼空大慧何者是相空謂一切法自相同相空見遞共積聚大慧觀察一一法自相同相無一法可得離自相他相二相無相可住可見是故名爲自相空大慧何者一切法有物無物空謂自體相實有法生大慧諸法自體相有無俱空是故名爲自體相有物無物空大慧何者是行空謂諸陰等離我我所依因作

業而得有生大慧是故名為行空大慧何者不行空謂陰法中涅槃未曾行大慧是名不行空大慧何者一切法無言空謂妄想分別一切諸法無言可說大慧是名一切法無言空大慧何者第一義聖智大空謂自身內證聖智法空離諸邪見熏習之過大慧是名第一義聖智大空大慧何者彼彼空謂何等何等法處彼法無此法有彼法有此法無是故言空大慧我昔曾為鹿母說殿堂空者無象馬牛羊等名為空有諸比丘等名為不空而殿堂殿堂體無比丘比丘體亦不可得而彼象馬牛羊等非餘處無大慧如是諸法自相同相亦不可得離此彼處是故我言彼彼空大慧是名七種空大慧此彼彼空最為麤淺大慧汝當應離彼彼空不須修習大慧言何者不生大慧自體不生而非不生依世諦故說名為生依本不生故言不生大慧言何者無體相大慧我說無體相者一切諸法體本不生是故我言諸法無體相而相續體刹那刹那不住大慧以見異異相故是故一切法無體相大慧言何者名為不二法相大慧二法相者謂日光影長短黑白彼如是等法各各別名不得言不二大慧如世間涅槃一切諸法各各有二大慧何等涅槃彼處無世間何處世間彼處無涅槃以異因相故是故我言一切諸法不二一切諸法不二者世間涅槃無二故是故汝應修學諸法空不生無體不二故爾時世尊重說偈言

我常說空法　遠離於斷常　生死如幻夢
而彼業不失　虛空及涅槃　滅二亦如是

凡夫分別生　聖人離有無

爾時佛告聖者大慧菩薩摩訶薩言大慧一切法空不生無體不二相入於諸佛如來所說修多羅中凡諸法門皆說此義大慧一切修多羅隨諸一切衆生心故分別顯示大慧譬如陽焰迷惑禽獸虛妄執著生於水想而陽焰中實無有水大慧一切修多羅說法亦復如是爲諸凡夫自心分別令得歡喜非如實聖智在於言說大慧汝應隨順於義莫著所說名字章句爾時聖者大慧菩薩摩訶薩白佛言世尊世尊如修多羅說如來藏自性清淨具三十二相在於一切衆生身中爲貪瞋癡不實垢染陰界入衣之所纏裹如無價寶垢衣所纏如來世尊復說常恒清涼不變世尊若爾外道亦說我有神我常在不變如來亦說如來藏常乃至不變世尊外道亦說有常作者不依諸緣自然而有周徧不滅若如是者如來外道說無差別佛告聖者大慧菩薩言大慧我說如來藏常不同外道所有神我大慧我說如來藏空實際涅槃不生不滅無相無願等文辭章句說名如來藏大慧如來應正徧知爲諸一切愚癡凡夫聞說無我生於驚怖是故我說有如來藏而如來藏無所分別寂靜無相說名如來藏大慧未來現在諸菩薩等不應執著有我之相大慧譬如陶師依於泥聚微塵輪繩人功手木方便力故作種種器大慧如來世尊亦復如是彼法無我離諸一切分別之相智慧巧便說名如來藏或說無我或說實際及涅槃等種種名字章句示現如彼陶師作種種器是故大

慧我說如來藏不同外道說有我相大慧我說如來藏者爲諸外道執著於我攝取彼故說如來藏令彼外道離於神我妄想見心執著之處入三解脫門速得阿耨多羅三藐三菩提大慧以是義故諸佛如來應正徧知說如來藏是故我說有如來藏不同外道執著神我是故大慧爲離一切外道邪見諸佛如來作如是說汝當修學如來無我相法爾時世尊重說偈言

人我及於陰　衆緣與微塵　自性自在作
惟心妄分別

爾時聖者大慧菩薩觀察未來一切衆生復請佛言惟願世尊爲諸菩薩說如實修行法彼諸菩薩聞說如實修行之法便得成就如實修行者佛告聖者大慧菩薩摩訶薩言大慧有四種法得名爲大如實修行者何等爲四一者善知自心現見故二者遠離生住滅故三者善解外有無故四者樂修內身證智故大慧菩薩成就如是四法得成就大如實修行者大慧何者菩薩摩訶薩觀察三界但是一心作故離我我所故無動無覺故離取捨故從無始來虛妄執著三界熏習戲論心故種種色行常繫縛故身及資生器世間中六道虛妄現故大慧是名諸菩薩摩訶薩善知自心現見相大慧云何一切菩薩摩訶薩見遠離生住滅法謂觀諸法如幻如夢故一切諸法自他二種無故不生以隨自心現知見故以無外法故諸識不起觀諸因緣無積聚故見諸三界因緣有故不見內外一切諸法無實體故遠離生諸法不正見故入一切

法如幻相故菩薩爾時名得初地無生法忍遠離心意意識五法體相故得二無我如意意身乃至得第八不動地如意意身故大慧菩薩白佛言世尊何故名爲如意意身佛告大慧隨意速去如念即至無有障礙名如意身大慧言如意者於石壁山障無量百千萬億由旬念本所見種種境界自心中縛不能障礙自在而去大慧如意身者亦復如是得如幻三昧自在神力莊嚴其身進取一切聖智種類身無障礙隨意而去以念本願力境界故爲化一切諸衆生故大慧是名菩薩摩訶薩遠離生住滅相大慧云何菩薩摩訶薩善解外法有無之相所謂菩薩見一切法如陽焰如夢如毛輪故因無始來執著種種戲論分別妄想熏習故見一切法無體相求證聖智境界修行故大慧是名菩薩善解外法有無之相即成就大如實修行者大慧汝應如是修學爾時聖者大慧菩薩復請佛言世尊惟願世尊説一切法因緣之相我及一切諸菩薩等善知諸法因緣之相離於有無不正見等妄想分別諸法次第一時生過佛告大慧菩薩言大慧一切諸法有於二種因緣集相所謂内外大慧外法因緣集相者所謂泥團輪柱輪繩人功方便緣故則有瓶生大慧如泥團等因緣生瓶如是縷氎草席種芽種等人功生酪生酪已生酥生酥已得醍醐大慧是名外法因緣集相從下上上應知大慧何者内法因緣集相大慧所謂無明業愛如是等法名内因緣集相大慧因無明等陰界入等而得名爲因緣集相而諸凡夫虚妄

分別各見別相大慧因有六種何等爲六一者當因二者相續因三者相因四者作因五者了因六者相待因大慧當因者作因已能生内外法大慧相續因者能攀緣内外法陰種子等大慧相因者能生相續次第作事而不斷絶大慧作因者能作增上因如轉輪王大慧了因者妄想事生已能顯示如燈照色等大慧相待因者於滅時不見虛妄生法相續事斷絶故大慧如是諸法凡夫自心虛妄分別大慧是諸法非次第生非一時生何以故大慧若一切法一時生者因果不可差別以不見因果身相故若次第生者未得身相不得言次第生如未有子不得言父大慧愚癡凡夫自心觀察次第相續不相應故作如是言因緣次第緣緣緣增上緣等能生諸法大慧如是次第諸法不生大慧虛妄分別取法體相一時次第俱亦不生

復次大慧自心中見身及資生故大慧自相同相外法無法是故次第一時不生大慧但虛妄識生自心見故大慧汝當應離不正見因緣生事次第一時生法爾時世尊重說偈言

因緣無不生　不生故不滅　生滅因緣虛
非生亦非滅　爲遮諸因緣　愚人虛妄取
有無緣不生　故諸法不起　以於三界中
熏習迷惑心　因緣本自無　不生亦不滅
見諸有爲法　石女虛空華　轉可取能取
不生或妄見　現本皆不生　緣本亦不有
如是等諸法　自體是空無　亦無有住處
爲世間說有

爾時聖者大慧菩薩復白佛言世尊惟願世尊爲我說名分別言語相心法門我及一切諸菩薩等若得善知名分別言語相心法門則能通達言說及義二種之法速得阿耨多羅三藐三菩提得菩提已言說及義能令一切諸衆生等得清淨解佛告聖者大慧菩薩言善哉大慧諦聽諦聽當爲汝說大慧菩薩言善哉世尊唯然受教佛告大慧菩薩言大慧有四種妄想言說何等爲四一者相言說二者夢言說三者妄執言說四者無始言說大慧相言說者所謂執著色等諸相而生大慧夢言說者念本受用虛妄境界依境界夢覺已知依虛妄境界不實而生大慧執著言說者念本所聞所作業生大慧無始言說者從無始來執著戲論煩惱種子熏習而生大慧我言四種言說虛妄執著者我已說竟爾時聖者大慧菩薩復以此義勸請如來而白佛言世尊惟願爲我重說四種虛妄執著言語之相衆生言語何處出云何出何因出佛告大慧菩薩言大慧從頭胷喉鼻脣舌斷齒轉故和合出聲大慧菩薩白佛言世尊口中言語虛妄法相爲異爲不異佛告大慧言大慧言語虛妄非異非不異何以故大慧因彼虛妄法相生言語故大慧若言語異者應無因生大慧若不異者言說不能了前境界大慧說彼言語能了前境是故非異非不異大慧復白佛言世尊爲言語即第一義爲言語所說爲第一義佛告大慧非言語即第一義何以故大慧爲令第一義隨順言語入聖境界故有言語說第一義非言語即第一義大

慧第一義者聖智內證非言語法是智境界以言語能了彼境界大慧說第一義言語者是生滅法念念不住因緣和合有言語生大慧因緣和合者彼不能了第一義何以故以無自相他相故是故大慧言語不能了第一義復次大慧隨順自心見外諸法無法分別是故不能了知第一義是故大慧汝當應離種種言語妄分別相爾時世尊重說偈言

諸法本虛妄　無有自體實　是故諸言語
不能說有無　空及與不空　凡夫不能知
諸法無體相　說衆生亦爾　虛妄分別無
有如化夢等　觀察一切法　不住於涅槃
亦不住世間　如王長者等　爲令諸子喜
泥作諸禽獸　先與虛僞物　後乃授實事
我說種種法　自法鏡像等　爲諸佛子喜
後說明實際

爾時聖者大慧菩薩復白佛言世尊唯願世尊爲諸菩薩及我身說離有無一異俱不俱有無非有非無常無常一切外道所不能行聖智自證覺所行故離於自相同相法故入第一義實法性故諸地次第上上清淨故入如來地相故依本願力如如意寶無量境界修行之相自然行故於一切法自心現見差別相故我及一切諸菩薩等離於如是妄想分別同相異相速得阿耨多羅三藐三菩提得菩提已與一切衆生安隱樂具悉令滿足故佛告大慧善哉善哉大慧汝爲哀愍一切天人多所安樂多所饒益乃能問我如是之義善哉善哉善哉大慧諦聽諦聽當爲汝分別解說大慧白佛言善哉世尊唯然受

教佛告大慧愚癡凡夫不能覺知唯自心見執著外諸種種法相以爲實有是故虛妄分別一異俱不俱有無非有非無常無常因自心熏習依虛妄分別心故大慧譬如群獸爲渴所逼依熱陽焰自心迷亂而作水想東西馳走不知非水大慧如是凡夫愚癡心見生住滅法不善分別因無始來虛妄執著戲論熏習貪瞋癡熱迷心逼惱樂求種種諸色境界是故凡夫墮於一異俱不俱有無非有非無常無常等大慧譬如凡夫見乾闥婆城生實城想因無始來虛妄分別城相種子熏習而見大慧彼城非城非不城大慧一切外道亦復如是因無始來戲論熏習執著一異俱不俱有無非有非無常無常法故大慧以不覺知惟是自心虛妄見故大慧譬如有人於睡夢中見諸男女象馬車步城邑聚落牛與水牛園林樹木種種山河泉流浴池宮殿樓閣種種莊嚴廣大嚴博見身在中忽然即覺覺已憶念彼廣大城大慧於意云何彼人名爲是聖者不大慧白佛言不也世尊佛告大慧一切愚癡凡夫外道邪見諸見亦復如是不能覺知諸法夢睡自心見故執著一異俱不俱有無非有非無常無常見故大慧譬如畫像不高不下大慧愚癡凡夫妄見諸法有高有下大慧於未來世依諸外道邪見心熏習增長虛妄分別一異俱不俱有無非有非無常無常等大慧而彼外道自壞壞他說如是言諸法不生不滅有無寂靜彼人名爲不正見者大慧彼諸外道謗因果法因邪見故拔諸一切善根白法清淨之因大慧欲求勝

法者當遠離說如是法人彼人心著自他二見執虛妄法墮於誹謗建立邪心入於惡道大慧譬如目翳見虛空中有於毛輪爲他說言如是如是青黄赤白汝何不觀大慧而彼毛輪本自無體何以故有見不見故大慧諸外道等依邪見心虛妄分別亦復如是虛妄執著一異俱不俱有無非有非無常無常生諸法故大慧譬如天雨生於水泡似玻瓈珠愚癡凡夫妄見執著生於珠想東西走逐大慧而彼水泡非寶珠非不寶珠何以故有取不取故大慧彼諸外道因虛妄心分別熏習亦復如是說非有法依因緣生復有說言實有法滅復次大慧彼諸外道建立三種量五分論而作是言實有聖者内證之法離二自體虛妄分別故大慧離心意意識轉身便得

聖種類身修行諸行無如是心離自心見能取可取虛妄境界故入如來地自身進趣證聖智故如實修行者不生有無心故大慧如實修行者必得如是境界故大慧若取有無法者即爲我相人相衆生相壽者相故大慧說有無法自相同相是名應化佛說非法佛說復次大慧應化如來說如是法隨順愚癡凡夫見心令其修行非爲建立如實修行示現自身内證聖智三昧樂行故大慧譬如人見水中樹影大慧彼非影非不影何以故有樹則有無樹則無故大慧彼諸外道依邪見心妄想熏習亦復如是分別一異俱不俱有無非有非無常無常妄想分別故何以故以不覺知唯自心見故大慧譬如明鏡隨緣得見一切色像無分別心大慧彼非像非不像

何以故有緣得見無緣不見故大慧愚癡凡夫自心分別見像有無大慧一切外道自心妄想分別鏡像亦復如是見一異俱不俱故大慧譬如諸響因入山河水風空屋和合而聞彼所聞響非有非無何以故因聲聞聲故大慧一切外道自心虛妄分別熏習見一異俱不俱有無非有非無常無常故大慧譬如大地無諸草木園林之處因於日光塵土和合見水波動而彼水波非有非無何以故令衆生歡喜不歡喜故大慧一切外道愚癡凡夫亦復如是因無始來煩惱心熏習戲論分別生住滅一異俱不俱有無非有非無常無常聖人內身證智門中示現陽焰渴愛事故大慧譬如有人依呪術力起於死屍機關木人無衆生體依毗舍闍力依巧師力作去來事而諸愚癡凡夫執著以爲實有以去來故大慧愚癡凡夫諸外道等墮邪見心亦復如是執著虛妄一異俱不俱有無非有非無常無常故是故凡夫外道虛妄建立如是法故是故大慧汝當遠離生住滅一異俱不俱有無非有非無常無常故自身內證聖智分別故爾時世尊重說偈言

五陰及於識　如水中樹影　如幻夢所見

莫依意識取　諸法如毛輪　如焰水迷惑

觀察於三界　一切如幻夢　若能如是觀

修行得解脫　如夏獸愛水　搖動迷惑心

彼處無水事　妄想見爲水　如意識種子

境界動生見　愚癡取爲實　彼法生如翳

無始世愚癡　取物如懷抱　如因楔出楔

誑凡夫入法　幻起屍機關　夢電雲恒爾

觀世間如是　斷有得解脫　陽焰虛空中
無有諸識知　觀諸法如是　不著一切法
諸識唯有名　以諸相空無　見陰如毛輪
何法中分別　畫及諸毛輪　幻夢乾闥婆
火輪禽趣水　實無而見有　常無常及一
二俱及不俱　依無始因縛　凡夫迷惑心
鏡寶水眼中　現諸種種像　妄見種種色
如夢石女兒　一切法無實　如獸愛空水

復次大慧諸佛如來說法離四種見謂離一異俱不俱故遠離建立有無故大慧一切諸佛如來說法依實際因緣寂滅解脫故大慧一切諸佛如來說法依究竟境界非因自性自在天無因微塵時不依如是說法復次大慧諸佛說法離二種障煩惱障智障如大賈主將諸人衆次第置於至未曾見究竟安隱寂靜之處次第安置令善解知乘地差別相故復次大慧有四種禪何等爲四一者愚癡凡夫所行禪二者觀察義禪三者念眞如禪四者諸佛如來禪大慧何者愚癡凡夫所行禪謂聲聞緣覺外道修行者觀人無我自相同相骨鎖故無常苦無我不淨執著諸相如是如是決定畢竟不異故如是次第因前觀次第上上乃至非想滅盡定解脫是名愚癡凡夫外道聲聞等禪大慧何者觀察義禪謂觀人無我自相同相故見愚癡凡夫外道自相同相自他相無實故觀法無我諸地行相義次第故大慧是名觀察義禪大慧何者觀眞如禪謂觀察虛妄分別因緣如實知二種無我如實分別一切諸法無實體相爾時不住分別心中得寂靜境界大慧是名觀眞如

禪大慧何者觀察如來禪謂如實入如來地故入內身聖智相三空三種樂行故能成辦衆生所作不可思議大慧是名觀察如來禪

爾時世尊重說偈言

凡夫等行禪　觀察義相禪　正念眞如禪
究竟佛淨禪　譬如日月形　鉢頭摩海相
虛空火盡相　行者如是觀　如是種種相
墮於外道法　亦墮於聲聞　辟支佛等行
捨離於一切　則是無所有　時十方刹土
諸佛眞如手　摩彼行者頂　入眞如無相

爾時聖者大慧菩薩摩訶薩白佛言世尊言涅槃涅槃者說何等法名爲涅槃佛告聖者大慧菩薩言大慧言涅槃者轉滅諸識法體相故轉諸見熏習故轉心意阿梨耶識法相熏習名爲涅槃大慧我及諸佛說如是涅槃法體境界空事故復次大慧言涅槃者謂內身聖智修行境界故離虛妄分別有無法故大慧云何非常謂離自相同相分別法故是故非常大慧云何非斷謂過去未來現在一切聖人內身證得故是故非斷大慧般涅槃者非死非滅大慧若般涅槃是死法者應有生縛故大慧若般涅槃是滅法者應墮有爲法故是故大慧般涅槃者非死非滅如實修行者之所歸依故復次大慧言涅槃者非可取非可捨非此處非彼處非斷非常非一義非種種義是故名爲涅槃復次大慧聲聞涅槃者觀察自相同相覺諸法故名聲聞涅槃大慧辟支佛涅槃者不樂憒閙見諸境界無常無樂無我無淨不生顚倒相是故聲聞辟支佛非究竟處生涅槃想故復次大慧我爲

汝說二法體相何等爲二一者執著言說體相二者執著世事體相大慧何者執著言說體相謂無始來執著言說戲論熏習生故大慧何者執著世事體相謂不如實知唯是自心見外境界故復次大慧諸菩薩摩訶薩依二種願力住持故頂禮諸佛如來應正徧知問所疑事大慧何等二種願力住持一者依三昧三摩跋提住持力二者徧身得樂謂佛如來手摩其頂授位住持力大慧諸菩薩摩訶薩住初地中承諸如來住持力故名入菩薩大乘光明三昧大慧諸菩薩摩訶薩入大乘光明三昧已爾時十方諸佛如來應正徧知與諸菩薩住持力故現身口意大慧如金剛藏菩薩摩訶薩及餘成就如是功德相菩薩摩訶薩大慧如是諸菩薩摩訶薩住初地中三昧三摩跋提力住持故以百千萬億劫修集善根力故次第如實知地對治法相成就菩薩摩訶薩至法雲地住大寶蓮華王宮殿師子座上坐同類菩薩摩訶薩眷屬圍遶寶冠瓔珞莊嚴其身如閻浮檀金瞻蔔日月光明勝蓮華色爾時十方一切諸佛各申其手遥摩蓮華王座上菩薩摩訶薩頂如得自在王帝釋王轉輪王灌太子頂授位故大慧彼受位菩薩及眷屬菩薩摩訶薩依如來手摩頂故得徧身樂是故言手摩菩薩頂住持力大慧是名諸菩薩摩訶薩二種住持力大慧諸菩薩摩訶薩依此二種住持力故能觀察一切諸如來身大慧若無二種住持力者則不得見諸佛如來大慧若諸菩薩摩訶薩離二種住持力能說法者愚癡凡夫亦應說

法何以故謂不以得諸佛住持力故大慧依諸如來住持力故山河石壁草木園林及種種妓樂城邑聚落宮殿屋宅皆能出於說法之聲自然皆出妓樂之音大慧何況有心者聾盲瘖瘂無量衆生離諸苦惱大慧如佛如來住持之力無量利益安樂衆生大慧菩薩復白佛言世尊世尊何故諸菩薩摩訶薩入三昧三摩跋提及入諸地時諸佛如來應正徧知作住持力佛告大慧爲護魔業煩惱散亂心故爲不墮聲聞禪定地故爲内身證如來地故爲增長内身證法故大慧是故諸佛如來應正徧知爲諸菩薩作住持力大慧若諸如來不爲菩薩作住持力者墮諸外道聲聞辟支佛魔事故不得阿耨多羅三藐三菩提是故諸佛如來應正徧知大慈攝取諸菩薩故爾時世尊重說偈言

菩薩依自身　本願力清淨　入三昧受位
初地至十地　諸佛人中尊　神力作住持

入楞伽經卷第三

音釋

轆轤（轆盧谷切轤力胡切轆轤井上汲水圓轉木也）齗（魚斤切齒根肉也）
楔（先結切木楔也）瞻蔔（梵語也此云黃華蔔傍北切）瘖瘂（瘖於金切瘂烏下切瘖瘂不能言也）

入楞伽經卷第四

元魏天竺三藏法師菩提留支譯

集一切佛法品第三之三

爾時聖者大慧菩薩摩訶薩復白佛言世尊如世尊說十二因緣從因生果不說自心妄想分別見力而生世尊若爾外道亦說從因生果世尊外道說言從於自性自在天時微塵等因生一切法如來亦說依於因緣而生諸法而不說有自建立法世尊外道亦說從於有無而生諸法世尊說言諸法本無依因緣生生已還滅世尊說從無明緣行乃至於有依眼識等生一切法如世尊說亦有諸法無因而生何以故不從因生一時無前後以因此法生此法世尊自說因虛妄因法生此法非次第生故世尊若爾外道說法勝而如來不如何以故世尊外道說因無因緣能生果如來說法因亦依果果亦依因若爾因緣無因無果世尊若爾彼此因果展轉無窮世尊說言從此法生彼法若爾無因生法佛告聖者大慧菩薩摩訶薩言大慧我今當說因此法生彼法不同外道所立因果無因之法亦從因生我不如是我說諸法從因緣生非無因緣亦不雜亂亦無展轉無窮之過何以故以無能取可取法故大慧外道不知自心見故執著能取可取之法不知不覺唯自心見內外法故大慧彼諸外道不知自心內境界故見有無物是故外道有如是過非我過也我常說言因緣和合而生諸法非無因生大慧復言世尊有言語說應有諸法世尊若無諸法者應不說言語世尊是故依言說應

有諸法佛告大慧亦有無法而説言語謂兔角龜毛石女兒等於世間中而有言説大慧彼兔角非有非無而説言語大慧汝言以有言説應有諸法者此義已破大慧非一切佛國土言語説法何以故以諸言語唯是人心分別説故是故大慧有佛國土直視不瞬口無言語名爲説法有佛國土直爾示相名爲説法有佛國土但動眉相名爲説法有佛國土唯動眼相名爲説法有佛國土笑名説法有佛國土欠呿名説法有佛國土咳名説法有佛國土念名説法有佛國土身名説法大慧如無瞬世界及衆香世界於普賢如來應正徧知彼菩薩摩訶薩觀察如來目不暫瞬得無生法忍亦得無量勝三昧法是故大慧汝不得言有言語説應有諸法大慧如來亦見諸世界中一切微蟲蚊虻蠅等衆生之類不説言語共作自事而得成辦爾時世尊重説偈言

如虚空兔角　及與石女兒　無而有言語
如是妄分別　因縁和合法　愚癡分別生
不知如實法　輪迴三界中

爾時聖者大慧菩薩摩訶薩復白佛言世尊世尊説常法依何等法作如是説佛告聖者大慧菩薩言大慧依迷惑法我説爲常何以故大慧聖人亦見世間迷惑法非顛倒心大慧譬如陽焰火輪毛輪揵闥婆城幻夢水中月鏡中像世間非智慧者見有諸像顛倒見故有智慧者不生分別非不見彼迷惑之事大慧有智慧者見彼種種迷惑之事不生實心何以故離有無法故佛復告聖者大慧菩

薩言大慧云何迷惑法離於有無謂諸愚癡凡夫見有種種境界如諸餓鬼大海恒河見水不見大慧是迷惑法不得言有不得言無大慧餘衆生見彼是水故不得言無大慧迷惑之事亦復如是以諸聖人離顛倒見故大慧言迷惑法常者以想差別故大慧因迷惑法見種種相而迷惑法不分別異差別是故大慧迷惑法常大慧云何迷惑法名之爲實以諸聖人迷惑法中不生顛倒心亦不生實心大慧而諸聖人見彼迷惑法起少心想不生聖智事相大慧起少想者是謂凡夫非謂聖人大慧分別彼迷惑法顛倒非顛倒者能生二種性何等二種一者能生凡夫性二者能生聖人性大慧彼聖人性者能生三種差別之性所謂聲聞辟支佛佛國土差別性故

大慧云何毛道凡夫分別迷惑法而能生彼聲聞乘性大慧所謂執著彼迷惑法自相同相能成聲聞乘性大慧是名迷惑法能生能成聲聞乘性大慧云何愚癡凡夫分別迷惑法而能生彼辟支佛乘性大慧所謂執著彼迷惑法觀察諸法自相同相不樂憒鬧能生辟支佛乘性大慧是名迷惑法能生能成辟支佛乘性大慧云何智者即分別彼迷惑之法能生佛乘性大慧所謂見彼能見可見唯是自心而不分別有無法故大慧如是觀察迷惑之法能生能成如來乘性大慧如是名爲性義大慧何者一切毛道凡夫即分別彼迷惑之法見種種事能生世間所有乘性以觀察諸法如是如是決定不異是故大慧彼迷惑法愚癡凡夫虛妄分別種種法體大慧

彼迷惑法非是實事非不實事何以故大慧聖人觀察彼迷惑法不虛妄分別是故聖人能轉心意意識身相離煩惱習故是故聖人轉彼迷惑法名爲眞如大慧此名何等法大慧此名眞如法離分別法故大慧爲此義故我重宣說眞如法體離分別法彼眞如中無彼虛妄分別法故大慧菩薩復白佛言世尊彼迷惑法爲有爲無佛告大慧彼迷惑法執著種種相故名有大慧彼迷惑法於妄想中若是有者一切聖人皆應不離執著有無虛妄法故大慧如外道說十二因緣有從因生不從因生此義亦如是大慧言世尊若迷惑法如幻見者此迷惑法異於迷惑以迷惑法能生法故佛告大慧大慧非迷惑法生煩惱過大慧若不分別迷惑法者不生諸過復次大慧一切幻法依於人功呪術而生非自心分別煩惱而生是故大慧彼迷惑法不生諸過唯是愚癡人見迷惑法故大慧愚癡凡夫執著虛妄微細之事而生諸過非謂聖人爾時世尊重說偈言

聖不見迷惑　中間亦無實　迷惑即是實
實法決迷惑　捨離諸迷惑　若有相生者
即彼是迷惑　不淨猶如翳

復次大慧汝不得言幻是無故一切諸法亦無如幻大慧言世尊爲執著諸法如幻相故言諸法如幻爲執著諸法顛倒相故言諸法如幻也世尊若執著諸法如幻相者世尊不得言一切法皆如幻相若執著諸法顛倒相故言如幻者不得言一切法如幻何以故世尊色有種種因相見故世尊無有異因色有

諸相可見如幻是故世尊不得說言執著諸法一切如幻佛告大慧非謂執著種種法相說言諸法一切如幻大慧諸法顛倒速滅如電故言如幻大慧一切諸法譬如電光即見即滅凡夫不見大慧一切諸法亦復如是以一切法自心分别同相異相以不能觀察故不如實見以妄執著色等法故爾時世尊重說偈言

非見色等法　說言無幻法　故不違上下
我說一切法　不見有本性　如幻無生體

大慧菩薩白佛言世尊如世尊說諸法不生復言如幻將無世尊前後所說自相違也以如來說一切諸法不如幻故佛告大慧我說一切法不生如幻者不成前後有相違過何以故以諸一切愚癡凡夫不見生法及不生法不能覺知自心有無外法有無何以故以不能見不生法故大慧我如是說諸法前後無有相違大慧我遮外道建立因果義不相當是故我說諸法不生大慧一切外道愚癡羣聚作如是說從於有無生一切法不說自心分别執著因緣而生大慧我說諸法有亦不生無亦不生是故大慧我說諸法不生不滅大慧我說一切諸法有者護諸弟子令知二法何等爲二一者攝取諸世間故二者爲護諸斷見故何以故以依業故有種種身攝六道生是故我說言有諸法攝取世間大慧我說一切法如幻者爲令一切愚癡凡夫畢竟能離自相同相故以諸凡夫癡心執著墮於邪見以不能知但是自心虛妄見故令離執著因緣生法是故我說一切諸法如幻如

夢無有實體何以故若不如是說者愚癡凡夫執邪見心欺誑自身及於他身離如實見一切法故大慧云何住如實見謂入自心見諸法故爾時世尊重說偈言

如汝言諸法　一切不生者　是則謗因果
不生如實見　我說有生法　攝受諸世間
見諸法同幻　不取諸見相

復次佛告聖者大慧菩薩言大慧我今爲諸菩薩摩訶薩說名句字身相以諸菩薩善知名句字身相故依名句字身相速得阿耨多羅三藐三菩提得菩提已爲衆生說名句字相大慧菩薩白佛言善哉世尊唯願速說大慧何者名身謂依何等何等法作名名身事物名異義一大慧是名我說名身大慧何者是句身謂義事決定究竟見義故大慧是名我說句身大慧何者是字身謂文句畢竟故大慧復次名身者依何等法了別名句能了知自形相故大慧復次句身者謂句事畢竟故大慧復次名身者所謂諸字從名差別從阿字乃至呵字名爲名身大慧復次字身者謂聲長短音韻高下名爲字身大慧復次句身者謂巷路行迹如人象馬諸獸行迹等得名爲句大慧復次名字者謂無色四陰依名而說大慧復次名字相者謂能了別名字相故大慧是名名句字身相大慧如是名句字相汝應當學爲人演說爾時世尊重說偈言

名身與句身　及字身差別　凡夫癡計著
如象溺深泥

復次大慧未來世中無智慧者以邪見心不知如實法故因世間論自言智者有智者問

如實之法離邪見相一異俱不俱而彼愚人作如是言是問非是非正念問謂色等法常無常爲一爲異如是涅槃有爲諸行爲一爲異相中所有能見所見爲一爲異作者所作爲一爲異四大中色香味觸爲一爲異能見可見爲一爲異泥團微塵爲一爲異知者所知爲一爲異如是等上上次第相上上無記置答佛如是說是爲謗我大慧而我不說如是法者爲遮外道邪見說故何以故大慧外道等說謂身即命身異命異如是等法外道所說是無記法大慧外道迷於因果義故是故無記非我法中名無記也大慧我佛法中離能見可見虛妄之相無分別心是故我法中無有置答諸外道等執著可取能取不知但是自心見法爲彼人故我說言有四種問法無記置答非我法中大慧諸佛如來應正徧知爲諸衆生有四種說言置答者大慧爲待時故說如是法爲根未熟非爲根熟是故我說置答之義復次大慧一切諸法若離作者及因是故不生以無作者故是故我說諸法不生佛告大慧一切諸法無有體相大慧白佛言世尊何故一切諸法無實體相佛告大慧自智觀察一切諸法自相同相不見於法是故我說一切諸法無實體相佛告大慧一切諸法亦無取相大慧言世尊以何義故一切諸法亦無取相佛告大慧自相同相無法可取是故我說無法可取佛告大慧一切諸法亦無捨相大慧言世尊何故諸法亦無捨相佛告大慧觀察自相同相法無法可捨是故我說一切諸法亦無捨相佛告大慧諸

法不滅大慧言世尊何故一切諸法不滅佛告大慧觀一切法自相同相無體相故是故我說諸法不滅佛告大慧諸法無常大慧言世尊何故一切諸法無常佛告大慧一切諸法常無常相常不生相是故我說諸法無常復次大慧我說一切諸法無常大慧言世尊何故一切諸法無常佛告大慧以相不生以不生體相是故常無常是故我說諸法無常

爾時世尊重說偈言

記論有四種　直答及質答　分別答置答
以制諸外道　有及非有生　僧佉毗世師
而說悉無記　彼作如是說　正智慧觀察
自性不可得　是故不可說　及說無體相

爾時聖者大慧菩薩摩訶薩白佛言世尊唯願世尊爲我等說須陀洹等行差別相我及一切菩薩摩訶薩等善知須陀洹等修行相已如實知須陀洹斯陀含阿那含阿羅漢等如是如是爲衆生說衆生聞已入二無我相淨二種障次第進取地地勝相得如來不可思議境界修行得修行處已如如意實隨衆生念受用境界身口意行故佛告大慧言善哉善哉善哉大慧諦聽諦聽今爲汝說大慧白佛言善哉世尊唯然聽受佛告大慧言大慧須陀洹有三種果差別大慧言何等三種佛告大慧謂下中上大慧何者須陀洹下謂三有中七返受生大慧何者爲中謂三生五生入於涅槃大慧何者爲上謂即一生入於涅槃大慧是三種須陀洹有三種結謂下中上大慧何者三結謂身見疑戒取大慧彼三種結上上勝進得阿羅漢果大慧身見有二

種何等爲二一者俱生二者虛妄分別而生如因緣分別法故大慧譬如依諸因緣法相虛妄分別而生實相彼因緣法中非有非無以分別有無非實相故愚癡凡夫執著種種法相如諸禽獸見於陽焰取以爲水大慧是名須陀洹分別身見何以故以無智故無始世來虛妄取相故大慧此身見垢見人無我乃能遠離大慧何者須陀洹俱生身見所謂自身他身俱見彼二四陰無色色陰生時依於四大及四塵等彼此因緣和合生色而須陀洹知已能離有無邪見斷於身見斷身見已不生貪心大慧是名須陀洹身見之相大慧何者須陀洹疑相謂得證法善見相已先斷身見及於二見分別之心是故於諸法中不生疑心復不生心於餘尊者以爲尊想爲淨不淨故大慧是名須陀洹疑相大慧何者須陀洹戒取相謂善見受生處苦相故是故不取戒相大慧戒取者謂諸凡夫持戒精進種種善行求樂境界生諸天中彼須陀洹不取是相而取自身內證回向進趣勝處離諸妄想修無漏戒分大慧是名須陀洹戒取相大慧須陀洹斷三結煩惱離貪瞋癡大慧白佛言世尊世尊說衆多貪須陀洹離何等貪佛告大慧須陀洹遠離與諸女人和合不爲現在樂種未來苦因遠離打摑嗚抱眄視大慧須陀洹不生如是貪心何以故以得三昧樂行故大慧須陀洹遠離如是等貪非離涅槃貪大慧何者斯陀含果相謂一往見色相現前生心非虛妄分別想見以善見禪修行相故一往來世間便斷苦盡入於涅槃是故

名斯陀含大慧何者阿那含相謂於過去現在未來色相中生有無心以見使虛妄分別心諸結不生不來故名阿那含大慧何者阿羅漢相謂不生分別思惟可思惟三昧解脫力通煩惱苦等分別心故名阿羅漢大慧菩薩白佛言世尊說三種阿羅漢此說何等羅漢名阿羅漢世尊爲說得決定寂滅羅漢爲發菩提願善根忘善根羅漢爲化應化羅漢佛告大慧爲說得決定寂滅聲聞羅漢非餘羅漢大慧餘羅漢者謂曾修行菩薩行者復有應化佛所化羅漢本願善根方便力故現諸佛土生大衆中莊嚴諸佛大會衆故大慧分別去來說種種事遠離證果能思惟所思惟可思惟故以見自心爲見所見說得果相復次大慧若須陀洹生如是心此是三結我離三結者大慧是名見二法隨於身見彼若如是不離三結大慧是故須陀洹不生如是心復次大慧若欲遠離禪無量無色界者應當遠離自心見相遠離少相寂滅定三摩跋提相故大慧若不如是彼菩薩心見諸法以唯心故爾時世尊重說偈言

諸禪四無量　無色三摩提　少相寂滅定
一切心中無　逆流修無漏　及於一往來
往來及不還　羅漢心迷沒　思可思能思
遠離見眞諦　唯是虛妄心　能知得解脫

復次大慧有二種智何等爲二一者觀察智二者虛妄分別取相住智大慧何者觀察智謂何等智觀察一切諸法體相離於四法無法可得是名觀察智大慧何者四法謂一異俱不俱是名四法大慧若離四法一切法不

可得大慧若欲觀察一切法者當依四法而觀諸法大慧妄想分別取相住智者所謂執著堅熱濕動虛妄分別四大相故執著建立因譬喻相故建立非實法以爲實大慧是名虛妄分別執著取相住持智大慧是名二種智相大慧諸菩薩摩訶薩畢竟知此二相進趣法無我相善知眞實智行地相知已即得初地得百三昧依三昧力見百佛見百菩薩能知過去未來各百劫事照百佛世界照百佛世界已善知諸地上上智相以本願力故能奮迅示現種種神通於法雲地中依法雨授位證如來內究竟法身智慧地依十無盡善根願轉爲教化衆生種種應化自身示現種種光明以得自身修行證智三昧樂故復次大慧菩薩摩訶薩應善知四大及四塵相

大慧云何菩薩善知四大及四塵相大慧菩薩摩訶薩應如是修行所言實者謂無四大處觀察四大本來不生如是觀已復作是念言觀察者唯自心見虛妄覺知以見外塵無有實物唯是名字分別心見所謂三界離於四大及四塵相見如是已離四種見見清淨法離我我所住於自相如實法中大慧住自相如實法中者謂住建立諸法無生自相法中大慧於四大中云何有四塵大慧謂妄想分別柔輭濕潤生內外水大大慧妄想分別煖增長力生內外火大大慧妄想分別輕轉動相生內外風大大慧妄想分別所有堅相生內外地大大慧妄想分別內外共虛空生內外相以執著虛妄內外邪見五陰聚落四大及四塵生故佛告大慧識能執著種種境

界樂求異道取彼境界故大慧四大有因謂色香味觸大慧四大無因何以故謂地自體形相長短不生四大相故大慧依形相大小上下容貌而生諸法不離形相大小長短而有法故是故大慧外道虛妄分別四大及四塵非我法中如此分別復次大慧我爲汝說五陰體相大慧何者五陰相謂色受想行識大慧四陰無色相謂受想行識大慧色依四大生四大彼此不同相大慧無色相法同如虛空云何得成四種數相大慧譬如虛空離於數相而虛妄分別此是虛空大慧陰之數相離於諸相離有無相離於四相愚癡凡夫說諸數相非謂聖人大慧我說諸相如幻種種形相離一二相依假名說如夢鏡像不離所依大慧如聖人智修行分別見五陰虛妄大慧是名五陰無五陰體相大慧汝今應離如是虛妄分別之相離如是巳爲諸菩薩說離諸法相寂靜之法爲遮外道諸見之相大慧說寂靜法得證清淨無我之相入遠行地入遠行地巳得無量三昧自在如意生身故以得諸法如幻三昧故以得自在神通力修行進趣故隨一切衆生自在用如大地故大慧譬如大地一切衆生隨意而用大慧菩薩摩訶薩隨衆生用亦復如是復次大慧外道說有四種涅槃何等爲四一者自體相涅槃二者種種相有無涅槃三者自覺體有無涅槃四者諸陰自相同相斷相續體涅槃大慧是名外道四種涅槃非我所說大慧我所說者見虛妄境界分別識滅名爲涅槃大慧白佛言世尊世尊可不說八種識耶佛告大慧

我說八種識大慧言若世尊說八種識者何故但言意識轉滅不言七識轉滅佛告大慧以依彼念觀有故轉識滅七識亦滅復次大慧意識執著取境界生生已種種熏習增長阿梨耶識共意識故我我所相著虛妄空而生分別大慧彼二種識無差別相以依阿梨耶識因觀自心見境妄想執著生種種心猶如束竹迭共爲因如大海波以自心見境界風吹而有生滅是故大慧意識轉滅七種識轉滅爾時世尊重說偈言

我不取涅槃　亦不捨作相　轉滅虛妄心
故言得涅槃　依彼因及念　意趣諸境界
識與心作因　爲識之所依　如水流枯竭
波浪則不起　如是意識滅　種種識不生

復次大慧我爲汝說虛妄分別法體差別之相汝及諸菩薩摩訶薩善分別知虛妄法體差別之相離分別所分別法善知自身內修行法遠離外道能取可取境界遠離種種虛妄分別因緣法體相遠離已不復分別虛妄之相大慧何者虛妄分別法體差別之相大慧虛妄分別自體差別相有十二種何等爲十二一者言語分別二者可知分別三者相分別四者義分別五者自體分別六者因分別七者見分別八者建立分別九者生分別十者不生分別十一者和合分別十二者縛不縛分別大慧是名分別自體相差別法相大慧言語分別者謂樂著種種言語美妙音聲大慧是名言語分別大慧可知分別者謂作是思惟應有前法實事之相聖人修行知依彼法生於言語如是分別大慧是名可知

分別大慧相分別者謂即彼可知境界中熱濕動堅種種相執以為實如空陽焰諸禽獸見生於水想大慧是名相分別大慧義分別者謂樂金銀等種種實境界大慧是名義分別大慧自體分別者謂專念有法自體形相此法如是如是不異非正見見分別大慧是名自體分別大慧因分別者謂何等何等因何等何等緣有無了別因相生了別想大慧是名因分別大慧見分別者謂有無一異俱不俱邪見外道執著分別大慧是名見分別大慧建立分別者謂取我我所相說虛妄法大慧是名建立分別大慧生分別者謂依衆緣有無法中生執著心大慧是名生分別大慧不生分別者謂一切法本來不生以本無故依因緣有而無因果大慧是名不生分別

大慧和合分別者謂何等何等法和合如金縷共何等何等法和合如金縷和合大慧是名和合分別大慧縛不縛分別者謂縛因執著如所縛大慧如人方便結繩作結結已還解大慧是名縛不縛分別大慧是名虛妄分別法體差別之相以此虛妄分別法體差別之相一切凡夫執著有無故執著法相種種因緣是故大慧分別法體差別之相見種種法執著為實如依於幻見種種事凡夫分別知異於幻有如是法大慧我於種種法中不異幻說亦非不異何以故若幻異於種種法者不應因幻而生種種若幻即是種種法者不應異見此是幻此是種種而見差別是故我說不異非不異是故大慧汝及諸菩薩摩訶薩莫分別幻有實無實爾時世尊重說偈

言

心依境界縛　知覺隨境生　於寂靜勝處
生平等智慧　妄想分別有　於緣法則無
取虛妄迷亂　不知他力生　種種緣生法
即是幻不實　彼有種種想　妄分別不成
彼想則是過　皆從心縛生　愚癡人無智
分別因緣法　此諸妄想體　即是緣起法
妄想有種種　衆緣中分別　世諦第一義
第三無因生　妄想說世諦　斷則聖境界
譬如修行者　一事見種種　彼法無種種
分別相如是　如目種種翳　妄想見衆色
翳無色非色　無智取法爾　如真金離垢
如水離泥濁　如虛空離雲　真法淨亦爾
無有妄想法　因緣法亦無　取有及謗無
分別觀者見　妄想若無實　因緣法若實
離因應生法　實法生實法　因虛妄名法
見諸因緣生　相名不相離　如是生虛妄
虛妄本無實　則度諸妄想　然後知清淨
是名第一義　妄想有十二　緣法有六種
內身證境界　彼無有差別　五法爲真實
及三種亦爾　修行者行此　不離於真如
衆想及因緣　名分別彼法　彼諸妄想相
從彼因緣生　真實智善觀　無緣無妄想
第一義無物　云何智分別　若真實有法
遠離於有無　若離於有無　云何有二法
分別二法體　二種法體有　虛妄見種種
清淨聖境界　見妄想種種　因緣中分別
若異分別者　則墮於外道　妄想說妄想
因見和合生　離二種妄想　即是真實法

爾時大慧菩薩摩訶薩復白佛言世尊唯願

為說自身內證聖智修行相及一乘法不由於他遊行一切諸佛國土通達佛法佛告聖者大慧菩薩言善哉善哉善哉大慧諦聽諦聽當為汝說大慧言善哉世尊唯然受教佛告大慧菩薩摩訶薩離阿含名字法諸論師所說分別法相在寂靜處獨坐思惟自內智慧觀察諸法不隨他教離種種見虛妄之相當勤修行入如來地上上證智大慧是名自身內證聖智修行之相大慧更有三界中修一乘相大慧何者一乘相大慧如實覺知一乘道故我說名一乘大慧何者如實覺知一乘道相謂不分別可取能取境界不生如是諸法相住以不分別一切諸法故大慧是名如實覺知一乘道相大慧如是覺知一乘道相一切外道聲聞辟支佛梵天等未曾得知唯除於我大慧是故我說名一乘道相大慧白佛言世尊世尊何因說於三乘不說一乘佛告大慧聲聞緣覺不能自知證於涅槃是故我說唯一乘道大慧以一切聲聞辟支佛隨受佛教猒離世間自不能得解脫是故我說唯一乘道復次大慧一切聲聞辟支佛不離智障不離業煩惱習氣障故是故我說唯一乘道大慧聲聞辟支佛未證法無我未得不可思議變易生是故我為諸聲聞故說一乘道大慧聲聞辟支佛若離一切諸過熏習得證法無我爾時離於諸過三昧無漏醉法覺已修行出世間無漏界中一切功德修行已得不可思議自在法身爾時世尊重說偈言

天乘及梵乘　聲聞緣覺乘　諸佛如來乘

我說此諸乘　以心有生滅　諸乘非究竟
若彼心滅盡　無乘及乘者　無有乘差別
我說爲一乘　引導衆生故　分別說諸乘
解脫有三種　及二法無我　不離二種障
遠離眞解脫　譬如海浮木　當隨波浪轉
諸聲聞亦然　相風所漂蕩　離諸隨煩惱
熏習煩惱縛　味著三昧樂　安住無漏界
無有究竟趣　亦復不退還　得諸三昧身
無量劫不覺　譬如惛醉人　酒消然後寤
得佛無上體　是我眞法身

入楞伽經卷第四

音釋

瞬舒閏切目動也　欠呿呿丘伽切欠呿謂氣擁滯欠呿而解也　摑古獲切批也　眄莫甸切斜視也　縷力呂切綫也　惛呼昆切不明了也

入楞伽經卷第五

元魏天竺三藏法師菩提留支譯

佛心品第四

爾時佛告聖者大慧菩薩言大慧我今爲汝說意生身修行差別大慧諦聽諦聽當爲汝說大慧白佛言善哉世尊唯然受教佛告大慧有三種意生身何等爲三一者得三昧樂三摩跋提意生身二者如實覺知諸法相意生身三者種類生無作行意生身菩薩從於初地如實修行得上上地證智之相大慧何者菩薩摩訶薩得三昧樂三摩跋提意生身謂第三第四第五地中自心寂靜行種種行大海心波轉識之相三摩跋提樂名意識生以見自心境界故如實知有無相大慧是名意生身相大慧何者如實覺知諸法相意生身謂菩薩摩訶薩於八地中觀察覺了得諸法無相如幻等法悉無所有身心轉變得如幻三昧及餘無量三摩跋提樂門無量相力自在神通妙華莊嚴迅疾如意猶如幻夢水中月鏡中像非四大生似四大相具足身分一切修行得如意自在隨入諸佛國土大衆大慧是名如實覺知諸法相意生身大慧何者種類生無作行意生身謂自身內證一切諸法如實樂相法相樂故大慧是名種類生無作行意生身大慧汝當於彼三種身相觀察了知爾時世尊重說偈言

我乘非大乘　非說亦非字　非諦非解脫
非無有境界　然乘摩訶衍　三摩提自在
種種意生身　自在華莊嚴

爾時聖者大慧菩薩復白佛言世尊如世尊

説善男子善女人行五無間業世尊何等是五無間業而善男子善女人行五無間入於無間佛告聖者大慧菩薩言善哉善哉善哉大慧諦聽諦聽當爲汝説大慧白佛言善哉世尊唯然受教佛告大慧五無間者一者殺母二者殺父三者殺阿羅漢四者破和合僧五者惡心出佛身血大慧何者衆生母謂更受後生貪喜俱生如緣母立大慧何者爲父謂無明爲父生六入聚落大慧斷彼二種能生根本名殺父母大慧何者殺阿羅漢謂諸使如鼠毒發拔諸使怨根本不生大慧是名殺阿羅漢大慧何者破和合僧謂五陰異相和合積聚究竟斷破名爲破僧大慧何者惡心出佛身血謂自相同相見外自心相入種識身依無漏三解脱門究竟斷八種識佛名爲惡心出佛身血大慧是名內身五種無間若善男子善女人行此無間得名無間者無間者名證如實法故復次大慧我爲汝等説外五種無間之相諸菩薩聞是義已於未來世不生疑心大慧何者是外五種無間謂殺父母羅漢破和合僧出佛身血行此無間者於彼三種解脱門中不能得證一一解脱除依如來力住持應化聲聞菩薩如來神力爲五種罪人懺悔疑心斷此疑心令生善根爲彼罪人作應化説大慧若犯五種無間罪者畢竟不得證入道分除見自心唯是虛妄離身資生所依住處分別見我我所相於無量無邊劫中遇善知識於異道身離於自心虛妄見過爾時世尊重説偈言

貪愛名爲母　無明則爲父　了境識爲佛

諸使爲羅漢　陰聚名爲僧　無間斷相續
更無有業間　得眞如無間

爾時聖者大慧菩薩復白佛言世尊唯願爲我說諸如來知覺之相佛告聖者大慧菩薩摩訶薩言大慧如實知人無我法無我如實能知二種障故遠離二種煩惱大慧是名如來如實知覺大慧聲聞辟支佛得此法者亦名爲佛大慧是因緣故我說一乘爾時世尊重說偈言

善知二無我　二障二煩惱　得不思議變
是名佛知覺

爾時聖者大慧菩薩復白佛言世尊世尊何故於大衆中說如是言我是過去一切佛及說種種本生經我於爾時作頂生王六牙大象鸚鵡鳥毗耶娑仙人帝釋王善眼菩薩如是等百千經皆說本生佛告聖者大慧菩薩摩訶薩言大慧依四種平等如來應正遍知於大衆中唱如是言我於爾時作拘留孫佛拘那含牟尼佛迦葉佛何等爲四一者字平等二者語平等三者法平等四者身平等大慧依此四種平等法故諸佛如來在於衆中說如是言大慧何者字平等謂何等字過去佛名佛我同彼字亦名爲佛不過彼字與彼字等無異無別大慧是名字平等大慧何者諸佛語平等謂過去佛有六十四種美妙梵聲言語說法我亦六十四種微妙梵聲言語說法大慧未來諸佛亦以六十四種微妙梵聲言語說法不增不減不異無差別迦陵頻伽梵聲美妙大慧是名諸佛語平等大慧何者諸佛身平等大慧我及諸佛　法身色身相

好莊嚴無異無差別除依可度衆生彼彼衆生種種生處諸佛如來現種種身大慧是名諸佛身平等大慧云何諸佛法平等謂彼佛及我得三十七菩提分法十力四無畏等大慧是名諸佛法平等大慧依此四種平等法故如來於大衆中作如是說我是過去頂生王等爾時世尊重說偈言

迦葉拘留孫　拘那含是我　說諸佛子等
依四平等故

大慧菩薩復白佛言世尊如來說言我何等夜證大菩提何等夜入般涅槃我於中間不說一字佛言非言世尊依何義說如是語佛語非語佛告大慧言大慧如來依二種法說如是言何者爲二我說如是一者依自身內證法二者依本住法我依此二法作如是言大慧云何依自身內證法謂彼過去諸佛如來所證得法我亦如是證得不增不減自身內證諸境界行離言語分別相離二種字故大慧何者本住法大慧謂本行路平坦譬如金銀眞珠等寶在於彼處大慧是名法性本住處大慧諸佛如來出世不出世法性法界法住法相法證常住如城本道大慧譬如有人行曠野中見向本城平坦正道即隨入城入彼城已受種種樂作種種業大慧於意云何彼人始作是道隨入城耶始作種種諸莊嚴耶大慧白佛不也世尊大慧我及過去一切諸佛法性法界法住法相法證常住亦復如是大慧我依此義於大衆中作如是說我何等夜得大菩提何等夜入般涅槃此二中間不說一字亦不已說當說現說爾時世尊

重說偈言

我何夜成道　何等夜涅槃　於此二中間
我都無所說　內身證法性　我依如是說
十方佛及我　諸法無差別

爾時聖者大慧菩薩復請佛言唯願世尊說一切法有無相令我及餘菩薩大衆得聞是已離有無相疾得阿耨多羅三藐三菩提佛告聖者大慧菩薩言善哉善哉善哉大慧諦聽諦聽當爲汝說大慧白佛言善哉世尊唯然受教佛告大慧世間人多墮於二見何等二見一者見有二者見無以見有諸法見無諸法故非究竟法生究竟想大慧云何世間墮於有見謂實有因緣而生諸法非不實有實有法生非無法生大慧世間人如是說者是名爲說無因無緣及謗世間無因無緣而生諸法大慧世間人云何墮於無見謂說言貪瞋癡實有貪瞋癡而復說言無貪瞋癡分別有無大慧若復有人作如是言無有諸法以不見諸物相故大慧若復有人作如是言聲聞辟支佛無貪無瞋無癡復言先有此二人者何等人勝何等人不如大慧菩薩言若人言先有貪瞋癡後時無此人不如佛告大慧善哉善哉善哉大慧汝解我問大慧非但言先實有貪瞋癡後時言無同衛世師等是故不如大慧非但不如滅一切聲聞辟支佛法何以故大慧以實無內外諸法故以非一非異故以諸煩惱非一非異故大慧貪瞋癡法內身不可得外法中亦不可得無實體故故我不許大慧我不許者不許有貪瞋癡是故彼人滅聲聞辟支佛法何以故諸佛如來

知寂靜法聲聞緣覺不見法故以無能縛所縛因故大慧若有能縛必有所縛若有所縛必有能縛因大慧如是說者名滅諸法大慧是名無法相大慧我依此義餘經中說寧起我見如須彌山而起憍慢不言諸法是空無也大慧增上慢人言諸法無者是滅諸法墮自相同相見故以見自心見法故以見外物無常故諸相展轉彼彼差別故以見陰界入相續體彼彼因展轉而生以自心虛妄分別是故大慧如此人者滅諸佛法爾時世尊重說偈言

有無是二邊　以爲心境界　離諸境界法
平等心寂靜　無取境界法　滅非有非無
如眞如本有　彼是聖境界　本無而有生
生已還復滅　非有非無生　彼不住我教
非外道非佛　非我亦非餘　從因緣不成
云何得言有　若因緣不生　云何而言無
邪見論生法　妄想計有無　若知無所生
亦知無所滅　觀世悉空寂　彼不墮有無

爾時聖者大慧菩薩復白佛言世尊唯願如來應正徧知天人師爲我及諸一切菩薩建立修行正法之相我及一切菩薩摩訶薩善知修行正法相已速得成就阿耨多羅三藐三菩提不隨一切虛妄覺觀魔事故佛告大慧菩薩言善哉善哉善哉大慧諦聽諦聽我爲汝說大慧言善哉世尊唯然受教佛告大慧言大慧有二種法諸佛如來菩薩聲聞辟支佛建立修行正法之相何等爲二一者建立正法相二者說建立正法相大慧何者建立正法相謂自身內證諸勝法相離文字語

言章句能取無漏正戒證諸地修行相法離諸外道虛妄覺觀諸魔境界降伏一切外道諸魔顯示自身內證之法如實修行大慧是名建立正法之相大慧何者建立說法之相謂說九部種種教法離於一異有無取相先說善巧方便爲令衆生入所樂處謂隨衆生信彼彼法說彼彼法大慧是名建立說法相大慧汝及諸菩薩應當修學如是正法爾時世尊而說偈言

建立內證法　及說法相名　若能善分別
不隨他教相　實無外諸法　如凡夫分別
若諸法虛妄　何故取解脫　觀察諸有爲
生滅等相縛　增長於二見　不能知因緣
涅槃離於識　唯此一法實　觀世間虛妄
如幻夢芭蕉　雖有貪瞋癡　而無有作者
從愛生諸陰　有皆如幻夢

爾時聖者大慧菩薩復請佛言世尊唯願如來應正徧知爲諸菩薩說不實妄想何等法中不實妄想佛告大慧菩薩言善哉善哉善哉大慧汝爲安隱一切衆生饒益一切衆生安樂一切衆生哀愍一切世間天人請我此事大慧諦聽諦聽當爲汝說大慧言善哉世尊唯然受教佛告大慧一切衆生執著不實虛妄想者從見種種虛妄法生以著虛妄能取可取諸境界故入自心見生虛妄想故墮於有無二見朋黨非法聚中增長成就外道虛妄異見熏習故大慧以取外諸戲論義故起於虛妄心心數法猶如草束分別我我所法大慧以是義故生不實妄想大慧白佛言世尊若諸衆生執著不實虛妄想者從見種

種虛妄法生執著虛妄能取可取一切境界入自心見生虛妄想墮於有無二見朋黨分別聚中增長成就外道虛妄異見熏習以取外諸戲論之義不實妄想起於虛妄心心數法猶如草束取我我所者世尊如依彼外種種境界種種相墮有墮無朋黨相中離有無見相世尊第一義諦亦應如是遠離阿含聖所說法遠離諸根遠離建立三種之法譬喻因相世尊云何一處種種分別執著種種虛妄想生何故不著第一義諦虛妄分別而生分別世尊世尊如是說法非平等說無因而說何以故一處生一處不生故若世尊如是說者墮二朋黨以見執著虛妄分別而生分別以世尊說如世幻師依種種因緣生種種色像以世尊自心虛妄分別以世尊言種種虛妄若有若無不可言說爲離分別如是如來墮世間論入邪見心朋黨聚中佛告大慧我分別虛妄不生不滅何以故不生有無分別相故不見一切外有無故大慧以見自心如實見故虛妄分別不生不滅大慧我此所說唯爲愚癡凡夫而說自心分別分別種種隨先心生分別種種有相執著何以故若不說者愚癡凡夫不離自心虛妄覺知不離執著我我所見不離因果諸因緣過如實覺知二種心故善知一切諸地行相善知諸佛自身所行內證境界轉五法體見分別相入如來地大慧因是事故我說一切諸衆生等執著不實虛妄生心自心分別種種諸義以是義故一切衆生知如實義而得解脫爾時世尊重說偈言

諸因及因緣　從此生世間　妄想著四句
彼不知我說　世有無不生　離有無不生
云何愚分別　依因緣生法　若能見世間
有無非有無　轉於虛妄心　得真無我法
諸法本不生　故依因緣生　諸緣即是果
從果不生有　從果不生果　若爾有二果
若有二果者　果中果難得　離念及所念
觀諸有爲法　見諸唯心法　故我說唯心
量體及形相　離緣及諸法　究竟有真淨
我說如是量　假名世諦我　彼則無實事
諸陰陰假名　假名非實法　有四種平等
相因生無我　如是四平等　是修行者法
轉一切諸見　離分別分別　不見及不生
故我說唯心　非有非無法　離有無諸法
如是離心法　故我說唯心　真如空實際
涅槃及法界　意身身心等　故我說唯心
分別依熏縛　心依諸境生　衆生見外境
故我說唯心　可見外法無　心盡見如是
身資生住處　故我說唯心

爾時聖者大慧菩薩復白佛言世尊如來說言如我所說汝及諸菩薩莫著音聲言語之義世尊云何菩薩不著言語之義世尊何者爲言語何者爲義佛告聖者大慧菩薩言善哉善哉善哉大慧當爲汝說大慧言善哉世尊唯然受教佛告大慧何者爲聲謂依無始熏習言語名字和合分別因於喉鼻齒頰脣舌和合動轉出彼言語分別諸法是名爲聲大慧何者爲義菩薩摩訶薩依聞思修聖智慧力於空閑處獨坐思惟云何涅槃趣涅槃道觀察內身修行境界地地處處修行勝相

轉彼無始熏習之因大慧是名菩薩善解義相復次大慧云何菩薩摩訶薩善解言語義大慧菩薩見言語聲義不一不異見義言語聲不一不異大慧若言語離於義者不應因彼言語聲故而有於義而義依彼言語了別大慧如依於燈了別衆色大慧譬如有人然燈觀察種種珍寶此處如是如是彼處如是如是大慧菩薩依言語聲燈離言語入自內身修行義故復次大慧一切諸法不生不滅自性本來入於涅槃三乘一乘五法心諸法體等同言語聲義依衆緣取相墮有無見謗於諸法見諸法體各住異相分別異相如是分別已見種種法相如幻見種種分別大慧譬如幻種種異異分別非謂聖人是凡夫見爾時世尊重說偈言

分別言語聲　建立於諸法　以彼建立故
故墮於惡道　五陰中無我　我中無五陰
不如彼妄想　亦復非是無　凡夫妄分別
見諸法實有　若如彼所見　一切應見真
一切法若無　染淨亦應無　彼見無如是
亦非無所有

復次大慧我今爲汝說智識相汝及諸菩薩摩訶薩應善知彼智識之相如實修行智識相故疾得阿耨多羅三藐三菩提大慧有三種智何等爲三一者世間智二者出世間智三者出世間上上智大慧識者生滅相智者不生滅相復次大慧識者墮於有相無相墮彼有無種種相因大慧智相者遠離有相無相有無因相名爲智相復次大慧集諸法者名爲識相不集諸法名爲智相大慧智有三

種何等爲三一者觀察自相同相二者觀察生相滅相三者觀察不生不滅相大慧何者世間智謂外道凡夫人等執著一切諸法有無是名世間智相大慧何者出世間智謂諸一切聲聞緣覺虛妄分別自相同相是名出世間智大慧何者出世間上上智謂佛如來菩薩摩訶薩觀察一切諸法寂靜不生不滅得如來地無我證法離彼有無朋黨二見復次大慧所言智者無障礙相識者識彼諸境界相復次大慧識者和合起作所作名爲識相無礙法相應名爲智相復次大慧無所得相名之爲智以自內身證得聖智修行境界故出入諸法如水中月是名智相爾時世尊重說偈言

識能集諸業　智能了分別　慧能得無相
及妙莊嚴境　識爲境界縛　智能了諸境
無相及勝境　是慧所住處　心意及意識
遠離於諸相　聲聞分別法　非是諸弟子
寂靜勝進忍　如來清淨智　生於善勝智
遠離諸所行　我有三種慧　依彼得聖名
於彼相分別　能聞於有無　離於二乘行
慧離於境界　取於有無相　從諸聲聞生
唯入如是心　智慧無垢相

復次大慧諸外道有九種轉變見何等爲九一者形相轉變二者相轉變三者因轉變四者相應轉變五者見轉變六者物轉變七者緣了別轉變八者作法了別轉變九者生轉變大慧是名九種轉變見依九種轉變見故一切外道說於轉變從有無生大慧何者外道形相轉變大慧譬如以金作莊嚴具鐶釧

瓔珞種種各異形相雖殊金體不變一切外道分别諸法形相轉變亦復如是大慧復有外道分别諸法依因轉變大慧而彼諸法亦非如是非不如是以依分别故大慧如是一切轉變亦爾應知譬如乳酪酒果等熟一一轉變一切外道分别轉變亦復如是而無實法可以轉變以自心見有無可取分别有無故大慧一切凡夫亦復如是以依自心分别而生一切諸法大慧無有法生無有法轉如幻夢中見諸色事大慧譬如夢中見一切事石女兒生死爾時世尊重說偈言

轉變時形相　四大種諸根　中陰及諸取
如是取非智　因緣生世間　佛不如是說
因緣即世間　如乾闥婆城

爾時大慧菩薩摩訶薩復白佛言世尊唯願如來應正徧知善說一切諸法相續不相續相唯願善逝說一切法相續不相續相我及一切諸菩薩衆善解諸法相續不相續相善巧方便知已不墮執著諸法相續不相續相離一切法相續不相續言說文字妄想已得力自在神通遊化十方一切諸佛國土大衆之中陀羅尼門善印所印十盡句善縛所縛種種變化光明照曜譬如四大日月摩尼自然而行衆生受用遠離諸地唯自心見分别之相示一切法如幻如夢示入依止諸佛之地於衆生界隨其所應而爲說法攝取令住一切諸法如幻如夢離於有無一切朋黨生滅妄想異言說義轉身自在住勝處住佛告聖者大慧菩薩言善哉善哉大慧諦聽諦聽當爲汝說大慧白佛言善哉世尊唯然

受教佛告大慧一切諸法相續不相續相者謂如聲聞執著義相續相執著相續緣執著相續有無執著相續分別生不生執著相續分別滅不滅執著相續分別乘非乘執著相續分別有爲無爲執著相續分別地地相執著相續分別自分別執著相續分別有無入外道朋黨執著相續大慧如是愚癡凡夫無量異心分別相續依此相續愚癡分別如蠶作繭依自心見分別綖相續樂於和合自纏纏他執著有無和合相續大慧然無相續無相續相以見諸法寂靜故大慧以諸菩薩見一切法無分別相是故名見一切菩薩寂靜法門復次大慧如實能知外一切法離於有無如實覺知自心見相以入無相自心相故大慧以見分別有無法故名爲相續以見諸法寂靜故名無相續無相續無相續諸法相大慧無縛無脫墮於二見自心分別有縛有脫何以故以不能知諸法有無故復次大慧愚癡凡夫有三種相續何等爲三謂貪瞋癡及愛樂生以此相續故有後生大慧相續者衆生相續生於五道大慧斷相續者無相續無相續相復次大慧執著因緣相續故生於三有以諸識展轉相續不斷見三解脫門轉滅執著三有因識名斷相續爾時世尊重說偈言

不實妄分別　名爲相續相　能如實知彼
相續網則斷　若取聲爲實　如蠶繭自縛
自心妄想縛　凡夫不能知

大慧菩薩復白佛言如世尊說以何等何等分別心分別何等何等法而彼彼法無彼如

是如是體相唯自心分別世尊若唯自心分別非彼法相者如世尊說一切諸法應無染淨何以故如來說言一切諸法妄分別見無實體故佛告大慧如是如是如汝所說大慧而諸一切愚癡凡夫分別諸法而彼諸法無如是相虛妄分別以爲實有大慧彼是凡夫虛妄分別諸法體相虛妄覺知非如實見大慧如聖人知一切諸法自體性相依聖人智依聖人見依聖慧眼是如實知諸法自體相大慧菩薩言世尊世尊如諸聖人等依聖智依聖見依聖慧眼非肉眼天眼覺知一切諸法體相無如是相非如凡夫虛妄分別世尊云何愚癡凡夫轉虛妄相佛告大慧能如實覺知聖人境界轉虛妄識世尊彼癡凡夫非顛倒見非不顛倒見何以故以不能見聖人境界如實法體故以見轉變有無相故大慧白佛言世尊一切聖人亦有分別一切種種諸事無如是相以自心見境界相故世尊彼諸聖人見有法體分別法相以世尊不說有因不說無因何以故以墮有法相故餘人見境不如是見世尊如是說者有無窮過何以故以不覺知所有法相無自體相故世尊非因分別有法體相而有諸法世尊彼云何分別不如彼分別應如彼分別世尊分別相異相自體相異相世尊而彼二種因不相似彼分別法體相異云何凡夫如此分別此因不成如彼所見世尊說言我爲斷諸一切衆生虛妄分別心故作如是說如彼凡夫虛妄分別無如是法世尊何故遮諸衆生有無見事而執著實法聖智境界世尊復令一切衆

生墮無見處何以故以言諸法寂靜無相聖智法體如是無相故佛告大慧我不說言一切諸法寂靜無相亦不說言諸法悉無亦不令其墮於無見亦令不著一切聖人境界如是何以故我爲衆生離驚怖處故以諸衆生無始世來執著實有諸法體相是故我說聖人知法體相實有復說諸法寂靜無相大慧我不說言法體有無我說自身如實證法以聞我法修行寂靜諸法無相得見眞如無相境界入自心見法遠離見外諸法有無得三解脫門得已以如實印善印諸法自身內證智慧觀察離有無見復次大慧菩薩不應建立諸法不生何以故以建立法同諸法有若不爾者同諸法無復次大慧建立諸法有故說一切法於建立法中同何以故以彼建立不同一切法不生是故建立說一切法是言自破何以故以建立中無彼建立若不爾者彼建立亦不生以同諸法無差別相故是故建立諸法不生名爲自破以彼建立三法五法和合有故離於建立有無不生大慧彼建立入諸法中不見有無法故大慧若彼建立諸法不生而作是言一切不生大慧如是說者建立則破何以故離於建立有無相不可得故大慧是故不應建立諸法不生大慧以彼建立同彼一切不生法體是故不應建立諸法不生以有多過故大慧復有不應建立諸法不生何以故以三法五法彼彼因不同故大慧復有不應建立諸法不生何以故以彼三法五法作有爲無常故是故不應建立一切諸法不生大慧如是不應建立一切法

空一切諸法無實體相大慧而諸菩薩爲衆生說一切諸法如幻如夢以見不見相故以諸法相迷惑見智故是故應說如幻如夢除遮一切愚癡凡夫離驚怖處大慧以諸凡夫墮在有無邪見中故以凡夫聞如幻如夢生驚怖故諸凡夫聞生驚怖已遠離大乘爾時世尊重說偈言

無自體無識　無阿梨耶識　愚癡妄分別
邪見如死屍　一切法不生　餘見識不成
諸法畢不生　因緣不能成　一切法不生
莫建如是法　因不同不成　是故建立壞
譬如目有翳　虛妄見毛輪　分別於有無
凡夫虛妄見　三有唯假名　無有實法體
執假名爲實　凡夫起分別　相事及假名
心意所受用　佛子能遠離　住寂境界行
無水取水相　諸獸癡妄心　凡夫見法爾
聖人則不然　聖人見清淨　三脫三昧生
遠離於生滅　得無障寂靜　修行無所有
亦復不見無　有無法平等　是故生聖果
有無法云何　云何成平等　以心不能見
內外法無常　若能滅彼法　見心成平等

爾時聖者大慧菩薩白佛言世尊如世尊說智慧觀察不能見前境界諸法爾時善知唯是內心心意意識如實覺知無法可取亦無能取是故智亦不能分別而取世尊若言智慧不能取者爲見諸法自相同相異異法相種種異法體不同故智不能知爲見諸法種種體相不可異故智不能知爲是山巖石壁牆幕樹林草木地水火風之所障故智不能知爲是極遠極近處故智不能知爲是老小

爲是盲冥諸根不具智不能知世尊若一切法異異法相異異法體自相同相種種不同故智不能知者世尊若爾彼智非智何以故不能知前實境界故世尊若一切法種種體相自相同相不見異故智不能知者若爾彼智不得言智何以故實有境界不能知故世尊有前境界如實能見名之爲智若爲山巖石壁牆幕樹林草木地水火風極遠極近老小盲冥諸根不具不能知見者彼智無智有實境界而不知故佛告大慧如汝所說言無智者是義不然何以故有實智故大慧我不依汝如是之說境界是無唯自心見我說不覺唯是自心見諸外物以爲有無是故智慧不見境界智不見者不行於心是故我說入三解脫門智亦不見而諸凡夫無始世來虛妄分別依戲論熏習熏彼心故如是分別見外境界形相有無爲離如是虛妄心故說一切法唯自心見執著我我所故不能覺知但見自心虛妄分別是智是境界分別是智是境界故觀察外法不見有無墮於斷見爾時世尊重說偈言

有諸境界事　智慧不能見　彼無智非智
虛妄見者說　言諸法無量　是智不能知
障礙及遠近　是妄智非智　老小諸根冥
不能生智慧　而實有境界　彼智非實智

復次大慧愚癡凡夫依無始身戲論煩惱分別煩惱幻化之身建立自法執著自心見外境界執著名字章句言說而不能知建立正法不修正行離四種句清淨之法大慧菩薩言如是如是世尊如世尊說世尊爲我

説所説法建立法相我及一切諸菩薩等於未來世善知建立説法之相不迷外道邪見聲聞辟支佛不正見法佛告大慧菩薩言善哉善哉善哉大慧諦聽諦聽我爲汝説大慧言善哉世尊唯然受教佛告大慧有二種過去未來現在如來應正徧知所説法何等爲二一者建立説法相二者建立如實法相大慧何者建立説法相謂種種功德修多羅優波提舍隨衆生信心而爲説法大慧是名建立説法相大慧何者建立如實法相謂依何等法而修正行遠離自心虚妄分別諸法相故不墮一異俱不俱朋黨聚中離心意意識内證聖智所行境界離諸因縁相應見相離一切外道邪見離諸一切聲聞辟支佛見離於有無二朋黨見大慧是名建立如實法相大慧汝及諸菩薩摩訶薩應當修學爾時世尊重説偈言

我建立二種　説法如實法
依名字説法　爲實修行者

入楞伽經卷第五

音釋

鸚鵡（鸚烏莖切鵡文甫切鸚鵡能言鳥也）頰（古協切面旁曰頰）蠶繭（蠶昨含切繭古典切）牆幕（牆在良切幕慕各切帳也）

入楞伽經卷第六

元魏天竺三藏法師菩提留支譯

盧伽耶陀品第五

爾時聖者大慧菩薩復白佛言世尊如來應正徧知一時說言盧伽耶陀種種辯說若有親近供養彼人攝受欲食不攝法食世尊何故說言盧伽耶陀種種辯說親近供養攝受欲食不攝法食佛告大慧盧伽耶陀種種辯才巧妙辭句迷惑世間不依如法說不依如義說但隨世間愚癡凡夫情所樂故說世俗事但有巧辭言章美妙失於正義大慧是名盧伽耶陀種種辯才樂說之過大慧盧伽耶陀如是辯才但攝世間愚癡凡夫非入如實法相說法自不覺知一切法故墮於二邊邪見聚中自失正道亦令他失是故不能離於諸趣以不能見唯是自心分別執著外法有相是故不離虛妄分別大慧是故我說盧伽耶陀雖有種種巧妙辯才樂說諸法失正理故不得出離生老病死憂悲苦惱一切苦聚以依種種名字章句譬喻巧說迷誑人故大慧釋提桓因廣解諸論自造聲論彼盧伽耶陀有一弟子證世間通詣帝釋天宮建立論法而作是言憍尸迦我共汝說與汝論議若不如者要受屈伏令諸一切天人知見即共立要我若勝汝要當打汝千輻輪碎我若不如從頭至足節節分解以謝於汝作是要已盧伽耶陀弟子現作龍身共釋提桓因論議以其論法邪能勝彼釋提桓因令其屈伏即於天中打千輻輪車碎如微塵還下人間大慧盧伽耶陀婆羅門如是種種譬喻相應乃

至現畜生身依種種名字迷惑世間天人阿脩羅以諸世間一切衆生執著生滅法故何況於人大慧以是義故應當遠離盧伽耶陀婆羅門以因彼說能生苦聚故是故不應親近供養恭敬諮請盧伽耶陀婆羅門大慧盧伽耶陀婆羅門所說之法但見現前身智境界依世名字說諸邪法大慧盧伽耶陀婆羅門所造之論有百千偈後世末世分爲多部各各異名依自心見因所造故大慧盧伽耶陀婆羅門無有弟子能受其論是故後世分爲多部種種異名大慧諸外道等内心無有如實解故依種種因種種異解隨自心造而爲人說執著自在因等故大慧一切外道所造論中無如是法唯是一切盧伽耶陀種種因門說百千萬法而彼不知是盧伽耶陀大慧菩薩白佛言世尊若一切外道唯說盧伽耶陀依於世間種種名字章句譬喻執著諸因者世尊十方一切國土衆生天人阿脩羅集如來所如來亦以世間種種名字章句譬喻說法不說自身内智證法若爾亦同一切外道所說不異佛告大慧我不說於盧伽耶陀亦不說言諸法不來不去大慧我說諸法不來不去大慧何者名來大慧所言來者名爲生聚以和合生故大慧何者名去大慧所言去者名之爲滅大慧我說不去不來名爲不生大慧我說不同諸外道法何以故以不執著外物有無唯建立說於自心見故不住二處不行分別諸相境界故以如實知自心見故不生自心分別見故以不分別一切相者而能入空無相無願三解脱門名爲解脱

大慧我念過去於一處住爾時有一盧伽耶
陀大婆羅門來詣我所而請我言瞿曇一切
作耶大慧我時答言婆羅門一切作者此是
第一盧伽耶陀婆羅門言瞿曇一切不作耶
我時答言婆羅門一切不作者是第二盧伽
耶陀如是一切常一切無常一切生一切不
生我時答言婆羅門是第六盧伽耶陀大慧
盧伽耶陀復問我言瞿曇一切一耶一切異
耶一切俱耶一切不俱耶一切諸法依於因
生見種種因生故大慧我時答言婆羅門是
第十一盧伽耶陀大慧彼復問我瞿曇一切
無記耶一切記耶有我耶無我耶有此世耶
無此世耶有後世耶無後世耶有解脱耶無
解脱耶一切空耶一切不空耶一切虚空耶
非緣滅耶涅槃耶瞿曇作耶非作耶有中陰
耶無中陰耶大慧我時答言婆羅門如是説
者一切皆是盧伽耶陀非我所説是汝説法
婆羅門我説因無始戲論虚妄分別煩惱熏
習故説彼三有以不覺知唯是自心分別見
有非見外有如外道法大慧外道説言我根
意義三種和合能生於智婆羅門我不如是
我不説因亦不説無因唯説自心分別見有
可取能取境界之相我説假名因緣集故而
生諸法非汝婆羅門及餘境界以墮我見故
大慧涅槃虚空緣滅不成三數何況言作有
作不作大慧復有盧伽耶陀婆羅門來問我
言瞿曇此諸世間無明愛業因故生三有耶
無因耶我時答言婆羅門此二法盧伽耶陀
非我法耶婆羅門復問我言瞿曇一切法墮
自相耶同相耶我時答言婆羅門此是盧伽

耶陀非我法耶婆羅門但有心意意識執著外物皆是盧伽耶陀非我法耶大慧盧伽耶陀婆羅門復問我言瞿曇頗有法非盧伽耶陀耶瞿曇一切外道建立種種名字章句因譬喻說者皆是我法我時答言婆羅門有法非汝法非不建立亦非不說種種名字章句亦非不依義依義說而非盧伽耶陀建立法婆羅門有法非盧伽耶陀以彼諸法一切外道乃至於汝不能了知以妄執著外不實法分別戲論故何者是謂遠離分別心觀察有無自心見相如實覺知是故不生一切分別不取外諸境界法故分別心息住自住處寂靜境界是名非盧伽耶陀是我論法非汝論耶婆羅門住自住處者不生不滅故不生不滅者不生分別心故婆羅門是名非盧伽耶陀婆羅門略說言之以何等處識不行不取不退不生不求執著不樂不見不覿不住不觸是名爲住名異義一婆羅門執著種種相自我和合愛著諸因是婆羅門盧伽耶陀法非我法耶大慧盧伽耶陀婆羅門來詣我所問如是法我時答彼婆羅門如向所說時婆羅門默然而去而不問我建立眞法時盧伽耶陀婆羅門心作是念此沙門釋子外於我法是可憐愍說一切法無因無緣無有生相唯說自心分別見法若能覺知自心見相則分別心滅大慧汝今問我何故盧伽耶陀種種辯說親近供養恭敬彼人但攝欲味不攝法味大慧白佛言世尊何者名食句義何者名法句義佛告大慧善哉善哉善哉大慧汝能爲於未來衆生諮問如來如是二義善哉

大慧諦聽諦聽我爲汝說大慧白佛言善哉世尊唯然受教佛告大慧何者爲食謂食味觸味樂求方便巧諂著味執著外境如是等法名異義一以不能入無二境界法門義故復次大慧名爲食者依於邪見生陰有支不離生老病死憂悲苦惱愛生於有如是等法名之爲食是故我及一切諸佛說彼親近供養盧伽耶陀婆羅門者名得食味不得法味大慧何者爲法味謂如實能知二種無我以見人無我法無我相是故不生分別之相如實能知諸地上上智故爾時能離心意意識入諸佛智受位之地攝取一切諸句盡處如實能知一切諸佛自在之處名爲法味不墮一切邪見戲論分別二邊大慧外道說法多令衆生墮於二邊不令智者墮於二邊何以故大慧諸外道等多說斷常以無因故墮於常見見因滅故墮於斷見大慧我說如實見不著生滅是故我說名爲法味大慧是名我說食味法味大慧汝及諸菩薩摩訶薩當學此法爾時世尊重說偈言

我攝取衆生　依戒降諸惡　智慧滅邪見
三解脫增長　外道虛妄說　皆是世俗論
以邪見因果　無正見立論　我立建立法
離虛妄因見　爲諸弟子說　離於世俗法
唯心無外法　以無二邊心　能取可取法
離於斷常見　但心所行處　皆是世俗論
若能觀自心　不見諸虛妄　來者見因生
去者見果滅　如實知去來　不分別虛妄
常無常及作　不作彼此物　如是等諸法
皆是世俗論

涅槃品第六

爾時聖者大慧菩薩白佛言世尊如來所言涅槃涅槃者以何等法名爲涅槃而諸外道各各虛妄分別涅槃佛告大慧菩薩言善哉善哉善哉大慧諦聽諦聽當爲汝說諸外道等虛妄分別涅槃之相如彼外道所分別者無是涅槃大慧白佛言善哉世尊唯然受教佛告大慧有諸外道猒諸境界見陰界入滅諸法無常心心數法不生現前以不憶念過去未來現在境界諸陰盡處如燈焰滅種壞風止不取諸相妄想分別名爲涅槃大慧而彼外道見如是法生涅槃心非見滅故名爲涅槃大慧或有外道從方至方名爲涅槃大慧復有外道分別諸境如風是故分別名爲涅槃大慧復有外道作如是說不見能見所見境界生滅名爲涅槃復次大慧復有外道作如是說不見分別見常無常名爲涅槃復次大慧復有外道作如是言分別見諸種種異相能生諸苦以自心見虛妄分別一切諸相怖畏諸相見於無相深心愛樂生涅槃想復次大慧復有外道見一切法自相同相不生滅想分別過去未來現在諸法是有名爲涅槃復次大慧復有外道見我人衆生壽命壽者諸法不滅虛妄分別名爲涅槃復次大慧有餘外道無智慧故分別所見自性人命轉變分別轉變名爲涅槃復次大慧有餘外道說如是言罪盡故福德亦盡名爲涅槃復次大慧有餘外道言煩惱盡依智故名爲涅槃復次大慧有餘外道說如是言見自在天造作衆生虛妄分別名爲涅槃復次大慧有

餘外道言諸衆生迭共因生非餘因作如彼外道執著於因不知不覺愚癡闇鈍虛妄分別名爲涅槃復次大慧有餘外道說證諦道虛妄分別名爲涅槃復次大慧有餘外道作如是言有作所作而共和合見一異俱不俱虛妄分別名爲涅槃復次大慧有餘外道言一切法自然而生猶如幻師出種種形像見種種寶棘刺等物自然而生虛妄分別名爲涅槃復次大慧有餘外道言諸萬物皆是時作覺知唯時虛妄分別名爲涅槃復次大慧有餘外道言見有物見無物見有無物如是分別名爲涅槃復次大慧餘建立法智者說言如實見者唯是自心而不取著外諸境界離四種法見一切法如彼彼法住不見自心分別之相不墮二邊不見能取可取境界見世間建立一切不實迷如實法以不取諸法名之爲實以自身內證聖智法如實而知二種無我離於二種諸煩惱垢清淨二障如實能知上上地相入如來地得如幻三昧遠離心意意識分別如是等見名爲涅槃大慧復有諸外道等邪見覺觀而說諸論不與如實正法相應而諸智者遠離訶責大慧如是等外道皆墮二邊虛妄分別無實涅槃大慧一切外道如是虛妄分別涅槃無人住世間無人入涅槃何以故一一外道依自心論虛妄分別無如實智如彼外道自心分別無如是法去來搖動無有如是外道涅槃大慧汝及一切諸菩薩等應當遠離一切外道虛妄涅槃爾時世尊重說偈言

外道涅槃見　各各起分別　皆從心相生

無解脫方便　不離縛所縛　遠離諸方便
自生解脫想　而實無解脫　外道建立法
衆智各異取　彼悉無解脫　愚癡妄分別
一切癡外道　妄見作所作　是故無解脫
以說有無法　凡夫樂戲論　不聞眞實慧
言語三界本　如實智滅苦　譬如鏡中像
雖見而非有　熏習鏡心見　凡夫言有二
不知唯心見　是故分別二　如實知但心
分別則不生　心名爲種種　離能見可見
見相無可見　凡夫妄分別　三有唯妄想
外境界實無　妄想見種種　凡夫不能知
經經說分別　種種異名字　離於言語法
可說不可得

法身品第七

爾時聖者大慧菩薩白佛言世尊如來應正徧知唯願演說自身所證内覺知法以何等法名爲法身我及一切諸菩薩等善知如來法身之相自身及他俱入無疑佛告大慧菩薩言善哉善哉善哉大慧汝有所疑隨意所問爲汝分別大慧白佛言善哉世尊唯然受教即白佛言世尊如來應正徧知法身者爲作法耶非作法耶爲是因耶爲是果耶爲能見耶爲所見耶爲是說耶爲可說耶爲是智耶智所覺耶如是等辭句如來法身爲異耶爲不異耶佛告大慧如來應正徧知法身之相如是辭句等非作法非不作法非因非果何以故以二邊有過故大慧若言如來是作法者是則無常若無常者一切作法應是如來而佛如來應正徧知不許此法大慧若如來法身非作法者則是無身言有修行無量

功德一切行者則是虚妄大慧若不作者應同兔角石女兒等以無作因亦無身故大慧若法非因非果非有非無而彼法體離四種相大慧彼四種法名世間言説大慧若法不離於四種法者彼法但有名字如石女兒大慧石女兒等唯是名字章句之法説同四法若墮四法者則智者不取如是一切問如來句智者應知佛復告大慧我説一切諸法無我汝當諦聽無我之義夫無我者内身無我是故無我大慧一切諸法自身爲有他身爲無如似牛馬大慧譬如牛身非是馬身馬亦非牛是故不得言有言無而彼自體非是無耶大慧一切諸法亦復如是非無體相有自體相愚癡凡夫不知諸法無我體相以分別心非不分别心大慧如是一切法空一切法不生一切法無體相亦爾大慧如來法身亦復如是於五陰中非一非異大慧如來法身五陰一者則是無常以五陰是所作法故大慧如來法身五陰異者則有二法不同體相如牛二角相似不異見有别體長短似異大慧若如是一切諸法應無異相而有異相如牛左角異右角右角異左角如是長短相待各别如色種種彼此差别大慧如是如來法身之相於五陰中不可説一不可説異於解脱中不可説一不可説異於涅槃中不可説一不可説異如是依解脱故説名如來法身之相大慧若如來法身異解脱者則同色相則是無常若如來法身不異解脱者則無能證所證差别大慧而修行者則見能證及於所證是故非一大慧如是知於可知境界非

一非異大慧若法非常非無常非因非果非有爲非無爲非覺非不覺非能見非可見非離陰界入非即陰界入非名非境界非一非異非俱非不俱非相續非不相續過一切諸法若過諸法但有其名若但有名彼法不生以不生故彼法不滅以不滅故彼法則如虛空平等大慧虛空非因非果若法非因非果者彼法則爲不可觀察不可觀察者彼法過諸一切戲論若過一切諸戲論者名如來法身大慧是名如來應正徧知法身之相以過一切諸根境界故爾時世尊重說偈言

離諸法及根　非果亦非因　已離覺所覺
離能見可見　諸緣及五陰　佛不見不法
若無有見法　云何而分別　非作非不作
非因亦非果　非陰非離陰　亦不在餘處
何等心分別　分別不能見　彼法非是無
諸法法自爾　先有故言無　先無故言有
是故不說無　亦不得說有　迷於我無我
但著於音聲　彼墮於二邊　妄說壞世間
離諸一切過　則能見我法　是名爲正見
不謗於諸佛

爾時聖者大慧菩薩復白佛言世尊唯願世尊爲我解說唯願善逝爲我解說如來處處說言諸法不生不滅世尊復言不生不滅者名如來法身故言不生不滅世尊如來言不生不滅者爲是無法故名不生不滅爲是如來異名不生不滅而佛如來常說諸法不生不滅以離建立有無法故世尊若一切法不生者此不得言一切法以一切法不生故若依餘法有此名者世尊應爲我說佛告大慧

菩薩言善哉善哉善哉大慧諦聽諦聽當爲汝說大慧菩薩白佛言善哉世尊唯然受教佛告大慧如來法身非是無物亦非一切法不生不滅亦不得言依因緣有亦非虛妄說不生不滅大慧我常說言不生不滅者名意生身如來法身非諸外道聲聞辟支佛境界故住七地菩薩亦非境界大慧我言不生不滅者即如來異名大慧譬如釋提桓因帝釋王不蘭陀羅手抓身體地浮彌虛空無礙如是等種種名號名異義一不依多名言有多體帝釋等耶大慧我亦如是於娑婆世界中三阿僧祇百千名號凡夫雖說而不知是如來異名大慧或有衆生知如來者有知自在者有知一切智者有知救世間者有知爲導者有知爲將者有知爲勝者有知爲妙者有知世尊者有知佛者有知牛王者有知師子者有知仙人者有知梵者有知那羅延者有知勝者有知迦毗羅者有知究竟者有知阿利吒尼彌者有知月者有知日者有知娑樓那者有知毗那娑者有知帝釋者有知力者有知海者有知不生者有知不滅者有知空者有知真如者有知實際者有知涅槃者有知法界者有知法性者有知常者有知平等者有知不二者有知無相者有知緣者有知佛體者有知因者有知解脫者有知道者有知實諦者有知一切智者有知意生身者大慧如是等種種名號如來應正徧知於娑婆世界及餘世界中三阿僧祇百千名號不增不減衆生皆知如水中月不入不出而諸凡夫不覺不知以墮二邊相續法中然悉恭敬

供養於我而不善解名字句義取差別相不能自知執著名字故虛妄分別不生不滅名爲無法而不知是如來名號差別之相如因陀羅帝釋王不蘭陀羅等以不能決定名號眞實隨順名字音聲取法亦復如是大慧於未來世愚癡凡夫說如是言如名義亦如是而不能知異名有義何以故以義無體相故復作是言不異名字音聲有義名字音聲即是義何以故不知名字體相故大慧彼愚癡人不知音聲即生即滅義不生滅故大慧音聲之性隨墮於名字而義不同墮於名字以離有無故無生無體故大慧如來說法依自聲說不見諸字是有無故不著名字大慧若人執著名字說者彼人不名善說法者何以故法無名字故大慧是故我經中說諸佛如來乃至不說一字不示一名何以故諸法無字依義無說依分別說故大慧若不說法者諸佛如來法輪斷滅法輪滅者亦無聲聞緣覺菩薩無聲聞緣覺菩薩者爲何等人何等法何事說大慧是故菩薩摩訶薩不應著於言說名字大慧名字章句非定法故依衆生心說諸佛如來隨衆生信而說諸法爲令遠離心意意識故不說自身內證聖智建立諸法如實能知一切諸法寂靜相故但見自心覺所知法離二種心分別之相不如是說大慧菩薩摩訶薩依義不依語若善男子善女人隨文字說者墮在邪見自身失壞第一義諦亦壞他人令不覺知大慧諸外道等各依自論異見言說大慧汝應善知一切地相善知樂說辯才文辭章句善知一切諸地相已進

取名句樂説辯才善知諸法義相應相爾時自身於無相法樂而受樂受住大乘中令衆生知大慧取大乘者即是攝受諸佛聲聞緣覺菩薩攝受諸佛聲聞緣覺菩薩者即是攝受一切衆生攝受一切諸衆生者即是攝受勝妙法藏攝受法藏者即不斷佛種不斷佛種者不斷一切勝妙生處以彼勝處諸菩薩等願生彼故置諸衆生大乘法中十自在力隨諸衆生形色諸使而能隨現説如實法大慧何者如實法如實法者不異不差不取不捨離諸戲論名如實法大慧善男子善女人不得執著文字音聲以一切法無文字故大慧譬如有人爲示人物以指指示而彼愚人即執著指不取因指所示之物大慧愚癡凡夫亦復如是聞聲執著名字指故乃至没命終不能捨文字之指取第一義故大慧譬如穀粟名凡夫食不舂不炊不可得食若其有人未作食者名爲顛狂要須次第乃至炊熟方得成食大慧不生不滅亦復如是不修巧智方便行者不得具足莊嚴法身大慧執著名字言得義者如彼癡人不知舂炊噉文字穀不得義食以是義故當學於義莫著文字大慧所言義者名爲涅槃言名字者分别相續生世間解大慧義者從於多聞人得大慧言多聞者謂義巧方便非聲巧方便大慧義方便者離於一切外道邪説亦不和雜如是説者自身不墮外道邪法亦不令他墮外道法大慧是名多聞有義方便大慧欲得義者應當親近多聞智者供養恭敬著名字者應當遠離不應親近爾時大慧菩薩承諸佛力

白佛言世尊如來世尊說一切法不生不滅非爲奇特何以故一切外道亦說諸因不生不滅如來亦說虛空非數緣滅及涅槃界不生不滅世尊諸外道亦說依諸因緣生諸衆生如來亦說無明愛業分別因緣生諸世間若爾如來亦說因緣名字相異依外因緣能生諸法外道亦說依外因緣而生諸法是故如來與外道說無有差別世尊外道因微塵勝自在天梵天等共外九種因緣說言諸法不生不滅如來亦說一切諸法不生不滅有無不可得以諸四大不滅自相不生不滅隨佛如來種種異說而不離於外道所說而諸外道亦說諸大不離大體世尊諸外道分別諸大如來亦爾分別諸大世尊以是義故如來所說不異外道若不同者如來應說所有異相若有異相當知不同外道所說世尊若佛如來於自法中不說勝相者諸外道中亦應有佛以說諸法不生不滅如來常說一世界中而有多佛俱出世者無有是處如向所說一世界中應有多佛何以故所說有無因無差故如佛所說言無虛謬云何世尊於自法中不說勝相佛告大慧言大慧我所說法不生不滅者不同外道不生不滅亦不同彼不生無常法何以故大慧諸外道說有實有體性不生不變相我不如是墮於有無朋黨聚中大慧我說離有無法離生住滅相非有非無見諸一切種種色像如幻如夢是故不得言其有無大慧云何不得言其有無謂色體相有見不見取不取故大慧是故我說一切諸法非有非無大慧以不覺知唯是自心

分別生見一切世間諸法本來不生不滅而諸凡夫生於分別非聖人耶大慧迷心分別不實義者譬如凡夫見乾闥婆城幻師所作種種幻人種種象馬見其入出虛妄分別作如是言此如是如是入如是如是出大慧而彼實處無人出入唯自心見迷惑分別生不生法亦復如是大慧而彼實處無此有為無為諸法如彼幻師所作幻事而彼幻師不生不滅大慧諸法有無亦無所為以離生滅故唯諸凡夫墮顛倒心分別生滅非謂聖人大慧顛倒者如心分別此法如是如是而彼法不如是如是亦非顛倒分別顛倒者執著諸法是有是無非見寂靜故不見寂靜者不能遠離虛妄分別是故大慧見寂靜者名為勝相非見諸相名為勝相以不能斷生因相故大慧言無相者遠離一切諸分別心無生無相者是我所說名為涅槃大慧言涅槃者謂見諸法如實住處遠離分別心心數法依於次第如實修行於自內身聖智所證我說如是名為涅槃爾時世尊重說偈言

為遮生諸法　建立無生法　我說法無因
凡夫不能知　我說法無因　而凡夫不知
一切法不生　亦不得言無　乾闥婆幻夢
諸法無因有　諸法空無相　云何為我說
離諸和合緣　智慧不能見　以空本不生
是故說無體　一一緣和合　見物不可得
非外道所見　和合不可得　夢幻及毛輪
乾闥婆陽焰　無因而妄見　世間事亦爾
降伏無因論　能成無生義　能成無生者
我法不滅壞　說無因諸論　外道生驚怖

云何何等人　何因於何處　生諸法無因
非因非無因　智者若能見　能離生滅見
無法生不生　爲無因緣相　若爲法名字
無義爲我說　非法有無生　亦非待因緣
非前法有名　亦名不空說　聲聞辟支佛
外道非境界　住在於七地　彼處無生相
離諸因緣法　爲遮諸因緣　說建立唯心
我說名無生　諸法無因緣　離分別分別
離有無朋黨　我說名無生　心離於見法
及離二法體　轉身依正相　我說名無生
外非實無實　亦非心所取　幻夢及毛輪
乾闥婆陽焰　遠離於諸見　是名無生相
如是空等法　諸文句應知　非生及空空
而無於生空　諸因緣和合　有生及有滅
離於諸因緣　不生亦不滅　離因緣無法
離和合無得　外道妄分別　而見有一異
有無不生法　有無不可得　唯和合諸法
而見有生滅　但有於名字　展轉爲鉤鎖
離彼因緣鎖　生法不可得　生法不見生
離諸外道過　我說緣鉤鎖　諸凡夫不知
若離緣鉤鎖　更無有別法　是則無因說
破壞緣鎖義　如燈顯衆像　鉤鎖生亦然
是則離鉤鎖　別更有法生　生法本無體
自性如虛空　離鉤鎖求法　愚人無所知
復有餘無生　聖人所得法　彼生無生者
是則無生忍　若見諸世間　則是見鉤鎖
一切皆鉤鎖　是則心得定　無明愛業等
是則內鉤鎖　攢抽泥團輪　種子大鉤鎖
若更有他法　而從因緣生　離於鉤鎖義
彼不住聖教　若生法是無　彼爲誰鉤鎖

展轉相生故　是名因緣義　堅濕熱動法
凡夫生分別　離鎖更無法　是故說無體
如醫療衆病　依病出對治　而論無差別
病殊故方異　我念諸衆生　爲煩惱過染
知根力差別　隨堪受爲記　我法無差別
隨根病異說　我唯一乘法　八聖道清淨

入楞伽經卷第六

音釋

抓（側交切搔也）　舂（書容切擣也）　鉤鎖（鉤古侯切鎖蘇果切）　攢（祖丸切）

入楞伽經卷第七

元魏天竺三藏法師菩提留支譯

無常品第八

爾時聖者大慧菩薩復白佛言世尊世尊說無常無常者一切外道亦說無常世尊如來依於名字章句說如是言諸行無常是生滅法世尊此法爲是眞實爲是虛妄世尊復有幾種無常佛告聖者大慧菩薩言善哉善哉善哉大慧一切外道虛妄分別說八種無常何等爲八一者發起所作而不作是名無常何者名爲發起謂生法不生法常法無常法名爲發起無常二者形相休息名爲無常三者色等即是無常四者色轉變故異異無常諸法相續自然而滅如乳酪轉變於一切法不見其轉亦不見滅名爲無常五者復有餘外道等以無物故名爲無常六者有法無法而悉無常以一切法本不生故名爲無常以無常法彼中和合是故無常七者復有餘外道等本無後有名爲無常謂依諸大所生相滅不見不生離相續體名爲無常八者不生無常謂爲非常是故無常見諸法有無生不生乃至微塵觀察不見法生故言不生諸法非生大慧是名無生無常相而諸外道不知彼法所以不生是故分別諸法不生故言無常復次大慧外道分別無常之法言有於物彼諸外道自心虛妄分別無常常非無常以有物故何以故自體不滅故自體不滅者無常之體常不滅故大慧若無常法是有物者應生諸法以彼無常能作因故大慧若一切法不離無常者諸法有無一切應見何以故

如杖木瓦石能破可破之物悉皆破壞見彼種種異異相故是故無常因一切法無法亦非因亦非果大慧復有諸過以彼因果無差別故而不得言此是無常而彼是果以因果差別故故不得言一切法常以一切法無因故大慧諸法有因而諸凡夫不覺不知異因不能生異果故大慧若異因能生異果者異因應生一切諸法若爾復更有過應因果差別而見差別大慧若其無常是有物者應同因體所作之事復更有過於一法中即應具足一切諸法以同一切所作因果業相無差別故復更有過自有無常無常有無常體故復更有過一切諸法無常應常故復更有過若其無常同諸法者墮三世法大慧過去色同無常故已滅未來法未生以同色無常故不生現在有法不離於色以色與彼諸大相依五大依塵是故不滅以彼彼不相離故大慧一切外道不滅諸大三界依大依微塵等是故依彼法說生住滅大慧離於此法更無四大諸塵等法以彼外道虛妄分別離一切法更有無常是故外道說言諸大不生不滅以自體相常不滅故是故彼說發起作事中間不作名爲無常諸大更有發起諸大無彼彼異相同相不生滅法以見諸法不生滅故而於彼處生無常智大慧何者名爲形相休息無常謂能造所造形相見形相異如長短非諸大滅而見諸大形相轉變彼人墮在僧佉法中大慧復形相無常者謂何等人即色名無常彼人見於形相無常而非諸大是無常法若諸大無常則諸世間一切不得論說

世事若論世事墮盧伽耶陀邪見朋黨以說一切諸法唯名復見諸法自體相生大慧轉變無常者謂見諸色種種異相非諸大轉變譬如見金作莊嚴具形相轉變金體不異餘法轉變亦復如是大慧如是外道虛妄分別見法無常火不燒諸大自體不燒以彼諸大自體差別故大慧諸外道說若火能燒諸大者則諸大斷滅是故不燒大慧我說大及諸塵非常非無常何以故我不說外境界有故我說三界但是自心不說種種諸相是有是故說言不生不滅唯是四大因緣和合非大及塵是實有法以虛妄心分別二種可取能取法如實能知二種分別是故離外有無見相唯是自心分別作業而名為生而業不生以離有無分別心故大慧何故非常非不常以有世間及出世間上上諸法是故不得說言是常何故非無常以能覺知唯是自心分別見故是故非無常而諸外道墮在邪見執著二邊不知自心虛妄分別非諸聖人分別無常大慧一切諸法總有三種何等為三一者世間法相二者出世間法相三者出世間上上勝法相以依言語種種說法而諸凡夫不覺不知爾時世尊重說偈言

遠離於始造　及與形相異　無常名有物
外道妄分別　諸法無有滅　諸大自性住
墮於種種見　外道說無常　彼諸外道說
諸法不生滅　諸大體自常　何等法無常
一切世唯心　而心見二境　可取能取法
我我所法無　三界上下法　我說皆是心
離於諸心法　更無有可得

入道品第九

爾時聖者大慧菩薩摩訶薩復白佛言世尊唯願世尊爲我說諸一切菩薩聲聞辟支佛入滅盡定次第相我及一切諸菩薩等若得善知入滅盡定次第之相巧方便者不墮聲聞辟支佛三昧三摩跋提滅盡定樂不墮聲聞辟支佛外道迷惑之法佛告聖者大慧菩薩言善哉善哉善哉大慧諦聽諦聽當爲汝說大慧菩薩白佛言善哉世尊唯然受教佛告大慧菩薩從初地乃至六地入滅盡定聲聞辟支佛亦入滅盡定大慧諸菩薩摩訶薩於七地中念念入滅盡定以諸菩薩悉能遠離一切諸法有無相故大慧聲聞辟支佛不能念念入滅盡定以聲聞辟支佛緣有爲行入滅盡定墮在可取能取境界是故聲聞辟支佛不能入七地中念念滅盡定以聲聞辟支佛生驚怖想恐墮諸法無異相故以覺諸法種種異相有法無法善不善法同相異相而入滅盡定是故聲聞辟支佛不能入七地中念念滅盡定以無善巧方便智故大慧七地菩薩摩訶薩轉滅聲聞辟支佛心意意識大慧初地乃至六地菩薩摩訶薩見於三界但是自心心意意識離我我所法唯是自心分別不墮外法種種諸相唯是凡夫内心愚癡墮於二邊見於可取能取之法以無知故而不覺知無始世來身口及意妄想煩惱戲論熏習而生諸法大慧於八地中一切菩薩聲聞辟支佛入涅槃想大慧諸菩薩摩訶薩承已自心三昧佛力不入三昧樂門隨涅槃而住以不滿足如來地若彼菩薩住三昧分

者休息度脫一切衆生斷如來種滅如來家爲示如來不可思議諸境界故是故不入涅槃大慧聲聞辟支佛墮三昧樂門法是故聲聞辟支佛生涅槃想大慧諸菩薩摩訶薩從初地來乃至七地具巧方便觀察心意意識之想遠離我我所取相之法觀察我空法空觀察同相異相善解四無礙巧方便義自在次第入於諸地菩提分法大慧我若不說諸菩薩摩訶薩同相異相法者一切菩薩不如實知諸地次第恐墮外道邪見等法故我次第說諸地相大慧若人次第入諸地者不墮餘道我說諸地次第相者唯自心見諸地次第及三界中種種行相而諸凡夫不覺不知以諸凡夫不覺知故是故我及一切諸佛說於諸地次第之相及建立三界種種行相復次大慧聲聞辟支佛於第八菩薩地中樂著寂滅三昧樂門醉故不能善知唯自心見墮自相同相熏習障礙故墮人無我法無我見過故以分別心名爲涅槃而不能知諸法寂靜大慧諸菩薩摩訶薩以見寂靜三昧樂門憶念本願大慈悲心度諸衆生知十無盡如實行智是故不即入於涅槃大慧諸菩薩摩訶薩遠離虛妄分別之心遠離能取可取境界名入涅槃以如實智知一切諸法唯是自心是故不生分別之心是故菩薩不取心意意識不著外法實有之相而非不爲佛法修行依根本智展轉修行爲於自身求佛如來證地智故大慧如人睡夢度大海水起大方便欲度自身未度中間忽然便寤作是思惟此爲是實爲是虛妄彼復思惟如是之相非

實非虛唯是我本虛妄分別不實境界熏習因故見種種色形相顛倒不離有無意識熏習於夢中見大慧菩薩摩訶薩亦復如是於八地中見分別心初地七地諸法同相如夢如幻平等無差離諸功用可取能取分別之心見心心數法爲於未得上上佛法修行者令得故菩薩摩訶薩修行勝法名爲涅槃非滅諸法名爲涅槃菩薩摩訶薩遠離心意意識分別相故得無生法忍大慧第一義中亦無次第無次第行諸法寂靜亦如虛空大慧菩薩白佛言世尊世尊說聲聞辟支佛入第八菩薩地寂滅樂門如來復說聲聞辟支佛不知但是自心分別復說諸聲聞得人無我而不得法無我空若如是說聲聞辟支佛尚未能證初地之法何況八地寂滅樂門佛告大慧我今爲汝分別宣說大慧聲聞有二種言入八地寂滅門者此是先修菩薩行者墮聲聞地還依本心修菩薩行同入八地寂滅樂門非增上慢寂滅聲聞以彼不能入菩薩行未曾覺知三界唯心未曾修行菩薩諸法未曾修行諸波羅蜜十地之行是故決定寂滅聲聞不能證彼菩薩所行寂滅樂門爾時世尊重說偈言

唯心無所有　諸行及佛地　去來現在佛
三世說如是　七地爲心地　無所有八地
二地名爲行　餘地名我地　內身證及淨
此名爲我地　自在最勝處　阿迦尼吒天
照耀如火焰　出妙諸光明　種種美可樂
化作於三界　化現三界色　或有在先化
彼處說諸乘　是我自在地　十地爲初地

初地為八地　九地為七地　七地為八地
二地為三地　四地為五地　三地為六地
寂滅有何次　決定諸聲聞　不行菩薩行
同入八地者　是本菩薩行

問如來常無常品第十

爾時聖者大慧菩薩摩訶薩白佛言世尊如來應正徧知為是常耶為無常耶佛告聖者大慧菩薩言大慧如來應正徧知非常非無常何以故二邊有過故大慧有無二邊應有過失大慧若言如來是常法者則同常因大慧以諸外道說言微塵諸因常故非是作法大慧是故不得言如來常以非作法而言常故大慧亦不得言如來無常言無常者即是同於有為作法五陰可見能見法無五陰滅故五陰滅者諸佛如來亦應同滅而佛如來非斷絕法大慧凡作法者皆是無常如瓶衣車屋及席氍等皆是作法是故無常大慧若言一切皆無常者一切智一切智人一切功德亦應無常以同一切作法相故又復有過若言一切皆無常者諸佛如來應是作法而佛如來非是作法以無更說有勝因故是故我言如來非常亦非無常復次大慧如來非常何以故虛空之性亦無修行諸功德故大慧譬如虛空非常非無常何以故以離常無常故以不墮一異俱不俱有無非有非無常無常非常非無常是故離於一切諸過不可得說復次大慧亦不得言如來是常何以故若言常者同於兔馬駝驢龜蛇蠅魚等角是故不得言如來常復次大慧亦不得言如來是常恐墮不生常故是故不得言如來常復

次大慧更有餘法依彼法故得言如來世尊是常何以故依内證智證常法故是故得言如來是常大慧諸佛如來内證智法常恒清涼不變大慧諸佛如來應正徧知若出於世不出於世法性常如是法體常如是法軌則常如是以彼法性一切聲聞辟支佛等亦不曾聞亦不曾見如是法體非虚空中毛道凡夫不覺不知大慧諸佛如來内證智者依彼得名大慧以依如實智慧修行得名爲佛非心意意識無明五陰熏習得名大慧一切三界不實妄想分别戲論得名大慧不實分别二種法者而得名爲常與無常而佛如來不墮二法不墮能取可取二邊如來寂靜二法不生故是故大慧諸佛如來應正徧知不得言是常與無常大慧凡所言語而得説言常與無常遠離一切分别盡者不得言取常無常法是故我遮一切凡夫不得分别常與無常以得眞實寂靜法者得盡分别不生分别

爾時世尊重説偈言

離於常無常　非常非無常　若見如是佛
彼不墮惡道　若説常無常　諸功德虚妄
無智者分别　遮説常無常　所有立法者
皆有諸過失　若能見唯心　彼不墮諸過

佛性品第十一

爾時聖者大慧菩薩摩訶薩復請佛言世尊唯願如來應正徧知爲我説善逝爲我説陰界入生滅之相世尊若無我者誰生誰滅世尊一切凡夫依生滅住不見苦盡是故不知涅槃之相佛告聖者大慧菩薩言善哉善哉善哉大慧汝今諦聽當爲汝説大慧白佛言

善哉世尊唯然受教佛告大慧如來之藏是善不善因故不與六道作生死因緣譬如技兒出種種技衆生依於如來藏故五道生死大慧而如來藏離我我所諸外道等不知不覺是故三界生死因緣不斷大慧諸外道等妄計我故不能如實見如來藏以諸外道無始世來虛妄執著種種戲論諸熏習故大慧阿梨耶識者名如來藏而與無明七識共俱如大海波常不斷絕身俱生故離無常過離於我過自性清淨餘七識者心意意識等念念不住是生滅法七識由彼虛妄因生不能如實分別諸法觀於高下長短形相故執著名相故能令自心見色相故能得苦樂故能離解脫因故因名相生隨煩惱貪故依彼念因諸根滅盡故不次第生故餘自意分別不生苦樂受故是故入少想定滅盡定入三摩跋提四禪實諦解脫若修行者生解脫相以不轉滅虛妄相故大慧如來藏識不在阿梨耶識中是故七種識有生有滅如來藏識不生不滅何以故彼七種識依諸境界念觀而生此七識境界一切聲聞辟支佛外道修行者不能覺知不如實知人無我故以取同相別相法故以見陰界入法等故大慧如來藏如實見五法體相法無我故不生如實知諸地次第展轉和合故餘外道不正見不能觀察大慧菩薩住不動地爾時得十種三昧門等爲上首得無量無邊三昧依三昧佛住持觀察不可思議諸佛法及自本願力故遮護三昧門實際境界遮已入自內身聖智證法眞實境界不同聲聞辟支佛外道修行所觀

境界爾時過彼十種聖道入於如來意生身智身離諸功用三昧心故是故大慧諸菩薩摩訶薩欲證勝法如來藏阿梨耶識者應當修行令清淨故大慧若如來藏阿梨耶識名爲無者離阿梨耶識無生無滅一切凡夫及諸聖人依彼阿梨耶識故有生有滅以依阿梨耶識故諸修行者入自內身聖行所證現法樂行而不休息大慧此如來心阿梨耶識如來藏識境界一切聲聞辟支佛諸外道等不能分別何以故以如來藏是清淨相客塵煩惱垢染不淨大慧我依此義依勝鬘夫人依餘菩薩摩訶薩深智慧者說如來藏阿梨耶識共七種識生名轉滅相爲諸聲聞辟支佛等示法無我對勝鬘說言如來藏是如來境界大慧如來藏識阿梨耶識境界我今與汝及諸菩薩甚深智者能了分別此二種法諸餘聲聞辟支佛及外道等執著名字者不能了知如此二法大慧是故汝及諸菩薩摩訶薩當學此法爾時世尊重說偈言

甚深如來藏　與七識俱生　取二法則生
如實知不生　如鏡像現心　無始習所熏
如實觀察者　諸境悉空無　如癡見指月
觀指不觀月　計著名字者　不見我眞實
心如巧技兒　意如狡猾者　意識及五識
虛妄取境界　如技兒和合　誑惑於凡夫

五法門品第十二

爾時聖者大慧菩薩摩訶薩復請佛言世尊唯願如來應正徧知爲我說善逝爲我說五法體相及二無我差別行相我及一切諸菩薩等若得善知五法體相二種無我差別相

若修行是法次第入於一切諸地修行是法能入一切諸佛法中入諸佛法者乃至能入如來自身內證智地佛告聖者大慧菩薩言善哉善哉大慧汝今諦聽當爲汝說大慧菩薩言善哉世尊唯然受教佛告大慧我爲汝說五法體相二種無我差別行相大慧何等五法一者名二者相三者分別四者正智五者眞如內身修行證聖人智離斷常見現如實修行者入三昧樂三摩跋提行門故大慧一切凡夫不覺不知五法體相二種無我唯以自心見於外物是故生於分別之心非謂聖人大慧白佛言世尊云何凡夫生分別心非聖人也佛告大慧一切凡夫執著名相隨順生法隨順生法已見種種相墮我我所邪見心中執著具足一切法相執著已入於無明黑闇障處入障處已起於貪心起貪心已而能造作貪瞋癡業造業行已不能自止如蠶作繭以分別心而自纏身墮於六道大海險難如轆轤迴轉不自覺知以無智故不知一切諸法如幻不知無我我所諸法非實從於妄想分別而生而不知離可見能見而不知離生住滅相不知自心虛妄而生謂隨順自在天時微塵我生大慧何者爲名謂眼識見前色等法相如聲相耳相鼻相舌相身相大慧如是等相我說名爲名相大慧何者分別以依何等法說名取相了別此法如是如是畢竟不異謂象馬車步人民等分別種種相是名分別大慧何者正智以觀察名相觀察已不見實法以彼迭共因生故見迭共生者諸識不復起分別識相不斷不常是故不

隨一切外道聲聞辟支佛地大慧是名正智復次大慧菩薩摩訶薩依正智不取名相法以爲有不取不見相以爲無何以故以離有無邪見故以不見名相是正智義是故我說名爲眞如大慧菩薩住眞如法者得入無相寂靜境界入已得入菩薩摩訶薩初歡喜地菩薩得初歡喜地時證百金剛三昧明門捨離二十五有一切果業過諸聲聞辟支佛地住如來家眞如境界如實修行知五法相如幻如夢如實觀察一切諸法起自內身證聖智修行如是展轉遠離虛妄世間覺觀所樂之地次第乃至法雲地入法雲地已次入三昧力自在神通諸華莊嚴如來之地入如來地已爲教化衆生現種種光明應莊嚴身如水中月依無盡句善縛所縛隨衆生信者而爲說法離心意意識身故大慧菩薩入眞如已得佛地中如是如是無量無邊法大慧復白佛言世尊世尊爲五法入三法爲三法入五法中爲自體相各各差別佛告大慧三法入五法中大慧非但三法入五法中八種識二種無我亦入五法大慧云何三法入五法中大慧名相爲分別法相大慧依彼二法分別生心心數法一時非前後如日共光明一時而有分別種種相大慧是名三相依因緣力生故大慧正智眞如名第一義諦相以不滅法故復次大慧著於自心見分別法差別有八種以分別諸相以爲實故離我我所生滅之法爾時得證二無我法大慧五法法門入諸佛地諸地法相亦入五法門中一切聲聞辟支佛法亦入五法門中如來內身證聖

智法亦入五法門中復次大慧五法相名分別眞如正智大慧何者名爲相相者見色形相狀貌勝不如是名爲相大慧依彼法相起分別相此是瓶此是牛羊馬等此法如是如是不異大慧是名爲名大慧依於彼法立名了別示現彼相是故立彼種種名字牛羊馬等是名分別心心數法大慧觀察名相乃至微塵常不見一法相諸法不實以虛妄心生分別故大慧言眞如者名爲不虛決定畢竟盡自性自體正見眞如相我及諸菩薩及諸佛如來應正徧知說名異義一大慧如是等隨順正智不斷不常無分別分別不行處隨順自身內證聖智離諸一切外道聲聞辟支佛等惡見朋黨不正智中大慧於五法三法相八種識二種無我一切佛法皆入五法門中大慧汝及諸菩薩摩訶薩爲求勝智應當修學大慧汝知五法不隨他教故爾時世尊重說偈言

五法自體相　及與八種識　二種無我法
攝取諸大乘　名相及分別　三法自體相
正智及眞如　是第一義相

恒河沙品第十三

爾時聖者大慧菩薩摩訶薩白佛言世尊如世尊依名字說過去未來現在諸佛如恒河河沙世尊佛說如是爲依如來口中所說我隨順取爲更有義願爲我說佛告聖者大慧菩薩言大慧如我所說名字章句莫如是取大慧三世諸佛非恒河河沙等何以故所說譬喻過世間者非如譬喻何以故以有相似不相似故大慧諸佛如來應正徧知不定說

過世間相似不相似譬喻何以故大慧我說譬喻但是少分故大慧我及諸佛如來應正徧知所說譬喻但說少義何以故愚癡凡夫諸外道等著諸法常增長邪見隨順世間輪迴生死爲彼生猒聞生驚怖又聞諸佛如恒河沙便於如來無上聖道生易得想求出世法大慧是故我說諸佛如來如恒河河沙何以故我餘經中說佛出世如優曇華衆生聞已言佛道難得不修精進是故我說諸佛如來如恒河河沙大慧我說諸佛出世如優曇華者依可化衆生義故我說諸佛如優曇華大慧而優曇華於世間中無人曾見當亦不見大慧諸佛如來世間曾見現見當見大慧我說如是非依自身所得法說是故說言如優曇華諸佛如來亦復如是大慧我依內身證法說法是故說過世間譬喻以諸凡夫無信衆生不能信我所說譬喻何以故說自內身聖智境界無譬喻可說遠離心意意識過諸見地諸佛如來眞如之法不可說故是故我說種種譬喻大慧我說諸佛如恒河河沙者是少分譬喻大慧諸佛如來平等非不平等以非分別分別故大慧譬如恒河河中所有之沙魚鼈龜龍牛羊象馬諸獸踐踏而彼河沙不生分別不瞋不恚亦不生心彼惱亂我無分別故淨離諸垢大慧諸佛如來應正徧知亦復如是內身證得聖智滿足諸力神通自在功德如恒河沙一切外道邪論諸師愚癡魚鼈以瞋恚心毀罵如來如來不動不生分別本願力故爲與衆生三昧三摩跋提一切諸樂令滿足故不分別分別大慧是故

我說諸佛如來如恒河河沙等等者平等無有異相已離愛身故大慧譬如恒河河沙不離地相大慧大地火燒火不異地故火不燒地地大有火相續體故大慧愚癡凡夫墮顛倒智自心分別言地被燒而地不燒以不離地而得更有四大火身故大慧諸佛如來亦復如是諸佛如來法身之體如恒河河沙等不滅不失故大慧譬如恒河河沙無量無邊大慧諸佛如來亦復如是出於世間放無量光遍於一切諸佛大會為化衆生令覺知故大慧如恒河河沙更不生相如彼微塵微塵體相如是而住大慧諸佛如來亦復如是於世間中不生不滅諸佛如來斷有因故大慧如恒河河沙若出於河亦不可見入於河中亦不可見亦不起心我出入河大慧諸佛如來智慧之力亦復如是度諸衆生亦不盡滅亦不增長何以故諸法無身故大慧一切有身皆是無常磨滅之法非無身法諸佛如來唯法身故大慧譬如有人欲得酥油壓恒河沙終不可得無酥油故大慧諸佛如來為諸衆生苦惱所壓瞋不可得不捨自法界相不捨自法味相不捨本願與衆生樂以得具足大慈大悲我若不令一切衆生入涅槃者我身亦不入於涅槃大慧如恒河河沙隨水而流終不逆流大慧諸佛如來為諸衆生說法亦爾隨順涅槃而非逆流大慧是故我說諸佛如來如恒河河沙大慧言恒河河沙隨順流者非是去義若佛如來有去義者諸佛如來應無常滅大慧世間本際尚不可知不可知者我云何依而說去義是故如來非為去

義大慧去義者名為斷義愚癡凡夫不覺不知大慧白佛言世尊世尊若衆生在於世間輪迴去來本際不可知者云何如來而得解脱復令衆生得於解脱佛告大慧言大慧言解脱者離於一切戲論煩惱無始熏習分別心故如實能知唯自心見外所分別心迴轉故是故我說名為解脱大慧言解脱者非是滅法是故汝問我若不知本際云何得解脱者此問不成大慧言本際者是分別心一體異名大慧離分別心更無衆生即此分別名為衆生大慧眞實智慧離内外法無法可知能知故大慧以一切法本來寂靜大慧不如實知唯自心見虛妄分別是故生於分別之心如實知者不生分別爾時世尊重說偈言

觀察於諸佛　譬如恒河沙　不滅亦不生
彼人能見佛　遠離諸塵垢　如恒河河沙
隨順流不變　法身亦如是

入楞伽經卷第七

音釋

氎徒協切細毛布也　駝徒何切駱駝也　鬘莫班切　狡猾狡古巧切猾下刮切狡猾姦詐也　踐踏踐才線切踏徒合切

入楞伽經卷第八

元魏天竺三藏法師菩提留支譯

刹那品第十四

爾時聖者大慧菩薩摩訶薩復白佛言世尊唯願如來應正徧知爲我說善逝爲我說一切法生滅之相云何如來說一切法念念不住佛告大慧菩薩言善哉善哉善哉大慧汝今諦聽當爲汝說大慧言善哉世尊唯然受教佛告大慧一切法一切法者所謂善法不善法有爲法無爲法世間法出世間法有漏法無漏法内法外法大慧略說五陰法因心意意識熏習增長諸凡夫人依心意意識熏習故分別善不善法大慧聖人現證三昧三摩跋提無漏善法樂行大慧是名善法復次大慧言善不善法者所謂八識何等爲八一者阿梨耶識二者意三者意識四者眼識五者耳識六者鼻識七者舌識八者身識大慧五識身共意識身善不善法展轉差別相續體無差別身隨順生法生已還滅不知自心見虛妄境界即滅時能取境界形相大小勝妙之狀大慧意識共五識身相應生一念時不住是故我說彼法念時不住大慧言刹尼迦者名之爲空阿梨耶識名如來藏無共意轉識熏習故名之爲空具足無漏熏習法故名爲不空大慧愚癡凡夫不覺不知執著諸法刹那不住隨在邪見而作是言無漏之法亦刹那不住破彼眞如如來藏故大慧五識身者不生六道不受苦樂不作涅槃因大慧如來藏不受苦樂非生死因餘法者共生共滅依於四種熏習醉故而諸凡夫不覺不知

邪見熏習言一切法刹那不住復次大慧金剛如來藏如來證法非刹那不住大慧如來證法若刹那不住者一切聖人不成聖人大慧非非聖人以聖人故大慧令金剛住於一劫稱量等住不增不減大慧云何愚癡凡夫分別諸法言刹那不住而諸凡夫不得我意不覺不知内外諸法念念不住大慧復白佛言世尊如來常説滿足六波羅蜜法得阿耨多羅三藐三菩提世尊何等爲六波羅蜜云何滿足佛告大慧菩薩言大慧波羅蜜差別有三種謂世間波羅蜜出世間波羅蜜出世間上上波羅蜜大慧言世間波羅蜜者愚癡凡夫執著我我所法墮於二邊爲於種種勝妙境界行波羅蜜求於色等境界果報大慧愚癡凡夫行尸波羅蜜羼提波羅蜜毗梨耶波羅蜜禪波羅蜜般若波羅蜜乃至生於梵天求五神通世間之法大慧是名世間諸波羅蜜大慧言出世間波羅蜜者謂聲聞辟支佛取聲聞辟支佛涅槃心修行波羅蜜大慧如彼世間愚癡凡夫爲於自身求涅槃樂而行世間波羅蜜行聲聞緣覺亦復如是爲自身故求涅槃樂行出世間波羅蜜行而乃求彼非究竟樂大慧出世間上上波羅蜜者如實能知但是自心虚妄分別見外境界爾時實知唯是自心見内外法不分別虚妄分別不取内外自心色相故菩薩摩訶薩如實能知一切法故行檀波羅蜜爲令一切衆生得無怖畏安隱樂故是名檀波羅蜜大慧菩薩觀彼一切諸法不生分別隨順清涼是尸波羅蜜大慧菩薩離分別心忍彼修行如實而

知能取可取境界非實是名菩薩羼提波羅蜜大慧菩薩云何修精進行初中後夜常勤修行隨順如實法斷諸分別是名毗梨耶波羅蜜大慧菩薩離於分別心不墮外道能取可取境界之相是名禪波羅蜜大慧何者菩薩般若波羅蜜菩薩如實觀察自心分別之相不見分別不墮二邊依如實修行轉身不見一法生不見一法滅自身內證聖行修行是名菩薩般若波羅蜜大慧波羅蜜義如是滿足者得阿耨多羅三藐三菩提爾時世尊重說偈言

空無常剎那　愚分別有爲　如河燈種子
空無常剎那　分別剎那義　剎那亦如是
剎尼迦不生　寂靜離所作　一切法不生
我說剎那義　初生即有滅　不爲凡夫說
分別相續法　妄想見六道　若無明爲因
能生諸心者　乃至色未生　中間依何住
即生即有滅　餘心隨彼生　色不一念住
觀於何法生　依何因生法　心無因而生
是故生不成　云何知念壞　修行者證定
金剛佛舍利　光音天宮殿　世間不壞事
眞如證法實　如來知成就　比丘證平等
云何念不住　乾闥婆幻色　何故念不住
無四大見色　四大何所爲

化品第十五

爾時聖者大慧菩薩摩訶薩復白佛言世尊如佛世尊與諸羅漢受阿耨多羅三藐三菩提記如來復說諸佛如來不入涅槃復說如來應正徧知何等夜證大菩提何等夜入般涅槃於其中間不說一字如來復說諸佛如

來常入無覺無觀無分別定復言作諸種種應化度諸衆生世尊復説諸識念念差別不住金剛密迹常隨侍衛復説世間本際難知復言衆生入般涅槃若入涅槃應有本際復説諸佛無有怨敵而見諸魔復説如來斷一切障而見旃遮摩那毗孫陀梨等謗佛入娑梨那村竟不得食空鉢而出世尊若如是者如來便有無量罪業云何如來不離一切諸罪過惡而得阿耨多羅三藐三菩提一切種智佛告聖者大慧菩薩言善哉善哉善哉大慧汝今諦聽當爲汝説大慧白佛言善哉世尊唯然受教佛告大慧我爲曾行菩薩行諸聲聞等依無餘涅槃而與授記大慧我與聲聞授記者爲怯弱衆生生勇猛心大慧此世界中及餘佛國有諸衆生行菩薩行而復樂

於聲聞法行爲轉彼取大菩提應化佛爲應化聲聞授記非報佛法身佛而授記別大慧聲聞辟支佛涅槃無差別何以故斷煩惱無差異故斷煩惱障非斷智障復次大慧見法無我斷於智障見人無我斷煩惱障大慧轉意識故斷法障業障以轉意阿梨耶識熏習故究竟清淨大慧我常依本法體而住更不生法依本名字章句不覺不思而説諸法大慧如來常如意知常不失念是故如來無覺無觀諸佛如來離四種地已遠離二種死二種障二種業故大慧七種識意意識眼耳鼻舌身念念不住因虚妄熏習離於無漏諸善法故大慧如來藏世間不生不死不來不去常恒清涼不變復次大慧依如來藏故有世間涅槃苦樂之因而諸凡夫不覺不知而墮

於空虛妄顛倒大慧金剛密迹常隨侍衛應化如來前後圍繞非法佛報佛根本如來應正徧知大慧根本如來遠離諸根大小諸量遠離一切凡夫聲聞辟支佛等大慧如實修行得彼眞如樂行境界者知根本佛以得平等法忍故是故金剛密迹隨應化佛大慧應化佛者無業無謗而應化佛不異法佛報佛如來而亦不一如陶師盬等作所作事應化佛作化衆生事異眞實相說法不說內所證法聖智境界復次大慧一切凡夫外道聲聞辟支佛等見六識滅墮於斷見不見阿梨耶識墮於常見復次大慧不見自心分別本際是故世間名無本際大慧遠離自心分別見者名爲解脫得涅槃證大慧諸佛如來遠離四種熏習氣故是故無過爾時世尊重說偈言

三乘及非乘　諸佛無量乘　一切記佛地
說諸煩惱斷　內身證聖智　及無餘涅槃
誘進怯衆生　是故隱覆說　如來得證智
亦說於彼道　衆生依入道　二乘無涅槃
見欲色及有　及四種熏地　意識亦所生
見意識共住　見意眼識等　常無常斷滅
常見依意等　而起涅槃見

遮食肉品第十六

爾時聖者大慧菩薩摩訶薩白佛言世尊我觀世間生死流轉怨結相連墮諸惡道皆由食肉更相殺害增長貪瞋不得出離甚爲大苦世尊食肉之人斷大慈種修聖道者不應得食世尊諸外道等說邪見法盧伽耶陀墮俗之論墮於斷常有無見中皆遮食肉自已

不食不聽他食云何如來清淨法中修梵行者自食他食一切不制如來世尊於諸衆生慈悲一等云何而聽以肉爲食善哉世尊哀愍世間願爲我說食肉之過不食功德我及一切諸菩薩等聞已得依如實修行廣宣流布令諸現在未來衆生一切識知佛告聖者大慧菩薩言善哉善哉善哉大慧汝大慈悲愍衆生故能問此義汝今諦聽當爲汝說大慧菩薩白佛言善哉世尊唯然受教佛告大慧夫食肉者有無量過諸菩薩摩訶薩修大慈悲不得食肉食與不食功德罪過我說少分汝今諦聽大慧我觀衆生從無始來食肉習故貪著肉味更相殺害遠離賢聖受生死苦捨肉味者聞正法味於菩薩地如實修行速得阿耨多羅三藐三菩提復令衆生入於聲聞辟支佛地止息之處息已令入如來之地大慧如是等利慈心爲本食肉之人斷大慈種云何當得如是大利是故大慧我觀衆生輪迴六道同在生死共相生育遞爲父母兄弟姊妹若男若女中表內外六親眷屬或生餘道善道惡道常爲眷屬以是因緣我觀衆生更相噉肉無非親者由貪肉味遞互相噉常生害心增長苦業流轉生死不得出離佛說是時諸惡羅刹聞佛所說悉捨惡心止不食肉遞相勸發慈悲之心護衆生命過自護身捨離一切諸肉不食悲泣流淚而白佛言世尊我聞佛說諦觀六道我所噉肉皆是我親乃知食肉衆生大怨斷大慈種長不善業是大苦本世尊我從今日斷不食肉及我眷屬亦不聽食如來弟子有不食者我當晝

夜親近擁護若食肉者我當與作大不饒益大慧羅刹惡鬼常食肉者聞我所說尚發慈心捨肉不食況我弟子行善法者當聽食肉若食肉者當知即是衆生大怨斷我聖種大慧若我弟子聞我所說不諦觀察而食肉者當知即是旃陀羅種非我弟子我非其師是故大慧若欲與我作眷屬者一切諸肉悉不應食復次大慧菩薩應觀一切是肉皆依父母膿血不淨赤白和合生不淨身是故菩薩觀肉不淨不應食肉復次大慧食肉之人衆生聞氣悉皆驚怖逃走遠離是故菩薩修如實行爲化衆生不應食肉大慧譬如旃陀羅獵師屠兒捕魚鳥人一切行處衆生遥見作如是念我今定死而此來者是大惡人不識罪福斷衆生命求現前利今來至此爲覓我等今我等身悉皆有肉是故今來我等定死大慧由人食肉能令衆生見者皆生如是驚怖大慧一切虚空地中衆生見食肉者皆生驚怖而起疑念我於今者爲死爲活如是惡人不修慈心亦如豺狼遊行世間常覓肉食如牛噉草蜣蜋逐糞不知飽足我身是肉正是其食不應逢見即捨逃走離之遠去如人畏懼羅刹無異大慧食肉之人能令衆生見者皆生如是驚怖當知食肉衆生大怨是故菩薩修行慈悲爲攝衆生不應食彼非聖惡人所食之味惡名流布聖人呵責是故大慧菩薩爲攝諸衆生故不應食肉復次大慧菩薩爲護衆生信心不應食肉何以故大慧言菩薩者衆生皆知是佛如來慈心之種能與衆生作歸依處聞者自然不生疑怖生親友

想善知識想不怖畏想言得歸依處得安隱處得善導師大慧由不食肉能生衆生如是信心若食肉者衆生即失一切信心便言世間無可信者斷於信根是故大慧菩薩爲護衆生信心一切諸肉悉不應食復次大慧我諸弟子爲護世間謗三寶故不應食肉何以故世間有人見食肉故謗毁三寶作如是言於佛法中何處當有眞實沙門婆羅門修梵行者捨於聖人本所應食食衆生肉猶如羅刹食肉滿腹醉眠不動依世凡夫豪貴勢力覓肉食噉如羅刹王驚怖衆生是故處處唱如是言何處有實沙門婆羅門修淨行者無法無沙門無毗尼無淨行者生如是等無量無邊惡不善心斷我法輪絶滅聖種一切皆由食肉者過是故大慧我弟子者爲護惡人毁謗三寶乃至不應生念肉想何況食噉復次大慧菩薩爲求清淨佛土教化衆生不應食肉應觀諸肉如人死屍眼不欲見不用聞氣何況可嗅而著口中一切諸肉亦復如是大慧如燒死屍臭氣不淨與燒餘肉臭穢無異云何於中有食不食是故大慧菩薩爲求清淨佛土教化衆生不應食肉復次大慧菩薩爲求出離生死應當專念慈悲之行少欲知足猒世間苦速求解脱當捨慣鬧就於空閑住屍陀林阿蘭若處冢間樹下獨坐思惟觀諸世間無一可樂妻子眷屬如枷鎖想宫殿臺觀如牢獄想觀諸珍寶如糞聚想見諸飲食如膿血想受諸飲食如塗癰瘡趣得存命繫念聖道不爲貪味酒肉葱韮蒜薤臭味悉捨不食大慧若如是者是眞修行堪受一

切人天供養若於世間不生猒離貪著諸味酒肉葷辛得便噉食不應受於世間信施復次大慧有諸衆生過去曾修無量因緣有微善根得聞我法信心出家在我法中過去曾作羅剎眷屬虎狼師子猫狸中生雖在我法食肉餘習見食肉者歡喜親近入諸城邑聚落塔寺飲酒噉肉以爲歡樂諸天下觀猶如羅剎爭噉死屍等無有異而不自知已失我衆成羅剎眷屬雖服袈裟剃除鬚髮有命者見心生恐怖如畏羅剎是故大慧若以我爲師者一切諸肉悉不應食復次大慧世間邪見諸呪術師若其食肉呪術不成爲成邪術尚不食肉況我弟子爲求如來無上聖道出世解脫修大慈悲精勤苦行猶恐不得何處當有如是解脫爲彼癡人食肉而得是故大慧我諸弟子爲求出世解脫樂故不應食肉復次大慧食肉能起色力食味人多貪著應當諦觀一切世間有身命者各自寶重畏於死苦護惜身命人畜無别寧當樂存疥癩野干身不能捨命受諸天樂何以故畏死苦故大慧以是觀察死爲大苦是可畏法自身畏死云何當得而食他肉是故大慧欲食肉者先自念身次觀衆生不應食肉復次大慧夫食肉者諸天遠離何況聖人是故菩薩爲見聖人當修慈悲不應食肉大慧食肉之人睡眠亦苦起時亦苦若於夢中見種種惡驚怖毛竪心常不安無慈心故乏諸善力若其獨在空閑之處多爲非人而伺其便虎狼師子亦來伺求欲食其肉心常驚怖不得安隱復次大慧諸食肉者貪心難滿食不知量不能

消化增益四大口氣腥臊腹中多有無量惡蟲身多瘡癬惡癩疾病種種不淨現在凡夫不喜聞見何況未來無病香潔人身可得復次大慧我説凡夫爲求淨命噉於淨食尚應生心如子肉想何況聽食非聖人食聖人離者以肉能生無量諸過失於出世一切功德云何言我聽諸弟子食諸肉血不淨等味言我聽者是則謗我大慧我聽弟子食諸聖人所應食食非謂聖人遠離之食聖食能生無量功德遠離諸過大慧過去現在聖人食者所謂粳米大小麥豆種種油蜜甘蔗甘蔗汁鶱陀末千提等隨時得者聽食爲淨大慧於未來世有愚癡人説種種毗尼言得食肉因於過去食肉熏習愛著肉味隨自心見作如是説非佛聖人説爲美食大慧不食肉者要因過去供養諸佛種諸善根能信佛語堅住毗尼信諸因果至於身口能自節量不爲世間貪著諸味見食肉者能生慈心大慧我憶過去有王名師子奴食種種肉愛著肉味次第乃至食於人肉因食人肉父毋兄弟妻子眷屬皆悉捨離一切臣民國土聚落即便謀反共斷其命以食肉者有如是過是故不應食一切肉復次大慧自在天王化身爲鴿釋提桓因是諸天主因於過去食肉習氣化身作鷹驚逐此鴿鴿來投我我於爾時作尸毗王憐愍衆生更相食噉稱己身肉與鷹代鴿割肉不足身上稱上受大苦惱大慧如是無量世來食肉熏習自身他身有如是過何況無愧常食肉者大慧復有餘王不食肉者乘馬遊戲爲馬驚波牽入深山失於侍從不知

歸路不食肉故師子虎狼見無害心與雌師子共行慾事乃至生子斑足王等以過去世食肉熏習及作人王亦常食肉在七家村多樂食肉食肉太過遂食人肉生諸男女盡爲羅刹大慧食肉衆生依於過去食肉熏故多生羅刹師子虎狼豺豹猫狸鴟梟鵰鷲鷹鷂等中有命之類各自護身不令得便受飢餓苦常生惡心念食他肉命終復墮惡道受生人身難得何況當有得涅槃道大慧當知食肉之人有如是等無量諸過不食肉者即是無量功德之聚大慧而諸凡夫不知如是食肉之過不食功德我今畧說不聽食肉大慧若一切人不食肉者亦無有人殺害衆生由人食肉若無可食處處求買爲財利者殺以販賣爲買者殺是故買者與殺無異是故食

肉能障聖道大慧食肉之人愛著肉味至無畜生乃食人肉何況麞鹿雉兔鵝鴈猪羊鷄狗駝驢象馬龍蛇魚鼈水陸有命得而不食由著肉味設諸方便殺害衆生造作種種罩羅機網羅山置地截河堰海遍諸水陸安置罟網機撥坑埳弓刀毒箭間無空處虛空地水種種衆生皆被殺害爲食肉故大慧獵師屠兒食肉人等惡心堅固能行不忍見諸衆生形體鮮肥膚肉充悅生食味心更相指示言是可噉不生一念不忍之心是故我說食肉之人斷大慈種大慧我觀世間無有是肉而非命者自己不殺不教人殺他不爲殺不從命來而是肉者無有是處若有是肉不從命出而是美食我以何故不聽人食遍求世間無如是肉是故我說食肉是罪斷如來種

故不聽食大慧我涅槃後於未來世法欲滅時於我法中有出家者剃除鬚髮自稱我是沙門釋子被我袈裟癡如小兒自稱律師墮於二邊種種虛妄覺觀亂心貪著肉味隨自心見說毗尼中言得食肉亦謗我言諸佛如來聽人食肉亦說因制而聽食肉亦謗我言如來世尊亦自食肉大慧我於象腋央掘魔涅槃大雲等一切修多羅中不聽食肉亦不說肉入於食味大慧我若聽諸聲聞弟子肉爲食者我終不得口常讚歎修大慈悲行如實行者亦不讚歎屍陀林中頭陀行者亦不讚歎修行大乘住大乘者亦不讚歎不食肉者我不自食不聽他食是故我勸修菩薩行歎不食肉勸觀衆生應如一子云何唱言我聽食肉我爲弟子修三乘行者速得果故遮一切肉悉不聽食云何說言我毗尼中聽人食肉又復說言如來餘修多羅中說三種肉聽人食者當知是人不修毗尼次第斷故唱言得食何以故大慧肉有二種一者他殺二者自死以世人言有肉得食有不得者象馬龍蛇人鬼獼猴豬狗及牛言不得食餘者得食屠兒不問得食不得一切盡殺處處衒賣衆生無過橫被殺害是故我制他殺自死悉不得食見聞疑者所謂他殺不見聞疑者所謂自死是故大慧我毗尼中唱如是言凡所有肉於一切沙門釋子皆不淨食汙清淨命障聖道分無有方便而可得食若有說言佛毗尼中說三種肉爲不聽食非爲聽食當知是人堅住毗尼是不謗我大慧今此楞伽修多羅中一切時一切肉亦無方便而可得食

是故大慧我遮食肉不爲一人現在未來一切不得是故大慧若彼癡人自言律師言毗尼中聽人食肉亦謗我言如來自食彼愚癡人成大罪障長夜墮於無利益處無聖人處不聞法處亦不得見現在未來賢聖弟子況當得見諸佛如來大慧諸聲聞人常所應食米麵油蜜種種麻豆能生淨命非法貯畜非法受取我說不淨尚不聽食何況聽食血肉不淨大慧我諸聲聞辟支佛菩薩弟子食於法食非食飲食何況如來大慧諸佛如來法食法住非飲食身非諸一切飲食住身離諸資生愛有求等遠離一切煩惱習過善分別知心心智慧一切智一切見見諸衆生平等憐愍是故大慧我見一切諸衆生等猶如一子云何而聽以肉爲食亦不隨喜何況自食

大慧如是一切葱韮蒜薤臭穢不淨能障聖道亦障世間人天淨處何況諸佛淨土果報酒亦如是能障聖道能損善業能生諸過是故大慧求聖道者酒肉葱韮及蒜薤等能熏之味悉不應食爾時世尊重說偈言

大慧菩薩問　酒肉葱韮蒜　佛言是不淨
一切不聽食　羅刹等食噉　非聖所食味
食者聖呵責　及惡名流布　願佛分別說
食不食罪福　大慧汝諦聽　我說食中過
酒肉葱韮蒜　是障聖道分　我觀三界中
及得聖道衆　無始世界來　展轉莫非親
云何於其中　而有食不食　觀肉所從來
出處最不淨　膿血和雜生　屎尿膿洟合
修行淨行者　當觀不應食　種種肉及葱
酒亦不得飲　種種韮及蒜　修行常遠離

常遠離麻油　穿孔床不眠　飛揚諸細蟲
斷害他命故　肉食長身力　由力生邪念
邪念生貪欲　故不聽食肉　由食肉生貪
貪心致迷醉　迷醉長愛欲　不解脱生死
爲利殺衆生　爲肉追錢財　彼二人惡業
死墮叫喚獄　三種名淨肉　不見聞不疑
世無如是肉　生墮食肉中　臭穢可猒患
常生顛狂中　多生旃陀羅　獵師屠兒家
或生羅刹女　及諸食肉處　羅刹猫狸等
食肉生彼中　象腋與大雲　涅槃勝鬘經
及入楞伽經　我不聽食肉　諸佛及菩薩
聲聞亦呵責　食肉無慙愧　生生常顛狂
先說見聞疑　已斷一切肉　妄想不覺知
故生食肉想　如彼貪欲過　障礙聖解脱
酒肉葱韭蒜　悉爲聖道障　未來世衆生
於肉愚癡說　言此淨無罪　佛聽我等食
淨食如藥想　猶如食子肉　知足生猒離
修行行乞食　安住慈心者　我說常猒離
師子豺虎狼　恒可同遊止　食肉見者怖
云何而可食　是故修行者　慈心不食肉
食肉斷慈心　離涅槃解脱　及違聖人教
故不聽食肉　不食生梵種　及諸修行道
智慧及富貴　斯由不食肉

陀羅尼品第十七

爾時世尊告聖者大慧菩薩摩訶薩言大慧汝應諦聽受持我楞伽經呪是呪過去未來現在諸佛已說今說當說大慧我今亦說爲諸法師受持讀誦楞伽經者而說呪曰

兜諦兜諦　祝諦祝諦　蘇頗諦　蘇頗諦
迦諦迦諦　阿摩梨　阿摩諦　毗摩梨

毗摩梨　尼彌尼彌　奚彌奚彌　婆迷婆
迷　歌梨歌梨　歌羅歌梨　阿齋摩齋
遮齋兜齋　讓齋蘇弗齋　葛第葛第　波
第波第　奚咪奚咪　地咪地咪　羅制羅
制　波制波制　槃第槃第　阿制彌制
竹茶梨　兜茶第　波羅第　遏計遏計
斫計斫計　黎犀咪　黎犀咪　奚咪奚咪
　晝晝晝晝　抽畜抽畜　紬紬紬紬　除
除除除　蘇婆呵
大慧是名楞伽大經中呪文句善男子善女
人比丘比丘尼優婆塞優婆夷等能受持讀
誦此文句爲人演說無有人能覓其罪過若
天天女若龍龍女若夜叉夜叉女阿脩羅阿
脩羅女迦樓羅迦樓羅女緊那羅緊那羅女
摩睺羅伽摩睺羅伽女浮多浮多女鳩槃茶
鳩槃茶女毗舍闍毗舍闍女鳴多羅鳴多羅
女阿波羅阿波羅女羅刹羅刹女茶加茶加
女鳴周何羅鳴周何羅女加吒福多羅加吒
福多羅女若人非人若人女非人女不能覓
其過若有惡鬼神損害人欲速令彼惡鬼去
者一百遍轉此陀羅尼呪彼諸惡鬼驚怖號
哭疾走而去佛復告大慧大慧我爲護此護
法法師更說陀羅尼而說呪曰
波頭彌　波頭彌提婢　奚尼奚尼　奚禰
諸黎　諸羅　諸麗　侯麗　侯羅　侯麗
由麗　由羅　由麗　波麗　波羅　波麗
聞制瞋迭　頻迭槃　逝末迭　遲那伽梨
蘇婆呵
大慧是陀羅尼呪文句若善男子善女人受
持讀誦爲人演說無人能得與作過失若天

若天女若龍若龍女夜叉夜叉女阿脩羅阿
脩羅女迦樓羅迦樓羅女緊那羅緊那羅女
摩睺羅伽摩睺羅伽女乾闥婆乾闥婆女浮
多浮多女鳩槃茶鳩槃茶女毗舍闍毗舍闍
女嗚多羅嗚多羅女阿拔摩羅阿拔摩羅女
羅叉羅叉女嗚闍何羅嗚闍何羅女加吒福
單那加吒福單那女若人若非人若人女非
人女彼一切不能得其過失大慧若有人能
受持讀誦此呪文句彼人得名誦一切楞伽
經是故我說此陀羅尼句為遮一切諸羅剎
護一切善男子善女人護持此經者

入楞伽經卷第八

音釋

膿奴冬切膿血也　豺狼豺士皆切狼魯當切　蜣蜋蜣去羊切蜋呂張切蜣蜋食糞蟲也　嗅許救切鼻擥氣也　蒜薤蒜蘇貫切薤胡懈切蒜薤並葷菜也　腥臊腥桑經切臊蘇遭切腥臊大豕膏臭也　鴟梟鴟昌脂切梟古堯切鴟梟怪鳥也　鵰鷲鵰都聊切大鷲鳥也亦名鷲鷲疾僦切　衒熒絹切　齎在詣切

入楞伽經卷第九

元魏天竺三藏法師菩提留支譯

總品第十八之一

爾時世尊欲重宣此修多羅深義而說偈言

如夏諸禽獸　迷惑心見波　諸禽獸愛水
波水無實事　如是識種子　見諸境界動
諸愚癡衆生　如眼瞖見物　思惟可思惟
及離能思惟　見實諦分別　能知得解脫
是諸法非堅　虛妄分別生　虛妄分別空
依彼空分別　五陰識等法　如水中樹影
如見幻夢等　識中莫分別　幻起屍機關
夢電雲常爾　絶三相續法　衆生得解脫
依諸邪念法　是故有識生　八九種種種
如水中諸波　依熏種子法　常堅固縛身
心流轉境界　如鐵依磁石　依止諸衆生
眞性離諸覺　遠離諸作事　離知可知法
行如幻三昧　出諸十地行　汝觀心王法
離心境識相　時知心常轉　即住恒不變
住蓮華宮殿　如幻境界相　住彼勝處已
得諸自在行　如摩尼現色　作度衆生業
無有爲無爲　除諸分別心　愚癡無智取
如石女夢兒　寂靜及無生　五陰人相續
因緣諸境界　空有及非有　我說諸方便
無如是實相　愚癡取實有　無能相可相
我觀一切法　而不覺一切　我有一切知
而無一切知　凡夫愚分別　自言世智者
我未曾覺知　亦不覺衆生　一切法唯心
諸陰如毛輪　諸相畢竟無　何處有分別
本無始生物　諸緣中亦無　石女兒空華
若能見有爲　爾時見可見　見迷法即住

我不入涅槃　不滅諸相業　滅諸分別識
此是我涅槃　非滅諸法相　愚癡妄分別
如暴水竭盡　爾時波不生　如種種識滅
滅而不復生　空及無體相　如幻本不生
有無離有無　此諸法如夢　我說一實法
離於諸覺觀　聖人妙境界　離二法體相
如見螢火相　種種而無實　世間見四大
種種亦如是　如依草木石　示現諸幻相
彼幻無是相　諸法體如是　無取者可取
無解脫無縛　如幻如陽焰　如夢眼中䁝
若如是實見　離諸分別垢　即住如實定
彼見我無疑　此中無心識　如虛空陽焰
如是知諸法　而不知一法　離有無諸緣
故諸法不生　三界心迷惑　是故種種現
夢及世間法　此二法平等　可見與資生
諸觸及於量　身無常世間　種種色亦爾
世間尊者說　如是所作事　心三界種子
迷惑見現未　如世間分別　無如是實法
見世間如是　能離諸生死　生及與不生
愚癡迷惑見　不生及不滅　修智慧者見
阿迦尼妙境　離諸惡行處　常無分別行
離諸心數法　得力通自在　到諸三昧處
彼處成正覺　化佛此中成　諸法不生滅
諸法如是體　應化無量億　彼體中出世
愚人聞佛法　如響不思議　遠離初中後
及離有無法　遍不動清淨　無諸相現相
識性覆法身　一切身中有　迷惑是幻有
幻非迷惑因　心無迷惑法　亦非不少有
心依二法縛　阿梨耶識起　但心如是見
我法如暴水　觀世間如是　爾時轉諸心

乃是我真子　成就實法行　煖濕及堅動
愚分別諸法　非實專念有　無能相可相
八種物一身　形相及諸根　愚分別諸色
迷惑身羅網　諸因緣和合　愚癡分別生
不知如是法　流轉三界中　諸法及言語
是衆生分別　而諸法是無　如化如夢等
觀諸法如是　不住世涅槃　心種種種子
現見心境界　可見分別生　愚癡樂二法
無智愛及業　是心心法因　依他力法生
故說他力法　依法分別事　心迷惑境界
故不成分別　迷惑邪分別　心依因緣縛
是故生諸身　若離諸因緣　我說不見法
離諸因緣法　離於諸法相　不住諸法中
我說不見境　如王長者等　以種種禽獸
會集澤野中　以示於諸子　我如是諸相

種種鏡像法　內身智爲子　說於實際法
如大海波浪　從風因緣生　能起舞現前
而無有斷絕　阿梨耶識常　依風境界起
種種水波識　能舞生不絕　能取可取相
衆生見如是　可見無諸相　毛道如是見
阿梨耶本識　意及於意識　離可取能取
我說如是相　五陰中無我　及無人衆生
生即諸識生　滅即諸識滅　如畫中高下
可見無如是　如是諸物體　見無如是相
如乾闥婆城　禽獸渴愛水　如是可見見
智觀無如是　離可量及根　非因亦非果
離能覺所覺　離能見可見　依陰因緣覺
無人見可見　若不見可見　云何修彼法
因緣因譬喻　立意及因緣　夢乾闥婆輪
陽焰及日月　光焰幻等喻　我遮諸法王

如夢幻迷惑　空分別衆生　不依於三界
内外亦皆無　見諸有不生　乃得無生忍
得如幻三昧　及於如意身　諸通及自在
力心種種法　諸法本不生　空無法體相
彼人迷不覺　隨因緣生滅　如愚癡分別
心見於自心　見外種種相　實無可見法
見骨相佛像　及諸大離散　善覺心能知
住持世間相　身住持資生　可取三種境
識取識境界　意識分別三　分別可分別
所有字境界　不能見實法　彼覺迷不見
諸法無自體　智慧者能覺　行者爾乃息
住於無相處　如墨圖於雞　愚取是我雞
如癡凡夫取　三乘同是一　無諸聲聞人
亦無辟支佛　所見聲聞色　及見諸如來
諸菩薩大慈　示現是化身　三界唯是心

離三種體相　轉變彼諸相　彼即是眞如
法及人行相　日月光焰熾　大諸摩尼寶
無分別作事　諸佛法如是　如曀取毛輪
如是分別法　愚癡虛妄身　離於生住滅
及離常無常　可見染淨法　如空中毛輪
如中閬碭人　見諸像大地　一切如金色
彼不曾有金　如是愚癡人　無始心法染
幻陽焰生有　愚人取爲實　一子及無子
大海是一子　亦是無量子　汝觀心種子
一子如清淨　轉於無種子　平等無分別
起即是生亂　能生種種子　是故說種子
因緣不生法　因緣不滅法　生法唯因緣
心如是分別　三界唯假名　實無事法體
妄覺者分別　取假名爲實　觀諸法實體
我不遮迷惑　實體不生法　觀是得解脫

我不見幻無　說諸法是有　顛倒速如電
是故說如幻　非本生如生　諸因緣無體
無有處及體　唯有於言語　不遮緣生滅
不遮緣和合　遮諸愚癡見　分別因緣生
實無識體法　無事及本識　愚癡生分別
如死尸惡覺　三界但是心　諸佛子能見
即得種類身　離作有爲法　得力通自在
及共相應法　現諸一切色　心法如是生
而無心及色　無始心迷惑　爾時修行者
得見於無相　智慧中觀察　不見諸衆生
相及事假名　意取諸動法　我諸子過是
無分別修行　乾闥婆城幻　毛輪及陽焰
無實而見實　諸法體如是　如心見諸法
無如是體相　一切法不生　但見迷惑法
毛道迷分別　以住於二法　初識生分別

種種熏種子　識如暴水起　斷彼則不生
種種念觀法　若但心中生　如虛空壁中
何故而不生　若有少相觀　心則從緣生
若從因緣生　不得言唯心　心取於自心
無法無因生　心法體清淨　虛空中無熏
虛妄取自心　是故心現生　外法無可見
是故說唯心　本識但是心　意能念境界
能取諸境界　故我說唯心　心常無記法
意二邊取相　取現法是識　彼是善不善
離二種識相　是第一義門　說三乘差別
寂靜無是相　若心住寂靜　及行於佛地
是過去佛說　現未亦如是　初七是心地
寂靜第八地　二地是行處　餘地是我法
自內身清淨　是我自在地　自在究竟處
阿迦尼地現　如諸火焰等　而出諸光明

種種心可樂　化作於三界　或有先有化
而化作三有　彼處說諸法　是我自在地
諸地無時節　國土轉亦然　過諸心地法
是住寂靜果　實無而謂實　而見於種種
愚人顛倒取　是種種顛倒　如無分別智
有事不相應　以心非諸色　是故無分別
諸禪及無量　及無色三昧　諸相畢竟滅
是故心中無　須陀洹果法　往來及不還
及諸羅漢果　一切心迷惑　空無常刹那
愚分別有為　河種子譬喻　分別刹那義
刹那無分別　離諸所作法　一切法不生
我說刹那義　有無說於生　僧佉等妄說
一切法無記　亦是彼人說　有四種說法
一往答反問　分別差別答　默答遮外道
世諦一切有　第一義諦無　而實體無相

是第一義諦　見於虛妄法　是故說世諦
因於言語生　無如是實體　無事有言語
世諦中實無　是即顛倒事　可見亦是無
若事顛倒有　寂靜畢竟無　依於顛倒事
及見諸法生　畢竟定是無　是即無體相
所見諸種種　熏習煩惱生　心見外迷惑
現取於前境　分別無分別　是空實相法
如幻像諸相　如樹葉金色　是可見人見
心無明熏習　聖人不見迷　中間不見實
迷惑即是實　以實即中間　遠離諸迷惑
若能生諸相　即是其迷惑　如眼瞖不淨
如瞖見毛輪　依迷取諸法　於諸境界中
愚癡取是法　諸法如毛輪　陽焰水迷惑
三界如夢幻　修行得解脫　分別可分別
能生於分別　縛可縛及因　六種解脫因

無地及諸諦　無國土及化　佛辟支聲聞
唯是心分別　人體及五陰　諸緣及微塵
勝人自在作　唯是心分別　心遍一切處
一切處皆心　以心不善觀　心性無諸性
五陰中無我　我中無五陰　分別無是法
而彼法非無　如愚癡分別　有諸一切法
如是見實有　一切應見實　一切法若無
無染亦無淨　愚癡見如是　彼法不如是
迷惑分別相　是他力分別　彼相所有名
是名分別相　名相是分別　因緣事和合
若不生彼心　是第一義相　報相佛實體
及所化佛相　衆生及菩薩　并十方國土
習氣法化佛　及作於化佛　是皆一切從
阿彌陀國出　應化所說法　及報佛說法
修多羅廣說　汝應知密意　所有佛子說
及於諸如來　是皆化佛說　非淳熟者說
是諸法不生　而彼法非無　乾闥婆城幻
如夢化相似　種種隨心轉　唯心非餘法
心生種種生　心滅種種滅　衆生妄分別
無物而見物　無義唯是心　無分別得脫
無始世戲論　依止於煩惱　諸分別熏修
是故邪見生　識無分別義　真如是智境
轉彼是寂靜　是諸聖境界　觀察義思惟
諸凡夫思惟　念真如思惟　諸佛淨思惟
分別諸法體　一切法不生　依他力因緣
衆生迷分別　他力若清淨　離分別相應
轉彼即真如　離分別是行　莫分別分別
分別是無實　分別迷惑法　取可取不盡
見外分別境　分別是實體　心分別分別
彼法因緣生　邪見見外義　無義但是心

觀斟量相應　能滅取可取　無諸外境界
愚癡妄分別　熏習增長心　似生於諸法
滅二種分別　眞如智境界　生於無法相
不思議聖境　名相及分別　實體二種相
正智及眞如　是成就實體　依父母和合
阿梨耶意合　如酥缾等鼠　共赤白增長
蔽尸厚皰瘡　不淨依節盡　業風長四大
如諸果成熟　五及於五五　及有九種孔
諸毛甲遍覆　如是增長生　生如糞中蟲
如人睡中寤　眼見色起念　增長生分別
分別及專念　齗齒脣和合　口始說言語
如鸚鵡弄聲　諸外道說定　大乘不決定
依衆生心定　邪見不能近　我乘内證智
妄覺非境界　如來滅世後　誰持爲我說
如來滅度後　未來當有人　大慧汝諦聽

有人持我法　於南大國中　有大德比丘
名龍樹菩薩　能破有無見　爲人說我乘
大乘無上法　證得歡喜地　往生安樂國
智慧觀察法　不見實法體　是故不可說
及說亦無體　若因緣生法　不得言有無
因緣中有物　愚分別有無　邪見二邪法
我知離我法　一切法名字　無量劫常學
以學復更學　迷共相分別　若不說諸名
諸世間迷惑　是故作名字　爲除迷惑業
依三種分別　愚癡分別法　依名迷分別
及因緣能生　法不滅不生　自性如虛空
法無體是體　分別相即體　影像及於幻
陽焰與夢響　火輪乾闥婆　諸法如是生
不二眞如空　實際及法體　我說無分別
成就彼法相　口心境界虛　實及立虛妄

心墮於二邊　是故立分別　有無墮二邊
以在心境界　遠離諸境界　爾時正滅心
以離取境界　彼滅非有無　如聖人境界
愚人不能知　有滅住真如　智慧者能見
如彼諸法住　智慧者能見　法體不如是
以諸法無相　愚癡人見鐵　分別以爲金
非金而見金　外道取法爾　本無言始生
始生後還滅　從因緣有無　此說非我教
無始無終法　無如是相住　似世間住相
邪覺者不知　過去法是有　未來法非無
現在法亦有　不應言法生　轉時及行相
諸大及諸根　虛妄取中陰　若取非覺者
一切佛世尊　不說因緣生　因緣即世間
如乾闥婆城　但法緣和合　依此法生法
離諸和合法　不滅亦不生　鏡中及水中
眼及器摩尼　而見諸鏡像　諸影像是無
如獸愛空水　見諸種種色　種種似如有
如夢石女兒　我乘非大乘　非聲亦非字
非諦非解脫　非寂靜境界　而我乘大乘
諸三昧自在　身如意種種　自在華莊嚴
一體及別體　因緣中無法　略說諸法生
廣說諸法滅　不生空是一　而生空是二
不生空是勝　生滅即是空　真如空實際
涅槃與法界　身及意種種　我說異名法
經毗尼毗曇　分別我清淨　依名不依義
彼不知無我　非外道非佛　非我亦非餘
從緣成有法　云何無諸法　何人成就有
從因緣說無　說法生邪見　有無妄分別
若人見不生　亦見法不滅　彼人離有無
見世間寂靜　衆生分別見　可見如兔角

分別是迷惑　如禽愛陽焰　虛妄分別法
依彼分別見　無因緣分別　無因不應分
無水而求水　如獸妄生愛　愚癡如是見
聖者無如是　聖人見清淨　以生三解脫
離諸生死法　修行寂靜處　深快妙方便
知國土妙事　我爲諸子說　不爲諸小乘
三有是無常　空無我離我　同相及別相
我爲聲聞說　不著一切法　離世間獨行
我說緣覺果　非思量境界　分別外實體
從他力故生　見自身迷惑　爾時轉諸心
十地即初地　初地即八地　九地即七地
七地即八地　二地即三地　四地即五地
三地即六地　寂靜無次第　諸法常寂靜
修行者無法　有無法平等　爾時聖得果
諸法無體相　云何於無法　而能作平等

寂滅無分別　若不見諸心　內及外動法
爾時滅諸法　已見平等心　愚無始流轉
取法如懷抱　誑凡夫而轉　如因楔出楔
依彼因及觀　共意取境界　依於識種子
能作於心因　修得及住持　隨種類身得
及夢中所得　是通有四種　夢中所得通
及於諸佛因　取種類身得　彼通非實通
熏種子熏心　似有法生轉　愚人不覺知
爲說生諸法　分別於外物　諸法相成就
爾時心悶沒　不見自迷惑　何故說於生
何故說無見　不可見而見　願必爲我說
爲於何等人　說何等法有　爲於何等人
說何等法無　心體自清淨　意起於諸濁
意及一切識　能作熏種子　阿梨耶出身
意出求諸法　意識取境界　迷惑見貪取

自心所見法　外法無外法　如是觀迷惑
常憶念真如　修禪者境界　業諸佛大事
此三不思議　是智者境界　過現及未來
涅槃入虛空　我依世諦說　真諦無名字
二乘及外道　等著於邪見　迷沒於心中
分別於外法　緣覺佛菩薩　羅漢見諸佛
菩提堅種子　及夢中成就　何處爲何等
云何爲何因　所爲爲何義　唯願爲我說
幻心去寂靜　有無朋黨說　心中迷堅固
說有幻無幻　生滅相相應　相可相有無
分別唯是意　共於五種識　鏡像水波等
從心種子生　若心及於意　而諸識不生
時得如意身　乃至於佛地　諸緣及陰界
是法自體相　假名及人心　如夢如毛輪
世間如幻夢　見依止得實　諸相實相應

離諸斟量因　諸聖人內境　常觀諸妙行
迷覆斟量因　令世間實解　離一切戲論
智不住迷惑　諸法無體相　空及常無常
心住於愚癡　迷惑故分別　說見諸法者
非說於無生　一二及於二　忽然自在有
依時勝微塵　緣分別世間　世種子是識
依止彼因生　如依壁畫像　知實即是滅
如人見於幻　見生死亦爾　愚癡人依闇
縛及解脫生　內外諸種種　諸法及因緣
如是觀修行　住於寂靜處　熏習中無心
心不共熏習　心無差別相　熏習纏於心
如垢見熏習　意從於識生　如帛心亦爾
依熏習不顯　如物非無物　我說虛空然
阿梨耶身中　離於有無物　意識轉滅已
心離於濁法　覺知一切法　故我說心佛

斷絕於三世　離於有無法　世法四相應
諸有悉如幻　是二法體相　七地從心生
餘地亦成就　二地及佛地　色界及無色
欲界及涅槃　一切心境界　不離於身中
若見諸法生　是生迷惑法　覺自心迷惑
是不生諸法　無生法體相　生即著世間
見諸相如幻　法體相如是　自心虛妄取
莫分別諸法　爲癡無智說　三乘與一乘
及說於無乘　諸聖人寂靜　我法有二種
相法及於證　四種斟量相　立量相應法
形及相勝種　見迷惑分別　名字及行處
聖行實清淨　依分別分別　故有分別相
離分別分別　實體聖境界　常恒實不變
性事及實體　真如離心法　遠離於分別
若無清淨法　亦無於有染　以有清淨心
而見有染法　清淨聖境界　是故無實事
是諸法體相　聖人之境界　從因生世間
離於諸分別　如幻與夢等　見法得解脫
煩惱熏種種　共心相應生　衆生見外境
非諸心法體　心法常清淨　非是迷惑生
迷從煩惱起　是故心不見　迷惑即真實
餘處不可得　非陰非餘處　觀陰行知實
離見能見相　若見有爲法　見自心世間
彼心能離相　莫見唯心法　莫分別外義
住於真如觀　過於心境界　過心境界已
遠離諸寂靜　修行住寂靜　行者寂靜住
不見摩訶衍　自然云寂靜　依諸願清淨
智無我寂靜　應觀心境界　亦觀智境界
智慧觀境界　不迷於相中　心境界苦諦
智境界是集　二諦及佛地　是般若境界

得果及涅槃　及於八聖道　覺知一切法
得清淨佛智　眼色及於明　虛空與心意
如是等和合　識從梨耶生　能取可取受
無名亦無事　無因分別者　若取非覺者
於義中無名　名中義亦爾　因無因而生
莫分別分別　一切法無實　言語亦復然
空不空義爾　愚癡見法走　妄取於實住
邪見說假名　一法成五種　知實能遠離
五種是魔法　超越過有無　非修行境界
是外道之法　不求有邪法　亦無相見我
以作自常法　唯從言語生　實諦不可說
寂滅見諸法　依止阿梨耶　能轉生意識
依止依心意　能生於轉識　依虛虛妄成
眞如是心法　如是修行者　能知心性體
分別常無常　意相及於事　生及與不生

行者不應取　莫分別二法　識從梨耶生
一義二心法　不知如是生　取一二之法
是凡夫境界　無說者及說　不空以見心
邪見於自心　故生見羅網　諸因緣不生
諸根亦如是　界及五陰無　無貪無有爲
本無於作業　不作非有爲　無除亦無縛
無縛無解脫　無無記無物　無法無非法
無時無涅槃　法體亦是無　無佛無實諦
無因亦無果　無顚倒無滅　無滅亦無生
十二支亦無　邊無邊亦無　離於諸邪見
是故說唯心　煩惱業及身　作者與果報
如陽焰及夢　乾闥婆城等　住於心法中
而生諸法相　住於心法中　而見於斷常
涅槃中無陰　無我亦無相　能入唯是心
解脫不取相　見地何過失　諸衆生見外

心非有非無　由熏習不顯　垢中不見白
白中不見垢　如雲蓋虛空　是故心不見
心能作諸業　智於中分別　慧能觀寂靜
得大妙法體　心依境界縛　智依覺觀生
寂靜勝境界　慧能於中行　心意及意識
於相中分別　得無分別體　二乘非諸子
寂靜勝人相　諸佛智慧淨　能生於勝義
已離諸行相　分別法體有　他力法是無
迷惑取分別　不分別他力　非諸大有色
有色非諸大　夢幻乾闥婆　獸渴愛無水
我有三種慧　依止依聖名　心無法中生
是故心不見　身資生住持　衆生依熏見
依彼分別相　而說於諸法　離二乘相應
慧離現法相　虛妄取法故　聲聞見於法
能入唯見心　如來智無垢　若實及不實
從因緣生法　一二是邪見　畢竟能取著
種種諸因緣　如幻無有實　如是相種種
不能成分別　依於煩惱相　諸縛從心生
不知分別法　他力是分別　所有分別體
即是他力法　種種分別見　於他力分別
世諦第一義　第三無因生　分別說相續
斷即聖境界　修行者一事　唯心種種見
彼處無心體　如是分別相　如人眼中瞖
分別種種色　瞖非色非色　愚見他力爾
如金離塵垢　如水離泥濁　如虛空離雲
如是淨分別　聲聞有三種　應化及願生
離諸貪癡垢　聲聞從法生　菩薩亦三種
諸如來無相　衆生心心中　見佛如來像
分別無如是　他力法體有　見有無二邊
是故見分別　若無分別法　他力云何有

遠離有法體　實有法體生　依止於分別
而見於他力　依名相和合　而生於分別
常無所成就　他力分別生　爾時知清淨
第一義實體　分別有十種　他力有六種
眞如是內身　是故無異相　五法是實法
及二種實相　如是修行者　不壞眞如法
星宿雲形像　似於日月體　諸衆生見心
可見熏習生　諸大無自體　非能見可見
若色從大生　諸大生諸大　如是不生大
大中無四大　若果是四大　因是地水等
實及假名色　幻生作亦爾　夢及乾闥婆
獸愛水第五　一闡提五種　諸性亦如是
五乘及非乘　涅槃有六種　陰有二十四
色復有八種　佛有二十四　佛子有二種
度門有百種　聲聞有三種　諸佛國土一
而佛亦有一　解脫有三種　心慮有四種
我無我六種　可知境四種　離於諸因緣
亦離邪見過　知內身離垢　大乘無上法
生及於不生　有八種九種　一時證次第
立法唯是一　無色有八種　禪差別六種
緣覺及佛子　能取有七種　無有三世法
常無常亦爾　作及於業果　如夢中作事
佛從來不生　聲聞佛子爾　心離於可見
亦常如幻法　胎生轉法輪　出家及兜率
住諸國土中　可見而不生　去行及衆生
說法及涅槃　實諦國土覺　從因緣生法
世間諸樹林　無我外道行　禪乘阿梨耶
證果不思議　月及星宿性　諸王阿脩羅
夜叉乾闥婆　因業而發生　不可思議變
退依熏習緣　斷絕諸變易　時煩惱罪滅

一切諸菩薩　如實修行者　不畜諸財寶
金銀及象馬　牛羊奴婢等　米穀與田宅
不卧穿孔床　亦不得塗地　金銀赤白銅
鉢盂及諸器　修行淨行者　一切不得畜
憍奢耶衣服　一切不得著　欽婆羅袈裟
牛糞草果葉　青赤泥土汁　染壞於白色
石泥及與鐵　珂及於琉璃　如是鉢聽畜
滿足摩陀量　爲割截衣故　聽畜四寸刀
刃如半月曲　不得學技術　如實修行人
不得市販賣　所須倩白衣　及諸優婆塞
常護於諸根　知於如實義　讀誦修多羅
及學諸毗尼　不與白衣雜　修行人如是
空處與塚間　窟中林樹下　尸陀林草中
乃至於露地　如實修行人　應住如是處
三衣常隨身　不畜餘錢財　爲身須衣服
他自與聽受　爲乞食出行　亦不左右視
視前六尺地　安詳而直進　如蜂採諸華
乞食亦如是　比丘比丘尼　衆中衆所雜
我爲佛子說　此是惡命活　如實修行者
不聽此處食　王小王王子　大臣及長者
爲求於飲食　一切不得往　死家及生家
親家所愛家　比丘雜等衆　修行者不食
寺舍烟不斷　常作種種食　故爲人所作
行者不應食　如實修行者　不應飡是食
離有無朋黨　能見可見縛　行者觀世間
離於生滅法　三昧力相應　及諸通自在
若不生分別　不久得如法　從微塵勝人
緣中莫分別　諸因緣和合　行者不分別
分別諸世間　種種從熏生　行者如實觀
三有如幻夢　莫分別三有　身資生住持

離於有無謗　亦離有無見　飲食如服藥
身心常正直　一心專恭敬　佛及諸菩薩
如實修行者　應知諸律相　及諸修多羅
揀擇諸法相　五法體及心　修行無我相
清淨內法身　諸地及佛地　如是修行者
住於大蓮華　諸佛大慈悲　如意手摩頂
去來於六道　諸有生厭心　發起如實行
至尸陀林中　日月形體相　及於華海相
虛空火種種　修行者見法　見如是諸相
取於外道法　亦隨聲聞道　及緣覺境界
遠離如是等　住於寂靜處　時佛妙光明
往於諸國土　摩彼菩薩頂　此摩頂妙相
隨順真如法　爾時得妙身　有無因法體
離於斷常法　謗於有無法　是分別中道
分別無諸因　無因是斷見　見種種外法

是人滅中道　不捨諸法相　恐有斷絕相
有無是謗法　如是說中道　覺但是內心
不滅於外法　轉虛妄分別　即是中道法
唯心無可見　離於心不生　即是中道法
我及諸佛說　生及於不生　有物無物空
諸法無自體　莫分別二法　分別是有法
愚分別解脫　不覺心分別　離於二取相
覺知自心見　時離於二見　如實知遠離
不滅分別相　實知可見心　時知分別生
不生諸分別　是真如離心　離諸外道過
若見生諸法　彼智者應取　涅槃而不滅
知此法是佛　我說及餘佛　若異見諸法
是說外道事　不生現於生　不退常現退
同時如水月　萬億國土見　一身及無量
然火及注雨　心心體不異　故說但是心

心中但是心　心無心而生　種種色形相
所見唯是心　佛及聲聞身　辟支佛身等
復種種色身　但說是內心　無色界無色
色界及地獄　色現爲衆生　但是心因緣
如幻三昧法　而身如意生　十地心自在
菩薩轉得彼　自心分別名　戲論而搖動
彼見聞生知　愚癡依相知　相是他力體
彼依名分別　分別是諸相　依他力法生
智慧觀諸法　無他力無相　畢竟無成就
智依何分別　若有成就法　離於有無法
離於有無體　二體云何有　分別二種體
二種體應有　分別見種種　清淨聖境界
分別是種種　分別是他力　若異分別者
是墮外道法　分別是分別　見是因體相
分別說分別　見是因相生　離於二分別
即是成就法　國土佛化身　一乘及三乘
無涅槃一切　空離一切生　佛三十差別
別復有十種　一切國土器　依諸衆生心
如分別法相　現見種種法　彼法無種種
法佛世間爾　法佛是眞佛　餘者依彼化
衆生自種子　見一切佛相　依迷惑縛心
能生於分別　眞不離分別　及不離於相
實體及受樂　化復作諸化　佛衆三十六
是諸佛實體　如青赤及鹽　珂乳及石蜜
葉果諸華等　如月諸光明　非一亦非異
如水中洪波　如是七識種　共於心和合
如大海轉變　是故波種種　阿梨耶亦爾
名識亦如是　心意及意識　分別外相義
八無差別相　非能見可見　如大海水波
無有差別相　諸識於心中　轉變不可得

心能造諸業　意是能分別　意識能知法
五識虛妄見　青赤白種種　衆生識現見
水波相對法　牟尼爲我說　青赤白種種
水波中無見　愚癡見諸相　說於心中轉
心中無是體　離心無外見　若有於可取
應有於能取　身資生住持　說水波相似
衆生識現見　水波共相似　大海水波起
如舞轉現見　本識如是轉　何故知不取
愚癡無智慧　本識如海波　水波轉相對
是故說譬喻　如日出世間　平等照衆生
如是世尊燈　不爲愚說法　住於眞如法
何故不說實　若說於實法　心中無實法
如海中水波　如鏡及於夢　如自心境界
等見無前後　無一時境界　是故次第生
識能知諸法　意復能分別　五識現見法

寂靜無次第　如世間畫師　及畫師弟子
我住於妙法　爲實修行說　離分別分別
是內身實智　我諸佛子說　不爲於愚人
亦如幻種種　可見無如是　說種種亦爾
說亦爾不爾　爲一人說法　不爲餘人說
如人病不同　醫師處藥別　諸佛爲衆生
隨心說諸法　依外法種子　分別說現法
心取他力法　可取是分別　依止心種子
觀取外境界　二種轉迷惑　更無第三因
以迷惑不生　依何法不生　六十十八法
是故唯說心　自心見外法　見彼離於我
若入心分別　能離諸法相　依於阿梨耶
能生於諸識　愚癡內身入　心見於外入
取星宿毛輪　如夢中見色　有爲無爲常
分別無如是　乾闥婆城幻　如禽獸愛水

無如是見有　他力法亦爾　我諸根形相
我說三種心　心意及意識　離心自體相
心意及意識　離於自體相　心意及意識
無我無二體　五法自體相　是諸佛境界
就相有三種　依於一熏因　如彩色一種
辟上見種種　二種無我心　意及諸識相
五種法體相　我性無如是　遠離諸心相
識離於意相　諸法體如是　是我之境界
離於諸法體　是諸如來性　身口及意業
彼不作白法　如來性清淨　離於諸修行
自在淨諸通　三昧力莊嚴　種種意生身
是淨如來性　內身智離垢　離於諸因相
八地及佛地　是諸如來性　遠行善慧地
法雲與佛地　是諸佛之性　餘地三乘雜
依衆生身別　及爲愚癡相　爲說七種地
故佛說心地　口身心諸障　七地中無是
八地中妙身　如夢暴水相　八地及五地
學種種技術　一切諸佛子　三有中作王
生及與不生　不分空不空　實及於不實
心中無如是　此實此是實　莫分別此實
緣覺及聲聞　非爲佛子說　有無有非實
亦無有空相　假名及實法　心中一切無
依世諦有法　第一義悉無　無實法迷惑
是諸世諦法　一切法無法　我說於假名
言語及受用　愚癡見是實　從於言語法
是實有境界　從言語生法　是法無如是
如離壁無畫　亦如影離像　本淨識亦爾
爲水波不現　如幻心亦爾　意如狡猾者
識共於五種　分別見如彩　說是眞法習
所有集作化　見諸佛根本　餘者應化佛

心迷可見中　可見心中無　身資生住持
即阿梨耶現　心意及意識　實體五種法
二種無我淨　諸佛如來說　虛妄覺非境
及聲聞亦爾　是內身境界　諸佛如來說
長短等相待　彼此相依生　有能成於無
無能成於有　及分別微塵　色體不分別
說但是於心　邪見不能淨　是中分別空
不空亦如是　有無但分別　可說無如是
功德微塵合　愚癡分別色　一一微塵無
是故無是義　自心見形相　衆生見外有
外無可見法　是故無是義　心如毛輪幻
夢乾闥婆城　火輪禽獸愛　實無而人見
常無常及一　二及於不二　無始過所縛
愚癡迷分別　我不說三乘　但說於一乘
為攝取衆生　是故說一乘　解脫有三種
亦說法無我　平等智煩惱　依解脫分別
亦如水中木　為波之所漂　如是癡聲聞
為諸相漂蕩　彼無究竟處　亦復不還生
得寂滅三昧　無量劫不覺　是聲聞之定
非我諸菩薩　離諸隨煩惱　依習煩惱縛
三昧樂境醉　住彼無漏界　如世間醉人
酒消然後寤　彼人然後得　我佛法身體
如象沒深泥　身東西動搖　如是三昧醉
聲聞沒亦爾

入楞伽經卷第九

音釋

磁（牆之切引鐵石也）　曀（於計切）　藺蕩（藺來宕切蕩徒浪切藺蕩藥草也）　斟（職深切量度也）　皰瘡（皰匹貌切瘡楚良切）　楔（先結切木楔也）　摩訶衍（梵語也此云大乘衍以淺切）

入楞伽經卷第十

元魏天竺三藏法師菩提留支譯

總品第十八之二

依諸佛住持　諸願力清淨　受識及三昧
功德及十地　虛空及兔角　及與石女兒
分別法如是　無而説名字　因熏種世間
非有非無處　能見得解脱　解於法無我
實體分別名　他體從因生　我説是成就
諸經常説是　字句名身等　於名身勝法
愚癡人分別　如象没深泥　天乘及梵乘
及於聲聞乘　如來及緣覺　我説如是乘
諸乘不可盡　有心如是生　心轉滅亦無
無乘及乘者　心分別及識　意及於意識
阿梨耶三有　思惟心異名　命及於煖識
阿梨耶命根　意及於意識　是分別異名
心住持於身　意常覺諸法　識自心境界
共於識分別　我説愛是母　無明以爲父
識覺諸境界　是故説名佛　諸使是怨家
衆和合是陰　無於相續體　斷彼名無間
二無我煩惱　及二種無我　不可思議變
無生死名佛　立相應法體　我法是内身
若能如是見　彼不隨妄覺　實無於諸法
如愚癡分別　依虛妄無法　云何得解脱
生滅和合縛　見於有爲法　增長於二見
不失因緣法　芭蕉夢幻等　是世間如是
唯是一法實　涅槃離意識　有貪及與瞋
及有癡無人　從愛生諸陰　陰有亦如夢
何等夜證法　何等夜入滅　於此二中間
我不説一字　内身證於法　我依如是説
彼佛及我身　無有説勝法　實有神我物

五陰離彼相　陰體是實有　彼陰中無我
各各自分別　隨煩惱及使　得世間自心
離苦得解脫　諸因及因緣　世間如是生
是四法相應　彼不住我教　非有無生法
離有無不生　愚云何分別　從因及諸緣
有無四句離　若能見世間　爾時轉心識
即得無我法　諸法本不生　是故因緣生
諸緣即是果　果中生於有　果中生二種
果中應有二　而二中無果　果中不見物
離於觀可觀　若見有爲法　離心唯是心
故我說唯心　量實體形相　離於緣實體
究竟第一淨　我說如是量　如假名爲我
無實法可見　如是陰陰體　是假名非實
平等有四種　相因及於生　無我亦平等
四修行者法　轉諸一切見　分別可分別

不見及不生　故我說唯心　無法亦非無
離於有無體　眞如離於心　故我說唯心
眞如空實際　涅槃及法界　意生身及心
故我說唯心　分別依熏縛　種種生種種
衆生心見外　故我說唯心　可見無外物
見心種種見　身資生住持　故我說唯心
諸聲聞盡智　諸佛如來生　一切辟支佛
無和合而生　無外諸色相　自心見外法
覺知於自心　愚分別有爲　愚人不知外
自心種種見　譬喻遮愚人　著於四種法
無因無分別　譬喻五種論　自心體形相
能知是黠慧　依分別可別　此是分別相
依止於分別　分別於現生　一一別和合
是一種子因　容二法是二　故人心不生
分別心心法　住於三界中　現生於諸法

彼體是虛妄　因依現和合　故有十二入
依因觀和合　我不說是法　如鏡中見像
眼瞖見毛輪　如是依熏心　愚癡人心見
共分別可別　而生於分別　如外道分別
無如是外相　如人不識繩　而取以爲蛇
不識自心義　分別於外法　而繩於繩體
離於一二中　以分別於繩　是自心過失
依何法何體　分別不能見　不得言彼無
諸法體如是　依有故言無　依無故言有
故不得言無　亦不得言有　即分別分別
此非彼法體　云何見無體　而生於分別
色體無色身　如甁及氎等　可見是無法
云何有分別　若分別是迷　有爲法無始
何法迷衆生　牟尼爲我說　諸法無法體
而說唯是心　不見於自心　而起於分別

若分別是無　如愚癡分別　彼法無異體
而智不能覺　若聖有彼法　非凡妄分別
若聖妄有彼　聖愚癡無別　聖人無迷惑
以得心清淨　愚人無信心　故分別分別
如毋爲諸子　虛空將果來　汝取果莫啼
皃取種種果　我於諸衆生　分別種種果
令貪種種說　離有無朋黨　若本無法體
非因非從因　本不生始生　亦無其身體
無身亦非生　離因緣無處　生滅諸法體
離因緣處無　略觀察如是　有無非餘處
從因緣生法　智者莫分別　說一體二體
外道愚癡說　世間如幻夢　不從因緣生
依言語境界　大乘無上法　我依了義說
而愚癡不覺　聲聞及外道　依嫉妬說法
於義不相應　以依妄覺說　相體及形相

名是四種法　觀於如是法　故生於分別
分別一一名　彼隨梵天縛　日月及諸天
是見非我子　聖人見正法　以如實修行
能轉虛妄相　亦離於去來　此是解脫印
我教諸佛子　離於有無法　亦離去來相
轉種種色識　若滅一切業　不應常無常
無世間生法　於轉時若滅　色離於彼處
離於無過失　業住阿梨耶　色是滅體相
識有中亦爾　色識共和合　而不失諸業
若共彼和合　衆生失諸業　若滅和合業
無縛無涅槃　若共於彼滅　生於世間中
色亦共和合　無差別應有　有別亦無別
但是心分別　諸法無滅體　離有無朋黨
假名因緣法　迭共無差別　如色中無常
迭共生諸法　離於彼此相　分別不可知

無有有何成　如色中無常　若善見分別
即不起他力　見於他力法　亦不起分別
若滅於分別　是滅於我法　於我法中作
亦謗於有無　是諸謗法人　於何時中有
是滅我法輪　不得共彼語　智者不共語
不共比丘法　已滅於分別　妄見離有無
見如毛輪幻　如夢乾闥婆　亦見如陽焰
時見於有無　彼人不學佛　若有人攝彼
彼人墮二邊　亦壞於餘人　若知寂靜法
是實修行者　離於有無法　應攝取彼人
如有處可出　金銀諸珍寶　無業作種種
而衆生受用　衆生真如性　不由於業有
不見故無業　亦非作業生　諸法無法體
如聖人分別　而有於諸法　如愚癡分別
若法無如是　如愚癡分別　無有一切法

衆生亦無染 諸法依心有 煩惱亦如是
生死諸世間 隨於諸根轉 無明愛和合
而生於諸身 餘人恒無法 如愚癡分別
若人法不生 行者不見根 若諸法是無
能作世間因 愚人離於作 自然應解脫
愚聖無差別 有無云何成 聖人無法體
以修三解脫 五陰及人法 有同有異相
諸因緣及根 我爲聲聞說 無因唯於心
妙事及諸地 內身眞如淨 爲諸佛子說
於未來世有 謗於我法輪 身被於袈裟
說有無諸法 無法因緣有 是聖人境界
分別無法體 妄覺者分別 未來世有人
噉糠愚癡種 無因而邪見 破壞世間人
從微塵生世 而微塵無因 九種物是常
邪見如是說 從物生於物 功德生功德

此法異於法 分別是體是 若本無始生
世間應有本 我說於世間 無有於本際
三界諸衆生 是本無始生 狗駝驢無角
必應生無疑 眼本無始有 色及識亦爾
席冠白氎等 泥團中應生 於氎中無瓶
蒲中亦無氎 一於一中實 何故因不生
即命即是身 是本無始生 此是他說法
我說諸法異 我領因緣法 然後遮他法
遮彼邪見者 後說於自法 故領外道法
然後說正法 恐諸弟子迷 立於有無法
從勝人生世 迦毗羅惡意 爲諸弟子說
諸功德轉變 非實非不實 非從緣即緣
以無諸因緣 無實法不生 離於有無法
離因亦離緣 離於生滅法 自法離可見
世間如幻夢 離諸因緣法 立因緣者見

是故生分別　如禽獸愛水　乾闥婆毛輪
離於有無法　離因及於緣　見三有無因
如是如淨心　何等人無事　但有於內心
遠離於心事　不得說唯心　若觀於外事
衆生起於心　云何心無因　不得說唯心
眞如唯心有　何人無聖法　有及於非有
彼不解我法　能取可取法　若心如是生
此是世間心　不應說唯心　身資生住持
若如夢中生　應有二種心　而心無二相
如刀不自割　指亦不自指　如眼不自見
其事亦如是　非他非因緣　分別分別事
五法及二心　寂靜無如是　能生及於生
及二種法相　我意無能生　說法及無相
種種形相體　若生於分別　虛空兔角等
彼體無應生　若有諸法相　應有於外事

以無外分別　離心更無法　於無始世間
無有外諸法　以心無生因　而見於外義
若無因生長　兔角亦應生　以無因增長
云何生分別　如現在無法　如是本亦無
無體體和合　云何心能生　眞如空實際
涅槃及法界　一切諸法生　是第一義法
凡夫墮有無　分別因及緣　無因本不生
不知於三有　心見於可見　無始因異見
無始亦無法　云何見異生　若無物能生
貧人應多財　心何生無物　牟尼爲我說
此一切無心　而不無諸法　乾闥婆夢幻
諸法無因有　無生無體相　空法爲我說
離於和合法　是不見諸法　爾時空無生
我說無法相　夢及毛輪幻　乾闥婆愛水
無因而有見　世間法亦爾　如是和合一

離於可見無　非諸外道見　和合無如是
降伏依無因　成就於無生　若能成無生
我法輪不滅　說於無因相　外道生怖畏
云何爲何人　何處來諸法　何處生於法
無因而生法　生於無因中　而無於一因
若能智者見　爾時轉邪見　說生一切法
無生爲無物　爲觀諸因緣　爾時轉邪見
爲有法有名　爲無法有名　而無法不生
亦非待因緣　名非依於法　而名非無體
聲聞辟支佛　外道非境界　住七地菩薩
彼則無生相　轉於因緣法　是故遮因義
唯說依於心　故我說無生　無因生諸法
離分別分別　離立於有無　故我說無生
心離於可見　亦離於二體　轉於依止法
故我說無生　不失外法體　亦不取內心

離一切邪見　此是無生相　如是空無相
一切應觀察　非生空空法　本不生是空
諸因緣和合　生及與於滅　離於和合法
不生亦不滅　若離和合法　更無實法體
一體及異體　如外道分別　有無不生法
非實生不生　離於諸因緣　生及與不生
唯是於名字　彼此迭共鎖　可生體畢無
差別因緣鎖　離可生無生　是離諸外道
我說唯是鎖　而凡夫不知　而可生法體
離鎖更無別　彼人無說因　破滅壞諸鎖
如燈了諸物　鎖亦應能了　若更有別法
離於鉤鎖體　無體亦不生　自性如虛空
離於鉤鎖法　愚癡異分別　此是異不生
聖人所得法　彼法生不生　不生是無生
若見諸世間　即是緣鉤鎖　世離是鉤鎖

爾時心得定　無明愛業等　是內鉤鎖法
幢泥團輪等　了四大外法　依於他法體
是從因緣生　非唯鉤鎖體　不住量阿含
若可生法無　智何法爲因　彼法迭共生
非是諸因緣　煖濕動及堅　愚癡分別法
此鉤鎖無法　是故無體相　如醫師醫病
說治病差別　而論無差別　醫病故差別
我醫衆生身　爲說煩惱濁　知諸根及力
我爲愚者說　煩惱根差別　我教無差別
我唯有一乘　清涼八聖道　瓶氎冠及角
兔角無是因　無因依彼生　而無彼因法
而彼無因法　汝不得取無　依有因故無
依無不相應　有法對於無　是共相待法
若依少有法　見於少有法　無因見少法
少法是無因　若彼依餘法　彼此迭共見
如是無窮過　少亦無少體　依於色木等
如幻可見法　如是依止事　人見有種種
幻師非色等　非木亦非石　愚癡見如幻
依止於幻身　依止於實事　若見於少事
見時無二法　云何見少事　分別無分別
而非無分別　若分別無法　無縛無解脫
以分別無法　故不生分別　若不生分別
不得說唯心　種種心差別　法中無實法
以無實法故　無解脫世間　無外物可見
愚癡妄分別　如鏡像現心　因熏心迷沒
一切法不生　非有似有生　此一切唯心
離於諸分別　愚人說諸法　從因非智者
實體離於心　聖人心是淨　僧伽毗世師
倮形婆羅門　及於自在天　無實墮邪見
無體亦無生　如空幻無垢　諸佛爲何說

佛爲何人說　修行清淨人　離邪見覺觀
諸佛如法說　我說亦如是　若一切唯心
世間何處住　去來依何法　云何見地中
如鳥虛空中　依止風而去　不住不觀察
於地上而去　如是諸衆生　依分別風動
自心中去來　如空中飛鳥　見身資生器
佛說心如是　云何因現見　唯心爲我說
身資生住持　現見依熏生　無修行者生
現見生分別　分別境界體　心依境界生
知於可見心　不復生分別　若能見分別
離於覺所覺　名名不相合　是說有爲法
此唯是可覺　名名不相雜　此唯是可覺
名名不相離　離於知可知　是說有爲法
此唯是可覺　名名中不雜　若人異覺知
不自覺他覺　五法實法體　及於八種識
二種無我法　攝取於大乘　若見知可知
寂靜見世間　名名中分別　爾時不復生
作名字分別　見彼不復生　不見於自心
是故生分別　四陰無諸相　彼則無數法
云何色多種　四大異異相　捨於諸相法
無諸大及大　若有異色相　何故陰不生
若見如是相　不見諸陰入　依境根及識
故生八種識　依相有三種　寂滅無如是
以見法無我　爾時滅於心　阿梨耶意我
我所及於智　因取於二法　知彼法即滅
離於彼此法　若見不相雜　世間唯心分
世尊爲我說　不復分別二　我及於我所
不增長分別　亦無意識因　離於因及緣
非物亦非生　分別但是心　世尊爲我說
離於諸因緣　離能見可見　見自心種種

可見妄分別　不知自心見　不覺異心義
無見邪見成　若於智不見　彼何故不有
彼人心取有　分別非有無　故不生有心
不知唯心見　是故生分別　無分別分別
是滅已無因　遮四種朋黨　若諸法有因
此異名字相　彼人作不成　彼應異自生
不爾應因生　因緣應和合　以遮因生法
我遮於常過　若諸緣無常　是不生不滅
愚癡無常見　滅相法無法　不見作於因
故無常生有　云何人不見　我攝取衆生
依持戒降伏　智慧滅邪見　依解脱增長
一切諸世俗　外道妄語說　依因果邪見
自法不能立　但成自立法　離於因緣果
說諸弟子衆　離於世俗法　唯心可見無
心見於二種　離可取能取　亦離於斷常

但有心動轉　皆是世俗法　不復起轉生
見世是自心　來者是事生　去者是事滅
如實知去來　不復生分別　常無常及作
亦不作彼此　如是等一切　是皆世俗法
天人阿脩羅　畜生鬼夜魔　衆生去彼處
我說於六道　上下中業因　能生於彼處
善護諸善法　得勝處解脱　佛說念念生
生死及於退　爲比丘衆說　何意爲我說
心不至第二　已滅壞不續　我爲弟子說
念展轉生滅　色色分別有　生及滅即已
分別即是人　離分別無人　我說於念法
依彼我說竟　離於取色相　不生亦不滅
因緣從緣生　無明真如等　依於二法生
真如無是體　因緣從緣生　若爾無異法
從常生於果　果即是因緣　無異於外道

因果共相雜　佛及諸佛說　大牟尼無異
此一尋身中　苦諦及集諦　滅及於道諦
我爲諸弟子　取三爲實者　取可取邪見
世間出世法　凡夫人分別　我領於他法
是故說三法　爲遮彼邪見　莫分別實體
說過無定法　亦復無心生　實亦不二取
眞如無二種　無明及愛業　識等從邪生
無窮過不作　作中不生有　諸法四種滅
無智者所說　分別二種生　有物無有物
離於四種法　亦離四種見　二種生分別
見者更不生　諸法本不生　起於智差別
現生於諸法　平等莫分別　願大牟尼尊
爲我及一切　如法相應說　離二種二見
我離於邪法　及諸餘菩薩　常不取有無
以不見彼法　離外道和雜　離聲聞緣覺
佛證法諸聖　爲我說不失　顛倒因無因
無生及一相　異名諸迷惑　智者所遠離
譬如雲雨樓　宮閣及於虹　陽焰毛輪幻
有無從心生　諸外道分別　世間自因生
不生眞如法　及與實際空　是諸異法名
莫分別無物　於色上種種　莫分別無法
如世間手爪　自在能破物　如是一切法
莫分別無法　離色空不異　亦無生法體
莫分別無異　分別著邪見　分別可分別
攝取於事相　長短方圓等　是攝分別相
分別是心法　可分別是意　若能如法知
離能相可相　外道說不生　及取於我法
分別如是相　此二見無差　何意如是說
若能如是知　彼人入於量　能解我說法
因見是沉沒　無生是不依　知是二種義

故我說無生　諸法無有生　牟尼爲我說
無因不相當　無有有法雜　無因亦無生
異因見外道　離有無無法　是故說唯心
生及於不生　離法是邪因　說無因無生
說有是著因　自然無作者　作者是邪見
方便諸願等　是見爲我說　若諸法是無
云何生三世　離可取能取　不生亦不滅
從物見異物　依彼法生心　諸法不生化
云何爲我說　實有而不知　是故我說法
牟尼諸法中　前後自相違　離諸外道過
離於顛倒因　生及與不生　大師爲我說
離有及於無　不失於因果　地及於次第
爲說一無相　世間墮二邊　爲諸見迷惑
無生無生等　不知寂滅因　我無三世法
我亦不說法　有二畢有過　諸佛二清淨

諸法空刹那　無體亦不生　說邪法覆心
分別非如來　生及與不生　唯願爲我說
云何何等法　離於境界生　色具足和合
從於戲論集　取於外色相　從分別而生
知於彼法者　是如實解義　隨順聖人性
而心不復生　離於一切大　生法不相應
心虛妄觀大　觀如是無生　莫分別可別
智者不分別　分別於分別　是二無涅槃
立於無生法　如幻不見法　從幻等因生
所立諸法破　見心如鏡像　無始熏習因
似義而無義　觀諸法亦爾　如鏡中色像
離於一二相　可見無非無　諸相亦如是
乾闥婆幻等　依於因緣觀　如是諸法體
生非不生法　分別似如人　二種相而現
說我及於法　而愚人不知　相違及無因

聲聞諸羅漢　自成及佛力　是五種聲聞
時隔及於滅　第一離第一　是四種無常
愚無智分別　愚癡墮二邊　功德及微塵
不知解脫因　以著有無法　譬如愚癡人
取指即是月　如是樂名字　不知我實法
諸大各異相　無色體相生　而諸大和合
無大無依大　火能燒諸色　水能爛諸物
風能動諸色　云何大相生　色陰及於識
是法二無五　是諸陰異名　我說如帝釋
心心數差別　現轉諸法生　四大彼此別
色心非從依　依青等有白　依白有青等
依因果可生　空有及於無　依作可作作
寒熱見能見　如是等一切　妄覺不能成
心意及餘六　諸識共和合　離於一異體
生死虛妄生　僧佉毗世師　倮形自在天

墮有無朋黨　離於寂靜義　形相貌勝生
四大生非塵　是外道說生　四大及四塵
餘者無處生　外道分別因　愚癡而不覺
以依有無黨　生共心相應　死不共相應
清淨實相法　共智相應住　業及於色相
五陰境界因　衆生無因體　無色界不住
佛說法無我　無色同外道　說無我是斷
識亦不應生　心有四種住　無色云何住
內外諸法相　而識不能行　妄覺者計有
中陰有五陰　如是無色生　有而是無色
自然應解脫　無衆生及識　是外道無疑
妄覺不能知　若彼處無色　是故見無色
彼無非立法　非乘無乘者　識從種子生
共諸根和合　八種色一分　於念時不取
色不住於時　根不共根住　是故如來說

諸根念不住　若不見色體　識云何分別
若智不生者　云何生世間　即生時即滅
佛不如是說　一時亦不爾　虛妄分別取
諸根及境界　愚癡非智者　愚癡聞名取
聖人如實知　第六無依止　以無因可取
不善知於我　離於有法過　畏於有無法
覺者離實智　有爲無爲我　愚癡不能知
一中有施法　異中亦如是　共心中一體
意識能覺知　若施是心者　心數是名字
云何離能取　分別於一異　共因依止見
業生作業等　如大如是說　相似相似法
如火一時間　可燒能燒異　如是我依因
妄覺何不爾　生及與不生　而心常清淨
妄覺者立我　何故不說喻　迷於識稠林
離於眞實法　妄覺東西走　覓神我亦爾

內身修實行　我是清淨相　如來藏佛境
妄覺非境界　可取及能取　差別五陰我
若能知於相　爾時生眞智　外道說意識
阿梨耶藏體　共於我相應　我法說不爾
若如實知法　實諦得解脫　修行於見道
斷煩惱清淨　心自性清淨　如來淨法身
是法依衆生　離於邊無邊　如金及與色
石性與眞金　陶冶人能見　衆生於陰爾
非人亦非陰　佛是無漏智　無漏常世尊
是故我歸依　心自性清淨　煩惱及意作
共五陰相應　說中勝者說　心自性清淨
意等是因緣　彼能作諸業　故彼二種染
意等客塵法　煩惱我清淨　彼依煩惱染
如垢依清淨　如衣離於垢　亦如金離垢
有而不可見　我離過亦爾　如琴及珂鼓

種種美妙聲　陰中我亦爾　愚癡覓一異
地中諸寶藏　及與清淨水　陰中我亦爾
實有不可見　心及心數法　功德陰和合
陰中我亦爾　無智不能見　如女人胎藏
雖有而不見　我於五陰中　無智故不見
如香藥重擔　火及於諸薪　陰中我亦爾
無智不能見　一切諸法中　無常及與空
陰中我亦爾　無智有不見　諸地及自在
通及於受位　無上妙諸法　及餘諸三昧
及諸勝境界　若陰中無我　而此諸法等
一切亦應無　有人破壞言　若有應示我
智者應答言　汝心應示我　說無眞如我
唯是虛妄說　作比丘業者　不應共和合
是人立有無　墮於二朋黨　破壞諸佛法
彼不住我法　離諸外道過　焚燒無我見
令我見熾然　如劫盡火焰　如石蜜蒲萄
乳酪蘇油等　彼處所有味　不嘗者不知
取於五種中　五陰我亦爾　愚癡人不見
智見得解脫　明等諸譬喻　心法不可見
何處何因義　和合不可見　諸法異體相
一心不能取　無因亦無生　虛妄覺者過
實行者見心　心中不見心　可見從見生
能見何因生　我姓迦旃延　首陀會天出
爲衆生說法　趣於涅槃城　是過去行路
我及彼諸佛　三千修多羅　說於涅槃法
欲界及無色　佛不彼成佛　色界中上天
離欲成菩提　境界非縛因　因境界是縛
依智斷煩惱　修行者利劍　有我有幻等
法有無云何　愚不見如是　云何有無我
以有作不作　無因而轉生　一切法不生

愚癡不覺知　諸因不能生　諸緣亦不作
彼二不能生　云何分別緣　先後及一時
妄覺者說因　虛空瓶弟子　一切諸物生
佛非有爲作　諸相相莊嚴　是轉輪功德
非諸佛得名　諸佛是智相　離諸邪見過
内身是智見　離諸一切過　聾瞎盲及啞
老少懷惡人　是等一切人　名無梵行者
廣大勝妙體　是轉輪王相　出家或一二
餘者是放逸　毗耶娑迦那　及於梨沙婆
迦毗羅釋迦　我入涅槃後　未來世當有
如是等出世　我滅後百年　毗耶娑園陀
及於槃荼婆　鳩羅婆矣羅　然後復史有
及於毛毳等　次毛毳掘多　次有無道王
次有刀劒亂　次刀劒末世　次於末世世
無法無修行　如是等過末　如輪轉世間
日火共和合　焚燒於欲界　復成妙世界
彼器世間生　四姓及國王　諸仙人及法
供養天會施　時法還如本　話笑本如是
長行及子注　子注復重作　種種說無量
如是我聞等　迷沒諸世間　不知眞實法
何者爲是非　衣裳如法染　擣治令潔淨
清泥牛糞等　壞色而受用　諸香塗身衣
離於外道相　流通我法輪　是諸如來相
不漉水不飲　腰繩及内衣　依時行乞食
離於下賤家　生於妙天境　及人中勝處
諸寶相成就　天人中自在　依法修行者
生天四天下　多時而受用　依多貪還滅
正時及三災　及於三惡世　我及餘正時
釋迦末世時　釋種悉達他　入臂及自在
如是等外道　我滅出於世　如是我聞等

釋迦師子說　曾有如是事　毗耶娑說是
入臂那羅延　及摩醯首羅　說如是等言
我化作世間　我母名善才　父名梵天王
我姓迦旃延　離於諸煩惱　生於瞻波城
我父及祖父　父名爲月護　從於月種生
出家修實行　說於千種句　授記入涅槃
與大慧授記　今轉於法輪　大慧與法勝
勝與彌佉梨　彌佉無弟子　於後時法滅
迦葉拘留孫　拘那含及我　離於諸煩惱
一切名正時　過彼正法後　有佛名如意
於彼成正覺　爲人說五法　無二三灾中
過末世亦爾　諸佛不出世　正時出於世
無人奪有相　衣裳不割截　納衣碎破雜
如孔雀畫色　二寸或三寸　間錯而補納
若不如是者　愚人所貪奪　常滅貪欲火
智水常洗浴　日夜六時中　如實修行法
如放箭石本　勢極則還下　放一還下一
善不善亦爾　一中無多種　以相無如是
如風即一切　如田地被燒　若一能作多
一切無作者　不爾一切失　是妄覺者法
如燈及種子　云何多相似　一能生於多
是妄覺者法　如麻不生豆　稻不生穬麥
小麥等種子　云何一生多　波尼出聲論
阿叉波太白　末世有梵藏　說於世俗論
迦旃延作經　夜婆迦亦爾　浮稠迦天文
是後末世論　婆梨說世福　世人依福德
能護於諸法　王婆離施地　彌迦摩脩羅
阿舒羅等說　迷惑及王論　末世諸仙現
悉達他釋種　浮單陀五角　口力及黠慧
我滅後出世　阿示那三拒　彌佉羅渠灌

我住阿蘭若　梵天施與我　汝當未來世
名大離塵垢　能說眞解脫　是諸牟尼相
梵天共梵衆　及餘諸天衆　鹿皮等施我
還沒自在天　諸雜間錯衣　及爲乞食鉢
帝釋四天王　閑處施與我　說無生及因
生及與不生　欲成於不生　是但說言語
若無明等因　能生於諸心　未生於色時
中間云何住　即時滅於心　而更生餘心
色不一念住　觀何法能生　依於何因緣
心是顛倒因　彼不能成法　云何知生滅
修行者合定　金安闍那性　光音天宮殿
世間法不壞　住於所證法　是諸一切佛
如來等智慧　比丘證於法　及餘所證法
彼法常不壞　云何虛妄見　諸法念不住
乾闥婆幻色　何故念不住　諸色無四大
諸大何所爲　因無明有心　無始世界習
依生滅和合　妄覺者分別　僧佉有二種
從勝及轉變　勝中有於果　果復成就果
勝是大體相　說功德差別　因果二種法
於轉變中無　如水銀清淨　諸塵土不染
眞如如是淨　依止於衆生　如與蕖及葱
女人懷胎藏　鹽及鹽中味　種子云何有
異體不異體　二體離二法　有法無因緣
非無於有爲　如馬中無牛　陰中我亦爾
說有爲無爲　是法無可說　惡見量阿含
依邪覺垢染　不覺說有我　非因不離因
五陰中無我　取我是過失　一中及異中
妄覺者不覺　水鏡及眼中　如見鏡中像
遠離於一異　陰中我亦爾　可觀及能觀
禪道見衆生　觀察是三法　離於邪見法

即滅於知見　如孔中見空　諸法轉變相
愚人妄分別　涅槃離有無　住如實見處
遠離生滅法　亦離有無體　離能見可見
觀察轉變法　離諸外道說　離名相形體
依内身邪見　觀察轉變法　諸天及地獄
觸及於遍惱　無有中陰法　云何依識生
胎卵濕化等　生於中陰中　衆生身種種
應觀於去來　離量及阿含　能生煩惱種
諸外道浪言　智慧者莫取　先觀察於我
後觀於因緣　不知有說有　故石女兒勝
般若離肉眼　妙眼見衆生　離於有爲陰
妙身體衆生　住好惡色中　出離縛解脫
妙體住有爲　能見妙法身　在於六趣中
妄覺非境界　我過於人道　非餘妄覺者
而無生我心　何因如是生　如河燈種子
何不如是說　而識未生時　未有無明等
離於闇無識　云何相續生　三世及無世
第五不可說　是諸佛境界　妄覺者觀察
行中不可說　以離智行中　取於諸行中
智離於行法　依此法生此　現見是無因
諸緣不可見　離於無作者　依風火能燒
因風動能生　風能吹動火　風還能滅火
愚者不分別　云何生衆生　說有爲無爲
離於依所依　云何成彼法　風火愚分別
彼此增長力　彼此法不及　云何生而火
唯言語無義　衆生是誰作　而分別如火
能作陰入軀　意等因緣生　如常無我義
共心常轉生　二法常清淨　離於諸因果
火不能成彼　妄覺者不知　心衆生涅槃
自性體清淨　無始等過染　如虛空無差

外道邪見垢　如白象壯盛　依意意識覆
火等能清淨　彼人見如實　見巳破煩惱
捨譬喻稠林　彼人取聖境　知能知差別
彼分別異體　憒鈍人不覺　復言不可說
譬如栴檀鼓　愚人作異說　如栴檀沉水
諸佛智亦爾　愚人不覺知　以依虛妄見
中後不受食　以鉢依量取　離口等諸過
噉於清淨食　此是如法行　不能知相應
依於法能信　莫分別邪行　不著世間物
能取於正義　彼人取真金　能然於法燈
離有無因緣　邪見網分別　一切煩惱垢
離於貪瞋恚　爾時不復生　以無一切染
諸如來身手　而授於佛位　外道迷因果
餘者迷因緣　及無因有物　斷見無聖人
受於果轉變　識及於意識　意從本識生
識從於意生　一切識從本　能生如海波
一切從熏因　隨因緣而生　念差別鉤鎖
縛自心取境　似於形體相　意眼等識生
無始來過縛　依熏生取境　見外心諸法
遮諸外道見　依彼更生餘　及依彼觀生
是故生邪見　及世間生死　諸法如夢幻
如乾闥婆城　陽焰水中月　觀察是自心
行差別真如　正智幻三昧　依首楞嚴定
及餘諸三昧　入於初地得　諸通及三昧
智及如意身　受位入佛地　爾時心不生
以見世虛妄　得觀地餘地　及得於佛地
轉於依止身　如諸色摩尼　亦如水中月
作諸衆生業　離有無朋黨　離二及不二
出於二乘地　及出第七地　內身見諸法
地地中清淨　離外道外物　爾時說大乘

轉於分別識　離於變易滅　如兔角摩尼
得解脫者說　如依結相應　依法亦如是
依相應相應　莫分別於異　眼識業及受
無明及正見　眼色及於意　意識染如是
佛說此妙經　聖者大慧士　菩薩摩訶薩
羅婆那大王　叔迦婆羅那　甕耳等羅叉
天龍夜叉等　乾闥婆脩羅　諸天比丘僧
大歡喜奉行

入楞伽經卷第十

音釋

倮（郎果切赤體也）冶（羊者切爐鑄也）珂（苦何切螺屬）瞎盲（瞎許鎋切盲莫耕切）佉（丘迦切）興蕖（蕖強魚切興蕖葷菜也）葱（倉紅切葷菜也）懵（莫紅切無知貌）鈍（徒困切頑也）

大乘入楞伽經

唐于闐國三藏沙門實叉難陀奉　制譯

清刻龍藏佛說法變相圖

新譯大乘入楞伽經序

唐 武則天 製

蓋聞摩羅山頂既最崇而最嚴楞伽城中實難往而難入先佛弘宣之地曩聖修行之所爰有城主號羅婆那乘宮殿以謁尊顏奏樂音而祈妙法因髻峯以表與指藏海以明宗所言入楞伽經者斯乃諸佛心量之玄樞群經理窟之妙鍵廣喻幽旨洞明深義不生不滅非有非無絕去來之二途離斷常之雙執以第一義諦得最上妙珍體諸法之皆虛知前境之如幻混假名之分別等生死與涅槃大慧之問初陳法王之旨斯發一百八義應實相而離世間三十九門破邪見而宣正法曉名相之並假祛妄想之迷衿依正智以會如如悟緣起而歸妙理境風既息識浪方澄

三自性皆空二無我俱泯入如來之藏遊解脫之門原此經文來自西國至若元嘉建號跋陀之譯未弘延昌紀年流支之義多舛朕虔思付囑情切紹隆以久視元年歲次庚子林鍾紀律炎帝司辰于時避暑箕峯觀風潁水三陽宮内重出斯經討三本之要詮成七卷之了教三藏沙門于闐國僧實叉難陀大德大福先寺僧復禮等並名追安遠德契騰蘭襲龍樹之芳猷探馬鳴之祕府戒香與覺花齊馥意珠共性月同圓故能了達沖微發揮奥賾以長安四年正月十五日繕寫云畢自惟菲薄言謝珪璋頋四辯而多慙瞻一乘而罔測難違緇俗之請强申翰墨之文詞拙理乖彌增媿恧伏以此經微妙最爲希有所冀破重昏之暗傳燈之句不窮演流注之功湧泉之義無盡題曰品次列於後云

大乘入楞伽經卷第一

唐于闐國三藏沙門實叉難陀奉　制譯

羅婆那王勸請品第一

如是我聞一時佛住大海濱摩羅耶山頂楞伽城中與大比丘衆及大菩薩衆俱其諸菩薩摩訶薩悉已通達五法三性諸識無我善知境界自心現義遊戲無量自在三昧神通諸力隨衆生心現種種形方便調伏一切諸佛手灌其頂皆從種種諸佛國土而來此會大慧菩薩摩訶薩爲其上首爾時世尊於海龍王宮說法過七日已從大海出有無量億梵釋護世諸天龍等奉迎於佛爾時如來舉目觀見摩羅耶山楞伽大城即便微笑而作是言昔諸如來應正等覺皆於此城說自所得聖智證法非諸外道臆度邪見及以二乘修行境界我今亦當爲羅婆那王開示此法

爾時羅婆那夜叉王以佛神力聞佛言音遥知如來從龍宮出梵釋護世天龍圍遶見海波浪觀其衆會藏識大海境界風動轉識浪起發歡喜心於其城中高聲唱言我當詣佛請入此城令我及與諸天世人於長夜中得大饒益作是語已即與眷屬乘華宮殿往世尊所到已下殿右遶三帀作衆妓樂供養如來所持樂器皆是大青因陀羅寶瑠璃等寶以爲間錯無價上衣而用纏裹其聲美妙音節相和於中說偈而讚佛曰

心自性法藏　無我離見垢　證智之所知
願佛爲宣說　善法集爲身　證智常安樂
變化自在者　願入楞伽城　過去佛菩薩
皆曾住此城　此諸夜叉衆　一心願聽法

爾時羅婆那楞伽王以都吒迦音歌讚佛已復以歌聲而說頌言

世尊於七日　住摩竭海中　然後出龍宮
安詳昇此岸　我與諸婇女　及夜叉眷屬
輸迦娑刺那　衆中聰慧者　悉以其神力
往詣如來所　各下華宮殿　禮敬世所尊
復以佛威神　對佛稱已名　我是羅刹王
十首羅婆那　今來詣佛所　願佛攝受我
及楞伽城中　所有諸衆生　過去無量佛
咸昇寶山頂　住楞伽城中　說自所證法
世尊亦應爾　住彼寶嚴山　菩薩衆圍遶
演說清淨法　我等於今日　及住楞伽衆
一心共欲聞　離言自證法　我念去來世
所有無量佛　菩薩共圍遶　演說楞伽經
此入楞伽典　昔佛所稱讚　願佛同往尊
亦爲衆開演　請佛爲哀愍　無量夜叉衆
入彼寶嚴城　說此妙法門　此妙楞伽城
種種寶嚴飾　牆壁非土石　羅網悉珍寶
此諸夜叉衆　昔曾供養佛　修行離諸過
證智常明了　夜叉男女等　渴仰於大乘
自信摩訶衍　亦樂令他信　唯願無上尊
爲諸羅刹衆　甕耳等眷屬　往詣楞伽城
我於去來今　勤供養諸佛　願聞自證法
究竟大乘道　願佛哀愍我　及諸夜叉衆
共諸佛子等　入此楞伽城　我宮殿婇女
及以諸瓔珞　可愛無憂園　願佛哀納受
我於佛菩薩　無有不捨物　乃至身給侍
唯願哀納受

爾時世尊聞是語已即告之言夜叉王過去世中諸大導師咸哀愍汝受汝勸請詣寶山

中說自證法未來諸佛亦復如是此是修行甚深觀行現法樂者之所住處我及諸菩薩哀愍汝故受汝所請作是語已默然而住時羅婆那王即以所乘妙花宮殿奉施於佛佛坐其上王及諸菩薩前後導從無量婇女歌詠讚歎供養於佛往詣彼城到彼城已羅婆那王及諸眷屬復作種種上妙供養夜叉衆中童男童女以寶羅網供養於佛羅婆那王施寶瓔珞奉佛菩薩以挂其頸爾時世尊及諸菩薩受供養已各爲略說自證境界甚深之法時羅婆那王幷其眷屬復更供養大慧菩薩而勸請言

我今請大士　奉問於世尊　一切諸如來
自證智境界　我與夜叉衆　及此諸菩薩
一心願欲聞　是故咸勸請　汝是修行者
言論中最勝　是故生尊敬　勸汝請問法
自證清淨法　究竟入佛地　離外道二乘
一切諸過失

爾時世尊以神通力於彼山中復更化作無量寶山悉以諸天百千萬億妙寶嚴飾一一山上皆現佛身一一佛前皆有羅婆那王及其衆會十方所有一切國土皆於中現一一國中悉有如來一一佛前咸有羅婆那王幷其眷屬楞伽大城阿輸迦園如是莊嚴等無有異一一皆有大慧菩薩而興請問佛爲開示自證智境以百千妙音說此經已佛及諸菩薩皆於空中隱而不現羅婆那王唯自見身住本宮中作是思惟向者是誰誰聽其說所見何物是誰能見佛及國城衆寶山林如是等物今何所在爲夢所作爲幻所成爲復

猶如乾闥婆城爲翳所見爲燄所惑爲如夢中石女生子爲如烟焰旋火輪耶復更思惟一切諸法性皆如是唯是自心分別境界凡夫迷惑不能解了無有能見亦無所見無有能說亦無所說見佛聞法皆是分別如向所見不能見佛不起分別是則能見時楞伽王尋即開悟離諸雜染證唯自心住無分別往昔所種善根力故於一切法得如實見不隨他悟能以自智善巧觀察永離一切臆度邪解住大修行爲修行師現種種身善達方便巧知諸地上增進相常樂遠離心意意識斷三相續見離外道執著内自覺悟入如來藏趣於佛地聞虛空中及宫殿内咸出聲言善哉大王如汝所學諸修行者應如是學應如是見一切如來應如是見一切諸法若異見者則是斷見汝應永離心意意識應勤觀察一切諸法應修内行莫著外見莫墮二乘及以外道所修句義所見境界及所應得諸三昧法汝不應樂戲論談笑汝不應起圍陁諸見亦不應著王位自在亦不應住六定等中若能如是即是如實修行者行能摧他論能破惡見能捨一切我見執著能以妙慧轉所依識能修菩薩大乘之道能入如來自證之地汝應如是勤加修學令所得法轉更清淨善修三昧三摩鉢底莫著二乘外道境界以爲勝樂如凡修者之所分別外道執我見有我相及實求那而生取著二乘見有無明緣行於性空中亂想分別楞伽王此法殊勝是大乘道能令成就自證聖智於諸有中受上妙生楞伽王此大乘行破無明翳滅識波浪

不墮外道諸見行中楞伽王外道行者執著於我作諸異論不能演說離執著見識性二義善哉楞伽王汝先見佛思惟此義如是思惟乃是見佛爾時羅婆那王復作是念願我更得奉見如來如來世尊於觀自在離外道法能說自證聖智境界超諸應化所應作事住如來定入三昧樂是故說名大觀行師亦復名爲大哀愍者能燒煩惱分別薪盡諸佛子衆所共圍遶普入一切衆生心中徧一切處具一切智永離一切分別事相我今願得重見如來大神通力以得見故未得者得已得不退離諸分別住三昧樂增長滿足如來智地爾時世尊知楞伽王即當證悟無生法忍爲哀愍故便現其身令所化事還復如本時十頭王見所曾覩無量山城悉寶莊嚴一一城中皆有如來應正等覺三十二相以嚴其身自見其身徧諸佛前悉有大慧夜叉圍遶說自證智所行之法亦見十方諸佛國土如是等事悉無有別爾時世尊普觀衆會以慧眼觀非肉眼觀如師子王奮迅迴盼欣然大笑於其眉間髀脇腰頸及以肩臂德字之中一一毛孔皆放無量妙色光明如虹拖暉如日舒光亦如劫火猛焰熾然時虛空中梵釋四天遥見如來坐如須彌楞伽山頂欣然大笑爾時諸菩薩及諸天衆咸作是念如來世尊於法自在何因緣故欣然大笑身放光明默然不動住自證境入三昧樂如師子王周迴顧視觀羅婆那念如實法爾時大慧菩薩摩訶薩先受羅婆那王請復知菩薩衆會之心及觀未來一切衆生皆悉樂著語言文

字隨言取義而生迷惑執取二乘外道之行或作是念世尊已離諸識境界何因緣故欣然大笑爲斷彼疑而問於佛佛即告言善哉大慧善哉大慧汝觀世間愍諸衆生於三世中惡見所纏欲令開悟而問於我諸智慧人爲利自他能作是問大慧此楞伽王曾問過去一切如來應正等覺二種之義今亦欲問未來亦爾此二等義差別之相一切二乘及諸外道皆不能測爾時如來知楞伽王欲問此義而告之曰楞伽王汝欲問我宜應速問我當爲汝分别解釋滿汝所願令汝歡喜能以智慧思惟觀察離諸分别善知諸地修習對治證眞實義入三昧樂爲諸如來之所攝受住奢摩他樂遠離二乘三昧過失住於不動善慧法雲菩薩之地能如實知諸法無我當於大寶蓮華宫中以三昧水而灌其頂復現無量蓮華圍繞無數菩薩於中止住與諸衆會遞相瞻視如是境界不可思議楞伽王汝起一方便行住修行地復起無量諸方便行汝定當得如上所説不思議事處如來位隨形應物汝所當得一切二乘及諸外道梵釋天等所未曾見爾時楞伽王蒙佛許已即於清淨光明如大蓮華寶山頂上從座而起諸婇女衆之所圍繞化作無量種種色華種種色香末香塗香幢旛幰蓋冠珮瓔珞及餘世間未曾見聞種種勝妙莊嚴之具又復化作欲界所有種種無量諸音樂器過諸天龍乾闥婆等一切世間之所有者又復化作十方佛土昔所曾見諸音樂器又復化作大寶羅網徧覆一切佛菩薩上復現種種上妙衣

服建立幢旛以爲供養作是事已即昇虛空高七多羅樹於虛空中復雨種種諸供養雲作諸音樂從空而下即坐第二日電光明如大蓮華寶山頂上歡喜恭敬而作是言我今欲問如來二義如是二義我已曾問過去如來應正等覺彼佛世尊已爲我說我今亦欲問於是義唯願如來爲我宣說世尊變化如來說此二義非根本佛根本佛說三昧樂境不說虛妄分別所行善哉世尊於法自在唯願哀愍說此二義一切佛子心皆樂聞爾時世尊告彼王言汝應問我當爲汝說時夜叉王更著種種寶冠瓔珞諸莊嚴具以嚴其身而作是言如來常說法尚應捨何况非法云何得捨此二種法何者是法何者非法法若應捨云何有二有二即墮分別相中有體無體是實非實如是一切皆是分別不能了知阿賴耶識無差別相如毛輪住非淨智境法性如是云何可捨爾時佛告楞伽王言楞伽王汝豈不見瓶等無常敗壞之法凡夫於中妄生分別汝今何故不如是知法與非法差別之相此是凡夫之所分別非聖智見凡夫墮在種種相中非諸聖者楞伽王如燒宫殿園林見種種焰火性是一所出光焰由薪力故長短大小各各差別汝今云何不如是知法與非法差別之相楞伽王如一種子生芽莖枝葉及以花果無量差別外法如是內法亦然謂無明爲緣生藴界處一切諸法於三界中受諸趣生有苦樂好醜語默行止各各差別又如諸識相雖是一隨於境界有上中下染淨善惡種種差別楞伽王非但如上法

有差別諸修行者修觀行時自智所行亦復見有差別之相況法與非法而無種種差別分別楞伽王法與非法差別相者當知悉是相分別故楞伽王何者是法所謂二乘及諸外道虛妄分別說有實等為諸法因如是等法應捨應離不應於中分別取相見自心法性則無執著瓶等諸物凡愚所取本無有體諸觀行人以毘鉢舍那如實觀察名捨諸法楞伽王何者是非法所謂諸法無性無相永離分別如實見者若有若無如是境界彼皆不起是名捨非法復有非法所謂兔角石女兒等皆無性相不可分別但隨世俗說有名字非如瓶等而可取著以彼非是識之所取如是分別亦應捨離是名捨法及捨非法楞伽王汝先所問我已說竟楞伽王汝言我於過去諸如來所已問是義彼諸如來已為我說楞伽王汝言過去但是分別未來亦然我亦同彼楞伽王彼諸佛法皆離分別已出一切分別戲論非如色相唯智能證為令衆生得安樂故而演說法以無相智說名如來是故如來以智為體智為身故不可分別不可以所分別不可以我人衆生相分別何故不能分別以意識因境界起取色形相是故離能分別亦離所分別楞伽王譬如壁上彩畫衆生無有覺知世間衆生悉亦如是無業無報諸法亦然無聞無說楞伽王世間衆生猶如變化凡夫外道不能了達楞伽王能如是見名為正見若他見者名分別見由分別故取著於二楞伽王譬如有人於水鏡中自見其像於燈月中自見其影於山谷中自聞其

響便生分別而起取著此亦如是法與非法唯是分別由分別故不能捨離但更增長一切虛妄不得寂滅寂滅者所謂一緣一緣者是最勝三昧從此能生自證聖智以如來藏而爲境界

集一切法品第二之一

爾時大慧菩薩摩訶薩與摩帝菩薩俱遊一切諸佛國土承佛神力從座而起偏袒右肩右膝著地向佛合掌曲躬恭敬而說頌言

世間離生滅　譬如虛空花　智不得有無　而興大悲心
一切法如幻　遠離於心識　智不得有無　而興大悲心
世間恒如夢　遠離於斷常　智不得有無　而興大悲心
知人法無我　煩惱及爾焰　常清淨無相　而興大悲心
佛不住涅槃　涅槃不住佛　遠離覺所覺　若有若非有
法身如幻夢　云何可稱讚　知無性無生　乃名稱讚佛
佛無根境相　不見名見佛　云何於牟尼　而能有讚毀
若見於牟尼　寂靜遠離生　是人今後世　離著無所取

爾時大慧菩薩摩訶薩偈讚佛已自說姓名

我名爲大慧　通達於大乘　今以百八義　仰諮尊中上

時世間解聞是語已普觀衆會而作是言

汝等諸佛子　今皆恣所問　我當爲汝說　自證之境界

爾時大慧菩薩摩訶薩蒙佛許已頂禮佛足以偈問曰

云何起計度　云何淨計度　云何起迷惑
云何淨迷惑　云何名佛子　及無影次第

云何刹土化　相及諸外道　解脫至何所
誰縛誰能解　云何禪境界　何故有三乘
彼以何緣生　何作何能作　誰說二俱異
云何諸有起　云何無色定　及與滅盡定
云何爲想滅　云何從定覺　云何所作生
進去及持身　云何見諸物　云何入諸地
云何有佛子　誰能破三有　何處身云何
生復住何處　云何得神通　自在及三昧
三昧心何相　願佛爲我說　云何名藏識
云何名意識　云何起諸見　云何退諸見
云何性非性　云何唯是心　何因建立相
云何成無我　云何無衆生　云何隨俗說
云何得不起　常見及斷見　云何佛外道
其相不相違　何故當來世　種種諸異部
云何爲性空　云何刹那滅　胎藏云何起
云何世不動　云何諸世間　如幻亦如夢
乾城及陽焰　乃至水中月　云何菩提分
覺分從何起　云何國土亂　何故見諸有
云何知世法　云何離文字　云何如空花
不生亦不滅　真如有幾種　諸度心有幾
云何如虛空　云何離分別　云何地次第
云何得無影　何者二無我　云何所知淨
聖智有幾種　戒衆生亦然　摩尼等諸寶
斯並云何出　誰起於語言　衆生及諸物
明處與技術　誰之所顯示　伽他有幾種
長行句亦然　道理幾不同　解釋幾差別
飲食是誰作　愛欲云何起　云何轉輪王
及以諸小王　云何王守護　天衆幾種別
地日月星宿　斯等並是何　解脫有幾種
修行師復幾　云何阿闍黎　弟子幾差別

如來有幾種　本生事亦然　衆魔及異學
如是各有幾　自性幾種異　心有幾種別
云何唯假設　願佛爲開演　云何爲風雲
念智何因有　藤樹等行列　此並誰能作
云何象馬獸　何因而捕取　云何卑陋人
願佛爲我說　云何六時攝　云何一闡提
女男及不男　此並云何生　云何修行進
云何修行退　瑜伽師有幾　令人住其中
衆生生諸趣　何形何色相　富饒大自在
此復何因得　云何釋迦種　云何甘蔗種
仙人長苦行　是誰之教授　何因佛世尊
一切刹中現　異名諸色類　佛子衆圍繞
何因不食肉　何因令斷肉　食肉諸衆生
以何因故食　何故諸國土　猶如日月形
須彌及蓮華　卍字師子像　何故諸國土
如因陀羅網　覆住或側住　一切寶所成
何故諸國土　無垢日月光　或如花果形
箜篌細腰鼓　云何變化佛　云何爲報佛
眞如智慧佛　願皆爲我說　云何於欲界
不成等正覺　何故色究竟　離染得菩提
如來滅度後　誰當持正法　世尊住久如
正法幾時住　悉檀有幾種　諸見復有幾
何故立毘尼　及以諸比丘　一切諸佛子
獨覺及聲聞　云何轉所依　云何得無相
云何得世通　云何得出世　復以何因故
心住七地中　僧伽有幾種　云何成破僧
云何爲衆生　廣說醫方論　何故大牟尼
唱說如是言　迦葉拘留孫　拘那含是我
何故說斷常　及與我無我　何不恒說實
一切唯心造　云何男女林　訶梨菴摩羅

雞羅娑輪圍　及以金剛山　如是處中間
無量寶莊嚴　仙人乾闥婆　一切皆充滿
此皆何因緣　願尊爲我說

爾時世尊聞其所請大乘微妙諸佛之心最上法門即告之言善哉大慧諦聽諦聽如汝所問當次第說即說頌曰

若生若不生　涅槃及空相　流轉無自性
波羅蜜佛子　聲聞辟支佛　外道無色行
須彌巨海山　洲渚刹土地　星宿與日月
天衆阿脩羅　解脫自在通　力禪諸三昧
滅及如意足　菩提分及道　禪定與無量
諸蘊及往來　乃至滅盡定　心生起言說
心意識無我　五法及自性　分別所分別
能所二種性　諸乘種性處　金摩尼眞珠
一闡提大種　荒亂及一佛　智所知教得
衆生有無有　象馬獸何因　云何而捕取
云何因譬喻　相應成悉檀　所作及能作
衆林與迷惑　如是眞實理　唯心無境界
諸地無次第　無相轉所依　醫方工巧論
技術諸明處　須彌諸山地　巨海日月量
上中下衆生　身各幾微塵　一一刹幾塵
一一弓幾肘　幾弓俱盧舍　半由旬由旬
兔毫與隙遊　蟣羊毛穬麥　半升與一升
是各幾穬麥　一斛及十斛　十萬暨千億
乃至頻婆羅　是等各幾數　幾塵成芥子
幾芥成草子　復以幾草子　而成於一豆
幾豆成一銖　幾銖成一兩　幾兩成一斤
幾斤成須彌　此等所應請　何因問餘事
聲聞辟支佛　諸佛及佛子　如是等身量
各有幾微塵　火風各幾塵　一一根有幾

眉及諸毛孔　復各幾塵成　如是等諸事
云何不問我　云何得財富　云何轉輪王
云何王守護　云何得解脫　云何長行句
婬欲及飲食　云何男女林　金剛等諸山
幻夢渴愛譬　諸雲從何起　時節云何有
何因種種味　女男及不男　佛菩薩嚴飾
云何諸妙山　仙闥婆莊嚴　解脫至何所
誰縛誰解脫　云何禪境界　變化及外道
云何無因作　云何有因作　云何轉諸見
云何起計度　云何淨計度　所作云何起
云何而轉去　云何斷諸想　云何起三昧
破三有者誰　何處身云何　云何無有我
云何隨俗說　汝問相云何　及所問非我
云何爲胎藏　及以餘支分　云何斷常見
云何心一境　云何言說智　戒種性佛子
云何稱理釋　云何師弟子　衆生種性別
飲食及虛空　聰明魔施設　云何樹行布
是汝之所問　何因一切剎　種種相不同
或有如箜篌　腰鼓及衆花　或有離光明
仙人長苦行　或有好族姓　令衆生尊重
或有體卑陋　爲人所輕賤　云何欲界中
修行不成佛　而於色究竟　乃昇等正覺
云何世間人　而能獲神通　何因稱比丘
何故名僧伽　云何化及報　眞如智慧佛
云何使其心　得住七地中　此及於餘義
汝今咸問我　如先佛所說　一百八種句
一一相相應　遠離諸見過　亦離於世俗
言語所成法　我當爲汝說　佛子應聽受

爾時大慧菩薩摩訶薩白佛言世尊何者是一百八句佛言大慧所謂生句非生句常句

非常句相句非相句住異句非住異句剎那句非剎那句自性句非自性句空句非空句斷句非斷句心句非心句中句非中句恒句非恒句緣句非緣句因句非因句煩惱句非煩惱句愛句非愛句方便句非方便句善巧句非善巧句清淨句非清淨句相應句非相應句譬喻句非譬喻句弟子句非弟子句師句非師句種性句非種性句三乘句非三乘句無影像句非無影像句願句非願句三輪句非三輪句標相句非標相句有句非有句無句非無句俱句非俱句自證聖智句非自證聖智句現法樂句非現法樂句剎句非剎句塵句非塵句水句非水句弓句非弓句大種句非大種句筭數句非筭數句神通句非神通句虛空句非虛空句雲句非雲句巧明句非巧明句技術句非技術句風句非風句地句非地句心句非心句假立句非假立句體性句非體性句蘊句非蘊句衆生句非衆生句覺句非覺句涅槃句非涅槃句所知句非所知句外道句非外道句荒亂句非荒亂句幻句非幻句夢句非夢句陽焰句非陽焰句影像句非影像句火輪句非火輪句乾闥婆句非乾闥婆句天句非天句飲食句非飲食句婬欲句非婬欲句見句非見句波羅蜜句非波羅蜜句戒句非戒句日月星宿句非日月星宿句諦句非諦句果句非果句滅句非滅句滅起句非滅起句醫方句非醫方句相句非相句支分句非支分句禪句非禪句迷句非迷句現句非現句護句非護句種族句非種族句仙句非仙句王句非王句攝受

句非攝受句實句非實句記句非記句一闡提句非一闡提句女男不男句非女男不男句味句非味句作句非作句身句非身句計度句非計度句動句非動句根句非根句有爲句非有爲句因果句非因果句色究竟句非色究竟句時節句非時節句樹藤句非樹藤句種種句非種種句演說句非演說句決定句非決定句毘尼句非毘尼句比丘句非比丘句住持句非住持句文字句非文字句大慧此百八句皆是過去諸佛所說爾時大慧菩薩摩訶薩復白佛言世尊諸識有幾種生住滅佛言大慧諸識有二種生住滅非臆度者之所能知所謂相續生及相生相續住及相住相續滅及相滅諸識有三相謂轉相業相眞相大慧識廣說有八略則唯二謂現識及分別事識大慧如明鏡中現諸色像現識亦爾大慧現識與分別事識此二識無異相互爲因大慧現識以不思議熏變爲因分別事識以分別境界及無始戲論習氣爲因大慧阿賴耶識虛妄分別種種習氣滅即一切根識滅是名相滅大慧相續滅者謂所依因滅及所緣滅即相續滅所依因者謂無始戲論虛妄習氣所緣者謂自心所見分別境界大慧譬如泥團與微塵非異非不異金與莊嚴具亦如是大慧若泥團與微塵異者應非彼成而實彼成是故不異若不異者泥團微塵應無分別大慧轉識藏識若異者藏識非彼因若不異者轉識滅藏識亦應滅然彼眞相不滅大慧識眞相不滅但業相滅若眞相滅者藏識應滅若藏識滅者即不異外道

斷滅論大慧彼諸外道作如是說取境界相續識滅即無始相續識滅大慧彼諸外道說相續識從作者生不說眼識依色光明和合而生唯說作者爲生因故作者是何彼計勝性丈夫自在時及微塵爲能作者復次大慧有七種自性所謂集自性性自性相自性大種自性因自性緣自性成自性復次大慧有七種第一義所謂心所行智所行二見所行超二見所行超子地所行如來所行如來自證聖智所行大慧此是過去未來現在一切如來應正等覺法自性第一義心以此心成就如來世間出世間最上法以聖慧眼入自共相種種安立其所安立不與外道惡見共大慧云何爲外道惡見謂不知境界自分別現於自性第一義見有見無而起言說大慧我今當說若了境如幻自心所現則滅妄想三有苦及無知愛業緣大慧有諸沙門婆羅門妄計非有及有於因果外顯現諸物依時而住或計蘊界處依緣生住有已即滅大慧彼於若相續若作用若生若滅若諸有若涅槃若道若業若果若諦是破壞斷滅論何以故不得現法故不見根本故大慧譬如瓶破不作瓶事又如燋種不能生芽此亦如是若蘊界處法已現當滅應知此則無相續生以無因故但是自心虛妄所見復次大慧若本無有識三緣合生龜應生毛沙應出油汝宗則壞違決定義所作事業悉空無益大慧三合爲緣是因果性可說爲有過現未來從無生有此依住覺想地者所有理教及自惡見熏習餘氣作如是說大慧愚癡凡夫惡見所

噬邪見迷醉無智妄稱一切智說大慧復有沙門婆羅門觀一切法皆無自性如空中雲如旋火輪如乾闥婆城如幻如焰如水中月如夢所見不離自心由無始來虛妄見故取以爲外作是觀已斷分別緣亦離妄心所取名義知身及物并所住處一切皆是藏識境界無能所取及生住滅如是思惟恒住不捨大慧此菩薩摩訶薩不久當得生死涅槃二種平等大悲方便無功用行觀諸衆生如幻如影從緣無起知一切境界離心無得行無相道漸昇諸地住三昧境了達三界皆唯自心得如幻定絶衆影像成就智慧證無生法入金剛喻三昧當得佛身恒住如如起諸變化力通自在大慧方便以爲嚴飾遊衆佛國離諸外道及心意識轉依次第成如來身大慧菩薩摩訶薩欲得佛身應當遠離蘊界處心因緣所作生住滅法戲論分別但住心量觀察三有無始時來妄習所起思惟佛地無相無生自證聖法得心自在無功用行如如意寶隨宜現身令達唯心漸入諸地是故大慧菩薩摩訶薩於自悉檀應善修學

大乘入楞伽經卷第一

音釋

序

鍵 奇蹇切鑰牡也
袪 丘於切開也
衿 居吟切與襟同襟懷也
舛 昌兖切錯也
潁 余頃切水名
于闐 闐堂線切于闐西域國名也
襲 席入切嗣也
賾 士革切深也
恧 女六切慙也
冀 几利切望也

經

臆度　臆於力切胸臆也　度徒各切量度也　甕烏貢切　翳於計切障也

奮迅　奮方問切　迅息晋切　盻普患切視也　⿰月坒部禮切股也　脇虚業切腋下也

幰蓋　幰虚偃切　蓋古太切　幰蓋車上張帛也　隟綺戟切鏬隟也

⿺麥適古猛切麥也　銖市朱切重十黍曰銖　噬時制切齧也

大乘入楞伽經卷第二

唐于闐國三藏沙門實叉難陀奉　制譯

集一切法品第二之二

爾時大慧菩薩摩訶薩復白佛言世尊唯願爲我說心意意識五法自性相衆妙法門此是一切諸佛菩薩入自心境離所行相稱眞實義諸佛教心唯願如來爲此山中諸菩薩衆隨順過去諸佛演說藏識海浪法身境界爾時世尊告大慧菩薩摩訶薩言有四種因緣眼識轉何等爲四所謂不覺自心現而執取故無始時來取著於色虛妄習氣故識本性如是故樂見種種諸色相故大慧以此四緣阿賴耶識如瀑流水生轉識浪如眼識餘亦如是於一切諸根微塵毛孔眼等轉識或頓生譬如明鏡現衆色像或漸生猶如猛風吹大海水心海亦爾境界風吹起諸識浪相續不絕大慧因所作相非一非異業與生相相繫深縛不能了知色等自性五識身轉大慧與五識俱或因了別差別境相有意識生然彼諸識不作是念我等同時展轉爲因而於自心所現境界分別執著俱時而起無差別相各了自境大慧諸修行者入於三昧以習力微起而不覺知但作是念我滅諸識入於三昧實不滅識而入三昧以彼不滅習氣種故但不取諸境名爲識滅大慧如是藏識行相微細唯除諸佛及住地菩薩其餘一切二乘外道定慧之力皆不能知唯有修行如實行者以智慧力了諸地相善達句義無邊佛所廣集善根不妄分別自心所見能知之耳大慧諸修行人宴處山林上中下修能見

自心分別流注得諸三昧自在力通諸佛灌頂菩薩圍繞知心意意識所行境界超愛業無明生死大海是故汝等應當親近諸佛菩薩如實修行大善知識爾時世尊重說偈言

譬如巨海浪　斯由猛風起　洪波鼓溟壑
無有斷絕時　藏識海常住　境界風所動
種種諸識浪　騰躍而轉生　青赤等諸色
鹽貝乳石蜜　花果日月光　非異非不異
意等七種識　應知亦如是　如海共波浪
心俱和合生　譬如海水動　種種波浪轉
藏識亦如是　種種諸識生　心意及意識
爲識相故說　八識無別相　無能相所相
譬如海波浪　是則無差別　諸識心如是
異亦不可得　心能積集業　意能廣積集
了別故名識　對現境說五

爾時大慧菩薩摩訶薩以頌問曰

青赤諸色像　衆生識顯現　如浪種種法
云何願佛說

爾時世尊以頌答曰

青赤諸色像　浪中不可得　言心起衆相
開悟諸凡夫　而彼本無起　自心所取離
能取及所取　與彼波浪同　身資財安住
衆生識所現　是故見此起　與浪無差別

爾時大慧復說頌言

大海波浪性　鼓躍可分別　藏識如是起
何故不覺知

爾時世尊以頌答曰

阿賴耶如海　轉識同波浪　爲凡夫無智
譬喻廣開演

爾時大慧復說頌言

譬如日光出　上下等皆照　世間燈亦然
應爲愚說實　已能開示法　何不顯眞實
爾時世尊以頌答曰
若說眞實者　彼心無眞實　譬如海波浪
鏡中像及夢　俱時而顯現　心境界亦然
境界不具故　次第而轉生　識以能了知
意復意謂然　五識了現境　無有定次第
譬如工畫師　及畫師弟子　布彩圖衆像
我說亦如是　彩色中無文　非筆亦非素
爲悅衆生故　綺煥成衆像　言說則變異
眞實離文字　我所住實法　爲諸修行說
眞實自證處　能所分別離　此爲佛子說
愚夫別開演　種種皆如幻　所見不可得
如是種種說　隨事而變異　所說非所應
於彼爲非說　譬如衆病人　良醫隨授藥
如來爲衆生　隨心應量說　世間依怙者
證智所行處　外道非境界　聲聞亦復然

復次大慧菩薩摩訶薩若欲了知能取所取分別境界皆是自心之所現者當離憒鬧昏滯睡眠初中後夜勤加修習遠離曾聞外道邪論及二乘法通達自心分別之相復次大慧菩薩摩訶薩住智慧心所住相已於上聖智三相當勤修學何者爲三所謂無影像相一切諸佛願持相自證聖智所趣相諸修行者獲此相已即捨跛驢智慧心相入菩薩第八地於此三相修行不捨大慧無影像相者謂由慣習一切二乘外道相故而得生起一切諸佛願持相者謂由諸佛自本願力所加持故而得生起自證聖智所趣相者謂由不取一切法相成就如幻諸三昧身趣佛地智

故而得生起大慧是名上聖智三種相若得此相即到自證聖智所行之處汝及諸菩薩摩訶薩應勤修學爾時大慧菩薩摩訶薩知諸菩薩心之所念承一切佛威神之力白佛言唯願爲說百八句差別所依聖智事自性法門一切如來應正等覺爲諸菩薩摩訶薩墮自共相者說此妄計性差別義門知此義巳則能淨治二無我觀照明諸地超越一切二乘外道三昧之樂見諸如來不可思議所行境界畢竟捨離五法自性以一切佛法身智慧而自莊嚴入如幻境住一切剎兜率陀宮色究竟天成如來身佛言大慧有一類外道見一切法隨因而盡生分別解想兔無角起於無見如兔角無一切諸法悉亦如是復有外道見大種求那塵等諸物形量分位各

差別已執兔無角於此而生牛有角想大慧彼墮二見不了唯心但於自心增長分別大慧身及資生器世間等一切皆唯分別所現大慧應知兔角離於有無諸法悉然勿生分別云何兔角離於有無互因待故分析牛角乃至微塵求其體相終不可得聖智所行遠離彼見是故於此不應分別爾時大慧菩薩摩訶薩復白佛言世尊彼豈不以妄見起相比度觀待妄計無耶佛言不以分別起相待以言無何以故彼以分別爲生因故以角分別爲其所依所依爲因離異不異非因相待顯兔角無大慧若此分別異兔角者則非角因若不異者因彼而起大慧分析牛角乃至極微求不可得異於有角言無角者如是分別決定非理二俱非有誰待於誰若相待不

成待於有故言兔角無不應分別不正因故有無論者執有執無二俱不成大慧復有外道見色形狀虛空分齊而生執著言色異虛空起於分別大慧虛空是色隨入色種大慧色是虛空能持所持建立性故色空分齊應如是知大慧大種生時自相各別不住虛空中非彼無虛空大慧兔角亦爾觀待牛角言彼角無大慧分析牛角乃至微塵又析彼塵其相不現彼何所待而言無耶若待餘物彼亦如是大慧汝應遠離兔角牛角虛空及色所有分別汝及諸菩薩摩訶薩應常觀察自心所見分別之相於一切國土爲諸佛子說觀察自心修行之法爾時世尊即說頌言

心所見無有　唯依心故起　身資所住影
衆生藏識現　心意及與識　自性五種法
二無我清淨　諸導師演說　長短共觀待
展轉互相生　因有故成無　因無故成有
微塵分析事　不起色分別　唯心所安立
惡見者不信　外道非行處　聲聞亦復然
救世之所說　自證之境界

爾時大慧菩薩摩訶薩爲淨自心現流故而請佛言世尊云何淨諸衆生自心現流爲漸次淨爲頓淨耶佛言大慧漸淨非頓如菴羅果漸熟非頓諸佛如來淨諸衆生自心現流亦復如是漸淨非頓如陶師造器漸成非頓諸佛如來淨諸衆生自心現流亦復如是漸而非頓譬如大地生諸草木漸生非頓諸佛如來淨諸衆生自心現流亦復如是漸而非頓大慧譬如人學音樂書畫種種技術漸成非頓諸佛如來淨諸衆生自心現流亦復如

是漸而非頓譬如明鏡頓現衆像而無分别諸佛如來淨諸衆生自心現流亦復如是頓現一切無相境界而無分别如日月輪一時遍照一切色像諸佛如來淨諸衆生自心過習亦復如是頓爲示現不可思議諸佛如來智慧境界譬如藏識頓現於身及資生國土一切境界報佛亦爾於色究竟天頓能成熟一切衆生令修諸行譬如法佛頓現報佛及以化佛光明照曜自證聖境亦復如是頓現法相而爲照曜令離一切有無惡見復次大慧法性所流佛説一切法自相共相自心現習氣因相妄計性所執因相更相繫屬種種幻事皆無自性而諸衆生種種執著取以爲實悉不可得復次大慧妄計自性執著緣起自性起大慧譬如幻師以幻術力依草木瓦石幻作衆生若干色像令其見者種種分别皆無眞實大慧此亦如是由取著境界習氣力故於緣起性中有妄計性種種相現是名妄計性生大慧是名法性所流佛説法相大慧法性佛者建立自證智所行離心自性相大慧化佛説施戒忍進禪定智慧蘊界處法及諸解脱諸識行相建立差别越外道見超無色行復次大慧法性佛非所攀緣一切所緣一切所作根量等相悉皆遠離非凡夫二乘及諸外道執著我相所取境界是故大慧於自證聖智勝境界相當勤修學於自心所現分别見相當速捨離復次大慧聲聞乘有二種差别相所謂自證聖智殊勝相分别執著自性相云何自證聖智殊勝相謂明見苦空無常無我諸諦境界離欲寂滅故於蘊界

處若自若共外不壞相如實了知故心住一境住一境巳獲禪解脫三昧道果而得出離住自證聖智境界樂未離習氣及不思議變易死是名聲聞乘自證聖智境界相菩薩摩訶薩雖亦得此聖智境界以憐愍衆生故本願所持故不證寂滅門及三昧樂諸菩薩摩訶薩於此自證聖智樂中不應修學大慧云何分別執著自性相所謂知堅濕煖動青黄赤白如是等法非作者生然依教理見自共相分別執著是名聲聞乘分別執著相菩薩摩訶薩於此法中應知應捨離人無我見入法無我相漸住諸地爾時大慧菩薩摩訶薩白佛言世尊如來所說常不思議自證聖智第一義境將無同諸外道所說常不思議作者耶佛言大慧非諸外道作者得常不思議所以者何諸外道常不思議因自相不成既因自相不成以何顯示常不思議大慧外道所說常不思議若因自相成彼則有常但以作者爲因相故常不思議不成大慧我第一義常不思議第一義因相成遠離有無自證聖智所行相故有相第一義智爲其因故有因離有無故非作者如虛空涅槃寂滅法故常不思議是故我說常不思議不同外道所有諍論大慧此常不思議是諸如來自證聖智所行眞理是故菩薩當勤修學復次大慧外道常不思議以無常異相因故常非自相因力故常大慧外道常不思議以見所作法有已還無無常已比知是常我亦見所作法有已還無無常已不因此說爲常大慧外道以如是因相成常不思議此因相非有同於

兔角故常不思議唯是分別但有言說何故彼因同於兔角無自因相故大慧我常不思議以自證爲因相不以外法有已還無無常爲因外道反此曾不能知常不思議自因之相而恒在於自證聖智所行相外此不應說復次大慧諸聲聞畏生死妄想苦而求涅槃不知生死涅槃差別之相一切皆是妄分別有無所有故妄計未來諸根境滅以爲涅槃不知證自智境界轉所依藏識爲大涅槃彼愚癡人說有三乘不說唯心無有境界大慧彼人不知去來現在諸佛所說自心境界取心外境常於生死輪轉不絕復次大慧去來現在諸如來說一切法不生何以故自心所見非有性故離有無生故如兔馬等角凡愚妄取唯自證聖智所行之處非諸愚夫二分別境大慧身及資生器世間等一切皆是藏識影像所取能取二種相現彼諸愚夫墮生住滅二見中故於中妄起有無分別大慧汝於此義當勤修學復次大慧有五種種性何等爲五謂聲聞乘種性緣覺乘種性如來乘種性不定種性無種性大慧云何知是聲聞乘種性謂若聞說於蘊界處自相共相若知若證舉身毛竪心樂修習於緣起相不樂觀察應知此是聲聞乘種性彼於自乘見所證已於五六地斷煩惱結不斷煩惱習住不思議死正師子吼言我生已盡梵行已立所作已辦不受後有修習人無我乃至生於得涅槃覺大慧復有衆生求證涅槃言能覺知我人衆生養者取者此是涅槃復有說言見一切法因作者有此是涅槃大慧彼無解脫以

未能見法無我故此是聲聞乘及外道種性於未出中生出離想應勤修習捨此惡見大慧云何知是緣覺乘種性謂若聞說緣覺乘法舉身毛豎悲泣流淚離憒鬧緣無所染著有時聞說現種種身或聚或散神通變化其心信受無所違逆當知此是緣覺乘種性應爲其說緣覺乘法大慧如來乘種性所證法有三種所謂自性無自性法內身自證聖智法外諸佛剎廣大法大慧若有聞說此一一法及自心所現身財建立阿賴耶識不思議境不驚不怖不畏當知此是如來乘性大慧不定種性者謂聞說彼三種法時隨生信解而順修學大慧爲初治地人而說種性欲令其入無影像地作此建立大慧彼住三昧樂聲聞若能證知自所依識見法無我淨煩惱習畢竟當得如來之身爾時世尊即說頌言

預流一來果　不還阿羅漢　是等諸聖人
其心悉迷惑　我所立三乘　一乘及非乘
爲愚夫少智　樂寂諸聖說　第一義法門
遠離於二取　住於無境界　何建立三乘
諸禪及無量　無色三摩提　乃至滅受想
唯心不可得

復次大慧此中一闡提何故於解脫中不生欲樂大慧以捨一切善根故爲無始衆生起願故云何捨一切善根謂謗菩薩藏言此非隨順契經調伏解脫之說作是語時善根悉斷不入涅槃云何爲無始衆生起願謂諸菩薩以本願方便願一切衆生悉入涅槃若一衆生未涅槃者我終不入此亦住一闡提趣此是無涅槃種性相大慧菩薩言世尊此中

何者畢竟不入涅槃佛言大慧彼菩薩一闡提知一切法本來涅槃畢竟不入非捨善根何以故捨善根一闡提以佛威力故或時善根生所以者何佛於一切衆生無捨時故是故菩薩一闡提不入涅槃復次大慧菩薩摩訶薩當善知三自性相何者爲三所謂妄計自性縁起自性圓成自性大慧妄計自性從相生云何從相生謂彼依縁起事相種類顯現生計著故大慧彼計著事相有二種妄計性生是諸如來之所演說謂名相計著相事相計著相大慧事計著相者謂計著內外法相計著相者謂即彼內外法中計著自共相是名二種妄計自性相大慧從所依所縁起是縁起性何者圓成自性謂離名相事相一切分別自證聖智所行眞如大慧此是圓成自性如來藏心爾時世尊即說頌言

名相分別　二自性相　正智眞如　是圓成性

大慧是名觀察五法自性相法門自證聖智所行境界汝及諸菩薩摩訶薩當勤修學復次大慧菩薩摩訶薩當善觀察二無我相何者爲二所謂人無我相法無我相大慧何者是人無我相謂蘊界處離我我所無知愛業之所生起眼等識生取於色等而生計著又自心所見身器世間皆是藏心之所顯現剎那相續變壞不停如河流如種子如燈焰如迅風如浮雲躁動不安如猨猴樂不淨處如飛蠅不知猒足如猛火無始虛僞習氣爲因諸有趣中流轉不息如汲水輪種種色身威儀進止譬如死屍呪力故行亦如木人因機運動若能於此善知其相是名人無我智大

慧云何爲法無我智謂知蘊界處是妄計性如蘊界處離我我所唯共積聚愛業繩縛互爲緣起無能作者蘊等亦爾離自共相虛妄分別種種相現愚夫分別非諸聖者如是觀察一切諸法離心意意識五法自性是名菩薩摩訶薩法無我智得此智已知無境界了諸地相即入初地心生歡喜次第漸進乃至善慧及以法雲諸有所作皆悉已辦住是地已有大寶蓮花王衆寶莊嚴於其花上有寶宫殿狀如蓮花菩薩往修幻性法門之所成就而坐其上同行佛子前後圍繞一切佛刹所有如來皆舒其手如轉輪王子灌頂之法而灌其頂超佛子地獲自證法成就如來自在法身大慧是名見法無我相汝及諸菩薩摩訶薩應勤修學爾時大慧菩薩摩訶薩復白佛言世尊願說建立誹謗相令我及諸菩薩摩訶薩離此惡見疾得阿耨多羅三藐三菩提得菩提已破建立常誹謗斷見令於正法不生毀謗佛受其請即說頌言

身資財所住　皆唯心影像　凡愚不能了
起建立誹謗　所起但是心　離心不可得

爾時世尊欲重明此義告大慧言有四種無有有建立何者爲四所謂無有相建立相無有見建立見無有因建立因無有性建立性是爲四大慧誹謗者謂於諸惡見所建立法求不可得不善觀察遂生誹謗此是建立誹謗相大慧云何無有相建立相謂於蘊界處自相共相本無所有而生計著此如是此不異而此分別從無始種種惡習所生是名無有相建立相云何無有見建立見謂於蘊界

處建立我人衆生等見是名無有見建立見云何無有因建立因謂初識前無因不生其初識本無後眼色明念等爲因如幻生生已有有還滅是名無有因建立因云何無有性建立性謂於虚空涅槃非數滅無作性執著建立大慧此離性非性一切諸法離於有無猶如毛輪兔馬等角是名無有性建立性大慧建立誹謗皆是凡愚不了唯心而生分別非諸聖者是故汝等當勤觀察遠離此見大慧菩薩摩訶薩善知心意意識五法自性二無我相已爲衆生故作種種身如依緣起起妄計性亦如摩尼隨心現色普入佛會聽聞佛說諸法如幻如夢如影如鏡中像如水中月遠離生滅及以斷常不住聲聞辟支佛道聞已成就無量百千億那由他三昧得此三昧已遍遊一切諸佛國土供養諸佛生諸天上顯揚三寶示現佛身爲諸聲聞菩薩大衆說外境界皆唯是心悉令遠離有無等執爾時世尊即說頌言

佛子能觀見　世間唯是心　示現種種身
所作無障礙　神通力自在　一切皆成就

爾時大慧菩薩摩訶薩復請佛言願爲我說一切法空無生無二無自性相我及諸菩薩悟此相故離有無分別疾得阿耨多羅三藐三菩提佛言諦聽當爲汝說大慧空者即是妄計性句義大慧爲執著妄計自性故說空無生無二無自性大慧略說空性有七種謂相空自性空無行空行空一切法不可說空第一義聖智大空彼彼空云何相空謂一切法自相共相空展轉積聚互相待故分析推

求無所有故自他及共皆不生故自共相無生亦無住是故名一切法自相空云何自性空謂一切法自性不生是名自性空云何無行空所謂諸蘊本來涅槃無有諸行是名無行空云何行空所謂諸蘊由業及因和合而起離我我所是名行空云何一切法不可說空謂一切法妄計自性無可言說是名不可說空云何第一義聖智大空謂得自證聖智待一切諸見過習悉離是名第一義聖智大空云何彼彼空謂於此無彼是名彼彼空譬鹿子母堂無象馬牛羊等我說彼堂空非無比丘衆大慧非謂堂無堂自性非謂比丘無比丘自性非謂餘處無象馬牛羊大慧一切諸法自共相彼彼求不可得是故說名彼彼空是名七種空大慧此彼彼空空中最麤汝應遠離復次大慧無生者自體不生而非不生除住三昧是名無生大慧無自性者以無生故密意而說大慧一切法無自性以剎那不住故見後變異故是名無自性云何無二相大慧如光影如長短如黑白皆相待立獨則不成大慧非於生死外有涅槃非於涅槃外有生死生死涅槃無相違相如生死涅槃一切法亦如是是名無二相大慧空無生無二無自性相汝當勤學爾時世尊重說頌言

我常說空法　遠離於斷常　生死如幻夢
而業亦不壞　虛空及涅槃　滅度亦如是
愚夫妄分別　諸聖離有無

爾時世尊復告大慧菩薩摩訶薩言大慧此空無生無自性無二相悉入一切諸佛所說修多羅中佛所說經皆有是義大慧諸修多

羅隨順一切衆生心說而非眞實在於言中譬如陽焰誑惑諸獸令生水想而實無水衆經所說亦復如是隨諸愚夫自所分別令生歡喜非皆顯示聖智證處眞實之法大慧應隨順義莫著言說爾時大慧菩薩摩訶薩白佛言世尊修多羅中說如來藏本性清淨常恒不斷無有變易具三十二相在於一切衆生身中爲蘊界處垢衣所纏貪恚癡等妄分別垢之所汙染如無價寶在垢衣中外道說我是常作者離於求那自在無滅世尊所說如來藏義豈不同於外道我耶佛言大慧我說如來藏不同外道所說之我大慧如來應正等覺以性空實際涅槃不生無相無願等諸句義說如來藏爲令愚夫離無我怖說無分別無影像處如來藏門未來現在諸菩薩摩訶薩不應於此執著於我大慧譬如陶師於泥聚中以人工水杖輪繩方便作種種器如來亦爾於遠離一切分別相無我法中以種種智慧方便善巧或說如來藏或說爲無我種種名字各各差別大慧我說如來藏爲攝著我諸外道衆令離妄見入三解脫速得證於阿耨多羅三藐三菩提是故諸佛說如來藏不同外道所說之我若欲離於外道見者應知無我如來藏義爾時世尊即說頌言

士夫相續蘊　衆緣及微塵　勝自在作者
此但心分別

爾時大慧菩薩摩訶薩普觀未來一切衆生復請佛言願爲我說具修行法如諸菩薩摩訶薩成大修行佛言大慧菩薩摩訶薩具四種法成大修行何者爲四謂觀察自心所現

故遠離生住滅見故善知外法無性故專求自證聖智故若諸菩薩成此四法則得名爲大修行者大慧云何觀察自心所現謂觀三界唯是自心離我我所無動作無來去無始執著過習所熏三界種種色行名言繫縛身資所住分別隨入之所顯現菩薩摩訶薩如是觀察自心所現大慧云何得離生住滅見所謂觀一切法如幻夢生自他及俱皆不生故隨自心量之所現故見外物無有故見諸識不起故及衆緣無積故分別因緣起三界故如是觀時若內若外一切諸法皆不可得知無體實遠離生見證如幻性即時逮得無生法忍住第八地了心意意識五法自性二無我境轉所依止獲意生身大慧言世尊以何因緣名意生身佛言大慧意生身者譬如意去速疾無礙名意生身大慧譬如心意於無量百千由旬之外憶先所見種種諸物念念相續疾詣於彼非是其身及山河石壁所能爲礙意生身者亦復如是如幻三昧力通自在諸相莊嚴憶本成就衆生願故猶如意去生於一切諸聖衆中是名菩薩摩訶薩得遠離於生住滅見大慧云何觀察外法無性謂觀察一切法如陽焰如夢境如毛輪無始戲論種種執著虛妄惡習爲其因故如是觀察一切法時即是專求自證聖智大慧是名菩薩具四種法成大修行汝應如是勤加修學爾時大慧菩薩摩訶薩復請佛言願說一切法因緣相令我及諸菩薩摩訶薩了達其義離有無見不妄執諸法漸生頓生佛言大慧一切法因緣生有二種謂內及外外者謂

以泥團水杖輪繩人工等緣和合成瓶如泥瓶縷疊草席種芽酪酥悉亦如是是名外緣前後轉生内者謂無明愛業等生藴界處法是爲内緣起此但愚夫之所分别大慧因有六種謂當有因相屬因相因能作因顯了因觀待因大慧當有因者謂内外法作因生果相屬因者謂内外法作所緣生果藴種子等相因者作無間相生相續果能作因者謂作增上而生於果如轉輪王顯了因者謂分别生能顯境相如燈照物觀待因者謂滅時相續斷無妄想生大慧此是愚夫自所分别非漸次生亦非頓生何以故大慧若頓生者則作與所作無有差别求其因相不可得故若漸生者求其體相亦不可得如未生子云何名父諸計度人言以因緣所緣緣無間緣增上緣等所生能生互相繫屬次第生者理不得成皆是妄情執著相故大慧漸次與頓皆悉不生但有心現身資等故外自共相皆無性故唯除識起自分别見大慧是故應離因緣所作和合相中漸頓生見爾時世尊重説頌言

一切法無生　亦復無有滅　於彼諸緣中
分别生滅相　非遮諸緣會　如是滅復生
但止於凡愚　妄情之所著　緣中法有無
是悉無有生　習氣迷轉心　從是生有現
本來無有生　亦復無有滅　觀一切有無
譬如虚空花　離能取所取　一切迷惑見
無能生所生　亦復無因緣　但隨世俗故
而説有生滅

大乘入楞伽經卷第二

音釋

憒閙（憒古對切心亂也　閙奴教切喧也）跛（布火切足偏廢也）慣（古患切習也）析（先擊切分也）技術（技奇寄切巧也　術食聿切藝也）一闡提（梵語也此云信不具闡齒善切）躁（則到切急也）誹謗（誹甫尾切非議也　謗補曠切毀也）

大乘入楞伽經卷第三

唐于闐國三藏沙門實叉難陀奉　制譯

集一切法品第二之三

爾時大慧菩薩摩訶薩復白佛言世尊願爲我説言説分別相心法門我及諸菩薩摩訶薩善知此故通達能説所説二義疾得阿耨多羅三藐三菩提令一切衆生於二義中而得清淨佛言大慧有四種言説分別相所謂相言説夢言説計著過惡言説無始妄想言説大慧相言説者所謂執著自分別色相生夢言説者謂夢先所經境界覺已憶念依不實境生計著過惡言説者謂憶念怨讎先所作業生無始妄想言説者以無始戲論妄執習氣生是爲四大慧復言世尊願更爲説言語分別所行之相何處何因云何而起佛言大慧依頭胷喉鼻脣齶齒舌和合而起大慧復言世尊言語分別爲異不異佛言大慧非異非不異何以故分別爲因起言語故若異者分別不應爲因若不異者語言不應顯義是故非異亦非不異大慧復言世尊爲言語是第一義爲所説是第一義佛告大慧非言語是亦非所説何以故第一義者是聖樂處因言而入非即是言第一義者是聖智内自證境非言語分別智境言語分別不能顯示大慧言語者起滅動摇展轉因緣生若展轉緣生於第一義不能顯示第一義者無自他相言語有相不能顯示第一義者但唯自心種種外相悉皆無有言語分別不能顯示是故大慧應當遠離言語分別爾時世尊重説頌言

諸法無自性　亦復無言說　不見空空義
愚夫故流轉　一切法無性　離語言分別
諸有如夢化　非生死涅槃　如王及長者
爲令諸子喜　先示相似物　後賜眞實者
我今亦復然　先說相似法　後乃爲其演
自證實際法

爾時大慧菩薩摩訶薩復白佛言世尊願爲我說離一異俱不俱有無非有無常無常等一切外道所不能行自證聖智所行境界遠離妄計自相共相入於眞實第一義境漸淨諸地入如來位以無功用本願力故如如意寶普現一切無邊境界一切諸法皆是自心所見差別令我及餘諸菩薩等於如是等法離妄計自性自共相見速證阿耨多羅三藐三菩提普令衆生具足圓滿一切功德佛言大慧善哉善哉汝哀愍世間請我此義多所利益多所安樂大慧凡夫無智不知心量妄習爲因執著外物分別一異俱不俱有無非有無常無常等一切自性大慧譬如群獸爲渴所逼於熱時焰而生水想迷惑馳趣不知非水愚癡凡夫亦復如是無始戲論分別所熏三毒燒心樂色境界見生住滅取內外法墮一異等執著之中大慧如乾闥婆城非城非非城無智之人無始時來執著城種妄習熏故而作城想外道亦爾以無始來妄習熏故不能了達自心所現著一異等種種言說大慧譬如有人夢見男女象馬車步城邑園林種種嚴飾覺已憶念彼不實事大慧汝意云何如是之人是黠慧不答言不也大慧外道亦爾惡見所噬不了唯心執著一異有無

等見大慧譬如畫像無高無下愚夫妄見作高下想未來外道亦復如是惡見熏習妄心增長執一異等自壞壞他於離有無無生之論亦說爲無此謗因果拔善根本應知此人分别有無起自他見當墮地獄欲求勝法宜速遠離大慧譬如瞖目見有毛輪互相謂言此事希有而此毛輪非有非無見不見故外道亦爾惡見分别執著一異俱不俱等誹謗正法自陷陷他大慧譬如火輪實非是輪愚夫取著非諸智者外道亦爾惡見樂欲執著一異俱不俱等一切法生大慧譬如水泡似玻瓈珠愚夫執實奔馳而取然彼水泡非珠非非珠取不取故外道亦爾惡見分别習氣所熏說非有爲生壞於縁有復次大慧立三種量已於聖智内證離二自性法起有性分別大慧諸修行者轉心意識離能所取住如來地自證聖法於有及無不起於想大慧諸修行者若於境界起有無執則著我人衆生壽者大慧一切諸法自相共相是化佛說非法佛說大慧化佛說法但順愚夫所起之見不爲顯示自證聖智三昧樂境大慧譬如水中有樹影現彼非影非非影非樹形非非樹形外道亦爾諸見所熏不了自心於一異等而生分别大慧譬如明鏡無有分别隨順衆縁現諸色像彼非像非非像而見像非像愚夫分别而作像想外道亦爾於自心所現種種形像而執一異俱不俱相大慧譬如谷響依於風水人等音聲和合而起彼非有非無以聞聲非聲故外道亦爾自心分别熏習力故起於一異俱不俱見大慧譬如大地無草

木處日光照觸焰水波動彼非有非無以倒想非想故愚癡凡夫亦復如是無始戲論惡習所熏於聖智自證法性門中見生住滅一異有無俱不俱性大慧譬如木人及以起屍以毘舍闍機關力故動搖運轉云爲不絕無智之人取以爲實愚癡凡夫亦復如是隨逐外道起諸惡見著一異等虛妄言說是故大慧當於聖智所證法中離生住滅一異有無俱不俱等一切分別爾時世尊重說頌言

諸識蘊有五　猶如水樹影　所見如幻夢
不應妄分別　三有如陽焰　幻夢及毛輪
若能如是觀　究竟得解脫　譬如熱時焰
動轉迷亂心　渴獸取爲水　而實無水事
如是識種子　動轉見境界　如瞖者所見
愚夫生執著　無始生死中　執著所纏覆
退捨令出離　如因楔出楔　幻咒機所作
浮雲夢電光　觀世恒如是　永斷三相續
此中無所有　如空中陽焰　如是知諸法
則爲無所知　諸蘊如毛輪　於中妄分別
唯假施設名　求相不可得　如畫垂髮幻
夢乾闥婆城　火輪熱時焰　實無而見有
如是常無常　一異俱不俱　無始繫縛故
愚夫妄分別　明鏡水淨眼　摩尼妙寶珠
於中現色像　而實無所有　心識亦如是
普現衆色相　如夢空中焰　亦如石女兒

復次大慧諸佛說法離於四句謂離一異俱不俱及有無等建立誹謗大慧諸佛說法以諦緣起滅道解脫而爲其首非與勝性自在宿作自然時微塵等而共相應大慧諸佛說法爲淨惑智二種障故次第令住一百八句

無相法中而善分別諸乘地相猶如商主善導衆人復次大慧有四種禪何等爲四謂愚夫所行禪觀察義禪攀縁眞如禪諸如來禪大慧云何愚夫所行禪謂聲聞緣覺諸修行者知人無我見自他身骨鎖相連皆是無常苦不淨相如是觀察堅著不捨漸次增勝至無想滅定是名愚夫所行禪云何觀察義禪謂知自共相人無我已亦離外道自他俱作於法無我諸地相義隨順觀察是名觀察義禪云何縁眞如禪謂若分別無我有二是虛妄念若如實知彼念不起是名縁眞如禪云何諸如來禪謂入佛地住自證聖智三種樂爲諸衆生作不思議事是名諸如來禪爾時世尊重說頌言

愚夫所行禪　觀察義相禪　攀縁眞如禪
如來清淨禪　修行者在定　觀見日月形
波頭摩深險　虛空火及畫　如是種種相
墮於外道法　亦墮於聲聞　辟支佛境界
捨離此一切　住於無所緣　是則能隨入
如如眞實相　十方諸國土　所有無量佛
悉引光明手　而摩是人頂

爾時大慧菩薩摩訶薩復白佛言世尊諸佛如來所說涅槃說何等法名爲涅槃佛告大慧一切識自性習氣及藏識意意識見習轉已我及諸佛說名涅槃即是諸法性空境界復次大慧涅槃者自證聖智所行境界遠離斷常及以有無云何非常謂離自相共相諸分別故云何非斷謂去來現在一切聖者自證智所行故復次大慧大般涅槃不壞不死若死者應更受生若壞者應是有爲是故涅

槃不壞不死諸修行者之所歸趣復次大慧無捨無得故非斷非常故不一不異故說名涅槃復次大慧聲聞緣覺知自共相捨離憒鬧不生顛倒不起分別彼於其中生涅槃想復次大慧有二種自性相何者爲二謂執著言說自性相執著諸法自性相執著言說自性相者以無始戲論執著言說習氣故起執著諸法自性相者以不覺自心所現故起復次大慧諸佛有二種加持持諸菩薩令頂禮佛足請問衆義云何爲二謂令入三昧及身現其前手灌其頂大慧初地菩薩摩訶薩蒙諸佛持力故入菩薩大乘光明定入已十方諸佛普現其前身語加持如金剛藏及餘成就如是功德相菩薩摩訶薩者是大慧此菩薩摩訶薩蒙佛持力入三昧已於百千劫集諸善根漸入諸地善能通達治所治相至法雲地處大蓮花微妙宮殿坐於寶座同類菩薩所共圍繞首戴寶冠身如黃金瞻蔔花色如盛滿月放大光明十方諸佛舒蓮花手於其座上而灌其頂如轉輪王太子受灌頂已而得自在此諸菩薩亦復如是是名爲二諸菩薩摩訶薩爲二種持之所持故即能親見一切諸佛異則不能復次大慧諸菩薩摩訶薩入於三昧現通說法如是一切皆由諸佛二種持力大慧若諸菩薩離佛加持能說法者則諸凡夫亦應能說大慧山林草樹城郭宮殿及諸樂器如來至處以佛持力尚演法音況有心者聾盲瘖瘂離苦解脫大慧如來持力有如是等廣大作用大慧菩薩復白佛言何故如來以其持力令諸菩薩入於三昧

及殊勝地中手灌其頂佛言大慧爲欲令其遠離魔業諸煩惱故爲令不墮聲聞地故爲令速入如來地故令所得法倍增長故是故諸佛以加持力持諸菩薩大慧若不如是彼諸菩薩便墮外道及以聲聞魔境之中則不能得無上菩提是故如來以加持力攝諸菩薩爾時世尊重說頌言

世尊清淨願　有大加持力　初地十地中
三昧及灌頂

爾時大慧菩薩摩訶薩復白佛言世尊佛說縁起是由作起非自體起外道亦說勝性自在時我微塵生於諸法今佛世尊但以異名說作縁起非義有別世尊外道亦說以作者故從無生有世尊亦說以因縁故一切諸法本無而生生已歸滅如佛所說無明縁行乃至老死此說無因非說有因世尊說言此有故彼有若一時建立非次第相待者其義不成是故外道說勝非如來也何以故外道說因不從縁生而有所生世尊所說果待於因因復待因如是展轉成無窮過又此有故彼有者則無有因佛言大慧我了諸法唯心所現無能取所取說此有故彼有非是無因及因縁過失大慧若不了諸法唯心所現計有能取及以所取執著外境若有若無彼有是過非我所說大慧菩薩復白佛言世尊有言說故必有諸法若無諸法言依何起佛言大慧雖無諸法亦有言說豈不現見龜毛兔角石女兒等世人於中皆起言說大慧彼非有非非有而有言說耳大慧如汝所說有言說故有諸法者此論則壞大慧非一切佛土皆

有言說言說者假安立耳大慧或有佛土瞪視顯法或現異相或復揚眉或動目睛或示微笑嚬呻謦欬憶念動搖以如是等而顯於法大慧如不瞬世界妙香世界及普賢如來佛土之中但瞪視不瞬令諸菩薩獲無生法忍及諸勝三昧大慧非由言說而有諸法此世界中蠅蟻等蟲雖無言說成自事故爾時世尊重說頌言

如虛空兔角　及與石女兒　無而有言說
妄計法如是　因緣和合中　愚夫妄謂生
不能如實解　流轉於三有

爾時大慧菩薩摩訶薩復白佛言世尊所說常聲依何處說佛言大慧依妄法說以諸妄法聖人亦現然不顛倒大慧譬如陽焰火輪垂髮乾闥婆城夢幻鏡像世無智者生顛倒解有智不然然非不現大慧妄法現時無量差別然非無常何以故離有無故云何離有無一切愚夫種種解故如恒河水有見不見餓鬼不見不可言有餘所見故不可言無聖於妄法離顛倒見大慧妄法是常相不異故非諸妄法有差別相以分別故而有別異是故妄法其體是常大慧云何而得妄法真實謂諸聖者於妄法中不起顛倒非顛倒覺若於妄法有少分想則非聖智有少想者當知則是愚夫戲論非聖言說大慧若分別妄法是倒非倒彼則成就二種種性謂聖種性凡夫種性大慧聖種性者彼復三種謂聲聞緣覺佛乘別故大慧云何愚夫分別妄法生聲聞乘種性所謂計著自相共相大慧何謂復有愚夫分別妄法成緣覺乘種性謂即執著

自共相時離於憒閙大慧何謂智人分別妄法而得成就佛乘種性所謂了達一切唯是自心分別所見無有外法大慧有諸愚夫分別妄法種種事物決定如是決定不異此則成就生死乘性大慧彼妄法中種種事物非即是物亦非非物大慧即彼妄法諸聖智者心意意識諸惡習氣自性法轉依故即說此妄名爲眞如是故眞如離於心識我今明了顯示此句離分別者悉離一切諸分別故大慧菩薩白言世尊所說妄法爲有爲無佛言如幻無執著相故若執著相體是有者應不可轉則諸緣起應如外道說作者生大慧又言若諸妄法同於幻者此則當與餘妄作因佛言大慧非諸幻事爲妄惑因以幻不生諸過惡故以諸幻事無分別故大慧夫幻事者從他明呪而得生起非自分別過習力起是故幻事不生過惡大慧此妄惑法唯是愚夫心所執著非諸聖者爾時世尊重說頌言

聖不見妄法　中間亦非實　以妄即眞故
中間亦眞實　若離於妄法　而有相生者
此還即是妄　如瞖未清淨

復次大慧見諸法非幻無有相似故說一切法如幻大慧言世尊爲依執著種種幻相言一切法猶如幻耶爲異依此執著顚倒相耶若依執著種種幻相言一切法猶如幻者世尊非一切法悉皆如幻何以故見種種色相不無因故世尊都無有因令種種色相顯現如幻是故世尊不可說言依於執著種種幻相言一切法與幻相似佛言大慧不依執著種種幻相言一切法如幻大慧以一切法不

實速滅如電故說如幻大慧譬如電光見已即滅世間凡愚悉皆現見一切諸法依自分別自共相現亦復如是以不能觀察無所有故而妄計著種種色相爾時世尊重說頌言

非幻無相似　亦非有諸法　不實速如電
如幻應當知

爾時大慧菩薩摩訶薩復白佛言世尊如佛先說一切諸法皆悉無生又言如幻將非所說前後相違佛言大慧無有相違何以故我了於生即是無生唯是自心之所見故若有若無一切外法見其無性本不生故大慧爲離外道因生義故我說諸法皆悉不生大慧外道群聚共興惡見言從有無生一切法非自執著分別爲緣大慧我說諸法非有無生故名無生大慧說諸法者爲令弟子知依諸業攝受生死遮其無有斷滅見故大慧說諸法相猶如幻者令離諸法自性相故爲諸凡愚墮惡見欲不知諸法唯心所現爲令遠離執著因緣生起之相說一切法如幻如夢彼諸愚夫執著惡見欺誑自他不能明見一切諸法如實住處大慧見一切法如實處者謂能了達唯心所現爾時世尊重說頌言

無作故無生　有法攝生死　了達如幻等
於相不分別

復次大慧我當說名句文身相諸菩薩摩訶薩善觀此相了達其義疾得阿耨多羅三藐三菩提復能開悟一切衆生大慧名身者謂依事立名名即是身是名名身句身者謂能顯義決定究竟是名句身文身者謂由於此能成名句是名文身復次大慧句身者謂句

事究竟名身者謂諸字名各各差別如從阿字乃至呵字文身者謂長短高下復次句身者如足跡如衢巷中人畜等跡名謂非色四蘊以名說故文謂名之自相由文顯故是名名句文身此名句文身相汝應修學爾時世尊重說頌言

名身與句身　及字身差別　凡愚所計著
如象溺深泥

復次大慧未來世中有諸邪智惡思覺者離如實法以見一異俱不俱相問諸智者彼即答言此非正問謂色與無常爲異爲不異如是涅槃諸行相所相依所依造所造見所見地與微塵智與智者爲異爲不異如是等不可記事次第而問世尊說此當止記答愚夫無智非所能知佛欲令其離驚怖處不爲記說大慧不記說者欲令外道永得出離作者見故大慧諸外道衆計有作者作如是說命即是身命異身異如是等說名無記論大慧外道癡惑說無記論非我教中大慧我教中說離能所取不起分別云何可止大慧若有執著能取所取不了唯是自心所見彼應可止大慧諸佛如來以四種記論爲衆生說法大慧止記論者我別時說以根未熟且止說故復次大慧何故一切法不生以離能作所作無作者故何故一切法無自性以證智觀自相共相不可得故何故一切法無來去以自共相來無所從去無所至故何故一切法不滅謂一切法無性相故不可得故何故一切法無常謂諸相起無常性故何故一切法常謂諸相起即是不起無所有故無常性常

是故我說一切法常爾時世尊重說頌言

一向及反問　分別與置答　如是四種說
摧伏諸外道　數論與勝論　言有非有生
如是等諸說　一切皆無記　以智觀察時
體性不可得　以彼無可說　故說無自性

爾時大慧菩薩摩訶薩復白佛言世尊願為我說諸須陁洹須陁洹行差別相我及諸菩薩摩訶薩聞是義故於須陁洹斯陁含阿那含阿羅漢方便相皆得善巧如是而為衆生演說令其證得二無我法淨除二障於諸地相漸次通達獲於如來不可思議智慧境界如衆色摩尼普令衆生悉得饒益佛言諦聽當為汝說大慧言唯佛言大慧諸須陁洹須陁洹果差別有三謂下中上大慧下者於諸有中極七反生中者三生五生上者即於此生而入涅槃大慧此三種人斷三種結謂身見疑戒禁取上上勝進得阿羅漢果大慧身見有二種謂俱生及分別如依緣起有妄計性大慧譬如依止緣起性故種種妄計執著性生彼法但是妄分別相非有非無非亦有亦無凡夫愚癡而橫執著猶如渴獸妄生水想此分別身見無智慧故久遠相應見人無我即時捨離大慧俱生身見以普觀察自他之身受等四蘊無色相故色由大種而得生故是諸大種互相因故色不集故如是觀已明見有無即時捨離捨身見故貪則不生是名身見相大慧疑相者於所證法善見相故及先二種身見分別斷故於諸法中疑不得生亦不於餘生大師想為淨不淨是名疑相大慧何故須陁洹不取戒禁謂以明見生處

苦相是故不取夫其取者謂諸凡愚於諸有中貪著世樂苦行持戒願生於彼須陁洹人不取是相唯求所證最勝無漏無分別法修行戒品是名戒禁取相大慧須陁洹人捨三結故離貪瞋癡大慧白言貪有多種捨何等貪佛言大慧捨於女色纏綿貪欲見此現樂生來苦故又得三昧殊勝樂故是故捨彼非涅槃貪大慧云何斯陁含果謂不了色相起色分別一往來已善修禪行盡苦邊際而般涅槃是名斯陁含大慧云何阿那含果謂於過未現在色相起有無見分別過惡隨眠不起永捨諸結更不還來是名阿那含大慧阿羅漢者謂諸禪三昧解脫力通悉已成就煩惱諸苦分別永盡是名阿羅漢大慧言世尊阿羅漢有三種謂一向趣寂退菩提願佛所變化此說何者佛言大慧此說趣寂非是其餘大慧餘二種人謂已曾發巧方便願及為莊嚴諸佛衆會於彼示生大慧於虛妄處說種種法所謂證果禪者及禪皆性離故自心所見得果相故大慧若須陁洹作如是念我離諸結則有二過謂墮我見及諸結不斷復次大慧若欲超過諸禪無量無色界者應離自心所見諸相大慧想受滅三昧超自心所見境者不然不離心故爾時世尊重說頌言

諸禪與無量　無色三摩提　及以想受滅
唯心不可得　預流一來果　不還阿羅漢
如是諸聖人　悉依心妄有　禪者禪所緣
斷惑見眞諦　此皆是妄想　了知即解脫

復次大慧有二種覺智謂觀察智及取相分別執著建立智觀察智者謂觀一切法離四

句不可得四句者謂一異俱不俱有非有常無常等我以諸法離此四句是故說言一切法離大慧如是觀法汝應修學云何取相分別執著建立智謂於堅濕煖動諸大種性取相執著虛妄分別以宗因喻而妄建立是名取相分別執著建立智是名二種覺智相菩薩摩訶薩知此智相即能通達人法無我以無相智於解行地善巧觀察入於初地得百三昧以勝三昧力見百佛百菩薩知前後際各百劫事光明照曜百佛世界善能了知上上地相以勝願力變現自在至法雲地而受灌頂入於佛地十無盡願成就衆生種種應現無有休息而恒安住自覺境界三昧勝樂

復次大慧菩薩摩訶薩當善了知大種造色云何了知大慧菩薩摩訶薩應如是觀彼諸大種真實不生以諸三界但是分別唯心所見無有外物如是觀時大種所造悉皆性離超過四句無我我所住如實處成無生相大慧彼諸大種云何造色大慧謂虛妄分別津潤大種成內外水界炎盛大種成內外火界飄動大種成內外風界色分段大種成內外地界離於虛空由執著邪諦五蘊聚集大種造色生大慧識者以執著種種言說境界爲因起故於餘趣中相續受生大慧地等造色有大種因非四大種爲大種因何以故謂若有法有形相者則是所作非無形者大慧此大種造色相外道分別非是我說復次大慧我今當說五蘊體相謂色受想行識大慧色謂四大及所造色此各異相受等非色大慧非色諸蘊猶如虛空無有四數大慧譬如虛

空超過數相然分別言此是虛空非色諸蘊亦復如是離諸數相離有無等四種句故數相者愚夫所說非諸聖者諸聖但說如幻所作唯假施設離異不異如夢如像無別所有不了聖智所行境故見有諸蘊分別現前是名諸蘊自性相大慧如是分別汝應捨離捨離此已說寂靜法斷一切剎諸外道見淨法無我入遠行地成就無量自在三昧獲意生身如幻三昧力通自在皆悉具足猶如大地普益群生復次大慧涅槃有四種何等爲四謂諸法自性無性涅槃種種相性無性涅槃覺自相性無性涅槃斷諸蘊自共相流注涅槃大慧此四涅槃是外道義非我所說大慧我所說者分別爾炎識滅名爲涅槃大慧言世尊豈不建立八種識耶佛言建立大慧言若建立者云何但說意識滅非七識滅佛言大慧以彼爲因及所緣故七識得生大慧意識分別境界起執著時生諸習氣長養藏識由是意俱我我所執思量隨轉無別體相藏識爲因爲所緣故執著自心所現境界心聚生起展轉爲因大慧譬如海浪自心所現境界風吹而有起滅是故意識滅時七識亦滅

爾時世尊重說頌言

我不以自性　及以於作相　分別境識滅
如是說涅槃　意識爲心因　心爲意境界
因及所緣故　諸識依止生　如大瀑流盡
波浪則不起　如是意識滅　種種識不生

復次大慧我今當說妄計自性差別相令汝及諸菩薩摩訶薩善知此義超諸妄想證聖智境知外道法遠離能取所取分別於依他

起種種相中不更取著妄所計相大慧云何妄計自性差別相所謂言說分別所說分別相分別財分別自性分別因分別見分別理分別生分別不生分別相屬分別縛解分別大慧此是妄計自性差別相云何言說分別謂執著種種美妙音詞是名言說分別云何所說分別謂執有所說事是聖智所說境依此起說是名所說分別云何相分別謂即於彼所說事中如渴獸想分別執著堅濕煖動等一切諸相是名相分別云何財分別謂取著種種金銀等寶而起言說是名財分別云何自性分別謂以惡見如是分別此自性決定非餘是名自性分別云何因分別謂於因緣分別有無以此因相而能生故是名因分別云何見分別謂諸外道惡見執著有無一異俱不俱等是名見分別云何理分別謂有執著我我所相而起言說是名理分別云何生分別謂計諸法若有若無從緣而生是名生分別云何不生分別謂計一切法本來不生未有諸緣而先有體不從因起是名不生分別云何相屬分別謂此與彼遞相繫屬如針與線是名相屬分別云何縛解分別謂執因能縛而有所縛如人以繩方便力故縛已復解是名縛解分別大慧此是妄計性差別相一切凡愚於中執著若有若無大慧於緣起中執著種種妄計自性如依於幻見種種物凡愚分別見異於幻大慧幻與種種非異非不異若異者應幻非種種因若一者幻與種種應無差別然見差別是故非異非不異大慧汝及諸菩薩摩訶薩於幻有無不應生

著爾時世尊重說頌言

心爲境所縛　覺想智隨轉　無相最勝處
平等智慧生　在妄計是有　於緣起則無
妄計迷惑取　緣起離分別　種種支分生
如幻不成就　雖現種種相　妄分別則無
彼相即是過　皆從心縛生　妄計者不了
分別緣起法　此諸妄計性　皆即是緣起
妄計有種種　緣起中分別　世俗第一義
第三無因生　妄計是世俗　斷則聖境界
如修觀行者　於一種種現　於彼無種種
妄計相如是　如目種種瞖　妄想見衆色
彼無色非色　不了緣起然　如金離塵垢
如水離泥濁　如虛空無雲　妄想淨如是
無有妄計性　而有於緣起　建立及誹謗
斯由分別境　若無妄計性　而有緣起者
無法而有法　有法從無生　依因於妄計
而得有緣起　相名常相隨　而生於妄計
以緣起依妄　究竟不成就　是時現清淨
名爲第一義　妄計有十二　緣起有六種
自證眞如境　彼無有差別　五法爲眞實
三自性亦爾　修行者觀此　不越於眞如
依於緣起相　妄計種種名　彼諸妄計相
皆因緣起有　智慧善觀察　無緣無妄計
眞實中無物　云何起分別　圓成若是有
此則離有無　既已離有無　云何有二性
妄計有二性　二性是安立　分別見種種
清淨聖所行　妄計種種相　緣起中分別
若異此分別　則墮外道論　以諸妄見故
妄計於妄計　離此二計者　則爲眞實法

大慧菩薩摩訶薩復白佛言世尊唯願爲說

自證聖智行相及一乘行相我及諸菩薩摩訶薩得此善巧於佛法中不由他悟佛言諦聽當爲汝說大慧言唯佛言大慧菩薩摩訶薩依諸聖教無有分別獨處閑靜觀察自覺不由他悟離分別見上上升進入如來地如是修行名自證聖智行相云何名一乘行相謂得證知一乘道故云何名爲知一乘道謂離能取所取分別如實而住大慧此一乘道唯除如來非外道二乘梵天王等之所能得大慧白言世尊何故說有三乘不說一乘佛言大慧聲聞緣覺無自般涅槃法故我說一乘以彼但依如來所說調伏遠離如是修行而得解脫非自所得又彼未能除滅智障及業習氣未覺法無我未名不思議變易死是故我說以爲三乘若彼能除一切過習覺法無我是時乃離三昧所醉於無漏界而得覺悟既覺悟已於出世上上無漏界中修諸功德普使滿足獲不思議自在法身爾時世尊重說頌言

天乘及梵乘　聲聞緣覺乘　諸佛如來乘
諸乘我所說　乃至有心起　諸乘未究竟
彼心轉滅已　無乘及乘者　無有乘建立
我說爲一乘　爲攝愚夫故　說諸乘差別
解脫有三種　謂離諸煩惱　及以法無我
平等智解脫　譬如海中木　常隨波浪轉
聲聞心亦然　相風所漂激　雖滅起煩惱
猶被習氣縛　三昧酒所醉　住於無漏界
彼非究竟趣　亦復不退轉　以得三昧身
乃至劫不覺　譬如昏醉人　酒消然後悟
聲聞亦如是　覺後當成佛

大乘入楞伽經卷第三

音釋

齶 五各切齒根肉也　黠 胡八切慧也　翳 於計切目病也　楔 先結切　瞻蔔 梵語也此云黃花瞻陟廉切蔔蒲北切　瞪 澄應切直視也　瞬 舒閏切目動也　漂激 漂紕招切浮也激古歷切蕩也

大乘入楞伽經卷第四

唐于闐國三藏沙門實叉難陀奉　制譯

無常品第三之一

爾時佛告大慧菩薩摩訶薩言今當爲汝說意成身差別相諦聽諦聽善思念之大慧言唯佛言大慧意成身有三種何者爲三謂入三昧樂意成身覺法自性意成身種類俱生無作行意成身諸修行者入初地已漸次證得大慧云何入三昧樂意成身謂三四五地入於三昧離種種心寂然不動心海不起轉識波浪了境心現皆無所有是名入三昧樂意成身云何覺法自性意成身謂八地中了法如幻皆無有相心轉所依住如幻定及餘三昧能現無量自在神通如花開敷速疾如意如幻如夢如影如像非造所造與造相似一切色相具足莊嚴普入佛刹了諸法性是名覺法自性意成身云何種類俱生無作行意成身謂了達諸佛自證法相是名種類俱生無作行意成身大慧三種身相當勤觀察

爾時世尊重說頌言

我大乘非乘　非聲亦非字　非諦非解脫
亦非無相境　然乘摩訶衍　三摩提自在
種種意成身　自在華莊嚴

爾時大慧菩薩摩訶薩復白佛言世尊如世尊說五無間業何者爲五若人作已墮阿鼻獄佛言諦聽當爲汝說大慧言唯佛告大慧五無間者所謂殺母殺父殺阿羅漢破和合僧懷惡逆心出佛身血大慧何者爲衆生母謂引生愛與貪喜俱如母養育何者爲父所謂無明令生六處聚落中故斷二根本名殺

父母云何殺阿羅漢謂隨眠爲怨如鼠毒發究竟斷彼是故說名殺阿羅漢云何破和合僧謂諸蘊異相和合積聚究竟斷彼名爲破僧云何惡心出佛身血謂八識身妄生思覺見自心外自相共相以三解脱無漏惡心究竟斷彼八識身佛名爲惡心出佛身血大慧是爲内五無間若有作者無間即得現證實法復次大慧今爲汝說外五無間令汝及餘菩薩聞是義已於未來世不生疑惑云何外五無間謂餘教中所說無間若有作者於三解脱不能現證唯除如來諸大菩薩及大聲聞見其有造無間業者爲欲勸發令其改過以神通力示同其事尋即悔除證於解脱此皆化現非是實造若有實造無間業者終無現身而得解脱唯除覺了自心所現身資所住離我我所分別執見或於來世餘處受生遇善知識離分別過方證解脱爾時世尊重說頌言

貪愛名爲母　無明則是父　識了於境界
此則名爲佛　隨眠阿羅漢　蘊聚和合僧
斷彼無餘間　是名無間業

爾時大慧菩薩摩訶薩復白佛言世尊願爲我說諸佛體性佛言大慧覺二無我除二種障離二種死斷二煩惱是佛體性大慧聲聞緣覺得此法已亦名爲佛我以是義但說一乘爾時世尊重說頌言

善知二無我　除二障二惱　及不思議死
是故名如來

爾時大慧菩薩摩訶薩復白佛言世尊如來以何密意於大衆中唱如是言我是過去一

切諸佛及說百千本生之事我於爾時作頂生王大象鸚鵡月光妙眼如是等佛言大慧如來應正等覺依四平等祕密意故於大衆中作如是言我於昔時作拘留孫佛拘那含牟尼佛迦葉佛云何爲四所謂字平等語平等身平等法平等云何字平等謂我名佛一切如來亦名爲佛佛名無別是謂字等云何語平等謂我作六十四種梵音聲語一切如來亦作此語迦陵頻伽梵音聲性不增不減無有差別是名語等云何身平等謂我與諸佛法身色相及隨形好等無差別除爲調伏種種衆生現隨類身是謂身等云何法平等謂我與諸佛皆同證得三十七種菩提分法是謂法等是故如來應正等覺於大衆中作如是說爾時世尊重說頌言

迦葉拘留孫　拘那含是我　依四平等故
爲諸佛子說

爾時大慧菩薩摩訶薩復白佛言世尊如世尊說我於某夜成最正覺乃至某夜當入涅槃於其中間不說一字亦不已說亦不當說不說是佛說世尊依何密意作如是語佛言大慧依二密法故作如是說云何二法謂自證法及本住法云何自證法謂諸佛所證我亦同證不增不減證智所行離言說相離分別相離名字相云何本住法謂法本性如金等在鑛若佛出世若不出世法住法位法界法性皆悉常住大慧譬如有人行曠野中見向古城平坦舊道即便隨入止息遊戲大慧於汝意云何彼作是道及以城中種種物耶白言不也佛言大慧我及諸佛所證眞如常

住法性亦復如是是故說言始從成佛乃至涅槃於其中間不說一字亦不已說亦不當說爾時世尊重說頌言

某夜成正覺　某夜般涅槃　於此二中間
我都無所說　自證本住法　故作是密語
我及諸如來　無有少差別

爾時大慧菩薩摩訶薩復白佛言世尊願說一切法有無相令我及諸菩薩摩訶薩離此相疾得阿耨多羅三藐三菩提佛言諦聽當爲汝說大慧言唯佛言大慧世間衆生多墮二見謂有見無見墮二見故非出世想云何有見謂實有因緣而生諸法非不實有實有諸法從因緣生非無法生大慧如是說者則說無因云何無見謂知受貪瞋癡已而妄計言無大慧及彼分別有相而不受諸法有復有知諸如來聲聞緣覺無貪瞋癡性而計爲非有此中誰爲壞者大慧白言謂有貪瞋癡性後取於無名爲壞者佛言善哉汝解我問此人非止無貪瞋癡名爲壞者亦壞如來聲聞緣覺何以故煩惱內外不可得故體性非異非不異故大慧貪瞋癡性若內若外皆不可得無體性故無可取故聲聞緣覺及以如來本性解脫無有能縛及縛因故大慧若有能縛及以縛因則有所縛作如是說名爲懷者是爲無有相我依此義密意而說寧起我見如須彌山不起空見懷增上慢若起此見名爲壞者墮自共見樂欲之中不了諸法唯心所現以不了故見有外法剎那無常展轉差別蘊界處相相續流轉起已還滅虛妄分別離文字相亦成壞者爾時世尊重說頌言

有無是二邊　乃至心所行　淨除彼所行
平等心寂滅　不取於境界　非滅無所有
有真如妙物　如諸聖所行　本無而有生
生已而復滅　因緣有及無　彼非住我法
非外道非佛　非我非餘衆　能以緣成有
云何而得無　誰以緣成有　而復得言無
惡見說爲生　妄想計有無　若知無所生
亦復無所滅　觀世悉空寂　有無二俱離

爾時大慧菩薩摩訶薩復請佛言世尊唯願爲說宗趣之相令我及諸菩薩摩訶薩善達此義不隨一切衆邪妄解疾得阿耨多羅三藐三菩提佛言諦聽當爲汝說大慧言唯佛言大慧一切二乘及諸菩薩有二種宗法相何等爲二謂宗趣法相言說法相宗趣法相者謂自所證殊勝之相離於文字語言分別入無漏界成自地行超過一切不正思覺伏魔外道生智慧光是名宗趣法相言說法相者謂說九部種種教法離於一異有無等相以巧方便隨衆生心令入此法是名言說法相汝及諸菩薩當勤修學爾時世尊重說頌言

宗趣與言說　自證及教法　若能善知見
不隨他妄解　如愚所分別　非是真實相
彼豈不求度　無法而可得　觀察諸有爲
生滅等相續　增長於二見　顛倒無所知
涅槃離心意　唯此一法實　觀世悉虛妄
如幻夢芭蕉　無有貪恚癡　亦復無有人
從愛生諸蘊　如夢之所見

爾時大慧菩薩摩訶薩復白佛言世尊願爲我說虛妄分別相此虛妄分別云何而生是

何而生因何而生誰之所生何故名爲虚妄分别佛言大慧善哉善哉汝爲哀愍世間天人而問此義多所利益多所安樂諦聽諦聽善思念之當爲汝說大慧言唯佛言大慧一切衆生於種種境不能了達自心所現計能所取虚妄執著起諸分别墮有無見增長外道妄見習氣心心所法相應起時執有外義種種可得計著於我及以我所是故名爲虚妄分别大慧白言若如是者外種種義性離有無起諸見相世尊第一義諦亦復如是離諸根量宗因譬喻世尊何故於種種義言起分别第一義中不言起耶將無世尊所言乖理一處言起一不言故世尊又說虚妄分别墮有無見譬如幻事種種非實分别亦爾有無相離云何而說墮二見耶此說豈不墮於世見佛言大慧分别不生不滅何以故不起有無分别相故所見外法皆無有故了唯自心之所現故但以愚夫分别自心種種諸法著種種相而作是說令知所見皆是自心斷我我所一切見著離作所作諸惡因緣覺唯心故轉其意樂善明諸地入佛境界捨五法自性諸分别見是故我說虚妄分别執著種種自心所現諸境界生如實了知則得解脱

爾時世尊重說頌言

諸因及與緣　從此生世間　與四句相應
不知於我法　世非有無生　亦非俱不俱
云何諸愚夫　分别因緣起　非有亦非無
亦復非有無　如是觀世間　心轉證無我
一切法不生　以從緣生故　諸緣之所作
所作法非生　果不自生果　有二果失故

無有二果故　非有性可得　觀諸有爲法
離能緣所緣　決定唯是心　故我說心量
量之自性處　緣法二俱離　究竟妙淨事
我說名心量　施設假名我　而實不可得
諸蘊蘊假名　亦皆無實事　有四種平等
相因及所生　無我爲第四　修行者觀察
離一切諸見　及能所分別　無得亦無生
我說是心量　非有亦非無　有無二俱離
如是心亦離　我說是心量　眞如空實際
涅槃及法界　種種意成身　我說是心量
妄想習氣縛　種種從心生　衆生見爲外
我說是心量　外所見非有　而心種種現
身資及所住　我說是心量

爾時大慧菩薩摩訶薩復白佛言世尊如來說言如我所說汝及諸菩薩不應依語而取其義世尊何故不應依語取義云何爲語云何爲義佛言諦聽當爲汝說大慧言唯佛言大慧語者所謂分別習氣而爲其因依於喉舌脣齶齒輔而出種種音聲文字相對談說是名爲語云何爲義菩薩摩訶薩住獨一靜處以聞思修慧思惟觀察向涅槃道自智境界轉諸習氣行於諸地種種行相是名爲義復次大慧菩薩摩訶薩善於語義知語與義不一不異義之與語亦復如是若義異語則不應因語而顯於義而因語見義如燈照色大慧譬如有人持燈照物知此物如是在如是處菩薩摩訶薩亦復如是因語言燈入離言說自證境界復次大慧若有於不生不滅自性涅槃三乘一乘五法諸心自性等中如言取義則墮建立及誹謗見以異於彼起分

別故如見幻事計以爲實是愚夫見非賢聖也爾時世尊重說頌言

若隨言取義　建立於諸法　以彼建立故
死墮地獄中　蘊中無有我　非蘊即是我
不如彼分別　亦復非無有　如愚所分別
一切皆有性　若如彼所見　皆應見眞實
一切染淨法　悉皆無體性　不如彼所見
亦非無所有

復次大慧我當爲汝說智識相汝及諸菩薩摩訶薩若善了知智識之相則能疾得阿耨多羅三藐三菩提大慧智有三種謂世間智出世間智出世間上上智云何世間智謂一切外道凡愚計有無法云何出世間智謂一切二乘著自共相云何出世間上上智謂諸佛菩薩觀一切法皆無有相不生不滅非有非無證法無我入如來地大慧復有三種智謂知自相共相智知生滅智知不生不滅智復次大慧生滅是識不生滅是智墮相無相及以有無種種相因是識離相無相及有無因是智有積集相是識無積集相是智著境界相是識不著境界相是智三和合相應生是識無礙相應自性相是智有得相是識無得相是智證自聖智所得境界如水中月不入不出故爾時世尊重說頌言

採集業爲心　觀察法爲智　慧能證無相
逮自在威光　境界縛爲心　覺相生爲智
無相及增勝　智慧於中起　心意及與識
離諸分別相　得無分別法　佛子非聲聞
寂滅殊勝忍　如來清淨智　生於善勝義
遠離諸所行　我有三種智　聖者能明照

分別於諸相　開示一切法　我智離諸相
超過於二乘　以諸聲聞等　執著諸法有
如來智無垢　了達唯心故

復次大慧諸外道有九種轉變見所謂形轉變相轉變因轉變相應轉變見轉變生轉變物轉變緣明了轉變所作明了轉變是爲九一切外道因是見故起有無轉變論此中形轉變者謂形別異見譬如以金作莊嚴具環釧瓔珞種種不同形狀有殊金體無易一切法變亦復如是諸餘外道種種計著皆非如是亦非別異但分別故一切轉變如是應知譬如乳酪酒果等熟外道言此皆有轉變而實無有若有若無自心所見無外物故如此皆是愚迷凡夫從自分別習氣而起實無一法若生若滅如因幻夢所見諸色如石女兒說有生死爾時世尊重說頌言

形處時轉變　大種及諸根　中有漸次生
妄想非明智　諸佛不分別　緣起及世間
但諸緣世間　如乾闥婆城

爾時大慧菩薩摩訶薩復白佛言世尊唯願如來爲我解說於一切法深密義及解義相令我及諸菩薩摩訶薩善知此法不墮如言取義深密執著離文字語言虛妄分別普入一切諸佛國土力通自在總持所印覺慧善住十無盡願以無功用種種變現光明照曜如日月摩尼地水火風住於諸地離分別見知一切法如幻如夢入如來位普化衆生令知諸法虛妄不實離有無品斷生滅執不著言說令轉所依佛言諦聽當爲汝說大慧於一切法如言取義執著深密其數無量所謂

相執著緣執著有非有執著生非生執著滅非滅執著乘非乘執著爲無爲執著地地自相執著自分別現證執著外道宗有無品執著三乘一乘執著大慧此等密執有無量種皆是凡愚自分別執而密執著此諸分別如蠶作繭以妄想絲自纏纏他執著有無欲樂堅密大慧此中實無密非密相以菩薩摩訶薩見一切法住寂靜故無分別故若了諸法唯心所見無有外物皆同無相隨順觀察於若有若無分別密執悉見寂靜是故無有密非密相大慧此中無縛亦無有解不了實者見縛解耳何以故一切諸法若有若無求其體性不可得故復次大慧愚癡凡夫有三種密縛謂貪恚癡及愛來生與貪喜俱以此密縛令諸衆生續生五趣密縛若斷是則無有密非密相復次大慧若有執著三和合緣諸識密縛次第而起有執著故則有密縛若見三解脫離三和合識一切諸密皆悉不生爾時世尊重說頌言

不實妄分別　是名爲密相　若能如實知
諸密網皆斷　凡愚不能了　隨言而取義
譬如蠶處繭　妄想自纏縛

爾時大慧菩薩摩訶薩復白佛言世尊如世尊說由種種心分別諸法非諸法有自性此但妄計耳世尊若但妄計無諸法者染淨諸法將無悉壞佛言大慧如是如是如汝所說一切凡愚分別諸法而諸法性非如是有此但妄執無有性相然諸聖者以聖慧眼如實知見有諸法自性大慧白言若諸聖人以聖慧眼見有諸法性非天眼肉眼不同凡愚之

所分别云何凡愚得離分别不能覺了諸聖法故世尊彼非顛倒非不顛倒何以故不見聖人所見法故聖見遠離有無相故聖亦不如凡所分别如是得故非自所行境界相故彼亦見有諸法性相如妄執性而顯現故不説有因及無因故墮於諸法性相見故世尊其餘境界既不同此如是則成無窮之失孰能於法了知性相世尊諸法性相不因分别云何而言以分别故而有諸法世尊分别相異諸法相異因不相似云何諸法而由分别復以何故凡愚分别不如是有而作是言爲令衆生捨分别故説如分别所見法相無如是法世尊何故令諸衆生離有無見所執著法而復執著聖智境界墮於有見何以故不説寂靜空無之法而説聖智自性事故佛言大慧我非不説寂靜空法墮於有見何以故已説聖智自性事故我爲衆生無始時來計著於有於寂靜法以聖事説令其聞已不生恐怖能如實證寂靜空法離惑亂相入唯識理知其所見無有外法悟三脱門獲如實印見法自性了聖境界遠離有無一切諸著復次大慧菩薩摩訶薩不應成立一切諸法皆悉不生何以故一切法本無有故及彼宗因生相故復次大慧一切法不生此言自壞何以故彼宗有待而生故又彼宗即入一切法中不生相亦不生故又彼宗諸分而成故又彼宗有無法皆不生此宗即入一切法中有無相亦不生故是故一切法不生此宗自壞不應如是立諸分多過故展轉因異相故如不生一切法空無自性亦如是大慧菩薩摩

訶薩應說一切法如幻如夢見不見故一切皆是惑亂相故除爲愚夫而生恐怖大慧凡夫愚癡墮有無見莫令於彼而生驚恐遠離大乘爾時世尊重說頌言

無自性無說　無事無依處　凡愚妄分別
惡覺如死屍　一切法不生　外道所成立
以彼所有生　非緣所成故　一切法不生
智者不分別　彼宗因生故　此覺則便壞
譬如目有瞖　妄想見毛輪　諸法亦如是
凡愚妄分別　三有唯假名　無有實法體
由此假施設　分別妄計度　假名諸事相
動亂於心識　佛子悉超過　遊行無分別
無水取水相　斯由渴愛起　凡愚見法爾
諸聖則不然　聖人見清淨　生於三解脫
遠離於生滅　常行無相境　修行無相境
亦復無有無　有無悉平等　是故生聖果
云何法有無　云何成平等　若心不了法
內外斯動亂　了已則平等　亂相爾時滅

爾時大慧菩薩摩訶薩復白佛言世尊如佛所說若知境界但是假名都不可得則無所取無所取故亦無能取能取所取二俱無故不起分別說名爲智世尊何故彼智不得於境爲不能了一切諸法自相共相一異義故言不得耶爲以諸法自相共相種種不同更相隱蔽而不得耶爲山巖石壁簾幔帷障之所覆隔而不得耶爲極遠極近老小盲冥諸根不具而不得耶若不了諸法自相共相一異義故言不得者此不名智應是無智以有境界而不知故若以諸法自相共相種種不同更相隱蔽而不得者此亦非智以知於境

說名爲智非不知故若山巖石壁簾幔帷障之所覆隔極遠極近老小盲冥而不知者彼亦非智以有境界智不具足而不知故佛言大慧此實是智非如汝說我之所說非隱覆說我言境界唯是假名不可得者以了但是自心所見外法有無智慧於中畢竟無得以無得故爾焰不起入三脫門智體亦忘非如一切覺想凡夫無始已來戲論熏習計著外法若有若無種種形相如是而知名爲不知不了諸法唯心所見著我我所分別境智不知外法是有是無其心住於斷見中故爲令捨離如是分別說一切法唯心建立爾時世尊重說頌言

若有於所緣　智慧不觀見　彼無智非智
是名妄計著　無邊相互隱　障礙及遠近
智慧不能見　是名爲邪智　老小諸根冥
而實有境界　不能生智慧　是名爲邪智

復次大慧愚癡凡夫無始虛僞惡邪分別之所幻惑不了如實及言說法計心外相著方便說不能修習清淨眞實離四句法大慧白言如是如是誠如尊教願爲我說如實之法及言說法令我及諸菩薩摩訶薩於此二法而得善巧非外道二乘之所能入佛言諦聽當爲汝說大慧三世如來有二種法謂言說法及如實法言說法者謂隨衆生心爲說種種諸方便教如實法者謂修行者於心所現離諸分別不墮一異俱不俱品超度一切心意意識於自覺聖智所行境界離諸因緣相應見相一切外道聲聞緣覺墮二邊者所不能知是名如實法此二種法汝及諸菩薩摩

訶薩當善修學爾時世尊復説頌言

我説二種法　言教及如實　教法示凡夫
實爲修行者

爾時大慧菩薩摩訶薩復白佛言世尊如來一時説盧迦耶陁呪術詞論但能攝取世間財利不得法利不應親近承事供養世尊何故作如是説佛言大慧盧迦耶陁所有詞論但飾文句誑惑凡愚隨順世間虚妄言説不如於義不稱於理不能證入真實境界不能覺了一切諸法恒墮二邊自失正道亦令他失輪迴諸趣永不出離何以故不了諸法唯心所見執著外境増分別故是故我説世論文句因喻莊嚴但誑愚夫不能解脱生老病死憂悲等患大慧釋提桓因廣解衆論自造諸論彼世論者有一弟子現作龍身詣釋天宫而立論宗作是要言憍尸迦我共汝論汝若不如我當破汝千輻之輪我若不如斷一一頭以謝所屈説是語已即以論法摧伏帝釋壞千輻輪還來人間大慧世間言論因喻莊嚴乃至能現畜生之形以妙文詞迷惑諸天及阿修羅令其執著生滅等見而況於人是故大慧不應親近承事供養以彼能作生苦因故大慧世論唯説身覺境界大慧彼世論有百千字句後末世中惡見乖離邪衆崩散分成多部各執自因大慧非餘外道能立教法唯盧迦耶以百千句廣説無量差別因相非如實理亦不自知是惑世法爾時大慧白言世尊若盧迦耶所造之論種種文字因喻莊嚴執著自宗非如實法名外道者世尊亦説世間之事謂以種種文句言詞廣説十

方一切國土天人等衆而來集會非是自智所證之法世尊亦同外道說耶佛言大慧我非世說亦無來去我說諸法不來不去大慧來者集生去者壞滅不來不去此則名爲不生不滅大慧我之所說不同外道墮於分別中何以故外法有無無所著故了唯自心不見二取不行根境不生分別入空無相無願之門而解脫故大慧我憶有時於一處住有世論婆羅門來至我所遽問我言瞿曇一切是所作耶我時報言婆羅門一切所作是初世論又問我言一切非所作耶我時報言一切非所作是第二世論彼復問言一切常耶一切無常耶一切生耶一切不生耶我時報言是第六世論彼復問言一切一耶一切異耶一切俱耶一切不俱耶一切皆由種種因緣而受生耶我時報言是第十一世論彼復問言一切有記耶一切無記耶有我耶無我耶有此世耶無此世耶有他世耶無他世耶有解脫耶無解脫耶是剎那耶非剎那耶虛空涅槃及非擇滅是所作耶非所作耶有中有耶無中有耶我時報言婆羅門如是皆是汝之世論非我所說婆羅門我說因於無始戲論諸惡習氣而生三有不了唯是自心所見而取外法實無可得如外道說我及根境三和合生我不如是我不說因不說無因唯依妄心以能所取而說緣起非汝及餘取著我者之所能測大慧虛空涅槃及非擇滅但有三數本無體性何況而說作與非作大慧爾時世論婆羅門復問我言無明愛業爲因緣故有三有耶爲無因耶我言此二亦是世論

又問我言一切諸法皆入自相及共相耶我時報言此亦世論婆羅門乃至少有心識流動分別外境皆是世論大慧爾時彼婆羅門復問我言頗有非是世論者不一切外道所有詞論種種文句因喻莊嚴莫不皆從我法中出我報言有非汝所許非世不許非不說種種文句義理相應非不相應彼復問言豈有世許非世論耶我答言有但非於汝及以一切外道能知何以故以於外法虛妄分別生執著故若能了達有無等法一切皆是自心所見不生分別不取外境於自處住自處住者是不起義不起於何不起分別此是我法非汝有也婆羅門略而言之隨何處中心識往來死生求戀若受若見若觸若住取種種相和合相續於愛於因而生計著皆汝世論非是我法大慧世論婆羅門作如是問我如是答不問於我自宗實法默然而去作是念言沙門瞿曇無可尊重說一切法無生無相無因無緣唯是自心分別所見若能了此分別不生大慧汝今亦復問我是義何故親近諸世論者唯得財利不得法利大慧白言所言財法是何等義佛言善哉汝乃能為未來衆生思惟是義諦聽諦聽當為汝說大慧所言財者可觸可受可取可味令著外境墮在二邊增長貪愛生老病死憂悲苦惱我及諸佛說名財利親近世論之所獲得云何法利謂了法是心見二無我不取於相無有分別善知諸地離心意識一切諸佛所共灌頂具足受行十無盡願於一切法悉得自在是名法利以是不墮一切諸見戲論分別常斷

二邊大慧外道世論令諸癡人墮在二邊謂常及斷受無因論則起常見以因壞滅則生斷見我說不見生住滅者名得法利是名財法二差別相汝及諸菩薩摩訶薩應勤觀察

爾時世尊重說頌言

調伏攝衆生　以戒降諸惡　智慧滅諸見
解脫得增長　外道虛妄說　皆是世俗論
橫計作所作　不能自成立　唯我一自宗
不著於能所　爲諸弟子說　令離於世論
能取所取法　唯心無所有　二種皆心現
斷常不可得　乃至心流動　是則爲世論
分別不起者　是人見自心　來者見事生
去者事不現　明了知來去　不起於分別
有常及無常　所作無所作　此世他世等
皆是世論法

爾時大慧菩薩摩訶薩復白佛言世尊佛說涅槃說何等法以爲涅槃而諸外道種種分別佛言大慧如諸外道分別涅槃皆不隨順涅槃之相諦聽諦聽當爲汝說大慧或有外道言見法無常不貪境界蘊界處滅心心所法不現在前不念過現未來境界如燈盡如種敗如火滅諸取不起分別不生起涅槃想大慧非以見壞名爲涅槃或謂至方名得涅槃境界想離猶如風止或謂不見能覺所覺名爲涅槃或謂不起分別常無常見名得涅槃或有說言分別諸相發生於苦而不能知自心所現以不知故怖畏於相以求無相深生愛樂執爲涅槃或謂覺知內外諸法自相共相去來現在有性不壞作涅槃想或計我人衆生壽命及一切法無有壞滅作涅槃想

復有外道無有智慧計有自性及以士夫求那轉變作一切物以爲涅槃或有外道計福非福盡或計不由智慧諸煩惱盡或計自在是實作者以爲涅槃或謂衆生展轉相生以此爲因更無異因彼無智故不能覺了以不了故執爲涅槃或計證於諦道虛妄分别以爲涅槃或計求那與求那者而共和合一性異性俱及不俱執爲涅槃或計諸物從自然生孔雀文彩棘針銛利生寶之處出種種寶如此等事是誰能作即執自然以爲涅槃或謂能解二十五諦即得涅槃或有說言能受六分守護衆生斯得涅槃或有説言時生世間時即涅槃或執有物以爲涅槃或計無物以爲涅槃或有計著有物無物爲涅槃者或計諸物與涅槃無别作涅槃想大慧復有異彼外道所説以一切智大師子吼説能了達唯心所現不取外境遠離四句住如實見不墮二邊離能所取不入諸量不著眞實住於聖智所現證法悟二無我離二煩惱淨二種障轉修諸地入於佛地得如幻等諸大三昧永超心意及以意識名得涅槃大慧彼諸外道虛妄計度不如於理智者所棄皆墮二邊作涅槃想於此無有若住若出彼諸外道皆依自宗而生妄覺違背於理無所成就唯令心意馳散往來一切無有得涅槃者汝及諸菩薩宜應遠離爾時世尊重説頌言

外道涅槃見　各各異分别　彼唯是妄想
無解脱方便　遠離諸方便　不至無縛處
妄生解脱想　而實無解脱　外道所成立
衆智各異取　彼悉無解脱　愚癡妄分别

一切癡外道　妄見作所作　悉著有無論
是故無解脫　凡愚樂分別　不生眞實慧
言說三界本　眞實滅苦因　譬如鏡中像
雖現而非實　習氣心鏡中　凡愚見有二
不了唯心現　故起二分別　若知但是心
分別則不生　心卽是種種　遠離相所相
如愚所分別　雖見而無見　三有唯分別
外境悉無有　妄想種種現　凡愚不能覺
經經說分別　但是異名字　若離於語言
其義不可得

大乘入楞伽經卷第四

音釋

鸚鵡（鸚烏莖切　鵡文甫切）幔（莫半切　帷也）遽（其據切　急卒也）棘（紀力切）銛（息廉切　利也）

大乘入楞伽經卷第五

唐于闐國三藏沙門實叉難陀奉　制譯

無常品第三之二

爾時大慧菩薩摩訶薩復白佛言世尊願爲我說如來應正等覺自覺性令我及諸菩薩摩訶薩而得善巧自悟悟他佛言大慧如汝所問當爲汝說大慧言唯世尊如來應正等覺爲作非作爲果爲因爲相所相爲說所說爲覺所覺如是等爲異不異佛言大慧如來應正等覺非作非非作非果非因非相非所相非說非所說非覺非所覺何以故俱有過故大慧若如來是作則是無常若是無常一切作法應是如來我及諸佛皆不忍可若非作法則無體性所修方便悉空無益同於兔角石女之子非作因成故若非因非果則非有非無若非有非無則超過四句言四句者但隨世間而有言說若超過四句唯有言說則如石女兒大慧石女兒者唯有言說不墮四句以不墮故不可度量諸有智者應如是知如來所有一切句義大慧如我所說諸法無我以諸法中無有我性故說無我非是無有諸法自性如來句義應知亦然大慧譬如牛無馬性馬無牛性非無自性一切諸法亦復如是無有自相而非有即有非諸凡愚之所能知何故不知以分別故一切法空一切法無生一切法無自性悉亦如是大慧如來與蘊非異非不異若不異者應是無常五蘊諸法是所作故若異者如牛二角有異不異互相似故不異長短別故有異如牛右角異左左角異右長短不同色相各別然亦不異

如於蘊於界處等一切法亦如是大慧如來者依解脱說如來解脱非異非不異若異者如來便與色相相應色相相應即是無常若不異者修行者見應無差別然有差別故非不異如是智與所知非異非不異若非異非不異則非常非無常非作非所作非爲非無爲非覺非所覺非相非所相非蘊非異蘊非說非所說非一非異非俱非不俱以是義故超一切量超一切量故唯有言說唯有言說故則無有生無有生故則無有滅無有滅故則如虛空大慧虛空非作非所作非作非所作故遠離攀縁遠離攀縁故出過一切諸戲論法出過一切諸戲論法即是如來如來即是正等覺體正等覺者永離一切諸根境界

爾時世尊重說頌言

出過諸根量　非果亦非因　相及所相等
如是悉皆離　蘊縁與正覺　一異莫能見
既無有見者　云何起分別　非作非非作
非因非非因　非蘊非不蘊　亦不離餘物
非有一法體　如彼分別見　亦復非是無
諸法性如是　待有故成無　待無故成有
無既不可取　有亦不應說　不了我無我
但著於語言　彼溺於二邊　自壞壞世間
若能見此法　則離一切過　是名爲正觀
不毀大導師

爾時大慧菩薩摩訶薩復白佛言世尊如佛經中分別攝取不生不滅言此即是如來異名世尊願爲我說不生不滅此則無法云何說是如來異名如世尊說一切諸法不生不滅當知此則墮有無見世尊若法不生則不

可取無有少法誰是如來唯願世尊爲我宣說佛言諦聽當爲汝說大慧我說如來非是無法亦非攝取不生不滅亦不待緣亦非無義我說無生即是如來意生法身別異之名一切外道聲聞獨覺七地菩薩不了其義大慧譬如帝釋地及虛空乃至手足隨一一物各有多名非以名多而有多體亦非無體大慧我亦如是於此娑婆世界有三阿僧祇百千名號諸凡愚人雖聞雖說而不知是如來異名其中或有知如來者知無師者知導師者知勝導者知普導者知是佛者知牛王者知梵王者知毘紐者知自在者知是勝者知迦毘羅者知眞實邊者知無盡者知瑞相者知如風者知如火者知俱毘羅者知如月者知如日者知如王者知如仙者知戍迦者知因陁羅者知明星者知大力者知如水者知無滅者知無生者知性空者知眞如者知是諦者知實性者知實際者知法界者知涅槃者知常住者知平等者知無二者知無相者知寂滅者知具相者知因緣者知佛性者知教導者知解脫者知道路者知一切智者知最勝者知意成身者如是等滿足三阿僧祇百千名號不增不減於此及餘諸世界中有能知我如水中月不入不出但諸凡愚心沒二邊不能解了然亦尊重承事供養而不善解名字句義執著言教昧於眞實謂無生無滅是無體性不知是佛差別名號如因陁羅釋揭羅等以信言教昧於眞實於一切法如言取義彼諸凡愚作如是言義如言說義說無異何以故義無體故是人不了言音自性

謂言即義無別義體大慧彼人愚癡不知言說是生是滅義不生滅大慧一切言說墮於文字義則不墮離有離無故無生無體故大慧如來不說墮文字法文字有無不可得故唯除不墮於文字者大慧若人說法墮文字者是虛誑說何以故諸法自性離文字故是故大慧我經中說我與諸佛及諸菩薩不說一字不答一字所以者何一切諸法離文字故非不隨義而分別說大慧若不說者教法則斷教法斷者則無聲聞緣覺菩薩諸佛若總無者誰說為誰是故大慧菩薩摩訶薩應不著文字隨宜說法我及諸佛皆隨衆生煩惱解欲種種不同而為開演令知諸法自心所見無外境界捨二分別轉心意識非為成立聖自證處大慧菩薩摩訶薩應隨於義莫依文字依文字者墮於惡見執著自宗而起言說不能善了一切法相文辭章句既自損壞亦壞於他不能令人心得悟解若能善知一切法相文辭句義悉皆通達則能令自身受無相樂亦能令他安住大乘若能令他安住大乘則得一切諸佛聲聞緣覺及諸菩薩之所攝受若得諸佛聲聞緣覺及諸菩薩之所攝受則能攝受一切衆生若能攝受一切衆生則能攝受一切正法若能攝受一切正法則不斷佛種若不斷佛種則得勝妙處大慧菩薩摩訶薩生勝妙處欲令衆生安住大乘以十自在力現衆色像隨其所宜演眞實法眞實法者無異無別不來不去一切戲論悉皆息滅是故大慧善男子善女人不應如言執著於義何以故眞實之法離文字故大

慧譬如有人以指指物小兒觀指不觀於物愚癡凡夫亦復如是隨言說指而生執著乃至盡命終不能捨文字之指取第一義大慧譬如嬰兒應食熟食有人不解成熟方便而食生者則發狂亂不生不滅亦復如是不方便修則爲不善是故宜應善修方便莫隨言說如觀指端大慧實義者微妙寂靜是涅槃因言說者與妄想合流轉生死大慧實義者從多聞得多聞者謂善於義非善言說善義者不隨一切外道惡見身自不隨亦令他不隨是則名曰於義多聞欲求義者應當親近與此相違著文字者宜速捨離爾時大慧菩薩摩訶薩承佛威力復白佛言世尊如來演說不生不滅非爲奇特何以故一切外道亦說作者不生不滅世尊亦說虛空涅槃及非數滅不生不滅外道亦說作者因緣生於世間世尊亦說無明愛業生諸世間俱是因緣但名別耳外物因緣亦復如是是故佛說與外道說無有差別外道說言微塵勝妙自在衆生主等如是九物不生不滅世尊亦說一切諸法不生不滅若有若無皆不可得世尊大種不壞以其自相不生不滅周流諸趣不捨自性世尊分別雖稍變異一切無非外道已說是故佛法同於外道若有不同願佛爲演有何所以佛說爲勝若無別異外道即佛以其亦說不生滅故世尊常說一切世界中無有多佛如向所說是則應有佛言大慧我之所說不生不滅不同外道不生不滅不生無常論何以故外道所說有實性相不生不變我不如是墮有無品我所說法非有非無

離生離滅云何非無如幻夢色種種身故云何非有色相自性非是有故見不見故取不取故是故我說一切諸法非有非無若覺唯是自心所見住於自性分別不生世間所作悉皆永息分別者是凡愚事非賢聖耳大慧妄心分別不實境界如乾闥婆城幻所作人大慧譬如小兒見乾闥婆城及以幻人商賈入出迷心分別言有實事凡愚所見生與不生有為無為悉亦如是如幻人生如幻人滅幻人其實不生不滅諸法亦爾離於生滅大慧凡夫虛妄起生滅見非諸聖人言虛妄者不如法性起顛倒見顛倒見者執法有性不見寂滅不見寂滅故不能遠離虛妄分別是故大慧無相見勝非是相見相是生因若無有相則無分別不生不滅則是涅槃大慧言涅槃者見如實處捨離分別心心所法獲於如來內證聖智我說此是寂滅涅槃爾時世尊重說頌言

為除有生執　成立無生義　我說無因論
非愚所能了　一切法無生　亦非是無法
如乾城幻夢　雖有而無因　空無生無性
云何為我說　離諸和合緣　智慧不能見
以是故我說　空無生無性　一一緣和合
雖現而非有　分析無和合　非如外道見
幻夢及垂髮　野馬與乾城　無因而妄現
世事皆如是　折伏有因論　申述無生旨
無生義若存　法眼恒不滅　我說無因論
外道咸驚怖　云何何所因　復以何故生
於何處和合　而作無因論　觀察有為法
非因非無因　彼生滅論者　所見從是滅

爲無故不生　爲待於衆緣　爲有名無義
願爲我宣說　非無法不生　亦非以待緣
非有物而名　亦非名無義　一切諸外道
聲聞及緣覺　七住非所行　此是無生相
遠離諸因緣　無有能作者　唯心所建立
我說是無生　諸法非因生　非無亦非有
能所分別離　我說是無生　唯心無所見
亦離於二性　如是轉所依　我說是無生
外物有非有　其心無所取　一切見咸斷
此是無生相　空無性等句　其義皆如是
非以空故空　無生故說空　因緣共集會
是故有生滅　分散於因緣　生滅則無有
若離諸因緣　則更無有法　一性及異性
凡愚所分別　有無不生法　俱非亦復然
唯除衆緣會　於中見起滅　隨俗假言說
因緣遮鉤鎖　若離因緣鎖　生義不可得
我說唯鉤鎖　生無故不生　離諸外道過
非凡愚所了　若離緣鉤鎖　別有生法者
是則無因論　破壞鉤鎖義　如燈能照物
鉤鎖現若然　此則離鉤鎖　別有於諸法
無生則無性　體相如虛空　離鉤鎖求法
愚夫所分別　復有餘無生　衆聖所得法
彼生無生者　是則無生忍　一切諸世間
無非是鉤鎖　若能如是解　此人心得定
無明與愛業　是則內鉤鎖　種子泥輪等
如是名爲外　若言有他法　而從因緣生
離於鉤鎖義　此則非教理　生法若非有
彼爲誰因緣　展轉而相生　此是因緣義
堅濕煖動等　凡愚所分別　但緣無有法
故說無自性　如醫療衆病　其論無差別

以病不同故　方藥種種殊　我爲諸衆生
滅除煩惱病　知其根勝劣　演說諸法門
非煩惱根異　而有種種法　唯有一大乘
清涼八支道

爾時大慧菩薩摩訶薩復白佛言世尊一切外道妄說無常世尊亦言諸行無常是生滅法未知此說是邪是正所言無常復有幾種佛言大慧外道說有七種無常非是我法何等爲七謂有說始起即捨是名無常生已不生無常性故有說形處變壞是名無常有說色即無常有說色之變異是名無常一切諸法相續不斷能令變異自然歸滅猶如乳酪前後變異雖不可見然在法中壞一切法有說物無常有說物無物無常有說不生無常徧住一切諸法之中其中物無物無常者謂能造所造其相滅壞大種自性本來無起不生無常者謂常與無常有無等法如是一切皆無有起乃至分析至於微塵亦無所見以不起故說名無生此是不生無常相若不了此則墮外道生無常義有物無常者謂於非常非無常處自生分別其義云何彼立無常自不滅壞能壞諸法若無無常壞一切法法終不滅成於無有如杖槌瓦石能壞於物而自不壞此亦如是大慧現見無常與一切法無有能作所作差別云此是無常此是所作無差別故能作所作應俱是常不見有因能令諸法成於無故大慧諸法壞滅實亦有因但非凡愚之所能了大慧異因不應生於異果若能生者一切異法應並相生彼法此法能生所生應無有別現見有別云何異因生

於異果大慧若無常性是有法者應同所作自是無常自無常故所無常法皆應是常大慧若無常性住諸法中應同諸法墮於三世與過去色同時巳滅未來不生現在俱壞一切外道計四大種體性不壞色者即是大種差別大種造色離異不異故其自性亦不壞滅大慧三有之中能造所造莫不皆是生住滅相豈更別有無常之性能生於物而不滅耶始造即捨無常者非大種互造大種以各別故非自相造以無異故非復共造以乖離故當知非是始造無常形狀壞無常者此非能造及所造壞但形狀壞其義云何謂分析色乃至微塵但滅形狀長短等見不滅能造所造色體此見墮在數論之中色即是無常者謂此即是形狀無常非大種性若大種性亦無常者則無世事無世事者當知則墮盧迦耶見以見一切法自相生唯有言說故轉變無常者謂色體變非諸大種譬如以金作莊嚴具嚴具有變而金無改此亦如是大慧如是等種種外道虛妄分別見無常性彼作是說火不能燒諸火自相但各分散若能燒者能造所造則皆斷滅大慧我說諸法非常無常何以故不取外法故三界唯心故不說諸相故大種性處種種差別不生不滅故非能造所造故能取所取二種體性一切皆從分別起故如實而知二取性故了達唯是自心現故離外有無二種見故離有無見則不分別能所造故大慧世間出世間及出世間上上諸法唯是自心非常非無常不能了達墮於外道二邊惡見大慧一切外道不能解

了此三種法依自分別而起言說著無常性大慧此三種法所有語言分別境界非諸凡愚之所能知爾時世尊重說頌言

始造即便捨　形狀有轉變　色物等無常
外道妄分別　諸法無壞滅　諸大自性住
外道種種見　如是說無常　彼諸外道衆
皆說不生滅　諸大性自常　誰是無常法
能取及所取　一切唯是心　二種從心現
無有我我所　梵天等諸法　我說唯是心
若離於心者　一切不可得

現證品第四

爾時大慧菩薩摩訶薩復白佛言世尊願爲我說一切聲聞緣覺入滅次第相續相令我及諸菩薩摩訶薩善知此已於滅盡三昧樂心無所惑不墮二乘及諸外道錯亂之中佛言諦聽當爲汝說大慧菩薩摩訶薩至于六地及聲聞緣覺入於滅定七地菩薩念念恒入離一切法自性相故非諸二乘二乘有作墮能所取不得諸法無差別相了善不善自相共相入於滅定是故不能念念恒入大慧八地菩薩聲聞緣覺心意意識分別想滅始從初地乃至六地觀察三界一切唯是心意意識自分別起離我我所不見外法種種諸相凡愚不知由無始來過惡熏習於自心內變作能取所取之相而生執著大慧八地菩薩所得三昧同諸聲聞緣覺涅槃以諸佛力所加持故於三昧門不入涅槃若不持者便不化度一切衆生不能滿足如來之地亦則斷絕如來種性是故諸佛爲說如來不可思議諸大功德令其究竟不入涅槃聲聞緣覺

著三昧樂是故於中生涅槃想大慧七地菩薩善能觀察心意意識我我所執生法無我若生若滅自相共相四無礙辯善巧決定於三昧門而得自在漸入諸地具菩薩分法大慧我恐諸菩薩不善了知自相共相不知諸地相續次第墮於外道諸惡見中故如是說大慧彼實無有若生若滅諸地次第三界往來一切皆是自心所見而諸凡愚不能了知以不知故我及諸佛爲如是說大慧聲聞緣覺至於菩薩第八地中爲三昧樂之所昏醉未能善了唯心所見自共相習纏覆其心著二無我生涅槃覺非寂滅慧大慧諸菩薩摩訶薩見於寂滅三昧樂門即便憶念本願大悲具足修行十無盡句是故不即入於涅槃以入涅槃不生果故離能所取故了達唯心故於一切法無分別故不墮心意及以意識外法性相執著中故然非不起佛法正因隨智慧行如是起故得於如來自證地故大慧如人夢中方便度河未度便覺覺已思惟向之所見爲是眞實爲是虛妄復自念言非實非妄如是但是見聞覺知曾所更事分別習氣離有無念意識夢中之所現耳大慧菩薩摩訶薩亦復如是始從初地而至七地乃至增進入於第八得無分別見一切法皆如幻等離能所取見心心所廣大力用勤修佛法未證令證離心意意識妄分別想獲無生忍此是菩薩所得涅槃非滅壞也大慧第一義中無有次第亦無相續遠離一切境界分別此則名爲寂滅之法爾時世尊重說頌言

諸住及佛地　唯心無影像　此是去來今

諸佛之所說 七地是有心 八地無影像
此二地名住 餘則我所得 自證及清淨
此則是我地 摩醯最勝處 色究竟莊嚴
譬如大火聚 光焰熾然發 化現於三有
悅意而清涼 或有現變化 或有先時化
於彼說諸乘 皆是如來地 十地則爲初
初則爲八地 第九則爲七 第七復爲八
第二爲第三 第四爲第五 第三爲第六
無相有何次

如來常無常品第五

爾時大慧菩薩摩訶薩復白佛言世尊如來應正等覺爲常爲無常佛言大慧如來應正等覺非常非無常何以故俱有過故云何有過大慧若如來常者有能作過一切外道說能作常若無常者有所作過同於諸蘊爲相所相畢竟斷滅而成無有然佛如來實非斷滅大慧一切所作如瓶衣等皆是無常是則如來有無常過所修福智悉空無益又諸作法應是如來無異因故是故如來非常非無常復次大慧如來非常若是常者應如虛空不待因成大慧譬如虛空非常非無常何以故離常無常若一若異俱不俱等諸過失故復次大慧如來非常若是常者則是不生同於兔馬魚蛇等角復次大慧以別義故亦得言常何以故謂以現智證常法故證智是常如來亦常大慧諸佛如來所證法性法住法位如來出世若不出世常住不易在於一切二乘外道所得法中非是空無然非凡愚之所能知大慧夫如來者以清淨慧內證法性而得其名非以心意意識蘊界處法妄習得

名一切三界皆從虛妄分別而生如來不從妄分別生大慧若有於二有常無常如來無二證一切法無生相故是故非常亦非無常大慧乃至少有言說分別生即有常無常過是故應除二分別覺勿令少在爾時世尊重說頌言

遠離常無常　而現常無常　恒如是觀佛
不生於惡見　若常無常者　所集皆無益
爲除分別覺　不說常無常　乃至有所立
一切皆錯亂　若見唯自心　是則無違諍

剎那品第六

爾時大慧菩薩摩訶薩復白佛言世尊唯願爲我說蘊界處生滅之相若無有我誰生誰滅而諸凡夫依於生滅不求盡苦不證涅槃佛言大慧諦聽諦聽當爲汝說大慧如來藏是善不善因能徧興造一切趣生譬如技兒變現諸趣離我我所以不覺故三緣和合而有果生外道不知執爲作者無始虛僞惡習所熏名爲藏識生於七識無明住地譬如大海而有波浪其體相續恒住不斷本性清淨離無常過離於我論其餘七識意意識等念念生滅妄想爲因境相爲緣和合而生不了色等自心所現計著名相起苦樂受名相纏縛既從貪生復生於貪若因及所緣諸取根滅不相續生自慧分別苦樂受者或得滅定或得四禪或復善入諸諦解脫便妄生於得解脫想而實未捨未轉如來藏中藏識之名若無藏識七識則滅何以故因彼及所緣而得生故然非一切外道二乘諸修行者所知境界以彼唯了人無我性於蘊界處取於自

相及共相故若見如來藏五法自性諸法無我隨地次第而漸轉滅不爲外道惡見所動住不動地得於十種三昧樂門爲三昧力諸佛所持觀察不思議佛法及本願力不住實際及三昧樂獲自證智不與二乘諸外道共得十聖種性道及意生智身離於諸行是故大慧菩薩摩訶薩欲得勝法應淨如來藏藏識之名大慧若無如來藏名藏識者則無生滅然諸凡夫及以聖人悉有生滅是故一切諸修行者雖見内境住現法樂而不捨於勇猛精進大慧此如來藏藏識本性清淨客塵所染而爲不淨一切二乘及諸外道臆度起見不能現證如來於此分明現見如觀掌中菴摩勒果大慧我爲勝鬘夫人及餘深妙淨智菩薩說如來藏名藏識與七識俱起令諸聲聞見法無我大慧爲勝鬘夫人說佛境界非是外道二乘境界大慧此如來藏藏識是佛境界與汝等比淨智菩薩隨順義者所行之處非是一切執著文字外道二乘之所行處是故汝及諸菩薩摩訶薩於如來藏藏識當勤觀察莫但聞已便生足想爾時世尊重說頌言

甚深如來藏　而與七識俱　執著二種生
了知則遠離　無始習所熏　如像現於心
若能如實觀　境相悉無有　如愚見指月
觀指不觀月　計著文字者　不見我眞實
心如工技兒　意如和技者　五識爲伴侶
妄想觀技衆

爾時大慧菩薩摩訶薩復白佛言世尊願爲我說五法自性諸識無我差別之相我及諸

菩薩摩訶薩善知此已漸修諸地具諸佛法至於如來自證之位佛言諦聽當爲汝說大慧五法自性諸識無我所謂名相分別正智如如若修行者觀察此法入於如來自證境界遠離常斷有無等見得現法樂甚深三昧大慧凡愚不了五法自性諸識無我於心所現見有外物而起分別非諸聖人大慧白言云何不了而起分別佛言大慧凡愚不知名是假立心隨順動見種種相計我我所染著於色覆障聖智起貪瞋癡造作諸業如蠶作繭妄想自纏墮於諸趣生死大海如汲水輪循環不絕不知諸法如幻如焰如水中月自心所見妄分別起離能所取及生住滅謂從自在時節微塵勝性而生隨名相流大慧此中相者謂眼識所見名之爲色耳鼻舌身意識得者名之爲聲香味觸法如是等我說爲相分別者施設衆名顯示諸相謂以象馬車步男女等名而顯其相此事如是決定不異是名分別正智者謂觀名相互爲其客識心不起不斷不常不墮外道二乘之地是名正智大慧菩薩摩訶薩以其正智觀察名相非有非無遠離損益二邊惡見名相及識本來不起我說此法名爲如如大慧菩薩摩訶薩住如如已得無照現境昇歡喜地離外道惡趣入出世法法相純熟知一切法猶如幻等證自聖智所行之法離臆度見如是次第乃至法雲至法雲已三昧諸力自在神通開敷滿足成於如來成如來已爲衆生故如水中月普現其身隨其欲樂而爲說法其身清淨離心意識被弘誓甲具足成滿十無盡願是

名菩薩摩訶薩入於如如之所獲得爾時大慧菩薩摩訶薩復白佛言世尊爲三性入五法中爲各有自相佛言大慧三性八識及二無我悉入五法其中名及相是妄計性以依彼分別心心所法俱時而起如日與光是緣起性正智如如不可壞故是圓成性大慧於自心所現生執著時有八種分別起此差別相皆是不實唯妄計性若能捨離二種我執二無我智即得生長大慧聲聞緣覺菩薩如來自證聖智諸地位次一切佛法悉皆攝入此五法中復次大慧五法者所謂相名分別如如正智此中相者謂所見色等形狀各別是名爲相依彼諸相立瓶等名此如是此不異是名爲名施設衆名顯示諸相心心所法是名分別彼名彼相畢竟無有但是妄心展轉分別如是觀察乃至覺滅是名如如大慧眞實決定究竟根本自性可得是如如相我及諸佛隨順證入如其實相開示演說若能於此隨順悟解離斷離常不生分別入自證處出於外道二乘境界是名正智大慧此五種法三性八識及二無我一切佛法普皆攝盡大慧於此法中汝應以自智善巧通達亦勸他人令其通達通達此已心則決定不隨他轉爾時世尊重說頌言

五法三自性　及與八種識　二種無我法
普攝於大乘　名相及分別　二種自性攝
正智與如如　是則圓成相

爾時大慧菩薩摩訶薩復白佛言世尊如經中說過去未來現在諸佛如恒河沙此當云何爲如言而受爲別有義佛告大慧勿如言

受大慧三世諸佛非如恒沙何以故如來最勝超諸世間無與等者非喻所及唯以少分爲其喻耳我以凡愚諸外道等心恒執著常與無常惡見增長生死輪迴令其猒離發勝希望言佛易成易可逢值若言難遇如優曇華彼便退怯不勤精進是故我說如恒河沙我復有時觀受化者說佛難值如優曇華大慧優曇鉢華無有曾見現見當見如來則有已現當見大慧如是譬喻非說自法自法者內證聖智所行境界世間無等過諸譬喻一切凡愚不能信受大慧眞實如來超心意意識所見之相不可於中而立譬喻然亦有時而爲建立言恒沙等無有相違大慧譬如恒沙龜魚象馬之所踐蹈不生分別恒淨無垢如來聖智如彼恒河力通自在以爲其沙外道龜魚競來擾亂而佛不起一念分別何以故如來本願以三昧樂普安衆生如恒河沙無有愛憎無分別故大慧譬如恒沙是地自性劫盡燒時燒一切地而彼地大不捨本性恒與火大俱時生故諸凡愚人謂地被燒而實不燒火所因故如來法身亦復如是如恒河沙終不壞滅大慧譬如恒沙無有限量如來光明亦復如是爲欲成就無量衆生普照一切諸佛大會大慧譬如恒沙住沙自性不更改變而作餘物如來亦爾於世間中不生不滅諸有生因悉已斷故大慧譬如恒沙取不知減投不見增諸佛亦爾以方便智成熟衆生無減無增何以故如來法身無有身故大慧以有身故而有滅壞法身無身故無滅壞大慧譬如恒沙雖苦壓治欲求酥油終不

可得如來亦爾雖爲衆生衆苦所壓乃至蠢動未盡涅槃欲令捨離於法界中深心願樂亦不可得何以故具足成就大悲心故大慧譬如恒沙隨水而流非無水也如來亦爾所有說法莫不隨順涅槃之流以是說言諸佛如來如恒河沙大慧如來說法不隨於趣趣是壞義生死本際不可得知既不可知云何說趣大慧趣義是斷凡愚莫知大慧菩薩復白佛言若生死本際不可知者云何衆生在生死中而得解脫佛言大慧無始虛僞過習因滅了知外境自心所現分別轉依名爲解脫非滅壞也是故不得言無邊際大慧無邊際者但是分別異名大慧離分別心無別衆生以智觀察內外諸法知與所知悉皆寂滅大慧一切諸法唯是自心分別所見不了知故分別心起了心則滅爾時世尊重說頌言

觀察諸導師　譬如恒河沙　非壞亦非趣
是人能見佛　譬如恒河沙　悉離一切過
而恒隨順流　佛體亦如是

爾時大慧菩薩摩訶薩復白佛言世尊願爲我說一切諸法剎那壞相何等諸法名有剎那佛言諦聽當爲汝說大慧一切法者所謂善法不善法有爲法無爲法世間法出世間法有漏法無漏法有受法無受法大慧舉要言之五取蘊法以心意意識習氣爲因而得增長凡愚於此而生分別謂善不善聖人現證三昧樂住是則名爲善無漏法復次大慧善不善者所謂八識何等爲八謂如來藏名藏識意及意識幷五識身大慧彼五識身與意識俱善不善相展轉差別相續不斷無異

體生生已即滅不了於境自心所現次第滅時別識生起意識與彼五識共俱取於種種差別形相剎那不住我說此等名剎那法大慧如來藏名藏識所與意等諸習氣俱是剎那法無漏習氣非剎那法此非凡愚剎那論者之所能知彼不能知一切諸法有是剎那非剎那故彼計無爲同諸法壞墮於斷見大慧五識身非流轉不受苦樂非涅槃因如來藏受苦樂與因俱有生滅四種習氣之所迷覆而諸凡愚分別熏心不能了知起剎那見大慧如金金剛佛之舍利是奇特性終不損壞若得證法有剎那者聖應非聖而彼聖人未曾非聖如金金剛雖經劫住稱量不減云何凡愚不解於我祕密之說於一切法作剎那想大慧菩薩復白佛言世尊常說六波羅蜜若得滿足便成正覺何者爲六云何滿足佛言大慧波羅蜜者差別有三所謂世間出世間出世間上上大慧世間波羅蜜者謂諸凡愚著我我所執取二邊求諸有身貪色等境如是修行檀波羅蜜持戒忍辱精進禪定成就神通生於梵世大慧出世間波羅蜜者謂聲聞緣覺執著涅槃希求自樂如是修習諸波羅蜜大慧出世間上上波羅蜜者謂菩薩摩訶薩於自心二法了知唯是分別所現不起妄想不生執著不取色相爲欲利樂一切衆生而常修行檀波羅蜜於諸境界不起分別是則修行尸波羅蜜即於不起分別之時忍知能取所取自性是則名爲羼提波羅蜜初中後夜勤修匪懈隨順實解不生分別是則名爲毘梨耶波羅蜜不生分別不起外

道涅槃之見是則名爲禪那波羅蜜以智觀察心無分別不墮二邊轉淨所依而不壞滅獲於聖智內證境界是則名爲般若波羅蜜

爾時世尊重說頌言

愚分別有爲　空無常刹那　分別刹那義
如河燈種子　一切法不生　寂靜無所作
諸事性皆離　是我刹那義　生無間即滅
不爲凡愚說　無間相續法　諸趣分別起
無明爲其因　心則從彼生　未能了色來
中間何所住　無間相續滅　而有別心起
不住於色時　何所緣而生　若緣彼心起
其因則虛妄　因妄體不成　云何刹那滅
修行者正受　金剛佛舍利　及以光音宮
世間不壞事　如來圓滿智　及比丘證得
諸法性常住　云何見刹那　乾城幻等色
何故非刹那　大種無實性　云何說能造

大乘入楞伽經卷第五

音釋

醯呼鷄切　怯苦劫切畏懦也　蠢尺尹切蟲動也　僞危睡切非真也　羼提梵語也此云忍孱羼初限切

大乘入楞伽經卷第六

唐于闐國三藏沙門實叉難陀奉　制譯

變化品第七

爾時大慧菩薩摩訶薩復白佛言世尊如來何故授阿羅漢阿耨多羅三藐三菩提記何故復說無般涅槃法衆生得成佛道又何故說從初得佛至般涅槃於其中間不說一字又言如來常在於定無覺無觀又言佛事皆是化作又言諸識刹那變壞又言金剛神常隨衛護又言前際不可知而說有般涅槃又現有魔及以魔業又有餘報謂旃遮婆羅門女孫陁利外道女及空鉢而還等事世尊既有如是業障云何得成一切種智既已成於一切種智云何不離如是諸過佛言諦聽當爲汝說大慧我爲無餘涅槃界故密勸令彼修菩薩行此界他土有諸菩薩心樂求於聲聞涅槃令捨是心進修大行故作是說又變化佛與化聲聞而授記莂非法性佛大慧授聲聞記是祕密說大慧佛與二乘無差别者據斷惑障解脫一味非謂智障智障要見法無我性乃清淨故煩惱障者見人無我意識捨離是時初斷藏識習滅法障解脫方得永淨大慧我依本住法作是密語非異前佛後更有說先具如是諸文字故大慧如來正知無有妄念不待思慮然後說法如來久已斷四種習離二種死除二種障大慧意及意識眼識等七習氣爲因是刹那性離無漏善非流轉法大慧如來藏者生死流轉及是涅槃苦樂之因凡愚不知妄著於空大慧變化如來金剛力士常隨衛護非眞實佛眞實如來

離諸根量二乘外道所不能知住現法樂成就智忍不假金剛力士所護一切化佛不從業生非即是佛亦非非佛譬如陶師衆事和合而有所作化佛亦爾衆相具足而演說法然不能說自證聖智所行之境復次大慧諸凡愚人見六識滅起於斷見不了藏識起於常見大慧自心分別是其本際故不可得離此分別即得解脫四種習斷離一切過爾時世尊重說頌言

三乘及非乘　無有佛涅槃　悉授如來記
說離衆過惡　成就究竟智　及無餘涅槃
誘進怯劣人　依此密意說　諸佛所得智
演說如是道　唯此更非餘　故彼無涅槃
欲色有諸見　如是四種習　意識所從生
藏意亦在中　見意識眼等　無常故說斷
迷意藏起常　邪智謂涅槃

斷食肉品第八

爾時大慧菩薩摩訶薩復白佛言世尊願爲我說食不食肉功德過失我及諸菩薩摩訶薩知其義已爲未來現在報習所熏食肉衆生而演說之令捨肉味求於法味於一切衆生起大慈心更相親愛如一子想住菩薩地得阿耨多羅三藐三菩提或二乘地暫時止息究竟當成無上正覺世尊路伽耶等諸外道輩起有無見執著斷常尚有遮禁不聽食肉何況如來應正等覺大悲含育世所依怙而許自他俱食肉耶善哉世尊具大慈悲哀愍世間等觀衆生猶如一子願爲解說食肉過惡不食功德令我及與諸菩薩等聞已奉行廣爲他說爾時大慧菩薩重說頌言

菩薩摩訶薩　志求無上覺　酒肉及與葱
爲食爲不可　愚夫貪嗜肉　臭穢無名稱
與彼惡獸同　云何而可食　食者有何過
不食有何德　唯願最勝尊　爲我具開演

爾時佛告大慧菩薩摩訶薩言大慧諦聽諦聽善思念之吾當爲汝分別解說大慧一切諸肉有無量緣菩薩於中當生悲愍不應噉食我今爲汝說其少分大慧一切衆生從無始來在生死中輪迴不息靡不曾作父母兄弟男女眷屬乃至朋友親愛侍使易生而受鳥獸等身云何於中取之而食大慧菩薩摩訶薩觀諸衆生同於己身念肉皆從有命中來云何而食大慧諸羅刹等聞我此說尚應斷肉況樂法人大慧菩薩摩訶薩在在生處觀諸衆生皆是親屬乃至慈念如一子想是故不應食一切肉大慧衢路市肆諸賣肉人或將犬馬人牛等肉爲求利故而販鬻之如是雜穢云何可食大慧一切諸肉皆是精血汙穢所成求清淨人云何取食大慧食肉之人衆生見之悉皆驚怖修慈心者云何食肉大慧譬如獵師及旃陀羅捕魚網鳥諸惡人等狗見驚吠獸見奔走空飛水陸一切衆生若有見之咸作是念此人氣息猶如羅刹今來至此必當殺我爲護命故悉皆走避食肉之人亦復如是是故菩薩爲修慈行不應食肉大慧夫食肉者身體臭穢惡名流布賢聖善人不用親狎是故菩薩不應食肉大慧夫血肉者衆仙所棄群聖不食是故菩薩不應食肉大慧菩薩爲護衆生信心令於佛法不生譏謗以慈愍故不應食肉大慧若我弟子

食噉於肉令諸世人悉懷譏謗而作是言云何沙門修淨行人棄捨天仙所食之味猶如惡獸食肉滿腹遊行世間令諸衆生悉懷驚怖壞清淨行失沙門道是故當知佛法之中無調伏行菩薩慈愍爲護衆生不令生於如是之心不應食肉大慧如燒人肉其氣臭穢與燒餘肉等無差別云何於中有食不食是故一切樂清淨者不應食肉大慧諸善男子塚間樹下阿蘭若處寂靜修行或住慈心或持呪術或求解脫或趣大乘以食肉故一切障礙不得成就是故菩薩欲利自他不應食肉大慧夫食肉者見其形色則已生於貪滋味心菩薩慈念一切衆生猶如已身云何見之而作食想是故菩薩不應食肉大慧夫食肉者諸天遠離口氣常臭睡夢不安覺已憂悚夜叉惡鬼奪其精氣心多驚怖食不知足增長疾病易生瘡癬恒被諸蟲之所唼食不能於食深生猒離大慧我常說言凡所食噉作子肉想餘食尚然云何而聽弟子食肉大慧肉非美好肉不清淨生諸罪惡敗諸功德諸仙聖人之所棄捨云何而許弟子食耶若言許食此人謗我大慧淨美食者應知則是秔米粟米大小麥豆酥油石蜜如是等類此是過去諸佛所許我所稱說我種姓中諸善男女心懷淨信久植善根於身命財不生貪著慈愍一切猶如已身如是之人之所應食非諸惡習虎狼性者心所愛重大慧過去有王名師子生耽著肉味食種種肉如是不已遂至食人臣民不堪悉皆離叛亡失國位受大苦惱大慧釋提桓因處天王位以於過去

食肉餘習變身爲鷹而逐於鴿我時作王名曰尸毘愍念其鴿自割身肉以代其命大慧帝釋餘習尚惱衆生况餘無慚常食肉者當知食肉自惱惱他是故菩薩不應食肉大慧昔有一王乘馬遊獵馬驚奔逸入於山險旣無歸路又絶人居有牝師子與同遊處遂行醜行生諸子息其最長者名曰班足後得作王領七億家食肉餘習非肉不食初食禽獸後乃至人所生男女悉是羅刹轉此身已復生師子豺狼虎豹鵰鷲等中欲求人身終不可得况出生死涅槃之道大慧夫食肉者有如是等無量過失斷而不食獲大功德凡愚不知如是損益是故我今爲汝開演凡是肉者悉不應食大慧凡殺生者多爲人食若人不食亦無殺事是故食肉與殺同罪奇哉世間貪著肉味人身有肉尚取食之况於鳥獸有不食者以貪味故廣設方便罝羅網罟處處安施水陸飛行皆被殺害設自不食爲貪價直而作是事大慧世復有人心無慈愍專行慘暴猶如羅刹若見衆生其身充盛便生肉想言此可食大慧世無有肉非是自殺亦非他殺心不疑殺而可食者以其義故我許聲聞食如是肉大慧未來之世有愚癡人於我法中而爲出家妄說毘尼壞亂正法誹謗於我言聽食肉亦自曾食大慧我若聽許聲聞食肉我則非是住慈心者修觀行者行頭陁者趣大乘者云何而勸諸善男子及善女人於諸衆生生一子想斷一切肉大慧我於諸處說遮十種許三種者是漸禁斷令其修學今此經中自死他殺凡是肉者一切悉斷

大慧我不曾許弟子食肉亦不現許亦不當許大慧凡是肉食於出家人悉是不淨大慧若有癡人謗言如來聽許食肉亦自食者當知是人惡業所纏必當永墮不饒益處大慧我之所有諸聖弟子尚不食於凡夫段食況食血肉不淨之食大慧聲聞緣覺及諸菩薩尚唯法食豈況如來大慧如來法身非雜食身大慧我已斷除一切煩惱我已浣滌一切習氣我已善擇諸心智慧大悲平等普觀衆生猶如一子云何而許聲聞弟子食於子肉何況自食作是說者無有是處爾時世尊重說頌言

悉曾爲親屬　衆穢所成長　恐怖諸含生
是故不應食　一切肉與葱　韭蒜及諸酒
如是不淨物　修行者遠離　亦常離麻油
及諸穿孔牀　以彼諸細蟲　於中大驚怖
飲食生放逸　放逸生邪覺　從覺生於貪
是故不應食　邪覺生貪故　心爲貪所醉
心醉長愛欲　生死不解脫　爲利殺衆生
以財取諸肉　二俱是惡業　死墮叫喚獄
不想不教求　此三種名淨　世無如是肉
食者我訶責　更互相食噉　死墮惡獸中
臭穢而顛狂　是故不應食　獵師旃荼羅
屠兒羅刹娑　此等種中生　斯皆食肉報
食已無慚愧　生生常顛狂　諸佛及菩薩
聲聞所嫌惡　象脇與大雲　涅槃央掘摩
及此楞伽經　我皆制斷肉　先說見聞疑
已斷一切肉　以其惡習故　愚者妄分別
如貪障解脫　肉等亦復然　若有食之者
不能入聖道　未來世衆生　於肉愚癡說

言此淨無罪　佛聽我等食　淨食尚如藥
猶如子肉想　是故修行者　知量而行乞
食肉背解脫　及違聖表相　令衆生生怖
是故不應食　安住慈心者　我說常猒離
師子及虎狼　應共同遊止　若於酒肉等
一切皆不食　必生賢聖中　豐財具智慧

陁羅尼品第九

爾時佛告大慧菩薩摩訶薩言大慧過去未來現在諸佛爲欲擁護持此經者皆爲演說楞伽經呪我今亦說汝當受持即說呪曰

怛姪他一　覩吒覩吒都騃切下同二　杜吒杜吒三　鉢吒鉢吒四　葛吒葛吒五　阿麽隸阿麽隸六　毘麽隸毘麽隸七　你謎你謎八　呬謎呬謎九　縛扶荷切謎縛謎十　葛隸葛隸十一　揭囉葛隸十二　阿吒末吒十三　折吒咄吒十四　者若攘舸切二合吒薩普二合吒十五　葛地稚計切下同刺地十六　鉢地十七　呬謎呬謎十八　第謎第謎十九　折隸折隸二十　般制般制二十一　畔第畔第二十二　按制滿制二十三　黈胝庚切茶去聲㘑二十四　杜茶㘑二十五　般茶㘑二十六　遏計遏計二十七　末計末計二十八　斫結隸斫結㘑二二　恰九地依字呼　謎地謎三十　呬謎呬謎三十一　黈黈黈黈三十二　楮箬矩切楮楮楮三十三　杜杜杜杜並重呼三十四　杜虎二合杜虎杜虎杜虎三十五　莎訶三十六

大慧未來世中若有善男子善女人受持讀誦爲他解說此陁羅尼當知此人不爲一切人與非人諸鬼神等之所得便若復有人卒中於惡爲其誦念一百八遍即時惡鬼疾走而去大慧我更爲汝說陁羅尼即說呪曰

怛姪他一　般頭迷二　般頭摩第鞞去聲三　醯去聲呼下同　泥醯祢醯泥四　主綠主羅主綠五　虎綠

虎羅虎[口*彔]六庾[口*彔]庾羅庾[口*彔]七跛[口*彔]跛羅跛[口*彔]八瞋上聲呼第膹第九畔逝末第十般羅二合末第十一尼羅迦[口*彔]十二莎訶十三

大慧若有善男子善女人受持讀誦爲他解說此陁羅尼不爲一切天龍夜叉人非人等諸惡鬼神之所得便我爲禁止諸羅剎故說此神呪若持此呪則爲受持入楞伽經一切文句悉已具足

偈頌品第十之一

爾時世尊欲重宣此修多羅中諸廣義故而說頌言

諸法不堅固　皆從分別生　以分別即空
所分別非有　由虛妄分別　是則有識生
八九識種種　如海衆波浪　習氣常增長
槃根堅固依　心隨境界流　如鐵於磁石
衆生所依性　遠離諸計度　及離智所知
轉依即解脫　得如幻三昧　超過於十地
觀見心王時　想識皆遠離　爾時心轉依
是則爲常住　在於蓮花宮　幻境之所起
既住彼宮已　自在無功用　利益諸衆生
如衆色摩尼　無有爲無爲　唯除妄分別
愚夫迷執取　如石女夢子　應知補伽羅
蘊界諸緣等　悉空無自性　無生有非有
我以方便說　而實無有相　愚夫妄執取
能相及所相　一切知非知　一切非一切
愚夫所分別　佛無覺自他　諸法如幻夢
無生無自性　以皆性空故　有無不可得
我唯說一性　離於妄計度　自性無有二
衆聖之所行　如四大不調　變吐見螢光
所見皆非有　世間亦如是　猶如幻所現

草木瓦礫等　彼幻無所有　諸法亦如是
非取非所取　非縛非所縛　如幻如陽焰
如夢亦如翳　若欲見眞實　離諸分别取
應修眞實觀　見佛必無疑　世間等於夢
色資具亦爾　若能如是見　身爲世所尊
三界由心起　迷惑妄所見　離妄無世間
知已轉染依　愚夫之所見　妄謂有生滅
智者如實觀　不生亦不滅　常行無分别
遠離心心法　住色究竟天　離諸過失處
於彼成正覺　具力通自在　及諸勝三昧
現化於此成　化身無量億　徧遊一切處
令愚夫得聞　如響難思法　遠離初中後
亦離於有無　非多而現多　不動而普徧
說衆生身中　所覆之眞性　迷惑令幻有
非幻爲迷惑　由心迷惑故　一切皆悉有

以此相繫縛　藏識起世間　如是諸世間
唯有假施設　諸見如暴流　行於人法中
若能如是知　是則轉所依　乃爲我眞子
成就隨順法　愚夫所分别　堅濕煖動法
假名無有實　亦無相所相　身形及諸根
皆以八物成　凡愚妄計色　迷惑身籠檻
凡愚妄分别　因緣和合生　不了眞實相
流轉於三有　識中諸種子　能現心境界
愚夫起分别　妄計於二取　無明及愛業
諸心依彼生　以是我了知　爲依他起性
妄分别有物　迷惑心所行　此分别都無
迷妄計爲有　心爲諸緣縛　生起於衆生
諸緣若遠離　我說無所見　已離於衆緣
自相所分别　身中不復起　我爲無所行
衆生心所起　能取及所取　所見皆無相

愚夫妄分別　顯示阿賴耶　殊勝之藏識
離於能所取　我說爲眞如　蘊中無有人
無我無衆生　生唯是識生　滅亦唯識滅
猶如畫高下　雖見無所有　諸法亦如是
雖見而非有　如乾闥婆城　亦如熱時焰
所見恒如是　智觀不可得　因緣及譬喻
以此而立宗　乾城夢火輪　陽焰日月光
火焰互等喻　以此顯無生　世分別皆空
迷惑如幻夢　見諸有不生　三界無所依
內外亦如是　成就無生忍　得如幻三昧
及以意生身　種種諸神通　諸力及自在
諸法本無生　空無有自性　迷惑諸因緣
而謂有生滅　愚夫妄分別　以心而現心
及現於外色　而實無所有　如定力觀見
佛像與骨鎖　及分析大種　假施設世間
身資及所住　此三爲所取　意取及分別
此三爲能取　迷惑妄計者　以能所分別
但隨文字境　而不見眞實　行者以慧觀
諸法無自性　是時住無相　一切皆休息
如以墨塗雞　無智者妄取　實無有三乘
愚夫不能了　若見諸聲聞　及以辟支佛
皆大悲菩薩　變化之所現　三界唯是心
分別二自性　轉依離人法　是則爲眞如
日月燈光焰　大種及摩尼　無分別作用
諸佛亦如是　諸法如毛輪　遠離生住滅
亦離常無常　染淨亦如是　如著陁都藥
見地作金色　而實彼地中　本無有金相
愚夫亦如是　無始迷亂心　妄取諸有實
如幻如陽焰　應觀一種子　與非種同印
一種一切種　是名心種種　淨種子爲一

轉依爲非種　平等同法印　悉皆無分別
種種諸種子　能感諸趣生　種種衆雜苦
名一切種子　觀諸法自性　迷惑不待遣
物性本無生　了知即解脫　定者觀世間
衆色由心起　無始心迷惑　實無色無心
如幻與乾城　毛輪及陽焰　非有而現有
諸法亦如是　一切法不生　唯迷惑所見
以從迷妄生　愚妄計著二　由種種習氣
生諸波浪心　若彼習斷時　心浪不復起
心緣諸境起　如畫依於壁　不爾虛空中
何不起於畫　若緣少分相　令心得生者
心既從緣起　唯心義不成　心性本清淨
猶若淨虛空　令心還取心　由習非異因
執著自心現　令心而得起　所見實非外
是故說唯心　藏識說名心　思量以爲意

能了諸境界　是則名爲識　心常爲無記
意具二種行　現在識通具　善與不善等
證乃無定時　超地及諸剎　亦越於心量
而住無相果　所見有與無　及以種種相
皆是諸愚夫　顛倒所執著　智若離分別
物有則相違　由心故無色　是故無分別
諸根猶如幻　境界悉如夢　能作及所作
一切皆非有　世諦一切有　第一義則無
諸法無性性　說爲第一義　於無自性中
因諸言說故　而有物起者　是名爲俗諦
若無有言說　所起物亦無　世諦中無有
有言無事者　顛倒虛妄法　而實不可得
若倒是有者　則無無自性　以有無性故
而彼顛倒法　一切諸所有　是皆不可得
惡習熏於心　所現種種相　迷惑謂心外

妄取諸色像　分別無分別　分別是可斷
無分別能見　實性證眞空　無明熏於心
所見諸衆生　如幻象馬等　及樹葉爲金
猶如瞖目者　迷惑見毛輪　愚夫亦如是
妄取諸境界　分別所分別　及起分別者
轉所轉轉因　因此六解脫　由於妄計故
無地無諸諦　亦無諸刹土　化佛及二乘
心起一切法　一切處及身　心性實無相
無智取種種　分別迷惑相　是名依他起
相中所有名　是則爲妄計　諸緣法和合
分別於名相　此等皆不生　是則圓成實
十方諸刹土　衆生菩薩中　所有法報佛
化身及變化　皆從無量壽　極樂界中出
於方廣經中　應知密意說　所有佛子說
及諸導師說　悉是化身說　非是實報佛
諸法無有生　彼亦非非有　如幻亦如夢
如化如乾城　種種由心起　種種由心脫
心生更非餘　心滅亦如是　以衆生分別
所現虛妄相　唯心實無境　離分別解脫
由無始積集　分別諸戲論　惡習之所熏
起此虛妄境　妄計自性故　諸法皆無生
依止於緣起　衆生迷分別　分別不相應
依他即清淨　所住離分別　轉依即眞如
勿妄計虛妄　妄計即無實　迷惑妄分別
取所取皆無　分別見外境　是妄計自性
由此虛妄計　緣起自性生　邪見諸外境
無境但是心　如理正觀察　能所取皆滅
如愚所分別　外境實非有　習氣擾濁心
似外境而轉　已滅二分別　智契於眞如
起於無影像　難思聖所行　依父母和合

如酥在於瓶　阿賴耶意俱　令赤白增長
閉尸及稠胞　穢業種種生　業風增四大
出生如果熟　五與五及五　瘡竅有九種
爪甲齒毛具　滿足即便生　初生猶糞蟲
亦如人睡覺　眼開見於色　分別漸增長
分別決了已　脣齶等和合　始發於語言
猶如鸚鵡等　隨衆生意樂　安立於大乘
非惡見行處　外道不能受　自內所證乘
非計度所行　願說佛滅後　誰能受持此
大慧汝應知　善逝涅槃後　未來世當有
持於我法者　南天竺國中　大名德比丘
厥號爲龍樹　能破有無宗　世間中顯我
無上大乘法　得初歡喜地　往生安樂國
衆緣所起義　有無俱不可　緣中妄計物
分別於有無　如是外道見　遠離於我法

一切法名字　生處常隨逐　已習及現習
展轉共分別　若不說於名　世間皆迷惑
爲除迷惑故　是故立名言　愚分別諸法
迷惑於名字　及以諸緣生　是三種分別
以不生不滅　本性如虛空　自性無所有
是名妄計相　如幻影陽焰　鏡像夢火輪
如響及乾城　是則依他起　眞如空不二
實際及法性　皆無有分別　我說是圓成
語言心所行　虛妄墮二邊　慧分別實諦
是慧無分別　於智者所現　於愚則不現
如是知所現　一切法無相　如假金瓔珞
非金愚謂金　諸法亦如是　外道妄計度
諸法無始終　住於眞實相　世間皆無作
妄計不能了　過去所有法　未來及現在
如是一切法　皆悉是無生　諸緣和合故

是故說有法　若離於和合　不生亦不滅
而諸緣起法　一異不可得　略說以爲生
廣說則爲滅　一是不生空　一復是生空
不生空爲勝　生空是滅壞　眞如空實際
涅槃及法界　種種意生身　我說皆異名
於諸經律論　而起淨分別　若不了無我
依教不依義　衆生妄分別　所見如兔角
分別即迷惑　如渴獸逐焰　由於妄執著
而起於分別　若離妄執因　分別則不起
甚深大方廣　知諸刹自在　我爲佛子說
非爲諸聲聞　三有空無常　遠離我我所
我爲諸聲聞　如是總相說　不著一切法
寂靜獨所行　思念辟支果　我爲彼人說
身是依他起　迷惑不自見　分別外自性
而令心妄起　報得及加持　諸趣種類生
及夢中所得　是神通四種　夢中之所得
及以佛威力　諸趣種類等　皆非報得通
習氣熏於心　似物而影起　凡愚未能悟
是故說爲生　隨於妄分別　外相幾時有
爾所時增妄　不見自心迷　何以說有生
而不說所見　無所見而見　爲誰云何說
心體自本淨　意及諸識俱　習氣常熏故
而作諸濁亂　藏識捨於身　意乃求諸趣
識迷似境界　見已而貪取　所見唯自心
外境不可得　若修如是觀　捨妄念眞如
諸定者境界　業及佛威力　此三不思議
難思智所行　過未補伽羅　虛空及涅槃
我隨世俗說　眞諦離文字　二乘及外道
同依止諸見　迷惑於唯心　妄分別外境
羅漢辟支佛　及以佛菩提　種子堅成就

夢佛灌其頂　心幻趣寂靜　何爲說有無
何處及爲誰　何故願爲說　迷惑於唯心
故說幻有無　生滅相相應　相所相平等
分別名意識　及與五識俱　如影像暴流
從心種子起　若心及與意　諸識不起者
即得意生身　亦得於佛地　諸緣及蘊界
人法之自相　皆心假施設　如夢及毛輪
觀世如幻夢　依止於眞實　眞實離諸相
亦離因相應　聖者内所證　常住於無念
迷惑因相應　執世間爲實　一切戲論滅
迷惑則不生　隨有迷分別　癡心常現起
諸法空無性　而是常無常　生論者所見
非是無生論　一異俱不俱　自然及自在
時微塵勝性　緣分別世間　識爲生死種
有種故有生　如畫依於壁　了知即便滅

譬如見幻人　而有幻生死　凡愚亦如是
癡故起縛脫　内外二種法　及以彼因緣
修行者觀察　皆住於無相　習氣不離心
亦不與心俱　雖爲習所纏　心相無差別
心如白色衣　意識習爲垢　垢習之所汙
令心不顯現　我說如虛空　非有亦非無
藏識亦如是　有無皆遠離　意識若轉依
心則離濁亂　我說心爲佛　覺了一切法
永斷三相續　亦離於四句　有無皆捨離
諸有恒如幻　前七地心起　故有二自性
餘地及佛地　悉是圓成實　欲色無色界
及以於涅槃　於彼一切身　皆是心境界
隨其有所得　是則迷惑起　若覺自心已
迷惑則不生　我立二種法　諸相及以證
以四種理趣　方便說成就　見種種名相

是迷惑分別　若離於名相　性淨聖所行
隨能所分別　則有妄計相　若離彼分別
自性聖所行　心若解脫時　則常恒真實
種性及法性　真如離分別　以有清淨心
而有雜染現　無淨則無染　真淨聖所行
世間從緣生　增長於分別　觀彼如幻夢
是時即解脫　種種惡習氣　與心和合故
衆生見外境　不觀心法性　心性本清淨
不生諸迷惑　迷從惡習起　是故不見心
唯迷惑即真　真實非餘處　以諸行非行
非餘處見故　若觀諸有爲　遠離相所相
以離衆相故　見世唯自心　安住於唯心
不分別外境　住真如所緣　超過於心量
若超過心量　亦超於無相　以住無相者
不見於大乘　行寂無功用　淨修諸大願

及我最勝智　無相故不見　應觀心所行
亦觀智所行　觀見慧所行　於相無迷惑
心所行苦諦　智所行是集　餘二及佛地
皆是慧所行　得果與涅槃　及以八聖道
覺了一切法　是佛清淨智　眼根及色境
空明與作意　故令從藏識　衆生眼識生
取者能所取　名事俱無有　無因妄分別
是爲無智者　名義互不生　名義別亦爾
計因無因生　不離於分別　妄謂住實諦
隨見施設說　一性五不成　捨離於諦義
戲論於有無　應超此等魔　以見無我故
不妄求諸有　計作者爲常　呪術與諍論
實諦離言說　而見寂滅法　依於藏識故
而得有意轉　心意爲依故　而有諸識生
虛妄所立法　及心性真如　定者如是觀

通達唯心性　觀意與相事　不念常無常
及以生不生　不分別二義　從於阿賴耶
生起於諸識　終不於一義　而生二種心
由見自心故　非空非言說　若不見自心
爲見網所縛　諸緣無有生　諸根無所有
無貪無蘊界　悉無諸有爲　本無諸業報
無作無有爲　執著本來無　無縛亦無脫
無有無記法　法非法皆無　非時非涅槃
法性不可得　非佛非眞諦　非因亦非果
非倒非涅槃　非生亦非滅　亦無十二支
邊無邊非有　一切見皆斷　我說是唯心
煩惱業與身　及業所得果　皆如焰如夢
如乾闥婆城　以住唯心故　諸相皆捨離
以住唯心故　能見於斷常　涅槃無諸蘊
無我亦無相　以入於唯心　轉依得解脫

惡習爲因故　外現於大地　及以諸衆生
唯心無所見　身資土影像　衆生習所現
心非是有無　習氣令不顯　垢現於淨中
非淨現於垢　如雲翳虛空　心不現亦爾
妄計性爲有　於緣起則無　以妄計迷執
緣起無分別　非所造皆色　有色非所造
夢幻焰乾城　此等非所造　若於緣生法
謂眞及不實　此人決定依　一異等諸見
聲聞有三種　願生與變化　及離貪嗔等
從於法所生　菩薩亦三種　未有諸佛相
思念於衆生　而現佛形像　衆生心所現
皆從習氣生　種種諸影像　如星雲日月
若大種是有　可有所造生　大種無性故
無能相所相　大種是能造　地等是所造
大種本無生　故無所造色　假實等諸色

及幻所起色　夢色乾城色　焰色爲第五
一闡提五種　種性五亦然　五乘及非乘
涅槃有六種　諸蘊二十四　諸色有八種
佛有二十四　佛子有二種　法門有百八
聲聞有三種　諸佛刹唯一　佛一亦復然
解脱有三種　心流注有四　無我有六種
所知亦有四　遠離於作者　及離諸見過
内自證不動　是無上大乘　生及與不生
有八種九種　一念與漸次　證得宗唯一
無色界八種　禪差别有六　辟支諸佛子
出離有七種　三世悉無有　常無常亦無
作業及果報　皆如夢中事　諸佛本不生
爲聲聞佛子　心恒不能見　如幻等法故
故於一切刹　從兜率入胎　初生及出家
不從生處生　爲流轉衆生　而説於涅槃
諸諦及諸刹　隨機令覺悟　世間洲樹林
無我外道行　禪乘阿頼耶　果境不思議
星宿月種類　諸王諸天種　乾闥夜叉種
皆因業愛生　不思變易死　猶與習氣俱
若死永盡時　煩惱網已斷　財穀與金銀
田宅及僮僕　象馬牛羊等　皆悉不應畜
不卧穿孔牀　亦不泥塗地　金銀銅鉢等
皆悉不應畜　土石及與鐵　螺及玻瓈器
滿於摩竭量　隨鉢故聽畜　常以青等色
牛糞泥果葉　染白欽婆等　令作袈裟色
四指量刀子　刃如半月形　爲以割截衣
修行者聽畜　勿學工巧明　亦不應賣買
若須使淨人　此法我所説　常守護諸根
善解經律義　不狎諸俗人　是名修行者
樹下及巖穴　野屋與塚間　草窟及露地

修行者應住　塚間及餘處　三衣常隨身
若闕衣服時　來施者應受　乞食出遊行
前視一尋地　攝念而行乞　猶如蜂採花
鬧衆所集處　衆雜比丘尼　活命與俗交
皆不應乞食　諸王及王子　大臣與長者
修行者乞食　皆不應親近　生家及死家
親友所愛家　僧尼和雜處　修行者不食
寺中煙不斷　常作種種食　及故爲所造
修行者不食　行者觀世間　能相與所相
皆悉離生滅　亦離於有無

大乘入楞伽經卷第六

音釋

販鬻（販方願切鬻于六切販鬻買賣也）瘡癬（瘡初良切癬息淺切）唼（子答切入口也）秔（古行切與粳同）叛（薄半切背也）犲狼（犲士皆切狼盧當切）豹（北教切）鵰鷲（鵰都聊切鷲鳥也鷲疾秀切大鵰也）罝（音嗟兔網也）罟（公土切魚網也）礫（郎狄切小石也）

大乘入楞伽經卷第七

唐于闐國三藏沙門實叉難陀奉　制譯

偈頌品第十之二

若諸修行者　不起於分別　不久得三昧
力通及自在　修行者不應　妄執從微塵
時勝性作者　緣生於世間　世從自分別
種種習氣生　修行者應觀　諸有如夢幻
恒常見遠離　誹謗及建立　身資及所住
不分別三有　不思想飲食　正念端身住
數數恭敬禮　諸佛及菩薩　善解經律中
眞實理趣法　五法二無我　亦思惟自心
內證淨法性　諸地及佛地　行者修習此
處蓮華灌頂　沉淪諸趣中　猒離於諸有
往塚間靜處　修習諸觀行　有物無因生
妄謂離斷常　亦謂離有無　妄計爲中道
妄計無因論　無因是斷見　不了外物故
壞滅於中道　恐墮於斷見　不捨所執法
以建立誹謗　妄說爲中道　以覺了唯心
捨離於外法　亦離妄分別　此行契中道
唯心無有境　無境心不生　我及諸如來
說此爲中道　若生若不生　自性無自性
有無等皆空　不應分別二　不能起分別
愚夫謂解脫　心無覺智生　豈能斷二執
以覺自心故　能斷二所執　了知故能斷
非不能分別　了知心所現　分別即不起
分別不起故　眞如心轉依　若見所起法
離諸外道過　是智者所取　涅槃非滅壞
我及諸佛說　覺此即成佛　若更異分別
是則外道論　不生而現生　不滅而現滅
普於諸億剎　頓現如水月　一身爲多身

然火及注雨　隨機心中現　是故說唯心
心亦是唯心　非心亦心起　種種諸色相
通達皆唯心　諸佛與聲聞　緣覺等形相
及餘種種色　皆說是唯心　從於無色界
乃至地獄中　普現爲衆生　皆是唯心作
如幻諸三昧　及以意生身　十地與自在
皆由轉依得　愚夫爲想縛　隨見聞覺知
自分別顛倒　戲論之所動　一切空無生
我實不涅槃　化佛於諸刹　演三乘一乘
佛有三十六　復各有十種　隨衆生心器
而現諸刹土　法佛於世間　猶如妄計性
雖見有種種　而實無所有　法佛是眞佛
餘皆是化佛　隨衆生種子　見佛所現身
以迷惑諸相　而起於分別　分別不異眞
相不即分別　自性及受用　化身復現化
佛德二十六　皆自性所成　由外熏習種
而生於分別　不取於眞實　而取妄所執
迷惑依內心　及緣於外境　但由此二起
更無第三緣　迷惑依內外　而得生起已
六十二十八　故我說爲心　知但有根境
則離於我執　悟心無境界　則離於法執
由依本識故　而有諸識生　由依內處故
有似外影現　無智恒分別　有爲及無爲
皆悉不可得　如夢星毛輪　如乾闥婆城
如幻如焰水　非有而見有　緣起法亦然
我依三種心　假說根境我　而彼心意識
自性無所有　心意及與識　無我有二種
五法與自性　是諸佛境界　習氣因爲一
而成於三相　如以一彩色　畫壁見種種
五法二無我　自性心意識　於佛種性中

皆悉不可得　遠離心意識　亦離於五法
復離於自性　是爲佛種性　若身語意業
不修白淨法　如來淨種性　則離於現行
神通力自在　三昧淨莊嚴　種種意生身
是佛淨種性　內自證無垢　遠離於因相
八地及佛地　如來性所成　遠行與善慧
法雲及佛地　皆是佛種性　餘悉二乘攝
如來心自在　而爲諸愚夫　心相差別故
說於七種地　第七地不起　身語意過失
第八地所依　如夢渡河等　八地及五地
解了工巧明　諸佛子能作　諸有中之王
智者不分別　若生若不生　空及與不空
自性無自性　但唯是心量　而實不可得
爲諸二乘說　此實此虛妄　非爲諸佛子
故不應分別　有非有悉非　亦無刹那相

假實法亦無　唯心不可得　有法是俗諦
無性第一義　迷惑於無性　是則爲世俗
一切法皆空　我爲諸凡愚　隨俗假施設
而彼無眞實　由言所起法　則有所行義
觀見言所生　皆悉不可得　如離壁無畫
離質亦無影　藏識若清淨　諸識浪不生
依法身有報　從報起化身　此爲根本佛
餘皆化所現　不應妄分別　空及以不空
妄計於有無　言義不可得　凡愚妄分別
德實塵聚色　一一塵皆無　是故無境界
衆生見外相　皆由自心現　所見既非有
故無諸外境　如象溺深泥　不能復移動
聲聞住三昧　昏墊亦復然　若見諸世間
習氣以爲因　離有無俱非　法無我解脫
自性名妄計　緣起是依他　眞如是圓成

我經中常說　心意及與識　分別與表示
本識作三有　皆心之異名　壽及於煖識
阿賴耶命根　意及與意識　皆分別異名
心能持於身　意恒審思慮　意識諸識俱
了自心境界　若實有我體　異蘊及蘊中
於彼求我體　畢竟不可得　一一觀世間
皆是自心現　於煩惱隨眠　離苦得解脫
聲聞爲盡智　緣覺寂靜智　如來之智慧
生起無窮盡　外實無有色　唯自心所現
愚夫不覺知　妄分別有爲　不知外境界
種種皆自心　愚夫以因喻　四句而成立
智者悉了知　境界自心現　不以宗因喻
諸句而成立　分別所分別　是爲妄計相
依止於妄計　而復起分別　展轉互相依
皆因一習氣　此二俱爲客　非衆生心起
安住三界中　心心所分別　所起似境界
是妄計自性　影像與種子　合爲十二處
所依所緣合　說有所作事　猶如鏡中像
瞖眼見毛輪　習氣覆亦然　凡愚起妄見
於自分別境　而起於分別　如外道分別
外境不可得　如愚不了繩　妄取以爲蛇
不了自心現　妄分別外境　如是繩自體
一異性皆離　但自心倒惑　妄起繩分別
妄計分別時　而彼性非有　云何見非有
而起於分別　色性無所有　瓶衣等亦然
但由分別生　所見終無有　無始有爲中
迷惑起分別　何法令迷惑　願佛爲我說
諸法無自性　但唯心所現　不了於自心
是故生分別　如愚所分別　妄計實非有
異此之所有　而彼不能知　諸聖者所有

非愚所分別　若聖同於凡　聖應有虛妄
以聖治心淨　是故無迷惑　凡愚心不淨
故有妄分別　如母語嬰兒　汝勿須啼泣
空中有果來　種種任汝取　我爲衆生說
種種妄計果　令彼愛樂已　法實離有無
諸法先非有　諸緣不和合　本不生而生
自性無所有　未生法不生　離緣無生處
現生法亦爾　離緣不可得　觀實緣起要
非有亦非無　非有無俱非　智者不分別
外道諸愚夫　妄說一異性　不了諸緣起
世間如幻夢　我無上大乘　超越於名言
其義甚明了　愚夫不覺知　聲聞及外道
所說皆慳恪　令義悉改變　皆由妄計起
諸相及自體　形狀及與名　攀緣此四種
而起諸分別　計梵自在作　一身與多身
及日月運行　彼非是我子　具足於聖見
通達如實法　善巧轉諸想　到於識彼岸
以此解脫印　永離於有無　及離於去來
是我法中子　若色識轉滅　諸業失壞者
是則無生死　亦無常無常　而彼轉滅時
色處雖捨離　業住阿賴耶　離有無過失
色識雖轉滅　而業不失壞　令於諸有中
色識復相續　若彼諸衆生　所起業失壞
是則無生死　亦無有涅槃　若業與色識
俱時而滅壞　生死中若生　色業應無別
色心與分別　非異非不異　愚夫謂滅壞
而實離有無　緣起與妄計　展轉無別相
如色與無常　展轉生亦爾　既離異非異
妄計不可知　如色無常性　云何說有無
善達於妄計　緣起則不生　由見於緣起

妄計則眞如　若滅妄計性　是則壞法眼
便於我法中　建立及誹謗　如是色類人
常毀謗正法　彼皆以非法　滅壞我法眼
智者勿共語　比丘事亦棄　以滅壞妄計
建立誹謗故　若隨於分別　起於有無見
彼如幻毛輪　夢焰與乾城　彼非學佛法
不應與同住　以自墮二邊　亦壞他人故
若有修行者　觀於妄計性　寂靜離有無
攝取與同住　如世間有處　出金摩尼珠
彼雖無造作　而衆生受用　業性亦如是
遠離種種性　所見業非有　非不生諸趣
如聖所了知　法皆無所有　愚夫所分別
妄計法非無　若愚所分別　彼法非有者
既無一切法　衆生無雜染　以有雜染法
無明愛所繫　能起生死身　諸根悉具足

若謂愚分別　此法皆無者　則無諸根生
彼非正修行　若無有此法　而爲生死因
愚夫不待修　自然而解脫　若無有彼法
凡聖云何別　亦則無聖人　修行三解脫
諸蘊及人法　自共相無相　諸緣及諸根
我爲聲聞說　唯心及非因　諸地與自在
內證淨眞如　我爲佛子說　未來世當有
身著於袈裟　妄說於有無　毀壞我正法
緣起法無性　是諸聖所行　妄計性無物
計度者分別　未來有愚癡　揭邪諸外道
說於無因論　惡見壞世間　妄說諸世間
從於微塵生　而彼塵無因　九種實物常
從實能成實　從德能生德　眞法性異此
毀謗說言無　若本無而生　世間則有始
生死無前際　是我之所說　三界一切物

本無而生者　駞驢狗生角　亦應無有疑
眼色識本無　而今有生者　衣冠及席等
應從泥團生　如疊中無席　蒲中亦無席
何不諸緣中　一一皆生席　彼命者與身
若本無而生　我先已說彼　皆是外道論
我先所說宗　爲遮於彼意　旣遮於彼已
然後說自宗　恐諸弟子衆　迷著有無宗
是故我爲其　先說外道論　迦毘羅惡慧
爲諸弟子說　勝性生世間　求那行轉變
諸緣無有故　非已生現生　諸緣旣非緣
非生非不生　我宗離有無　亦離諸因緣
生滅及所相　一切皆遠離　世間如幻夢
因緣皆無性　常作如是觀　分別永不起
若能觀諸有　如焰及毛輪　亦如尋香城
常離於有無　因緣俱捨離　令心悉清淨
若言無外境　而唯有心者　無境則無心
云何成唯識　以有所緣境　衆生心得起
無因心不生　云何成唯識　眞如及唯識
是衆聖所行　此有言非有　彼非解我法
由能取所取　而心得生起　世間心如是
故非是唯心　身資土影像　如夢從心生
心雖成二分　而心無二相　如刀不自割
如指不自觸　而心不自見　其事亦如是
無有影像處　則無依他起　妄計性亦無
五法二心盡　能生及所生　皆是自心相
密意說能生　而實無自性　種種境形狀
若由妄計生　虛空與兔角　亦應成境相
似境從心起　此境非妄計　然彼妄計境
離心不可得　無始生死中　境界悉非有
心無有起處　云何成影像　若無物有生

兔角亦應生　不可無物生　而起於分別
如鏡現非有　彼則先亦無　云何無境中
而心緣境起　眞如空實際　涅槃及法界
一切法不生　是第一義性　愚夫墮有無
分別諸因緣　不能知諸有　無生無作者
無始心所因　唯心無所見　既無無始境
心從何所生　無物而得生　如貧應是富
無境而生心　願佛爲我說　一切若無因
無心亦無境　心既無所生　離三有所作
因瓶衣角等　而說兔角無　是故不應言
無彼相因法　無因有故無　是無不成無
有待無亦爾　展轉相因起　若依止少法
而有少法起　是則前所依　無因而自有
若彼別有依　彼依復有依　如是則無窮
亦無有少法　如依木葉等　現種種幻相
衆生亦如是　依事種種現　依於幻師力
令愚見幻相　而於木葉等　實無幻可得
若依止於事　此法則便壞　所見既無二
何有少分別　分別無妄計　分別亦無有
以分別無故　無生死涅槃　由無所分別
分別則不起　云何心不起　而得有唯心
意差別無量　皆無眞實法　無實無解脫
亦無諸世間　如愚所分別　外所見皆無
習氣擾濁心　似影像而現　有無等諸法
一切皆不生　但唯自心現　遠離於分別
說諸法從緣　爲愚非智者　心自性解脫
淨心聖所住　數勝及露形　梵志與自在
皆墮於無見　遠離寂靜義　無生無自性
離垢空如幻　諸佛及今佛　爲誰如是說
淨心修行者　離諸見計度　諸佛爲彼說

我亦如是說 若一切皆心 世間何處住
何因見大地 衆生有去來 如鳥遊虛空
隨分别而去 無依亦無住 如履地而行
衆生亦如是 隨於妄分别 遊履於自心
如鳥在虛空 身資國土影 佛說唯心起
願說影唯心 何因云何起 身資國土影
皆由習氣轉 亦因不如理 分别之所生
外境是妄計 心緣彼境生 了境是唯心
分别則不起 若見妄計性 名義不和合
遠離覺所覺 解脫諸有爲 名義皆捨離
此是諸佛法 若異此求悟 彼無覺自他
若能見世間 離能覺所覺 是時則不起
名所名分别 由見自心故 妄作名字滅
不見於自心 則起彼分别 四蘊無色相
彼數不可得 大種性各異 云何共生色

由離諸相故 能所造非有 異色别有相
諸蘊何不生 若見於無相 蘊處皆捨離
是時心亦離 見法無我故 由根境差别
生於八種識 於彼無相中 是三相皆離
意緣阿賴耶 起我我所執 及識二執取
了知皆遠離 觀見離一異 是則無所動
離於我我所 二種妄分别 無生無增長
亦不爲識因 既離能所作 滅已不復生
世間無能作 及離能所相 妄計及唯心
云何願爲說 自心現種種 分别諸形相
不了心所現 妄取謂心外 由無覺智故
而起於無見 云何於有性 而心不生著
分别非有無 故於有不生 了所見唯心
分别則不起 分别不起故 轉依無所著
則遮於四宗 謂法有因等 此但異名别

所立皆不成　應知能作因　亦復不成立
爲遮於能作　說因緣和合　爲遮於常過
說緣是無常　愚夫謂無常　而實不生滅
不見滅壞法　而能有所作　何有無常法
而能有所生　天人阿修羅　鬼畜閻羅等
衆生在中生　我說爲六道　由業上中下
於中而受生　守護諸善法　而得勝解脫
佛爲諸比丘　說於所受生　念念皆生滅
請爲我宣說　色色不暫停　心心亦生滅
我爲弟子說　受生念遷謝　色色中分別
生滅亦復然　分別是衆生　離分別非有
我爲此緣故　說於念念生　若離取著色
不生亦不滅　緣生非緣生　無明眞如等
二法故有起　無二即眞如　若彼緣非緣
生法有差別　常等與諸緣　有能作所作
是則大牟尼　及諸佛所說　有能作所作
與外道無異　我爲弟子說　身是苦世間
亦是世間集　滅道皆悉具　凡夫妄分別
取三自性故　見有能所取　世及出世法
我先觀待故　說取於自性　今爲遮諸見
不應妄分別　求過爲非法　亦令心不定
皆由二取起　無二即眞如　若無明愛業
而生於識等　邪念復有因　是則無窮過
無智說諸法　有四種滅壞　妄起二分別
法實離有無　遠離於四句　亦離於二見
分別所起二　了已不復生　不生中知生
生中知不生　彼法同等故　不應起分別
願佛爲我說　遮二見之理　令我及餘衆
恒不隨有無　不雜諸外論　亦離於二乘
諸佛證所行　佛子不退處　解脫因非因

同一無生相　迷故執異名　智者應常離
法從分別生　如毛輪幻焰　外道妄分別
世從自性生　無生及眞如　性空與實際
此等異名說　不應執爲無　如手有多名
帝釋名亦爾　諸法亦如是　不應執爲無
色與空無異　無生亦復然　不應執爲異
成諸見過失　以總別分別　及徧分別故
執著諸事相　長短方圓等　總分別是心
徧分別爲意　別分別是識　皆離能所相
我法中起見　及外道無生　皆是妄分別
過失等無異　若有能解了　我所說無生
及無生所爲　是人解我法　爲破於諸見
無生無住處　令知此二義　故我說無生
佛說無生法　若是有是無　則同諸外道
無因不生論　我說唯心量　遠離於有無
若生若不生　是見應皆離　無因論不生
生則著作者　作即雜諸見　無即自然生
佛說諸方便　正見大願等　一切法若無
道場何所成　離能取所取　非生亦非滅
所見法非法　皆從自心起　牟尼之所說
前後自相違　云何說諸法　而復言不生
衆生不能知　願佛爲我說　得離外道過
及彼顚倒因　唯願勝說者　說生及與滅
皆離於有無　而不壞因果　世間墮二邊
諸見所迷惑　唯願青蓮眼　說諸地次第
取生不生等　不了寂滅因　道場無所得
我亦無所說　刹那法皆空　無生無自性
諸佛已淨二　有二即成過　惡見之所覆
分別非如來　妄計於生滅　願爲我等說
積集於戲論　和合之所生　隨其類現前

色境皆具足　見於外色已　而起於分別
若能了知此　則見眞實義　若離於大種
諸物皆不成　大種旣唯心　當知無所生
此心亦不生　則順聖種性　勿分別分別
無分別是智　分別於分別　是二非涅槃
若立無生宗　則壞於幻法　亦無因起幻
損減於自宗　猶如鏡中像　雖離一異性
所見非是無　生相亦如是　如乾城幻等
悉待因緣有　諸法亦如是　是生非不生
分別於人法　而起二種我　此但世俗說
愚夫不覺知　由顚與緣習　自力及最勝
聲聞法第五　而有羅漢等　時隔及滅壞
勝義與遞遷　是四種無常　愚分別非智
愚夫墮二邊　微塵自性作　以取有無宗
不知解脫因　大種互相違　安能起於色

但是大種住　無大所造色　火乃燒於色
水復爲爛壞　風能令散滅　云何色得生
色蘊及識蘊　唯此二非五　餘但是異名
我說彼如怨　心心所差別　而起於現法
分析於諸色　唯心無所造　青白等相待
作所作亦然　所生及性空　冷熱相所相
有無等一切　妄計不成立　心意及餘六
諸識共相應　皆依藏識生　非一亦非異
數勝及露形　計自在能生　皆墮有無宗
遠離寂靜義　大種生形相　非生於大種
外道說大種　生大種及色　於無生法外
外道計作者　依止有無宗　愚夫不覺知
清淨眞實相　而與大智俱　但共心相應
非意等和合　若業皆生色　則違諸蘊因
衆生應無取　無有住無色　說色爲無者

衆生亦應無 無色論是斷 諸識不應生
識依四種住 無色云何成 内外既不成
識亦不應起 衆生識若無 自然得解脱
必是外道論 妄計者不知 或有隨樂執
中有中諸蘊 如生於無色 無色云何有
無色中之色 彼非是可見 無色則違宗
非乘及乘者 識從習氣生 與諸根和合
八種於刹那 取皆不可得 若諸色不起
諸根則非根 是故世尊說 根色刹膩迦
云何不了色 而得有識生 云何識不生
而得受生死 諸根及根境 聖者了其義
愚癡無智者 妄執取其名 不應執第六
有取及無取 爲離諸過失 聖者無定說
諸外道無智 怖畏於斷常 計有爲無爲
與我無差別 或計與心一 或與意等異
一性有可取 異性有亦然 若取是決了
名爲心心所 此取何不能 決了於一性
有取及作業 可得而受生 猶如火所成
理趣似非似 如火頓燒時 然可然皆具
妄取我亦然 云何無所取 若生若不生
心性常清淨 外道所立我 何不以爲喻
迷惑識稠林 妄計離眞法 樂於我論故
馳求於彼此 内證智所行 清淨眞我相
此即如來藏 非外道所知 分析於諸蘊
能取及所取 若能了此相 則生眞實智
是諸外道等 於賴耶藏處 計意與我俱
此非佛所說 若能辯了此 解脱見眞諦
見修諸煩惱 斷除悉清淨 本性清淨心
衆生所迷惑 無垢如來藏 遠離邊無邊
本識在蘊中 如金銀在鑛 陶冶鍊治已

金銀皆顯現　佛非人非蘊　但是無漏智
了知常寂靜　是我之所歸　本性清淨心
隨煩惱意等　及與我相應　願佛爲解說
自性清淨心　意等以爲他　彼所積集業
雜染故爲二　意等我煩惱　染汙於淨心
猶如彼淨衣　而有諸垢染　如衣得離垢
亦如金出鑛　衣金俱不壞　心離過亦然
無智者推求　箜篌螺鼓等　而覓妙音聲
蘊中我亦爾　猶如伏藏寶　亦如地下水
雖有不可見　蘊眞我亦然　心心所功能
聚集蘊相應　無智不能取　蘊中我亦爾
如女懷胎藏　雖有不可見　蘊中眞實我
無智不能知　如藥中勝力　亦如木中火
蘊中眞實我　無智不能知　諸法中空性
及以無常性　蘊中眞實我　無智不能知

諸地自在通　灌頂勝三昧　若無此眞我
是等悉皆無　有人破壞言　若有應示我
智者應答言　汝分別示我　說無眞我者
謗法著有無　比丘應羯磨　擯弃不共語
說眞我熾然　猶如劫火起　燒無我稠林
離諸外道過　如酥酪石蜜　及以麻油等
彼皆悉有味　未嘗者不知　於諸蘊身中
五種推求我　愚者不能了　知見即解脫
明智所立喻　猶未顯於心　其中所集義
豈能使明了　諸法別異相　不了唯一心
計度者妄執　無因及無起　定者觀於心
心不見於心　見從所見生　所見何因起
我姓迦旃延　淨居天中出　爲衆生說法
令入涅槃城　緣於本住法　我及諸如來
於三千經中　廣說涅槃法　欲界及無色

不於彼成佛　色界究竟天　離欲得菩提
境界非縛因　因縛於境界　修行利智劍
割斷彼煩惱　無我云何有　幻等法有無
愚癡顯眞如　云何無眞我　已作未作法
皆非因所起　一切悉無生　愚夫不能了
能作者不生　所作及諸緣　此二皆無生
云何計能作　妄計者說有　先後一時因
顯瓶弟子等　說諸物生起　佛非是有爲
所具諸相好　是輪王功德　非此名如來
佛以智爲相　遠離於諸見　自內證所行
一切過皆斷　聾盲瘖瘂等　老小及懷怨
是等尤重者　皆無梵行分　隨好隱爲天
相隱爲輪王　此二者放逸　唯顯者出家
我釋迦滅後　當有毘耶娑　迦那梨沙婆
劫比羅等出　我滅百年後　毘耶娑所說
婆羅多等論　次有半擇娑　憍拉婆囉摩
次有冐狸王　難陁及毱多　次篾利車王
於後刀兵起　次有極惡時　彼時諸世間
不修行正法　如是等過後　世間如輪轉
日火共和合　焚燒於欲界　復立於諸天
世間還成就　諸王及四姓　諸仙垂法化
韋陁祠施等　當有此法興　談論戲笑法
長行與解釋　我聞如是等　迷惑於世間
所受種種衣　若有正色者　青泥牛糞等
染之令壞色　所服一切衣　令離外道相
現於修行者　諸佛之幢相　亦繫於腰縧
漉水而飲用　次第而乞食　不生於非處
生於勝妙天　及生於人中　寶相具足者
生天及人王　王有四天下　法教久臨御
上昇於天宮　由貪皆退失　純善及王時

二時并極惡　餘佛出善時　釋迦出惡世
於我涅槃後　釋種悉達多　毘紐大自在
外道等俱出　如是我聞等　釋師子所說
談古及笑語　毘夜娑仙說　於我涅槃後
毘紐大自在　彼說如是言　我能作世間
我名離塵佛　姓迦多衍那　父名世間主
毋號爲具財　我生瞻波國　我之先祖父
從於月種生　故號爲月藏　出家修苦行
演說千法門　與大慧授記　然後當滅度
大慧付達摩　次付彌佉梨　彌佉梨惡時
劫盡法當滅　迦葉拘留孫　拘那含牟尼
及我離塵垢　皆出純善時　純善漸減時
有道師名慧　成就大勇猛　覺悟於五法
非二時三時　亦非極惡時　於彼純善時
現成等正覺　衣雖不割縷　雜碎而補納
如孔雀尾月　無有人侵奪　或二指三指
間錯而補成　異此之所作　愚夫生貪著
唯畜於三衣　恒滅貪欲火　沐以智慧水
日夜三時修　如放箭勢極　一墜還放一
亦如抨酪水　善不善亦然　若一能生多
則有別異相　施者應如田　受者應如風
若一能生多　一切無因有　所作因滅壞
是妄計所立　若妄計所立　如燈及種子
一能生多者　但相似非多　胡麻不生豆
稻非穬麥因　小豆非穀種　云何一生多
名手作聲論　廣主造王論　順世論妄說
當生梵藏中　迦多延造經　樹皮仙說祀
鵂鶹出天文　惡世時當有　世間諸衆生
福力感於王　如法御一切　守護於國土
青蟻及赤豆　側僻與馬行　此等大福仙

未來世當出　釋子悉達多　步多五髻者
口力及聰慧　亦於未來出　我在於林野
梵王來惠我　鹿皮三岐杖　膊縚及軍持
此大修行者　當成離垢尊　說於眞解脫
牟尼之幢相　梵王與梵衆　諸天及天衆
施我鹿皮衣　還歸自在宮　我在林樹間
帝釋四天王　施我妙衣服　及以乞食鉢
若立不生論　是因生復生　如是立無生
唯是虛言說　無始所積集　無明爲心因
生滅而相續　妄計所分別　僧佉論有二
勝性及變異　勝中有所作　所作應自成
勝性與物俱　求那說差別　作所作種種
變異不可得　如水銀清淨　塵垢不能染
藏識淨亦然　衆生所依止　如興渠葱氣
鹽味及胎藏　種子亦如是　云何而不生
一性及異性　俱不俱亦然　非所取之有
非無非有爲　馬中牛性離　蘊中我亦然
所說爲無爲　悉皆無自性　理教等求我
是妄垢惡見　不了故說有　唯妄取無餘
諸蘊中之我　一異皆不成　彼過失顯然
妄計者不覺　如水鏡及眼　現於種種影
遠離一異性　蘊中我亦然　行者修於定
見諦及以道　勤修此三種　解脫諸惡見
猶如孔隙中　見電光速滅　法遷變亦然
不應起分別　愚夫心迷惑　取涅槃有無
若得聖見者　如實而能了　應知變異法
遠離於生滅　亦離於有無　及以能所相
應知變異法　遠離外道論　亦離於名相
內我見亦然　諸天樂觸身　地獄苦逼體
若無彼中有　諸識不得生　應知諸趣中

衆生種種身　胎卵濕生等　皆隨中有生
離聖教正理　欲滅惑反增　是外道狂言
智者不應說　先應決了我　及分析諸取
以如石女兒　無決了分析　我離於肉眼
以天眼慧眼　見諸衆生身　離諸行諸蘊
觀見諸行中　有好色惡色　解脫非解脫
有住天中者　諸趣所受身　唯我能了達
超過世所知　非計度境界　無我而生心
此心云何生　豈不說心生　如河燈種子
若無無明等　心識則不生　離無明無識
云何生相續　妄計者所說　三世及非世
第五不可說　諸佛之所知　諸行取所住
彼亦爲智因　不應說智慧　而名爲諸行
有此因緣故　則有此法生　無別有作者
是我之所說　風不能生火　而令火熾然
亦由風故滅　云何喻於我　所說爲無爲
皆離於諸取　云何愚分別　以火成立我
諸緣展轉力　是故能生火　若分別如火
是我從誰生　意等爲因故　諸蘊處積集
無我之商主　常與心俱起　此二常如日
遠離能所作　非火能成立　妄計者不知
衆生心涅槃　本性常清淨　無始過習染
無異如虛空　象臥等外道　諸見所雜染
意識之所覆　計火等爲淨　若得如實見
便能斷煩惱　捨邪喻稠林　到聖所行處
智所知差別　各異而分別　無智者不知
說所不應說　如愚執異材　作栴檀沉水
妄計與眞智　當知亦復然　食訖持鉢歸
洗濯令清淨　澡漱口餘味　應當如是修
若於此法門　如理正思惟　淨信離分別

成就最勝定　離著住於義　成金光法燈
分別於有無　及諸惡見網　三毒等皆離
得佛手灌頂　外道執能作　迷方及無因
於緣起驚怖　斷滅無聖性　變起諸果執
謂諸識及意　意從賴耶生　識依末那起
賴耶起諸心　如海起波浪　習氣以為因
隨緣而生起　刹那相鉤鎖　取自心境界
種種諸形相　意根等識生　由無始惡習
似外境而生　所見唯自心　非外道所了
因彼而緣彼　而生於餘識　是故起諸見
流轉於生死　諸法如幻夢　水月焰乾城
當知一切法　唯是自分別　正智依真如
而起諸三昧　如幻首楞嚴　如是等差別
得入於諸地　自在及神通　成就如幻智
諸佛灌其頂　見世間虛妄　是時心轉依
獲得歡喜地　諸地及佛地　既得轉依已
如衆色摩尼　利益諸衆生　應現如水月
捨離有無見　及以俱不俱　過於二乘行
亦超第七地　自內現證法　地地而修治
遠離諸外道　應說是大乘　說解脫法門
如兔角摩尼　捨離於分別　離死及還滅
教由理故成　理由教故顯　當依此教理
勿更餘分別

大乘入楞伽經卷第七

音釋

昏墊（墊都念切昏墊謂昏瞀墊溺也）馳（徒何切）箜篌（箜苦紅切篌戶鉤切箜篌樂器）聾盲（聾盧紅切盲莫耕切）瘖瘂（瘖於今切瘂烏下切瘖瘂口不能言也）拉（盧合切）罥（古泫切）趜（居六切）蔑利車（梵語也此云邊地蔑莫結切）縚（土刀切與絛同）縷（力主切綫也）抨（悲萌切彈）

也鵂鶹鵂許尤切鶹力求切髆布各切澡漱澡子皓切洗也漱蘇奏切蕩口也

菩薩行方便境界神通變化經

劉宋天竺三藏求那跋陀羅譯

清刻龍藏佛說法變相圖

菩薩行方便境界神通變化經卷上

劉宋天竺三藏求那跋陀羅譯

如是我聞一時佛在優禪延國住旃荼鉢樹提王園其中多有諸娑羅樹多羅樹迦尼迦羅樹尼拘羅樹博叉樹優曇鉢羅樹復有婆師華陀膩迦華阿提目多華瞻婆華阿叔迦樹波吒羅樹以為莊嚴又有泉井池沼江河清流莊嚴又有青黃赤白蓮華徧諸水上鵝鴈鴛鴦拘那羅鳥鉢吒軍陀鶗鴂鸚鵡命命諸鳥出種種音多諸黑蜂出妙音聲多柔輭草徧布大林與大比丘衆十二億俱大德舍利弗大目揵連摩訶迦葉阿尼律陀須菩提大迦旃延摩訶劫賓那離波多波賓那難提翅那那提迦葉伽耶迦葉富樓那彌多羅尼子憍梵波提般陀翅那周利槃特闥婆摩羅

子呿陀婆林難陀摩訶拘絺羅羅睺羅大德阿難等而爲上首十二億俱一切入一法界處行進入一切諸法如性行虛空行無依止處無依止行離諸一切所起覆蓋障礙結纏入度如來無有法界近一法界向一切智道而不休廢欲一切智心無退轉智慧了別得到彼岸勤進修行方便境界摩訶波闍波提耶輸陀羅等與八億比丘尼俱一切成就白淨之法皆悉善行一切智道近一切智善行進入無有法性觀一切法無有性相自解諸法實際無際得於無礙解脫智慧隨應衆生所應調伏善能示現復與七十二億大菩薩衆其名曰大力菩薩大力持菩薩大變化菩薩大變化王菩薩大進趣菩薩大進健菩薩大吼菩薩大吼意菩薩大衆主菩薩大香象菩薩大月菩薩善月菩薩功德月菩薩寶月菩薩普照月菩薩法無垢月菩薩月照菩薩妙名月菩薩放光月菩薩滿月菩薩梵音菩薩梵王雷音菩薩地音菩薩法界音聲菩薩降一切魔場音菩薩妙音聲菩薩普告音菩薩無妄想分別音菩薩地輪音菩薩一切無障音菩薩普藏菩薩無垢普藏菩薩德藏菩薩照藏菩薩寶藏菩薩月藏菩薩日藏菩薩熾藏菩薩蓮華藏菩薩蓮華德藏菩薩大意菩薩益意菩薩妙意菩薩好意菩薩勝意菩薩增意菩薩無邊意菩薩廣意覺意菩薩無盡意菩薩須彌燈菩薩大燈菩薩法炬燈菩薩照一切方燈菩薩普燈菩薩滅一切暗燈菩薩照一切道燈菩薩一照明燈菩薩月燈菩薩日燈菩薩離一切惡道菩薩魔不降伏

菩薩大魔不降伏菩薩威德菩薩無降伏菩薩無能測菩薩威德覺乾惡菩薩得大勢菩薩觀世音菩薩彌勒菩薩文殊師利童子菩薩摩訶薩等七十二億俱皆是一生得陁羅尼得諸三昧得無邊樂説得無礙無所畏獲得神通到於彼岸能過無邊佛之刹土遊於神通身心解脱諸礙無礙智見成就無佛世界現佛出世善轉法輪無有錯謬隨於一切衆生所解而爲説法説無作法於法性中無有動發非不動發其心入度到於彼岸演説空法吼大師子吼降伏破壞一切外道伏魔怨敵得諸菩薩所行神通斷離愛瞋其心平等如地水火風入於一切如來容處爲一切衆生而作佛事常爲諸佛之所讚歎受持一切未來世劫受持一切如來法性雨於法寶歎其所有一切功德不可窮盡爲世界主本願成就行於如來解脱之行先已善修行於大乗信眼清淨無有垢汙常恒勤進供養給事諸佛如來能善莊嚴不退莊嚴趣向大悲其心解性無可比喻超度疑佛猶豫惑心爲過諸佛之所護持復有無量優婆塞優婆斯於此三千大千世界威德無喻諸天天主諸龍龍主夜叉夜叉主乾闥婆乾闥婆主阿修羅阿修羅主迦樓羅迦樓羅主摩睺羅摩睺羅主緊那羅緊那羅主人非人人非人主一切各與百千眷屬皆來會坐爾時世尊無量百千大衆圍繞坐於德藏師子之座蔽諸大衆身光猛盛照明無垢猶如須彌顯于大海映蔽諸山照明挺特世尊亦爾坐師子座覆蔽一切諸天世人殊特猛盛照明無垢猶十

五日月盛滿已隱蔽衆星照明清淨世尊亦爾隱蔽一切諸天世人照明清淨猶如虛空清清淨潔無有雲翳日放明綱隱蔽山光螢火暗已極照明淨世尊亦爾坐師子座降伏隱蔽諸天世人極爲照明亦復隱蔽釋梵護世等光猶如暗夜於高山頂熾然大火照明清淨世尊亦爾處師子座降伏隱蔽諸天世人光極照明清淨無垢如師子獸王降伏一切諸小禽獸世尊亦爾處師子座降伏隱蔽一切天人如毘瑠璃如意寶珠八楞無垢放淨光明世尊亦爾處師子座端嚴殊妙照明十方如轉輪王降伏四域所有衆生世尊亦爾處師子座降伏隱蔽諸天世人如釋提桓因著釋迦毘楞伽寶瓔珞已處善法堂降伏隱蔽諸天光明世尊亦爾處師子座降伏隱蔽諸天世人照明清淨爾時文殊師利童子知大衆心已見如來身威德隆盛作是思惟是何光瑞世尊今坐於師子座極爲光明清淨殊特大衆甚多我今當問如來是義爾時文殊師利童子即從座起正於衣服偏袒右肩右膝著地合掌向佛以偈讚曰

十方照光明　降伏天世人　三有無與等
衆生無有過　如須彌山居　悉照明諸方
降伏蔽諸山　勇出照衆山　佛持德亦爾
智山勇出世　降伏蔽諸衆　常恒淨照明
如月處虛空　日月功德照　盛滿極圓足
降伏蔽諸宿　十力亦如是　弟子星圍遶
放淨月光明　能照人天世　喻如日宮殿
照明降一切　人尊主如是　降伏人天世
猶如山頂火　暗夜照諸方　智光明如是

調御放妙光　如師子獸王　顯威德降獸
外道衆如是　顯照明降伏　人主轉輪王
威德降伏世　世調御如是　降伏照明世
三十三天王　降伏勝諸天　無等亦如是
降伏照諸衆

爾時文殊師利童子偈讃佛已合掌白佛言惟願世尊今爲此衆說菩薩行方便境界神通變化經若衆生聞趣上行者當發阿耨多羅三藐三菩提心向下行者得上勝進已發無上菩提心者增益無上菩提境界懈怠衆生發大欲樂退道衆生安菩提道趣菩提道諸衆生等具足莊嚴如來智度文殊師利如是說已佛告文殊師利如來應供正徧知所說難解當何緣說何緣進入難知難覺難可測量難教難度諸天世人壞威儀者及破戒者不能解知下衆生等所不能解諸壞心者所不能信爲惡知識之所攝者所不能入離善知識者所不能知不爲諸佛所護持者不能聽受況當解趣無有是處惟除諸佛所護持者爾時世尊而說偈言

文殊聽我說　汝所問事義　下暗不能行
不知此法性　於先佛不行　調御世不護
若聞此法者　無有恭敬心　惡知識所攝
離善知識人　若聞如是法　疾退墮大山
小心無進行　無有勝妙心　下人無信解
是等聞不喜　佛悲彼不說　勿嬈彼衆生
不信此法故　長夜無利益

爾時文殊師利童子白佛言世尊此所集衆皆悉清淨先久善行多供給事過去諸佛善知識攝善淨信根恭敬出世解脫之法善知

淨心畢竟善解善教如此等衆皆悉集會能知能解如此之法善哉世尊願今演説攝取利益諸衆生故重説偈言

此多衆生求法利　善知解了此法性
過去諸佛所修行　是故説法調御師
悉皆恭敬合掌住　瞻視諦觀世調御
調御爲此生悲心　大覺願説勝妙法
我今咸請於法王　願當演説勝妙法
爲利攝取菩薩故　人尊願開善法藏

文殊師利如是請已佛即讚言善哉善哉文殊師利汝問如來應供正徧知如是之義文殊師利汝今悉知一切法行於諸法中無有疑惑汝已善覺智慧方便文殊師利汝多利益諸衆生行文殊師利汝爲未來諸菩薩等作大光明文殊師利汝今諦聽善思念之吾今當説菩薩所行方便境界神通變化經文殊師利諸菩薩言如是世尊當至心聽佛言善男子若有成就十二功德法是善男子善女人等能發阿耨多羅三藐三菩提心何等十二有妙解性離下解行有性行悲生於白淨有心專行堅受無僞有善莊嚴久修善行有善恭敬供養諸佛善集白淨法有身業口業意業無作離一切惡有遠惡知識近善知識有如説如作無有諂誑有善學知法不貪於味節量而食有如來護持離魔所持有常一切諸衆生中生於悲心亦不放捨一切衆生心亦不貪有因緣力功德莊嚴善男子是名成就十二功德法善男子善女人發於阿耨多羅三藐三菩提心是利益心能與一切衆生樂故哀愍心不作諸惡故大悲心堪任

荷負諸衆生故大慈心消滅一切諸惡道故白淨心不求餘乘故無愛心離於一切結使濁故是淨心其性淨故如幻心無有物故無所有心離所有故堅固心不動搖故不退轉心達諸法故度於一切衆生之心如說作故

爾時世尊而說偈言

若有佛子善修行　清淨之法滿足心
一切衆生慈悲心　柔輭之心爲菩提
本先遠離惡知識　近示菩提善知識
誓願勤進菩提果　生於覺知菩提心
恒常不生疲猒心　所修行行如本際
猶如金剛不退心　如是等生菩提心
於諸衆生慈悲心　安諸衆生住樂故
遠離一切諸惡故　是等疾生菩提心
慧者不求於餘乘　思惟菩提勝功德
淨心無垢亦無愛　如是等欲菩提心
離物非物無有愛　其性猶如電幻等
離一切物無有相　佛說菩提心等是
離一切使一切惡　無垢明了如虛空
一切文字不可見　此說菩提心清淨
是菩提根勝妙行　亦陀羅尼諸辯者
亦是諸根及衆好　此是得佛諸功德

佛告文殊師利菩薩安住見於如是十二功德勤進修行檀波羅蜜何等十二見菩提道安和調適勤進修行檀波羅蜜見大富祿勤進修行檀波羅蜜見生可愛種性中故勤進修行檀波羅蜜見離慳垢勤進修行檀波羅蜜見施心具足勤進修行檀波羅蜜見關閉於餓鬼門故勤進修行檀波羅蜜見財多共欲求堅固勤進修行檀波羅蜜見諸所須自

在具足勤進修行檀波羅蜜見修習行一切捨已勤進修行檀波羅蜜見離貪惜捨一切物勤進修行檀波羅蜜見我當滿檀波羅蜜故勤進修行檀波羅蜜見應順行如來教勑故勤進修行檀波羅蜜所有布施悉皆迴向阿耨多羅三藐三菩提善男子是名菩薩見於如是十二功德勤進修行檀波羅蜜爾時世尊以偈頌曰

施求無等一切智　手足淨目頭骨髓
不惜内外一切捨　後無貪惜增益德
當成妙封生勝家　我增菩提降貪垢
得自在滿於檀度　一切諸佛所讚施
慧見是諸功德利　我當修行一切捨

復次諸善男子若菩薩見如是十二功德事故勤進修行尸波羅蜜何等十二見我當護持攝成就戒勤進修行尸波羅蜜見我當向菩薩道故勤進修行尸波羅蜜見我當解結使縛故勤進修行尸波羅蜜見我當離一切惡道勤進修行尸波羅蜜見我當淨一切惡道勤進修行尸波羅蜜見我當成於身口意無作業故勤進修行尸波羅蜜見我當爲慧者不訶勤進修行尸波羅蜜見我當習不放逸戒勤進修行尸波羅蜜見我當施一切衆生無所畏故勤進修行尸波羅蜜見我當得身口意戒勤進修行尸波羅蜜見我當於一切法中得自在故勤進修行尸波羅蜜見我當學無上如來戒勤進修行尸波羅蜜善男子是名菩薩見於十二功德事故勤進修行尸波羅蜜是戒迴向於一切智爾時世尊以偈頌曰

我當得解結使縛　我當闢於惡道門
我當思量勝妙事　我當護戒牛愛尾
我當如佛所教住　我當慧者所稱讚
我當護持常不離　我當有住戒功德
我當身口得無作　我當行意無作法
我當善護身口意　我當不復行惡道
若不放逸善逝讚　是諸一切善業本
我當常住於是處　捨離一切諸放逸
我當行尸波羅蜜　我當成就於佛法
我當淨於如來戒　是一切戒勝無上
不希望求此功德　若菩提薩求勝道
護戒猶如犛牛尾　當得一切功德利

復次諸善男子菩薩念於是十二行修行於忍何等十二一切行空修行於忍不得我故修行於忍不得衆生修行於忍不偏自他修行於忍究竟無瞋修行於忍覆蔽結使修行於忍永斷貪瞋修行於忍成就相好修行於忍欲生梵世修行於忍離他逼切修行於忍欲得盡智無生智故修行於忍欲降諸魔修行於忍欲知見如來無邊身故修行於忍以是忍辱悉用迴向於一切智善男子是名菩薩見十二行修行於忍爾時世尊以偈頌曰

此法空無有　求不得衆生　解知於此法
安住忍功德　俱遠離二邊　自他無有瞋
慧者修忍力　大悲如是示　究竟無有瞋
進修忍無憂　覺知於盡故　修忍寂結使
相好色嚴淨　是生於梵宮　堅進近忍力
樂思惟吉忍　無力忍力等　令魔力非力
一切德未歸　是故修妙忍

復次諸善男子菩薩有於十二莊嚴莊嚴修

進何等十二莊嚴覺了一切佛法勤修行進莊嚴往詣一切佛所勤修行進莊嚴供給一切如來勤修行進莊嚴教化一切衆生勤修行進莊嚴安住一切衆生於佛法中勤修行進莊嚴滅諸衆生無明勤修行進莊嚴施諸衆生佛智勤修行進莊嚴淨於一切佛土勤修行進莊嚴盡於未來際劫修菩薩行而不疲猒勤修行進莊嚴欲於一彈指頃徧至一切佛之世界勤修行進莊嚴一切佛之世界成無上道轉妙法輪勤修行進諸善男子是名菩薩十二莊嚴勤修行進爾時世尊以偈頌曰

無上勇進無懈怠　是佛子向勝菩提
往多佛刹猶復斷　是所行處無疲猒
爲化衆生堅精進　堪百千億劫苦聚
常恒勤進無懈怠　施與衆生滅度樂
我願修淨諸佛刹　盡悉覺知一切法
我諸世界中勝輪　轉巳多億衆生調
一念心覺勝菩提　遣化多刹調伏故
佛子常度進彼岸　現衆莊嚴爲衆生

復次諸善男子菩薩十二行修於禪定何等十二燋結使行究竟不發故正心住行不隨境界故無依止行離欲界色界無色界故出過世行降伏非聖凡夫定故增益勝行無我心故次第定行分別禪故無所有行離有想故無邊之行訶責有邊三昧禪故以是定行善寂靜故調心行無不知故寂靜之行護諸根故方便境界行菩薩修禪不捨不廢非慧非慢非見非愛非念修故是故菩薩降伏一切諸修禪者諸善男子是名菩薩見十二行

修於禪定爾時世尊以偈頌曰

此禪定尊貴　是彼菩薩行　燋一切結使
究竟不復發　專修寂定禪　不修逐境界
若有不住心　勸令住於定　修無依止禪
彼無所依止　欲色無色界　思惟無所著
是禪超出世　是菩薩所知　是故降一切
諸非聖定者　行於次第禪　欲得自在故
是故捨禪定　還生於欲界　增益勝妙行
智慧者修禪　是無我心禪　爲於菩薩說
無量無邊行　修行最上禪　是故少分禪
照明令降伏　智慧方便俱　修禪大名稱
都無所見得　一向白淨行　無所依止故
亦不住於物　智慧者修禪　捨離於物相
行如是等行　智慧者修禪　於縁覺自在
是故無所行

諸善男子菩薩十二行智入般若波羅蜜何等十二明了行不暗蔽故大炬行照明一切諸結使故放智明網行離無智故智慧鉤行拔無明根故善利犁行破愛網故金剛行破結山故日宮行乾燋結泥故火大行焼生樹故摩尼寶行不迷惑故是空行無有物故無相行無有相故無願行過三界故善男子是名菩薩十二行智入般若波羅蜜爾時世尊以偈頌曰

此慧勝世間　作光滅諸暗　日炬甚清淨
照諸結使衆　慧犂滅無明　覺知破壞愛
破諸結使山　天主金剛杵　破壞阿脩羅
所有諸軍衆　得照明離暗　慧示現如燈
猶日乾燋泥　勝慧猶如日　度結海彼岸
猶如船渡水　拔斷無智樹　如刀斬諸樹

得不迷摩尼　空無物性相　常離於覺觀
不依諸有道　能破壞疑惑　能論出言説
示生死過患　示現涅槃炬　此慧調世眼
現無迷相事　因慧菩薩健　離暗行菩提

諸善男子是菩薩知見十二境界示現方便何等十二善男子是菩薩到涅槃境界方便示現生死境界到寂靜境界方便示現在衆鬧中到禪境界方便示現后宮婇女到無作境界方便示現諸作境界到無生境界方便示現生死境界離四魔境界方便示現降伏諸魔到聖人境界方便示現近非聖境界離世境界方便示現世間境界得智境界方便示現凡夫境界現了見於實際境界方便示現不墮聲聞緣覺境界達解得到無相法界方便示現相好嚴身爲化衆生之境界故入佛境界方便示現諸魔境界諸善男子是名菩薩知見十二境界方便示現爾時世尊以偈頌曰

是方便境界　菩薩淨衆生　是住於境界
示一切境界　得涅槃境界　方便現有爲
又到是境界　無二過患汙　得到寂靜處
方便現衆鬧　於二俱無著　無著行如蜂
示現婇女中　宮中食娛樂　彼得於寂靜
持德者方便　不退於禪定　方便現亂心
見無諸忽務　方便智示現　亦無有恭敬
無妄想戲論　非棄妄想界　方便智示現
不生亦不死　無生法豪貴　示現於生死
方便智勇健　出過魔境界　住威德佛界
而現魔境界　是佛子方便　到聖功德頂
方便凡夫行　淨智力衆生　方便智變化

一切法無際　知於本際空　不求於滅度
是方便所持　一切法無相　是達空無有
以化衆生故　示現相好身　是方便境界
大威德佛子　是佛子安住　示現百變化

諸善男子汝今當知如來方便出生十一功德成就精練佛土成於無上正真道已示現劫濁時濁衆生濁煩惱濁命濁現差別乘示現佛土汙穢不淨現衆生鈍現說法異現衆生異現異道諍訟現魔魔業都無過咎當知一切是如來方便佛說是已爾時文殊師利童子白佛言世尊願說十二功德成就精練佛土諸佛世尊於是功德精練佛土成於無上正真之道佛言文殊師利是精練佛土有精練劫成就具足不捨精練諸功德故諸佛世尊即於是處成於無上正真之道是精練佛土有精練時成就具足不違失於行法時故是精練佛土有於精練衆生成就無不知法故是精練佛土有於精練福田成就善妙淨故是精練佛土有於精練易解衆生成就具足不頑鈍故是精練佛土有精練乘成就具足出一乘故是精練佛土有於精練妙地成就無有物故是精練佛土有於精練妙地成就一切不外行道法故是精練佛土有於精練功德成就無諛諂故是精練佛土有精練心畢竟成就是白淨性衆生住故是精練佛土有於精練聖人成就福田不空故是精練佛土有於精練道場成就往古先佛所住處故文殊師利是名十二功德成就精練佛土是處一切諸佛如來成於無上正真之道文殊師利汝今當知我此都無聲聞緣覺所

安止處何以故如來捨離諸異相故文殊師利若其如來或有欲於衆生大乘或有欲於衆生小乘則是如來有不淨心有不等心有執著過有小分大悲有異想咎我便有於悋惜法咎文殊師利我若爲衆生有所說法皆趣菩提皆趣大乘入一切智得到一切智以是義故無異乘所止住處文殊師利白佛言世尊若其無有異乘住處何故如來序說三乘爲衆生說法此是聲聞乘此是緣覺乘此是大乘佛言文殊師利乘止住處如來爲作安止地耳非乘止處非法相作安止住處如來爲人作安止處若少莊嚴無量莊嚴彼安止處是乘無差法界無別故文殊師利如來演說無障礙門次第到於所住止處文殊師利猶工初學從善巧師到巧智岸種種方便隨於弟子所欲學事令其巧知示現種種精勤之事是巧智一也文殊師利如來世尊亦復如是善法巧師是一切智作三種說文殊師利猶如少火漸漸增長能燒至劫文殊師利是一切智明亦復如是漸次增長乃至得到如來大智智慧之明燒於一切衆生結使文殊師利須彌山王無所分別若有衆生往到其所一切同色謂一金色文殊師利是無上如來大智須彌亦復如是無所分別若有覲於如來法性皆同一色謂一切智文殊師利喻如紺青大摩尼寶在在住處是摩尼寶境界之內有異色光謂種種色種種異形是摩尼寶威德力故皆爲一色所謂青色文殊師利如來無上紺摩尼寶亦復如是若有衆生觸如來光一切一色一切智色文殊師利

喻如大海雖種種門衆水流入入已一味所謂鹹味以常住故文殊師利大海者謂如來大智種種水入謂諸一切聲聞緣覺菩薩法也入已一味所謂一乗無差別故文殊師利以是方便當知如來安處妄地如來分別引導說作安止入如來法安住處故如來示現次第入於佛法中故令小莊嚴大莊嚴者安住佛法如來以是方便智辯種種變化說於出世是第一義者一乗無二文殊師利此佛刹土若諸外道有出家行如來是中現方便行如來護持自在引導何以故文殊師利如來善能降伏一切諸怨敵故如來一切常無怨敵

菩薩行方便境界神通變化經卷上

音釋

鸜鵒 鸜强魚切鵒余蜀切鳥名 呿 丘迦切 錯謬 錯倉名切誤也謬靡幼切差也 嬈 而沼切亂也 荷負 荷胡可切肩擔也負房久切背負也 犛 莫交切牛名

菩薩行方便境界神通變化經卷中

劉宋天竺三藏求那跋陁羅譯

文殊師利如轉輪王小功德成有盡德聚有貪有瞋有癡有取有結有使是轉輪王一切無有作怨敵者所以者何文殊師利是轉輪王無有諍惱文殊師利豈況如來轉大法輪無量大智功德莊嚴具足成就得無斷大悲旋行無漏法達空平等七助菩提法寶成就以不忘法轉大法輪外有諍訟諸怨敵怖無有是處文殊師利當知若見此佛剎土外道出家汝善男子當知一切安住一道所謂佛道文殊師利喻諸禽獸無力能住師子王前如是文殊師利諸外道出家無能侵擾如來境界亦不能與如來競論大人師子持於十力得四無畏在其前吼無有是處惟除如來之所加持文殊師利喻日宮出放光明網一切螢火皆悉隱蔽一切珍寶火光星宿悉無照明如是文殊師利無上如來大日宮出時放大智光明諸外道出家皆悉隱蔽無有照明文殊師利喻勝鐵王隨其地分所出之處一切諸鐵無有住者以諸鐵聚不共相故如是文殊師利若有佛土有佛出世當知一切諸外道等無出家行何以故不共相佛出於世故文殊師利喻如意寶王隨所出處不生一切僞摩尼寶如是文殊師利如來大智寶所出處當知是處不出外道文殊師利喻如寶性有出閻浮檀金之處是處不出下賤銅等如是文殊師利若有世界有佛出世是處不出一切外道文殊師利當知方便隨佛出處不應出諸外道出家文殊師利汝今當知

如來受持不可思議方便境界以是緣故此佛刹土現諸一切外道出家所以者何一切外道上首皆是住於不可思議解脫從般若波羅蜜出遊戲方便亦不捨離念佛法僧教化衆生到於彼岸如來受持化衆生故說是法時八千天子依聲聞乘者聞說一乘發於無上正真道心五百比丘得一乘燈三昧千二百菩薩得無生法忍普此三千大千世界六種震動天於空中雨天青黃赤白蓮華雨天末栴檀於佛之前百千天子住虛空中發聲唱呼天衣空中而自迴轉諸天作樂說如是言本未曾聞是經出世世尊令此經典久行於閻浮提八百比丘尼脫優多羅僧以奉上佛爾時世尊欲重宣此義而說偈言

方便境界不思議　文殊師利當知我
我精練時覺菩提　我又示現如此時
時節過咎我所無　常恒有此妙法時
衆生聞我法過度　衆生過患我所無
精練劫殘功德物　精練福由淨無垢
我精練時得菩提　是故知我無有濁
我已從久多億劫　成就無量佛智慧
如我得道命亦爾　於是中間無滅度
我方便現示滅度　有常想故示無常
我今示現於餘殘　我壽命等未來劫
我惟一乘一滅度　我差別乘不可得
作如是三說三乘　當知方便之境界
有懈怠心及小心　聞即生於驚怖畏
爲是等故示三乘　惟有一乘無有二
我隨欲於法者說　入於佛道法事故
以是一乘演說三　然於此乘無傷損

如巧智度到彼岸　以是智示現於世
世尊亦爾智勝法　以此一乘演說三
等心調御諸衆生　我都無有於異想
我意喜敬於下乘　我則有於慳悋咎
紺瑠璃寶衆寶上　隨其所在住止處
一切皆同作一色　而是紺色無差別
調御智寶亦如是　一切佛土普放光
一切衆生作一色　菩提心色無差別
猶如小火之所燒　漸漸增長成大焰
聲聞智焰亦如是　斯亦放佛功德光
須彌山王歸向者　以威德故同一色
歸依十力亦如是　柔忍者得菩提色
喻如一切衆蜂口　採拾種種衆淨妙
一切衆物共和合　皆悉作於一蜜相
知世讃世亦如是　示現作於三乘已
一切白淨和合已　作菩提相無異相
轉輪人王無憂惱　無有餘方怨敵故
我以法界普告勑　云何當有外道界
猶如日宫初出時　隱蔽螢火諸星宿
智慧宫出亦如是　蔽諸外道無照明
隨有勝鐵所住處　一切餘鐵無能行
若有國土如來行　是處無有外道行
隨有金玉所出處　是處不出生餘銅
若有刹土證菩提　是處不雜外道衆
意珠僞珠不和雜　過去未來亦不雜
佛寶外道亦如是　一刹土中常不雜
禪定神通忍自在　一切智門此外道
慧方便行智慧者　示現種種諸變化
聞於方便境界已　爾時佛子甚歡喜
生於慶樂喜無量　散花供養於調御

此地六種大震動　空中妓樂而鼓作
億天虛空中合掌　讚言善哉調御說

說此偈時薩遮尼乾子與八十億諸尼乾俱從南方次第遊行於諸國界向優禪尼大城之所百千大衆圍繞莊嚴唱叫喚呼爾時旃荼鉢樹提王遥見薩遮尼乾子來於是薩遮生愛樂心生清淨心與諸大臣內宮眷屬國土人民子息四兵大王威德大王神力百千滿巩以用莊嚴鼓百千妓樂擎幢旛寶蓋以爲莊嚴即出往迎薩遮尼乾爾時薩遮尼乾子遥見旃荼鉢樹提王柔輭愛語善來大王汝國界中無有怨敵相逼切也無有病患苦惱熱也是國臣屬諸技卒惡不肖之人守邏關稅是等不亂壞國土不大王汝國沙門諸婆羅門安樂行不大王汝常安法治理國不大王不應害於衆生獵張漁捕逼諸衆生何以故大王當知一切衆生皆悉愛命是故大王應受不殺不應偷奪於自國封應生知足不應邪婬自足妻色終不妄語眞實而言不應兩舌有異言說不應惡口常柔輭語不應綺語隨所念語於他財封勿生貪心大王應當離於瞋恚以慈莊嚴於身口意大王不應生於邪見行聖正見大王汝今不應放逸善觀無常大王當知壽命短促速至他世大王汝今應怖畏後世應信業報重說勝偈

人主常應不放逸　護持境土不放逸
若放逸者墮惡道　若不放逸生善道
亦莫枉斷衆生命　一切衆生愛壽命
慧者不應害衆生　愛護衆生如己身
常應遠離於偷盜　常不應說於妄語

常應護持實言誓　大王當來生善趣
所說言語耳樂聞　不應說強麤惡語
常應愛語柔輭語　大王不應說兩舌
人主不應說綺語　有所言說隨順說
離於瞋恚過患惡　如大象王生善道
王不應行於邪婬　於他妻女離欲心
於自妻色常知足　汝當來生於善道
大王不應懷於見　當安住於妙善見
當修行於如是法　大王受天娛樂樂
持戒沙門婆羅門　及孝順供於父母
得遠離於惡道已　當受天中歡喜樂

是薩遮尼乾子以此不放逸法勸鉢樹提王已爾時旃荼鉢樹提王向薩遮尼乾子說於愛輭安樂之語自言不作如是之事汝婆羅門可至我家何以故我今請汝及諸眷屬欲設飯食尼乾子言善哉善哉當如是作何以故大王我來道遠飢乏所須大王如是如汝所請爾時大王在薩遮尼乾子眷屬後行前入王宮入已薩遮尼乾坐御座餘諸尼乾隨次而坐爾時彼王善心恭敬手自料理薩遮尼乾及其眷屬食充足已爾時此王如是思惟我今當少問是薩遮尼乾子於如來所有信敬不王思是已取小卑牀坐於薩遮尼乾子前作如是言婆羅門我欲少論若聽許者我當問汝汝為我說薩遮尼乾語大王言隨汝所欲自恣而問我當善答悅可汝心王聞聽已問言婆羅門世界衆生中頗有衆生慧者明了無亂心智然有過耶薩遮答言實有大王王又問言婆羅門此是誰耶薩遮答言跋沙婆羅門是王又問言跋沙婆羅門有何

過耶薩遮答言跋沙婆羅門善瞻星曆善知節會善學唱說善知月蝕善知地動善知豐儉善知世俗善學瞻相然實邪婬愛他妻婦大王慧人不應行於邪婬何以故大王行邪婬者現世來世得大苦法乃至天人之所訶責如說偈言

貪欲他婦女　不護惡境界　不足自妻色
世所有訶責

王言婆羅門世衆生中復有衆生慧者明了無亂心智然有過耶薩遮答言實有大王王言誰是薩遮答言此頗羅墮婆羅門是慧者明了知時非時彼有過患王又問言有何過耶答言大王此婆羅門多所睡眠大王慧者不應多於睡眠何以故大王睡眠退失世出世法若智若斷如說偈言

若多樂睡眠　懈怠所覆蔽　睡眠放逸覆
凡夫退諸利

王復問言婆羅門世衆生中復有衆生成就如是諸法然有過耶薩遮答言實有大王王言誰是答言大王黑王子是王又問言是黑王子有何過耶答言大王多於嫉妬大王慧者不應多於嫉妬何以故大王若得成就於封邑行於嫉妬是人封邑不得堅牢空手而死死已便墮於餓鬼界如說偈言

嫉妬覆蔽心　彼人成封邑　彼有空手死
墮在餓鬼界

王又問言復有衆生成就如是上功德法有過患耶薩遮答言實有大王王言誰是答言大王此吉軍王子是王又問言吉軍王子有何過耶答言大王是吉軍王子甚喜殺生大

王慧者不應好喜殺生何以故殺生短壽當
墮地獄餓鬼畜生如說偈言
人王殺生者　少力及短命　命終墮地獄
是故不害生
王又問言婆羅門復有衆生慧者明了無亂
心智有過患耶薩遮答言實有大王王言誰
是答言大王此即無畏王子是也王又問言
無畏王子有何過耶答言大王多悲愍他大
王慧者不應多悲愍他何以故大王多悲愍
他若自在者是國多賊難可降伏多有過患
如說偈言
多悲愍於他　若人自在者　不能降伏是
不能執矩已
王又問言頗衆生中復有衆生慧者慧讃有
過患耶薩遮答言實有大王王言誰是答言
大王此天力王子是慧者慧讃然實有過王
言婆羅門天力王子有何過耶答言大王天
力王子飲酒放逸大王慧者不應多飲酒也
何以故大王酒多失念障礙上義亦失於世
及出世義如說偈言
常作放逸　一切王事　酒放逸蔽　退出世義
王又問言婆羅門復有衆生慧者慧讃有過
患耶薩遮答言實有大王王言誰是答言大
王此天熏王子是慧者慧讃然有過患王言
婆羅門天熏王子有何過患答言大王天熏
王子長思慮過大王慧者不應有長思慮何
以故大王長思慮者妨廢失利令重事起不
得寂靜是故大王大聰慧者不應長思如說
偈言
若有長思慮　事失不吉利　以是善莊嚴

妨廢發意事
王又問言薩遮復有衆生慧者慧讃有過患耶薩遮答言實有大王王言誰是答言大王此大軍王子是慧者慧讃然有過患王又問言大軍王子有何過耶答言大王有大慳惡覆蔽之過刼奪他財大王慧者不應有大慳惡如説偈言

若人主有慳　得封不知足　是所聚集財
至他世憂愁

王又問言薩遮復有慧者慧讃然有過患薩遮答言實有大王王言誰是答言大王波斯匿王慧者慧讃然有過患王言婆羅門波斯匿王有何過患答言大王波斯匿王有多食過大王夫有慧者不應多食何以故大王若有多食嬾惰身重所食難消如説偈言

人主多食　嬾怠身重　又損覺知　顏狀不鮮

王又問言婆羅門世界衆生中復有慧者慧讃然有過患薩遮答言實有大王王言誰是答言大王汝是世間慧者慧讃汝亦有過王言婆羅門我有何過答言大王汝多暴虐惡性卒急麤獷無慈大王夫有慧者不應麤暴若慧者麤暴人不多附乃至父母亦不適意況餘衆生大王若聰慧者不應麤暴大王有慧之人應深長思如説偈言

若有麤暴　不長覺思　必有訶責　無人憑仗

爾時梅荼鉢樹提王面聞自過瞋恚忿惱不適其意不能忍耐語薩遮尼乾子言汝應於是大衆之中訶責我耶以瞋恚故勑令斬殺爾時薩遮驚怖向王説如是言大王不應作是卒暴施我無畏聽我所白王言與汝無畏

汝欲何說大王我亦有過我王面前說王過惡言多暴虐惡性卒急麤獷無慈如實而說大王慧者不應於一切時說他實事大王慧者應當知時非時何以故大王如實說他多不適意人不親附無慧者訶如說偈言

如實說人王　凡夫者所毀　是以智慧者
思量然後說

爾時此王歎言善說復重問論婆羅門世衆生中頗有衆生慧者明了無亂心智無過咎耶薩遮答言實有大王王言誰是答言大王此沙門瞿曇是釋王種釋種出家如我等所瞻彼無過咎其種貴故無有過咎生於轉輪王種性故無有過咎不生廝下種性中故無有過咎釋種生故無有過咎色貌威德極端嚴故無有過咎相好莊嚴故無有過咎以是義故無有過咎是釋瞿曇若不出家當作於大轉輪王七寶成就所謂輪寶象寶馬寶摩尼寶女寶藏寶臣寶主兵寶千子具足勇健端正能壞他衆亦皆成就轉輪王相於四天下統領自在爲正法王兵仗不用正法治國既出家已苦行六年日日食於一麻一米坐菩提樹降伏魔衆既降伏已一念心慧如所知如所得如所觸如所覺如所證一切覺知無有衆生與等等者何況有勝是沙門瞿曇無有等者是故無過何以故大王是沙門瞿曇家種無等端正威德無與等者智慧威德無與等者是故無過如說偈言

持於三十二相好　出生釋種人師子
是淨飯王之太子　世尊一切智無咎

薩遮尼乾子如是說已鉢樹提王言大婆羅

門汝今當說何等是如來三十二大丈夫相婆羅門言我今當說王言何謂也大王是沙門瞿曇善安跱立足下平滿輪輻圓足手足柔輭指長傭纖手足網縵是沙門瞿曇足跟傭平足骨鉤鎖是沙門瞿曇其蹲鹿蹲是沙門瞿曇其身端直是沙門瞿曇陰藏隱密是沙門瞿曇其毛一一右旋是沙門瞿曇毛悉上靡是沙門瞿曇其髮紺青是沙門瞿曇皮膚金色極上細輭是沙門瞿曇七處圓滿是沙門瞿曇身體傭滿是沙門瞿曇極好支節是沙門瞿曇身不逶迤是沙門瞿曇身極長廣是沙門瞿曇周身團圓如尼拘陁樹是沙門瞿曇身如師子王是沙門瞿曇具四十齒是沙門瞿曇其齒密緻是沙門瞿曇牙齒齊平是沙門瞿曇牙齒鮮白是沙門瞿曇得上勝味是沙門瞿曇其舌廣長是沙門瞿曇有梵音聲是沙門瞿曇眴則俱眴是沙門瞿曇其目紺青是沙門瞿曇白毫相具是沙門瞿曇其頂有髻大王是沙門瞿曇具三十二大丈夫相以是義故無有過咎如說偈言

出生釋種頂有髻　其髻紺青而右旋
目如青蓮牛王眴　是故世尊無過咎
迦陵頻伽梵音聲　其舌長廣淨鮮薄
人中世尊齒齊密　含齒四十而白淨
一切世人及諸天　瞻覩其笑皆歡喜
佛世尊舌徧覆面　是故衆生無與等
一切衆味悉和集　世尊舌相之所出
一切衆味作一味　是故世尊無過咎
如師子身頻婆脣　其肩端嚴圓滿好
世尊身如尼拘樹　周帀團圓善安住

世尊莊嚴身端直　人師子身極長廣
七處旋滿無與等　上妙金色善鮮淨
人師子毛而上靡　其體皮膚極細軟
其髻各各合螺成　是故衆生無與等
又師子跱不曲垂　陰藏隱密如馬王
髀臑圓滿鹿王蹲　其誰瞻覩不歡喜
世尊手足有網縵　其指纖長赤銅爪
足跟臑平鉤鎖骨　足下平滿無高下
世尊手足壯柔軟　纖長指普有輪相
人尊足安而平跱　履行地時不傾動
無與等者如是相　世燈如是善莊嚴
處在大衆甚尊妙　猶如月王處衆星
是大丈夫色如是　世尊爲世作燈明
何況其餘無漏法　以是法故自然覺
大王是沙門瞿曇其色尊妙一切衆生無與

等者以是義故無有過咎大王是沙門瞿曇
大慈力成於諸衆生其心無礙常行大慈無
礙著故自然普到一切世界入諸衆生大王
如摩尼寶能清濁水寶性淨故能令一切濁
水清淨大王沙門瞿曇亦復如是内清淨故
能淨一切衆生結使濁汙淤泥是故無過如
說偈言

慈心普徧世　三世諸世界　一切衆生心
一切智普慈　無處不普至　是慈無與等
普覆虚空界　一切智無過　善淨摩尼寶
能淨於濁水　世尊淨諸有　淨衆生結垢

大王是沙門瞿曇成三十二大悲之行何等
三十二見世衆生沒愚癡闇是沙門瞿曇於
是衆生行於大悲見世衆生在大無明㲉是
沙門瞿曇於是衆生行於大悲見世衆生墮

在於大生死輪迴是沙門瞿曇於是衆生行於大悲見世衆生常勤行於不善寂法是沙門瞿曇於是衆生行於大悲見世衆生墮於大流順流而去是沙門瞿曇於是衆生而起大悲見世衆生墮於大山大苦逼切是沙門瞿曇於是衆生而起大悲見世衆生離於聖道墮於邪道是沙門瞿曇於是衆生而起大悲見世衆生閉大牢獄自然纏縛是沙門瞿曇於是衆生而起大悲見世衆生貪於色聲香味觸故無猒無滿是沙門瞿曇於是衆生而起大悲見世衆生是愛奴僕常繫屬他是沙門瞿曇於是衆生而起大悲見世衆生老死逼切羸劣困悴是沙門瞿曇於是衆生而起大悲見世衆生常病逼切是沙門瞿曇於是衆生而起大悲見世衆生爲三火燒常觸燋熾是沙門瞿曇於是衆生而起大悲見世衆生下纏所纏增長生死是沙門瞿曇於是衆生而起大悲見世衆生心常驚怖是沙門瞿曇於是衆生而起大悲見世衆生貪嗜少味不見過患是沙門瞿曇於是衆生而起大悲見世衆生久眠放逸是沙門瞿曇於是衆生而起大悲見世衆生墮大飢餓常互相害是沙門瞿曇於是衆生而起大悲見世衆生常在衰損互相劫奪是沙門瞿曇於是衆生而起大悲見世衆生無明所盲常不明了是沙門瞿曇於是衆生而起大悲見世衆生共相鬪諍惱亂不息是沙門瞿曇於是衆生而起大悲見世衆生如葸草兹萁是沙門瞿曇於是衆生而起大悲見世衆生不淨交會離於清淨是沙門瞿曇於是衆生而起大悲見

世衆生行於諸難離於無難是沙門瞿曇於是衆生而起大悲見世衆生多於疑惑著諸邪見是沙門瞿曇於是衆生而起大悲見世衆生如兜羅華依種種見是沙門瞿曇於是衆生而起大悲見世衆生想心見倒無常常想苦有樂想不淨淨想無我我想是沙門瞿曇於是衆生而起大悲見世衆生擔負重擔常受苦乏是沙門瞿曇於是衆生而起大悲見世衆生依止羸劣不堅牢想是沙門瞿曇於是衆生而起大悲見世衆生常在垢汙是沙門瞿曇於是衆生而起大悲見世衆生繫縛欲有而心貪著是沙門瞿曇於是衆生而起大悲見世衆生利養覆蔽常求於利是沙門瞿曇於是衆生而起大悲見世衆生墮在種種病苦憂悲啼哭愁惱衆苦大聚是沙門瞿曇於是衆生而起大悲大王此沙門瞿曇成就如此三十二種大悲行故是故無過如說偈言

無明愚癡大闇黑　見無明㲉蔽衆生
見衆生趣生死獄　是故人尊生大悲
衆生常勤造衆行　正覺見衆生流漂
恒常隨順此流漂　十力常生大悲心
墜墮於極高大山　見衆生行於邪道
善安止於聖道中　安寂靜處無煩惱
諸邪見者所繫縛　愛怨境界無滿足
爲生老死之所死　是故十力有大悲
種種衆苦所逼切　見世三火燒熾然
驚怖畏之被鹿皮　以是緣故十力悲
衆生貪著嗜於味　放逸貪著於境界
見其墮墜於飢餓道　調御能救於怨害

為無明闇所覆蔽　見諸衆生互相害
以是緣故十力悲　猶如葚草蔓兹萁
見諸衆生行難行　婬欲所生諸繫縛
以是緣故十力悲　行於邪見稠林中
無常有常無我我　於不淨中有淨想
是故十力生於悲　見諸衆生負重擔
凡夫常依止羸劣　見擔負於大重擔
是故十力有大悲　常為諸結所汙染
復次境界無猒足　見為利養所覆蔽
是故十力有大悲　隋於欲有之大海
見諸衆生苦惱已　多於種種憂愁病
是故十方有大悲　為是一切諸苦惱
彼常有於大悲心　知於非有亦非無
是故一切智無過　一切衆生普徧心
大王今復略說是沙門瞿曇成就四念處四正勤四如意足四禪五根五力七助道法八聖道分成就具足是故大王是沙門瞿曇無有過咎如說偈言

大覺善知於正勤　常勤精進修念處
勝出衆生無過咎　大仙禪定得自在
諸辯自在到彼岸　調御世成諸神通
大覺善通達諸諦　如來善知解脫呪
修於慈悲及喜捨　於梵行處得自在
是故常無衆過咎　善安止住於定慧
如來善知八聖道　大仙善知助菩提
究竟安止安樂渚　濟衆生苦於聖道
有與世調齊等者　一切世界無衆生
恒常不毀呰於他　一切智成一切德
大王是沙門瞿曇成就十力王言大婆羅門何等是名如來十力大王是佛如來是處如

實知是處非處如實知非處去來現在作業受業住處因報如實而知無量諸界種種世界如實知之若諸餘人餘衆生等種種所解如實而知若餘衆生餘人等根勝非勝根如實而知一切至道如實而知若餘衆生餘人諸根諸力助道諸禪解脱定次第定一切結使汙染白淨隨各各處如實了知念於無量種種宿命若於一生若無量生如其所行如其所説如實而知天眼清淨過於肉眼見諸衆生種種生死乃至生於善道惡道如實而知知諸漏盡無漏心解脱及慧解脱如實而知大王是名如來十力成就具足力故名持十力名無降伏是故無過而説偈言

是處非處　如實而知　實説大人　彼無有過
過去無障　彼有智慧　未來現在　知不失之
善知業報　知有因緣　如實不錯　世調御知
知於無量　種種諸界　善知諸界　世人無等
世種種解　無量諸解　照世明知　如實不異
知於鈍根　亦知中根　又知熟根　到根彼岸
一切至道　如實而知　根力助道　神通解脱
汙染白淨　各各了知　無有障礙　知見無礙
念於平等　無量稱實　自身及他　如實無異
天眼清淨　過於人眼　生死衆生　調御悉見
知諸漏盡　亦知解脱　無漏有異　亦悉知見
是人尊力　覺了自在　是一心有　心無分別
動發非發　自然而有　如初轉輪　無分別行
一心而知　諸衆生思　及衆生心　無有二相
是故無過　佛得自在　一切善法　出諸德事

大王是沙門瞿曇成四無畏王又問言大婆羅門何等如來四無畏也大王是沙門瞿曇

自言我得於正徧知若有沙門諸婆羅門魔梵及世言汝於諸法不正徧知我不見是相不見相故得安隱行得無畏行自言我得最勝處行在大衆中正師子吼能轉梵輪沙門婆羅門及餘諸世無有能轉是正法者佛自誓言我諸漏盡若有說言汝漏未盡佛不見是相不見相故如來得於安樂之行得無畏行得勝處行在大衆中正師子吼能轉梵輪沙門婆羅門及餘諸世無有能轉是正法輪佛說障道法若有說言親近是法無有障礙佛不見是相不見相故得安樂行得無畏行得勝處行在大衆中正師子吼轉於梵輪沙門婆羅門及餘諸世無有能轉是正法輪我說聖出道若有說言親近是者不能出世佛不見是相不見相故得安樂行得無畏行得勝處行在大衆中正師子吼能轉梵輪沙門婆羅門及餘諸世無有能轉是正法輪大王此是如來四無所畏如來成就是四無畏在大衆中正師子吼是故無過如說偈言

衆中師子吼　人調無所畏　更無與我等
況衆生有過　若我所覺法　是真實不虛
是正徧知見　鹿王師子吼　若有違逆者
不見有彼相　以不見相故　人調無所畏
我一切漏盡　我身是無漏　無有似等者
諸天及世人　有是障礙法　世調御所說
是真實空虛　無有可變異　我說出道法
自覺已演說　修行此法者　無有於障礙
大健知是已　如來得安樂　得於無畏樂
勝大丈夫行　轉於梵法輪　餘無有能轉
世間所不轉　唯除兩足尊

菩薩行方便境界神通變化經卷中

音釋

瓨下江切長頸甖也 捕薄故切搤捉也 蝕乘力切侵虧也 獷古猛切惡也 膅丑凶切圓直也 網縵網文紡切縵莫官切 跟古痕切足踵也 蹲市兖切腓腸也 逶迤逶於爲切迤余支切逶迤邪去貌 緻知意切密也 眴舒閏切目動也 跱池爾切立也 㲉苦角切 嗜常利切好也 莣武方切草也

菩薩行方便境界神通變化經卷下

劉宋天竺三藏求那跋陀羅譯

復次大王是沙門瞿曇成就十八不共佛法大王何等十八不共佛法大王是佛如來無有錯亂口無言說無有失念無有異想無不定心無不知已捨欲無退減進無退減念無退減慧無退減解脫無退減解脫知見亦無退減一切身業以智為首隨於智行一切口業一切意業以智為首隨於智行知於過去無礙知見知於未來無礙知見知於現在無礙知見大王是名如來十八不共佛法成就是故無過如說偈言

世尊無錯亂　口無有言說　其念無有失
是故彼無過　無有於異想　正智心不亂
隨時不生捨　一切智無過　欲無有退減
善逝進無減　其念無有失　彼無能毀者
慧無損退減　解無有退減　解知見無減
彼智無有惱　一切諸身業　口業及意業
以智力自在　智亦無有失　知於過去世
彼智無有礙　未來亦無礙　現在世無礙
有如是功德　是沙門瞿曇　復過是無量
非我說能盡

爾時梅荼鉢樹提王聞如來如是不可思議諸功德已甚適其意歡喜踊躍生於愛樂於是薩遮尼乾子所得無量歡喜得不可思議想得世尊想得善知識想得示菩提想得度到彼一切智想得啓請想得於念想又得菩薩不可思議解脫之想得於如是諸想心已以價直百千真珠瓔珞又復以上無價之衣供養薩遮尼乾子已如是讚言善哉善哉薩

遮尼乾子善說次第方便之法又言薩遮汝所說法順一切智汝所說法到一切智汝所說法出於生死汝所說法滅結使垢汝所說法破嫉妬門汝所說法擊大施鼓汝所說法能破壞魔大憍慢山汝所說法能乾愛海汝所說法照愚癡林汝所說法教化衆生不過失時王說是已薩遮尼乾子語大王言如是大王菩薩威儀無不調伏諸衆生者無有說法違逆大乘若不能增益一切智若不能盡一切結使若不能示生死過患若其不能到於涅槃若不能近菩薩之行若不能到自利利他及俱利者無有是處大王若有一切初發意時便到自利利他俱利薩遮尼乾說是事時旃荼鉢樹提王得斷疑已得不壞信十六王子得於歡喜信行之界八千天子獲得三昧名莊嚴佛行是王宮中所坐尼乾有萬三千發於無上正真道心各各脫衣供養薩遮尼乾子已作如是言我等今者得於善利見是薩遮大善男子又聞演說是隨順法復言薩遮可與俱往欲見世尊是佛如來今在我園薩遮答言一切悉來和合共往爾時大王與其眷屬大臣人民設大莊嚴爾時大王徧城行令唱如是言若不至於如來所者當斬殺之舉城一切男子女人童男童女聞王令已各各持諸華香華鬘塗香末香種種妓樂出於優禪大城外已向園而住待於大王爾時鉢樹提王與薩遮尼乾子諸大臣等王子兵衆內宮婇女國土人民騎乘圍遶大王威德王大神力王大變化王大遊戲幢幡蓋百千音樂歌舞唱妓簫笛擊節出種種妙

音象馬槃戲百千吉琔在前行列以金鎖莊校象車馬車九十八億人衆圍繞趣向自園詣世尊所到已頂禮佛足右繞三帀却住一面薩遮尼乾及其眷屬頂禮佛足各繞無量百千帀已住立合掌觀佛不眴爾時大德舍利弗見薩遮尼乾子佛前觀佛目不暫眴見是事已作是思惟薩遮尼乾子何緣來此如是思已語薩遮尼乾子言薩遮汝何緣故詣如來所欲見如來爲欲聽法薩遮尼乾子言大德舍利弗我不見佛不爲聽法大德舍利弗我今不用一切法故詣如來所何以故大德舍利弗見色不名見於如來見受想行識亦不名爲見於如來不見地大水火風大名見如來不見於我名見如來不見衆生不見壽命不見養育名見如來不見丈夫名見如來不見我勝我所勝名見如來不見於相名見如來大德舍利弗不見一切相者名見如來不見執著名見如來見無有物名見如來見於性故名見如來見於本際名見如來見眼色離欲名見如來見耳聲無教名見如來見鼻香不和合名見如來見舌味無知名見如來見身觸無著名見如來見意法無分別名見如來舍利弗言薩遮以如是相見如來者云何見如來耶薩遮答言大德舍利弗非以種故見於如來不以性故見於如來非相非無相非法非無法非實非不實非境界非不境界非思惟非不思惟非分別非不分別非有爲非無爲非物非不物非聚非散非色非受非想非行非識非取非不取名見如來舍利弗言薩遮以如是相見如來者汝善丈

夫云何得見於如來耶薩遮答言大德舍利弗我非到色見於如來亦不離色見於如來亦不壞色見於如來如是受想行識非到於識見於如來不離於識見於如來亦不壞識見於如來非現世分見於如來非過世分見於如來非以陰分見於如來非以界分見於如來我以如是見於如來我見一切言說非言說名見如來我非見非不見非有非不有非分別非不分別非憶想非諍非惱非起非取非捨非戲論非作想非不作想非作物非不作物非動發非不動發非作見非無作見非境界見非不境界見非言語非不言語見於如來離於一切所有言語談論音聲名見如來亦無所見大德舍利弗菩薩如是見於如來我亦如是見於如來舍利弗言汝以如是見於如來汝復云何聞說法耶薩遮答言大德舍利弗若我聽於如來說法若生法想非是法想何以故大德舍利弗菩薩一切所有言說皆出於法然不執著亦不生想何以故離法想故舍利弗言汝今薩遮不求聽法詣如來耶薩遮答言大德舍利弗我非求法非不求法詣如來耶何以故大德舍利弗夫求法者名不求於一切諸法大德舍利弗夫求法者不著佛求不著法求不著僧求不知苦求非斷集求非修道求非證滅求非過欲界非過色界無色界求非生死求非涅槃求大德舍利弗汝當知我都不求於一切法故詣如來所舍利弗言以何因緣故作如是說薩遮答言大德舍利弗一切諸法無因緣故我如是說又法界性無有因緣非無因緣俱

不可得故舍利弗言汝今流轉於諸道耶薩遮答言大德舍利弗若有道者我則流轉若有生者我則有生若有去者我則有死大德舍利弗一切諸法無去無生死舍利弗言薩遮如佛所說汝等比丘生老病死薩遮答言大德舍利弗一切衆生依止有道及憍慢故爲壞依止如來世尊作如是說佛法如性無有如是生老病死舍利弗言善哉善哉薩遮汝說大乘知分別義薩遮答言大德舍利弗汝今能知云何是義云何分別舍利弗言善男子我非說者我今欲聽善男子汝當演說云何是義云何分別薩遮答言大德舍利弗義者謂無言說若有言說名爲分別又復義者謂不可說若有言說名爲分別又復義者名謂默然若有言說名爲分別又復義者謂無動搖無諸戲論無有分別無有莊嚴非有非物無有我想非勇不可取不可見無有居止離於一切居止言說又分別者謂思量數觀住至他心又復義者名謂義辯分別者謂法辯辭辯樂說之辯大德舍利弗是名略說義及分別爾時世尊讚薩遮尼乾子善哉善哉善男子如汝所說說此法時三千天子得無生法忍二萬衆生聞此大辯發於無上正眞道心爾時大德目連白佛言世尊是薩遮善男子作是外道尼乾子服化幾衆生佛告目連若聞此事一切天人皆當迷惑惟除菩薩摩訶薩等目連諦聽我今演說薩遮尼乾子種種形服色像威儀教化衆生少分之事目連是薩遮善男子作外道服教化須彌塵數衆生令發無上正眞道心作遮勒形服化

四天下塵數衆生發於無上正眞道心作餘異道出家之像化八十四恒河沙等衆生發於無上正眞道心現聲聞形化十恒河沙等衆生示聲聞乘已然後復化令發無上正眞道心作緣覺像教化衆生復過是數菩薩形服教化衆生復過是數復作釋像復作梵像復作轉輪大王之像復作護世像復作緊那羅像復作阿脩羅像復作迦樓羅像復作摩睺羅像復作人像復作非人像復作男子像復作女人像復作童子像復作童女像復作地天像復作即化生天像復作仙人像復作年少婆羅門像復作比丘像復作比丘尼像復作優婆塞像復作優婆斯像目連薩遮善男子教化衆生如是甚多爾時目連白佛言世尊是薩遮尼乾子奉事供養幾如來耶佛告目連假量虛空可得其邊無有能得薩遮善男子以種種形供養奉事諸佛如來得其邊者目連假令能得地界水界火界風界衆生界邊無有能得是薩遮善男子奉事供養諸佛如來得其邊者爾時大德大迦葉語薩遮善男子言善男子汝多奉事供養諸佛汝之功德具足成就何故不成無上正道薩遮答言大德迦葉若有菩提有覺菩提者我當覺於無上正道大德迦葉語薩遮言恒河沙等菩薩摩訶薩發菩提願覺於無上正眞之道已覺今覺當覺薩遮答言大德迦葉爲憍慢衆生作如是數第一義中無有菩提無覺菩提者何以故大德迦葉菩提是無爲離一切數菩提非色不可見故菩提非青非黃非赤非白非紫非玻瓈色無有形像無貌無相

過一切相無有居止斷一切居止非有離一切有非相離一切相無有言說口業不及故非見非聚亦非有物非暗非明無形無體不可言說非不可說非觸非知非聞非聲非句非繫非縛非解非染非瞋非癡非一切事非假名非不假名大德迦葉菩提性爾又菩提者非身所覺又菩提者非心所覺何以故大德迦葉身癡無智猶如草木牆壁土塊是故不能覺於菩提心者非色又不可見是亦不能覺於菩提亦無衆生可覺菩提大德迦葉一切法性皆悉如是汝云何言汝何不成無上正道爾時菩薩大聲聞衆優婆塞優婆斯及釋梵護世如是思惟世尊如實知衆生心如所解知如來當斷我等疑惑猶豫之心當說薩遮善男子記幾時當成無上正道世界何名得菩提已名號何等住壽幾何大衆有幾爾時世尊知菩薩聲聞優婆塞優婆斯釋梵護世心之所念即告文殊師利是薩遮善男子此賢劫過已然後復過於筭數劫當得作佛號實意相王如來應供正偏知其佛世界名善觀稱劫名滅刺文殊師利是善觀稱世界端嚴甚可愛樂七寶莊嚴周帀百千七寶垣牆以爲莊嚴有百千塹十種香水充滿其中復有百千高大臺觀七種瑠璃大寶所成有百千萬閻浮檀金網以爲莊嚴而徧覆之有百千萬摩尼之寶間錯臺觀有百千萬過師子摩尼寶莊嚴牖嚮有百千萬師子幢摩尼寶莊嚴寶座有百千萬大幢摩尼寶照明一切百千萬鈴網出於和適軟妙音聲徧滿其中懸百千萬珍寶金旛豎立百千萬種

相幢文殊師利是善觀稱世界地平如掌寶樹徧覆生柔輭草其草右旋如難提跋旦孔雀項色猶如天衣是草普徧善觀稱界有百千萬園以爲莊嚴其一一園復以百千萬園圍繞莊嚴有百千萬池周徧莊嚴是一一池以八楞摩尼寶而間錯之閻浮檀金以爲梯隥底布金沙滿八味水寶華徧布有鵝鴈鴛鴦相和而鳴文殊師利善觀稱世界百千萬國及城邑村落周徧莊嚴其一一大城復有百千萬城周帀莊嚴諸村邑聚落亦復如是是一切國城邑村落男女充滿文殊師利是善觀稱世界之中有四天下名適意見甚爲殊特極妙端嚴極盛豐樂男女甚多彼實意相王如來應供正徧知當生其中文殊師利是實意相王如來出婆羅門種母名勇猛如今我母名曰摩耶父名梵摩婆秀如我父王名曰淨飯彼當有子名曰徧聲如今我子名羅睺羅有妻勝后名曰大意如今我妻瞿婆伽釋種童女當有乳母名曰大稱如我乳母名摩訶波闍波提瞿曇彌彼佛世尊當有侍使名常順行如我侍使名曰闡陀彼佛如來有大馬王名曰大力實意相王當乘出家如今我馬王名建特迦彼佛如來當有道場名曰法勇彼佛如來於道場上當成無上正眞之道當有八十億菩提樹周徧莊嚴文殊師利彼佛爾時無魔無魔天衆文殊師利彼當來世實意相王成於無上正眞道時彼佛世界所有衆生悉以一切諸華香鬘種種妓樂作衆妓樂當共往詣法勇道場上至阿迦膩吒天衆一切來集龍衆夜叉衆乾闥婆衆阿

脩羅衆迦樓羅衆緊那羅衆摩睺羅伽衆皆當來集東西南北諸大菩薩皆當來集文殊師利是實意相王初覺菩提已在大衆中說此菩薩行方便境界神通變化經無量百千億經而圍繞之文殊師利彼實意相王如來說此經時恒河沙等衆生於阿耨多羅三藐三菩提得不退轉文殊師利是實意相王如來不說於三乘法彼佛世界無聲聞緣覺惟皆一乘妙解衆生生彼世界文殊師利彼實意相王如來世尊初會說法當有恒河沙等菩薩得不退轉第二大會有八十那由他菩薩當得一生第三大會當有六十頻婆羅數菩薩自是已後當有過於筭數菩薩安住不退無上正真道文殊師利彼實意相王佛得成道已壽六十中劫佛涅槃後正法住世八十億百千那由他歲當廣流布佛之舍利所謂衆生其數如先文殊師利彼佛臨欲入滅度時授於大相菩薩記已後乃滅度此大相菩薩次於我後當得成於無上正真道號大莊嚴如來應供正徧知時此大衆心生驚疑誰是爾時大相菩薩次彼世尊當成無上正真之道號大莊嚴如來應供正徧知爾時世尊知大衆心即告文殊師利童子是薩遮善男子前坐外道小童子者名實歡喜得勝一切諸餘童子彼當成佛號大莊嚴如來應供正徧知彼佛世界所莊嚴事如彼實意相王如來等無有異此衆聞彼佛剎功德莊嚴威德會中六十億百千那由他諸菩薩等發心願生彼佛世界白佛言世尊是實意相王得成佛時我等當生彼佛世界世尊即記當生

彼國有八十億諸尼乾等同聲唱言世尊我等亦當生彼佛土佛一切記當生彼國於上空中有九十億百千那由他諸天子等說如是言世尊彼寶意相王佛得菩提時我等當生彼善觀稱世界之中當見如是功德莊嚴佛即記言汝等天子亦當生彼善觀稱界奉事彼佛汝諸天子亦當於彼善觀稱界成於無上正真之道各有異名等同壽命即時三千大千世界六種震動其地自然湧出無量百千億那由他大寶蓮華閻浮檀金爲葉大紺瑠璃摩尼爲臺硨磲爲鬚瑠璃爲莖諸蓮華中有菩薩現結跏趺坐相好嚴身恭敬禮佛以於種種瓔珞雲網供佛世尊皆言我等各各在於異佛世界遥聞說此不可思議菩薩功德經故來至此見佛世尊禮敬右繞亦

爲見薩遮善男子及諸大衆又言世尊有不可思議諸佛刹土無數衆生聞此經已皆得不退無上正道爾時世尊欲重宣此義而說偈言

聽我說此義　一心勿亂念　如來語無虚
調御無異説　薩遮佛出世　過筭數億劫
號寶意相王　劫淨無垢刺　無有婬欲刺
無有多過咎　亦無愚癡刺　彼劫無瞋刺
世界善觀稱　雜妙色莊嚴　人天喜樂觀
調御世當有　遊寶高臺觀　當有普嚴淨
閻浮金網覆　妙輭聲適意　竪師子寶幢
懸珍寶金旛　珍寶高牆壁　當有天宫德
當有江池井　當一切莊嚴　青白蓮徧布
八味水盈滿　當中四天下　名曰適意見
善逝所生成　出婆羅門種　母名曰勇猛

父梵摩婆秀　子曰徧名聲　如我子羅睺
彼善逝勝后　其名曰大意　如我后瞿婆
乳母名大稱　如今我乳母　名曰瞿曇彌
侍使名順行　當爲調御使　供給於善逝
如我使闡陀　二足尊馬王　當名曰大力
負善逝出家　如我建特迦　彼如來道場
當名曰法勇　八十億百千　樹周帀圍繞
人尊坐此已　實意自無等　無上無憂道
道樹下善覺　無魔無魔衆　終無有魔業
善逝士無刺　有無等丈夫　彼界有衆生
作人天功德　華鬘諸妓樂　出詣世尊所
調御知衆集　知畢竟心淨　當說此經三
有億經圍繞　聞於此勝經　二足尊說時
多億恒沙衆　有不退佛智　終不聞下乘
亦無緣覺乘　慧健諸菩薩　彼佛世界有
二足尊初會　當有恒河沙　功德海不退
菩薩大名稱
二會八十那由他　悉皆得住於一生
三會六十頻婆羅　諸善菩薩多利益
滿六十中劫　善逝所壽命　人調御滅已
正法廣流布　八十億千歲　法住那由他
舍利廣流布　亦多調衆生　世調滅度時
記大相菩薩　汝當調御世　號名大莊嚴
彼莊嚴亦爾　利衆生亦等　當作調世覺
無上無塵道　我知見無上　知當無量劫
何況現在前　一切智無礙　信我語無量
如來語無空　諦住於我教　取我所說語
聞善逝說已　大衆生喜勇　發願彼世界
我等當生彼　世調御說記　生彼無垢刹
汝當覺勝道　廣利來衆生　說此經王時

大地六種動　華中出菩薩　合掌禮調御
善哉覺丈夫　善說法不斷　佛說法我聞
遠來此爲法

當于爾時一切大衆甚適其意歡喜踊躍愛樂受持惟留一衣餘衣悉以奉上供佛說如是言世尊出世再轉法輪於波羅柰初轉法輪今復更轉最大法輪咸言世尊願令我等常不離於如此法寶亦常不離此善丈夫時上空中作種種天樂雨大青黃赤白蓮華於佛之前諸天天衣於虛空中而自迴轉唱如是言是善丈夫於當來世成就不可思議功德所謂若有受持此經讀誦通利爲他廣說說是語已文殊師利白佛言世尊是善男子善女人等書寫此經受持讀誦令通利已爲他廣說得幾所功德如是問已佛言文殊師利若有一善男子善女人三千大千世界之中所有衆生有色無色有想無想有衆生界惟佛能知諸有一切未得人身悉得人身成於無上正眞道已是一善男子善女人恭敬供養尊重禮拜是一切佛施諸所安壽命一劫文殊師利於汝意云何是善男子善女人以是因緣得福多不文殊師利答言甚多世尊甚多善逝無有能數無有計量佛言文殊師利是善男子善女人書寫受持讀誦通利爲他廣說福多於彼善男子善女人供諸佛者文殊師利言世尊未曾有也世尊利益一切世間說此經典世尊此經當於閻浮提中流布幾時佛言文殊師利我涅槃後我之舍利當廣流布爾時八王當以寶箱分我舍利作八分已各各自國造作大塔阿闍世王取

我舍利第八之分盛寶香奩王舍城外穿鑿於地而藏隱之安置種種衆妙雜香竪立種種幢旛寶蓋散寶華然持百歳燈藏舍利箱待阿叔迦王於金葉上書此經王并藏去之文殊師利我涅槃後百歳當有阿叔迦王是王當出於暮刹利種王閻浮提得自在住四渚轉輪彼王爾時修念我行於佛法中得清淨心爾時有比丘名因陀舍摩得大神通有大威德攝持正法持方等經是王種出家出入阿叔迦大王宮中文殊師利阿叔迦王爲廣流布我舍利故大多將從諸貴人等大王威德而自莊嚴持諸華鬘末香塗香種種妓樂到王舍城大設供養墾掘其地取舍利箱七日之中設種種供養以一切華一切鬘一切末香一切塗香一切妓樂作如是大供養已然後隨於種種多人所居止處一日一時安起八萬四千大塔爾時因陀舍摩法師從於寶箱出此經已安置北方多人住處此經又無多人識知無多人解無多人受少人受持讀誦此經文殊師利此經多隱在箱篋中何以故無人受故非其器故文殊師利當知此經難解難信難得其底非是常人所能信受非凡下人能讀能入文殊師利後五十歳時若復有人聞此經典信解恭敬文殊師利不應作疑當知是人供養多佛善行於此大乘經典有眞實器若有書寫受持此經讀誦通利是衆生等應當自知我等已見恒河沙等諸佛如來奉事供養右繞禮拜亦見於我在此園中說是經時及見大衆爾時佛告阿難汝受此經讀誦通利汝愼勿於斯下人前

說此經典不知根故何以故阿難是如來功德是如來密處是如來說純無雜法是如來印是如來堅法是如來勝財阿難汝當堅持勿妄與人惟除我長子持我法藏護我法藏與是等人阿難白言我持此經已世尊此經何名云何受持佛言阿難此經名曰說菩薩行方便境界神通變化經亦名如來密處亦名如來說純無雜法亦名如來說出一乘亦名文殊師利所問亦名薩遮受記亦名薩遮品如是受持如來演說此經法時有三十那由他諸衆生等本末曾發無上道心今悉發心也六萬菩薩得無生法忍無量衆生畢定無上正眞之道佛說是經已大德阿難歡喜適意文殊師利童子一切菩薩比丘比丘尼優婆塞優婆斯釋梵護世天及世人聞佛說已歡喜信受

菩薩行方便境界神通變化經卷下

音釋

塹七艶切遶城水也　牖嚮牖與久切壁窻也嚮許亮切北出牖也　梯梯土雞切木階也　隥都鄧切登陟之道也　奩力鹽切匲也　鑿在各切穿也　墾墾康很切發也　掘掘其月切穿也　箱篋箱息良切篋苦協切　廝息茲切賤也

大薩遮尼乾子受記經

元魏天竺三藏菩提留支譯

清刻龍藏佛說法變相圖

大薩遮尼乾子受記經卷第一

元魏天竺三藏菩提留支譯

序品第一

歸命大智海毗盧遮那佛（外國一切經首有此二句故今存焉）

如是我聞一時婆伽婆在鬱闍延城王名嚴熾住王園中其園所有殊勝莊嚴不可稱計所謂娑羅樹多羅樹多摩羅樹迦尼迦羅樹尼拘律樹波羅叉樹鬱曇鉢華樹婆師迦華樹陀毱尼迦華樹阿提目多伽華樹瞻蔔華樹阿輸迦華樹波吒羅華樹如是無量百千衆妙樹林莊嚴復有種種異相之水所謂泉水海水直流水曲流水多羅迦水池水從上注下水從下涌上水如是無量百千妙相衆水莊嚴復有種種衆妙雜華所謂優波羅華鉢頭摩華拘牟頭華分陀利華他羅華摩訶

他羅華盧遮華摩訶盧遮華如是無量百千妙華以爲莊嚴復有種種妙音聲鳥所謂鵝鳥崑崙遮鳥拘只羅鳥拘那羅鳥且多鳥崛多鳥鸚䳇鳥鴝鵒鳥耆婆耆婆鳥迦陵頻伽鳥有如是等無量百千衆妙聲鳥以爲莊嚴復有種種妙色衆蜂飛在虛空遞相連接猶如羅網遍覆於上以爲莊嚴復有種種衆雜色草柔輭香潔無量百千異種文色莊嚴其地如是衆妙莊嚴園中與大比丘衆七十二百千萬等諸大衆俱其名曰慧命舍利弗大目揵連摩訶迦葉阿㝹樓馱須菩提摩訶迦旃延摩訶劫賓那離波多難陀那提迦葉伽耶迦葉富樓那彌多羅尼子憍梵波提般他迦周羅般他迦陀驃摩羅子佉陀林純陀摩訶拘絺羅羅睺羅慧命阿難等七十二百千萬億諸大衆中而爲上首一切皆修如實法界境界諸行一切皆入法界實性一切皆得無障無礙虛空境界殊勝妙行一切皆得無所著行一切皆離煩惱諸垢一切結使一切皆入如來法性光明照處一切皆證同一法性平等大慧一切皆得現諸如來一切智門一切皆得常不休息大菩提道一切皆得轉不退轉大菩提道一切皆得證不退轉大菩提心一切皆到第一彼岸般若知見一切皆得究竟彼岸方便智慧復有摩訶波闍波提比丘尼耶輸陀羅比丘尼等八千比丘尼於百千萬億比丘尼中而爲上首一切皆悉具足善集諸妙白法一切善入一切智道一切皆近一切智智一切皆入無所有性一切能觀諸法無相一切善信法際無際一切皆得

無障解脫一切皆得隨諸有緣可化衆生示佛色身諸菩薩摩訶薩七十二百千萬億諸大衆俱其名曰大速行菩薩大速行住持菩薩大奮迅菩薩大奮迅王菩薩大精進奮迅菩薩大勇奮迅菩薩現大勇勢奮迅菩薩大力奮迅菩薩大衆自在菩薩大香象菩薩大月菩薩善月菩薩月功德菩薩寶月菩薩月光普照菩薩法無垢月菩薩月普照菩薩月名稱菩薩放月光明菩薩滿月菩薩梵聲菩薩梵自在吼聲菩薩地吼聲菩薩法界吼聲菩薩驚怖一切魔宮吼聲菩薩出法鼓聲菩薩普識聲菩薩無分別離分別聲菩薩師子吼地勇聲菩薩閉塞一切聲菩薩普藏菩薩功德藏菩薩普照藏菩薩寶藏菩薩月藏菩薩日藏菩薩日光藏菩薩波頭摩藏菩薩福德藏菩薩智勝藏菩薩大慧菩薩勝慧菩薩名稱慧菩薩快慧菩薩上慧菩薩增長慧菩薩無邊慧菩薩廣慧菩薩佛慧菩薩無盡慧菩薩彌留山燈明菩薩然大燈明菩薩法燈明菩薩遍十方燈明菩薩普照菩薩普滅一切闇燈明菩薩普照諸趣燈明菩薩常放大光燈明菩薩月光燈明菩薩日光燈明菩薩離惡道菩薩降魔菩薩大降魔菩薩希生菩薩難降菩薩難量菩薩難知智菩薩竭惡道菩薩大勢至菩薩觀世自在菩薩彌勒菩薩文殊師利法王子菩薩等七十二百千萬衆而爲上首如是諸菩薩摩訶薩等一切皆得一生補處一切皆得諸陀羅尼一切皆得諸三昧海一切皆得無邊樂說無礙辯才一切皆得無畏說法一切皆到第一彼岸功德叢

林如意自在一切皆得大神通道奮迅自在到諸佛國一切皆得無礙自在身心解脫一切皆得無障無礙畢竟知見一切皆得普現佛身遊諸十方無佛國土一切皆得如實正智轉大法輪無過無謬一切皆得隨順十方堪聞衆生而爲說法一切皆得陀羅尼門說無非法一切皆得無取無捨如實法界一切皆得能說諸法空義無礙一切皆能師子哮吼一切皆能降伏外道一切皆能降魔怨敵一切皆得菩薩神通諸勝妙行一切皆得離諸怨憎一切皆得地水火風平等大心一切皆得入諸如來深密之處一切皆得爲諸衆生住持佛事一切皆得諸佛如來所共讚歎稱譽隨喜說其勝行一切皆能具足住持無邊際劫一切皆能住持如來所說法輪一切皆得放大法寶勝妙光明一切皆得說不可盡勝行功德一切皆得於諸世間具足自在一切皆得具足成就過去諸願一切皆得諸佛如來信行境界一切皆得過去所修善行具足一切皆得具足清淨佛無垢智一切皆得常不休息勇猛精進供養一切諸佛如來一切皆得勇猛發起畢定取於不退轉地一切皆得大悲現前一切皆得自性清淨深心解脫一切皆得離諸疑悔戒取煩惱一切皆得過去諸佛神力所加復有無量諸優婆塞諸優婆夷復有三千大千世界具大威德具大威德上上殊勝諸天天王諸龍龍王諸夜叉夜叉王諸乾闥婆乾闥婆王諸阿脩羅阿脩羅王諸迦樓羅迦樓羅王諸緊那羅緊那羅王諸摩睺羅伽摩睺羅伽王人及人王彼

時一切諸大衆等各有百千萬億眷屬俱集會坐爾時世尊爲諸無量百千萬億諸大衆等恭敬圍遶處在百千萬福莊嚴功德勝藏師子座上結跏趺坐如來妙色身光威德其相殊特照曜顯現蓋諸一切天龍八部譬如須彌山王涌出大海威光殊勝照曜顯現蓋諸小山如來世尊大須彌王處在百千萬福莊嚴師子妙座威光殊特照曜顯現蓋諸大衆亦復如是譬如初月光輪漸長至月滿足其光殊勝照曜顯現映奪一切星宿諸光如來世尊處在百千萬福莊嚴師子妙座威光殊特照曜顯現映諸一切天人大衆亦復如是譬如虛空清淨無垢離諸一切雲翳塵滓其中日輪放大光明其光殊勝照曜顯現映奪一切諸蟲螢火所有光明皆悉不現如來日輪處在百千萬福莊嚴師子妙座威光殊特照曜顯現映蔽一切釋提桓因諸梵天王四天王等光明不現亦復如是譬如闇夜在大山頂然大火輪光明殊勝照曜顯現一切皆見如來山火處在百千萬福莊嚴師子妙座光明殊特照曜顯現有緣皆見亦復如是譬如師子諸獸之王在於深山威力殊勝照曜顯現降伏一切諸蟲獸等如來師子諸法之王處在百千萬福莊嚴師子妙座威光殊特照曜顯現降伏一切外道異見諸衆生等亦復如是譬如離垢八楞摩尼如意寶珠置在高幢放大光明隨衆生願雨令滿足其光殊勝照曜顯現遍照十方如來摩尼處在百千萬福莊嚴師子妙座大智慧明威光殊特照曜顯現遍照十方滿衆生願亦復如是譬

如自在轉輪聖王威德殊勝照曜顯現悉能降伏遍四天下一切無有能敵對者如來世尊轉法輪王處在百千萬福莊嚴師子妙座威光殊特照曜顯現降伏一切諸魔怨敵亦復如是譬如釋提桓因以帝釋寶摩尼瓔珞繫在頸上處善法堂諸天衆中威德殊勝照曜顯現降伏一切諸天大衆如來帝釋處在百千萬福莊嚴師子妙座威光殊特照曜顯現蓋諸天人亦復如是

問疑品第二

爾時聖者文殊師利法王子菩薩見諸無量大衆雲集見佛世尊現大勝妙希有之相作是思惟今者世尊爲何事故先現此相我有疑事今應當問何以故如來世尊處於百千萬福莊嚴師子妙座威光殊特照曜顯現如是無量大衆集會難可值遇作是念已即從座起偏袒右肩右膝著地合掌向佛即以偈頌讚歎如來而說偈言

世尊十方照　天人諸世間　三界無與等
何有能過者　譬如須彌王　出大海小山
深固不傾動　諸天蒙安隱　如來須彌王
過勝生死海　諸功德住持　安住不可動
功德須彌身　顯出諸世間　一切依如來
安隱住涅槃　譬如空無障　滿月獨明照
一切星宿光　隱沒不能現　如來十力淨
智慧月明朗　神通弟子衆　亦如星宿光
譬如日光輪　照曜諸世間　除滅一切闇
諸小光不現　如來智日輪　照除世間闇
諸梵王等光　隱沒不能現　譬如夜然火
置在高山頂　以體明淨故　十方闇皆見

如來大明火　智慧山高顯　照煩惱闇界
法性令開現　譬如師子王　雄猛蓋諸獸
不現威怒相　一切獸降伏　如來師子王
無畏力具足　慈心諸外道　自然皆降伏
譬如摩尼珠　放光照世間　隨諸衆生願
一切雨滿足　如來摩尼寶　智慧幢遠照
能雨大法雨　滿足衆生願　譬如轉輪王
具足七寶福　遊諸四天下　怨對生親友
如來轉輪王　具足十力寶　攝諸四魔衆
皆歸如來道　譬如帝釋王　三十三天主
布政善法堂　諸天歡喜受　如來天帝釋
三界大法王　慈心觀諸趣　坐涅槃法堂
興大慈悲雲　雨甘露法雨　天人歡喜受
修行無上道

爾時聖者文殊師利法王子菩薩說諸偈頌讚歎佛已合掌白佛言世尊如來乃能爲諸大衆說菩薩行方便境界奮迅法門以聞此經諸有樂信無上大乘善根衆生皆發阿耨多羅三藐三菩提心及信小乘狹劣衆生亦發無上菩提之心已發無上大心衆生而能增長菩提之念諸狹劣行小見衆生能發大行退道衆生而能進取大菩提道以取菩提勝道衆生能入如來智慧莊嚴深密法中爾時世尊告文殊師利法王子菩薩言文殊師利諸佛如來應供正遍知所有難信難知難覺難識難量難入深密之法一切天人不知如來依何意說文殊師利如此甚深微妙之法若有衆生行惡行者不知此法不識此法諸破戒者不知此法不識此法樂小行者不信此法破壞心者不信此法爲惡知識所攝

持者不入此法諸善知識所不攝者不入此法不爲諸佛住持衆生不聞此法除諸如來加力持者能聞此法能信此法斯有是處爾時世尊欲重宣此義而說偈言

美妙聲法子　能問我此事　汝今至心聽
我當爲汝說　衆生無明覆　唯有信小心
聞此大乘法　不信故不說　若於無量世
過去諸佛所　修行諸善行　善根具成熟
如是諸衆生　常被如來加　聞說生歡喜
乃能諦信受　若爲惡知識　毒蛇之所螫
離於善知識　不聞甘露法　於諸勝法中
起於放逸心　墮大邪見坑　聞說不生信
衆生心狹劣　不堪受大法　聞退生不信
起於誹謗心　長夜墮惡道　永不聞佛法
爲彼起悲心　故我不速說

爾時聖者文殊師利法王子菩薩白佛言世尊此會大衆皆善清淨善行諸行善能供養諸佛如來善能將護諸善知識善能修集清淨信眼善入大智信諸境界善具清淨深心直心此會大衆一切善能觀諸境界能知此法能識此法善哉世尊唯願爲我及時會大衆樂聞之心善說此法而說偈言

此會諸衆生　已於無量劫　一切諸佛所
種善根滿足　如是衆生等　能入佛境界
爲滿法器故　願佛今速說　一切皆瞻仰
天人師面門　恭敬合掌觀　渴仰目不捨
願世尊愍此　渴仰衆生心　雨大妙法雨
令生善法芽　我今請如來　無上大法王
願開甘露門　轉最勝法輪　是諸衆生等
若聞佛所說　能行無上道　究竟涅槃法

一乘品第三之一

爾時聖者文殊師利法王子菩薩如是問已佛告文殊師利善哉善哉法王子善哉文殊師利汝今善能問於如來應正遍知菩薩所行甚深法門何以故文殊師利汝見諸法實義現前無有疑惑究竟到於智波羅蜜第一彼岸爲欲利益無量衆生令入菩薩無上道故問如是法文殊師利汝能復爲未來衆生然大明燈滅諸闇故問如是法善哉善哉文殊師利汝今諦聽我當爲汝說菩薩行方便境界奮迅法門文殊師利白佛言善哉世尊願樂欲聞時諸一切菩薩大衆一心同聲俱白佛言善哉世尊願樂欲聞

爾時世尊欲說此法告諸大衆諸善男子若有善男子善女人等畢竟成就十二法者乃能發於阿耨多羅三藐三菩提心何等十二一者自性信大乘法爲離小乘狹劣心故發菩提心二者自性成就大悲爲欲具足諸白法故發菩提心三者直心本行堅固爲猒生死向彼岸故發菩提心四者善集一切功德爲欲修滿諸願行故發菩提心五者能善供養諸佛爲欲善起諸白法故發菩提心六者身口意業清淨爲離一切諸惡行故發菩提心七者遠離諸惡知識爲欲親近善知識故發菩提心八者聞法如說修行爲不虛妄誑衆生故發菩提心九者爲欲利益一切畜諸資生不貪不慳故發菩提心十者以得諸佛力加爲離一切諸魔怨故發菩提心十一者於諸衆生常起大悲能捨内外一切諸物爲離慳嫉故發菩提心十二者具法行力爲能

成就諸功德故發菩提心善男子是名十二妙法若善男子善女人成就此十二法者乃能發於阿耨多羅三藐三菩提心善男子復有十二種勝法菩薩成就名發阿耨多羅三藐三菩提心何等十二一者安隱心爲與一切衆生樂故發菩提心二者愍心他惡來加能忍將護不生異想故發菩提心三者大悲心爲荷衆生大重擔故發菩提心四者大慈心爲拔一切惡道苦故發菩提心五者清淨心能於餘乘不生願樂故發菩提心六者無染心爲離一切煩惱濁故發菩提心七者光明心爲求無上自性清淨光明照故發菩提心八者幻心能知諸法究竟無物故發菩提心九者無物心能知一切無所有故發菩提心十者堅固心於諸法中不可動故發菩提心十一者不退心能證諸法究竟盡故發菩提心十二者度諸衆生不生猒心如說修行故發菩提心爾時世尊重說偈言

諸善男子等　若有諸衆生　欲修諸白法
成就無垢法　能於怨親中　悲愍心平等
如是諸菩薩　名發菩提心　若有衆生等
已於無量劫　將護惡知識　供養善知識
護持菩提門　起諸大願行　如是諸菩薩
名發菩提心　若有諸衆生　憶念過去世
無量億劫事　堅固如山王　精進心無倦
常行不休息　如是諸菩薩　名發菩提心
若有衆生等　捨離諸惡法　具足悲愍心
安隱心成就　念示諸衆生　一切善業道
如是諸菩薩　名發菩提心　若有衆生等
見諸勝智者　念於大菩提　無上勝功德

欲於餘乘中　心淨無玷穢　如是諸菩薩
名發菩提心　菩薩得淨心　離虛妄分別
觀世間涅槃　平等無差別　雖行化衆生
如見鏡中像　如是發心者　是實菩提心
已離煩惱過　一切諸塵勞　清淨如虛空
不爲垢所染　諸相永寂滅　出離言語道
是名滿足修　清淨菩提心　如是諸菩薩
不久坐道場　得大陀羅尼　無上勝辯才
具足三十二　八十相好身　能住一切佛
本性功德中

復次文殊師利菩薩摩訶薩能住如是勝功德中有十二種布施妙行能大利益疾到菩提菩薩應行檀波羅蜜何等十二一者布施能速增長無上菩提功德利故菩薩應行檀波羅蜜二者布施生處富足手中常出無盡寶故菩薩應行檀波羅蜜三者布施隨願得生釋梵天王諸大家故菩薩應行檀波羅蜜四者布施能離一切慳貪心過棄捨諸有不生願樂故菩薩應行檀波羅蜜五者布施能捨世間貪染縛故菩薩應行檀波羅蜜六者布施出餓鬼門離諸惡趣故菩薩應行檀波羅蜜七者布施離諸世間多人共物能得菩提不共物故菩薩應行檀波羅蜜八者布施能稱衆生歡喜心故菩薩應行檀波羅蜜九者布施能捨內外行佛行故菩薩應行檀波羅蜜十者布施於諸一切所愛事中能離縛著垢害心故菩薩應行檀波羅蜜十一者布施行能滿足無上檀波羅蜜故菩薩應行檀波羅蜜十二者布施行能隨如來教所願成就故菩薩應行檀波羅蜜善男子是名菩薩

摩訶薩十二種修行檀波羅蜜得大利益迴向阿耨多羅三藐三菩提爾時世尊即以偈頌讚歎檀波羅蜜重說偈言

欲求無上道　修行諸功德　破於慳貪心
布施最第一　佛子行捨心　見來乞求者
能生歡喜心　一切無恪惜　國城及妻子
乃至天王位　身肉及手足　頭目諸髓腦
清淨無垢眼　施已心歡喜　如是行捨心
名檀波羅蜜　一切諸如來　滿足諸功德
具勝涅槃道　皆由布施故　是故諸佛子
欲求無上道　常當修捨心　行檀波羅蜜
施能得菩提　不住於世間　是故諸菩薩
常當行捨心　施能斷貧窮　富足七淨財
慳嫉妬心盡　清淨佛菩提　布施能滿足
成就十自在　是故諸如來　讚歎行施福
菩薩見是利　爲成波羅蜜　是故修捨心
常施一切物

善男子菩薩復有十二種持戒得大利益菩薩應行尸波羅蜜何等十二一者持戒能攝一切諸善根故菩薩應行尸波羅蜜二者持戒入菩薩道故菩薩應行尸波羅蜜三者持戒解脫一切煩惱縛故菩薩應行尸波羅蜜四者持戒能過一切諸惡道故菩薩應行尸波羅蜜五者持戒能拔惡道苦衆生故菩薩應行尸波羅蜜六者持戒身口意業不爲諸佛如來訶故菩薩應行尸波羅蜜七者持戒諸佛如來常讚歎故菩薩應行尸波羅蜜八者持戒能入諸有不放逸故菩薩應行尸波羅蜜九者持戒即施衆生無怖畏故菩薩應行尸波羅蜜十者持戒成就身口意業善戒

故菩薩應行尸波羅蜜十一者持戒能得於諸法中隨順自在故菩薩應行尸波羅蜜十二者持戒成就第一彼岸功德波羅蜜業故菩薩應行尸波羅蜜善男子是名菩薩摩訶薩十二種修行尸波羅蜜得大利益迴向阿耨多羅三藐三菩提爾時世尊即以偈頌讚歎尸波羅蜜重說偈言

欲離諸生死　安隱到涅槃　一切如來說
持戒最第一　戒如清涼池　能生諸善華
亦如猛熾火　能燒諸惡草　戒善持行者
如鳥飛虛空　不懼墮生死　諸趣惡道中
惡道大毒龍　無明諸羅剎　見持淨戒者
恭敬捨害心　一切諸如來　安隱住涅槃
斷諸惡趣道　皆由持戒故　是故諸佛子
欲求無上道　堅固諸善本　持戒波羅蜜
菩薩應思惟　善住戒品中　解脫煩惱縛
閉諸惡趣門　若欲持淨戒　應當如犛牛
爲護一毛故　守死不惜命　如是護諸業
是名持戒人　如來常讚歎　所求皆成就
能持淨戒者　有如是功德　是故諸菩薩
常當持淨戒　身口意業淨　諸惡皆不行
是能到菩提　一切智現前　持戒不放逸
諸善皆堅固　法中得自在　能淨諸佛戒
菩薩持淨戒　視物無怨親　等心諸羣生
見者無怖心　我住於彼處　常修不放逸
是故今得離　一切諸惡趣　到第一彼岸
如實功德地　是故諸菩薩　常當持淨戒
菩薩若欲求　菩提佛功德　持戒如犛牛
當念不放逸　如是諸菩薩　是名爲智者
能速到彼岸　住佛果菩提

善男子菩薩如是修行諸法已復有十三種觀修行羼提波羅蜜得大利益菩薩應行忍波羅蜜何等十三一者忍行堪忍諸惱能證一切諸法空故菩薩應行忍波羅蜜二者忍行不見有我爲他害故菩薩應行忍波羅蜜三者忍行不見衆生有怨親故菩薩應行忍波羅蜜四者忍行不見自他身可損故菩薩應行忍波羅蜜五者忍行聞毀讚歎心常不動故菩薩應行忍波羅蜜六者忍行能伏煩惱諸結使故菩薩應行忍波羅蜜七者忍行能斷瞋恨諸結使故菩薩應行忍波羅蜜八者忍行能成三十二相八十種好故菩薩應行忍波羅蜜九者忍行能離惡道生梵天故菩薩應行忍波羅蜜十者忍行能過一切損害境界故菩薩應行忍波羅蜜十一者忍行能得盡智無生智故菩薩應行忍波羅蜜十二者忍行能降一切惡魔諸境界故菩薩應行忍波羅蜜十三者忍行能見如來無量功德莊嚴身故菩薩應行忍波羅蜜善男子是名菩薩十三種觀修羼提波羅蜜得大利益迴向阿耨多羅三藐三菩提爾時世尊即以偈頌讚歎忍辱波羅蜜重説偈言

若欲爲衆生　作諸歸依處　令生無畏心
忍辱最第一　能行忍辱者　見者皆歡喜
怨家捨毒心　皆生親友想　一切諸如來
成就平等心　衆生所歸依　皆由行忍故
是故諸佛子　欲求無上道　爲物作依止
當堅固忍辱　菩薩若欲依　一切佛菩提
當觀諸法空　衆生不可得　如是行忍者
能具佛功德　是故諸菩薩　常應修忍辱

菩薩若修忍　當遠離二邊　不見自他身
能有損益者　如來大慈悲　讚歎如是觀
是故諸菩薩　常應修忍辱　若欲得盡智
滅諸使煩惱　不怯弱修忍　常無分別心
如是觀諸法　成忍波羅蜜　是故諸菩薩
常應修忍辱　菩薩欲莊嚴　如來相好身
復生梵世界　出離諸魔道　樂行忍辱行
一切皆成就　是故諸菩薩　應堅固忍辱
忍辱力最上　諸行無過者　一切諸功德
住在忍行中　四魔力難敵　忍力能除滅
是故諸菩薩　常應修忍辱

大薩遮尼乾子受記經卷第一

音釋

鬱於物切　嵬奴鉤切　崑崙崑古渾切崙盧昆切　鸚鵡鸚烏莖切鵡文甫切　遞特計切更迭也　驃毗召切　佉丘伽切　奮迅奮方問切迅息晉切　謬靡幼切誤也　哮吼哮許交切吼呼后切　跏趺跏古牙切趺甫無切跏趺屈足坐也　翳於計切蔽也　狹劣狹胡夾切隘也劣力輟切弱也　螫施隻切蟲行毒也　誹謗誹甫尾切非議也謗補曠切毀也　慳嫉慳苦顏切悋也嫉秦悉切嫉妬也　悋良刃切慳也　憫眉殞切恤也　玷穢玷都念切瑕也穢於廢切污也　犛莫交切長氂牛也　羼提梵語也此云忍辱羼初限切

大薩遮尼乾子受記經卷第二

元魏天竺三藏菩提留支譯

一乘品第三之二

善男子菩薩復有十二種發勇猛心修行毗棃耶波羅蜜得大利益菩薩應行精進波羅蜜何等十二一者精進能速覺知諸佛法海故菩薩應發大勇猛心修行精進波羅蜜二者精進能速往詣諸佛所故菩薩應發大勇猛心修行精進波羅蜜三者精進能遍十方供養恭敬一切佛故菩薩應發大勇猛心修行精進波羅蜜四者精進所作之業能稱一切諸佛意故菩薩應發大勇猛心修行精進波羅蜜五者精進能勸化度一切衆生不生猒足故菩薩應發大勇猛心修行精進波羅蜜六者精進能置衆生諸佛法中趣解脫門故菩薩應發大勇猛心修行精進波羅蜜七者精進速能令諸一切衆生離諸愚癡故菩薩應發大勇猛心修行精進波羅蜜八者精進速能悉與一切衆生諸佛智慧故菩薩應發大勇猛心修行精進波羅蜜九者精進速能清淨諸佛國土故菩薩應發大勇猛心修行精進波羅蜜十者精進行能建立盡未來際一切劫數爲諸衆生行菩薩行不生疲倦心故菩薩應發大勇猛心修行精進波羅蜜十一者精進行能於一念中遍詣佛國種諸善根故菩薩應發大勇猛心修行精進波羅蜜十二者精進行能遍詣一切諸佛國土成無上道轉大法輪故菩薩應發大勇猛心修行精進波羅蜜善男子是名菩薩十二種發勇猛心修行毗棃耶波羅蜜得大利益迴向

阿耨多羅三藐三菩提爾時世尊即以偈頌讚歎精進波羅蜜重說偈言

若欲爲衆生　修行菩薩行　速成無上道
精進最第一　如來無量劫　所行諸苦行
一切皆能忍　不生怯弱故　是故諸佛子
欲速成佛道　常當勤修行　精進波羅蜜
菩薩行精進　能速到勝處　過諸百千國
供養覲諸佛　菩薩求大樂　爲拔衆生苦
修行菩薩道　堅固不轉退　能爲諸衆生
無量百千劫　受苦無懈怠　皆由精進故
願我常精進　清淨佛國土　次願能覺知
一切諸佛法　能遍諸佛國　轉大妙法輪
願諸衆生類　一切皆覺知　悉入大乘中
離餘乘魔界　滿足諸大願　速到無畏地
菩薩精進故　能於一念時　覺大菩提法
開示涅槃門　化作無量身　遍滿十方國
爲利益衆生　示如是勝事

善男子菩薩復有十二種觀行禪波羅蜜得大利益菩薩應修禪波羅蜜何等十二一者禪定能滅一切諸煩惱染菩薩應修禪波羅蜜常無分別心故二者禪定心住寂靜念不散亂菩薩應修禪波羅蜜不取諸境界故三者禪定心無所著能滿諸行菩薩應修禪波羅蜜能過三界故四者禪定能出世間不著諸有菩薩應修禪波羅蜜過世間故五者禪定能觀勝法心無疲倦菩薩應修禪波羅蜜不以爲足故六者禪定柔輭自在不隨禪生菩薩應修禪波羅蜜自在轉諸禪故七者禪定得無相心不見諸物菩薩應修禪波羅蜜以離諸相故八者禪定心淨能照無量境界

菩薩應修禪波羅蜜以過有量諸三昧等訶責過故九者禪定能滅觀心不見能觀菩薩應修禪波羅蜜以得寂靜心故十者禪定證柔輭心滅諸覺觀菩薩應修禪波羅蜜以得調伏心故十一者禪定心能寂滅一觀諸根不動菩薩應修禪波羅蜜以得降伏不善根故十二者禪定心能於諸法中有大方便菩薩應修禪波羅蜜以能不捨大菩提心故何以故以諸菩薩住禪波羅蜜故不起憍慢心住禪波羅蜜故不起邪見心住禪波羅蜜故不起憎愛心是故諸菩薩能降一切學諸禪定聲聞辟支佛外道梵行入禪三昧者善男子是名菩薩十二種修行禪波羅蜜得大利益迴向阿耨多羅三藐三菩提爾時世尊即以偈頌讚歎禪波羅蜜而說偈言

欲修無漏智　出離欲淤泥　滅除諸業障
禪定最第一　禪定難思議　是諸佛境界
二乘諸凡夫　三昧不能知　大地諸山海
劫火能燒除　若心住禪定　安隱無損害
如來智慧日　無漏摩尼珠　不從餘處生
禪定海中出　是故諸佛子　求佛大智寶
當除散亂心　念禪波羅蜜　諸菩薩禪定
寂滅諸煩惱　是故智者說　勝修餘禪者
深心常寂滅　不樂諸境界　能攝諸亂心
住勝涅槃處　菩薩修禪定　三界無所住
是故不依止　彼非依止處　菩薩禪能過
世間出世間　是故三昧勝　勝世間二乘
菩薩禪柔輭　隨意無罣礙　是故能迴轉
生於欲界中　菩薩所修禪　勝餘一切觀
諸禪非究竟　故佛說勝者　菩薩禪無量

從於勝境生　離諸衆生相　及離諸垢法
是故諸菩薩　所修禪定勝　降修餘禪者
及諸少分禪　菩薩一向觀　清淨諸境界
如是所修禪　從慧方便生　正智爲根本
不起邪見心　是故菩薩禪　無有可譏嫌
菩薩入禪定　不住有無中　以觀實境故
能離有無相　如是勝智禪　不同餘境界
羅漢辟支佛　智慧悉迷悶

善男子菩薩復有十二種觀修行般若波羅蜜得大利益菩薩應修慧波羅蜜何等十二一者般若遠離諸垢能發光明菩薩應修慧波羅蜜以能離諸黑闇法故二者般若悉能覺了諸闇障礙菩薩應修慧波羅蜜以能照除煩惱稠林故三者般若能放一切智慧光明菩薩應修慧波羅蜜以離一切諸無智故四者般若如犂耕地除諸草穢菩薩應修慧波羅蜜以能拔諸無明根本故五者般若如利鐵鉤隨意斷斫菩薩應修慧波羅蜜以能鉤斷諸愛網故六者般若如金剛杵不爲一切諸物所壞菩薩應修慧波羅蜜以能破碎煩惱山故七者般若如大日輪離諸雲翳菩薩應修慧波羅蜜以能乾竭一切煩惱諸淤泥故八者般若如大火聚燒諸穢草菩薩應修慧波羅蜜以能焚燒業煩惱樹故九者般若如摩尼珠能照一切菩薩應修慧波羅蜜以無闇心不迷諸法故十者般若能住寂滅究竟實際菩薩應修慧波羅蜜以無所有故十一者般若能滅有相心無分別菩薩應修慧波羅蜜以無相故十二者般若能成無願心無求樂菩薩應修慧波羅蜜以過三界故

善男子是名菩薩十二種修行般若波羅蜜得大利益爾時世尊即以偈頌讚歎般若波羅蜜而說偈言

究竟斷有種　安隱入涅槃　諸波羅蜜中
智慧最第一　譬如世間燈　能破一切闇
亦如高幢火　世間最勝觀　一切諸如來
出離諸有流　降伏四魔衆　智慧爲猛將
諸佛子若欲　自利利衆生　常當勤修行
般若波羅蜜　譬如犂耕地　能除諸荒穢
智滅癡愛草　如犂耕淨地　帝釋金剛杵
滅惡阿脩羅　智碎煩惱山　能壞亦如是
一切諸如來　說於智慧力　猶如夏中日
亦如世間燈　能竭煩惱海　照除無明闇
以體出世間　無漏火明故　智慧能割截
無明癡闇樹　猶如快利刀　剪除諸細草
智如摩尼珠　平等照世間　如空無分別
不住有涅槃　智慧心自在　決定於一切
能斷諸疑悔　及斷所有問　說世間惡報
及顯涅槃果　普示諸衆生　如闇示明燈
諸佛明月眼　現見諸法相　諸菩薩同彼
無垢智修行　如人夜執燈　去處皆明了
生死黑闇中　慧明能度彼

善男子菩薩復有十二種境界修方便行得大利益是故菩薩應修方便波羅蜜何等十二一者方便不離涅槃清淨境界而現世間垢濁境界故菩薩應修方便波羅蜜二者方便不離一處寂靜境界而現世間憒鬧境界故菩薩應修方便波羅蜜三者方便不離禪定甚深境界而現世間王宮境界故菩薩應修方便波羅蜜四者方便不離清淨無功用

境界而現世間功用境界故菩薩應修方便波羅蜜五者方便不離無生眞實境界而現世間生此退彼退此生彼諸境界故菩薩應修方便波羅蜜六者方便能過一切四魔境界而現世間降魔境界故菩薩應修方便波羅蜜七者方便不離一切聖人境界而現世間凡夫境界故菩薩應修方便波羅蜜八者方便不離能出世間境界而住世間諸有境界故菩薩應修方便波羅蜜九者方便不離一切智慧境界而現世間無智境界故菩薩應修方便波羅蜜十者方便不離菩薩實際境界而現聲聞緣覺境界故菩薩應修方便波羅蜜十一者方便力能善知一切諸法無相而能示現三十二相八十種好教化衆生故菩薩應修方便波羅蜜十二者方便力能入諸一切平等境界而能示現諸魔境界故菩薩應修方便波羅蜜善男子是名菩薩十二種住方便波羅蜜得大利益爾時世尊即以偈頌讚歎方便波羅蜜而說偈言

一切諸菩薩　行諸波羅蜜　若無方便者
不能到彼岸　自利亦利他　住世間涅槃
如是無淨染　皆由方便故　一切諸如來
所行諸境界　二乘不思議　斯由方便力
是故諸佛子　欲行如來事　常當勤修行
方便波羅蜜　菩薩常清淨　方便利衆生
實無諸欲垢　示現行染行　涅槃池中浴
方便現諸有　是名諸菩薩　不住於二邊
身口意常住　第一義寂靜　爲利益衆生
方便同世間　如蜂入華林　不專採一華
菩薩方便行　一切諸境界　或現種種相

殊妙莊嚴身　遍諸宮女中　行於放逸行
或現在地獄　救諸苦衆生　雖現如是相
常不捨禪定　不捨諸三昧　而現散亂心
示現行損害　是名方便力　菩薩已能離
一切有爲行　於諸有無中　亦無分別心
雖現行諸染　不生妄欲火　方便中示現
分別有爲相　菩薩於諸有　不生亦無退
示現生退事　方便智力故　棄捨魔業處
住佛境界中　智慧不怯弱　示現諸魔事
菩薩大悲力　奮迅方便智　住聖無上處
而現凡夫事　以入諸法相　知諸法體空
常處於涅槃　而不捨世間　諸法自體空
寂靜及無相　爲利益衆生　相好莊嚴身
無癡現無智　無瞋現無慈　而能益衆生
是名爲方便　菩薩摩訶薩　住彼如是處
是名示聖人　種種諸方便

復次諸善男子如來應正遍知更有方便汝等應知何以故諸善男子諸佛如來有十二種勝妙功德猶如醍醐於諸味中最爲勝上清淨第一能淨一切諸佛國土如來於中成阿耨多羅三藐三菩提何等十二一者示現劫濁二者示現時濁三者示現衆生濁四者示現煩惱濁五者示現命濁六者示現三乘差別濁七者示現不淨佛國土濁八者示現難化衆生濁九者示現說種種煩惱濁十者示現外道亂濁十一者示現魔濁十二者示現魔業濁善男子一切諸佛所有國土皆是出世功德莊嚴具足清淨無有諸濁如此過者皆是諸佛方便力現爲利衆生汝等應知

爾時聖者文殊師利法王子菩薩白佛言世

尊如來應正遍知說此十二最上功德清淨佛土如來當於何等國土成阿耨多羅三藐三菩提佛告文殊師利一者彼佛國土衆生畢竟能成勝清淨劫離諸劫濁具足功德如是淨土如來於中成阿耨多羅三藐三菩提二者彼佛國土衆生畢竟能成最勝妙時諸佛法行不失時節如是淨土如來於中成阿耨多羅三藐三菩提三者彼佛國土衆生畢竟能成最勝法器受佛正法如是淨土如來於中成阿耨多羅三藐三菩提四者彼佛國土衆生畢竟能成淨妙智海清淨一切諸煩惱垢如是淨土如來於中成阿耨多羅三藐三菩提五者彼佛國土衆生畢竟能成柔輭之心其中常有調伏衆生如是淨土如來於中成阿耨多羅三藐三菩提六者彼佛國土衆生畢竟能成最勝妙乘能以一乘究竟取於無上涅槃如是淨土如來於中成阿耨多羅三藐三菩提七者彼佛國土衆生畢竟能成勝器世間無有餘相如是淨土如來於中成阿耨多羅三藐三菩提八者彼佛國土衆生畢竟能成如來正教無諸一切外道邪法如是淨土如來於中成阿耨多羅三藐三菩提九者彼佛國土衆生畢竟能成直心正念無有諂曲如是淨土如來於中成阿耨多羅三藐三菩提十者彼佛國土衆生畢竟能成無垢功德成就一切清淨白法如是淨土如來於中成阿耨多羅三藐三菩提十一者彼佛國土所有衆生畢竟能成諸聖人法其中常有勝福田衆如是淨土如來於中成阿耨多羅三藐三菩提十二者彼佛國土所有衆

生畢竟能成勝妙道場過去諸佛於中成道如是淨土如來於中成阿耨多羅三藐三菩提文殊師利是名十二種最勝功德清淨佛土如是淨土如來於中成阿耨多羅三藐三菩提文殊師利成佛國土無有聲聞辟支佛等差別之說何以故諸佛如來離於種種取相過故文殊師利如來若爲一種衆生說於大乘一種衆生說緣覺乘一種衆生說聲聞乘如是說者是如來成不清淨心是如來成不平等心是如來成鬬諍過心是如來成無有平等慈悲之心是如來成諸相過心是如來成於諸法中生慳悋心文殊師利我爲衆生說於何等何等之法彼一切法隨順菩提隨順大乘取一切智畢定究竟能到一處謂能到於一切智處文殊師利是故我土無乘差別爾時聖者文殊師利法王子菩薩白佛言世尊若無三乘差別性者何故如來爲諸衆生說三乘法而言此是聲聞學乘而言此是緣覺學乘而言此是菩薩學乘佛告文殊師利諸佛如來說三乘者示地差別非乘差別諸佛如來說三乘者說法相差別非乘差別諸佛如來說三乘者說人差別非乘差別諸佛如來說三乘者示少功德知多功德而佛法中無乘差別何以故以法界性無差別故文殊師利諸佛如來說三乘者令諸衆生悉入如來諸佛法門令諸衆生漸入如來大乘法門如學諸技次第修習文殊師利譬如射師於射智中究竟到射第一彼岸能以種種無量方便教諸弟子如已知見一切究竟文殊師利如來射師亦復如是於諸法中皆

悉究竟到於彼岸即以如來一切智智分別而說示諸衆生三乘差別如世射師教諸弟子文殊師利譬如少火所有災炎漸漸增長能遍世界乃至成於劫燒大火文殊師利如來智火亦復如是即彼一智光明之性次第增長成就如來一切知見大智光明能燒一切諸染煩惱文殊師利譬如諸大須彌山王無分別心衆生到者皆同一色所謂金色文殊師利如來世尊無上大智須彌山王亦復如是於諸衆生無有分別若有衆生入佛法者彼諸衆生皆成一色所謂一切種智妙色文殊師利譬如因陀羅淨妙青色摩尼寶珠置在一切器世間中彼摩尼寶所有境界彼境界中一切諸色種種諸相摩尼珠力皆同一色所謂青色文殊師利如來世尊無上青色摩尼寶珠亦復如是智慧光明照衆生者皆同一色所謂一切種智之色文殊師利譬如大海無量百千河澗水入入已一切皆同一味所謂鹹味以常住故文殊師利大海水者名爲如來一切智慧種種河澗水皆入者名爲聲聞緣覺菩薩入已一切同鹹味者名爲一乘常住者名無分別一切種智文殊師利依此義故汝應當知無乘差別文殊師利是故佛說地差別者示諸衆生三乘作業漸次令入說法相差別者示現衆生如來種智漸次令入說少功德多功德者示諸衆生三人差別示現如來奮迅方便無礙辯才文殊師利諸佛如來說三乘者依世諦說文殊師利諸佛如來說一乘者依第一義說第一義者唯是一乘更無第二故文殊師利我佛國

土所有外道僧佉毗世師遮梨迦尼乾子等皆是諸佛如來方便皆是如來神力住持世間能見何以故以諸如來善除一切諸怨對故文殊師利諸佛如來名爲善逝有怨對者無有是處文殊師利譬如世間轉輪聖王成就少分善根功德斷絶善根非究竟法具足一切貪瞋癡等諸結煩惱不離三有不離一切諸使煩惱不離一切垢染煩惱彼轉輪王畢竟無有一切怨對畢竟無有一切敵對何以故文殊師利以轉輪王無怨對故文殊師利何况如來成就一切功德智慧得不斷絶大慈悲心行於無漏虚空法界滿足七覺諸善功德畢竟成就不忘失法能轉無上大妙法輪畢竟成就無上菩提而有棘刺諸魔怨刺外道敵對無有是處文殊師利我佛國土

所有僧佉毗世師遮梨迦尼乾子等皆是如來住持力故方便示現文殊師利此諸外道善男子等雖行種種諸異學相皆同佛法一橋梁度更無餘濟故文殊師利一切禽獸無有能於師子王前立出聲者文殊師利如來師子大丈夫王具足十力四無所畏一切外道尼乾子等無一敢於如來境中與佛世尊諍法是非作師子吼者無有是處除諸如來方便力者文殊師利譬如日輪出能放大光明羅網一切諸蟲螢火光明皆悉休息一切摩尼諸火光明亦不能現文殊師利如來出世放大智慧日輪光明一切外道尼乾子蟲螢火智慧諸光明等皆悉閉塞不能顯現文殊師利譬如鐵王名阿塞件陀彼所在處一切凡鐵皆不敢住何以故以獨相故不共凡

鐵同在一處文殊師利如來鐵王亦復如是隨何國土出世之處一切凡鐵諸外道等皆不得生何以故以佛如來獨相出世故文殊師利譬如何等何等處所有如意寶摩尼王出彼處不生僞瑠璃珠文殊師利如來如意大智寶王隨何國土出現於世彼處一切諸外道等皆不得生文殊師利譬如何等寶性中出閻浮檀金彼處不出諸銅鐵等文殊師利如來寶性亦復如是隨何國土出現於世彼處不生諸外道等文殊師利依此義故汝應當知隨何國土如來出世彼處不生諸外道等何以故文殊師利我佛國土有諸外道尼乾子等皆是如來住持力故爲欲示現不可思議方便境界何以故此處一切諸外道等皆是住於不可思議解脫門故皆是大智究竟般若波羅蜜門故一切皆得大方便力奮迅自在故一切皆得不捨佛法僧等念故一切皆到第一彼岸以大神力教化衆生故一切皆得如來加力教化衆生故說此一乘門時八千天子依聲聞行聞一乘已發阿耨多羅三藐三菩提心五百比丘得住一乘平等大智燈明三昧千二百萬菩薩得無生忍此三千大千世界六種震動諸天在於虛空界中悉皆雨天優鉢羅華鉢頭摩華拘牟頭華分陀利華雨天栴檀諸末香等一切盈滿如來足下無量百千諸天子等住虛空中作諸百千種種伎樂俱出妙聲供養如來雨天妙衣擊諸天鼓而作是言我於世間未曾聞此希有上妙最勝法門復白佛言世尊願此法門究竟住於閻浮提中作大饒益一切衆

生八千比丘尼各各脫身所著上衣奉獻如來爾時世尊而說偈言

文殊汝當知　諸佛勝方便　我出有法時
方便示時濁　一切時有法　畢竟常清淨
隨衆生受法　故現衆生濁　諸佛勝智人
出於妙劫中　國土常清淨　是故說無濁
我於無量劫　具足修苦行　清淨諸業障
得勝智功德　能於無量劫　壽命常無盡
除佛方便力　是故無命濁　衆生起常想
故我示無常　以無數劫命　示行短壽相
如來勝功德　無量劫所修　薄福怯衆生
聞生驚怖心　爲此衆生故　分別差別說
究竟皆成佛　更無有餘乘　我爲化衆生
分別說餘道　漸化令入一　故無三差別
譬如善射師　快能知刀箭　爲教諸弟子
一藝種種說　如來亦如是　爲成就衆生
而於一法中　種種差別說　我於諸衆生
無有差別心　以器不同故　所說有分別
若無平等心　人說我慳嫉　自取最上乘
與衆生下法　上因陀羅寶　隨處青光色
普照物皆同　而寶無分別　佛無上智寶
光明照世間　同一菩提色　離諸分別心
譬如微少火　增長成大明　諸羅漢少智
增長成佛慧　一切諸衆生　往詣須彌處
依須彌光力　一切同一色　如是諸衆生
住佛須彌法　如來法力故　同一佛身色
譬如蜜蜂觜　集諸種種華　置在一器中
和合成一味　佛說三亦爾　爲熟衆生根
說諸種種法　成佛菩提味　譬如轉輪王
出無怨敵對　我法王出時　亦無外道刺

譬如日輪出　餘光皆閉塞　佛日輪出已
外道自除滅　隨生鐵王處　不生餘凡鐵
隨佛所生處　不生諸外道　隨生妙金處
不生餘銅鐵　隨佛成道處　自然無外道
譬如摩尼寶　不共穢雜住　是故出生處
無僞瑠璃珠　如來摩尼珠　出處亦如是
不雜諸外道　同時一國土　外道大神通
皆自在菩薩　汝當知方便　示現如是相
一切諸菩薩　聞諸外道等　具足方便力
皆發歡喜心　各各生尊重　奉獻恭敬意
散華供養佛　種種妙香熏　於彼說法時
大地六種動　虛空出聲言　希有未曾聞
無量諸天子　空中合掌讚　同聲言善哉
善哉修伽陀

大薩遮尼乾子受記經卷第二

音釋

疲倦（疲蒲羈切勞也倦渠眷切懈也）罣礙（罣古賣切礙五溉切）譏嫌（譏居依切誚也嫌户兼切憎也）稠（直由切密也）斲斫（斲竹角切斫之若切斬也）憒閙（憒古對切亂也閙奴教切不靜也）怯弱（怯去劫切懦也弱而灼切劣也）醍醐（醍杜奚切醐户吳切醍醐酥之精液也）鬪諍（鬪丁候切競也諍側耕切訟也）棘刺（棘紀力切刺七自切）瑠璃（瑠力求切璃呂支切）呰（即委切）

大薩遮尼乾子受記經卷第三

元魏天竺三藏菩提留支譯

詣嚴熾王品第四

爾時南天國大薩遮尼乾子與八十八千萬尼乾子俱遊行諸國教化衆生次第到於鬱闍延城復有無量百千諸衆或歌或舞吹脣唱嘯作百千萬種種妓樂前後侍從大薩遮尼乾子詣鬱闍延城爾時國主嚴熾大王聞大薩遮尼乾子衆從南天國與無量衆詣鬱闍延城聞如是已即生尊重大薩遮尼乾子心生尊重心已爲欲迎大薩遮尼乾子以大王力王神通力王奮迅力與諸大臣及諸王子受學師長合家眷屬國大長者諸小城邑聚落主主象馬車步四部大衆前後導從恭敬圍遶搥鐘鳴鼓作百千種無量妓樂打百千種諸妙聲鼓吹百千種諸妙聲螺建百千萬種種雜色繒蓋幢旛散百千萬種種妙華優波羅華鉢頭摩華拘牟頭華芬陀利華阿輸迦華薄拘羅華毘羅迦華阿提目多伽華遍布道路金瓶銀瓶盛百千種諸雜妙華以百千種諸寶香爐燒無價香直前而行詣薩遮尼乾子處時大薩遮尼乾子遥見嚴熾王與大衆來薩遮尼乾子見已下道在一樹下敷座而坐時嚴熾王遥見薩遮在樹下坐即下象輿步詣薩遮尼乾子所坐摩尼寶百千巧妙無價莊嚴如意寶牀時大薩遮尼乾子問訊於王作如是言善來大王王今善種無上最勝希有功德福多不少何以故以王能降伏豪尊貴重自在之心屈意卑下來詣沙門問訊起居大王於汝所治國内無諸盜賊

亡命羣黨焼人民不無有諸官殘暴侵食諸人民不無諸異乘姧偽矯詐欺誑世間諸人民不無諸反叛燒亂國土諸人民不無諸偷劫相竊盜不所在邊國諸官禁司無欺大王不行王命不大王汝所治化國内所有沙門修淨行人安樂住不衣服飲食房舍卧具疾病湯藥資生所須一切之物不乏少不汝國人民皆修善心尊重供養諸沙門衆淨行人不大王汝今所治國内無諸屠獵羅網河獄焚燒山澤放鷹走狗鉤刺魚鼈彈射禽獸作諸坑陷毒箭機撥行殺害不大王汝今一國之主制命自在教令善惡無敢違者汝登王位所設教命無不善不國内人民所行善惡汝悉知不能行善者汝勸進不行不善者汝勸捨不大王汝身不起惡念加害一切二足四足多足無足諸衆生不何以故大王當知一切衆生有識之類寶重身命無不畏死至於業對百年壽終莫問老少無一少分言應去者何以故愛命重故何況加害而不生惱命終之後更相怨嫉興惡相報無有窮巳是故大王汝當遠離殺生之罪捨離刀杖無起害心大王汝今應當遠離偷盜之罪捨自資生當生知足於他資生無起欲心大王汝今應當遠離邪婬之罪自妻知足他妻無求無起邪心大王汝今應當遠離妄語之罪常作實語出言成法無發虚言大王汝今應當遠離兩舌之罪無破壞語於巳破者當念和合無起壞心大王汝今應當遠離惡口之罪常作愛語柔輭妙語無起麤語大王汝今應當遠離綺語之罪常決定語憶念正語無不正

語大王汝今應當遠離貪欲之罪於他受用無希望心他所守護無生奪心生歡喜心大王汝今應當遠離瞋恚之罪常生慈心清淨心業無起恨心大王汝今應當遠離邪見之罪見自業果隨順聖人而生正見無起異見何以故殺生之罪能令衆生墮於地獄畜生餓鬼若生人中得二種果報一者短命二者多病偷盜之罪亦令衆生墮於地獄畜生餓鬼若生人中得二種果報一者貧窮二者共財不得自在邪婬之罪亦令衆生墮於地獄畜生餓鬼若生人中得二種果報一者婦不受語二者自妻爲他侵奪妄語之罪亦令衆生墮於地獄畜生餓鬼若生人中得二種果報一者常爲他人所謗二者常爲他人所誑兩舌之罪亦令衆生墮於地獄畜生餓鬼若生人中得二種果報一者得破壞眷屬二者得弊惡眷屬惡口之罪亦令衆生墮於地獄畜生餓鬼若生人中得二種果報一者不聞善名二者常起鬪諍綺語之罪亦令衆生墮於地獄畜生餓鬼若生人中得二種果報一者得不敬重語二者言無定實不爲他樂貪欲之罪亦令衆生墮於地獄畜生餓鬼若生人中得二種果報一者不知足二者常生貪心瞋恚之罪亦令衆生墮於地獄畜生餓鬼若生人中得二種果報一者無安隱心二者常念損害無有慈心邪見之罪亦令衆生墮於地獄畜生餓鬼若生人中得二種果報一者常生邪見家二者心常諂曲大王當知如是無量無邊苦聚皆由十不善業集因緣故是故大王汝莫放逸輕作惡業當觀諸法有

爲無常一切世間無可保者人命無常住少時間勿生常想大王當觀劫初已來天尊王位土地人民皆就無常無一在者當知此身甚爲危脆如焰如響如影如電如水中月如鏡中像如水聚沫如水上泡如芭蕉實如琢石火如夢所見如山谷中暴水卒起遍滿溝澗須臾過盡還就枯竭大王當知身命非實無常亦爾俄爾零落就未來世不可免脫是故大王莫恃現在當畏未來大王當知善惡果報共相追逐如聲發響如影隨形無能免者亦如連鎖不可斷絶莫輕作業自招重苦

爾時大薩遮尼乾子重說偈言

大王汝今當　莫作放逸行　若不捨諸惡
死必入地獄　以作惡行者　定入泥犁中
攝心不放逸　生天帝釋處　一切諸衆生
無不愛壽命　王若求長生　不應行殺害
大王知世人　辛苦集財寶　常憂不活命
不應起侵奪　以不侵奪故　生處常富足
若故侵損他　常生貧窮家　節己莫婬他
自妻生知足　是故妻愛已　不爲他人侵
莫說虛妄言　常念依實語　實語生帝釋
妄語生餓鬼　常念離兩舌　和合破壞人
眷屬常雍穆　退此生梵天　出言莫麤獷
說令他樂聞　善語生天上　常聞美妙音
念離諸綺語　善思美妙言　報生天帝釋
諸天欽受教　若欲自利益　莫貪侵惱他
生貪來世報　錢財資五家　若不修慈悲
能行瞋害心　雖行諸善行　死入於泥犁
大王汝今當　應捨瞋恚癡　常慈悲衆生
莫行諸怨害　王當捨邪見　堅固正見心

常持清淨法　天中受樂身　比丘修梵行
汝當常供養　是故捨惡道　受樂於天上

爾時大薩遮尼乾子問訊王已爲嚴熾王說不放逸十善業道相應法已黙然而住

王論品第五之一

爾時國主嚴熾王聞大薩遮尼乾子所說正法歡喜信受即時問訊大薩遮尼乾子言大師仁慈而能遠涉遊化衆生道路多難不審大師四大調和氣力安不衆生易化不諸弟子衆如說行不幸蒙大師不恥我國今得奉見聞說正法我心歡喜如見慈母如饑得食如渴得水如裸得衣如貧得寶如熱得涼如寒得火如盲得視如聾得聽如囚得赦如賤得貴如迷得返如學逢師我心歡喜亦復如是復作是言大師當知我從向來心自思念正法難聞良師難遇人身難得諸根難具正見難生信心難發合會難俱自在難逢太平難值如是諸難我皆免離今遇大師如入大海欲採珍寶得大寶渚我有所疑悉欲請問唯願大師賜決所疑時大薩遮尼乾子告嚴熾王言隨王所疑今悉可問我當爲王分別解說除決所疑令王開解爾時嚴熾王見大薩遮尼乾子聽許問已心生歡喜而發問言大師何等生法何等住持於何法上而有此名薩遮尼乾子言大王當知所言生者謂諸衆生言住持者謂器世間言衆生者謂五取陰聚名爲衆生以何等法名五取陰謂色取陰聚受取陰聚想取陰聚行取陰聚識取陰聚大王當知依此五法說名衆生說器世間說衆生者謂攝四生卵生胎生溼生化生說

器世間者謂攝虚空地水火風王言大師誰能護此一切衆生誰能護持此器世間答言大王皆是衆生自業果報及王國主力能護持王復問言大師云何自業果報能護衆生答言大王有諸衆生自業增上果報力故而生勝處而彼衆生於一切物無悋護心不生彼我自他之心一切所須資生之物不加功力隨念具足盡其命住安隱快樂離麤病苦寒熱饑渴種種痛惱亦無惡心逓相加害亦無欺誑虚妄之心聚落城邑七寶莊嚴常行勝樂妙觸境界滿足千歲壽盡捨身而生天上善道受樂如此所謂北鬱單越業護衆生大王當知復有衆生依於自業果報力故生勝妙處身有光明飛騰虚空處禪悅樂以爲美食不入胎生壽命無量住世長遠如此所謂劫初衆生大王當知復有衆生依自業報過去功德勝因力故生世間中而知敬心尊重父母及家尊長并諸沙門淨行人等以爲福田常行善行作所應作畏於惡行常善受持五戒八戒而行布施集諸福德此謂劫初第二時中善根衆生大王當知爾時衆生善根滿足不起諸惡是故世間未立王法如是名爲自業果報能護衆生王言大師如是業護我已知竟云何名爲國主王力能護衆生答言大王諸王衆生是衆生主而彼主力能護衆生王言大師彼諸王等何故名王答言大王王者民之父母以能依法攝護衆生令安樂故名之爲王大王當知王之養民當如赤子推乾去溼不待其言何以故大王當知王者得立以民爲國民心不安國將危矣是

故王者常當憂民如念赤子不離於心當知國内人民苦樂以時按行知水知旱知風知雨知熟不熟知豐知儉知有知無知憂知喜知老知少知病不病知諸獄訟知有罪知無罪知輕知重若於諸王子大臣諸官知有功者知無功者如是知者名不離心大王當知王於國内如是知已以力將護所應與者及時給與所應取者念當籌量役使知時不奪民利禁肅貪暴民得安樂是名攝護名之爲王大王當知王有四種一種轉輪王二者少分王三者次少分王四者邊地王轉輪王者有一種轉輪王謂灌頂刹利統四邊畔獨尊最勝護法法王彼轉輪王七寶具足何等七寶一者夫人寶二者摩尼寶三者輪寶四者象寶五者馬寶六者大臣寶七者主藏寶彼轉輪王如是七寶具足成就遍行大地無有敵對無有怨刺無有諸惱無諸刀杖依於正法平等無偏安慰降伏

王言大師云何名爲轉輪聖王統四邊畔答言大王以王四天下得自在故王言大師云何名爲獨尊最勝答言大王所出教令無違逆故王言大師云何護法答言大王修十善法不令邪法殺生等壞名爲護法王言大師云何法王答言大王轉輪聖王以十善道化四天下悉令受持離十惡業行十善道具足成就名爲法王王言大師彼轉輪王依何因得第一夫人寶云何成就答言大王轉輪聖王依離瞋心不善業故得夫人寶與已相對受最勝樂名爲成就云何名爲受最勝樂大王當知彼轉輪王夫人身中常出無價旃檀

妙香口中常出優鉢羅華無價之香身觸柔輭如迦陵伽鳥迦陵伽鳥在大海渚彼諸衆生若有觸彼迦陵伽鳥者即得遠離身諸疲勞亦離饑渴并諸憂惱受最第一無極快樂轉輪聖王見彼夫人所受快樂亦復如是大王當知彼夫人身寒時能暖熱時能涼世間無人手能觸彼夫人身者何以故以離貪心不善業道依善根因故一切衆生觀察敬重如母如女如姊妹故而彼夫人於轉輪王生三種心何等爲三一者心常尊奉於王不生異心二者心常恭敬於王三者心常念轉輪王何以故以王能離貪心垢故復次大王轉輪聖王夫人寶者離於人女五種惡法何等爲五一者離於女人無志輕躁之心二者離貪餘男子心三者離於慳嫉妬心四者離於非處起貪顛倒之心五者轉輪聖王命盡彼亦俱盡復次大王彼夫人寶有五種功德何等爲五一者知念不違王心二者能生千子具足三者自然性尊豪貴四者能令住處具足一切資生五者若王與諸女人受欲樂時不起嫉妬瞋恨惡心復次大王彼轉輪王夫人成就三種功德何等爲三一者離惡口二者離邪見三者若王餘行不在五欲境界不能動心大王當知轉輪聖王夫人捨身生於天上何以故以離貪嫉故如是名爲轉輪聖王夫人功德令王受於最勝上樂王言大師轉輪聖王依何因得彼摩尼寶答言大王轉輪聖王依離瞋心不善業故得彼第二摩尼珠寶得受最勝光明資生無上樂故云何最勝大王當知轉輪聖王摩尼珠寶有八種功

德何等爲八第一功德者彼摩尼寶於夜黑闇放大光明如秋滿月光明能照一百由旬至於夏日衆生患熱以摩尼寶放光觸身得清凉故第二功德者轉輪聖王若行曠野無水之處衆生饑渴時摩尼寶即放八味具功德水充足饑渴第三功德者轉輪聖王有所須者一切皆從摩尼寶出第四功德者彼摩尼寶有八楞相一一楞中出種種光謂青黄赤白玻瓈紅紫第五功德者彼摩尼寶在所能令一百由旬所有衆生皆離病苦常得定心所作善業無空過者第六功德者彼摩尼寶所住境界無諸惡龍能放毒氣雹風惡雨傷害衆生第七功德者一切山川谿谷溝澗泉水乾竭悉令還復樹林草木華果枯悴能令滋茂鉢頭摩等池水華林一切具足第八功德者彼摩尼寶所在之處人民無有疾疫諸毒非時死者至於畜生虎狼師子蛇鼠猫狸鷹鷂之類相食噉者不起害心復次大王轉輪聖王千子滿足身體洪壯勇猛雄傑降伏世間隨順王命能護大法隨順法行心能慈愍一切衆生是名轉輪聖王摩尼寶用令王得受最上勝樂王言大師轉輪聖王依何因得第三輪寶答言大王轉輪聖王依離瞋心不善業故得彼輪寶所住之處自然降伏得大勝樂王言大師云何名爲得大勝樂大王當知轉輪聖王所有輪寶具足能有五種功德何等爲五一功德者彼輪寶體純閻浮檀金具足千輻廣五由旬顯現世間如第二日輪二功德者彼輪寶去飛騰虚空無能障礙一日能行八千由旬三功德者隨順轉輪

王心中所念詣四天王行四天下南閻浮提西瞿耶尼北鬱單越東弗波提時彼輪寶隨王念處即飛虛空在前而去依彼輪力四兵象馬及車步等一切悉皆飛騰而去四功德者所有不伏轉輪王者王若心念而彼輪寶隨所念處即飛而去悉令降伏五功德者彼輪寶勢無有敵對一切小王見者降伏以轉輪王依法修行離瞋心故是名轉輪聖王輪寶之用令王受於最勝大樂王言大師轉輪聖王依何因得第四象寶答言大王轉輪聖王依離瞋心不善業故得於象寶受於第一最勝乘樂王言大師云何名爲最勝乘樂大王當知彼大象寶猶如良馬調伏柔輭隨自在用降伏他國七支善住所謂四足首及陰尾是七種支善住大力力能堪敵凡象千數白如凝雪譬如帝釋伊羅鉢羅象一切凡象無能現前來齅香者大王彼象能於三處有自在用所謂虛空水中陸地大王彼象能速疾行一日三帀行閻浮提大王當知彼轉輪王乘象王者彼時象王心與王同隨王念處即從而去行步平正猶如鵝王不疾不遲不曲不戾凡人中行不令驚怖乃至女人有摩觸者心不瞋嬈至鬪戰時極能現大兇害之相不可侵近行住坐卧眠食拘繫一絲能制牽挽去住隨順無違是名轉輪聖王象寶之用令王受於最勝乘樂王言大師轉輪聖王依何因得第五馬寶答言大王轉輪聖王依離瞋心不善業故得彼馬寶受最迅疾第一乘樂王言大師云何迅疾大王當知彼馬寶者色白如彼拘牟頭華天旋輪文遍滿身相

不大不小不高不下身體正足心性柔輭善能調伏如帝釋王婆羅何馬隨意去住一日三遍行閻浮提無疲勞想大王當知如是名爲轉輪聖王馬寶之用令王受於第一迅疾上勝乘樂王言大師轉輪聖王依何因得第六大臣寶答言大王轉輪聖王依離瞋心得大臣寶令王閑遊得受第一無事勝樂王言大師云何無事第一勝樂大王當知彼大臣者代王理政一如王心憂國忘身不營私務念護百姓如養雙目隨王所念如念即辦不礙不著修行正道離於非法隨時隨處不行惱害正依王命行十善法不違善行不違如法不違如法義皆能具足大王當知如是名爲轉輪聖王大臣寶用令王得受第一勝樂王言大師轉輪聖王依何因得第七主藏寶

答言大王轉輪聖王依離瞋心不善業故得主藏寶滿王願心安隱受樂王言大師云何滿足安隱受樂大王當知彼主藏寶有大功德一切諸山深澗幽谷曠野川澤丘陵堆阜坑坎高下不平之處能以金剛寶因陀羅寶摩羅迦多寶碼碯寶等一切珍寶以用填滿而寶不盡何況金銀瑠璃玻瓈不在數者彼主藏寶心常歡喜無諂曲相無異心相不生他惱一切見者心皆歡喜大王當知如是名爲轉輪聖王主藏寶用令王滿足一切願樂大王當知轉輪聖王具足如是七寶用故王四天下及諸龍王二種天王謂四天王三十三天共帝釋分座而坐以依離一瞋恨惡心不善業道得如是等七寶具足受用勝樂何況具足行十善道

大王當知轉輪聖王復有七種名爲濡寶所有功德少前七寶何等爲七一者劒寶二者皮寶三者牀寶四者園寶五者屋舍寶六者衣寶七者足所用寶王言大師云何轉輪聖王第一劒寶有何等用大王當知彼劒寶者轉輪聖王所王國内若有心念違王命者時彼劒寶即從虚空飛往詣彼彼諸小王見即降伏拜問劒寶而彼劒寶不起殺心害衆生心是名轉輪聖王劒寶功德一切國土不加刀杖自然隨順大師云何轉輪聖王第二皮寶大王當知彼轉輪王所有皮寶者海龍王皮出大海中大海實主所持奉獻轉輪聖王彼皮寶身廣五由旬長十由旬體淨鮮潔光曜白日火燒不燋水漬不爛猛風摧嶽吹不能動體舍温凉能却寒熱隨王去處皮寶亦去而彼皮寶隨轉輪王所有士衆滿十由旬遍覆其上能作屋舍充足一切人衆所居而彼人衆各得别屋不相妨礙是名皮寶功德之用大師云何轉輪聖王第三牀寶大王當知彼轉輪王所有牀寶立能平正安隱不動不高不下不廣不狹不長不短不凹不凸不堅不輭不澀不滑柔輭得所若王入禪坐彼牀寶即入解脱禪定三昧若王欲起貪瞋癡心坐彼牀寶即時俱滅女人見王坐寶牀者即皆得離貪瞋癡心是名牀寶功德之用大師云何轉輪聖王第四園寶大王當知彼轉輪王若欲入於禪定之時入彼園中即得定心若王欲受五欲樂時入彼園中依王所行善業功德諸天界中所有可樂華果諸鳥泉水流水池水河水伎樂歌舞戲樂之具於彼

天中自然隱没現於王前時轉輪王亦如諸天受諸欲樂是名園寶功德之用大師云何轉輪聖王第五舍寶大王當知彼轉輪王若入彼屋欲見日月及諸星宿即彼屋内一切悉見及天宮殿所有種種殊異珍玩悉見無礙彼諸天中所作伎樂屋中悉聞即離憂惱一切疲勞於睡眠中極受快樂於其睡中夢見種種希妙瑞相寒時暖風柔輭香美熱時涼風清冷適悦受快觸樂夜二分眠第三分起遠離睡眠起受法樂第四分中說法教化是名舍寶功德之用大師云何轉輪聖王第六衣寶大王當知彼轉輪王所有衣寶無如世間絹布絲縷縱横文章第一柔輭一切塵垢不能點汙著彼寶衣即離寒熱饑渴病瘦憂惱疲極大王當知而彼衣寶火不能燒刀不能割水不能爛是名衣寶功德之用大師云何轉輪聖王足所用寶大王當知轉輪聖王足所用寶者所謂鞾等若王著者涉水不没如行陸地入火不燒如清涼池王欲遊行步受戲樂雖復遠行百千由旬不覺疲極是名足寶功德之用大王是名轉輪聖王七種濡寶是十善中少分習氣功德果報非正具足十善業道王言大師云何名爲遍行大地無有敵對云何名爲無有諸刺云何名爲無有諸惱云何名爲無有刀杖云何名爲依於正法云何平等云何名爲安慰降伏荅言大王遍行大地無敵對者以遍大地得自在故無諸刺者以無惡對怨敵刺故無諸惱者不以強力威逼人故無刀杖者離於刀杖不行損害故依正法者以離非法貪瞋癡使行於

正法化愚闇故平等者等慈衆生如念一子不偏護故安慰降伏者餘王衆生各各住處不移不奪安隱住故何以故大王當知轉輪聖王王四天下彼時彼處所有城邑有諸小王彼諸小王迎轉輪王而作是言大王當知此諸大地如是安隱如是滿足如是大豐如是大樂如是無病衣服飲食自然而得無諸苦惱多諸衆生人民象馬一切滿足皆是大天聖王所有隨王受用我等隨順大王教命無敢違逆時轉輪王告諸王言汝諸王等各安汝國我來爲汝不爲國土汝等當依正法行化莫依邪法依平等心莫依偏心汝等國内若邪法起速除滅者是順我命名愛汝國若不除滅我當與汝極大重罪大王當知如是名爲轉輪聖王護諸衆生諸小王者謂少分王次少分王邊地王彼三種王隨順轉輪聖王教令大王當知如是名爲大地國主王化衆生王言大師諸餘小王依何等法治國養民得爲如法答言大王諸小王等依王論法以道治國護諸衆生除轉輪王何以故轉輪聖王出在世時彼時衆生離諸不善惡貪法心離顛倒貪心離邪見心彼彼諸國無有非法屠獵師等何以故依法王法明識罪福心不迷悶不疑於法動則合理不生過非故大王當知如是名爲轉輪聖王依自業力功德護持於彼世時諸小王論一切不行

大薩遮尼乾子受記經卷第三

音釋

嘯 蘇弔切吹聲也　嬈 而沼切亂也　姦僞 姦古閑切詐也僞危睡切詭也　屠獵 屠同都切殺也獵良涉切逐禽也　鷹 於陵切鳥名　鼈 并列切介

蟲也　諂丑琰切佞言也　脆此芮切物易斷也　芭蕉芭伯加切蕉即消切　琢竹角切治也　盲莫耕切　聾盧紅切　狸呂支切狐狸也　鷂弋照切鳥名　堆阜堆都回切聚土也阜房久切土山也　坑坎坑苦莖切塹也坎苦感切小阱也　濡而兗切　燋即消切火傷也　漬疾智切浸也　凹於交切不平也　凸徒結切高起也　澀所立切　鞾許茄切有靿履也

大薩遮尼乾子受記經卷第四

元魏天竺三藏菩提留支譯

王論品第五之二

王言大師於何時中諸小王等行王論法答言大王於末世時轉輪聖王隱没不現正法不行邪法競興衆生心惡起三種過一者樂於非法貪心二者起於顛倒貪心三者邪法羅網纏心彼諸小王自無智慧退失明解是故聖人說諸小王治國論法爲行正法護世衆生王言大師云何名爲樂於非法貪心答言大王於十不善惡業道中生於樂心是名樂於非法貪心云何名爲顛倒貪心自己手力得諸資生依時節得依正法得依如法得不生足心更求他財如是名爲顛倒貪心王言大師云何名爲邪法羅網之所纏心答言大王於諸外道非義論中起義論想於無益論生利益想於非法中生是法想於末世時非是智者所作論中以爲正論生於信心熏修邪見以爲福德是名邪法羅網纏心王言大師以何等法名爲王論令諸小王依彼論法治國理民是名如法能護衆生答言大王離諸顛倒貪欲之心離諸顛倒瞋恚之心離諸顛倒愚癡之心依對治依實體依差別依利益依對治依實體者對所治法所謂名爲不貪善根不瞋善根不癡善根云何能起所治法能治法所治法者謂放逸心及無慈心能治法者謂行法行王不放逸心大慈悲心知身無常資生無常善自觀身見諸過失能如實知如是遠離受用資生行法行王雖得自在不行非法如是名爲不放逸心大王當

知依王論法不應得物得不應取所應得非時不取若依時御應得之物於貧窮人不逼惱取至於險難賊難反逆難相害難如此難時當起慈心不避危害護諸衆生於貧窮者施與衣食於惡行者教以善法是名慈心大王當知依此二法是則名爲行法行王正護衆生不放逸心大慈悲心王言大師行法行王有慈悲心云何而能治彼惡行諸衆生等答言大王行法行王若欲治彼惡行衆生先起慈心智慧觀察思惟五法然後當治何等爲五一者依實非不實二者依時非不時三者依義非無義四者依柔輭語非麤獷語五者依慈心非瞋心王言大師云何依實非不實答言大王如法詰問取其自言依實過治不依不實是名依實非不實王言大師云何依時非不時答言大王王有力時彼違王命應治其罪若王無力應止不治是名依時非不時王言大師云何依義非無義答言大王當問前人何心起罪若從惡心應如法治若非惡心不應治罪是名依義非無義王言大師云何柔輭非麤獷語答言大王知此衆生所犯王法但應訶責不合餘治應知其過正說不隱善說苦言如是訶責非不訶責是名輭語非麤獷語王言大師云何慈心非瞋心答言大王智者知此非但訶責斷此罪過除却斷命不得割截手脚眼耳鼻舌依於大慈大悲之心聽繫閉牢獄枷鎖打縛種種訶責奪取資生驅擯他方爲令改悔非常惡心捨此衆生是名慈心非瞋心王言大師行法行王云何如是若他衆生繫閉打縛驅擯他方

而復說言有慈悲心二法相違云何名爲行法行王

爾時大薩遮尼乾子告言大王如此之義我今爲汝說於譬喻大王當知譬如父母於惡行子爲念子故欲令改悔方便苦治除不斷命不壞諸根餘打罵等隨心苦治不名捨心不名惡心不名惱心以念子重爲令改悔更不作故而彼父母不名非法名爲念子不失慈心大王當知行法行王治諸一切惡行衆生亦復如是慈心重故爲令改悔除却斷命不壞諸根生大慈心起大悲心繫閉打縛惡口訶罵奪其資生驅擯他方爲令改悔捨惡從善亦令其餘念惡衆生不作非法非常惡心捨此衆生亦不故心爲惱衆生而行苦切如是名爲行法行王以慈悲心行惡口等治罪衆生不名非法不失慈心是故二行名雖有反而不相違王言大師何等是惡行衆生答言大王惡行衆生略說有五如是應知何等爲五一者於王無利益衆生二者逅共作無利益衆生三者起逆衆生四者邪行衆生五者邪命衆生大王當知於王無利益衆生有十一種何等十一一者反逆衆生二者教他反逆衆生三者與王毒藥衆生四者奪王資生衆生五者破王所應作事衆生六者侵奪王妻宮女衆生七者違王命衆生八者出王密語衆生九者覘伺國土衆生十者罵王衆生十一者毀呰王衆生如是等大王當知是名於王無利益衆生大王當知逅共作無利益衆生者有十種何等爲十一者逅共相殺衆生二者遞相劫奪衆生三者逅相侵妻

衆生四者虛妄證他衆生五者虛妄誑他衆生六者壞他親友衆生七者惡口罵他衆生八者惡業斗秤欺誑損他衆生九者逝相毀呰衆生十者逝相焚燒衆生大王當知如是等名逝共作無利益衆生大王當知反逆衆生者謂諸邊地城邑小王聚落主等不臣根本大王教命如是名爲反逆衆生大王當知邪行衆生者謂無戒衆生何等無戒所謂具足諸惡律儀屠兒獵師畜養豬羊鷄犬鵝鴨猫貍鷹鷂釣射魚鼈造諸羅網火坑毒箭劫奪蟲獸斷害他命自恣作惡如是名爲邪行衆生大王當知邪命衆生者所謂出家剃除鬚髮斷諸資生修無著行著諸種種異相衣服不護禁戒起種種見行諸異行種種方便求諸利養非法活命各各不能自法中住如是名爲邪命衆生王言大師行法行王云何治彼五種衆生答言大王行法行王治彼罪人不斷其命不行割截眼耳鼻舌手足身根有三種治法何等三法一者訶責以爲治罪二者奪其所有資生以爲治罪三者牢獄繫閉枷鎖打縛訶罵驅擯以爲治罪隨彼五種作惡衆生上中下罪三種法治是名行法行王治彼五種作惡衆生王言大師行法行王云何治彼於王作無利益衆生答言大王如是罪人除不斷命不壞諸根得繫閉牢獄枷鎖打縛奪其資生驅擯他處以爲治罪大王當知如是名爲行法行王治彼於王作無利益衆生之罪王言大師行法行王云何治彼逝共作無利益衆生答言大王除不斷命不壞諸根得繫閉牢獄枷鎖打縛不得全奪所

有資生六分之中奪其一分驅擯他處大王當知如是名爲行法行王治彼逝共作無利益衆生之罪王言大師行法行王云何治彼起逆衆生答言大王行法行王先以善言如法聞示若聞王命即捨逆心請罪王所者王放大恩恕其重罪依其國土王領之處不減不奪亦不驅出何以故爲令知王有三種事故何等三事一者有信二者有恩三者大力未降伏者爲令降伏已降伏者令不更作欲反逆者令不敢起大王當知彼有罪人得免其罪還復王位人民安隱彼如法王得福無量善名流布若彼罪人聞大王命不肯伏罪當加重治不得斷命不壞諸根盡奪資生國土人民驅擯他處何以故爲餘衆生不起逆故大王當知如是名爲行法行王治彼起逆衆生之罪王言大師行法行王云何治彼邪行衆生答言大王如是惡人不得斷命不壞諸根不得驅擯不得奪其資生之物唯訶責治罪而作是言若汝更作如是如是事者與汝重罪是名行法行王治彼邪行衆生之罪王言大師行法行王云何治彼邪命衆生答言大王應當隨順如法僧衆大王當知若彼比丘破戒邪見不依正法如實修行邪命自活者僧當和合喚令現前取其自言彼若自引所作是罪隨犯輕重當如法治若彼比丘拒違僧命不從師友善知識語惱亂衆僧不得修道者若彼國主是法王者僧當往語令王教勑順從僧命爾時行法行王先應喚彼破戒比丘善言勸喻令順僧命若其不從當集二衆現前對實若得其罪助如法衆治彼

比丘不得斷命不得割截一切諸根不得囚閉不得枷鎖不得撾打不得脱袈裟不得奪其資生之物得訶責得驅擯大王當知若有二衆朋黨諍訟依破戒依邪見依顛倒邪行依種種邪命起種種異諍種種異説種種異語行法行王若自知法若自知義應當如法斷彼諍事若彼國王闇鈍無智不自知法不自知義不知正法不知邪法不知如法衆不知非法衆不知如法語不知非法語爾時彼王應問國内大德沙門知法知義有大智慧常行正法利益衆生善知斷諍能如法語者問其正法知犯非犯如是知已然後如法爲滅彼諍大王當知如是名爲行法行王治彼邪命衆生之罪王言大師若彼國王闇鈍無智國内多諸沙門婆羅門所行各異互相是非各各自言我是沙門修正道者能利衆生我是福田應受供者如是各各互相是非云何得知是眞沙門非眞沙門是正道是邪道是如法語非法語大王當知有大沙門釋迦子出家爲道得神通證有大名稱如來應正遍知彼諸弟子比丘比丘尼於彼瞿曇法中住者是眞沙門能行正道利益衆生是福田者能知正法是如法語者大王當知除彼沙門瞿曇法外餘諸一切婆羅門等是名邪道非寶沙門非法語者不應取語何以故大王當知彼無正法云何能得如法之語王言大師若彼國王闇鈍無智不知王論不行正法自在作惡是國王罪誰應當治答言大王彼王自身自罪自治王言大師云何自身而自治罪答言大王彼王當依二法自治何等二

法一者依自力二者依他力依自力者彼王應當如是思惟我今所行爲是放逸爲非放逸爲有慈心爲無慈心爲是應作爲不應作爲是善業爲是惡業若知所作是不應作是惡業者即止不作生慚愧心悔過自責畏惡名稱畏墮惡道當依二法護惜自身何等二法一者放逸二者無慈悲心如是名爲依自智力自罪自治若王無智不能如是自思惟者應於國内處處推求有大智慧者善知王論常行正法能如實語諸沙門等王應自往彼沙門所若不自往當遣大臣王子貴人人所重者詣彼沙門宣王渴仰尊重之心將至王所若彼來者王應迎逆禮拜問訊盡恭敬心盡尊重心問沙門言何等善行何等惡行行何等法能有利益行何等法無有利益我心闇鈍無有智慧願爲我說時彼沙門應當爲王廣說過去行法行王所行之法諸王論法以柔輭語語彼王言如是如是應當奉行有大利益謂十善法不殺生等如是如是法不應行無有利益謂十惡法如殺生等如是如是等是行法行王所行之法王今不知應捨十惡等惡行法應行十善等善行法聞已受持如法改悔若能如是名依外力自罪自治王言大師行法行王云何護器世間答言大王行法行王不焚燒不破壞不澆灌是名護器世間何以故一切皆是作不善業是故行法行王不應焚燒破壞澆灌城邑聚落山林川澤園觀宮殿莊嚴樓閣一切行路及諸橋梁自然窟宅一切穀荳麻麥華果草木叢林不應焚燒不應破壞不應澆灌不應斫

伐何以故以彼諸物皆共有命畜生等有無不用者而彼衆生無有罪過不應損其所受用物令生苦惱又彼一切外樹林等諸善淨天一切鬼神皆悉共有於中受用屋舍宫殿莊嚴樓觀諸天共住又彼園池屋舍宫殿莊嚴樓觀一切水陸有命諸蟲悉皆共用所謂雀鼠鷄狗鳩鴿鸚䳇象馬牛羊猫貍蛇蝎䳢鴨魚鼈乃至一切微細諸蟲所共受用行法行王與諸衆生共依止此器世間活不應破壞如是名爲行法行王護器世間安樂衆生王言大師行法行王無量諸天侍從護王天力自在能護於人云何而言人能護天答言大王行法行王能與彼天正命淨食所謂爲說如來正教甘露法門禪定解脱十善道等令其得離諸惡道苦以是爲護除諸不善殺生鬼等何以故攝在惡命自活衆生分故是故行法行王即身能集無量功德資益現在未來復能集諸善果大王當知行法行王不應焚燒破壞除滅如來塔廟及諸沙門淨行人等房舍屋宅資生之物園觀樓閣樹林華果亦不應取亦不應伐除欲爲利佛法僧者王言大師行法行王所有臣佐宰官禁司不憂國計但求利已或從私忿以害公政或受貨賕以枉治道增長百姓遞相欺亂以強淩弱以貴輕賤以富欺貧以曲枉直富者獲伸貧者受屈諂佞宰政忠賢隱退或時在朝懼危自默或行求財貸用安已百姓貧苦不堪充濟猒苦思亂不聞王命斯由臣吏不行忠節欺上亂下肎受王禄如是之人攝在何等衆生數中答言大王如是惡人攝在刼奪衆

生數中上品治罪何以故大王當知以其受王名官重禄捨公念私不存公政禍亂之生莫不由之此是國之最大惡賊王是法王不得斷命是故攝在劫奪數中上品治罪王言大師行法行王國内若有不孝衆生不念父母生養之恩捨背父母與妻子居所有衣食病瘦湯藥念給妻子不與父母父母衰老出入無力曾不生憂親近扶侍於其妻子晝夜不離得一美味不敢自噉持與妻子或偷父母所有財寶私共妻子歡樂食噉父母善言不肯隨順妻子惡語信用無捨或爲妻子訶罵父母或共親族母女姊妹尊卑上下行於婬欲無慚愧心如是衆生攝在何等衆生數中答言大王如是惡人攝在劫奪衆生數中上品治罪何以故大王當知父母恩重至心孝養猶不能報何况棄捨遮逆教命是名世間最大劫賊王言大師行法行王國内有人放逸無慈於其妻子奴婢眷屬能行不忍非法驅使非時驅使不應作者強逼令作至於打罵無過能行衣食不充眠卧無所喚不及應走則嫌遲出言常罵如似怨家如是之人攝在何等衆生分中答言大王攝在邪行衆生分中中品治罪何以故大王當知居家資生奴婢共報有其半分自分衣食恣意著噉奴婢之分護惜不與設令給與不依時節應多與少常令不足是名世間最大邪行王言大師行法行王國内有人於佛法僧作不利益焚燒破壞塔寺形像及諸經書惡言毀呰言造作者無有福利其供養者虛損現在無益未來或嫌塔寺及諸形像妨礙處所破壞

除滅送置餘處或破沙門淨行人等房舍窟宅或取佛物法物僧物園林田宅象馬車牛驢騾駱駝奴婢僮僕衣服飲食金銀瑠璃硨磲碼碯一切珍寶或捉沙門策役驅使責其發調罷令還俗或時輕心弄諸沙門欲爲戲笑不備時供虛誑請喚不與飲食設與飲食不及時節與非法食或時輕賤毀呰駡詈惡言誹謗或以杖木土塊瓦石及自手拳打諸沙門或捉刀槊弓箭矛戟斫射傷害或推水中或推火中或推山澗坑陷之中或放象馬虎狼師子惡狗毒獸傷害其身如是惡人攝在何等衆生分中答言大王如是惡人攝在惡逆衆生分中上品治罪何以故以作根本極重罪故王言大師何者根本罪答言大王有五種名爲根本何等爲五一者破壞塔寺焚燒經像或取佛物法物僧物若教人作見作助喜是名第一根本重罪若謗聲聞辟支佛法及大乘法毀呰留難隱蔽覆藏是名第二根本重罪若有沙門信心出家剃除鬚髮身著染衣或有持戒或不持戒繫閉牢獄枷鎖打縛策役驅使責諸發調或脫袈裟逼令還俗或斷其命是名第三根本重罪於五逆中若作一業是名第四根本重罪謗無一切善惡業報長夜常行十不善業不畏後世自作教人堅住不捨是名第五根本重罪大王當知若犯如是根本重罪而不自悔決定燒滅一切善根趣大地獄受無間苦大王當知以王國內行此不善極重業故梵行羅漢諸仙聖人出國而去諸天悲泣一切善鬼大力諸神不護其國大臣相殺輔相爭競四方逆

賊一時俱起天王不下龍王隱伏水旱不調
風雨失時諸龍皆去泉流河池悉皆枯涸草
木燋然五穀不熟人民饑餓劫賊縱横迾相
食噉白骨滿野疫癘疾病死亡無數時諸人
民不知自思所作是過而怨諸天訴諸鬼神
是故行法行王爲救此苦行治罪法王言大
師行法行王若無染心無惡心者何故不得
慈心斷命割截諸根答言大王行法行王以
無染心無惡心者不能得起如是心念斷衆
生命割截諸根何以故彼法行王見彼衆生
至於死時依自業過生瞋恨心死已命斷生
惡道中惡心隨逐長夜不斷是故行法行王
不行斷命不壞諸根何以故此事難故若斷
其命割截諸根一作已後不可救故繫閉枷
鎖打縛訶罵等非求棄捨是故佛聽行法行
王爲護衆生若斷其命割截諸根不名滿足
護衆生者大王當知斷衆生命割截諸根最
是世間大怖畏事故佛不聽行法行王作如
是事王言大師行法行王國内人民所應輸
王課調物者爲是王物爲是他物答言大王
非王自物亦非他物何以故他自手力能作
能得是故非王自已有物非他物者以王能
護彼衆生故是故非是一向他物彼衆生等
立如是法是故輸王王應得分非是他物王
言大師行法行王若有人民應輸王物而不
輸王彼民爲是偷盜王物爲非偷盜答言大
王非偷王物彼民貪惜欺王不輸得無量罪
何以故以應輸物不輸王故王言大師於王
國内合輸物者而不肯輸然王即行鞭杖打
責若取彼物爲是劫奪爲非劫奪答言大王

非是劫奪何以故大王當知以王有力能護其難彼由王護得安自業應輸王物故非劫奪王言大師若貧窮人應輸王物以無物故強加鞭打而責其物爲是劫奪爲非劫奪答言大王有人邊是劫奪有人邊非劫奪有人邊非劫奪者彼人若是窳惰懈怠不勤家業非法邪婬摴蒱碁博如是等戲輸他財物致貧窮者如是人邊行法行王鞭打徵責乃至他邊貸物輸王王非劫奪何以故王作是念爲令彼人更不敢作非法之事損失財物故如是王民二俱有益王得益者庫藏滿足民得益者資生成就又得無罪故王言大師何等人邊王是劫奪大王當知王雖合得若知彼人所有家業爲賊劫奪詐親人奪非法王奪失火焚燒暴風疾雨飛沙雹石壞其家業或時住處不得安隱人民走散失沒家生或有蟲螟雀鼠鸜鵒噉傷五穀或時復值天旱不熟水潦不收如是等緣家業不立資生壞盡於此人邊應當默然不應徵責若取此物名爲劫奪何以故以不慈愍此貧窮人不名具足護衆生故大王當知我爲此事說一譬喻智者於中以喻得解譬如有人欲以飲食供養沙門淨行人等備具種種一切美味其家忽然失火焚燒風吹水漂賊所劫奪飲食都盡或爲不淨惡物所汙不任食噉諸沙門等食時既至到施主家見其損失反助憂苦乞食來與何心敢責施主飲食然彼施主不與飲食亦無有罪大王當知行法行王亦復如是王雖合得彼人不與不犯王法不合打責如是行法行王在世治化民常願樂

大薩遮尼乾子受記經卷第四

音釋

纏直連切繞也 顚倒顚都年切倒都導切 瞋恚瞋丑人切恚於避切瞋恚怒恨也 獷古猛切麤惡也 枷鎖枷古牙切項械也鎖蘇果切鐵索也 驅擯驅豈俱切逐也擯必刃切斥也 覘伺覘敕豔切闚視也伺息利切察也 撾打撾陟瓜切擊也打都挺切捶也 闇鈍闇烏紺切不明也鈍徒困切不利也 澆灌澆古堯切沃也灌古玩切溉也 鴿古沓切烏名 貨賕貨呼卧切財貨也賕巨鳩切枉法致賂也 騾落戈切 駱駝駱盧各切駝唐何切 枯涸枯苦胡切涸下各切枯涸水竭也 疫癘疫營隻切癘力制切疫癘瘟病也 窳勇主切懶也 摴蒱摴丑居切蒱薄胡切摴蒱博戲也 螟莫經切食苗心蟲也

大薩遮尼乾子受記經卷第五

元魏天竺三藏菩提留支譯

王論品第五之三

王言大師如是不放逸行法行王成就幾法得名行法行王答言大王成就十法而得名爲行法行王何等爲十一者自性成就二者眷屬有禮三者智慧成就四者常勤精進五者尊重法六者猛利七者恩厚八者善解世間所行法九者能忍諸苦十者不取顛倒法大王當知自性成就王者有於二種功德成就一者王子大臣長者居士城邑聚落所有人民皆愛重王二者無諸一切疾病大王當知眷屬有禮王者亦有二種功德成就一者於王所作事中即各競辦不須王憂二者謹愼不犯王法大王當知智慧成就王者亦有二種功德成就一者善知方便依法善護衆生二者於欲所作之事自智能知不依他作大王當知常勤精進王者亦有二種功德成就一者一切庫藏滿足二者無諸一切怨賊歡喜安住大王當知尊重法王者亦有二種功德成就一者常行一切善法無有休息二者能化惡行衆生大王當知猛利王者亦有二種功德成就一者於心所欲求事速能滿足二者發心所欲作事不久思惟即成如法大王當知恩厚王者亦有二種功德成就一者所有眷屬樂王二者大臣一切人民皆信重王大王當知善解世間所行法王者亦有二種功德成就一者能知惡行衆生善行衆生二者王應民邊得物不令有失大王當知能忍諸苦王者亦有二種功德成就一者於

王所欲行事能滿成就二者不畏諸苦惱事大王當知不取顛倒法王者亦有二種功德成就一者自能進趣勝道二者常不離善知識大王當知成就如是十種功德者名爲成就行法行王王言大師成就如是十種功德而得名爲行法行王者若其國内有逆賊主具四種兵與法行王鬭諍國土及外國王來相侵奪欲與大鬭集四部兵一切現前行法行王云何與彼而共鬭戰答言大王行法行王當應思惟於三時中出三方便入陣鬭戰何等三時謂初入時中入時後入時大王當知初欲入時作方便者行法行王若見逆主爾時復作三種思惟一者思惟此反逆王所有兵馬爲與我等爲當勝我若與我等共鬭戰者俱損無益若其勝我彼活我死如是念已應見逆王所有親友及善知識當令和解滅此鬭諍二者行法行王見彼逆王與已平等及勝已力者心自思惟不應與戰當與其物求滅鬭諍三者若見逆王多有士衆眷屬朋黨象馬車步四兵力勝行法行王士衆雖少能以方便現大勇健難敵之相令彼逆王生驚畏心以滅鬭諍如是名爲於初時中思惟三種方便之用大王當知若以親友與物驚怖如此三事不能滅彼鬭諍事者行法行王爾時復起三種思惟入陣鬭戰何等三種一者思惟此反逆王無慈悲心自殺衆生餘人殺者亦不遮護我今不令如此相殺此是初心護諸衆生二者思惟當以方便降伏逆王士馬兵衆不與鬭戰三者思惟當以方便活繫縛取不作殺害生此三種慈悲心已然

後莊嚴四種兵衆分布士馬唱説號令揀選兵衆分作三品於上品中有上中下以上品中下勇猛者列在於前次列第二中品健者次列上品最健兵馬分在兩廂令護步衆不生畏心行法行王處在軍中與最上品象馬車步猛健衆俱如是入鬪何以故有五種事能令大軍競進不退何等爲五一者慚愧王二者畏王三者取王意四者令衆背後無畏五者令念報國王恩如力如分不生退轉能勇戰鬪大王當知行法行王設是方便入陣鬪戰爾時雖復殺害衆生而彼王得輕微少罪非決定受懺悔能滅何以故彼法行王爲欲入戰先生三種慈悲心故雖作此惡得罪輕微非決定受大王當知彼法行王爲令衆生爲護沙門護沙門法爲護妻子族姓知識能捨自身及資生物作如是業因此事故彼法行王得無量福大王當知若爲護國養活人民興兵鬪戰彼時國王應當先發如上三心勑令主將一依王教如是鬪者有福無罪

王言大師行法行王生幾種心常能如是護諸衆生答言大王行法行王於諸衆生生八種心何等八種一者念諸一切衆生如念子想二者念於惡行衆生如病子想三者常念受苦衆生生大慈心四者念受勝樂衆生生歡喜心五者念於怨家衆生生護過想六者能於親友衆生生覆護想七者能於資生之中生如藥想八者能於自身生無我想大王當知念諸衆生如念子想者起二種心一者能如父母念子遮護諸惡二者常於一切衆生不捨慈心大王當知念惡行衆生如病子

想者起二種心一者能忍如世病人罵諸良師良師不生瞋恨之心二者爲斷一切過失行如是心大王當知念受苦衆生生大慈心者起二種心一者能於諸急難中救免其苦二者能與勝安隱樂大王當知於受樂衆生生歡喜心者起二種心一者能於他財物中他資生中不生貪心二者於他富貴勝樂不生嫉心大王當知於怨家衆生生護過想者起二種心一者常念斷彼過因遠離怨家二者能於怨家衆生生親友心何況其餘非怨家者大王當知於親友衆生生覆護想者起二種心一者念令親友堅固二者念令一切衆生不生怨憎大王當知於資生中生藥想者起二種心一者有欲不作邪婬二者能於色香味中隨世受用不生貪著大王當知於自身中生無我想者起二種心一者往詣沙門大智人邊聞法二者聞法如說修行大王當知行法行王常念思惟如是八法故不求資生而世間人自然奉獻珍奇異物國內無者庫藏盈溢而諸世間非法惡王鞭打百姓逼惱索者了無其一大王當知行法行王行此八法者於所作業歲時日月星宿節朔常與吉會一切非人諸惡邪鬼欲覓其便無能得者於其國內風雨以時五穀豐熟人民飽足無饑渴想一切諸蟲雀鼠龍雹能與世間作無利者悉皆息滅若有怨賊在其國內一切即依自業罪過受諸苦惱依自業盡依自業滅大王當知行法行王若能如是護諸衆生護器世間者不負一切世間衆生諸善行人智慧人聖人一切衆生無能訶責者何以

故無罪過故大王當知如是善行王若命終時當生天上受彼諸天妙境界樂而說偈言

重法不放逸　常念利衆生　眷屬有禮法
善能知他行　自身常清淨　離諸無益業
彼王勝世間　名行法行王　貌重言常和
於善勤精進　善能知世間　一切諸技藝
以常不懈怠　方便護世間　衆生得安樂
無有苦惱者　常樂利益他　將護一切心
出口說愛語　安隱決定言　知過有功德
知勝知不如　如是王能共　衆生受安樂
於他平等心　能捨物解義　諸臣及眷屬
一切愛樂王　具足善衆集　常有大勢力
如是正法王　能久住王位　慈心離殺生
布施斷偷盜　正欲防邪婬　實言止妄語
和合除兩舌　輭語遮惡口　正說治綺言
淨命對飲酒　淨心捨三毒　受妙天王位
大王應當知　常善護諸戒

請食品第六

爾時嚴熾王聞大薩遮尼乾子所說法已心大歡喜即語薩遮尼乾子言大師仁慈不遺我國令此曠野不可停止願降神德將諸大衆與我俱詣宮內寢息何以故我今心念欲爲大師及諸大衆設於時供薩遮尼乾子言善哉善哉善哉大王欲與我食今正是時何以故大王當知我從遠來道路疲極常多饑渴日時已至我受王請時嚴熾王聞大薩遮尼乾子受其請已心大歡喜即以薩遮尼乾子及諸大衆置在於前王與四兵導從前後俱入王宮入已王請薩遮尼乾子坐王七寶莊嚴間錯無價寶床餘諸一切尼乾子衆隨

所應坐悉皆令坐薩遮尼乾子受坐已嚴熾王即生至心恭敬心尊重心希有心自手供給薩遮尼乾子及諸大衆百味飲食極令飽足恣意令取豐滿盈溢薩遮尼乾子食已嚴熾王即以價直百千萬億上下衣服奉施薩遮尼乾子餘弟子衆所應得者悉皆施與上下衣服爾時薩遮尼乾子飯食訖已攝諸鉢器澡漱清淨即語嚴熾王言大王當知王今至心奉施沙門飲食衣服福不可量今且略說十五功德何等十五一者閉塞慳貪之心二者能開布施心手三者能滅無布施福邪見之心四者能生果報不忘正見之心五者隨順善知識人六者遠離下無智人七者能開諸善道門八者能閉諸惡趣門九者能種善根種子十者能拔不善根栽十一者能漸薄一切諸煩惱結十二者能增長一切諸善根分十三者能飽足一切持諸戒人十四者能應爲自身所作已作十五者能爲利益他應作已作何以故大王當知能施布施得大富施好色食後得妙色觀者無猒施好香食後得名稱世間普聞施美味食後得資生過諸世間種種勝妙施樂觸食後得手脚細滑柔輭施能至心後得一切世人親愛恭敬供養自手布施得多僮僕圍遶給侍依時節施隨心所須應時即得以愛物施後得勝妙資生境界不損害施後得資生堅固不壞不疲勞施安坐受報眷屬常愛與飲食者後得大力自在無礙與衣裳者得好妙色世間敬愛施燈明者得明淨眼無老病壞施妓樂者得耳不聾常聞妙聲施諸乘者常得安樂輦輿

隨身施湯藥者得無疾病形色肥鮮施屋舍者離諸恐怖得安隱樂布施法者後得不死甘露法藥離殺生者後得長壽命不中夭離劫盜者後得大富資生無盡離邪婬者後得好妻他不能奪離妄語者後得實報不被他謗離兩舌者後得和合眷屬無諍離惡口者後得常聞勝妙音聲離綺語者有所言說他人受用離貪心者得不增上厚重貪心離瞋心者得不增上厚重瞋心離邪見者得不增上厚重癡心離憍慢者生豪貴家得人尊敬離瞋心者得身端正見者愛樂離嫉心者得大威力所願皆成離慳心者生處富足資生無乏離非處婬者得勝諸根具丈夫相大王當知施飲食者即是與命與色與力與樂與辯大王當知施主愛衆生智者讚歎名聞十方入諸大衆心不怯弱若命終已生上天中受妙境界於最後身得無上道爾時薩遮尼乾子而說偈言

至心持戒人　能生歡喜心　時食施沙門
來世得七福　得勝色命力　樂辯才樂說
生天善道中　終得至涅槃　所爲事布施
畢竟得彼事　爲求樂布施　後必得安樂
施福最勝樂　所求者必成　當生天人中
及色無色界　智慧聖施主　若修精進行
畢竟盡諸苦　得上勝智慧　以作無量福
天魔魔眷屬　行惡不善者　不能作障難
是故常布施　求三種勝事　善道及富貴
能證無上道

問罪過品第七

爾時嚴熾王即生是心薩遮尼乾子所說法

者皆是隨順如來正法作是思惟我今當問薩遮尼乾子於如來所有尊重心不爾時嚴熾王作是念已即移坐處更敷下座恭敬而坐問薩遮尼乾子言大師當知我有少疑今欲請問爲見聽不爾時薩遮尼乾子答言大王隨汝所問我當爲汝分别解說令得開解時嚴熾王聞大薩遮尼乾子聽其問已即作是言大師世間頗有衆生於衆生界中聰明大智利根黠慧有罪過不答言大王有此衆生亦有罪過王言大師如是衆生今者誰是答言大王此能雨婆羅門聰明大智利根黠慧善知星宿善知祭祀種種諸天善知呪術善知事火善知天文日月八星善知天雨石雹災害善知地動吉凶變異善知日月暈蝕殃災善知年歲國土豐儉善知世間安隱破壞彼婆羅門而有罪過王言大師彼能雨婆羅門罪過云何答言大王此能雨婆羅門常多婬欲喜侵他妻大王當知黠慧之人不應侵他妻何以故大王當知侵他妻者現在未來多受苦惱一切天人之所訶責而說偈言

自妻不生足　好婬他婦女　是人無慚愧
常被世訶責　現在未來世　受苦及打縛
捨身生地獄　受苦常無樂

王言大師世間頗更有諸衆生聰明大智利根黠慧有罪過不答言大王有此衆生亦有罪過王言大師如是衆生今者誰是答言大王此頗羅墮婆羅門聰明大智利根黠慧知法知禮而有罪過王言大師彼頗羅墮婆羅門罪過云何答言大王此頗羅墮婆羅門常多睡眠大王當知黠慧之人不應睡眠何以

故大王當知多睡眠人退失諸行失於世間出世間法妨礙智慧離諸煩惱而説偈言

若人多睡眠　懈怠妨有得　未得者不得
已得者退失　若欲得勝道　除睡疑放逸
精進策諸念　離惡功德集

王言大師世間頗更有諸衆生聰明大智利根黠慧有罪過不答言大王有此衆生亦有罪過王言大師如此衆生今者誰是答言大王此黑王子聰明大智利根黠慧有大威力而有罪過王言大師彼黑王子罪過云何答言大王此黑王子多諸嫉妬大王當知黠慧之人不應嫉妬何以故大王當知若有人得生富貴家資財豐足不肯布施懷嫉妬心如是之人於資生中不取堅固彼人空手命終即去生餓鬼中生彼處已受諸種種饑餓苦惱而説偈言

惜財不布施　藏積恐人知　捨身空手去
餓鬼中受苦　饑渴寒熱等　憂悲常煎煮
智者不聚積　爲破慳貪故

王言大師世間頗更有諸衆生聰明大智利根黠慧有罪過不答言大王有此衆生亦有罪過王言大師如此衆生今者誰是答言大王此勝仙王子聰明大智利根黠慧大有威力而不怯弱好行布施有大威德而有罪過王言大師彼勝仙王子罪過云何答言大王此勝仙王子多作殺生大王當知有黠慧者不應殺生何以故大王當知殺生之罪得短命報命終生於地獄畜生餓鬼之中而説偈言

殺生無善報　短命多諸病　來世生惡道

具受種種苦　欲離諸苦惱　未來求勝樂
應當護他身　如愛自己命
王言大師世間頗更有諸衆生聰明大智利根黠慧有罪過不答言大王有此衆生亦有罪過王言大師如是衆生今者誰是答言大王此無畏王子聰明大智利根黠慧而有罪過王言大師彼無畏王子罪過云何答言大王此無畏王子慈心太過大王當知黠慧之人不應慈心太過何以故大王當知若王王子慈心太過者彼王王子國内多有羣賊亂民不可遮護多有諸難而說偈言
若王及王子　慈悲心太過　長賊多欺誑
民怖王命危　王應思此過　籌量行慈悲
念世間受苦　捨離太過心
王言大師世間頗更有諸衆生聰明大智利根黠慧有罪過不答言大王有此衆生亦有罪過王言大師如是衆生今者誰是答言大王此天力王子聰明大智利根黠慧而有罪過王言大師彼天力王子罪過云何答言大王此天力王子飲酒太過大王當知黠慧之人不應飲酒太過何以故大王當知飲酒太過忘失諸事障修大道失於世間出世間利而說偈言
飲酒多放逸　現世常愚癡　忘失一切事
常被智者訶　來世常闇鈍　多失諸功德
是故黠慧人　離諸飲酒失
王言大師世間頗更有諸衆生聰明大智利根黠慧有罪過不答言大王有此衆生亦有罪過王言大師如是衆生今者誰是答言大王此婆藪天王子聰明大智利根黠慧有大

威力心不怯弱常好布施有大威德而有罪過王言大師彼婆藪天王子罪過云何答言大王此婆藪天王子了達諸事而行事太遲大王當知有黠慧之人不應行事太遲何以故大王當知行事太遲者不及時節多失諸利令鬭諍事堅固難滅是故大王黠慧之人有所作事不失時節不應太遲而說偈言

行事太遲人　多失所作業　未得者不得
已得者便失　應捨遲行事　慕速及時節
過時不得利　是故多所失

王言大師世間頗更有諸衆生聰明大智利根黠慧有罪過不答言大王有此衆生亦有罪過王言大師如是衆生今者誰是答言大王此大仙王子聰明大智利根黠慧有大威力而有罪過王言大師彼大仙王子罪過云何答言大王此大仙王子貪心太過爲顛倒覆心常奪他財大王當知黠慧之人不應過貪何以故大王當知過貪之人不爲一切衆生親附捨此身命即生地獄而說偈言

貪人多積聚　得不生猒足　無明顛倒心
常念侵損他　現在多怨憎　捨身墮惡道
是故有智者　應當念知足

王言大師世間頗更有諸衆生聰明大智利根黠慧有罪過不答言大王有此衆生亦有罪過王言大師如是衆生今者誰是答言大王此大天王子聰明大智利根黠慧有大威力而有罪過王言大師彼大天王子罪過云何答言大王此大天王子輕躁戲笑放逸太過大王當知黠慧之人不應輕躁放逸太過何以故大王當知放逸太過者能障奢摩他

毗婆舍那法此戲笑之罪是惡道因而說偈
言
戲笑垢染心　心不住三昧　爲智者所訶
行善不解脫　欲得速利益　應離諸放逸
現世無安隱　失名稱功德
王言大師世間頗更有諸衆生聰明大智利根黠慧有罪過不答言大王有此衆生亦有罪過王言大師如是衆生今者誰是答言大王此憍薩羅國波斯匿王聰明大智利根黠慧而有罪過王言大師彼波斯匿王罪過云何答言大王此波斯匿王噉食太過大王當知黠慧之人不應噉食太過何以故大王當知噉食太過者體難迴動寀惰懈怠所食難消遠離現在未來二世善法利益而說偈言
噉食太過人　身重多懈怠　現在未來世
於身失大利　睡眠自受苦　亦惱於他人
迭悶難覺寤　應時籌量食
王言大師世間頗更有諸衆生聰明大智利根黠慧有罪過不答言大王有此衆生亦有罪過王言大師如是衆生今者誰是答言大王此衆生者即王身是大王亦甚聰明大智利根黠慧有大威力心不怯弱好喜布施威德具足亦有罪過王言大師我之所有罪過云何答言大王大王之罪太極暴惡大王太嚴大王太急大王太鞕大王太卒大王當知黠慧之人不應太惡何以故大王當知若王王子性太惡者彼爲一切多人不用多人不愛多人不喜乃至父母亦不喜見何況餘人大臣王子長者居士等是故大王黠慧之人不應太惡大王當知有黠慧人所欲作事應

當安詳不應太卒而說偈言

若王行惡行　瞋心不見事　動則怖衆生
乃至父母畏　何況餘非親　而當有念愛
大王應當知　智者捨瞋恚

爾時嚴熾王在坐對面聞大薩遮尼乾子毀呰自身心生不忍瞋心恚心懊惱心無歡喜心生毒害心即作是言薩遮尼乾子汝今云何於大衆中說我過惡毀呰於我我從昔來無人敢正看我面者汝今毀我罪應合死作是語已以瞋恚心告諸臣言汝當捉此說不愛語愚癡沙門斷其命根爾時薩遮尼乾子驚怖毛豎語嚴熾王言大王汝今莫速卒作如是惡事不饒益我我有善言願王暫時施我無畏聽我所說王言沙門與汝無畏所欲說者汝當速說薩遮尼乾子言大王當知我亦有罪王言沙門何者汝罪薩遮尼乾子言大王當知我罪過者由太實語不虛語稱事語以我如是大惡人前可畏人前急性人前無慈悲人前卒作事人前如是惡行人前說如實語大王當知黠慧之人不應一切時一切處常說實語何以故有不饒益故大王當知黠慧之人應當善觀可與語人不可與語人應當善知可語時非語時應當善知可語處非語處然後說語何以故大王當知實語人者世人不愛世人不喜智者不讚歎世間癡人瞋而說偈言

智者不知時　卒隨意說實　彼人智者訶
何況無智者　智者一切處　亦不皆實語
是實憍尸迦　實語入惡道

爾時嚴熾王聞薩遮尼乾子說自身過即便

開解心生歡喜白薩遮尼乾子言大師師無罪過由我太卒今聞師教如闇得燈如盲得眼常當受持我今懺悔願師於我莫捨實語而說偈言

我實愚癡闇　不識知識說　是故生惡心
出如是惡口　我今聖人前　懺悔如是罪
願愍諸衆生　令我罪除滅

大薩遮尼乾子受記經卷第五

音釋

揀（古限切擇也）慚愧（慚財甘切愧居位切）雹（蒲角切雨冰也）澡漱（澡子皓切洗手也漱蘇奏切蕩口也）輦輿（輦力展切步挽車輿羊諸切乘輿也）憍慢（憍舉喬切恣也慢莫晏切倨也）黠（胡八切慧也）暈蝕（暈王問切日月氣也蝕乘力切虧也）欺誑（欺丘其切誑古況切欺誑謾也）毀呰（毀許委切謗也呰蔣氏切譏也）

大薩遮尼乾子受記經卷第六

元魏天竺三藏菩提留支譯

如來無過功德品第八之一

爾時嚴熾王聞薩遮尼乾子所說得歡喜已更問所疑作如是言大師今此衆生界中衆生聚中頗更有人聰明大智利根黠慧知法非法無過失不答言大王有此衆生無諸過失王言大師今者誰是答言大王此沙門瞿曇釋家子生釋王家出家爲道大王當知如我有四圍陀經中說彼釋種沙門瞿曇無有過失所謂生在大家不可譏嫌何以故以是轉輪王家生故種姓豪貴不可譏嫌何以故以甘蔗姓種家生故福德莊嚴不可譏嫌何以故以三十二相八十種好莊嚴身故具足寶事不可譏嫌何以故以具持戒十力四無所畏十八不共法畢竟成就故是故知彼沙門瞿曇無有過失大王當知彼釋種子沙門瞿曇若不捨家出家爲道者當作轉輪聖王王四天下當行法行而爲法王具足七寶輪寶象寶馬寶如意寶夫人寶大臣寶主藏寶千子具足勇猛雄傑有丈夫相身諸威德無可嫌毀力能降伏他諸軍衆具足成就轉輪王相於四天下而得自在無與等者於此大地無諸怨對無諸惱害無有刀杖依法降伏行於平等自在而住而彼王子沙門瞿曇不樂如是世間之樂捨家出家勇猛精進行大苦行日食一麻或食一米心不懈怠六年苦行成等正覺坐於道場菩提樹下降諸魔力一心念於相應智慧所有應知所有應得所有應見所有應覺所有應證彼諸一切所應

得法不從師學自智即能如實覺知是故知彼沙門瞿曇一切世間天人魔梵沙門婆羅門等無與等者何況有勝彼沙門瞿曇無等等無勝等是故彼無一切過失何以故以彼沙門瞿曇家姓無等形色無等智慧無等是故無過失重說偈言

家色生姓勝　諸相百福勝　八十種妙好
莊嚴佛月身　六年修苦行　坐於菩提樹
降伏諸魔衆　逮得一切智　是諸天人師
常念利世間　慈悲心平等　救苦無怨親
波羅柰城說　四諦相應法　無我命衆生
是故無過失

爾時嚴熾王語大薩遮尼乾子言大師應說何者是如來三十二大丈夫相以是三十二相莊嚴身故得大丈夫師子王名爾時大薩遮尼乾子告嚴熾王言大王今當一心諦聽當為汝說王言大師願樂欲聞薩遮尼乾子言大王當知沙門瞿曇三十二相者一者沙門瞿曇足下平滿蹈地善住二者沙門瞿曇足下具足千輻輪相三者沙門瞿曇手脚柔輭如天劫貝四者沙門瞿曇諸指纖長五者沙門瞿曇指皆網縵六者沙門瞿曇足跟圓滿七者沙門瞿曇足趺上隆八者沙門瞿曇鹿王蹲相九者沙門瞿曇身相端嚴十者沙門瞿曇馬王陰藏十一者沙門瞿曇一孔一毛不相雜亂十二者沙門瞿曇髮如青妙淨瑠璃色十三者沙門瞿曇身毛上靡十四者沙門瞿曇皮如金色十五者沙門瞿曇皮膚細輭十六者沙門瞿曇七處平滿十七者沙門瞿曇兩肩圓厚十八者沙門瞿曇兩肩髙

峻圓如金山十九者沙門瞿曇身體廣長二十者沙門瞿曇身圓正直如尼拘樹王二十一者沙門瞿曇頤如師子二十二者沙門瞿曇四十齒滿二十三者沙門瞿曇齒間明密二十四者沙門瞿曇齒方齊平二十五者沙門瞿曇齒白如雪二十六者沙門瞿曇舌得上味二十七者沙門瞿曇舌能覆面二十八者沙門瞿曇聲如梵聲二十九者沙門瞿曇眼如牛王上下俱瞬三十者沙門瞿曇目相鮮明如青蓮華葉三十一者沙門瞿曇額上毫相功德滿足三十二者沙門瞿曇頭相高顯無見頂者大王當知此是沙門瞿曇三十二相沙門瞿曇以此三十二相莊嚴身故說名大丈夫師子王而說偈言

頂髙相微妙　最勝莊嚴身　髮如青瑠璃
色淨輪右旋　眼瞬如牛王　青蓮華葉形
是故瞿曇身　皆歎不可嫌　瞿曇微妙聲
過諸梵世音　如彼迦陵伽　衆鳥悉非倫
舌能覆面門　淨如蓮華葉　妙相過羣生
是故世無及　舌根得上味　諸味無差別
速成妙相人　故佛無過失　瞿曇齒功德
一切無與等　明淨如珂雪　齊平無差跌
頤相稱上廣　方如師子王　脣色衆歎美
腧如頻婆果　兩肩相高顯　前後俱團圓
神光曜衆目　峻美如金山　瞿曇身諸相
三十二莊嚴　上下體圓滿　如尼拘樹王
瞿曇身廣長　善住不可嫌　智者常渴仰
樂觀無猒心　瞿曇功德體　七處俱滿足
皮色常暉鮮　如閻浮檀金　身毛細柔輭
塵垢無能涂　生則輪右旋　相著俱上靡

髮淨色青美　厚滿不偏希　是故瞿曇相
過諸世間姿　瞿曇身正直　坐立無委曲
馬王陰藏相　亦如大龍王　脛如鹿王膞
麤細上下均　是故智者觀　無有疲猒心
手足指網縵　內外常鮮明　甲如赤銅葉
指如銅筋形　足趺上豐高　體滿如珂圓
脚跟相端嚴　圓滿無高下　諸指皆纖長
屈伸相柔輭　足下平善住　蹈地常安隱
此是瞿曇福　功德諸相山　依此功德聚
顯成瞿曇身　如是功德身　過天人世間
如彼淨滿月　顯於衆星中　瞿曇丈夫相
功德莊嚴身　大悲自在現　能利諸世間
法身淨無垢　無量諸功德　如是諸妙相
唯瞿曇境界

王言大師何者如來八十種好百福功德以是相好莊嚴身故名爲如來百福莊嚴功德相身答言大王我今爲成此事說喻大王當知若三千大千世界所攝四生衆生謂卵生胎生濕生化生此等衆生假使一時得於人身得人身已彼一一衆生皆修十善成就轉輪聖王福德彼諸衆生所修成就轉輪聖王福德之聚彼一一福德更增百倍始得成就沙門瞿曇一毛孔中下相功德如是一毛孔中功德餘一一毛孔所有功德亦復如是大王當知如是一切毛孔功德更增百倍始得成就沙門瞿曇身中所有一好功德如是一好功德餘一一好功德亦復如是大王當知如是一切諸好功德更增百倍始得成就沙門瞿曇身中所有大丈夫相一相功德如是一相功德餘一一相功德亦復如是大王當

知如是三十二相功德更增百倍始得成就沙門瞿曇眉間白毫一相功德如是眉間白毫功德更增百倍始得成就沙門瞿曇丈夫相中一頂相功德大王當知如是頂相功德更增百千萬億倍始得成就沙門瞿曇丈夫相中一法螺聲功德沙門瞿曇以此法螺聲功德故所有衆生界衆生所攝彼一一衆生言音不同一時各各作百千種種種異問彼一一衆生所問之事餘不重問能以一念相應智慧以一音答爾所衆生能令一時各得其解大王當知沙門瞿曇以此功德莊嚴身故名爲成就大丈夫相是故瞿曇成就百福功德相身是故瞿曇成就梵王法螺妙聲而說偈言

瞿曇功德身　百福相住持　道濟諸羣生　故號天人師

見聞及受物　其福不可量　瞿曇出世間　饒益諸衆生

衆生界差別　隨類各異問　瞿曇一念知　一音答令解

瞿曇現世間　能以梵音聲　轉最上法輪　令天人苦盡

爾時嚴熾王問薩遮尼乾子而說偈言

大師向說名　如來諸小相　願爲諸衆生　及我分別說

爾時薩遮尼乾子答嚴熾王言大王汝能爲諸衆生顯發如來功德小相多有利益汝今諦聽我當一一分別顯說沙門瞿曇八十種好依彼諸好廣宣瞿曇諸功德相如秋滿月現衆星中何等八十一者沙門瞿曇頭相端嚴上下相稱二者沙門瞿曇頭相美滿如摩陀羅樹果三者沙門瞿曇髮長弱美如委黑

絲四者沙門瞿曇髮縷條理不相雜亂五者沙門瞿曇髮毛宛轉螺文右旋六者沙門瞿曇髮色光澤如青瑠璃七者沙門瞿曇眉長皎潔如月初生八者沙門瞿曇眼相長廣如青蓮華葉九者沙門瞿曇耳埵輪成如似垂露十者沙門瞿曇鼻脩高直孔相不現十一者沙門瞿曇口氣香潔齅者無猒十二者沙門瞿曇舌色光赤如赤銅葉十三者沙門瞿曇舌相細滑薄利柔輭十四者沙門瞿曇脣色紅赤如頻婆果十五者沙門瞿曇牙白纖利光耀面門十六者沙門瞿曇面色華艷光如明鏡十七者沙門瞿曇面貌上下廣狹相稱十八者沙門瞿曇面貌豐美如似滿月十九者沙門瞿曇面貌端正殊特可美二十者沙門瞿曇身體常淨塵垢不染二十一者沙門瞿曇身體淨輭如練春華二十二者沙門瞿曇洪身正直如帝釋幢二十三者沙門瞿曇身諸文相福德超絶二十四者沙門瞿曇身體柔潤如塗膏澤二十五者沙門瞿曇身相麤細如尼拘樹王傭圓得所二十六者沙門瞿曇身諸相好無能嫌者二十七者沙門瞿曇身力無敵如那羅延二十八者沙門瞿曇威儀容止進退有法二十九者沙門瞿曇身諸相好一切衆生樂觀無猒三十者沙門瞿曇身諸形相惡衆生見生歡喜心三十一者沙門瞿曇行步容儀衆生見者觀無猒足三十二者沙門瞿曇迴身顧視如大象王三十三者沙門瞿曇身動威相如師子王三十四者沙門瞿曇身相凝重無輕舉相三十五者沙門瞿曇身相廣大不可度量三十六者

沙門瞿曇身相廣長無短小相三十七者沙門瞿曇光輪遍身周帀一丈三十八者沙門瞿曇身諸光相照曜十方三十九者沙門瞿曇身相尊重見者歸伏四十者沙門瞿曇皮膚細密常有光澤四十一者沙門瞿曇皮膚平滿無老皺相四十二者沙門瞿曇身色光明曜衆生目不能正觀四十三者沙門瞿曇身色光明晝夜無異四十四者沙門瞿曇身諸毛孔常出妙香四十五者沙門瞿曇形貌威德過諸世間四十六者沙門瞿曇身諸筋脉深隱不現四十七者沙門瞿曇骨節相連如似鉤鎖四十八者沙門瞿曇身毛細輭一一右旋四十九者沙門瞿曇毛色光曜如閻浮檀金五十者沙門瞿曇手足赤白如蓮華色五十一者沙門瞿曇手足鮮淨常有潤澤五十二者沙門瞿曇十指纖長傭圓可美五十三者沙門瞿曇踝相不現平無高下五十四者沙門瞿曇蹲骨堅長上下滿好五十五者沙門瞿曇手足圓滿無有高下五十六者沙門瞿曇手指柔輭內外受握五十七者沙門瞿曇手所有文細現深隱五十八者沙門瞿曇手所有文正直分明五十九者沙門瞿曇手所有文文不中斷六十者沙門瞿曇指甲薄潤如赤銅色六十一者沙門瞿曇立不傾斜平正得所六十二者沙門瞿曇住立安隱無能動者六十三者沙門瞿曇身動威勢如師子王六十四者沙門瞿曇迴身顧視如大象王六十五者沙門瞿曇行步平正無有傾曲六十六者沙門瞿曇行步安詳如似象王六十七者沙門瞿曇動足去步如白鵝王

六十八者沙門瞿曇行不履地輪相炳著六十九者沙門瞿曇九孔門滿相皆具足七十者沙門瞿曇腹小不現七十一者沙門瞿曇齋孔深圓七十二者沙門瞿曇聲響調和麤細俱美七十三者沙門瞿曇妙聲遠徹隨聞無障七十四者沙門瞿曇所有言音隨衆生意聞皆和悅七十五者沙門瞿曇語隨方音不增不減七十六者沙門瞿曇說法應機無有差謬七十七者沙門瞿曇語能隨俗方音爲說七十八者沙門瞿曇一音說法令諸異類一時俱解七十九者沙門瞿曇隨有因緣次第說法八十者沙門瞿曇胷有卍字示功德相大王當知是名沙門瞿曇八十種好莊嚴成就功德相身一切聲聞辟支佛諸天魔梵沙門婆羅門及諸外道莫能有者是故我言無有過失而說偈言

地主聽我說　如來八十好　以是諸相好
莊嚴瞿曇身　瞿曇甲圓好　形如半竹筩
美艷赤銅色　光澤如油塗　指間肉平滿
次第均無差　手文齊正直　深細相分明
脉深無異相　脣色如頻婆　脚善住無差
是故常安隱　踝骨隱不現　高下難分別
手中相明顯　示現諸功德　舌相妙柔輭
如天新華綿　薄如赤銅葉　光色常暉鮮
諸節皆深隱　妙相甚難見　兩手過雙膝
天人皆讚歎　妙聲甚深遠　猶如大龍王
如天中雨雷　聲微妙最勝　瞿曇滿月身
實相淨相應　妙形善端美　上下俱傭圓
求盡惡身相　滿足諸功德　膺滿如師子
一一好差別　手足善光澤　皮如金色鮮

如是諸功德　一一不可嫌　身相次第好
離諸麤澀觸　脣輪相圓正　孔深無窪曲
一切諸身分　功德所集成　諸行皆清淨
光明離闇濁　如是功德身　善備不可嫌
以是諸世間　樂觀無猒足　起如大龍王
奮迅動重淵　步如牛王相　威如師子轉
身相甚柔輭　骨節不相違　趨進如鵝王
不疾亦不遲　腹相小不現　脇柔輭肋平
毛右旋熠燿　光色如流電　行步及去來
諸相甚端姸　離隨瞋恚愛　我就諸好因
瞿曇無諸惡　萬相表吉祥　離於黃黑等
不好諸黶相　眉如月初生　色如金精黒
淨眼無垢眼　廣眼曜如星　面門方圓好
妙聲吐和音　諸相過羣生　離諸煩惱纒
眉相甚姸美　鼻高如懸筩　雙目相廣長

如青蓮華葉　眉齊不相離　相滿圓如規
齒高次第利　二牙光面門　耳毛不參差
咽頸離高下　是故瞿曇相　天人無等者
頭圓如傘蓋　缺骨頂夷平　皮額俱無皺
如珂體圓實　瞿曇毛細滑　不亂亦不散
宛轉輪右旋　常出諸妙香　瞿曇毛鮮潔
塵垢不能染　如彼淨瑠璃　不爲淤泥玷
瞿曇毛滿足　一一次第住　如多楞祇草
齊細不相遠　瞿曇毛細輭　如蜂王腹毛
離病衰老相　髮甲不變白　瞿曇胷相滿
亦如師子坐　如象如高幢　亦如金剛鉤
如似立金瓮　如畫還復旋　如鉢頭摩華
如珂功德天　如結加趺坐　一一諸節中
力如那羅延　是故過世間　瞿曇胷卍字
具足千輻輪　手脚相不異　千輻輪無差

人主此王是　瞿曇諸小相　二乘及外道
天人皆無等

大王當知沙門瞿曇成就如是諸相好身一切衆生無如此者是故我言沙門瞿曇無有過失大王當知沙門瞿曇究竟成就大慈心力能大饒益一切衆生無有害心彼大慈心無礙故無障故常行故自然照故遍至一切世間境界入諸衆生煩惱使故大王當知譬如淨水摩尼寶珠自體淨故而能清淨一切濁水大王當知沙門瞿曇大慈心水亦復如是自身清淨復能清淨一切衆生煩惱淤泥諸見濁水大王當知沙門瞿曇畢竟成就如是大慈是故我言無有過失而說偈言

瞿曇大慈悲　遍觀十方界　一切衆生心
無時能捨離　故名佛世尊　成就大慈心
是故一切智　無有諸過失　如彼能淨水
如意摩尼珠　以體明淨故　能清諸濁水
瞿曇亦如是　自性離諸垢　能以慈心水
淨衆生濁心

大王當知大王沙門瞿曇於諸衆生畢竟成就三十二種大悲觀心何等三十二一者沙門瞿曇見諸衆生墜墮癡闇大黑處故起大悲心二者沙門瞿曇見諸衆生墜墮無明所纏窟故起大悲心三者沙門瞿曇見諸衆生墜墮世間大險處故起大悲心四者沙門瞿曇見諸衆生離寂靜處隨世間故起大悲心五者沙門瞿曇見諸衆生墮大暴水隨漂流故起大悲心六者沙門瞿曇見諸衆生墮在險難大苦處故起大悲心七者沙門瞿曇見諸衆生墮在惡道離聖道故起大悲心八者

沙門瞿曇見諸衆生爲大煩惱能縛所縛常爲種種煩惱羅網所纏裹故起大悲心九者沙門瞿曇見諸衆生於諸境界常不可足不可滿故起大悲心十者沙門瞿曇見諸衆生屬諸愛主不自在故起大悲心十一者沙門瞿曇見諸衆生常爲老死大苦劫害不生猒故起大悲心十二者沙門瞿曇見諸衆生不離諸疹爲諸一切種種病苦所逼惱故起大悲心十三者沙門瞿曇見諸衆生三火常然晝夜常燒常不滅故起大悲心十四者沙門瞿曇見諸衆生下業所纏增長世間諸苦惱故起大悲心十五者沙門瞿曇見諸衆生常懷驚怖無安隱心故起大悲心十六者沙門瞿曇見諸衆生少利所纏忘大過故起大悲心十七者沙門瞿曇見諸衆生爲諸種種放逸所醉無始睡蛇常睡在心在曠野道常爲五陰怨家逐故起大悲心十八者沙門瞿曇見諸衆生常爲諸蓋劫善財故起大悲心十九者沙門瞿曇見諸衆生無明覆眼常瞎不見善知識故起大悲心二十者沙門瞿曇見諸衆生常爲種種事亂其心猶如亂絲無理者故起大悲心二十一者沙門瞿曇見諸衆生常在憒閙離寂靜故起大悲心二十二者沙門瞿曇見諸衆生常在難處離無難故起大悲心二十三者沙門瞿曇見諸衆生邪見纏故起大悲心二十四者沙門瞿曇見諸衆生隨逐貪餌依止種種邪見使故起大悲心二十五者沙門瞿曇見諸衆生長夜執在想倒心倒無常法中生於常想於苦法中生於樂想不淨法中生於淨想無我法中生我想

故起大悲心二十六者沙門瞿曇見諸衆生無始世來常貧生死諸惡重擔受大苦惱不疲猒故起大悲心二十七者沙門瞿曇見諸衆生依止世間羸薄少力非堅固中謂堅固故起大悲心二十八者沙門瞿曇見諸衆生爲染所染常在無量諸垢中故起大悲心二十九者沙門瞿曇見諸衆生爲有貪縛不猒捨故起大悲心三十者沙門瞿曇見諸衆生爲諸供養恭敬降伏常求資生諸供養故起大悲心三十一者沙門瞿曇見諸衆生常爲種種境界纏心生憂惱故起大悲心三十二者沙門瞿曇見諸衆生墜墮憍慢我慢地故起大悲心大王當知是名沙門瞿曇於諸衆生畢竟成就三十二種大悲觀心是故我言無有過失而說偈言

瞿曇見衆生　閉在世間獄　輪迴徧諸趣
常受一切苦　癡闇覆其心　不知生猒離
是故無上尊　常起大悲心　瞿曇見衆生
樂著諸世間　四流河所漂　隨順不得返
常沒生死海　不知求出離　是故十力者
常起大悲心　瞿曇見衆生　墜墮大險中
入於非正道　無有能救者　是故瞿曇觀
起於大悲心　置於佛菩提　最勝無畏處
瞿曇見衆生　縛在牢獄中　與愛作僮僕
策使諸境界　宛轉老死海　不覺亦不知
是故十力者　常起大悲心　瞿曇見衆生
熾然三種火　常在諸惡趣　種種苦所害
怖畏諸惡道　無有依止處　是故十力者
常起大悲心　瞿曇見衆生　樂著於諸有
放逸心自在　貪著諸境界　常被種種害

而不生怖畏　是故十力者　常起大悲心
瞿曇見衆生　無明黑所覆　種種翳所障
不離一切蓋　諸見亂如絲　無有能解者
是故十力者　常起大悲心　瞿曇見衆生
墮在八邪見　爲愛久住處　必是常縛心
如是諸難中　樂不生猒離　是故十力者
常起大悲心　瞿曇見衆生　起於顛倒心
於苦不淨中　而生樂淨想　無常無我中
而反我常實　是故十力者　常起大悲心
瞿曇見衆生　依止羸薄力　常爲重擔壓
無心生猒離　起於堅固想　染著不能捨
是故十力者　常起大悲心　瞿曇見衆生
在有貪海中　利養覆心故　常求愛境界
貪心如野火　熾然不知足　是故十力者
常起大悲心　瞿曇見衆生　具造諸苦業
常爲諸憂悲　苦惱之所逼　爲拔彼衆生
種種諸惱害　是故十力者　常起大悲心
瞿曇恒觀彼　一切衆生界　常起大悲心
是故無過失

大王當知沙門瞿曇畢竟成就三念處王言大師何者如來三念處答言大王一者無喜心二者無瞋心三者無瞋無喜心王言大師云何無喜心答言大王無喜心者沙門瞿曇在衆說法若有衆生身正恭敬攝耳不散隨順受教如說修行沙門瞿曇不以爲喜不生踊悅不生踊躍何以故沙門瞿曇捨心平等安住一心故王言大師云何無瞋心答言大王沙門瞿曇在衆說法若有衆生身不恭敬耳不專聽違背聖教不如說行沙門瞿曇不生瞋心亦復不起不忍之心亦復不生不可

信心亦不念彼違我教心何以故沙門瞿曇捨心平等安住一心故王言大師云何不喜不瞋心答言大王沙門瞿曇在衆說法於其衆中身正恭敬攝耳不散隨順受教如說修行有不恭敬失耳境界違背聖教不如說行沙門瞿曇於此二人不生喜心踊悅心踊躍心亦不生瞋心亦復不起不忍之心亦復不生不可信心亦不念彼違我教心何以故沙門瞿曇捨心平等安住一心故大王當知沙門瞿曇依三念處不染心住是故我言無有過失而說偈言

瞿曇說法中　一心正受者　常住正念故
不起歡喜心　瞿曇說法中　不正心諦受
常住正念故　亦不起瞋心　瞿曇說法中
受不受二分　常住平等故　不瞋亦不喜

大王當知沙門瞿曇畢竟成就三不護業王言大師何者如來三不護業答言大王一者身業不護二者口業不護三者意業不護王言大師云何身業不護答言大王沙門瞿曇身行清淨沙門瞿曇無有諸行不清淨者是故沙門瞿曇不作心念我身業不清淨恐畏他知作心防護何以故沙門瞿曇無有身行不清淨故是名第一身業不護王言大師云何口業不護答言大王沙門瞿曇口業清淨沙門瞿曇無有口業不清淨者是故沙門瞿曇不作心念我口業不清淨恐畏他知作心防護何以故沙門瞿曇無有口業不清淨故是名第二口業不護王言大師云何意業不護答言大王沙門瞿曇意業清淨沙門瞿曇無有意業不清淨者是故沙門瞿曇不作心

念我意業不清淨恐畏他知作心防護何以故沙門瞿曇無有意業不清淨故是名第三意業不護大王當知沙門瞿曇畢竟成就三不護業是故我言無有過失而說偈言

瞿曇三種業　離妄及無記　是故常清淨
出諸護境界　爲諸弟子衆　平等心說法
有過者能除　無過者便攝

大王當知沙門瞿曇畢竟成就一切種智清淨王言大師何者如來一切種智清淨答言大王沙門瞿曇一切種智清淨有四種一者身一切種智清淨二者觀一切種智清淨三者心一切種智清淨四者智一切種智清淨王言大師云何如來身一切種智清淨答言大王沙門瞿曇身一切種智清淨者離諸煩惱一切習氣皆滅無餘隨意所欲取捨生退於一切處身得自在是名身一切種智清淨王言大師云何如來觀一切種智清淨答言大王沙門瞿曇觀一切種智清淨者於應化身離一切煩惱及煩惱習氣皆滅無餘迴轉現沒一切觀中而得自在是名觀一切種智清淨王言大師云何如來心一切種智清淨答言大王沙門瞿曇心一切種智清淨者一切煩惱煩惱習氣及心所染皆悉遠離心得自在聚集一切善根滿足是名心一切種智清淨王言大師云何如來智一切種智清淨答言大王沙門瞿曇智一切種智清淨者一切無明分及諸煩惱煩惱習氣皆滅無餘一切法中得無障礙自在是名智一切種智清淨大王當知沙門瞿曇畢竟成就如是一切種智清淨是故我言無有過失而說偈言

瞿曇一切智　依止四淨法　是故見無垢
智慧身自在　瞿曇清淨慧　具足四種智
煩惱習氣滅　是故無過失

大薩遮尼乾子受記經卷第六

音釋

甘蔗　蔗之夜切甘蔗佛之種姓也　瞿曇　梵語也此云純淑曇徒南切
輻　方六切輪輳也　踹　乳兖切腨腸也　頤　弋支切領也　瞬　舒閏切目動也
額　鄂格切顙也　跌　徒結切過越也　暉　許歸切光也　銅筯　銅徒紅切筯遲倨切
螺　落戈切　縷　力主切猶絲也　齅　許救切以鼻擸氣也　纖　息廉切細也
練　連彥切練繒也　皺　側救切猶蹙也　蔙　隨戀切草名　膅　丑兇切均直也
踝　胡瓦切足骨也　卍　按卍字本非是字唐武后權制此文音之為萬謂吉祥萬德之所集也
齎　徂奚切臍同　窪　烏瓜切窊下也　熠燿　熠弋入切燿弋笑切熠燿光閃爍也
黶　乙減切黑痕也　淤　依倨切濁也　玷　都念切猶汚也　羸　力追切尫羸也

大薩遮尼乾子受記經卷第七

元魏天竺三藏菩提留支譯

如來無過功德品第八之二

王言大師何者如來自在荅言大王此沙門瞿曇有十自在一者命自在二者心自在三者物自在四者業自在五者生自在六者如意自在七者信自在八者願自在九者智自在十者法自在大王當知得上甘露名命自在能知一切唯是一心名心自在於虛空中攬成珍寶名物自在遠離一切煩惱及習無明諸使名業自在於深禪定解脫三昧三摩跋提隨意迴轉名生自在於一切行自然而行名如意自在於諸入中得自在觀名信自在即生心時現前成就一切諸事名願自在身口意業以智爲本名智自在現住平等眞如法界無垢實際名法自在大王當知遠離殺生無瞋害心是命自在因於受樂衆生無障礙大慈於受苦衆生無障礙大悲是心自在因平等心捨一切事物求大菩提是物自在因三業所作清淨無染是業自在因以菩提心攝諸善根是生自在因捨諸一切供養恭敬禮拜讚歎象馬車乘施與衆生是如意自在因常說三寶教化衆生是信自在因稱諸一切衆生所求應時給與是願自在因常行法施不爲利養名聞恭敬是智自在因常爲衆生說諸如來及諸衆生眞如平等法身爲體非飲食身是法自在因大王當知得命自在故對治一切生死怖畏得心自在故對治一切煩惱怖畏得物自在故對治一切貧窮怖畏得業自在故對治一切惡道怖畏得生

自在故對治一切生縛怖畏得如意自在故對治一切追求怖畏得信自在故對治一切謗法怖畏得願自在故對治一切心念縛怖畏得智自在故對治一切疑刺怖畏得法自在故對治一切大衆怖畏大王當知沙門瞿曇畢竟成就如是自在是故我言無有過失而說偈言

瞿曇修正行　爲利諸羣生　是故諸法中
一切得自在　念護諸衆生　不行殺盜心
是故於財命　生處常自在　常行禪法施
示斷諸惡因　心業無障礙　生處常自在
常念菩提本　不惱衆生心　讚歎三寶福
廣利諸衆生　三業依智行　心常住法界
生處意信願　智法常自在

大王當知沙門瞿曇畢竟成就三十七品菩提分法所謂四念處四正勤四如意足五根五力七覺分八正道沙門瞿曇成就如是清淨道法是故我言無有過失王言大師何者如來四念處答言大王沙門瞿曇四念處者一者身念處二者受念處三者心念處四者法念處大王當知沙門瞿曇身念處者謂觀內身外身內外身於此身中作二種觀一者不淨觀二者淨觀不淨觀者觀身不淨穢惡充滿誑諸凡夫故淨觀者作是思惟我今因此不淨身故得淨佛身得淨法身淨功德身一切衆生所樂見身作是觀已能淨二行一者無常二者常云何無常觀身無常畢定當死如是觀已不爲身故造諸惡業邪命自活當爲此身修三堅法一修身堅二修命堅三修財堅如是觀已遠離一切身口意曲行正

直心云何爲常觀無常已得於常身因無常故得功德身因無常故不斷佛種法種僧種何以故修身念處觀察一切衆生之身畢竟成就諸佛法身以有法身故作是觀故得平等心無分別心不起諸漏所謂欲漏有漏無明漏不見有我及我所住如實際成一切智是名身念處大王當知沙門瞿曇受念處者謂觀内受外受内外受於是受中作二種觀謂常無常起慈悲心觀諸衆生若受樂時生於貪心若受苦時生於瞋心若受不苦不樂受時生於癡心作是思惟有受皆苦畢竟樂者斷一切受即是常樂隨所受生常生一切慈心悲心若自若他受樂受時遠離染心生於慈心若受苦時觀三惡道遠離瞋心生於悲心若受不苦不樂受時離無明心生於捨心觀一切受無常苦無我見受樂者即知是苦見受苦者如癰如瘡見受不苦不樂受者是不寂靜觀於樂受即知無常觀於苦受即知是空觀不苦不樂受即知無我如是觀者名受念處大王當知沙門瞿曇心念處者謂觀内心外心内外心於是心中作二種觀謂常無常常觀者觀於自身菩提之性不忘不失正念不亂如是觀心又觀所發菩提之心是心性者生已即滅念念不住不在内入不在外入不在内外入不在陰中不在界中作是思惟如是心緣爲異不異若心異緣則一時中有於二心若心即緣不應復能觀於自心亦如指端不能自觸心亦如是作是觀已見心無住無常變異即知是心非從緣生非不緣生非常非斷非内非外非有非無菩提

之心亦復如是是心非色不可觀見如幻如化無所罣礙自觀心已觀諸一切衆生心性如自心性如自心相一切衆生心性心相亦復如是知自心空一切衆生心空亦爾觀自心平等觀諸衆生心性平等亦復如是是名心念處大王當知沙門瞿曇法念處者謂觀内法外法内外法於是法中作二種觀謂常無常常以佛眼見一切法至坐道場未曾中失觀諸法時不見一法乃至一切微細諸相離空無相無願無作無生無滅無物不見一切法乃至微細相不入十二緣者見法非法無非是法云何爲法謂無我無衆生無壽命無人是名爲法云何非法謂我見衆生見命見人見斷見常見有見無見是名非法沙門瞿曇觀一切法是法非法何以故觀空無相無願是名一切法是法我慢憍慢我及我所攝取諸見是名一切法非法作如是觀諸法性已不見有法非菩提因非出道因悉是出法若不如是求諸法者是名滅法出者從緣滅者從緣如是觀時觀於三行所謂惡行善行不動行於三行中常行福行行十善法爲淨三業淨身業者爲求諸佛三十二相八十種好他不能害故淨口業者有所說法衆生樂聞故淨心業者於諸衆生其心平等常入禪定故如是方便觀法念處離諸一切障菩提垢不著常見不著斷見行中道見如是中道世間智慧所不能見不可宣說不可顯示無有相貌無色無處無取無捨清淨寂靜不可眼見乃至不可身觸亦無至處不在世間不出世間不可宣說非多非少非常非斷非

相非非相非覺非非覺非虛非實非此非彼非有非無非有爲非無爲非行非非行非生非死非涅槃非作法是名中道不以肉眼天眼慧眼觀法念處何以故如是三眼無相貌故是故觀法以法眼觀而心不著不失諸法是名法念處大王當知修四念處得四種離法觀身不淨出離淨倒觀受是苦出離樂倒觀心無常出離常倒觀法無我出離我倒又觀身念處離於摶食觀受念處離於觸食觀心念處離於識食觀法念處離於思食大王當知沙門瞿曇畢竟成就如是念處是故我言無有過失王言大師云何如來四正勤法答言大王沙門瞿曇四正勤者謂四種精進遮二種惡法集二種善法沙門瞿曇善性成就心住善法未生惡法及已生惡不以精進令滅未生善法已生善法不以精進令生何以故沙門瞿曇於無量世常修善性一切惡法自然不生一切善法自然滿足惡法者謂非戒聚伴非定聚伴非慧聚伴於四念處觀時離諸懈怠心五蓋煩惱覆障心眼離於信等五種善根是諸惡法未生不生已生即滅勤精進故善法者謂信等善根未生令生已生增廣勤精進故是名四正勤法大王當知沙門瞿曇畢竟成就如是四正勤法是故我言無有過失王言大師何者如來四如意分答言大王沙門瞿曇四如意分者一者欲如意二者精進如意三者心如意四者思惟如意如是四法慈悲喜捨而爲根本是四無量心常親近常親近故心得調柔心調柔故得入初禪第二禪第三禪第四禪入諸禪故身

得輕輭成就如是身輕心柔入如意分善入如意分已即生神通若欲若精進若心若思惟欲者專向彼法精進者成就彼法心者觀察彼法思惟者彼法方便成就如是如意分已能得神通欲者莊嚴精進者成就心者正住思惟者善能分別沙門瞿曇得四如意隨其所解知其所作心得自在隨意所往善作諸業畢竟成就一切本行如風行空無有罣礙得四自在一者命自在二者身自在三者法自在四者神力自在命自在者爲調衆生隨所生處若天若人於短命中能現長壽於長壽中能現短壽是名命自在身自在者以自在故隨心作身隨心作色示現威儀爲衆生故若欲與諸一切衆生同其身相悉皆能作是名身自在法自在者能知一切出世之法示諸衆生世間之事善知甚深十二因緣得無礙辯能隨種種衆生言説令住正信是名法自在神通自在者能令四大海水合作一海不來不去無有動相能令三千大千世界諸須彌山合爲一山不來不去無有增損如本不異於四天王三十三天無所妨礙欲令三千大千世界悉作金色七寶莊嚴栴檀華香隨現能作是名神力自在大王當知沙門瞿曇畢竟成就如是四如意分是故我言無有過失大王當知沙門瞿曇成就如是四如意分已能入一切禪定解脫神通無礙四無量心王言大師何者如來禪定答言大王沙門瞿曇有九次第定入三摩跋提一者初禪二者二禪三者三禪四者四禪五者空處六者識處七者不用處八者非有想非無想

處九者入滅盡處大王當知沙門瞿曇離諸欲惡不善法有覺有觀離生喜樂入初禪行離諸欲惡者謂初禪所對諸愛染法遠離彼法名離諸欲離諸惡不善法者謂因貪瞋癡起殺生等十不善業是名不善法遠離彼法是名初禪有覺者謂共覺故何者是覺依何境界隨順初禪是覺多種謂知覺思惟觀集定等是名爲覺何者是觀即彼隨順初禪覺行思惟觀受欲定知覺是名爲觀依於猒行共彼有覺有觀而成初禪依於猒行共彼有喜有樂而成初禪行是名有喜有樂入初禪行行者所謂受持念護喜樂知等是名爲行大王當知沙門瞿曇住初禪中得無生法忍增上欲心是故入初禪求無生法忍爲求轉勝無生忍故於初禪中生不堅固想起上欲心捨彼初禪求第二禪爲欲入彼第二禪故離彼初禪有覺有觀心滅於彼心離於彼心淨於彼心寂靜彼心內淨心一處無覺無觀定生喜樂入第二禪行內淨者謂對治彼障第二禪法寂靜彼法清淨無濁是名內淨心一處者謂滅彼初禪一切覺觀寂靜一味猶如大海一切諸水入皆一味所謂鹹味彼第二禪滅彼初禪一切覺觀寂靜一味無覺無觀如是名得無覺無觀三昧依彼三昧生喜謂於佛法僧中生於喜心依彼喜心諸善功德自然滿足爲欲令彼無生法忍轉轉增勝轉轉光明轉轉勝妙轉轉柔輭得上欲心於彼第二禪中不住不樂更求勝上第三禪行生如是心知彼喜心障第三禪及無生法忍是故離喜行捨憶念安慧身受樂是樂聖人

亦說亦捨依彼二禪無生法忍勝上欲心離彼喜樂入三禪行得三昧樂猒於彼喜生如是心知無喜樂是無常樂是盡滅法非常非恒非眞實樂非究竟樂如是知已轉更復起勝無生忍增上欲心依彼勝忍增上欲心不樂苦樂遠離苦樂先滅憂喜不苦不樂捨念清淨入第四禪行得第四禪三摩跋提柔輭心自在心寂靜心光明心正直心捨彼一切所有樂事與諸衆生與彼衆生安隱樂時即時得彼勝無生忍光明現前得彼勝忍光明現前故令行速疾於第四禪勝妙樂中不生樂心遠離彼樂捨念清淨唯見無邊虛空現前過一切色相滅一切有對相不念種種相知無邊虛空即入無邊虛空行如是觀色略有二種一者四大二者依四大四大者謂地水火風依四大者謂色香味觸如是廣有八種色相離彼色相無彼色相滅彼一切諸色相名過一切色相隨何等法有其色相彼法必有所對礙相滅彼一切所有對相不念不行種種異相而能過彼種種異相而不念彼種種異相故唯見虛空相是故知無邊虛空即入無邊虛空行是故說言過一切色相入彼無邊虛空三昧已生如是心虛空無邊虛空無際虛空無涯隨何等法以無邊等故彼法無有前際中際後際如是觀一切法無前中後際入如是三昧即於一切衆生起大慈心捨一切法得平等智而現在前爾時於彼無生忍中始得勝進光明現前過一切無邊虛空相現前知無邊識相入無邊識處行生如是心是無邊虛空相唯是識想分別得如

是心知一切法唯是識相是識無量入如是三昧得無生法忍非究竟成就無生法忍過一切無邊識相處現前知無所有處入無所有少處行無所有者無彼所有貪瞋癡等分別之心種種分別虛妄分別一切世間有爲之法皆從虛妄分別心生無彼所有故言無所有少者如向所說法中少相細微相等名少相無彼少相故言無少過彼一切麤細相故言無所有無所少住是三昧得於轉勝無生法忍光明現前爲得彼勝無生法忍而不樂彼無所有無少三昧生勝欲心轉求增上三昧勝行生如是心是無所有無少行相亦是細相虛妄分別故次觀非有想非非想何等是非想非非想非想者是空非非想者從因緣生爾時非想非非想三昧現前過一切無所有處少想入非想非非想處三昧行住於彼處生如是心彼非想非非想處無所可樂遠離彼法即證諸法不生不滅三昧現前知一切法不生不滅見一切法自性寂滅不行不住爾時三昧名得勝上清淨無生法忍是名九種次第入三摩跋提大王當知沙門瞿曇畢竟成就如是定法是故我言無有過失王言大師何者如來解脫之相答言大王沙門瞿曇解脫有八種一者有色見色二者内有色相見外色三者信淨四者過一切色相滅一切有對相不念一切別異相知無邊虛空即入無邊虛空行五者過一切虛空無邊相知無邊識即入無邊識行六者過一切無邊識相知無所有少即入無所有處行七者過一切無所有處知非有想非無想安隱

即入非有想非無想處行八者過一切非有想非無想行滅一切受想入滅盡定行是名八解脫有色見色者有色者皆是因緣生法見空無壽者能如是見得脫於縛名爲解脫內有色相見外色者見空無壽者皆是因緣生法能如是見得脫於縛名爲解脫信淨者若分別淨不淨相名爲邪見以信淨故得脫於縛名爲解脫過一切色相滅一切有對相不念別異相知無邊虛空即入無邊虛空行者無量虛空能如是知得脫於縛名爲解脫過一切虛空無邊相知無邊識即入無邊識行者無量識無邊識此無邊識即是空能如是知得脫於縛名爲解脫過無邊識知無所有少即入無所有行者所有者名貪瞋癡煩惱入無所有行者滅彼煩惱能如是知得脫於縛名爲解脫過無所有知非有想非無想安隱即入非有想非無想行者非有想者性空寂靜非無想者以依因緣而有能如是見得脫於縛名爲解脫過一切非有想非無想滅一切受想入滅盡定行者如是見想如陽焰受如泡想即是受受即是想無知者無壽者能如是見得脫於縛名爲解脫大王當知沙門瞿曇畢竟成就如是解脫是故我言無有過失王言大師何者如來神通智行答言大王沙門瞿曇神通行有六種一者天眼通二者天耳通三者他心通四者宿命通五者如意通六者漏盡通大王當知沙門瞿曇所有天眼過諸一切天龍八部聲聞緣覺所有天眼一切悉能明見十方功德智慧所成悉見十方所有形色光明諸像若麤若細若近

若遠一切悉見明了分別其中所有一切衆生遍諸趣中生死相續若業業果分別諸根悉知無餘於十方界諸佛如來所有莊嚴淨妙國土亦見其中菩薩聲聞五道衆生所修行業悉見無餘何以故是眼清淨見無礙故是眼不汙不著色故是眼解脱遠離諸見煩惱縛故是眼清淨性明了故是眼無依離所緣故是眼不發斷煩惱故是眼無垢斷諸惡故是眼無瞖斷疑網故是眼不起斷障礙故是眼無貪瞋恚愚癡能斷一切諸結使故是眼得明照了法故是眼念知不行識故是眼無上究竟聖道故是眼無礙平等照衆生故是眼無染性清淨故何以故沙門瞿曇住大悲心善分別義無有諍訟隨見聞説捨諸不善趣於道場心無障礙見慳貪者能以財施見犯戒者勸攝諸根見瞋恚者勸忍不諍見懈怠者勸勤精進見散亂者示禪定樂見愚癡者教修智慧故得天眼清淨無障是名天眼神通智行大王當知沙門瞿曇所有天耳盡十方界其中所有一切諸聲天龍鬼神乾闥婆阿脩羅迦樓羅緊那羅摩睺羅伽人非人聲悉能分別及知諸佛説法之聲菩薩聲聞緣覺聲一切耳根所能對聲乃至地獄畜生餓鬼蚊蝱蠅蚤所有諸聲悉皆能聞若諸衆生心有所緣善惡無記所出音聲一切解了悉聞過去未來諸聲皆盡本際何以故沙門瞿曇安住大悲能聞諸聲無有障礙斷諸煩惱習氣滅故是名天耳神通智行大王當知沙門瞿曇所有他心神通智行所有衆生衆生所攝知其心念所謂善心不善心無

記心順煩惱心背煩惱心聲聞心辟支佛心菩薩心佛心天心龍心夜叉心乾闥婆心阿脩羅心迦樓羅心緊那羅心摩睺羅伽心人心非人心地獄心畜生心餓鬼心閻羅處衆生心過去心未來心悉分別知何以故沙門瞿曇安住大悲能知他心無礙無障無諸煩惱故斷諸習氣故照一切法故能如是解是名他心神通智行大王當知沙門瞿曇所有宿命神通智行念知過去一生二生乃至十生百生千生無量百生無量千生無量百千生及天地成壞無量世界成無量世界壞無量世界成壞無量成壞劫知諸衆生於是中生如是種姓如是名字如是色像如是壽命如是受苦如是受樂如是住處如是衣服飲食於是中死還是中生於彼中死還彼中生死此生彼死彼生此盡過去際悉知無餘又知過去盡過去際所有諸佛如是眷屬父母妻子兄弟姊妹從初發心出家求道修集願行供養諸佛教化調伏一切衆生坐菩提樹成等正覺如是名號如是住處如是勝座如是聲聞如是侍者如是天如是人如是大衆如是外道如是說法如是度衆生如是壽命如是滅度如是正法住如是像法住悉能念知何以故安住大悲善解作業故是智無惱安住禪定故是智無畏善攝智慧故是智自然不從他求現得善知故是智正憶畢竟不失故是智功德究竟大乘故是智善根從波羅蜜生到彼岸故是名知宿命神通智行

大薩遮尼乾子受記經卷第七

音釋

攬盧敢切手取也癰於容切摶度官切捉聚也瞖於計切目病也懈懈古隘切懶也怠徒耐切惰也蚊蝱蚊無分切蝱莫耕切蠅蚤蠅余陵切蚤子皓切

大薩遮尼乾子受記經卷第八

元魏天竺三藏菩提留支譯

如來無過功德品第八之三

大王當知沙門瞿曇如意神通智行者爲欲調伏邪見剛強難化衆生令從正法是故沙門瞿曇能示種種神通教化若色相若勢力若變化色相者謂示佛色像菩薩色像緣覺色像聲聞色像釋提桓因梵天王四天王色像轉輪聖王色像及餘種種乃至畜生色像隨諸衆生應見受化悉能示現而爲說法若有衆生恃身強力而起憍慢瞋恚貢高爲欲調伏如是衆生示現大力如那羅延以須彌山置一指端擲著他方無量世界或時斷取三千大千世界下至水際以一手舉高至有頂住經一劫現如是力令彼憍慢自大衆生貢高心息而爲說法變化者以變化力能變大海如牛跡水大海不減牛跡不大變牛跡水能成大海若劫將盡火災起時應見水者即變爲水應見風者即變爲風水災起時應見火者即變爲火應見風者即變爲風風災起時應見水者即變爲水應見火者即變爲火作如是等種種變化示諸衆生能令歡喜而爲說法何以故是神通力信欲精進禪定智慧諸法所攝調伏柔和心得自在善修集故是名如意神通大王當知沙門瞿曇漏盡通智行者諸漏已盡遠離一切煩惱習氣所謂欲漏有漏見漏無明漏不同一切聲聞辟支佛等所得漏盡何以故一切聲聞辟支佛等得漏盡已一切生處而有障礙不具自在教化衆生是故有礙沙門瞿曇無有障礙是

名漏盡智通大王當知沙門瞿曇畢竟成就如是神通智行是故我言無有過失王言大師云何如來四無礙智答言大王四無礙智者一者法無礙二者義無礙三者辭無礙四者樂說無礙大王當知沙門瞿曇法無礙者謂觀衆生初發心行多欲心行少欲心行及善法惡法世間法出世間法可作法不可作法有漏法無漏法有爲法無爲法黑法白法生死法涅槃法菩提平等法性平等如實而知隨所應聞而爲演說是名法無礙智大王當知沙門瞿曇義無礙者於諸法中知第一義智是無我智無衆生智無人智無壽命智知於過去無有罣礙智知於未來無有邊智知於現在一切種智知諸諦智是苦不和合智知集不作智知滅自性智知道能到智知

諸衆生心行隨入智皆如實知隨所應聞而能爲說是名義無礙智大王當知沙門瞿曇辭無礙智者悉能了知一切音聲語言所謂知諸天龍鬼神乾闥婆阿脩羅迦樓羅緊那羅摩睺羅伽人非人等所有音聲語言文字悉能了知隨所應聞種類差別一一能同方音差別說法說義是名辭無礙智大王當知沙門瞿曇樂說無礙智者隨所應聞隨所來問一切語言及諸文字口所分別正直而答心無猒怠所謂一切禪定三摩跋提辯說三乘隨諸衆生一切心行如應而答言辭美妙說無罣礙猶如流水不可窮盡是名樂說無礙智大王當知沙門瞿曇成就如是四無礙智是故我言無有過失王言大師何者如來四無量心答言大王四無量者所謂慈心無

量悲心無量喜心無量捨心無量大王當知沙門瞿曇有十種無量大慈之心一者平等大慈不選擇一切衆生故二者饒益大慈能開天人善道涅槃閉諸惡趣故三者救護大慈畢竟能度一切衆生生死險難故四者哀愍大慈不捨一切衆生長養諸根故五者解脱大慈滅諸衆生煩惱熱故六者出生菩提大慈示諸衆生無上涅槃大菩提故七者於諸衆生無礙大慈放大光明普照一切衆生界故八者虚空等大慈救護一切諸衆生故九者法緣大慈覺悟一切諸衆生等知眞實法故十者無緣大慈證離生死實法性故大王當知是名慈心無量大王當知沙門瞿曇有十種無量大悲之心一者不共大悲性大悲故二者不猒大悲代一切衆生受大苦故三者入一切惡道大悲處在生死度衆生故四者於諸天人受生大悲示現諸法悉無常故五者不捨一切邪定衆生大悲於無量劫起大誓心莊嚴成就故六者不著已樂大悲爲與一切衆生樂故七者不求報大悲自心清淨故八者除滅一切衆生倒心大悲説實法故九者説眞法性大悲知諸法界自性清淨故十者説空無所有大悲爲諸客塵煩惱染故大王當知是名悲心無量大王當知沙門瞿曇有十種無量大喜之心一者大喜慶諸衆生發菩提心故二者大喜念諸衆生捨諸有故三者大喜於犯戒者不生惡心教化成就故四者大喜於諸一切諍訟衆生悉令和合得無上智故五者大喜爲諸衆生常護正法故六者大喜遠離世間出世間故七者

大喜令諸衆生不著一切資生之具常樂正法故八者大喜不共一切難摧伏故九者大喜不壞法界令諸衆生常樂禪定解脫三昧相續不斷故十者大喜令諸衆生專求寂靜除滅亂心得無上慧遠離邪見滿足諸願故是名喜心無量大王當知沙門瞿曇有十種無量大捨之心一者大捨一切衆生恭敬供養心不加喜一切衆生輕慢毀辱不生惱故二者大捨常行世間不爲世間八法所染故三者大捨知器知時於器非器心行平等故四者大捨不與衆生聲聞辟支佛學無學法故五者大捨遠離一切煩惱習氣故六者大捨不歎修行二乘菩提猒生死故七者大捨遠離世間涅槃語非離欲語戲笑語惱他語聲聞緣覺乃至一切障菩提語故八者大捨若有衆生待時受化如來於中暫時放捨故九者大捨若有衆生應受佛化隨彼應見種種色像即能現故十者大捨遠離二法無上無下無取無捨無虛無實觀察平等安住眞實得淨忍故是名捨心無量大王當知沙門瞿曇畢竟成就如是四無量心是故我言無有過失王言大師何者如來五根之相答言大王五根相者所謂信根精進根念根定根慧根大王當知沙門瞿曇信根者信於四法何等四法一者於生死中行於正見信於業報乃至奪命終不作惡故二者信菩薩行不隨諸見專求菩提不求餘乘故三者信解諸法同空無相無願同第一義同於了義甚深因緣無我無人無衆生無有分別故四者信一切佛十力四無畏十八不共法如是信已

除諸疑網集一切佛法是名信根大王當知沙門瞿曇精進根者若法信根所攝是法即爲精進根修是名精進根若法精進根所攝是法終不忘失是名念根若法念根所攝是法不忘不失一心不亂是名定根若法定根所攝是慧所觀是慧體性内自照了不從他知自住正行是名慧根大王當知沙門瞿曇畢竟成就如是五根是故我言無有過失王言大師何者如來五力之相答言大王五力相者所謂信力精進力念力定力慧力大王當知沙門瞿曇信力者是信一向不可沮壞乃至天魔變爲佛身示現出入禪定解脱不能傾動是名信力於諸善法得堅固門如所得力修諸禪定諸天及人所不能壞如本所願皆悉成就是名精進力所住諸法不爲煩惱之所破壞何以故是正念力能摧伏故如是念力無能壞者是名念力遠離憒閙常樂獨行雖有所説言語音聲不礙初禪善住覺觀不礙二禪心生歡喜不礙三禪雖樂教化一切衆生不捨佛法而亦不礙第四禪心行四禪時諸妨定法無所障礙不捨諸定亦不隨定而能自在處處受生是名定力知世間法出世間法無有一法能壞是智在在生處一切技藝不從師受悉自然知一切世間外道苦行爲化衆生悉能受行是出世間法能過世間者慧力所成是名慧力大王當知沙門瞿曇畢竟成就如是五力是故我言無有過失王言大師何者如來七覺分相答言大王七覺分者所謂念覺分擇法覺分精進覺分喜覺分猗覺分定覺分捨覺分大王當知

沙門瞿曇念覺分者能觀諸法能分別法亦能觀察諸法自相云何自相觀一切法自性皆空念如是等一切覺了名念覺分若能分別曉了八萬四千法聚如所了法了義是了義不了義是不了義世諦是世諦第一義諦是第一義諦假名是假名正了無疑分別選擇如是等法是名擇法覺分若念法擇法喜法猗法定法捨法以智攝取精進勇猛欲不退轉勤修進趣不捨本意行於正道是名精進覺分於所修行無量清淨勝樂法中心生悅豫無有懈怠是喜踊躍能除身心所有煩惱是名喜覺分若除身心諸煩惱垢離於諸蓋入定境界令心正住是名猗覺分如所入定悉能覺了非不入定是覺了法又了諸見煩惱結縛其心平等一切諸法無別異相能如是覺是名定覺分若法憂喜其心不没亦復不爲世法所牽無高無下正住不動無有諸漏無喜無著無諸障礙隨順眞諦正眞正道是名捨覺分大王當知沙門瞿曇畢竟成就如是七覺分是故我言無有過失王言大師何者如來八正道分荅言大王八聖道分者所謂正見正思惟正語正業正命正精進正念正定大王當知沙門瞿曇正見者若見出世不起我人衆生壽命養育士夫斷見常見有見無見亦復不起善與不善無記等見乃至不起生死涅槃二相之見是名正見若能起彼貪欲瞋癡諸煩惱等是名不正不起是事唯思戒定智慧解脱解脱知見能如是思住戒聚中名正思惟凡有所説不令自身及以他身而有損惱成就如是善好語言起

於正道是名正語若業是黑有黑報是白有白報若業黑白有黑白報終不敢作若業非黑非白有非黑非白報若業能盡業是業必作是名正業修行聖種頭陀威儀不動不轉無諸姦諂不爲世間利養所牽見他得利心不生熱於已利養常知止足如是正行聖人所讚是名正命若精進向邪非聖所讚所謂貪欲瞋恚愚癡煩惱是正精進終不爲之若法能入正諦聖道寂滅涅槃是正精進若念不失不動於法正直不曲見生死過進求涅槃繫心不忘不失正道是名正念若定不亂於一切法住是定時成正決定是名正定大王當知住是三昧者爲一切衆生得解脫故成正決定是名正定是八聖道悉是過去未來現在諸佛所行是名聖道大王當知沙門瞿曇具足成就如是三十七助菩提法依此法故沙門瞿曇名爲如來應正遍知是故我言無有過失而說偈曰

瞿曇四念處　及以四正勤　禪定諸三昧
於中得自在　唯瞿曇究竟　更無第二人
是故說瞿曇　無有諸過失　瞿曇如意道
最勝無有比　修諸四無礙　具足到彼岸
大聖能善解　解脫器差別　是故如實知
能淨諸衆生　梵行得自在　慈悲及喜捨
得正見寂靜　是故無過失　八聖正道水
清淨無垢濁　洗諸罪衆生　服七覺寶衣
持置彼不動　無畏涅槃處　是故說瞿曇
無有諸過失　瞿曇如牛王　獨勝過諸羣
衆聖皆尊仰　世間無等倫　離諸一切惡
具足諸功德　常念利世間　是故無過失

大王當知沙門瞿曇畢竟成就十種智力王言大師何者是如來十種智力答言大王十力者所謂知是處非處智力知業集智力知欲智力知性智力知根智力知至處道智力知定智力知宿命智力知天眼智力知漏盡智力大王當知沙門瞿曇知是處非處智力者決定了知因果中智知從是因能生是果不生是果知行不善定得苦報不生樂報修行善因定得樂果不生苦果是處者有是報非處者無是報是名是處非處智力大王當知沙門瞿曇知業集智力者如實能知過去未來現在諸業所得果報知處知事知因知果或謂過去事滅皆無沙門瞿曇說於過去雖無現相是業能得未來世報若有作業是聲聞因是辟支佛因是菩薩因是如來因沙門瞿曇悉能了知是名知業集智力大王當知沙門瞿曇知欲智力者如實能知一切衆生種種欲樂知是衆生樂於五欲知是衆生樂於修道知是衆生住邪定聚知是衆生住正定聚知是衆生住不定聚知是衆生樂聲聞道知是衆生樂辟支佛道知是衆生樂無上道如是知已隨宜說法廣度一切諸衆生等是名知欲智力大王當知沙門瞿曇知性智力者如實能知一切衆生無量種性有漏種性無漏種性世間性出世間性常性無常性法界性無差別性又知衆生所樂習成難改之性從性起欲知其所樂及知所起善性不善性起聲聞性辟支佛性無上菩提性皆如實知隨宜說法是名知性智力大王當知沙門瞿曇知根智力者如實能知一切衆生

諸根差別知有漏根無漏根利根鈍根知增知減能知貪欲瞋恚愚癡有無量種各有輕重悉如實知知有根能增長生死知有根能損減生死知善根不善根知非善非不善根知眼根耳根鼻根舌根身根意根男根女根命根苦根樂根憂根喜根捨根信根精進根念根定根慧根未知欲知根知根知已根知眼根因乃至意根因知耳根因作眼根緣知鼻根因作舌根緣知舌根因作身根緣知戒莊嚴能修於施知施莊嚴能修於戒能知誰可說施說戒乃至智慧亦復如是能知誰可說四念處乃至八正道分知誰可爲說聲聞乘辟支佛乘無上佛乘知緣覺根學聲聞乘知正覺根學聲聞乘辟支佛乘知下根人能修上根上根之人修於下根知衆生根未可調者則生捨心可調伏者爲說正法知根熟不熟相不熟熟相不熟不熟相熟有熟相知生死根知解脱根知莊嚴根知具足根如是知已而爲說法是名知根智力大王當知沙門瞿曇知至處道智力者如實能知行是道者墮於地獄乃至生天行是道者得至涅槃是業皆從根欲性生知有漏業故生於五道無漏業故得至涅槃如是能知正定聚邪定聚及不定聚知於因力及果報力知過去世福德因緣知現在世莊嚴因緣難調易調略說廣解廣說略解知是衆生能得解脱知是衆生不得解脱知不定者遇善知識住正定聚不得善友則無解脱如是知已隨所應聞而爲說法是名能知至處道智力大王當知沙門瞿曇知禪定智力者如實能知禪定解

脱三昧三摩跋提知垢知淨知住知增知諸衆生以是因緣貪樂生死以是因緣貪樂涅槃云何名因云何名緣知諸衆生思惟不善是生死因緣因不善思惟故生長無明是故不善爲因無明爲緣因無明故則生於行是故無明爲因諸行爲緣如是乃至因生則有老死等苦是故生則爲因老死爲緣煩惱爲因諸業爲緣諸見爲因愛結爲緣煩惱爲因五蓋爲緣是名爲因是名爲緣而諸衆生以是因緣貪樂生死何因緣故貪樂涅槃有二因二法令諸衆生樂於涅槃一者喜樂聽法二者樂正思惟復有二法一者舍摩他二者毗婆舍那又知説法因緣得聲聞三昧緣覺三昧菩薩三昧如是知已而爲説法是名知定智力大王當知沙門瞿曇知宿命智力者

如實能知自身過去一切生處有色無色種姓名字飲食色貌形相苦樂壽命長短念他有滅生於他有如知自身知他亦爾知是衆生所有業因是諸衆生造是業因得他有身知諸衆生心及因緣如是滅已次第生心悉知三世無有始終勸諸衆生觀諸過去所作善惡果報苦樂如是知已隨所應聞而爲説法是名知宿命智力大王當知沙門瞿曇知天眼智力者如實知見一切衆生生滅墮落若受善色若受惡色若生善有若生惡有知諸業因皆悉明了知是衆生身口意惡誹謗聖人增長邪見以惡業故捨此身已即墮地獄知是衆生身口意善不謗聖人增長正見以是業緣捨此身已即生善有能見十方諸佛世界無有邊際猶如虚空無有限量悉見

衆生生時滅時見諸世界成時壞時亦知衆生發菩提心生時滅時見一切佛始成正覺轉正法輪入涅槃時見諸聲聞證解脱已取涅槃時見諸緣覺以神通力報諸衆生信施恩時如是等事一切五通聲聞緣覺及諸菩薩所不能見沙門瞿曇天眼成就如是功德以天眼故觀諸衆生誰應爲佛之所化度誰復應爲聲聞緣覺之所化度如是見已隨應度者示現其身而爲説法是名知天眼智力大王當知沙門瞿曇知漏盡智力者諸漏已盡畢竟解脱是故唱言我生已盡梵行已立所作已辦更無後有佛漏盡智清淨微妙言清淨者無習氣故聲聞之智有邊有量何以故有習氣故辟支佛智亦有邊量何以故無大悲故佛漏盡智無量無邊何以故知一切行故具足成就一切智故永斷一切諸習氣故攝取大慈大悲莊嚴四無所畏於一切法無取相習一切世間所不能勝行住坐卧無諸過失猶如虛空清淨無礙不雜烟雲佛漏盡智亦復如是不雜一切煩惱習故能爲一切衆生説法令彼聞者斷諸煩惱是名知漏盡智力大王當知沙門瞿曇畢竟成就如是十種智力以是莊嚴故名如來應正遍知是故我言無有過失而説偈言

是處及非處　諸佛如實知　大尊實語者
是故無過失　於諸過去世　聖眼無障礙
未來及現在　智慧不迷没　業及業果報
所有果因智　皆能如實知　是故名爲佛
世人無量性　種種如實知　於性中善解
是名無等人　世間種種信　及無量信者

如實智慧知　是故不異語　如實知下根
及知中根者　如實知根熟　於根得自在
至一切處道　世尊如實知　力通根禪定
覺分解脱者　知染及清淨　差別如實解
如來無有障　以離諸障故　過去無量生
種種知力見　自身及他身　智者如實知
佛淨眼無垢　過天人世間　依彼清淨眼
見衆生生退　知諸漏盡智　及知於解脱
所有無漏界　聖人如實知　是力無等等
佛世尊自在　於一心中現　而心無分别
不取亦不捨　自然而現前　如輪依本業
自然而迴轉　一念如實知　衆生諸心念
於心及衆生　不起二種相　於一切法中
具足諸功德　是故説瞿曇　自在無過失

大薩遮尼乾子受記經卷第八

大薩遮尼乾子受記經卷第九

元魏天竺三藏菩提留支譯

如來無過功德品第八之四

大王當知沙門瞿曇畢竟成就四無所畏王言大師何者如來四無所畏答言大王所謂一切智無畏漏盡無畏障道無畏盡苦道無畏大王當知一切智無畏者沙門瞿曇悉以覺知一切諸法若諸世間天人魔梵沙門婆羅門作如是言沙門瞿曇不能覺知一切諸法如實說者無有是處何以故沙門瞿曇悉能覺知一切諸法是故名爲平等正覺所謂凡夫法聖人法聲聞法緣覺法佛法菩薩法學法無學法世間法出世間法善法不善法有漏法無漏法有爲法無爲法覺如是法故名正覺言平等者見空平等法眞實故無相平等壞諸相故無願平等不著三界故不生平等無生性故無行平等無行性故無出平等無出性故無至處平等無至處性故眞實平等無三世故解脫平等無無明性故涅槃平等無生死性故是故沙門瞿曇悉能覺知一切諸法至無畏處以大悲心在大衆中作師子吼轉梵法輪一切世間天人魔梵沙門婆羅門未曾有能如法轉者是名一切智無畏大王當知漏盡無畏者沙門瞿曇諸漏已盡是故唱言我漏已盡若諸世間天人魔梵沙門婆羅門作如是言沙門瞿曇諸漏未盡如實說者無有是處何以故沙門瞿曇諸漏已盡於欲漏有漏無明漏見漏心得解脫諸習氣滅是故沙門瞿曇諸漏已盡至無畏處在大衆中作師子吼轉梵法輪一切世間天

人魔梵沙門婆羅門未曾有能如是轉者是名漏盡無畏大王當知障道無畏者沙門瞿曇知諸欲法能障聖道是故說言欲能障道若諸世間天人魔梵沙門婆羅門作如是言是諸欲法不能障道如實說者無有是處何以故沙門瞿曇如實覺知障道法故障道法者謂十不善業能障聖道沙門瞿曇能如實知至無畏處在大衆中作師子吼轉梵法輪一切世間天人魔梵沙門婆羅門未曾有能如法轉者是名說障道無畏大王當知盡苦道無畏者沙門瞿曇說言修習聖道能盡苦際得無上解脫若諸世間天人魔梵沙門婆羅門作如是言修習聖道不能畢竟盡諸苦際如實說者無有是處何以故沙門瞿曇巳證無上解脫盡諸苦故云何名爲眞實聖道所謂一乘復有二種謂舍摩他毗婆舍那復有三種謂空三昧無相無願三昧復有七法謂四念處乃至八聖道是名畢竟眞實聖道畢竟道者無增無減無取無捨無執無放非正非邪非一非二是名眞實畢竟正道沙門瞿曇如實能知至無畏處在大衆中作師子吼轉梵法輪一切世間天人魔梵沙門婆羅門未曾有能如法轉者是名盡苦道無畏大王當知沙門瞿曇畢竟成就如是四無畏智能師子吼是故我言無有過失而說偈言

瞿曇如師子　處衆無畏說　世間無與等
何況有勝者　瞿曇證諸法　如實不虛妄
以是實見故　出師子王說　若有能說言
瞿曇說不正　瞿曇不能見　無有如是處
以不見相者　在於天人中　自在師子吼

出妙無畏聲　瞿曇漏已盡　已得無漏身
過天人世間　是故言無等　瞿曇爲衆生
說諸障道法　一切皆如實　故不虛妄說
瞿曇說進取　自證如是說　修行彼法者
無有諸障礙　瞿曇如實知　至勝無畏處
得無畏妙樂　瞿曇安隱住　轉梵正法輪
餘未曾轉彼　世人不能轉　除兩足尊者

大王當知沙門瞿曇畢竟成就不共之法王言大師何者如來不共之法答言大王沙門瞿曇不共法者所謂無有一切過名不共法何以故沙門瞿曇身業無失故無一切過名不共法何以故沙門瞿曇口業無失故無一切妄名不共法何以故沙門瞿曇意業無失故無種種想名不共法何以故沙門瞿曇若得供養不生高心若得毀辱不生下心故無不定心名不共法何以故沙門瞿曇若行若住若坐若卧若語若默常在定故無不作心捨心名不共法何以故沙門瞿曇修身故修戒故修心故修慧故斷癡故是名聖捨欲無休息名不共法何以故沙門瞿曇大慈大悲說法度人安住寂靜無增減故精進無休息名不共法何以故沙門瞿曇爲一切衆生於無量劫受大苦惱不生疲猒故念無休息名不共法何以故沙門瞿曇初得道時遍觀一切去來現在衆生之心後爲說法不須更觀不失先念故智慧無休息名不共法何以故沙門瞿曇於三世中憶念不忘故解脱無休息名不共法何以故沙門瞿曇不從師學自然覺悟不同二乘從他聞故因緣生故解脱知見無休息名不共法何以故沙門瞿曇得

無礙智知一切義一切字一切句於一句法無量劫說義無窮盡故一切身業智爲本智展轉名不共法何以故沙門瞿曇所有身業隨智行故一切口業智爲本智展轉名不共法何以故沙門瞿曇所有口業隨智行故一切意業智爲本智展轉名不共法何以故沙門瞿曇所有意業隨智行故過去世無障無礙名不共法何以故沙門瞿曇具宿命明故知未來世無障無礙名不共法何以故沙門瞿曇得天眼明故知現在世無障無礙名不共法何以故沙門瞿曇得漏盡明故無見頂者名不共法何以故沙門瞿曇無邊身故無能勝者名不共法何以故沙門瞿曇過諸天人聲聞辟支佛故衆生各各見在已前名不共法何以故沙門瞿曇身不可思議故所有言說聞者生善名不共法何以故沙門瞿曇成就一切諸功德故說法之音隨受者聞名不共法何以故沙門瞿曇善知餘者聞無益故出言清淨名不共法何以故沙門瞿曇口常不說非義語故出口所說麤言軟語聞者歡喜名不共法何以故沙門瞿曇其心平等無怨親故所說言音聞者無猒名不共法何以故沙門瞿曇說微妙故處衆無畏名不共法何以故沙門瞿曇清淨一切諸智障故於衆言說不生怯弱名不共法何以故沙門瞿曇畢竟成就四無畏故隨意言說名不共法何以故沙門瞿曇善知一切衆生心故弟子寂靜名不共法何以故沙門瞿曇所有徒衆隨順受教故見者離惱除諸不善名不共法何以故沙門瞿曇常顧其身如藥樹王故觀

者無猒名不共法何以故沙門瞿曇能令見者覺一切法故動身迴顧如大象王名不共法何以故沙門瞿曇視如龍王威儀清淨故在於四衆能師子吼名不共法何以故沙門瞿曇具足十力善決衆疑故常受上供名不共法何以故沙門瞿曇無上福田故功德無盡名不共法何以故沙門瞿曇所修諸行不求果報故一切天人魔王梵衆無能壞者名不共法何以故一一節中有那羅延力故所記之事無有虛謬名不共法何以故善知一切諸根使故知一切行名不共法何以故沙門瞿曇覺一切法故所有智慧無有疑濁名不共法何以故沙門瞿曇善知三世智清淨故煩惱習盡名不共法何以故沙門瞿曇善能清淨煩惱因故於諸世間天人魔梵沙門婆羅門衆中而爲師首名不共法何以故沙門瞿曇通達一切諸法相故所得法身名不共法何以故沙門瞿曇壽命無盡故見聞親近得大利益名不共法何以故沙門瞿曇成就善法三業不空故出身血者犯於逆罪名不共法何以故沙門瞿曇成就無上勝善根故大王當知沙門瞿曇畢竟成就如是不共法是故我言無有過失而說偈言

瞿曇無過失　亦無一切習　諸念皆清淨
是智者無過　一切無異想　而心不忘失
捨心非無作　諸欲皆不減　精進無懈息
有念不曾忘　慧解脫不退　正見無失減
智慧不可動　身口業亦爾　以智爲根本
如是常展轉　常智無過失　過去世亦爾
未來及現在　諸處無障礙　瞿曇是智者

如是諸功德　更有餘勝法　地主不可數
王言大師如來成就如是功德莊嚴之身爲
是常也爲無常也如是功德爲有盡也爲無
盡也答言大王沙門瞿曇住是功德盡生死
際最後邊身是常住身非無常也大王當知
勿觀瞿曇同無常也王言大師如是常身當
云何觀答言大王如自觀已法性之身觀於
瞿曇法身亦爾是身爲色不可如色見故是
身爲心不可如心知故是身爲炬性不闇故
是身勇健降衆惡故是身爲力無降伏故是
身無違性平等故是身爲空離見聞故是身
無相離覺觀故是身無願出三界故是身一
相無異相故是身如虛空無相似故是身非
生從緣生故是身非滅本不生故是身非住
非三世故是身非方不離方故是身非衆生
不離一切衆生故大王當知如是觀者名觀
常身名見法身大王當知如是觀者名爲正
觀若他觀者名爲邪觀王言大師云何非生
而從緣生大王當知法身非生從緣生故王
言大師云何從緣生大王當知從緣生者從
無量功德智慧生從戒生從定生從慧生從
解脫生從解脫知見生從慈悲喜捨生從布
施生從持戒生從忍辱生從精進生從禪定
生從智慧生從解脫三昧生從諸方便波羅
蜜生從六通生從三明生從四無礙生從十
力四無所畏十八不共法生從斷一切不善
法集一切善法生從實慧生從不放逸生大
王當知從如是無量清淨功德法生瞿曇身
功德無盡故法身無盡王言大師生法有盡
云何有生而無有盡答言大王本不生故而

無有盡王言大師何者本不生故答言大王法身非生以本有故以緣生故名之爲生王言大師如是緣者無量無邊若欲行者以何爲本從何爲始答言大王一切功德助道之行舉要言之以戒爲本持戒爲始若不持戒乃至不得疥癩野干身何況當得功德之身大王當知以戒淨故不斷佛種成等正覺不斷法種分別法性不斷僧種修無爲道以持淨戒相續不斷故功德無盡王言大師一切戒善皆無有盡亦有盡也答言大王非一切盡亦非不盡何以故相續斷故有盡不斷故無盡王言大師何者相續斷何者相續不斷答言大王淨戒相續不中斷故功德無盡何以故凡夫戒者在所受生斷故有盡人中十善所得果報斷故有盡欲界諸天福報功德斷故有盡色界諸天禪無量心斷故有盡無色諸天取入諸定斷故有盡一切聲聞學無學戒入涅槃際斷故有盡辟支佛戒無大悲心斷故有盡諸菩薩戒到於菩提成大悲故功德無盡何以故於是戒中出生一切凡夫二乘所有諸戒如種無盡故果亦無盡是故菩提種不可盡王言大師如此法身當依何法作如是觀答言大王當依一切衆生煩惱身觀當依貪欲瞋恚愚癡衆生中觀當依四顛倒見衆生中觀當依陰界諸入中觀當依地獄畜生餓鬼乃至阿脩羅等諸身中觀何以故此身即是如來藏故大王當知一切煩惱諸垢藏中有如來性湛然滿足如石中金如木中火如地下水如乳中酪如麻中油如子中芽如藏中寶如模中象如孕中胎如雲

中日是故我言煩惱身中有如來藏爾時薩遮尼乾子重說偈言

瞿曇法性身　妙色常湛然　清淨常寂滅
其相如虛空　如是法性身　衆生等無差
此境界甚深　二乘不能知

爾時嚴熾王聞大薩遮尼乾子說於如來不可思議功德法身生歡喜心生勇悅心生踊躍心生無量歡喜心生無量信敬心生無量愛念心生無量慶悅心於大薩遮尼乾子所復生不可思議者心生不可量者心生可尊者心生可尊重者心生可恭敬者心生善知菩提道者心生一切智者心生到彼岸者心生覺悟者心生與念者心生住不可思議解脫菩薩者心生如是等不可思議種種心已以價直百千萬阿僧祇瓔珞及不可量上價妙衣持用奉施薩遮尼乾子復作是言善哉善哉薩遮尼乾能說如是勝大方便巧妙法門復作是言薩遮大師所說法善巧隨順一切智智此法能到一切智地師所說法能度一切諸世間流師所說法能洗一切諸煩惱垢師所說法能破一切諸嫉妬門師所說法能拔一切諸惡道苦師所說法能善方便壞散一切大憍慢山師所說法悉能乾竭一切世間愛欲大海師所說法能照一切無智稠林師所說法能不失時不失受時爾時薩遮尼乾子告嚴熾王言如是如是大王諸菩薩摩訶薩無有威儀不化衆生無有一法不能隨順大乘法門無有一法不能到於一切智地無有一法不能斷於一切煩惱無有一法不示世間一切過失無有一法不示涅槃

無上功德無有一法不示菩薩無上勝行大王當知諸菩薩摩訶薩所行一切行皆爲自利亦爲他利彼二俱利薩遮尼乾子說此法門時嚴熾王得大堅固不退轉菩提之心王十六子所得名爲歡喜踊躍境界信心八千天子得名觀佛莊嚴三昧時嚴熾王所有眷屬及大薩遮尼乾子諸眷屬等十三千人發阿耨多羅三藐三菩提心彼諸衆生各各脫身所著上衣持用奉施薩遮尼乾子而作是言我今善得無上大利以我得見薩遮尼乾子故得聞說此一切智慧勝妙法門

詣如來品第九

爾時嚴熾王及諸眷屬作是言薩遮善男子師今應往詣如來所見佛世尊禮拜如來供養如來何以故今佛世尊在我國中爲諸大衆說微妙法薩遮尼乾子言善哉大王欲見如來今正是時可共國內城邑小王諸聚落主大臣王子長者居士及王夫人後宮婇女并王大力臣如是等衆一時同心俱往佛所爾時嚴熾王勑令國內一切城邑乃至聚落主等各將所領及家眷屬悉共莊嚴俱詣佛所若其不往如來所者當斷其命爾時國內所有一切善男子善女人及童男童女等聞王教令欲與薩遮大師俱往佛所親覲供養心生歡喜各各莊嚴綵飾綺妙備諸一切種種香華塗香末香華鬘華蓋執諸種種一切妓樂出鬱闍延城在於大路待嚴熾王爾時嚴熾王駕七寶繩交絡輦輿以諸無量金瓶銀瓶插種種華挾在兩廂王與大力現大王勢作大王神通作大王奮迅象馬車步作大

王戲樂竪諸種種幢旛華蓋打八千種諸妙聲鼓種種歌舞與大薩遮尼乾子大臣王子與王大力夫人宫人及諸小王長者居士乃至守門守宫人等九萬八千萬人前後圍遶俱往園中詣如來所到佛所已頂禮佛足遶佛三帀薩遮尼乾子與諸眷屬頂禮佛足遶佛無量百千帀已却坐一面一心合掌觀佛不捨默然而住

說法品第十之一

爾時慧命舍利弗見大薩遮尼乾子在佛前坐一心合掌觀佛不捨默然而住作是思惟此薩遮尼乾子爲何事故來詣佛所作是念已語大薩遮尼乾子言汝爲何事來詣佛所爲見佛也爲聞法乎爾時薩遮尼乾子語慧命舍利弗言大德舍利弗我今來詣佛世尊所不爲見佛不爲聞法大德舍利弗我今不爲一切法故來詣佛所何以故大德舍利弗非見色故名見如來非見受想行識故名見如來非見地性故名見如來非見水性火性風性故名見如來非見我故名見如來非見衆生故名見如來非見壽命故名見如來非見人故名見如來非見作者故名見如來非見我所故名見如來非見所見事故名見如來非見相故名見如來非見無相故名見如來何以故大德舍利弗不見一切相名見如來不執著見名見如來不見物故名見如來如實見故名見如來見實際非際故名見如來䏻眼䏻色故名見如來不見耳不聞聲故名見如來不見鼻不齅香故名見如來不見舌不知味故名見如來不見身不見觸故名

見如來不見意法不分別意法故名見如來舍利弗言薩遮大德若如是相見不見如來者云何名見佛世尊也薩遮尼乾子答言大德舍利弗非見家故名見如來非見姓故名見如來非相故名見如來非非相故名見如來非法故名見如來非非法故名見如來非實故名見如來非非實故名見如來非觀故名見如來非非觀故名見如來非念故名見如來非非念故名見如來非分別故名見如來非非分別故名見如來非有爲故名見如來非無爲故名見如來非有物故名見如來非無物故名見如來非和合故名見如來非別離故名見如來非色故名見如來非受想行識故名見如來非取故名見如來非不取故名見如來非生故名見如來非不生故名

見如來爾時慧命舍利弗語大薩遮尼乾子言薩遮大德若如是見名見如來者薩遮大德云何而見佛世尊也薩遮尼乾子答言大德舍利弗我非見色見如來亦不離色見如來我不滅壞色名見如來如是非見受想行識名見如來不離受想行識名見如來我不滅壞受想行識名見如來我不見如來世間所攝亦不見如來出世間攝我不見如來爲陰所攝不見如來爲界所攝不見如來爲入所攝我見如來離諸一切音聲言語我今如是見於如來如是不見非不見不知不分別不起不示不生不增長不取不捨不戲論不作相不作非不作不作物非不作物不受不護非作心見非自然見非觀見非不觀見非可語見非不可語見離一切言語名字章句

音聲名見如來何以故以不可如是相見故大德舍利弗諸菩薩摩訶薩如是見佛我亦如是見於如來舍利弗言薩遮大德若能如是見如來者如來說法大德云何而得聞也答言大德舍利弗我若起法相非法相應聞如來所說之法何以故大德舍利弗諸菩薩摩訶薩於諸一切名字章句言語之音聞說法聲而不作心法相非法相何以故以離一切諸法相故舍利弗言薩遮大德汝來佛所非爲法來也答言大德舍利弗我不爲法非不爲法來詣佛所何以故大德舍利弗夫爲法者不爲一切法名爲爲法大德舍利弗若有人言爲法來者彼人不著此法名爲佛不見此法名爲法不著生名爲僧夫爲法者不爲知苦不爲離集不爲修道不爲證滅不爲過欲界不爲過色界不爲過無色界不爲得涅槃大德舍利弗汝依此法應知我今不爲法故來詣佛所爾時慧命舍利弗告大薩遮尼乾子言薩遮大德今依何法作如是說答言大德舍利弗我今都不依一法作如是說何以故法界中無依法界中依不可得法界中無依亦不可得何以故以不見二故舍利弗言薩遮大德汝今不依六道去來也答言大德舍利弗我若見彼六道相者應有去來我若有生亦應受生有退應退有去應去大德舍利弗一切法不動不轉不去不退不生舍利弗言薩遮尼乾子若如是者如來何故說言比丘汝生老死亦退亦生答言大德舍利弗如來依著六道衆生作如是說爲欲拔彼依止六道是故如來作如是說大德舍利

弗於佛法中不去不來不退不生舍利弗言善哉善哉薩遮大德如薩遮大德所說是大乘行者知義知字者薩遮尼乾子言大德舍利弗汝知何者爲義何者爲字舍利弗言善男子我不欲說我欲聞說大德當說何者爲義何者爲字爾時薩遮尼乾子告舍利弗言大德舍利弗所言義者名不可說說不可說名之爲字所言義者名不可語說彼語者名之爲字所言義者名不可名說彼名者名之爲字所言義者不可動不可知不可戲論不可分別不可生不可聚非物非實無我非起非可取非可依遠離一切依言語名字所言字者思惟數稱量觀察令他解名之爲字所言義者爲義無礙所言字者名法無礙辭無礙樂說無礙大德舍利弗是名略說義略說字爾時世尊告薩遮尼乾子言善哉善哉薩遮快說善哉若有善男子欲說法者應如是說如汝所說說此法門爾時衆中三千天子聞大薩遮尼乾子樂說辯才得無生法忍二十千衆生發阿耨多羅三藐三菩提心

大薩遮尼乾子受記經卷第九

音釋

炬　其呂切
济瀨　济古隘切　瀨落蓋切
酪　盧各切　乳漿也
模　莫胡切　規模也
瓔珞　瓔於盈切　珞盧各切
綺　去几切　綺麗也

大薩遮尼乾子受記經卷第十

元魏天竺三藏菩提留支譯

說法品第十之二

爾時慧命大目揵連白佛言世尊此薩遮尼乾子現此外道相教化幾所衆生發阿耨多羅三藐三菩提心佛告目連目連汝今問我此事天人聞說皆悉迷没除諸菩薩摩訶薩衆目連我今說其少分令衆生入薩遮善男子以種種形種種色種種威儀教化衆生發阿耨多羅三藐三菩提心目連如須彌山微塵數等衆生住外道法中薩遮善男子行外道法教化令發阿耨多羅三藐三菩提心四天下微塵數等衆生住遮羅伽外道法中薩遮善男子行遮羅伽法教化令發阿耨多羅三藐三菩提心八萬四千恒河沙等衆生住波利婆闍外道法中薩遮善男子行波利婆闍外道法教化令發阿耨多羅三藐三菩提心十恒河沙等衆生樂聲聞行薩遮善男子現聲聞行教化令住聲聞菩提後發阿耨多羅三藐三菩提心過是聲聞數等身現行辟支佛形教化令發阿耨多羅三藐三菩提心無數衆生薩遮善男子行菩薩道教化令發阿耨多羅三藐三菩提心應見帝釋身而受化者即現帝釋身教化衆生應見梵王身而受化者即現梵王身教化衆生應見轉輪王身而受化者即現轉輪王身教化衆生應見四天王身而受化者即現四天王身教化衆生應見緊那羅身而受化者即現緊那羅身教化衆生應見阿脩羅身而受化者即現阿脩羅身教化衆生應見迦樓羅身而受化者

即現迦樓羅身教化衆生應見摩睺羅伽身而受化者即現摩睺羅伽身教化衆生應見人身而受化者即現人身教化衆生應見女身而受化者即現女身教化衆生應見童男童女身而受化者即現童男童女身教化衆生應見地天身而受化者即現地天身教化衆生應見同生天身而受化者即現同生天身教化衆生應見聖人身而受化者即現聖人身教化衆生應見摩那婆身而受化者即現摩那婆身教化衆生應見比丘比丘尼身而受化者即現比丘比丘尼身教化衆生應見優婆塞優婆夷身而受化者即現優婆塞優婆夷身教化衆生目連薩遮善男子現如是等一切種種無量身相教化如是無量衆生發阿耨多羅三藐三菩提心目連白佛言世尊薩遮善男子供養幾所諸佛佛告目連地界水界火界風界虛空分界等悉可量數而薩遮善男子以種種身所供養佛不可量數

授記品第十一

爾時大德摩訶迦葉告薩遮善男子言善男子汝已供養無量諸佛具足成就無量無邊諸功德聚何故不成阿耨多羅三藐三菩提薩遮答言大德迦葉我若有見此是菩提此是證者我應得阿耨多羅三藐三菩提迦葉言薩遮善男子無量無邊菩薩發阿耨多羅三藐三菩提心可不已成阿耨多羅三藐三菩提當成阿耨多羅三藐三菩提現成阿耨多羅三藐三菩提也薩遮答言大德迦葉汝今所言無量無邊諸衆生等成阿耨多羅三

藐三菩提者此是憍慢衆生之數何以故大
德迦葉於第一義中菩提不可得菩薩不可
得何以故大德迦葉言菩提者名爲無爲菩
提者離一切數菩提者非色法菩提者不可
見菩提者非青非黃非赤非白非紅非黑非
玻瓈色無色無形無相無表過一切相無依
離一切依無物離一切物無相離一切相不
可言不可説不可見不可和合知不可別異
知非闇非明無形無相無可觀非言語離言
語不可觸不可知不可聞非音聲非口導無
壅無礙無縛無脫非染非瞋非癡不可以一
切事示現不可説大德迦葉菩提體如是相
彼不可以身證不可以心知何以故大德迦
葉是身無知如草木是身無覺如石壁是身
無識如鏡像是故不可以身得菩提大德迦

葉心亦不可見不可示是故不可以心得菩
提大德迦葉衆生不可見無衆生故是故不
得阿耨多羅三藐三菩提大德迦葉一切諸
法若如是者云何迦葉而作是言汝已供養
無量諸佛滿足無量無邊功德何故不成阿
耨多羅三藐三菩提爾時會中諸菩薩摩訶
薩優婆塞優婆夷釋提桓因四天王梵天王
等一切大衆作如是念如來世尊應除我等
疑惑心故隨我心信應與薩遮善男子授阿
耨多羅三藐三菩提記於幾所時當成阿耨
多羅三藐三菩提於何等劫何等世界何等
國何等姓何等家何等眷屬云何出家何等
樹下成阿耨多羅三藐三菩提成阿耨多羅
三藐三菩提已佛名何等幾時住世幾衆集
會爾時世尊知彼衆會諸菩薩摩訶薩比丘

比丘尼優婆塞優婆夷釋提桓因四天王梵天王等心之所念諸覺觀已告文殊師利法王子言文殊師利此薩遮善男子過此賢劫復過無量無數劫已當成阿耨多羅三藐三菩提佛名實慧幢王世界名善觀名稱彼世界中無諸怨敵文殊師利彼善觀名稱世界莊嚴希有殊特極妙可樂其地七寶間錯莊嚴城郭周帀七寶牆障百千萬重其中復有七百千萬重大香水海周帀圍遶七百千萬大毗瑠璃摩尼寶珠以爲門闕十百千萬閻浮檀金以爲羅網遍覆世界十百千萬摩尼寶間錯其闕懸十百千萬師子愛摩尼寶遍諸宮殿以爲嚴飾十百千萬師子幢摩尼寶莊嚴街道十百千萬火幢摩尼寶日夜常然普照世界十百千萬七寶和鈴常出妙聲遍諸世界豎十百千萬摩尼寶高幢普遍世界懸十百千萬金旛置在高幢文殊師利彼善觀名稱世界地平如掌寶樹普覆諸草柔輭右旋宛轉如善巧畫如孔雀項毛其觸柔輭如迦陵伽鳥遍覆世界十百千萬妙莊嚴園遍滿世界一一園中十百千萬諸大寶池普遍莊嚴一一池階八道畟方八楞摩尼寶以爲間錯閻浮檀金沙遍布其底一一池中皆各滿足八味香水七寶鉢頭摩華以覆水上崑崙遮鳥耆婆耆婆鳥常出妙聲遍諸世界文殊師利彼善觀世界有八千萬城邑聚落遍滿國土以爲莊嚴一大城中有十百千萬小城以爲莊嚴一切城邑皆亦如是一一城邑一一聚落滿百千萬男子女人童男童女文殊師利彼善觀名稱世界中有一四天下

名曰見者歡喜世界諸四天下此最勝妙人民熾盛安隱快樂實慧幢王如來應正遍知彼世界中出現於世文殊師利彼實慧幢王如來生婆羅門家母名速行如我現世母名摩耶父名梵才如我現世父名白淨王兒名名稱如我現世子名羅睺羅妻名大慧如我現世釋種瞿夷乳母名大稱如我現世摩訶波闍波提瞿曇彌奉侍人名常隨順如我現世闡陀迦馬名大速如我現世馬王揵陟實慧幢王如來乘彼大速踰城出家如我現世所乘揵陟馬王出家彼佛道場名曰法尚實慧幢王如來於彼道場成阿耨多羅三藐三菩提如我現在寂滅道場彼道場樹有八十萬百千萬億樹以爲眷屬文殊師利實慧幢王如來於彼劫中出世之時無諸魔怨及魔眷屬文殊師利彼實慧幢王如來成阿耨多羅三藐三菩提時彼世界中所有衆生一切執持種種華香塗香末香散香作諸種種妓樂歌舞一時往詣法尚道場乃至阿迦尼吒天一切天衆作諸種種天妙妓樂集彼道場一切夜叉衆作諸妓樂集彼道場彼世界中所有一切乾闥婆衆一切阿脩羅衆一切迦樓羅衆一切緊那羅衆一切摩睺羅伽衆各作百千萬種妓樂與其眷屬集會道場東方南方西方北方四維上下無量無邊世界菩薩俱來集會文殊師利實慧幢王如來初成正覺爲彼時會所集大衆說此菩薩行方便境界奮迅大法門有無量百千萬億那由他脩多羅以爲眷屬文殊師利彼實慧幢王如來說此法門時恒河沙等衆生得不退轉阿

耨多羅三藐三菩提文殊師利彼實慧幢王如來出世不說三乘教化之法何以故彼佛國土無諸聲聞辟支佛人彼世界中所有衆生皆信一乘皆信菩薩上妙勝行文殊師利彼實慧幢王如來初集會時有諸無量恒河沙等不退菩薩而來集會第二會時有八十億百千萬那由他一生補處菩薩而來集會第三會時有六十頻婆羅菩薩而來集會文殊師利次於後時無量無邊衆生得不退轉阿耨多羅三藐三菩提心文殊師利彼實慧幢王如來得阿耨多羅三藐三菩提已六十小劫住世說法後入涅槃佛涅槃後正法住世八十萬億百千億那由他劫正法流行教化衆生人衆多少所得利益如佛在世所度不異文殊師利彼實慧幢王如來臨涅槃時與大幢王菩薩授記然後入般涅槃作如是言大幢王菩薩次我後成阿耨多羅三藐三菩提名大莊嚴如來應正遍知爾時大衆欲知衆中何者是彼大幢王菩薩次彼實慧幢王如來後成阿耨多羅三藐三菩提何者名大莊嚴如來應正遍知爾時世尊知彼時衆覺觀心念知以念已告文殊師利法王子言文殊師利此薩遮善男子座前坐者名實喜摩那婆於一切弟子衆中最爲第一此摩那婆於彼時中成大莊嚴如來應正遍知彼佛世界莊嚴勝妙如實慧幢王如來世界不異爾時會中聞說彼佛國土勝妙功德莊嚴彼六十百千萬億那由他菩薩願生彼國作如是言此實慧幢王如來成佛之時願我往生彼佛國土爾時世尊即與授記皆當往生彼

佛國土八十千萬尼乾子衆一時同聲作如是言世尊我亦願往生彼佛國世尊亦即皆與授記汝善男子一切皆當生彼佛國八千萬億那由他天子虛空界中作如是言世尊我等亦願實慧幢王如來得菩提時俱往生彼善觀名稱世界得見彼佛不可思議功德莊嚴清淨國土時佛即告彼諸天子諸善男子汝等皆當生彼善觀名稱世界供養彼佛諸天子汝等亦當在彼善觀名稱世界皆成阿耨多羅三藐三菩提種種名字壽命住世劫數多少如彼實慧幢王如來住世不異彼時三千大千世界六種震動大地涌出百千萬億鉢頭摩華閻浮檀金爲葉大青因陀羅摩尼寶以爲其臺碼碯月光寶爲鬚大毗瑠璃摩尼寶以爲其莖彼諸一切鉢頭摩華一一華上見有無量百千萬億諸菩薩衆結跏趺坐三十二相八十種好莊嚴其身一切皆共歸命如來彼諸菩薩各以種種寶雲羅網奉施如來作如是言世尊我等種種世界來詣佛所爲聞佛說不可思議示現菩薩功德法門爲見如來禮拜如來供養如來爲見薩遮大善男子爲欲見此大會所有諸菩薩衆如來說此妙法門時於不可思議佛國土中無量無邊諸來菩薩皆得不退阿耨多羅三藐三菩提爾時世尊欲重宣此義而說偈言

一心攝諸根　聽我說妙法　如來無妄語
諸佛不虛說　薩遮及大衆　未來無量世
過不可數劫　無刺淨劫中　爾乃得成佛
號實慧幢王　時世無垢害　故名無刺劫
時彼佛世界　號善觀名稱　具足諸功德

天人皆歎仰　國界諸莊嚴　一切皆殊妙
門闕諸樓閣　百千諸寶成　閻浮金羅網
遍覆相映發　光明常普照　晝夜無差別
懸諸百千寶　建立師子幢　寶鈴出妙聲
說於如實法　無垢寶垣牆　過諸天宮殿
泉流諸池水　具足八美味　鉢頭摩諸華
拘迦那陀等　鮮明滿諸池　不雜諸塵垢
彼世界住處　四天下中最　具足妙莊嚴
是故名樂見　彼處如來生　婆羅門出家
母名曰速行　父字名梵才　子名曰妙稱
如我羅睺羅　彼夫人大慧　如我今瞿夷
乳母大名稱　如我波闍提　給侍名隨順
亦名闡尼迦　如我闡尼迦　恭敬隨我心
第一最勝馬　字名曰大速　彼能出如來
如我乘揵陟　彼佛菩提樹　字名曰法尚
勝樹爲眷屬　八十百千萬　彼樹下法王
字名實慧佛　坐彼道樹下　成於大菩提
無諸魔眷屬　亦無諸魔業　彼佛國土中
無有諸怨刺　無量諸天人　俱集彼淨土
各執妙華鬘　百千諸妓樂　各以恭敬心
俱詣如來所　如來知彼心　爲說諸妙法
無量脩多羅　以爲諸眷屬　彼佛初說時
聞此法門者　過恒沙塵衆　不退上菩提
彼無聲聞乘　及無辟支佛　諸勇猛菩薩
充滿彼淨土　第二時會中　有諸菩薩衆
八十那由他　一生住補處　第三會所集
諸大勝菩薩　六十頻婆羅　住於如實處
彼如來住世　壽命六十劫　時佛滅度後
法燈住世間　舍利廣流布　八十億萬千
那由他劫住　利益諸衆生　彼佛記大幢

然後入涅槃　佛名大莊嚴　名稱顯世間
彼世界莊嚴　不異實慧佛　於彼國土中
成無垢菩提　汝等當信我　智慧如虛空
無盡性常住　遍處無障礙　悉能見未來
未有當有事　何況過去劫　曾有而不記
我住第一義　如實智慧中　出言無虛妄
亦不令他說　我今說真實　美妙甘露法
是故汝大衆　聞應諦信受　大衆聞佛說
皆生歡喜心　彼佛成道時　咸願生彼國
世尊悉記彼　無量諸衆生　彼佛出於世
汝等皆往生　汝亦彼世界　教化諸衆生
即彼成菩提　世界亦不異　說此法門時
大地六種動　蓮華中菩薩　合掌向佛言
善哉佛世尊　不可得思議　爲諸無量衆
善說此法門　我等諸大衆　無量世界來
皆爲欲聞此　最上妙法輪

信功德品第十二

爾時會中一切大衆皆大歡喜踊躍各各脫身所著上衣奉施如來而作是言如來世尊今於世間第二轉法輪如來昔於波羅柰城初轉法輪今復於此鬱闍延城第二轉法輪復作是言世尊我等願常不離聞此妙寶法門願常不離薩遮善男子時虛空中諸天妓樂妙鼓出聲天雨優鉢羅華鉢頭摩華拘牟頭華芬陀利華婆師迦華等滿佛足下天於空中雨天寶衣如雲而下而作是言若有善男子善女人有能受持讀誦書寫爲人解說此妙法門彼人決定已得無量無邊功德爾時文殊師利法王子菩薩白佛言世尊善男子善女人有能受持讀誦書寫廣爲人說此

妙法門成就幾許功德佛告文殊師利法王子言文殊師利若有善男子善女人數此三千大千世界衆生若有色若無色若有想若無想於衆生界中所有衆生佛智慧知彼諸一切所有衆生一時俱生得於人身得人身已彼共俱修波羅蜜行一時俱成阿耨多羅三藐三菩提彼諸佛等一劫住世有善男子善女人滿足一劫供養爾所諸佛如來禮拜恭敬尊重讚歎具足一切諸勝供養乃至一切華香妓樂文殊師利於意云何彼善男子善女人得福多不文殊師利言甚多婆伽婆甚多修伽陀彼善男子善女人所得功德無量無邊不可量不可數不可知不可說佛告文殊師利若有善男子善女人受持讀誦書寫流布爲人廣說此菩薩行方便功德法門所得功德過彼善男子善女人供養諸佛功德無量無邊不可稱數不可校量文殊師利白佛言世尊希有婆伽婆希有修伽陀如來爲欲安樂一切諸衆生故說此法門復作是言世尊此妙法門於閻浮提幾時住世佛告文殊師利我涅槃時有八大國王爲欲流布我舍利故彼時八國分爲八分置八函中人取一函各還本國立大塔廟尊重供養爾時阿闍世王於我舍利所得一分於金氎上書此修多羅并與舍利一時俱置七寶函中於王舍大城外掘地作坑於中立塔莊嚴殊妙以舍利函置彼塔中懸百千萬阿僧祇寶蓋幢旛散諸無價一切香華七寶香甕盛滿香油然大燈炷滿一百年住持不滅文殊師利我入涅槃一百年後有阿輸迦王於毛梨家

生出現於世作轉輪王王閻浮提而得自在得具足力善能降伏剛強衆生彼王爾時必觀察我能憶念我護持我法於我身上得尊重心文殊師利彼阿輸迦王有一比丘名淨自在王子中生出家求道阿輸迦王以爲門師有大神通力有大威德力護諸佛法護大方廣阿輸迦王深心尊重淨自在比丘故不令餘處常在王家身自供養文殊師利阿輸迦王爲欲流布我身舍利饒益一切諸衆生故欲出地下舍利寶函與諸無量大臣王子長者居士眷屬圍遶設大莊嚴顯大王力執持香華塗香末香散香作百千種諸妙妓樂詣王舍大城設諸一切勝妙供養無量無邊不可稱數掘出地中舍利寶函出已七日以一切香一切華一切華鬘一切散香一切塗香一切妓樂供養恭敬滿七日已於閻浮提種種國土非前後時於一日一時一須臾間遍閻浮提一時建立八萬四千佛舍利塔爾時淨自在比丘於彼舍利函中取此法門在於此廂大國土中廣宣流布文殊師利彼淨自在比丘雖加流布而此法門受持者少多人不知多人不覺多人不攝多人不受希有人能受持讀誦此法門者何以故此是勝法衆生薄福不應聞故文殊師利此妙法門人多秘掌置經函中諸庫藏中何以故以無法器不應得種無上善根故何以故文殊師利此妙法門難信難行難量故文殊師利凡所有人宿無善根曾聞大乘生疑毁謗是故聞此無上法門不能生信不能得入文殊師利後末世中法欲滅時聞此法門能生信者能

推求者能解入者文殊師利汝知此人已曾供養過去無量無邊諸佛善行諸行乃能信入此大乘門文殊師利若有善男子善女人於後末世聞此經名聞能生信受持讀誦書寫解說書已尊重供養經卷彼諸衆生應自念知已於過去曾見無量恒沙諸佛供養恭敬恒沙諸佛文殊師利彼諸衆生亦見我身在此園中說此法門亦見此諸大會之衆爾時世尊告阿難言阿難汝當受持讀誦此妙法門爲諸衆生而廣宣說當觀衆生有大乘根堪信受者乃可爲說不得率爾不觀而說何以故薄福衆生聞生不信得罪無量故阿難此法門者名爲如來眞實功德名爲如來秘密之藏名爲如來純淨妙藏名爲如來法印之藏名爲如來心所護藏名爲如來現實信藏是故阿難汝當秘掌莫卒宣說除諸佛子菩薩摩訶薩等何以故彼善男子於諸佛所深種善根能護法藏能利自己亦能利他應爲彼說阿難言世尊我已受此淨妙法門世尊今此法門名爲何等云何奉持佛告阿難此妙法門名爲菩薩行方便境界奮迅法門名爲如來深秘密藏名爲如來具足功德名爲如來甚深境界名說一乘名爲文殊師利所說經名爲薩遮尼乾子受記經名薩遮尼乾子所說經汝今應當如是奉持如來說此法門時三十億那由他衆生發阿耨多羅三藐三菩提心六十千菩薩得無生法忍無量無邊衆生畢竟不退阿耨多羅三藐三菩提心佛說此經已慧命阿難文殊師利法王子菩薩及諸一切菩薩摩訶薩比丘比丘尼

優婆塞優婆夷釋提桓因四天王梵天王天人阿脩羅等聞佛所說皆大歡喜信受奉行

大薩遮尼乾子受記經卷第十

謹按開元録第六卷云後魏正光元年北天竺三藏菩提留支此翻道希爲司州牧汝南王於洛陽第内譯出此大薩遮尼乾子所說經十卷注云或加受記無所説字今閲經内果見多名然思溪福州二藏校本並云受記而上無大字今加大字者蓋准校勘竹堂法師依杭州下天竺寺藏寫本請閲者知之旹至元壬午南山大普寧寺經局題記

音釋

睺 胡鉤切　玻瓈 玻滂禾切 瓈郎奚切 玻瓈寶玉也　鈴 郎丁切　畟 初力切 正方也　氎 徒協切　甕 於貢切 罌也　掘 其月切 穿也　鬘 莫班切